Histoire de la vie privée

Histoire de la vie privée

sous la direction de Philippe Ariès et Georges Duby

4

De la Révolution à la Grande Guerre

par

ALAIN CORBIN
ROGER-HENRI GUERRAND
CATHERINE HALL
LYNN HUNT
ANNE MARTIN-FUGIER
MICHELLE PERROT

Volume dirigé par Michelle Perrot

Éditions du Seuil

La première édition de cet ouvrage
a été publiée avec des illustrations
dans la collection
L'UNIVERS HISTORIQUE

ISBN 2-02-037644-X
ISBN 2-02-036656-8, édition complète
(ISBN 2-02-009455-X, 1re publication)

© Éditions du Seuil, 1987, 1999

Le Code de la propriété intellectuelle interdit les copies ou reproductions destinées à une utilisation collective. Toute représentation ou reproduction intégrale ou partielle faite par quelque procédé que ce soit, sans le consentement de l'auteur ou de ses ayants cause, est illicite et constitue une contrefaçon sanctionnée par les articles L. 335-2 et suivants du Code de la propriété intellectuelle.

Introduction
par Michelle Perrot

Au seuil du privé, l'historien – tel un bourgeois victorien – a longtemps hésité, par pudeur, incompétence et respect du système de valeurs qui faisait de l'homme public le héros et l'acteur de la seule histoire qui vaille d'être contée : la grande histoire des États, des économies et des sociétés.

Pour qu'il y pénètre enfin, il a fallu que, par un renversement de l'ordre des choses, le privé devienne autre qu'une zone maudite, interdite et obscure : le lieu plein de nos délices et de nos esclavages, de nos conflits et de nos rêves ; le centre, peut-être provisoire, de notre vie, enfin reconnu, visité et légitimé. Le privé : une expérience de notre temps.

Bien des facteurs – de grands événements, de grands livres – ont contribué à son assomption actuelle. D'abord, la pesée du politique. Le despotisme des États totalitaires, l'interventionnisme excessif des démocraties jusque dans la gestion des risques – « la rationalité de l'abominable et la rationalité de l'ordinaire » (Michel Foucault) – ont conduit à réfléchir aux mécanismes du pouvoir et à chercher dans les contrepoids des petits groupes, voire des individus, des résistances efficaces, des parades nécessaires au contrôle social. L'ouvrier d'aujourd'hui voit dans son logement, de plus en plus approprié, un moyen d'échapper à l'œil du maître et à la discipline d'usine. Et l'extension des patrimoines, dans les sociétés occidentales, n'est pas seulement le fruit d'un embourgeoisement, mais une forme de lutte contre le froid de la mort.

À la massification croissante des idéologies, des discours et des pratiques qui avait marqué, dans tous les domaines de l'économie, de la politique et de la morale, le premier XXe siècle, a succédé au contraire l'exaltation des particularismes et des différences. Plus que les classes englobantes, catégories d'âges et de sexes, variantes ethniques ou régionales quadrillent les sociétés. Le mouvement des femmes insiste sur la différence des sexes, moteur de l'histoire. La jeunesse se pense comme un groupe à part et se donne une singularité vestimentaire et musicale. Le moi, psychanalysé, autobiographié (le « récit de vie » est la voie royale de l'histoire dite « orale ») affirme sa force et sa faconde. Les processus de sectorisation, de dissociation, de dissémination semblent partout à l'œuvre.

Ces phénomènes complexes provoquent des interrogations qui tournent autour des rapports du public et du privé, du collectif et de l'individuel, du masculin et du féminin, du spectaculaire et de l'intime. Ils suscitent des interprétations diverses et une abondante littérature, dont on ne retiendra que quelques titres majeurs. Tandis qu'Albert Hirschman met en évidence des cycles oscillant de phases où prévalent les intérêts publics à d'autres, dominées par la poursuite des objectifs privés, articulées autour de « déceptions » successives, des auteurs voient, dans la privatisation des mœurs et l'individualisation, des tendances de longue durée et de portée fondamentale.

Pour Norbert Elias, la privatisation est consubstantielle à la civilisation. Scrutant les traités de civilités depuis l'époque d'Érasme, il montre comment cet affinement des sensibilités que l'on nomme « pudeur » pousse certains actes – se moucher, déféquer, faire l'amour –, jadis accomplis en public sans complexe, à refluer dans l'ombre discrète. Les manières de manger, de se laver, d'aimer – et par conséquent d'habiter – se modifient au gré d'une conscience de soi qui passe par l'intimité des corps.

Louis Dumont discerne dans le développement de l'individualisme ce qui distingue l'Occident du holisme du monde oriental (l'Inde, par exemple), lequel subordonne les intérêts personnels aux fins impérieuses des sociétés. La Renaissance marque le début de ce mouvement de fond dont la Déclaration des droits de l'homme et du citoyen est en quelque sorte la charte. Mais il faut bien du temps pour que l'individu juridique abstrait devienne une réalité. C'est toute notre histoire : celle du XIXe siècle.

Jürgen Habermas et Richard Sennett se situent dans le temps court de la modernité, voire des Lumières, et s'atta-

Introduction

chent à saisir l'équilibre des sphères publique et privée, réalisé selon eux à l'apogée du libéralisme bourgeois, et sa dégradation contemporaine. Mais ils ne l'interprètent pas de la même façon. Empiètement croissant des États, jouant des exclusions et des déséquilibres pour le premier, enfermement dans la famille nucléaire, omniprésente ou omnivore, dominée de surcroît par le pouvoir féminin, pour le second, seraient les facteurs majeurs d'une décadence des sociabilités que déplorait aussi Philippe Ariès. Pour Sennett, une intimité devenue tyrannique a eu raison de l'homme public, épanoui dans les villes bourgeoises des XVIIIe et XIXe siècles et dont le théâtre était l'expression même.

Le XIXe siècle esquisserait ainsi un âge d'or du privé, où les mots et les choses se précisent et les notions s'affinent. Entre société civile, privé, intime et individuel se dessinent des cercles idéalement concentriques et réellement enchevêtrés.

C'est à l'histoire de la construction de ce modèle que ce livre est consacré. Il s'ouvre sur les fracas de la Révolution française, dont le rêve de transparence rousseauiste se brise sur l'écueil des différences, expérience majeure et contradictoire où s'adosse le siècle. Il se clôt au début du XXe siècle, aube d'une nouvelle modernité que la guerre interrompt tragiquement, précipitant, bloquant, infléchissant une évolution au vrai jamais complètement brisée.

Pour écrire cette histoire, on dispose de sources surabondantes et lacunaires, bavardes et muettes, fermées sur les secrets de l'intérieur. Parce qu'il est, en effet, au cœur de la pensée politique et économique, des préoccupations sociales, morales, médicales du temps, le privé engendre d'innombrables discours théoriques, normatifs ou descriptifs dont la famille est l'épicentre. Les archives publiques, quant à elles, ne s'attachent guère à la vie privée. L'État intervient peu encore au sein de la famille, investie de la gestion d'une société civile quasi invertébrée. Seuls les conflits, moteurs d'une violence perturbatrice, sont un terrain d'intervention. D'où l'intérêt des archives de police et de justice. Mais, au rebours du XVIIIe siècle, le policier a perdu progressivement sa fonction de protecteur et de confident. Les victimes s'adressent moins à lui qu'il n'intervient lui-même. C'est vers la justice qu'elles se tourneraient plutôt, accentuant un mouvement qui substitue la force de la loi à la vengeance privée. Malheureusement, les archives judiciaires, déposées jusqu'à une date récente aux greffes des tribunaux, ont fait l'objet d'irrémédiables destructions. Seules les archives criminelles versées dans la série U des archives départementales sont consultables dans certaines limites de temps imposées par la loi pour toutes les archives « personnelles ». Les dossiers d'instruction ouvrent dans la muraille de l'intimité des brèches que les historiens ont su exploiter.

Les sources les plus directes et les plus riches, les archives privées, sont cependant socialement dissymétriques et d'un accès aléatoire. Leur conservation est aussi hasardeuse que leur consultation. Il y faut l'abri d'un lieu stable, une piété filiale soucieuse de mémoire, la notoriété qui transforme les papiers en reliques ou la curiosité de descendants épris d'histoire ou de généalogie. La conjoncture actuelle tend à revaloriser ces épaves. Correspondances familiales et littérature « personnelle » (journaux intimes, autobiographies, Mémoires), irremplaçables témoignages, ne constituent pas pour autant les documents « vrais » du privé. Ils obéissent à des règles de savoir-vivre et de mise en scène de soi par soi qui régissent la nature de leur communication et le statut de leur fiction. Rien de moins spontané qu'une lettre ; rien de moins transparent qu'une autobiographie, faite pour sceller autant que pour révéler. Mais ces subtils manèges du cacher/montrer nous introduisent du moins au seuil de la forteresse.

Quant au roman du XIXe siècle, voué aux intrigues familiales et aux drames intimes, fiction plus « vraie » que les sécrétions du vécu, nous ne l'utiliserons pourtant qu'avec précaution, et à certains niveaux – celui des styles de vie, par exemple –, conscients de l'importance de la médiation esthétique et de la spécificité du travail textuel. Mais ses héros nous habitent, sa musique nous pénètre.

De toute manière, la recherche de la vie privée pose de difficiles problèmes. Ceux-ci ne tiennent pas seulement au petit nombre d'études qui contraignent à faire des synthèses sans analyses et à « bricoler » des séquences à partir de dépouillements fragmentaires. Que nous soyons rapidement dépassés, contestés et contredits par des travaux ultérieurs que nous aurions éventuellement suscités serait après tout un résultat fort appréciable !

Mais il y a plus. D'abord, assurément, la disparité des sources, qui conduit à privilégier les catégories urbaines ; le privé rural, figé dans le folklore, échappe le plus souvent. En ville, la bourgeoisie polarise les regards. En dépit des efforts remarquables des documentalistes du Seuil – qu'elles en soient ici remerciées –, l'iconographie accentue encore l'impression qu'on ne voit qu'elle, tant elle accapare la scène. Pourtant, nous avons eu pour souci constant non seulement de croiser le privé et le social, mais surtout de saisir les solutions originales que constituent, au-delà de toute imitation/distinction, les divers types de vie privée, combinaison subtile d'éléments divers agencés à des fins propres.

Autre difficulté : l'impossibilité d'embrasser l'Occident dans sa totalité, rompant à cet égard avec les précédents volumes. Mais cette rupture a un sens. L'abondance des matériaux, le raffinement des problèmes, le déficit des travaux, avant tout la construction des espaces nationaux rendaient notre parti pris à peu près inéluctable. Seul le cas anglais a été évoqué, parce qu'à la fois le plus élaboré, le mieux connu et le plus influent sur la société française, effectivement au centre de ce livre.

L'histoire de la vie privée requiert des approches particulières. Les méthodes classiques de l'histoire économique et sociale sont insuffisantes. Indispensable, la démographie historique ne fournit qu'une armature grossière. L'anthropologie historique, l'histoire dite des « mentalités », soucieuse d'articuler dans le temps les théories et les pratiques, sont plus stimulantes. Les suggestions venues de l'interactionnisme (E. Goffman et sa « mise en scène du quotidien »), de l'analyse détaillée de la micro-histoire ont été efficaces, comme celles de la sociologie culturelle. À tout cela, nous devons beaucoup ; mais plus encore peut-être à la réflexion féministe menée ces dernières années sur le public et le privé, la constitution des sphères, les rapports des sexes dans la famille et la société.

Reste néanmoins la difficulté de connaître autre chose que la face externe et publique de la vie privée ; l'impossibilité d'aller de l'autre côté du miroir. Dans ce domaine, le dicible fabrique de l'indicible, la lumière sécrète l'ombre. Le non-dit, l'inconnu, l'inconnaissable – et la conscience tragique que nous en prenons – progressent au rythme du savoir qui creuse sous nos pas des mystères insondables. Sans doute faudrait-il d'autres méthodes de lecture, inspirées de la sémiotique ou de la psychanalyse. Demeure l'irréductible opacité de l'objet, dès lors que l'on souhaiterait dépasser une histoire sociale du privé et faire, au-delà des groupes et des familles, une histoire des individus, de leurs représentations et de leurs émotions : histoire des manières de faire, de vivre, de sentir et d'aimer, des élans du cœur et du corps, du fantasme et du rêve ; tout autant qu'une histoire balzacienne des intrigues familiales, une histoire nervalienne du désir, une histoire proustienne et musicale des intimités.

Telle quelle, pourtant, voici notre pièce, œuvre de six auteurs en quête de mille personnages. L'histoire se passe en France au XIXe siècle. En lever de rideau, un duo singulier : Révolution française et *home* anglais. Arrivent les acteurs : la famille et les autres. La scène : maisons et jardins. Enfin, les coulisses secrètes et intimes de l'individu solitaire.

À l'arrière-plan, encore floue, la statue du Commandeur : l'ombre de l'État. Car, au-delà de toute anecdote, l'histoire de la vie privée est aussi l'histoire politique du quotidien.

Que la fête commence !

1

Lever de rideau

Michelle Perrot

Lynn Hunt

Catherine Hall

Avant et ailleurs
par Michelle Perrot

Avant : Révolution française et vie privée

Le XVIIIe siècle avait affiné la distinction du public et du privé. Le public s'était quelque peu déprivatisé en se donnant comme la « chose » de l'État. Le privé, jadis insignifiant et négatif, s'était revalorisé au point de devenir synonyme de bonheur. Il avait pris un sens déjà familial et spatial, qui cependant était loin d'épuiser la diversité de ses formes de sociabilité.

La Révolution française opère, dans cette évolution, une rupture dramatique et contradictoire, dont les effets à court et à long terme doivent d'ailleurs être distingués. Dans l'immédiat, on soupçonne les « intérêts privés », ou particuliers, d'être l'ombre propice aux complots et aux trahisons. La vie publique postule la transparence ; elle entend changer les mœurs et les cœurs, créer, dans un espace et un temps remodelés, un homme nouveau dans ses apparences, son langage et ses sentiments, par une pédagogie du signe et du geste qui va de l'extérieur à l'intérieur.

À plus long terme, la Révolution accentue la définition des sphères publique et privée, valorise la famille, différencie les rôles sexuels en opposant hommes politiques et femmes domestiques. Patriarcale, elle limite pourtant sur de nombreux points les pouvoirs du père et reconnaît le droit au divorce. En même temps, elle proclame les droits de l'individu, ce droit à la sûreté où balbutie un *habeas corpus* aujourd'hui encore si mal garanti en France ; elle lui donne une première assise : l'inviolabilité du domicile dont, dès 1791, l'article 184 du Code pénal punit sévèrement la méconnaissance.

Il faudrait un volume pour écrire cette tumultueuse histoire privée de la Révolution dans toutes les dimensions du droit et des mœurs, des discours et des pratiques quotidiennes. Spécialiste de cette époque, Lynn Hunt évoque ici les grands traits d'une expérience qui flamboie à l'horizon du siècle.

Comment, sous l'influence conjuguée des évangéliques, des utilitariens, et d'une évolution économique qui éloigne progressivement domicile et lieu de travail, s'est opérée, dans l'Angleterre du début du XIXe siècle, la séparation du public et du privé désormais consubstantiel à la famille, en même temps qu'une différenciation plus stricte des rôles sexuels : voilà ce que montre Catherine Hall à travers quelques figures caractéristiques. De Caroline, la reine outragée, dont le procès de 1820 passionne une opinion qui exige désormais de son roi une conduite exemplaire, au bijoutier de Birmingham qui fait de l'aménagement de son cottage le but et le sens de son existence, c'est toute l'histoire du nouvel idéal domestique qui nous est contée.

Ailleurs : influences étrangères et modèle anglais

Dans son élaboration, le rôle des classes moyennes, qui ont trouvé là une véritable identité, est essentiel. De ce foyer, il rayonne vers les classes ouvrières, que l'on entend moraliser par les vertus de la bonne ménagère. Elles l'adoptent, certes, mais à leur manière, et à leurs propres fins. Cependant que la *gentry* se convertit aux pratiques d'une sociabilité plus intime et transforme ses châteaux en intérieurs.

Sous l'aile de celles que l'on appellera bientôt « anges du foyer », entre *nursery* et jardin, s'épanouit la douceur du *home*. Nous voici aux sources de la *privacy* victorienne, thème d'une innombrable littérature, qui a fasciné l'Europe.

Quelle influence ce modèle a-t-il exercée sur la société française, en quête d'un nouvel équilibre de ses activités et de son bonheur ? Par cent canaux divers, matériels ou personnels – voyageurs, dandys, exilés, commerçants, nurses ou Miss des bonnes familles –, celui-ci s'infiltrait au sein des classes dominantes dont l'anglomanie était une des formes de distinction. Les pratiques d'hygiène (savon, w.-c., tub...), les modes vestimentaires, les manières de parler (*home, baby, confort*…), de jouer, de sentir ou d'aimer en offrent d'innombrables traces, et ce, jusque dans les classes populaires. Le syndicalisme de 1900 aspire aux espaces verts et aux cités-jardins, au sport et au loisir britanniques. Les affiches de la CGT en faveur des huit heures et de la « semaine anglaise » ressemblent fort aux planches de Cruikshank. Cela en dépit d'une anglophobie récurrente qui se nourrit de chaque conflit économique ou politique.

La priorité accordée à l'Angleterre est sans doute justifiée, notamment dans la première moitié du XIXe siècle. Par la suite, l'Allemagne, culturellement si forte, et, au début du XXe siècle, les États-Unis exercent une attraction croissante et parfois concurrente.

Tout cela conduit à se poser plus largement la question de la part des influences étrangères sur la vie privée française, au-delà des zones disputées (l'Alsace, Nice et la Savoie) ou frontalières. L'Italie des voyages d'initiation adolescents ou amoureux est-elle encore la maîtresse des sensibilités esthétiques et des émotions qu'elle était pour Rousseau ou Stendhal, en cela témoins de leur temps – et qu'elle demeure, pour une Geneviève Bréton, par exemple ? Laquelle, de l'Europe du Nord, de l'Est ou du Midi, l'emporte dans la France du XIXe siècle, et à quel moment ? Insoluble question, peut-être dépourvue de sens. On ne peut assimiler influences culturelles et pratiques de vie privée. Et des éléments isolés, plus ou moins naturalisés, ne font pas un style de vie. Mais il est tout aussi difficile de ne pas les prendre en compte.

Sous l'angle de l'ouverture à l'autre, la France est profondément contradictoire. Sa situation démographique – baisse précoce du taux de natalité, maintien d'un taux de mortalité élevé et, par conséquent, très faible accroissement naturel –, unique en Europe, fait d'elle une terre d'immigration. Dans la seconde moitié du XIXe siècle, Belges, Italiens, juifs d'Europe centrale chassés par les pogromes (environ 100 000 arrivent en France entre 1880 et 1925, et se concentrent pour 80 % à Paris) viennent de façon assez massive. Seulement 380 000 en 1851, ils sont plus d'un million en 1901, soit 2,9 % de la population totale – et 6,3 % de la population parisienne. Ces immigrants sont, par définition, des gens pauvres et peu attractifs. On le voit bien à la façon méfiante dont les juifs assimilés d'ancienne souche accueillent les nouveaux venus des ghettos d'Europe centrale, et à la xénophobie dont les Italiens sont l'objet, surtout en période de crise, dans les milieux populaires. Leurs conditions de survie supposent le maintien de leurs structures familiales et de leur mode de vie. Toutefois, la législation (loi de 1889 sur les naturalisations d'office, par exemple) était plutôt favorable à leur assimilation. Quel impact ces migrations ont-elles eu sur les pratiques et les conceptions de la vie privée ?

D'autre part, comme elle paraît sûre d'elle-même, cette France jacobine où l'école unifiante construit un modèle cohérent et un peu raide de citoyenneté comme de civilité, redressant les corps, pourfendant les patois, corrigeant les accents, imposant à tous, migrants de l'intérieur ou du dehors, son moule intégrateur, avec une efficace certaine. Un livre récent, celui de Pierre Sansot, *La France sensible* (1985), témoigne ultérieurement de cet effacement du privé devant le public.

Dans un tout autre domaine, la fermeture à la pensée de Freud – le grand Viennois –, le refus de percevoir la sexualité comme une dimension majeure de la personne ne sont-ils pas une autre manifestation d'une représentation assez close de l'intimité et du rapport à soi ?

Les modèle de vie privée, au XIXe siècle, sont difficilement séparables des espaces nationaux.

Révolution française et vie privée
par Lynn Hunt

Sous la Révolution, les frontières entre vie publique et vie privée ont été très fluctuantes. La chose publique, l'esprit public ont empiété sur les domaines habituellement privés de la vie. Le développement de l'espace public et la politisation de la vie quotidienne ont sans doute été en définitive responsables de la redéfinition plus nette de l'espace privé, au début du XIXe siècle. Entre 1789 et 1794, notamment, le domaine de la vie publique n'a cessé de s'étendre, et cela prépara le mouvement romantique de retour sur soi et de retour sur la famille à l'intérieur d'un espace domestique déterminé avec plus de précision. Pourtant, avant d'en arriver à cette conclusion, la vie privée allait devoir subir l'agression la plus violente jamais vue dans l'histoire occidentale.

Les révolutionnaires eurent à cœur de faire la distinction entre le public et le privé. Rien de ce qui était particulier (et tous les intérêts étaient par définition particuliers) ne devait porter atteinte à la volonté générale de la nation nouvelle. De Condorcet à Thibaudeau et à Napoléon, le mot d'ordre fut le même : « Je n'étais l'homme d'aucun parti. » Les factions, la politique des partis – la politique de groupes privés et de particuliers – devenaient synonymes de conspiration ; et les « intérêts » étaient synonymes de « trahison de la nation ».

Au milieu de la période révolutionnaire, « privé » signifie factieux, et tout ce qui touche à la privatisation est tenu pour équivalent de séditieux et lié au complot. De là, les révolutionnaires exigeront que rien n'échappe à la publicité. Seule une vigilance soutenue et le service constant de la chose publique (qui a alors un sens précis) pourront empêcher l'émergence des intérêts particuliers (privés) et des factions.

Il fallait ouvrir les réunions politiques « au public » : les réunions de la législature tirent leur légitimité d'une nombreuse assistance et de fréquentes interruptions. Les salons, les coteries ou les cercles peuvent être dénoncés sur-le-champ. Dans un pays dominé par la politique, l'expression des intérêts privés ne peut qu'être taxée de contre-révolutionnaire. « Il n'y a qu'un parti, celui des intrigants ! s'exclame Chabot. Le reste, c'est le parti du peuple. » Ce souci obsessionnel de tenir les intérêts privés bien à l'écart de la vie publique va paradoxalement parvenir bientôt à effacer les frontières entre le public et le privé.

Les termes d'aristocrate et de sans-culotte revêtirent une signification politique : un sans-culotte pouvait se faire traiter d'aristocrate si son ardeur révolutionnaire faiblissait ; ainsi, le caractère privé prit un sens politique. En octobre 1790, Marat dénonce l'Assemblée nationale comme « presque toute composée de jadis nobles, de prélats, de robins, de gens du roi, d'officiers, de juristes, hommes sans âme, sans mœurs, sans honneur et sans pudeur ; ennemis de la Révolution par principes et par état ». La majorité des législateurs « n'est composée que d'adroits fripons, d'indignes charlatans ». C'étaient des « hommes corrompus, futés et perfides » (*L'Ami du peuple*). Ce n'était pas assez de se tromper de camp politique ; il fallait encore **manquer des qualités humaines les plus élémentaires**. L'homme privé ne pouvait qu'être corrompu si l'homme public ne défendait pas la Révolution de façon satisfaisante. Marat ouvrit la voie, d'autres suivirent. En 1793, un « modéré, feuillant, aristocrate », était défini dans un pamphlet très médiocre comme « celui qui n'a pas amélioré le Sort de Lumanité indigente et patriote ; en ayant Notoirement les facultés. Celui qui ne porte par méchanceté un Cocarde de trois pouces de Circonferance ; Celui qui a achetté des habits autres que **nationneaux, et Surtout ceux qui ne Se glorifient pas du titre et de la Coifure de Sans-Culotte** » (*sic*). Le vêtement, le langage, les attitudes envers les pauvres, le travail fourni, l'usage de la propriété mobilière, tout devenait critère de patriotisme. Où était la ligne de démarcation entre l'homme public et l'homme privé ?

Le mélange du privé avec le politique et le public n'était pas l'apanage des réunions de sections et des journaux les

Révolution française et vie privée

plus passionnés ; l'exemple le plus notoire est sans doute le discours de Robespierre du 5 février 1794 : « Sur les principes de morale politique. » En partant du postulat que « le ressort du gouvernement populaire en révolution est à la fois la vertu et la terreur », le porte-parole du Comité de salut public opposait les vertus de la république aux vices de la monarchie : « Nous voulons substituer, dans notre pays, la morale à l'égoïsme, la probité à l'honneur, les principes aux usages, les devoirs aux bienséances, l'empire de la raison à la tyrannie de la mode, le mépris du vice au mépris du malheur, la fierté à l'insolence, la grandeur d'âme à la vanité, l'amour de la gloire à l'amour de l'argent, les bonnes gens à la bonne compagnie, le mérite à l'intrigue, le génie au bel esprit, la vérité à l'éclat, le charme du bonheur aux ennuis de la volupté, la grandeur de l'homme à la petitesse des grands »... Il s'ensuivait alors que, « dans le système de la Révolution française, ce qui est immoral est impolitique, ce qui est corrupteur est contre-révolutionnaire ». Ainsi, même si les révolutionnaires pensaient que les intérêts privés (par lesquels ils entendaient les intérêts de petits groupes ou de factieux) ne devaient pas être représentés dans l'arène politique, ils étaient cependant persuadés que l'attitude privée et la vertu publique étaient étroitement liées. C'est ainsi que la « Commission temporaire de surveillance républicaine établie à Ville-Affranchie » (Lyon) déclara, en novembre 1793 : « Pour être vraiment républicain, il faut que chaque citoyen éprouve et opère en lui-même une révolution égale à celle qui a changé la face de la France. [...] tout homme qui ouvre son âme aux froides spéculations de l'intérêt ; tout homme qui calcule ce que lui vaut une terre, une place, un talent [...] tous les hommes ainsi faits et qui osent se dire républicains ont menti à la nature [...] qu'ils fuyent le sol de la liberté, ils ne tarderont pas d'être reconnus et de l'arroser de leur sang impur. » Bref, la vision révolutionnaire de la politique est rousseauiste. La qualité de la vie publique dépend de la transparence des cœurs. Entre l'État et l'individu, il n'est pas besoin de la médiation de partis ou de groupes d'intérêts, mais les individus doivent accomplir leur révolution personnelle, reflet de celle qui s'accomplit dans l'État. Il s'ensuit une politisation profonde de la vie privée. Selon les révolutionnaires lyonnais, « la République ne veut plus dans son sein que des hommes libres ».

Changer les apparences

L'un des exemples les plus évidents de l'invasion par le public de l'espace du privé est le souci constant du costume. Dès l'ouverture des États généraux en 1789, le vêtement a une signification politique. Michelet a représenté la différence entre la sobriété des députés du tiers état, en tête de la procession d'ouverture – « une masse d'hommes, vêtus de noir [...] modestes d'habits » – et « la brillante petite troupe des députés de la noblesse [...] avec ses chapeaux à plumes, ses dentelles, ses parements d'or ». Selon l'Anglais John Moore, « une grande simplicité, voire l'usure du vêtement était [...] considérée comme une preuve de patriotisme ». En 1790, les journaux de mode présentent un « costume à la Constitution » pour les femmes, qui devient, en 1792, le « costume dit à l'égalité avec bonnet très à la mode parmi les républicaines ». Selon le *Journal de la mode et du goût*, la « grande dame » de 1790 porte des « couleurs rayées à la nation » et la « femme patriote » s'habille « couleur de drap bleu de roi avec chapeau de feutre noir, bourdaloue et cocarde tricolore ».

La mode ne fut pas d'emblée aussi nettement définie chez les hommes, mais le costume devint rapidement un système sémiotique puissamment chargé. Il révélait la signification publique de l'homme privé. C'est à leur mépris pour le port de la cocarde que l'on reconnaissait les modérés et les aristocrates. Après 1792, le bonnet rouge, la carmagnole et le pantalon large définissent le sans-culotte, c'est-à-dire le vrai républicain. Le vêtement se voit tellement chargé de signification politique que la Convention doit réaffirmer « la liberté de costume », en octobre 1793. Le décret lui-même semble anodin : « Nulle personne de l'un ou l'autre sexe ne pourra contraindre aucun citoyen ni citoyenne à se vêtir d'une manière particulière [...] sous peine d'être considérée et traitée comme suspect. »

Pourtant, ces discussions à la Convention révèlent que ce décret vise surtout les clubs de femmes dont les membres

Révolution française et vie privée

portaient le bonnet rouge et forçaient les autres femmes à les imiter. Aux yeux des députés, à ce moment le plus radical de la Révolution – celui de la déchristianisation –, la politisation du vêtement menaçait de subvertir la définition même de l'ordre des sexes. Le Comité de sûreté générale craignait que les discussions sur le vêtement ne soient un effet de la masculinisation des femmes : « On demande aujourd'hui le bonnet rouge : on ne s'en tiendra pas là ; on demandera bientôt la ceinture avec les pistolets. » Des femmes armées seraient alors bien plus dangereuses dans les longues files d'attente pour le pain ; pire encore, elles fondaient des clubs. Fabre d'Églantine observa que « ces sociétés ne sont point composées de mères de famille, de filles de famille, de sœurs occupées de leurs frères ou sœurs en bas âge, mais d'espèces d'aventurières, de chevalières errantes, de filles émancipées, de grenadiers femelles ». Les applaudissements qui l'interrompirent montrent qu'il avait touché la corde sensible des députés ; ils supprimèrent tous les clubs de femmes, car ils faussaient l'« ordre naturel », puisqu'ils « émancipaient » les femmes de leur identité exclusivement familiale (privée). Comme le disait Chaumette : « Depuis quand est-il d'usage de voir la femme abandonner les soins pieux de son ménage, le berceau de ses enfants, pour venir sur la place publique dans la tribune aux harangues ? » Les femmes étaient prises comme la représentation du privé, et leur participation active en tant que femmes sur la place publique était rejetée pratiquement par tous les hommes.

Malgré le soutien apparent de la Convention au droit de se vêtir à sa convenance, l'État jouait une part croissante dans ce domaine. Après le 5 juillet 1792, une loi obligea tous les hommes à porter la cocarde tricolore ; après le 3 avril 1793, tous les Français, sans distinction de sexe, y furent soumis. En mai 1794, la Convention demanda au peintre-député David de présenter projets et suggestions pour améliorer le costume national. Il fit huit dessins, dont deux pour des uniformes civils. Il y avait peu de différence entre les costumes civils et ceux des fonctionnaires. Tous se composaient d'une courte tunique ouverte, rattachée à la taille par une ceinture-écharpe, une culotte serrée, des chaussures ou bottes basses, une sorte de toque et une cape trois-quarts. Ce costume alliait les détails de l'Antiquité, de la Renaissance, mais aussi des costumes de théâtre. Le costume civil de David ne fut jamais porté que par quelques jeunes admirateurs du maître. Pourtant, l'idée même d'un uniforme civil, née dans la Société populaire et républicaine des arts, montre que certains espéraient voir disparaître la frontière entre le public et le privé. Tous les citoyens, soldats ou non, seraient en uniforme. Les artistes de la Société populaire faisaient remarquer que les habitudes vestimentaires du temps étaient indignes d'hommes libres ; si la Révolution devait pénétrer dans le domaine privé, il fallait alors renouveler complètement le costume. Comment pouvait-on parvenir à l'égalité si la distinction sociale continuait à s'exprimer par le vêtement ? Le costume féminin semblait moins important aux yeux des artistes et des législateurs, et cela n'a rien d'étonnant. Selon Wicar, les femmes avaient peu besoin de changement, « si l'on en excepte ces mouchoirs ridiculement gonflés ». Puisque les rôles privés étaient dévolus aux femmes, elles n'avaient nul besoin de porter l'uniforme national des citoyens.

Même après l'abandon du projet grandiose de réforme et d'uniformisation du vêtement masculin, le costume ne perdit pas sa signification politique. Les muscadins de la réaction thermidorienne portaient du linge blanc et prenaient à partie les prétendus Jacobins qui ne se poudraient pas les cheveux. Le « costume à la victime » des muscadins comprenait « l'habit carré décolleté, des souliers très découverts, les cheveux pendants sur les côtés » ; ils étaient armés de petites cannes plombées. En général, la Révolution contribua à un allègement et à un relâchement du vêtement. Pour les femmes, cela voulait dire une tendance à se dénuder de plus en plus, jusqu'à ce qu'un journaliste commente : « Plusieurs déités parurent dans des costumes si légers, si transparents qu'elles privèrent le désir du seul plaisir qui l'alimente, du plaisir de deviner. »

Changer le décor du quotidien

Les objets de l'espace privé ne sont pas oubliés. Les objets les plus intimes portent le sceau de l'ardeur révolutionnaire. On trouve des « lits à la Révolution » ou « à la Fédération » dans les demeures des patriotes aisés. Porcelaines et faïences s'ornent de devises ou de vignettes républicaines. Les tabatières, les plats à barbe, les miroirs, les coffres et jusqu'aux pots de chambre sont décorés de scènes des journées révolutionnaires ou d'allégories. La Liberté, l'Égalité, la Prospérité, la Victoire enjolivent, sous la forme de jeunes et charmantes déesses, les espaces privés de la bourgeoisie républicaine. Même les tailleurs ou les cordonniers les plus pauvres ont sur leurs murs des calendriers révolutionnaires avec le nouveau système de datation et les inévitables vignettes républicaines. Les portraits des héros antiques et révolutionnaires ou les tableaux historiques montrant les événements fondateurs de la République n'avaient sans doute pas complètement remplacé les gravures et les images de la Sainte Vierge et des saints, et l'on ne peut assurer que les attitudes populaires aient été profondément modifiées par cet essai de nouvelle éducation politique. Mais on peut affirmer, en revanche, que l'invasion de nouveaux symboles publics dans les espaces privés a été déterminante pour la création d'une tradition révolutionnaire. De même, tous les portraits de Bonaparte et les nombreuses représentations de ses victoires ont aidé à créer la légende napoléonienne. Le nouveau décor de l'espace privé eut des conséquences à long terme grâce à la volonté des dirigeants révolutionnaires et de leurs amis de tout politiser.

Changer les mots

Le symbolisme révolutionnaire n'était pas à sens unique. En même temps que les symboles révolutionnaires envahissaient le domaine de la vie privée, les marques de la vie privée envahissaient l'espace public. Le tutoiement familier s'étendait à tout le monde. En octobre 1793, un sans-culotte zélé fit à la Convention une pétition « au nom de tous mes Cometans » (*sic*) pour faire voter un décret, demandant à tous les républicains « de tutoyer sans distinction ceux ou celles à qui ils parleront en seul, à peine detre déclarés suspects ». Il alléguait que cette pratique amènerait à « moins d'orgueil, moins de distinction, moins d'inimitiés, plus de familiarité apparente, plus de penchant à la fraternité ; Conséquament plus dégalité ». Les députés refusèrent d'exiger le tutoiement ; mais son usage se généralisa dans les cercles d'ardents révolutionnaires. L'emploi du langage « familier » dans l'arène publique avait un effet volontairement destructeur. Le tutoiement bousculait les règles usuelles du discours public.

Plus choquante encore était l'intrusion massive des « ordures du langage poissard » dans le discours politique imprimé. Des journaux de droite comme *Les Actes des apôtres,* des pamphlets anonymes comme *La Vie privée de Blondinet Lafayette, général des bluets* et *Sabats jacobites* inaugurèrent cette tendance dès les premières années, en parodiant le rituel catholique et en propageant les « polissonneries galantes » si appréciées dans le « monde » de l'Ancien Régime. Les journaux de gauche, surtout *Le Père Duchesne* d'Hébert, prirent immédiatement la relève. Bientôt, les « bougres », les « foutres », les « torche-culs » furent des termes courants que l'on pouvait lire avec une liste infinie de « jurons de style » (des « tonnerre de Dieu » aux « vingt-cinq mille millions de pétards »). Dans le cas d'Hébert, comme dans celui de beaucoup d'autres, l'emploi de mots familiers, vulgaires ou bas culmina dans ses descriptions de Marie-Antoinette : « La tigresse autrichienne était regardée dans toutes les cours comme la plus misérable *prostituée* de la France. On l'accusoit hautement de se *vautrer* dans la *fange* avec des valets, et on étoit embarrassé de distinguer quel étoit le gougeat qui avoit fabriqué les *avortons aclopés* [sic], bossus, gangrénés, sortis de son *ventre ridé à triple étage* » *(Le Père Duchesne).* Marie-Antoinette était présentée comme le contraire de tout ce que les femmes devaient représenter : une bête sauvage plutôt qu'une force civilisatrice, une prostituée plutôt qu'une femme, un monstre donnant naissance à des créatures difformes plutôt qu'une mère. Elle était l'expression ultime la plus vile de ce que les révolutionnaires craignaient qu'il advienne des femmes si elles pénétraient dans l'univers public – qu'elles soient non plus des femmes, mais de hideuses perversions du sexe féminin. Cette abominable perversion semblait exiger un langage tout aussi immonde que celui que se réservaient les hommes pour leurs histoires salaces. En public, on s'en servait pour détruire l'aura de la souveraineté, de la noblesse et de la déférence.

Le langage reflète les oscillations de la frontière entre le public et le privé de bien d'autres façons. L'État révolutionnaire essaya de réglementer l'usage du langage en exigeant le français à la place du patois ou du dialecte. Barère expliquait ainsi la décision du gouvernement : « Chez un peuple libre, la langue doit être une et la même pour tous. » Le conflit entre le public et le privé se déplaça sur le terrain linguistique ; les nouvelles écoles eurent pour tâche de propager le français, surtout en Bretagne et en Alsace, et tous les textes officiels furent publiés en français. Dans de nombreuses régions, la langue officielle fut le français, qui relégua du même coup les patois et les dialectes dans le privé.

Pour certains, la création d'un langage privé compensait la perte de la vie privée. Les soldats, qui abandonnaient toute vie personnelle par la conscription, s'inventèrent un « parler des grognards » pour se distinguer des « pékins » qui n'étaient pas militaires. Ils avaient leurs propres termes pour désigner l'équipement, l'uniforme, les divisions de l'armée (les soldats de garde devinrent les « immortels »), les incidents sur les champs de bataille, leur solde (l'argent fut baptisé « vaisselle de poche ») et même pour les jetons du loto (le 2 était la « petite poulette », le 3, l'« oreille du juif »). L'ennemi allemand était connu comme une « tête de choucroute », l'Anglais était plus simplement le « goddam ».

Marianne, ma mère

Les symboles de la vie familiale et familière pouvaient avoir un effet politique (donc public) dans cette période de confusion entre vies publique et privée. L'emblème de la République, la déesse romaine de la Liberté, avait souvent une allure abstraite sur les sceaux officiels, les statues et les vignettes. Mais, dans bon nombre de représentations, elle prit l'aspect familier d'une jeune fille ou d'une jeune mère. Elle devint vite connue, d'abord par dérision puis par affection, sous le nom de Marianne, le prénom féminin le plus répandu. La femme et la mère, si dépourvues de tout droit politique, pouvaient néanmoins (ou pour cette raison ?) devenir les emblèmes de la nouvelle République. Même Napoléon s'imagina en train de la sauver d'un abîme de discorde et de division en 1799. Pour être efficace, le pouvoir devait appeler l'affection, et, pour cette raison, il devait à l'occasion être familier.

Le discours politique et l'iconographie de la décennie révolutionnaire racontent une histoire de famille. Au début, le roi est représenté comme un père bienveillant qui aurait reconnu les problèmes de son royaume et souhaité les résoudre avec l'aide de ses fils devenus adultes (les députés du tiers état, en particulier). Mais, après sa tentative de fuite en juin 1791, il devint impossible de soutenir cette version : petit à petit, les fils exigèrent des changements fondamentaux, et ils allèrent jusqu'à demander le remplacement du père. Le besoin d'éliminer ce père tyrannique se doubla alors d'une rage contre la femme que l'on n'avait jamais réussi à se représenter sous les traits d'une mère ; l'adultère tant exploité de Marie-Antoinette était une insulte à la nation, qui servit en quelque sorte à justifier sa fin tragique. Le couple royal est alors remplacé, dans un nouveau schéma familial du pouvoir, par la Fraternité des révolutionnaires qui protège les sœurs fragiles, Liberté et Égalité. Dans les nouvelles représentations de la République, il n'y a jamais de père, et les mères, hormis les très jeunes, sont quasi absentes ; voilà une famille dont les parents ont disparu. On a laissé aux frères le soin de créer un monde nouveau et de veiller sur leurs sœurs orphelines. À l'occasion, surtout entre 1792 et 1793, on représente les sœurs défendant ardemment la République, mais, le plus souvent, elles sont en quête de protection. La République est chérie, mais son sort dépend du peuple, une force formidable et virile.

La religion privée contre l'État

Les effets de la Révolution sur la vie privée ne sont pas restés seulement « symboliques », c'est-à-dire cantonnés aux seules expressions de la culture politique que sont le vêtement, le langage et le rituel politique. Dans beaucoup d'autres domaines, le nouvel État s'attaqua de front aux pouvoirs des communautés de l'Ancien Régime – l'Église, les corporations, la noblesse, la communauté villageoise et le clan familial – et, dans le même temps, définit un nouvel espace pour l'individu et ses droits privés. Certes, cela ne se fit pas sans résistances ni ambiguïtés. Celles-ci apparaissent surtout dans le combat contre l'Église catholique, principale rivale pour le contrôle de la vie privée. Le catholicisme, à la fois ensemble de croyances privées et de cérémonies publiques, assemblée de fidèles et institution puissante, fut le terrain des luttes publiques (et peut-être privées) les plus âpres. En bons libéraux, les révolutionnaires avaient d'abord espéré fonder un régime sur la tolérance religieuse générale ; les questions religieuses devaient rester des affaires privées. Mais les vieilles habitudes et le besoin croissant d'argent dictèrent une solution plus contestable : la confiscation des biens ecclésiastiques et la Constitution civile du clergé. Dorénavant, les évêques devaient être élus comme presque tous les représentants publics ; les assemblées révolutionnaires exigèrent les unes après les autres que le clergé prêtât serment et interdirent le port de vêtements ecclésiastiques. Le soutien des prêtres réfractaires se vit associé à la contre-Révolution, et l'État contrôla de plus en plus les lieux, les dates et les cérémonies du culte. Par le Concordat de 1801, Napoléon renonçait au contrôle tyrannique de l'État, mais seulement au prix de la reconnaissance du droit permanent de l'État à s'immiscer dans les questions religieuses.

Même si beaucoup d'entre eux désiraient une réforme, les catholiques n'acceptèrent pas sans réserve le contrôle de l'État. Pour la première fois, des individus privés – femmes et enfants pour la plupart – assumèrent un rôle public pour défendre leur Église et ses rites. Selon l'abbé Grégoire, l'Église constitutionnelle fut étranglée par « les femmes crapuleuses et séditieuses ». Elles cachaient les prêtres réfractaires, aidaient à célébrer des messes clandestines et même des messes blanches ; après Thermidor, elles poussaient leurs maris à réclamer au gouvernement la réouverture des églises ; elles refusaient de faire baptiser ou marier leurs enfants par des prêtres assermentés ; et, quand tout avait échoué, elles se réunissaient pour manifester au nom de la liberté religieuse. Pour protester contre l'intrusion de l'État, on remit à l'honneur d'anciens saints patrons et, dans les régions les plus hostiles à la Révolution, on créa de nouveaux martyrs. La récitation du chapelet pendant les veillées devint un acte de résistance politique. Une « Suzanne-sans-peur » fut assez audacieuse pour exprimer sa résistance dans un libelle trouvé au cours de l'an VII dans un village de l'Yonne appelé Villethierry : « Il n'y a pas de despotisme dans aucun gouvernement qui égale le nôtre. On nous dit, vous êtes libres et souverains, pendant que nous sommes entraînés jusqu'au point qu'il ne nous est pas permis de chanter, jouer, quand on est endimanché, pas même de se mettre à genoux pour rendre hommage à l'Être suprême. »

Sous l'attaque de l'État et des révolutionnaires les plus acharnés, en ville surtout, la religion se privatise. En 1794, après l'émigration, la déportation, les exécutions, les emprisonnements, les démissions et les mariages des prêtres, il en reste peu pour célébrer encore une religion publique. On fait ses dévotions à la maison, en famille ou avec un groupe d'amis sûrs. Mais, dès la levée de toutes les restrictions, le monde privé réclamera publiquement pour sa foi. Les églises paroissiales, qui étaient devenues des granges, des étables, des salpêtrières, des halles à poisson ou des lieux de réunion de clubs, furent restaurées et reconsacrées. On tira les vases sacrés et les vêtements sacerdotaux de leurs cachettes et, s'il n'y avait pas de prêtre, un maître d'école ou un ancien clerc était chargé d'officier. Dans de nombreux endroits – surtout à la campagne –, on ne tenait aucun compte du décadi, et les villageois s'assemblaient le dimanche pour afficher leur refus de travailler. Conséquence de ce mélange spectaculaire du public et du privé, on va voir apparaître une structure nouvelle et durable de la pratique religieuse : les femmes resteront les piliers de l'Église qu'elles avaient défendue avec tant d'acharnement, et les hommes deviendront au mieux des pratiquants saisonniers. De nouvelles formes de la vie publique – le cabaret et le café – réclament dorénavant la présence de la population mâle.

La famille, frontière du public et du privé

Dans aucun domaine l'invasion de l'autorité publique ne fut plus évidente que dans la vie familiale elle-même. Le mariage était sécularisé, et la cérémonie devait avoir lieu en présence d'un officier municipal pour être légale. Sous l'Ancien Régime, le mariage consistait dans l'échange des consentements, et le prêtre ne jouait que le rôle de témoin de cet échange. L'important décret du 20 septembre 1792 ne confiait pas seulement à un fonctionnaire la charge de l'état civil, il devait aussi déclarer le couple uni devant la loi. L'autorité publique prenait dorénavant une part active dans la formation de la famille. L'État fixait les obstacles au mariage, rétablissait et réglait le processus d'adoption, définissait les droits (sévèrement restreints ensuite par le Code civil) des enfants naturels, instituait le divorce et limitait la puissance paternelle, en partie par l'établissement de tribunaux de famille (qui furent supprimés en 1796, encore que l'État continuât à limiter la puissance paternelle – en matière d'exhérédation notamment). En essayant d'établir un nouveau système d'éducation nationale, la Convention partait du principe que les enfants, comme disait Danton, « appartiennent à la République avant d'appartenir à leurs parents ». Bonaparte lui aussi insista pour que « la loi prît l'enfant à sa naissance, pourvût à son éducation, le préparât à une profession, réglât comment et à quelles conditions il pourrait se marier, voyager, choisir un état ».

La législation de la vie familiale montre les soucis divergents des gouvernements révolutionnaires ; il s'agissait de conserver l'équilibre entre la protection de la liberté individuelle, le maintien de la solidarité familiale et l'affermissement du contrôle de l'État. Sous la Convention, surtout, mais déjà auparavant, la priorité fut donnée à la protection des citoyens contre l'éventuelle tyrannie des familles et de l'Église. On considérait les lettres de cachet, en particulier, comme une ignominie, parce que des familles en avaient usé pour faire interner leurs enfants, pour simple rébellion ou dissipation. Pourtant, avec l'institution des tribunaux de famille (en août 1790), les législateurs encourageaient les familles à régler leurs conflits internes, y compris, le cas échéant, par le divorce (rendu possible par la loi promulguée le 20 septembre 1792). Le Code civil se montrera bien moins préoccupé par le bonheur et l'autonomie des citoyens (surtout des femmes), et il accroîtra les pouvoirs paternels. Les pouvoirs conférés aux tribunaux de famille seront confiés soit au père, chef de famille, soit à des cours d'État. D'une façon générale, il est évident que l'État limita souvent le contrôle de la famille ou de l'Église sur l'individu pour étendre le sien. L'État garantissait les droits individuels, encourageait la solidarité familiale et limitait la puissance parentale.

Droit au divorce

On mesure la tension entre les droits individuels, la famille et le contrôle de l'État en particulier dans le cas du divorce, institué pour la première fois en France par la Révolution. Le divorce était la conséquence logique des idées libérales exprimées dans la Constitution de 1791. L'article 7 avait sécularisé le mariage : « La loi ne considère plus le mariage que comme un contrat civil. » Si le mariage était un contrat civil fondé sur le consentement mutuel, ce contrat pouvait être rompu. L'argument acquit du poids par la force des circonstances. La Constitution civile du clergé avait divisé l'Église catholique, et de nombreux couples refusaient d'échanger le serment de mariage devant un prêtre jureur. En sécularisant le mariage, l'État prenait le contrôle de l'état civil et remplaçait l'Église comme ultime autorité dans les questions de vie familiale. Dans les débats sur le divorce, qui ne furent pas nombreux malgré leur nouveauté, d'autres arguments furent avancés en sa faveur : la délivrance des couples malheureux, la libération des femmes du despotisme marital et la liberté de conscience pour les protestants et les juifs, dont la religion n'interdisait pas le divorce.

La loi de 1792 était remarquablement libérale. Sept motifs déterminants pouvaient être retenus pour demander le divorce : « la démence ; la condamnation de l'un des conjoints à des peines afflictives ou infamantes ; les crimes, sévices ou injures graves de l'un envers l'autre ; le dérèglement de mœurs notoire ; l'abandon pendant deux ans au moins ; l'absence sans nouvelles au moins pendant cinq ans ; l'émigration ». Dans ces cas, le divorce était immédiatement accordé. De plus, un couple pouvait aussi divorcer par consentement mutuel dans un délai de quatre mois, et le divorce était prononcé également « pour incompatibilité d'humeur et de caractère » après une période de six mois de tentative de réconciliation. Un délai d'un an était exigé avant le remariage. Les frais de justice étaient tellement modiques que presque tout le monde pouvait les acquitter ; plus surprenant encore, hommes et femmes pouvaient également demander le divorce. C'était alors la loi la plus libérale du monde.

Au chapitre VI du Code civil, les motifs furent ramenés à trois : la condamnation, les sévices, l'adultère. En accord avec la réaffirmation napoléonienne de la puissance paternelle, les droits de la femme furent notablement réduits. L'époux pouvait demander le divorce en alléguant l'adultère de son épouse, mais elle-même ne pouvait le demander que dans le cas où son époux aurait « tenu sa concubine dans la maison commune » (art. 230). De plus, si elle était convaincue d'adultère, elle était passible de deux ans d'emprisonnement, alors que l'homme échappait à toute punition. Le divorce par consentement mutuel fut maintenu, mais avec beaucoup de restrictions : l'époux devait avoir vingt-cinq ans au moins ; l'épouse devait avoir entre vingt et un et quarante-cinq ans. Le mariage devait avoir duré entre deux et vingt ans ; et l'on devait demander la permission aux parents. Il y eut à peu près 30 000 divorces en France entre 1792 et 1803, mais bien moins par la suite (le divorce fut aboli en 1816). À Lyon, pour prendre un exemple qui a été bien étudié, il y eut 87 divorces par an entre 1792 et 1804, et seulement 7 entre 1805 et 1816. À Rouen, 43 % des 1 129 divorces prononcés entre 1792 et 1816 ont été accordés entre 1792 et 1795 ; après 1803, il n'y eut plus que 6 divorces accordés chaque année.

Le divorce vécu

La possibilité de divorcer a-t-elle eu une influence réelle sur la vie privée des nouveaux citoyens de la République ? Dans les villes, sans aucun doute, mais elle fut bien moindre dans les campagnes. À Toulouse, par exemple, il y eut 347 divorces entre 1792 et 1803, mais, dans les régions rurales de Revel et de Muret, il n'y en eut que 2 par région pendant la même période. Dans les grandes villes comme Lyon et Rouen, 3 à 4 % des mariages contractés sous la Révolution s'étaient terminés par un divorce en 1802, c'est-à-dire dans les dix ans qui avaient suivi leur célébration. Vers 1900, après le rétablissement du divorce en 1884, le taux était de 6,5 % – chiffre sans doute moins important que celui de la dernière décennie du XVIIIe siècle, si l'on tient compte du fait que le divorce ne pouvait s'obtenir aisément que pendant les dix ans qui suivirent 1792. Les couples divorcés venaient de toutes les couches de la société urbaine, bien que les artisans, les commerçants et les professions libérales aient plus souvent divorcé. Les femmes semblent avoir bénéficié des nouvelles lois; à Lyon et à Rouen, dans les deux tiers des demandes déposées pour un motif autre que le consentement mutuel, ce sont les femmes qui introduisent la procédure. Les demandes par consentement mutuel ne sont pas nombreuses : dans un cas seulement sur quatre ou cinq, les deux parties se sont mises d'accord pour demander le divorce.

Le motif de divorce qui revient le plus souvent est l'abandon ou l'absence. Le deuxième motif est l'incompatibilité. Même les statistiques les plus sèches révèlent à l'occasion de tristes histoires : à Lyon, un quart des demandeurs de divorce par abandon se plaignent de ne pas avoir revu leur conjoint depuis dix ans ou plus! Une bonne moitié des conjoints étaient partis depuis cinq ans ou davantage. La Révolution donnait l'occasion de légaliser une situation de fait; et cette réalité comportait des problèmes éternels. Hommes et femmes citent l'abandon et l'incompatibilité presque à égalité, mais, est-ce étonnant ? ce sont les femmes qui invoquent le plus souvent les sévices. Les comptes rendus des tribunaux de famille et, plus tard, des tribunaux civils sont pleins d'histoires de maris qui frappent leur femme, souvent au retour du cabaret, à coups de poing, de balai, de vaisselle, de fer à repasser, et même parfois à coups de couteau.

La législation sur le divorce n'avait pas seulement été conçue pour libérer l'individu des contraintes d'une situation domestique malheureuse. Le couple malchanceux devait mettre au point les arrangements par l'intermédiaire d'un tribunal de famille ou d'une assemblée de famille, selon le motif de divorce. Ils se composaient de parents (ou d'amis, s'il n'y avait pas de parents) choisis par les deux conjoints pour juger de la recevabilité de la demande, pour s'occuper des arrangements financiers et de la garde des enfants. Il semble que le divorce ait été volontiers accepté, puisque seulement un tiers, parfois la moitié des demandes n'ont pas abouti (sans doute en raison des pressions familiales). Le nombre des cas où le divorce est accordé est surprenant, si l'on tient compte de sa nouveauté et de la résistance de l'Église. Même les évêques assermentés n'acceptaient le divorce qu'à la condition qu'aucun des conjoints ne se remarierait tant que l'autre vivrait. Pourtant, environ un quart des hommes et femmes divorcés se remarièrent (après 1816, l'Église reconnut des remariages si le précédent n'avait été que civil, ce genre de mariage n'ayant aucun statut à ses yeux). Les demandes de divorce entraînaient rarement un conflit pour la garde des enfants, d'une part parce que la majorité des demandeurs n'avaient plus d'enfants en bas âge (les trois cinquièmes des couples recensés à Lyon et à Rouen n'avaient plus d'enfants mineurs), d'autre part parce que ni les tribunaux ni les parents ne considéraient les enfants comme faisant partie intégrante de la cellule familiale. Du reste, on fait rarement référence aux enfants dans les dépositions des couples ou dans les discussions des tribunaux ; tout aussi rares sont les remises en cause des décisions concernant la garde des enfants ; fréquemment, les couples mentionnent leurs enfants sans même citer leurs prénoms ou, parfois encore, sans en donner le nombre.

Les formalités de divorce nous offrent un des rares accès à la sensibilité privée sous la Révolution. On ne peut dire dans quelle mesure la vie affective a changé. Nougaret raconte l'histoire d'une jeune fille engrossée par un amant marié. Pour protéger l'honneur de sa fille, sa mère annonce qu'elle-même est enceinte ; ainsi, elles peuvent se retirer à la campagne jusqu'à ce que la jeune fille ait accouché. Cette mère exemplaire de *Paris ou le Rideau levé* (an VIII) ne semble pas très atteinte par l'expérience révolutionnaire. Les problèmes vécus dans le mariage étaient sans doute les mêmes qu'avant 1789. La Révolution n'a sans doute pas inventé les sévices contre les femmes. Mais la possibilité même du divorce doit avoir eu une influence sur le mariage. Il y avait dorénavant des femmes comme la Lyonnaise Claudine Ramey, qui voulait quitter son mari parce qu'« elle ne pouvait être heureuse avec lui ». Pour beaucoup, l'amour devait être le fondement du mariage. Le mariage lui-même connut une vogue sous la Révolution; le nombre annuel de mariages passa de 239 280 sous Louis XVI à 327 000 en 1793. Mais tous ne se mariaient pas par amour : la proportion de mariages dans lesquels l'époux avait moins de vingt-cinq ans et dix ans de moins que son épouse passa de 9 ou 10 % à 19 % en 1796 ; le mariage n'était-il pas le meilleur moyen d'éviter la conscription ?

Vie privée = vie secrète

Il est très difficile d'exposer la conception de la vie privée des révolutionnaires eux-mêmes. Les Mémoires des grands personnages politiques sont étonnamment impersonnels ; ils sont presque exclusivement consacrés à la vie publique, tout comme les Mémoires de leurs prédécesseurs de l'Ancien Régime, et la plupart des aspects de la vie privée – l'amour, les relations conjugales, la santé – sont laissés dans l'ombre, comme s'ils n'avaient rien à voir avec la grande expérience de la création d'une nation nouvelle. Même les Mémoires écrits bien plus tard gardent ces principes. La Révellière-Lépeaux, qui a rédigé les siens vers 1820 et a consacré de nombreux passages très romantiques à ses premières amours, ne réserve qu'un chapitre de ses trois volumes à sa « vie privée avant la Révolution ». La vie privée semble se terminer avec la Révolution et ne recommencer qu'avec l'abandon de la vie publique. « L'une des circonstances remarquables de [sa] vie privée » fut sa rencontre de jeunesse avec le futur député Leclerc (de Maine-et-Loire), au collège d'Angers. L'expérience de la vie publique sous la Révolution semble avoir coloré tous ses souvenirs du passé. Les seuls fragments de vie privée dont La Révellière-Lépeaux parle dans ses *Mémoires* sont les grands événements de sa vie familiale : sa recherche d'une épouse et ses sentiments pour elle et pour ses enfants. Lorsqu'il parle en détail de son expérience révolutionnaire, il élimine tout ce qui n'est pas jugements politiques. On ne mélange pas le public et le privé.

Mme Roland elle-même écrit de façon conventionnelle. Sachant qu'elle allait être guillotinée, elle écrivit ses *Notices historiques sur la Révolution* qui, comme les Mémoires des hommes politiques, est une sorte de journal politique. Mais, au même moment, elle faisait aussi un retour sur ses jeunes années pour ses *Mémoires,* qu'elle conçoit comme un témoignage sur son histoire privée : « Je me propose d'employer les loisirs de ma captivité à retracer ce qui m'est personnel. » Dans ces pages, elle décrit en détail sa vie avec ses parents et donne davantage cours à ses sentiments privés que ne le fait La Révellière-Lépeaux. Son chagrin est immense quand sa mère meurt ; elle parle avec beaucoup plus de détachement de ses premières impressions sur M. Roland : « Sa gravité, ses mœurs, ses habitudes, toutes consacrées au travail, me le faisaient considérer pour ainsi dire sans sexe, ou comme un philosophe qui n'existait que par la raison. »

Dans ses lettres des années 1780, Mme Roland avait réussi à mêler un intérêt passionné pour les événements politiques et une fascination constante pour les détails de la vie quotidienne. Mais le temps s'accélère et, complètement absorbée par sa vie publique dans les années qui suivent, Mme Roland ne deviendra jamais la Mme de Sévigné de la Révolution, son engagement dans les affaires du moment ne lui permettant plus d'avoir une correspondance de loisir. Mais elle a tout de suite su reconnaître l'impact de la Révolution sur la vie privée ; le 4 septembre 1789, elle écrivait : « Si un honnête homme peut suivre le flambeau de l'amour, ce n'est qu'après l'avoir allumé au feu sacré de celui de la patrie. » 1789 est la grande ligne de partage de sa vie privée, comme elle fut celle de la politique nationale. Ses *Mémoires particuliers,* plus personnels, ne couvriront donc que la période allant jusqu'à la Révolution. Sachant qu'elle va mourir, Mme Roland laisse pourtant s'exprimer ses sentiments pour sa fille : « Qu'elle parvienne à remplir un jour, dans la paix et l'obscurité, le devoir touchant d'épouse et de mère. » La participation à la vie publique avait annihilé la vie privée de cette femme ; elle espérait que sa fille connaîtrait un destin différent.

Vivre et mourir sous la Révolution

Le peu que l'on connaisse des sentiments intimes des gens, entre 1790 et les premières années du XIXe siècle, révèle une grande préoccupation d'abord pour le déroulement de la Révolution, ensuite pour l'édification de l'Empire. Chacun est touché de quelque façon – les fils partent à la guerre, les prêtres sont déportés, les églises deviennent des lieux civils avant d'être reconsacrées, les terres sont vendues aux enchères puis rachetées par les familles émigrées à leur retour, les mariages ne sont plus célébrés de la même façon et le divorce devient possible. Même les prénoms subissent cette influence. Entre 1793 et 1794 surtout, on appelle ses enfants Brutus, Mucius-Scaevola, Périclès, Marat, Jemmapes et même Navette, Betterave ou Messidrice. Ce sont surtout les garçons qui reçoivent des prénoms révolutionnaires, et les enfants illégitimes ou abandonnés plus que les autres. La vogue des prénoms révolutionnaires passa vite après l'an II, mais il y eut encore çà et là quelques Prairial, Épicure-Démocrite ou Marie-Liberté au début du XIXe siècle. Les prénoms véhiculaient des traditions publiques.

On peut également voir la préoccupation des événements révolutionnaires dans ces quelques extraits de lettres et fragments d'autobiographies écrits par des gens moins en vue. Ménétra, compagnon vitrier parisien, a décrit sa propre expérience de la vie révolutionnaire dans son journal. Si sa vision est personnelle, il emploie souvent le langage des thermidoriens : « Le Français ne respirait que le sang [...]. [La Convention sous Robespierre n'était] qu'un repaire de dénonciateurs, d'hommes vindicatifs cherchant à faire périr un parti pour en substituer un autre. » Dans ses lettres à son frère, le libraire parisien Ruault montre le va-et-vient de la politique parisienne et nationale avec force détails en omettant presque tout le reste. Pourtant, à l'occasion, tous deux parlent de leur vie familiale (mais jamais avec autant de détails que dans les *Mémoires* de Mme Roland). Ruault interrompt sa correspondance à la mort de son fils unique en expliquant avec désespoir : « La fièvre ou le médecin nous a ravi ce que nous avions de plus cher au monde. Que nous sert à présent de vivre ? » Ménétra parle du divorce de sa fille, de son remariage, et espère qu'elle oubliera « les peines et les chagrins qu'elle avait essuyés avec son premier monstre de mari ». Pendant la période si effroyable pour tous de 1795, Ménétra était très fier d'annoncer : « Je vivais très bien. […] Nous ne nous sentions point de la disette, […] nous tenions bonne table. »

Ceux dont l'existence était plus misérable ont laissé peu de chose sur leur vie privée. Le taux de mortalité a été au plus haut en 1794, 1804 et 1814 (mais pas plus élevé qu'en 1847, par exemple). Le nombre des suicides atteint son maximum durant les années de crise ; les chiffres semblent s'être élevés entre l'an VI et l'an IX, et, sous l'Empire, ils battirent tous les records en 1812. Sous Napoléon, il y eut à peu près cent cinquante suicides par an à Paris, le plus souvent par noyade dans la Seine. Il y eut trois fois plus d'hommes qui se suicidèrent que de femmes ; sans doute l'interdit de l'Église catholique influençait-il davantage celles-ci. Ce n'étaient pas des vagabonds ou des individus sans aveu qui décidaient de mettre ainsi fin à leur malheureuse vie à l'occasion d'un passage sur la Seine : c'étaient des hommes et des femmes abattus, dont l'existence déjà pénible devenait plus difficile chaque jour, sans espoir d'amélioration. Ils laissaient peu de chose derrière eux : les vêtements qu'ils portaient et le témoignage de parents, d'amis et de voisins venus identifier leur corps. Tout ce que nous savons sur leurs sentiments profonds, c'est qu'ils étaient trop désespérés pour continuer à vivre.

Sade ou la révolution du sexe

Pour parler de la vie privée sous la Révolution, on est presque toujours obligé de s'appuyer sur les données quantitatives de l'histoire sociale (le taux des divorces et des suicides) et sur les témoignages directs de quelques membres d'une élite qui avaient l'occasion d'écrire leurs pensées « privées ». Nous savons peu de chose de ce qu'éprouvaient la plupart des gens « à l'intérieur ». Que pensait le soldat sous la tente, le prisonnier dans sa cellule, la femme du révolutionnaire quand elle préparait le repas, le porteur d'eau quand il arpentait les rues ou quand il était incapable de dormir sur son lit, le soir ? Nous ne sommes même pas sûrs que ces moments fugitifs de conscience privée avaient un sens pour les gens qui vivaient sous la Révolution. Mais il est un exemple que l'on ne peut ignorer dans aucune histoire de la vie privée, c'est celui du marquis de Sade. Les écrits de Sade ont exploré les limites les plus extrêmes de la sexualité, sans doute l'une des dimensions les plus importantes de la vie privée ; et ces explorations définissent encore aujourd'hui, par bien des aspects, les limites de la conscience moderne. Est-ce une coïncidence si les œuvres majeures de Sade ont été composées entre 1785 et 1800 (avec quelques autres qui datent des années précédant sa mort, en 1814) ?

Rien des premières années de Donatien Alphonse François de Sade ne nous permet de deviner le futur auteur de *Justine*, de *La Philosophie dans le boudoir* et des *Cent Vingt Journées de Sodome*. Le jeune Sade fit ses études à Louis-le-Grand avant d'entrer dans l'armée royale, comme de nombreux jeunes nobles et futurs héritiers de titres de noblesse. Il se marie à vingt-trois ans et, dans les mois qui suivent, il est incarcéré à Vincennes par lettre de cachet pour « débauche outrée », début d'une longue carrière de libertinage ponctuée par la prison. Entre 1778 et 1790, il passe onze ans à Vincennes et à la Bastille, et il ne sortira plus de prison après 1801 (entre 1803 et 1814, il sera à Charenton). Malgré ses origines nobles, Sade survivra à la Révolution à Paris en écrivant des pièces et en servant même comme fonctionnaire (secrétaire de la section des Piques) avant d'être emprisonné plusieurs mois en 1794 dans la même prison que Laclos.

Avant 1789, Sade était un libertin notoire, mais, sous la Révolution, il devient encore plus audacieux dans ses écrits : *Justine* connaîtra six éditions dans la décennie qui suit sa publication en 1791. Le roman initial de trois cents pages devient en 1797 *La Nouvelle Justine*, qui a huit cent dix pages ; *Juliette*, publié la même année, a plus de mille pages. *Aline et Valcour* et *La Philosophie dans le boudoir* paraissent tous deux en 1795. C'est l'auteur de *Justine* que les journaux dénoncent le plus souvent en Sade; *La Nouvelle Justine* et *Juliette,* les deux autres titres du cycle de *Justine,* le feront condamner une dernière fois à la prison, d'où il ne sortira plus. Le nombre des éditions et la notoriété durable de *Justine* prouvent bien que Sade n'était pas du tout inconnu sous la Révolution. *Lolotte et Fanfan* (1788), le roman le plus connu de Ducray-Duminil, l'extravagant auteur sentimental qui est à rapprocher de la romancière anglaise Ann Radcliffe, n'eut pas moins de dix éditions, mais Ducray-Duminil était l'auteur le plus populaire du temps. À une époque où une production romanesque soutenue (de quatre mille à cinq mille titres entre 1790 et 1814, selon les estimations) et un goût croissant pour le roman sont encouragés par les nouveaux cabinets de lecture qui se multiplient à Paris après 1795, l'œuvre de Sade a un public significatif.

La Déclaration des droits d'Éros

Les *Contes philosophiques* de Sade sapaient l'idéal révolutionnaire non pas en le rejetant, mais en en poussant la logique à l'extrême, jusqu'au résultat le plus rebutant. Selon Maurice Blanchot, « il formule une sorte de Déclaration des droits de l'érotisme » dans laquelle la nature et la raison servent les droits d'un égoïsme absolu. Tout au long de son œuvre, il inverse le triomphe habituel de la vertu sur le vice. Sade proclame : « Je ne suis dans ses mains qu'une machine qu'elle [la nature] meut à son gré. » Dans un monde nouveau, d'égalité absolue, seule la puissance, souvent brutale, cruelle, importait. La naissance, les privilèges, les distinctions de toutes sortes disparaissaient en face de ce régime révolutionnaire, sans loi (au sens habituel du terme). La liberté, l'égalité et même la fraternité étaient glorifiées en même temps que dévoyées dans l'œuvre de Sade. La liberté était le droit à la recherche du plaisir sans considération de la loi, des conventions, des souhaits des autres (et cette liberté, sans limites pour quelques hommes, signifiait en général l'esclavage pour les femmes choisies). On recherchait les plaisirs dans l'égalité, et personne n'y avait droit par sa naissance;

seuls gagnaient les plus impitoyables et les plus égoïstes (presque toujours des hommes). Quel exemple plus frappant de fraternité que ces quatre amis des *Cent Vingt Journées* ou de « la Société des amis du crime » dans *Juliette*, dont les règlements et les rituels parodient la franc-maçonnerie et les milliers de Sociétés des amis de la Constitution (plus connus sous le nom de Jacobins) de la décennie révolutionnaire ?

Dans les romans de Sade, le privé a une place très spéciale. Il est nécessaire aux jeux les plus extrêmes et les plus cruels, et il a presque toujours la forme d'une prison. Comme le faisait remarquer Roland Barthes, « le secret sadien n'est que la forme théâtrale de la solitude ». Caves, cryptes, passages souterrains, grottes figurent parmi les lieux favoris du héros sadien. Le lieu ultime des secrets et de la solitude, ce sont ces châteaux choisis spécialement parce qu'ils sont coupés du monde extérieur (la société). Le château de Silling, dans la Forêt-Noire, est le lieu central des *Cent Vingt Journées de Sodome* ; dans *Justine*, c'est le château de Sainte-Marie-des-Bois. Il y a fort peu de détails sur l'extérieur des châteaux. L'intérieur est toujours décrit en des termes liés à l'emprisonnement : on insiste sur l'enfermement, mais aussi sur l'ordre répétitif. À Silling, « il fallait faire murer toutes les portes par lesquelles on pénétrait dans l'intérieur et s'enfermer absolument dans la place comme dans une citadelle assiégée [...]. L'avis fut exécuté, on se barricada à tel point qu'il ne devenait même plus possible de reconnaître où avaient été les portes, et on s'établit dans le dedans ». Une fois à l'intérieur de ce monde coupé de l'extérieur, ce monde exclusivement privé, on insiste surtout sur la rigidité de l'ordre. La perversion n'est pas synonyme d'anarchie, c'est le renversement systématique de tous les tabous, la confrontation réglée et répétitive de toutes limites, jusqu'à ce que le plaisir exige le crime.

Les femmes, prisonnières du sexe

Dans cet espace hyperprivé, les objets du plaisir et de l'ordre sont en général des femmes : « Frémissez, devinez, obéissez, prévenez, et [...] peut-être ne serez-vous pas tout à fait malheureuses » *(Les Cent Vingt Journées).* À peu d'exceptions près, les femmes chez Sade ne sont pas libres et éprouvent rarement du plaisir de leur plein gré. « Toute jouissance partagée s'affaiblit. » L'amour ordinaire et hétérosexuel est une exception ; on préfère les autres orifices au vagin. Les femmes sont l'objet des agressions masculines et n'ont aucune identité physique. Juliette semble faire exception à la règle, mais alors elle doit sans cesse voler et tuer pour survivre. Par une sorte de gauchissement tocquevillien, l'égalité et la fraternité entre les hommes ne servent que leur despotisme total sur les femmes. De nombreuses *victimes* sont des aristocrates, mais l'homme du nouveau monde sadien rétablit une sorte de pouvoir féodal dans l'isolement du château comme cellule.

Nous ne pouvons pas prendre Sade comme le vrai représentant des attitudes envers les femmes sous la Révolution ; son œuvre cependant attire l'attention sur le rôle que jouent les femmes comme personnages privés. Dans les romans de Sade, le privé est le lieu où l'on emprisonne et torture les femmes (parfois des enfants, y compris de jeunes garçons) pour la jouissance sexuelle des hommes. Ne s'agit-il pas seulement d'une réduction par l'absurde, typiquement sadienne, de la conception qu'avaient les sans-culottes et les Jacobins de la place de la femme maintenue dans l'espace privé ? Les révolutionnaires ont limité le rôle des femmes à celui de mère et de sœur – dépendant pour leur identité des époux et des frères ; Sade en a fait des prostituées de métier ou des femmes dont le rôle principal est leur aptitude à se laisser enchaîner par les hommes, leur seule identité étant celle d'objets sexuels. Dans ces deux représentations du privé, les femmes n'ont aucune identité propre – du moins les personnages masculins le souhaitent-ils, car, en fait, elles sont présentées en destructrices potentielles, comme s'il était trop évident que jamais elles n'accepteraient d'elles-mêmes les rôles qu'on leur assignait. Pourquoi donc les Jacobins parlaient-ils de chaos avec autant de hargne – et, osons le dire, d'hystérie – quand les femmes réclamèrent le droit de jouer un rôle public ? Pourquoi donc Sade a-t-il une telle obsession du château clos ? « Pour prévenir les attaques extérieures peu redoutées et les invasions intérieures qui l'étaient davantage » *(Les Cent Vingt Journées).*

La conception de la femme, spécialement faite pour le privé (et inapte au public), est la même dans presque tous les cercles intellectuels à la fin du XVIIIe siècle. Le traité de Pierre Roussel, *Du système physique et moral de la femme* (1775, 2e éd., 1783), devient une référence dans le discours sur la femme. Celle-ci y est représentée comme l'inverse de l'homme. On l'identifie par sa sexualité et son corps, l'homme s'identifiant par son esprit et son énergie. L'utérus définit la femme et détermine son comportement émotionnel et moral. On pensait alors que le système reproducteur féminin était particulièrement sensible, et que cette sensibilité était accrue par la faiblesse intellectuelle. Les femmes avaient des muscles moins développés et étaient sédentaires par choix. La combinaison de leur faiblesse musculaire et intellectuelle avec leur sensibilité émotionnelle faisait d'elles les êtres les plus aptes à élever les enfants. De cette façon, l'utérus définissait la place des femmes dans la société comme mères. Le discours des médecins rejoignait le discours des politiciens.

Sous la Révolution, Roussel écrivit parfois dans *La Décade philosophique,* journal « idéologue »; il était associé à la section morale de la Seconde Classe de l'Institut. Son jeune collègue Cabanis partageait ses idées sur les femmes. Les hommes étaient biologiquement forts, audacieux et entreprenants; les femmes étaient faibles, timides et effacées. Malgré son amitié pour Mme de Staël et Mme Concorcet, Cabanis refusait aux femmes tout rôle intellectuel et politique; une carrière publique détruirait la famille, fondement de la société et assise de l'ordre naturel. Jacques-Louis Moreau (de la Sarthe), disciple de Cabanis, idéologue comme lui, et qui collaborait souvent à *La Décade philosophique,* travailla à faire avancer la nouvelle science de l'« anthropologie morale » avec son étude en deux volumes sur l'*Histoire naturelle de la femme* (1803). Ses idées sont conventionnelles : « S'il est vrai de dire que le mâle n'est mâle qu'en certains instants, mais que la femelle est femelle pendant toute sa vie, c'est principalement à cette influence [l'influence utérine] qu'il faut l'attribuer; c'est elle qui rappelle ainsi la femme à son sexe d'une manière continuelle et donne à toutes ses manières d'être une physionomie si prononcée. » En conséquence, « les femmes sont plus disposées que les hommes à croire aux esprits, et à avoir des apparitions ; elles se livrent d'autant plus aisément à toutes les pratiques superstitieuses que leurs préjugés sont plus nombreux ; elles ont fait en grande partie la fortune du mesmérisme ». Il n'est donc pas surprenant que de telles créatures aient été influencées par les prêtres réfractaires et aient subi les formes les plus effrayantes de l'esclavage sexuel.

On a depuis longtemps observé que c'est au XIXe siècle que les femmes ont été reléguées dans la sphère privée comme elles ne l'avaient jamais été. Cette tendance date de la fin du XVIIIe siècle (avant même la Révolution). Mais la Révolution a donné une grande impulsion à cette évolution décisive des relations entre sexes et de la conception de la famille. Les femmes étaient associées à leur « intérieur », à l'espace privé non seulement parce que l'industrialisation permettait aux femmes de la bourgeoisie de ne se définir que par lui, mais aussi parce que la Révolution avait démontré les résultats possibles (et le danger pour les hommes) d'un renversement de l'ordre « naturel ».

La femme devint le symbole de la fragilité qu'il fallait protéger du monde extérieur (le public) ; elle était devenue le symbole du privé. Les femmes ne pouvaient qu'être confinées dans des espaces privés en raison de leur faiblesse biologique, et le privé s'était lui-même montré fragile face à la politisation et à la transformation publique du processus révolutionnaire.

Si l'État pouvait réglementer la vie familiale et changer la mesure du temps quotidien, mensuel ou annuel, si la politique pouvait décider du prénom des enfants et du choix du vêtement, la vie privée pouvait disparaître elle aussi. Et la vie la plus intime se trouvait soumise à des pressions par la sécularisation du mariage, la limitation du culte, la mobilisation en masse ; l'ordre jusqu'alors considéré comme naturel devenait instable. Les femmes pouvaient s'habiller comme les hommes et demander à combattre au front. Les femmes pouvaient demander le divorce si elles étaient « malheureuses ». L'abolition de toute déférence envers les rois, les reines, les nobles et les riches semblait remettre en question la déférence de l'épouse envers son époux, des enfants envers leur père.

Les révolutionnaires eux-mêmes éprouvèrent le besoin de marquer la limite à ne pas dépasser, de bien signaler que les femmes étaient du côté privé, et les hommes, du côté public. À partir de 1794, en 1803, en 1816 et tout au long du XIXe siècle, cette démarcation se renforça entre public et privé, homme et femme, politique et famille. Même les révolutionnaires les plus acharnés ne purent supporter la tension créée par l'invasion du public dans le privé, et ils se détachèrent progressivement de leur œuvre, bien avant Thermidor. Mais les ondes de choc qu'ils ont créées n'ont cessé de se faire sentir jusque dans les années 1970, lorsque les lois françaises sur la famille ont enfin retrouvé certains principes de 1792 : la loi sur le divorce du 11 juillet 1975 rendait le divorce aussi facile qu'en 1792 ; la loi du 4 juin 1970 débarrassait le couple des vestiges de la suprématie maritale de l'époux comme au temps des premières années de la Révolution ; et la loi du 3 janvier 1972 assurait aux enfants naturels des droits qui leur avaient déjà été accordés en l'an II. Comment peut-on mieux mesurer la modernité des principes de la Révolution et les effets à long terme (pour le meilleur et pour le pire) de l'héritage révolutionnaire ?

(Traduit de l'anglais par Françoise Werner.)

Sweet Home
par Catherine Hall

En Angleterre, 1820 fut l'année de la reine Caroline. Caroline de Brunswick, la « reine outragée d'Angleterre », était l'épouse de George, le prince régent, fils de George III. C'était un mariage « arrangé », dépourvu d'ardeur. Presque immédiatement après leur mariage, ils se séparèrent bien qu'ils n'aient eu qu'une fille, la princesse Charlotte. George était libre de profiter de sa vie sentimentale, de ses amitiés, de ses intrigues politiques. Il n'avait pu supporter chez sa femme les manières germaniques qu'il trouvait vulgaires, son manque de discrétion et ses bavardages futiles ; il désirait être débarrassé d'elle. Face à l'implacable hostilité de son époux, qui gardait le contrôle de leur fille, Caroline quitta l'Angleterre pour mener sur le continent la vie d'une princesse errante.

Caroline, la « reine outragée »

En 1820, George III mourut, et le régent, qui avait assumé les tâches de son père pendant ses moments de démence, revêtit alors tous les insignes de la monarchie. Mais allait-on reconnaître Caroline comme reine ? Le nouveau roi était bien décidé à l'en empêcher, et il insista pour que son nom soit exclu de la liturgie. Furieuse d'être évincée de ce qu'elle considérait comme ses droits, Caroline fit voile vers l'Angleterre et débarqua au milieu d'une tempête de polémiques, à la grande joie des radicaux, les ennemis du roi, ravis de saisir cette occasion pour l'attaquer. Les ministres conseillèrent au roi de négocier, mais ils ne purent parvenir à un compromis.

Résolu au divorce, le roi eut alors recours à une procédure spéciale de la Chambre des lords.

Le procès public de la reine allait occuper les esprits pendant l'année 1820. Pendant des semaines, le feuilleton royal alimenta les colonnes de la presse nationale et provinciale, tandis que les lords entendaient des témoignages sur de scabreuses affaires de palais, sur des liaisons scandaleuses entre maîtresse et serviteurs, et sur un mariage sans amour.

Mais l'opinion publique ne prit pas le parti du roi. Elle prit, au contraire, fait et cause pour la reine, qui apparaissait comme une victime malheureuse de la corruption des mariages aristocratiques. Pères, époux et frères furent appelés à défendre la cause de cette femme, tels des chevaliers combattant au nom de la « vertu domestique », le plus bel ornement de la civilisation anglaise. Il y eut toutes sortes de manifestations en sa faveur, comme celle des fondeurs de cuivre et des chaudronniers de Londres, qui prit la forme d'une parade de chevaliers.

Mais Caroline n'était pas à la hauteur du rôle de pure héroïne qu'on lui prêtait. Aussi son mythe s'effondra-t-il rapidement. Après que le roi eut perdu son procès et renoncé au divorce, Caroline dut, de son côté, abandonner son rêve d'un double couronnement. Le roi fut couronné seul. Mais il paya son triomphe public de son recul domestique.

Cette affaire montre que l'opinion avait des idées nouvelles en matière de domesticité. Comme le proclamait John Bull, ce symbole de l'honneur et de la virilité anglais, dans son « Ode à George IV et à Caroline son épouse » :

> Montre-toi un *père* pour la *nation*
> Un époux pour ta *reine*
> Et assuré de l'amour de ton peuple
> Règne tranquille et serein.

Le « peuple » exigeait que la royauté assumât les responsabilités familiales privées au même titre que la responsabilité paternelle des citoyens. Être un vrai roi, c'était aussi être un véritable époux et un véritable père. On ne pouvait assurer la tranquillité de la nation si la sérénité ne régnait pas chez soi. La vertu domestique était au cœur de la civilisation anglaise, et le peuple ne pouvait aimer son père royal que s'il était l'exemple de ces vertus.

La « reine outragée » laissa sa marque sur la conduite publique de la monarchie. Les successeurs de George IV, Guillaume IV et son épouse Adélaïde, furent un couple idéal. Victoria, le « bouton de rose de l'Angleterre », fut une épouse et une mère modèle. Comme le disait en 1849 un prédicateur connu, « le trône de notre reine simple et honorée s'élève parmi les foyers heureux et les cœurs loyaux de son peuple. Elle a droit à notre confiance et à notre affection, surtout pour ses vertus domestiques. Elle est une reine – une vraie reine –, mais elle est aussi une vraie mère et une véritable épouse »...

George IV n'avait pu obtenir l'obéissance de ses sujets sans une solide base familiale et un respect de son rôle d'époux et de père. Victoria, elle, représentait la véritable féminité ; elle gagna la confiance de ses sujets tout en rappelant à tous et à chacun qu'elle était aussi une femme. Chaque famille devait devenir un empire d'amour dont le père était le monarque, et la femme, la reine. Il y a homologie entre le roman feuilleton royal et celui de la domesticité ordinaire. Ainsi, après 1820, il devint évident que, pour être populaire, le monarque devait être un homme d'intérieur. La licence des mœurs n'était plus de mise. Le mariage et la famille étaient, eux, à la mode.

Le message des évangéliques : changer sa vie

La critique du double modèle aristocratique, qui permettait aux hommes toutes les infidélités mais fustigeait les femmes, celle d'un mariage qui n'était pas fondé sur l'affection et la vie en commun venaient surtout de certains milieux de la bourgeoisie. En 1820, c'étaient les radicaux qui avaient mené campagne, notamment Sir Francis Burdett, James Mill, l'ami de Jeremy Bentham et le chef de file des utilitaristes, et Henry Brougham, l'un des fondateurs de l'*Edinburgh Review*. Mais, au-delà, la cause de la reine était soutenue par une majorité morale qui unissait anglicans et unitariens, tories, whigs et radicaux. Cette nouvelle majorité était issue d'un combat intellectuel de plusieurs décennies pour redéfinir de nouvelles valeurs et de véritables relations entre hommes et femmes.

Dans ce combat, le rôle de l'évangélicalisme avait été considérable. Ce mouvement réformateur au sein de l'Église anglicane avait vu son influence grandir à la fin des années 1770. Né d'une réaction contre le méthodisme qui n'aspirait qu'à gagner les couches populaires, l'évangélicalisme voulait réformer l'Église de l'intérieur, en cherchant d'abord à atteindre une certaine élite. À ses débuts, le mouvement s'appuyait surtout sur la *gentry* déclassée, et ses théoriciens les plus connus, William Wilberforce et Hannah More, firent en sorte d'attirer avant tout la haute bourgeoisie pour revitaliser la vie anglaise en profondeur. Le message des évangéliques était centré sur le péché, la culpabilité et la rédemption. La conversion, la révélation de la Lumière, la compréhension de sa nature par le pécheur étaient une expérience essentielle. La vie spirituelle de chacun était au cœur de la vision du monde, et la décadence spirituelle et morale de la société du XVIIIe siècle venait de la disparition de la qualité de cette vie. La société était pourrie jusqu'à la moelle, mais c'était une pourriture édifiée sur l'absence de religion. Le « christianisme nominal », comme les évangéliques appelaient les pratiques superficielles de ceux qui allaient à l'église et lisaient la Bible sans jamais écouter dans leur cœur la Parole, était l'entrave à tout espoir de salut. Le vrai christianisme devait se fonder sur un engagement à recommencer sa vie au point de départ.

Une telle foi exigeait beaucoup de ses adeptes. Le but était de transformer l'individu, qui devait devenir une personne nouvelle dans le Christ. Ce combat supposait la plus grande minutie dans la vie quotidienne, dans les relations avec la famille et les amis, les serviteurs et les employés, dans les ordres donnés et reçus pendant les repas et les loisirs, au travail ou à la maison, à l'église ou à l'étable. Dieu regardait et écoutait. Il fallait scruter chaque aspect de la conduite humaine. Un vrai chrétien devait vivre sa vie spirituelle chaque instant, chaque heure, chaque jour et chaque année. Il n'y avait aucun relâchement possible dans cette discipline intérieure. Pour les évangéliques, la création d'une nouvelle vie commençait par eux-mêmes, mais visait à changer la société tout entière. Ce zèle réformateur fut beaucoup renforcé par la vague d'effroi qui gagna les classes supérieures au début de la Révolution française. Terrifiés par ce qui se passait en France, certains milieux de la société anglaise répondirent que la première des priorités était de mettre de l'ordre chez soi. Si, pour les radicaux, la remise en ordre commençait par l'exigence d'un gouvernement représentatif et la critique de la Vieille Corruption, pour les évangéliques, c'était une question de péché et d'immoralité. La seule façon de redonner vie à la société était de porter la bonne parole au plus grand nombre et de jeter les bases d'une nouvelle religion. Les événements de France étaient un avertissement de ce qui arriverait s'il n'y avait pas une révolution « dans les manières et la moralité » de la nation.

Les évangéliques plaçaient la foi individuelle au cœur de l'expérience religieuse. Le prêtre devait peser de tout son poids et de toute son influence, mais il ne fallait jamais sous-estimer la lecture personnelle de la Bible, l'étude et la prière intime. Plus encore, cette introspection privée, aidée par la tenue d'un journal ou de carnets de « résolutions », dont les puritains avaient fait grand usage, devait être soutenue par la prière familiale. En se réunissant chaque jour pour prier, chacun dans la maison pouvait jouer un rôle de gardien et de guide pour les autres, discuter des conditions de la perte de la grâce, et l'on pouvait puiser ensemble réconfort dans le pouvoir divin de comprendre et de pardonner.

L'assemblée religieuse familiale était donc vitale : le meilleur support de la vie chrétienne. Le monde était un lieu d'orgueil et de péché. Aussi les chrétiens vraiment religieux devaient-ils chercher à y échapper dans la tranquillité et la retraite d'une vie chrétienne. Une vie dans laquelle les plaisirs frelatés du théâtre et des réunions mondaines étaient remplacés par une paix intérieure dans la connaissance du Seigneur. Cette insistance sur le rejet du « monde » présentait plus de difficultés pour les hommes que pour les femmes, les activités professionnelles de plus en plus masculinisées n'étant pas la meilleure voie pour une vie religieuse, alors que les activités domestiques, de plus en plus réservées aux femmes de la bourgeoisie et des classes supérieures, étaient considérées comme les plus propres au développement des pratiques chrétiennes. Le foyer était, pour les évangéliques, tout aussi important qu'il l'avait été avant eux pour les puritains ; il offrait un havre sûr face aux pressions du monde extérieur et un lieu de paix dans lequel le maître et la maîtresse de maison pouvaient espérer exercer leur contrôle sur leurs enfants et leurs serviteurs. L'évangélicalisme voyait donc la famille comme le centre des luttes pour réformer les manières et la morale ; la famille pouvait être la « petite Église » dont avaient déjà rêvé les puritains, le « petit État » soumis à son maître et capable de suivre vraiment les pratiques chrétiennes, quoi qu'il advienne dans le monde alentour.

La morale familiale de Hannah More

Pénétrés de l'importance du quotidien, les évangéliques étaient soucieux de donner des règles de conduite. Hannah More s'y employa. Fille d'un propriétaire foncier ruiné, amie du célèbre metteur en scène David Garrick et du fameux Dr Johnson, membre des Bas-Bleus *(Bluestockings)*, un groupe londonien de femmes de lettres, elle était un écrivain et une intellectuelle fort connue avant sa conversion, vers 1770 ; conversion progressive, comme celle de son ami Wilberforce, par laquelle elle modifia sa vie et son système de valeurs. Pour elle, comme pour beaucoup de gens de sa génération, la Révolution française marqua un tournant décisif, et elle consacra ses efforts, encouragée par le gouvernement, à persuader toutes les classes de la société de l'importance vitale du message chrétien.

Sa célèbre série de *Cheap Repository Tracts* (brochures à bon marché) fut l'une des principales armes de l'arsenal intellectuel de l'*establishment*. Ce paternalisme traditionnel allié au renouveau chrétien était le velours du gant de fer de la répression si efficacement menée par Pitt vers 1790. Dans ses brochures destinées aux pauvres, Hannah More enseignait l'obéissance envers ceux qui détenaient l'autorité et insistait sur les joies à venir dans les cieux. Mais ce conservatisme politique, qu'elle partageait avec la plupart des évangéliques, s'accommodait mal de son radicalisme religieux et de son ardeur. Son écriture, empreinte de passion spirituelle et de certitude morale, en fit l'un des auteurs les plus lus de son époque.

Son livre le plus connu, son seul roman, *Coelebs en quête d'une épouse (Coelebs in Search of a Wife)*, publié en 1807, fut immédiatement le sujet de toutes les conversations de la capitale et de la province ; il fit également son chemin dans les régions les plus éloignées de l'empire. *Coelebs* fut écrit pour la bourgeoisie, pour ces classes moyennes qui, décidément, apparaissaient comme le fer de lance de la régénération morale et qui – commerçants, manufacturiers, banquiers, négociants, fermiers, médecins et avocats – formaient le noyau de la plupart des paroisses où l'évangélicalisme s'était implanté, alors que cette doctrine ne gagna jamais l'adhésion des pauvres, chez qui le méthodisme était bien ancré.

Coelebs était un livre à la fois didactique et divertissant. Bourré de conseils pour la vie quotidienne, il représente la synthèse des idées de Hannah More sur les relations entre les sexes. Le héros est un jeune chrétien qui jouit de confortables revenus fonciers. Ses parents étant morts, il part à la recherche d'une épouse. Choqué par la vie superficielle et frivole de la capitale, il se retire à la campagne, lieu de la vertu pour les évangéliques (comme pour Rousseau) et s'installe chez les Stanley : la famille religieuse parfaite. Non seulement la maison encourage la vie spirituelle de tous ses habitants, mais elle illumine tous les visiteurs. Mr. Stanley, le patriarche, modèle du chrétien, possède toutes les vertus nécessaires à une nouvelle forme de masculinité selon les évangéliques. Propriétaire foncier animé d'un grand dessein moral, il est décidé à tenir ses engagements envers ses métayers et sait qu'il a des responsabilités morales et religieuses autant qu'économiques. Plus encore, il prend très au sérieux ses devoirs familiaux, aussi bien comme époux que comme père, et s'occupe volontiers de ses enfants. Maître de son travail et chef de famille, il détient l'autorité, mais doit l'exercer chrétiennement. Quant à Mrs. Stanley, elle épaule son mari, enseigne à ses filles à être de bonnes épouses et de bonnes mères ; elle mène sa maison de façon douce mais stricte, et pense aux pauvres. C'étaient là les devoirs d'une dame chrétienne.

Les deux sphères : homme public et femme privée

Pour les évangéliques, l'homme avait le souci de la vie publique ; la femme, en revanche, était le centre de son foyer et de sa famille. Ils croyaient fermement que l'homme et la femme étaient nés pour occuper des sphères différentes. C'était une règle de la nature confirmée par la coutume et les convenances. Chaque sexe, naturellement différent, avait ses qualités propres, et toute tentative de sortir de sa sphère était vouée au désastre. Hannah More détestait Mary Wollstonecraft ; non seulement elle voyait en elle le radicalisme à la Paine des années 1790, mais, surtout, elle était persuadée que l'égalité des sexes que prônait Mary était immorale et contre nature. La constitution biologique de chaque sexe était, pensait-elle, l'expression de la différence de leur destin, et, pour une femme, la recherche du succès dans la même sphère que celle de l'homme était la négation des tâches et des devoirs particuliers que Dieu lui avait assignés. « C'est à dessein que le poisson a des nageoires », écrivait-elle. « L'oiseau a des ailes pour pouvoir voler, l'homme a une force physique supérieure et un esprit plus assuré pour pouvoir assurer la lourde tâche d'agir et de conseiller. »

Les évangéliques croyaient fermement au droit de chacun au salut, homme ou femme, mais cette affirmation de l'égalité spirituelle n'impliquait pas l'égalité sociale. Les sphères différentes de l'action masculine et féminine, le « petit cercle » qu'occupait la femme, tout cela signifiait qu'en termes sociaux elle était subordonnée à son mari. « Épouses, soumettez-vous à vos maris comme il se doit pour le Seigneur », avait écrit saint Paul : qui aurait eu le front de le contester ? Cela ne voulait pas dire pourtant que les femmes étaient dépourvues d'influence. Elles avaient le pouvoir d'influencer les hommes de telle façon qu'ils les écoutaient, tenaient compte de leurs conseils, appréciaient leurs discours. Dans le cadre protégé du foyer, loin des soucis des affaires et du commerce, les femmes observaient plus facilement leurs devoirs religieux ; elles étaient plus sensibles à l'influence spirituelle que les hommes, car le monde extérieur avait moins déteint sur elles. Elles occupaient une place dont la dignité et le statut dépendaient certes des hommes, mais où on leur reconnaissait des dons spéciaux et exclusifs.

Aux hommes comme aux femmes des classes moyennes, l'évangélicalisme offrait une nouvelle identité, une nouvelle façon de donner un sens à leur vie et la possibilité de comprendre cette expérience.

Sweet Home

Au début du XIXe siècle, les évangéliques anglicans n'étaient pas les seuls à vouloir sauver l'Angleterre de la décadence morale. Tandis que quakers, unitariens et presbytériens stagnaient, les nouveaux dissidents – méthodistes, indépendants, baptistes – gagnaient rapidement des fidèles. Ils partageaient avec les évangéliques la même conviction spirituelle, mais aussi la même représentation des sphères publique et privée, des rôles sexuels et de l'idéal de vie domestique célébré par Hannah More ou par le poète évangélique William Cowper. Ces idées, qui combattaient d'une part une image de la masculinité associée à la *gentry* et à l'aristocratie et dépourvue de toute sensibilité religieuse, et, d'autre part, les arguments dangereux de Mary Wollstonecraft et de ses amis sur l'égalité des sexes, devinrent les manières de penser des vrais chrétiens et de la bourgeoisie anglaise du XIXe siècle.

Mais comment cette transformation s'était-elle accomplie ? Pourquoi les idées sur les insatiables appétits sexuels des femmes étaient-elles oubliées ? On ne parlait plus que de leur modestie, de leur effacement naturel. Pourquoi le travail des femmes mariées, sur lequel on avait si longtemps compté, s'était-il limité aux respectables tâches domestiques ? Pourquoi la bourgeoisie croyait-elle en l'existence de sphères séparées et avait-elle organisé sa vie en fonction de cette idée ?

On peut en suivre le processus d'abord dans le domaine religieux. Dans les sociétés de secours qui s'occupaient de la distribution de bibles aux pauvres comme de l'organisation de groupes de lecture et de causeries pour les jeunes, le schéma était partout le même : organisées par le prêtre ou par le pasteur avec l'aide d'autres hommes, ces sociétés reposaient sur le concours des femmes, mais rarement sur leur initiative et jamais sur leur direction. Au XVIIIe siècle, même les quakers n'avaient pas de pasteurs professionnels, et les femmes prêchaient dans une proportion importante. Au XIXe siècle, il devint de plus en plus difficile pour elles de se voir confier cette tâche.

Même processus dans les activités culturelles, où les évangéliques étaient très entreprenants. Dans les institutions littéraires et philosophiques ou dans les sociétés artistiques créées dans de nombreuses villes, les femmes adhérentes, qui payaient la même cotisation que les hommes, ne pouvaient jouer aucun rôle dans l'organisation; elles ne votaient que par procuration et étaient fréquemment exclues de certains événements, comme le banquet annuel, occasion pour les messieurs de passer une soirée « conviviale » autour d'une bonne table. La *Birmingham Philosophical Institution,* comme beaucoup d'autres, n'autorisait pas les femmes à fréquenter la salle de lecture, qui était un sanctuaire masculin. Il n'est donc pas surprenant que ces sociétés aient été considérées comme masculines; peu de femmes y adhéraient, et, si beaucoup profitaient de certains avantages, c'était en vertu de leur parenté avec l'un des membres masculins, père, époux ou frère. Les règles de ces institutions n'étaient pas fixées une fois pour toutes, et, à la fin du XIXe siècle, les femmes avaient acquis assez d'assurance pour limiter les restrictions dont elles étaient l'objet. Mais, au début du siècle, au moment où les hommes de la bourgeoisie, fiers de leurs succès dans le commerce et les affaires, et confiants dans leurs aspirations religieuses, cherchaient à créer un monde nouveau à leur image, cette image différenciait énormément la sphère des hommes de celle des femmes.

Le ménage Cadbury

La force de ces idées ne reposait pas uniquement sur l'engagement religieux, mais aussi sur un changement des conditions matérielles de la vie qui ne faisait qu'accentuer une division du travail plus nette entre les deux sexes. Prenons l'exemple des Cadbury, commerçants à Birmingham depuis la fin du XVIIIe siècle. Richard Trapper Cadbury, né dans l'Ouest, fut mis en apprentissage chez un drapier. Il appartenait à une famille quaker, et les quakers avaient un vaste réseau de relations sociales dans tous les milieux du pays. Son père lui avait laissé un capital suffisant pour créer une affaire modeste; en 1794, il ouvrit à Birmingham un magasin de soie et de drap, dans une des rues les plus importantes de la ville, Bull Street. En 1800, avec Élisabeth, son épouse, et leur famille, qui s'agrandissait rapidement, il s'installa au-dessus du magasin, selon un usage courant à l'époque. Seuls les bourgeois les plus riches pouvaient avoir une demeure séparée de l'entreprise.

Élisabeth Cadbury n'avait pas pu faire son apprentissage comme son mari. Peu de métiers en offraient la possibilité aux femmes : on pensait qu'elles acquerraient leurs connaissances sur le tas. Seuls les gens riches pouvaient se permettre de ne pas faire travailler leur femme. La femme du fermier avait la charge de la laiterie ; l'épouse du négociant s'occupait du magasin ou de la comptabilité ; la veuve d'un manufacturier pouvait reprendre l'entreprise à la mort de son mari. Élisabeth Cadbury aidait au magasin quand on avait besoin d'une aide supplémentaire ; elle veillait sur les affaires quand son mari s'absentait ; elle tenait une grande maisonnée qui comprenait les apprentis et les vendeuses aussi bien que la famille proprement dite. Elle eut dix enfants au cours de ses quinze premières années de mariage ; huit survécurent, et sa vieille mère vint vivre avec eux.

Dans une telle maison, il n'y avait pas seulement des bouches à nourrir, des vêtements à laver, des chemises à coudre et à repriser, l'eau à monter et à descendre. Élisabeth Cadbury arrivait aussi, avec l'aide de deux servantes qui faisaient le travail ménager, à s'occuper activement du commerce. Lorsque Richard allait à Londres acheter de nouvelles étoffes pour le magasin, il lui écrivait. « J'ai cherché du bombasin [étoffe de coton ou de soie à armure croisée, employée surtout pour les vêtements de deuil], mais il est difficile d'en trouver de toutes les couleurs. Celui que j'ai vu est très beau et demain j'en chercherai du noir. » Il était soucieux de savoir s'il y avait des nouvelles d'Irlande, du lin qu'il attendait, et lui disait qu'il avait déjà acheté « quelques parures et écharpes rouges et colorées » et qu'il avait commandé un bonnet pour leur fille Sarah. Ses lettres sont pleines d'un mélange de détails professionnels et familiaux : l'homme et la femme partageaient entièrement les affaires et la vie sociale.

En 1812, le magasin était très prospère, et Richard Trapper Cadbury acheta une modeste deuxième maison à Islington Row, aux confins de la ville, presque à la campagne. Les enfants les plus jeunes vinrent y vivre avec leur bonne et leurs animaux domestiques, y compris des pigeons, des lapins, un chien et un chat, pendant qu'on louait un lopin de terre pour cultiver des fruits et des légumes. Mrs. Cadbury avait maintenant la charge de deux maisons et, avec ses filles aînées, elle allait de l'une à l'autre. Les garçons, pendant ce temps, suivaient les traces de leur père : chacun fit son apprentissage dans une ville différente et dans différents secteurs du commerce de détail. L'aîné, Benjamin, fut placé chez un drapier en vue de reprendre le commerce familial, alors que le second fils, John, fit son apprentissage de négociant en thés et cafés puis s'installa à côté de son père, dans Bull Street.

Leurs sœurs n'eurent pas de formation aussi définie. Elles étaient les apprenties de leur mère, qui leur apprenait non seulement les secrets de la cuisine et de la tenue d'une maison, mais aussi l'art de combiner ces talents avec la disponibilité au magasin chaque fois que l'on avait besoin d'elles. Elles pouvaient s'occuper du jardin et aider leur mère à étendre de vieux tapis pour réchauffer la maison, l'hiver, ou se précipiter au magasin pour aider leur père. Chacun participait au commerce familial.

Ségrégation accrue des tâches et des espaces

Mais les usages du commerce ne cessaient pas de changer, à tel point qu'ils rendaient ce genre de participation de plus en plus difficile. Les femmes mariées n'avaient jamais eu le droit d'établir des contrats, de faire des procès ou d'en avoir, de prendre des parts dans une affaire. Leur statut rendait leur mari responsable d'elles aux yeux de la loi. Elles n'avaient pas d'existence légale indépendante. Seules les femmes célibataires ou les veuves pouvaient entrer dans les affaires sous leur nom, et cela arrivait fréquemment à la mort d'un époux ou d'un père. Au XVIIIe siècle, dans une entreprise familiale comme celle des Cadbury, les époux jouaient le rôle d'associés sans contrat ; ils partageaient les soucis et les risques du commerce avec les autres problèmes de la vie familiale. L'homme avait pourtant la responsabilité légale de l'entreprise, mais, dans la vie quotidienne, cela apparaissait peu. Il y avait cependant une quantité de tâches liées aux affaires que seul un homme pouvait accomplir. C'était toujours Richard Trapper Cadbury qui partait acheter des marchandises, par exemple, et même si les femmes mariées avaient le droit de faire crédit au nom de leur mari, il semble qu'Élisabeth Cadbury ait laissé son mari s'occuper du paiement des factures. L'association de fait supposait, en dernier lieu, une autorité masculine.

L'extension de l'industrie et du commerce, la transformation de l'agriculture impliquaient de nouvelles pratiques commerciales qui menaçaient ces usages informels. À une époque où l'association était la base de l'expansion, mais où les femmes mariées n'avaient aucun droit et où l'on ne fondait aucun espoir sur les filles, la majorité des associations se faisaient entre des hommes unis par des liens de parenté ou une foi commune. Les femmes n'eurent pas accès aux formes d'enseignement et de formation destinées aux nouveaux besoins du commerce. De nombreuses écoles se créèrent dès le début du XIXe siècle, qui formèrent les garçons et les initièrent à leur futur rôle de « capitaines d'industrie ». Les filles, elles, étaient toujours éduquées à la maison. Une fois qu'un jeune homme était entré dans les affaires, il lui était facile de prendre des contacts, de s'associer avec d'autres, ce qui était nécessaire pour maintenir son crédit, obtenir des prêts et développer sa clientèle. Il était difficile aux femmes d'entrer dans ce monde des transactions commerciales. Les prêts, qui s'étaient jadis négociés à l'amiable, se faisaient de plus en plus par l'intermédiaire de banques. Auparavant, le blé se vendait sur la place du marché ; désormais, il fallait aller à la Bourse aux céréales – un édifice bâti à dessein et que seuls fréquentaient les hommes. De même, la Bourse financière, conçue pour un marché financier en pleine expansion, n'était pas un lieu pour les femmes. Or, le commerce des étoffes fut le premier à adopter les nouvelles méthodes de vente moderne.

Le commerce Cadbury se développait et prospérait. John, le deuxième fils, avait installé son magasin de thés et cafés à côté de celui de son père. Il avait adopté les innovations les plus récentes pour la vente au détail, il était très fier de ses vitrines et décida de créer une manufacture de cacao dès que son capital le lui permit. Cette entreprise, elle, ne faisait pas partie du commerce familial ; au contraire, il avait eu soin de l'installer dans une fabrique séparée et menait ses deux entreprises de front. Avec sa première femme, Priscilla, qui mourut après deux ans de mariage, en 1828, il vivait, comme ses parents, au-dessus de son magasin. En 1832, il se remaria avec la fille d'un commerçant, Candia, et, jusqu'à la naissance de leur premier enfant, ils vécurent dans Bull Street. Pourtant, ils décidèrent bientôt de quitter le centre de la ville et d'aller habiter Edgbaston.

Edgbaston était un faubourg à un *mile* environ de la ville, que l'évangélique Lord Calthorpe, riche propriétaire terrien, avait loti dans les premières années du siècle. Calthorpe avait conçu le lieu comme un site résidentiel avec de belles maisons et des jardins pour la bourgeoisie, loin de la saleté, du brouhaha et des voisins désagréables. Chaque bail stipulait que l'on ne pouvait transformer une maison en magasin ou manufacture, ni installer un atelier dans le jardin. On aménagea de larges routes, on planta des arbres et on construisit des églises. Edgbaston s'enorgueillissait de ses charmantes villas dans un site champêtre, qui offraient les avantages de la ville à la campagne. Pour y vivre, il fallait nécessairement diviser sa vie entre son travail et son foyer ; on ne pouvait diriger une entreprise depuis Edgbaston. Le projet de Lord Calthorpe, un des premiers du genre, annonçait le désir de la bourgeoisie d'avoir une maison particulière et de séparer la vie professionnelle de la vie familiale, « les douces caresses et l'affection d'une femme et d'enfants » des « soucis et des tracas des affaires ».

Les transformations économiques et sociales avaient poussé à cette séparation. À mesure que l'entreprise Cadbury se développait, les différents aspects du travail n'étaient plus compatibles avec l'activité d'une femme. La manufacture était déjà à une certaine distance de la maison, Candia ne pouvait pas la surveiller de la même façon que sa belle-mère, qui pouvait aider au magasin et s'occuper de ses jeunes enfants. La création de succursales exigeait une plus grande division du travail, l'emploi d'une main-d'œuvre masculine, l'élaboration d'un budget, travaux plus faciles pour des hommes. John et son père avaient participé au projet et à la construction d'un **nouveau marché de la ville**, le *Market Hall,* un imposant **édifice de style dorique**, qui facilitait la distribution, symbole des **pratiques commerciales** les plus avancées du moment, et **marginalisait complètement** les femmes. Les affaires et le **commerce devenaient** de plus en plus un domaine masculin ; les femmes n'allaient plus s'occuper que de petites **boutiques d'alimentation** ou de vêtements féminins. John et **Candia avaient choisi de rompre** les relations entre l'entreprise et la maison, de refuser l'empiètement du travail et la **présence chez eux des apprentis et des vendeuses**. Par ce **choix, ils semblaient accepter le principe des sphères séparées**.

Cottage et nursery

Ils **trouvèrent** bientôt une maison qui allait devenir la maison de famille **pendant presque quarante ans**. Elle était à l'origine plutôt petite, mais ils la transformèrent et l'agrandirent à mesure que la famille elle-même s'accroissait et que leurs revenus le **permettaient**. Candia passait son temps à la maison, s'occupait des enfants, de la cuisine, des lessives et du jardin. Comme la **décrivit** plus tard leur fille Maria, la maison « avait plutôt l'apparence d'un cottage et était trop petite si on ne la **transformait pas complètement**, mais on se croyait à la campagne, et cela décida mes parents à l'acheter ; ils y ajoutèrent des pièces et firent un jardin à leur convenance [...]. Notre mère adorait jardiner, mais notre père était occupé **par ses affaires en ville** et il lui restait peu de temps pendant la semaine pour son jardin ». Bientôt, la maison eut une salle de jeux, qui devint plus tard la salle de classe, et une *nursery* au premier étage pour les petits.

Une maison comme celle-ci était d'une conception nouvelle. On n'avait **pas pu** parvenir à une telle différenciation de l'espace dans les **rues en arc de cercle** (les *crescents*) des villes du XVIIIe siècle, ou peut-être n'en avait-on pas senti le besoin. Les chambres **séparées pour les enfants**, la démarcation entre le lieu où l'on **cuisinait** et celui où l'on mangeait, tout cela était nouveau, associé à l'idée d'un espace différent où les hommes **accomplissaient leur travail**. La création de telles maisons eut une grande répercussion sur l'ameublement, à un moment où l'on insistait sur la chaleur du foyer et son confort. J. C. Loudon, l'arbitre du goût de la bourgeoisie en matière d'architecture, d'ameublement et d'aménagement des jardins, disait dans ses livres, qui avaient un succès fou, ce qu'était une *nursery,* comment meubler un salon, quelles délices pouvait offrir un jardin, quelles joies à partager entre époux.

Si les maisons conçues uniquement pour la vie familiale étaient une idée neuve, il en était de même des jardins qui les entouraient. Les places du XVIIIe siècle avaient un espace pour la promenade et des grilles autour, cela semblait suffire. Mais, au milieu du XIXe siècle, le jardin devenait un élément capital de la vie bourgeoise. La nature apprivoisée, bordée d'arbres et de haies, assurait la tranquillité de la vie privée et offrait un cadre idéal à la vie familiale. Les hommes pouvaient s'occuper des arbres et de la vigne, car Loudon les persuadait qu'il n'y avait rien de méprisable à se détendre, après les tâches astreignantes de la ville, à ce genre de besognes. Les femmes avaient la responsabilité des fleurs, association naturelle de la douceur féminine et de la délicatesse parfumée des fleurs. C'est à cette époque que la relation linguistique se fait de plus en plus entre les femmes et les fleurs. Une mère pouvait aussi apprendre à ses jeunes enfants à prendre soin des plantes ou à semer des graines dans leurs petits jardins.

« *Home* », *travail et vertu*

La maison et le jardin de John et Candia Cadbury sont l'illustration d'une certaine conception de la vie familiale, des devoirs impartis aux hommes et aux femmes, et de leurs relations avec le monde. Les visions de Hannah More, énoncées dans un monde idéalisé et civilisé, avaient pris la forme des demeures bourgeoises. L'engagement religieux de créer un nouveau mode de vie, qui rendait possible une attention constante à la vie spirituelle et exigeait une maisonnée pratiquante, avait trouvé sa concrétisation matérielle dans la séparation progressive et la démarcation du travail masculin et féminin. Alors que les hommes avaient de plus en plus d'occasions d'étendre leurs entreprises dans des secteurs diversifiés et se définissaient par leurs occupations et leurs activités publiques, les femmes s'éloignaient de ce monde et faisaient une profession de la maternité et de la tenue de leur maison. Cette division entre mondes masculin et féminin avait une connotation religieuse : on pensait que la sphère du public était dangereuse et amorale. Les hommes qui évoluaient dans cette atmosphère ne pouvaient être sauvés que par un contact régulier avec le monde moral du foyer, dans lequel les femmes étaient porteuses de ces valeurs pures qui pouvaient neutraliser les tendances destructrices du monde des affaires. La maison était le lieu de doux plaisirs, le havre de l'homme fatigué et soucieux, tenu de produire la richesse matérielle dont dépendait le foyer. La masculinité reposait sur la capacité de l'homme à subvenir aux besoins des siens ; la féminité d'une épouse et de ses filles était fondée sur leur dépendance. La dignité d'un homme était liée à sa profession ; la femme perdait toute distinction si elle en avait une. Au milieu du XIXe siècle, l'idéal bourgeois d'un mari qui subvenait aux besoins de sa famille et d'une épouse qui se consacrait à son foyer était tellement répandu que le recensement général eut non seulement l'occasion de mentionner une nouvelle catégorie, celle des « femmes au foyer », mais aussi d'énoncer dans son introduction au rapport de 1851 : « Chaque Anglais désire profondément avoir une maison individuelle ; c'est autour de sa famille et de son foyer un cadre bien défini – le sanctuaire de ses chagrins, de ses joies et de ses méditations. »

Beaucoup d'Anglais auraient été fort étonnés d'apprendre qu'ils désiraient une « maison individuelle » ; mais cette revendication faite au nom de tous est très éclairante ; elle montre l'importance qu'avait prise le discours de la bourgeoisie : tout le monde l'avait adopté. C'était dû en partie au zèle évangélisateur des vrais chrétiens et d'autres fractions de la bourgeoisie, comme les utilitaristes qui voulaient reconstruire le monde à leur image. Ils désiraient convertir les classes supérieures et les ouvriers à leurs croyances, et se donnaient beaucoup de peine pour les en persuader. L'aristocratie et la *gentry* devaient abandonner leur vie dépravée et oisive ; les pauvres devaient apprendre à être travailleurs. Tous et chacun devaient reconnaître l'importance d'une vie familiale stable et d'un foyer bien organisé. Sur cette dernière question, les évangéliques de tous bords et les utilitaristes étaient d'accord. Le grand Jeremy Bentham lui-même était convaincu de la différence des sphères et des capacités inhérentes aux hommes et aux femmes ; quant aux véritables relations entre les sexes, elles étaient à la base des théories des utilitaristes presque autant que de celles des évangéliques. Pour les disciples de Bentham, les sphères séparées étaient une situation de fait plutôt qu'une question de principe moral, et la façon qu'ils avaient de les considérer comme « naturelles » reflète l'influence des théoriciens des deux sphères, au début du XIXe siècle.

La moralisation des pauvres

Évangéliques et utilitariens entreprirent un vaste effort de moralisation des pauvres par la famille. Dans tout le pays, écoles, écoles du dimanche, sociétés philanthropiques diffusaient les conceptions bourgeoises de la séparation des sexes. En prêchant les valeurs domestiques aux élèves des écoles du dimanche, aux jeunes filles des orphelinats ou aux femmes âgées et infirmes, les femmes de la *middle class* définissaient à la fois leur propre « sphère relative » et la place des femmes dans la classe ouvrière : servantes chez leurs supérieurs, ou épouses et mères respectables chez elles, telle était leur alternative. Une Association pour les femmes âgées et infirmes cherchait-elle à récolter des fonds pour les abandonnées, les organisatrices s'inquiétaient de savoir si ces femmes méritaient cette assistance par leur vie humble et respectable. Garçons et filles recevaient un enseignement différent, souvent non mixte et orienté à des fins différentes. Les *Mechanics Institutes* (instituts pour ouvriers), très influencés par Bentham, étaient à l'origine strictement réservés aux hommes ; on espérait les y former à être non seulement plus travailleurs, plus raisonnables, dotés de meilleures connaissances scientifiques, mais aussi bons époux, bons pères. On espérait par là éduquer leurs femmes et régénérer leur famille, qui, tout entière, donnerait l'exemple du bonheur familial.

Ces projets ambitieux ne pouvaient avoir des effets miraculeux. Mais, comme l'ont montré de nombreux historiens, les hommes et les femmes de la classe ouvrière n'ont pas simplement refusé les valeurs de la culture dominante.

Grey, dans son étude sur l'aristocratie ouvrière à Édimbourg à la fin du XIXe siècle, montre qu'une sorte de négociation s'établit entre dominants et subordonnés, qui aboutit à l'émergence de nouveaux concepts de dignité et de respectabilité, certes influencés par la bourgeoisie, mais toujours régis par la confiance dans l'action syndicale, par exemple, et par une grande fierté de classe. De même, Vincent, dans son étude du « savoir utile » dans des autobiographies ouvrières, indique que les concepts ouvriers se démarquaient des significations bourgeoises et avaient un contenu de classe spécifique.

On pourrait en dire autant des sphères masculine et féminine. La classe ouvrière n'a pas entièrement repris à son compte la représentation bourgeoise du mode de vie idéal. Mais elle a intégré certains aspects du discours religieux ou laïque qui semblaient raisonnables et répondaient à certains besoins.

Prenons le cas, caractéristique, de l'alcoolisme. Des ouvriers se firent les apôtres de la respectabilité bourgeoise. Ils voulaient se perfectionner, s'instruire, se hisser à la hauteur de leurs supérieurs. Le mouvement en faveur de la sobriété absolue était né chez ceux qui avaient une conscience de classe, proches notamment du mouvement chartiste. Mais la croyance en l'amélioration possible de chacun menait souvent à l'adoption des modèles culturels de la bourgeoisie. Les arguments contre la boisson faisaient largement référence au foyer et à la famille ; la pire des conséquences de l'alcoolisme était bien la destruction de la famille ouvrière et sa dépravation. Dans une série de planches très connues, intitulée *La Bouteille,* du célèbre graveur Cruikshank, on voit d'abord une famille ouvrière modeste et respectable en train de prendre son repas dans un foyer simple mais propre et confortable. C'est le modèle de la famille heureuse : les vêtements sont soigneusement reprisés, les enfants jouent, un bon feu brûle dans l'âtre, le verrou est tiré, garantie que la maison restera un lieu de refuge et de sécurité. Puis l'homme offre un verre à sa femme et, scène après scène, Cruikshank nous montre l'affreuse désagrégation du foyer et de la famille, qui se termine par la folie de l'homme assassinant sa femme avec une bouteille et la mort du dernier enfant; les deux autres sont devenus l'une prostituée et l'autre souteneur. Les apôtres de la tempérance usaient volontiers de ce cliché montrant le foyer malheureux de l'ivrogne et la vie familiale idyllique de l'ouvrier sobre.

De telles représentations ne sous-entendaient pas seulement l'adoption de l'idéal bourgeois de vie familiale; les ouvriers avaient, en effet, leur propre notion de la répartition des rôles, et, même si elle était influencée par un idéal dominant, elle gardait son originalité. John Smith, militant de la tempérance à Birmingham, affirmait: « Le bonheur au coin du feu est lié à la tempérance, et nous savons que le plus bel ornement de ce foyer est la femme. Presque tout le bien-être de la vie dépend de nos parentes ou de nos amies, de l'enfance à l'âge adulte ou à la vieillesse. »

Éloge de la bonne ménagère : Francis Place

Pour l'ouvrier, les douceurs de la vie venaient bien des femmes de son entourage. Mais ces femmes devaient avoir d'autres qualités que leurs sœurs bourgeoises. De celles-ci, on attendait qu'elles soient de bonnes « maîtresses de maison ». Les épouses et mères de la classe ouvrière devaient avant tout être de bonnes ménagères aux qualités pratiques.

Deux grands penseurs et théoriciens politiques, Francis Place et William Cobbett, ont illustré cette interprétation de la vie domestique par la classe ouvrière.

Francis Place, né en 1777, fut apprenti dans une entreprise de culottes de cuir; il devint ensuite un tailleur très prospère. Toute sa vie, il vécut à Londres et s'engagea à fond dans le radicalisme à la fin du XVIIIe siècle, surtout comme secrétaire de la *London Corresponding Society,* et joua un rôle important dans la réforme syndicale de 1820. Plus tard, il devint un fervent disciple de Jeremy Bentham et, après s'être retiré du commerce, fortune faite, il put consacrer sa vie aux réformes.

Au cours de ses jeunes années, il avait connu la vraie pauvreté et partagé la vie des artisans. Dans la pensée de Place, la femme a le rôle qu'on lui assigne à cette époque ; son grand principe, par exemple, était que sa femme puisse l'aider chaque fois que c'était nécessaire. Mais il désirait aussi un profond changement des mœurs et de la moralité de la classe ouvrière ; dans son autobiographie, il se plaît à détailler les améliorations intervenues dans les habitudes et la vie des pauvres. Ainsi, il aimait raconter la disparition des jeux de rue de son enfance, où s'exprimait un franc plaisir pour la sexualité ; il condamnait l'habitude des ouvriers de boire, ce qui les amenait à négliger leur famille. Son père en avait été pour lui le premier exemple.

Bien avant que le recensement général n'y ait fait allusion, Place estimait que chacun devait souhaiter une « maison individuelle ». « Rien, pensait-il, ne mène plus sûrement à la dégradation des relations entre époux et de l'opinion qu'ils ont l'un de l'autre et d'eux en tous points, mais surtout de la femme, que de devoir manger et boire, cuisiner, laver, repasser et accomplir toute la besogne ménagère dans la pièce où le mari travaille et où ils dorment. » Il fut ravi quand sa famille occupa un nouveau logement avec une petite pièce, au fond, où il pouvait travailler : « Cela permit à ma femme de garder la pièce en ordre, et cela n'eut que des avantages sur notre vie. Elle n'était plus obligée de toujours s'occuper de notre enfant en ma présence. Je ne devais plus assister à l'allumage du feu, au lavage et au nettoyage de la pièce, à la lessive et au repassage, de même qu'à la préparation des repas. »

Jeune homme, Place avait été mis en apprentissage par son père pendant que sa femme travaillait comme servante, sans qualification particulière. Quand il put trouver du travail, il gagna bien plus que ce qu'elle aurait jamais pu rapporter, mais elle l'aidait néanmoins, finissant les pantalons, tout en s'occupant de la maison et des enfants. L'intérêt qu'il porta toute sa vie à son instruction personnelle le portait à lire, réfléchir, écrire. À mesure que ses revenus augmentaient, il put s'acheter des livres et rencontrer des intellectuels connus, même si la distance sociale ne fut jamais complètement abolie. Bentham et Mill l'encouragèrent à écrire son autobiographie pour montrer comment un ouvrier, même issu d'un milieu très défavorisé, pouvait s'élever jusqu'à la prospérité et à la sagesse.

L'évolution de sa femme fut différente. Elle apprit à être une excellente couturière et modiste, capable de « saisir une mode au premier regard et de l'adapter comme elle le voulait ». Selon son mari, elle resta une femme simple, heureuse d'être reconnue comme bonne maîtresse de maison, bonne épouse et bonne mère, et elle n'aspira pas à sortir de sa condition. Alors que les changements tant loués par Place offraient aux hommes de nouvelles possibilités, leur laissaient espérer d'acquérir de l'instruction, d'abandonner des mœurs dissolues et de devenir respectables, pour les femmes, leur seule ambition devait être de devenir bonne épouse et bonne mère.

William Cobbett et « Cottage Economy »

William Cobbett, l'écrivain et le journaliste qui, selon E. P. Thompson, eut le plus d'influence sur le radicalisme du début du XIXe siècle, expose le même ensemble de sentiments sur la question des sphères masculine et féminine. Thompson avance que Cobbett créa la culture radicale des années 1820 « non parce qu'il lui offrait ses meilleures idées, mais parce qu'il avait trouvé le ton, le style, les arguments qui pouvaient amener le tisserand, le maître d'école, le charpentier des chantiers navals à un même discours. Malgré la diversité des doléances et des influences, il parvint à un consensus radical ». Mais le consensus radical de Cobbett plaçait sans hésitation la femme dans la sphère domestique. Il était un adepte inconditionnel de la vie familiale et de ce qu'il concevait comme des modèles de foyers solides et bien établis. Les familles heureuses, disait Cobbett, étaient la base d'une véritable société. En écrivant *Cottage Economy* (traité d'économie domestique rurale), Cobbett espérait contribuer à la renaissance des activités domestiques et familiales ; il avait la vision d'un passé idéalisé exigeant un retour aux idées anciennes, qu'il disait toujours bien vivaces ; il offrait une nouvelle version des anciennes structures patriarcales, comme s'il en avait toujours été ainsi. *Cottage Economy* donnait tous les conseils pour le brassage de la bière à domicile, non seulement parce que cela revenait meilleur marché, mais parce que le brassage chez soi encourageait les hommes à passer leurs soirées en famille plutôt qu'à la taverne. Une femme qui ne savait pas faire son pain, pensait-il, était « indigne de confiance », « une charge pour la communauté ». Il assurait aux pères que la meilleure façon de bien marier leurs filles était d'obtenir d'elles qu'elles deviennent « adroites, habiles et actives dans les tâches indispensables d'une famille ». « Les fossettes et les joues roses » ne suffisaient pas ; c'était savoir faire sa bière et son pain, écrémer le lait et faire son beurre qui permettait à une femme d'être une « personne digne de respect ». Quelle image pouvait mieux toucher le Seigneur que celle d'un « travailleur qui, à son retour de durs travaux, par une froide journée d'hiver, est assis avec sa femme et ses enfants autour d'un bon feu, alors que le vent siffle dans la cheminée et que la pluie crépite sur le toit » ?

Cobbett n'avait que mépris pour ce qu'il considérait comme les nouvelles idées pernicieuses sur la féminité développées par une certaine bourgeoisie. Il détestait la prétention de ces femmes de fermiers qui transformaient la pièce de devant en salon, y mettaient un piano et apprenaient à leurs filles à faire des grâces et des mines. Il voulait que l'épouse du fermier revienne à la laiterie, qu'elle prenne soin des ouvriers agricoles et leur fasse à manger comme elle le devait. Mais il ne demandait pas un simple retour au passé, puisqu'il exigeait toutes sortes de nouveaux droits pour les ouvriers. Ils devaient pouvoir prétendre à un salaire correct leur permettant de faire vivre leur femme et leurs enfants non dans le luxe, mais dans la décence et l'honnêteté ; ils devaient avoir le droit de penser librement, la liberté de lire ce qu'ils voulaient et de dire ce qu'ils pensaient. Et, surtout, ils devaient avoir le droit de vote, car la représentation ne devait pas reposer sur la propriété, mais sur le travail honorable et la compétence. En tant que chefs de famille, les hommes devaient attendre l'obéissance de leur épouse et de leurs enfants, ils devaient défendre ceux qui dépendaient d'eux politiquement et juridiquement. Les maris devaient répondre de leur femme, car, pensait Cobbett, « la nature même de leur sexe rend l'exercice de ce droit incompatible avec l'harmonie et le bonheur de la société ». L'acceptation de la passivité et de la docilité de la femme, cette conviction qu'être ménagère était « naturel » pour elle et que la division entre les sexes était la seule base possible de l'harmonie sociale, cette acceptation fondamentale de la théorie des sphères séparées, venant des profondeurs d'une culture ouvrière radicale, montre à quel point ces affirmations étaient bien le reflet des idées d'une certaine classe ouvrière.

Salaire familial et femme au foyer

On peut voir une convergence des idées des évangéliques et de celles de certains milieux de la classe ouvrière dans le développement d'une politique d'État relative au travail des femmes au cours des années 1840. Entre 1830 et 1840, les hommes furent reconnus comme citoyens responsables, alors que les femmes étaient massivement réduites au silence. L'idée défendue alors, et que partageaient Place et Cobbett, était que l'homme devait gagner un « salaire familial », une somme suffisante pour lui permettre de faire vivre toute sa famille. L'idéal d'un salaire masculin unique et de la dépendance féminine était bien établi dans la bourgeoisie ; il allait trouver un écho dans la classe ouvrière. Ainsi, les revendications salariales dans des syndicats d'ouvriers qualifiés annoncent l'idée de « salaire familial ». Pourtant, il ne faut pas voir là une acceptation sans réserve des idées de la bourgeoisie, mais bien plutôt une adaptation et une réforme d'un idéal spécifique de classe.

Au début des années 1840, pour ne prendre qu'un exemple, les craintes de la bourgeoisie quant à l'emploi des femmes dans des métiers incompatibles avec leur nature s'exprimèrent à propos de leur travail dans les mines. Il était déjà bien établi qu'une bourgeoise qui travaillait pour gagner de l'argent n'était pas féminine. Dans le cas du travail des pauvres, les normes étaient un peu différentes. Les femmes pouvaient avoir un métier s'il était le prolongement de leur rôle « naturel » de femme. On ne trouvait pas malséant que les servantes nettoient, cuisinent et s'occupent des enfants. Les métiers de couturière ou de modiste, eux aussi, étaient convenables, de même que les emplois de l'alimentation. Mais certains métiers qu'exerçaient les femmes étaient jugés complètement incompatibles avec leur nature, surtout s'ils s'exerçaient dans un milieu mixte. Qu'une femme travaille sous terre, c'était la négation la plus catégorique de la conception de la féminité qu'avaient les évangéliques. La commission nommée pour enquêter sur le travail des enfants dans les mines fut atterrée et horrifiée de voir les conditions de travail des femmes. En outre, celles-ci travaillaient plus ou moins dévêtues à côté des hommes. C'était un affront à la morale publique ; cela menaçait d'effondrement la famille ouvrière. On lança une campagne inspirée par les évangéliques pour interdire aux femmes le travail dans les puits.

Les mineurs approuvèrent l'interdiction, mais pas pour les raisons de la bourgeoisie. Comme l'a démontré John, ils n'acceptaient pas le jugement de représentants comme Tremenheere pour qui c'était là « le premier pas vers l'élévation d'un niveau des habitudes domestiques et la garantie d'un foyer respectable ». Ils refusaient de se voir dicter leur façon de vivre et l'organisation de leur vie familiale par les bourgeois. Les ouvriers avaient le droit d'exercer leur propre contrôle sur la famille. Ils demandaient que l'on améliorât la vie de leurs épouses et de leurs filles, et faisaient remarquer que, si les femmes des propriétaires de mines pouvaient rester à la maison, les leurs aussi devaient pouvoir le faire. Elles avaient droit à une vie décente hors de la mine, et ils attaquaient ceux qui continuaient à les employer illégalement. Mais les mineurs avaient un autre motif d'approuver la suppression des emplois féminins. L'Association des mineurs de Grande-Bretagne et d'Irlande s'était constituée en 1842, trois jours avant que les femmes de moins de dix-huit ans ne soient contraintes de quitter les puits. Comme le disait le *Miner's Advocate,* le syndicat était fermement opposé à l'emploi des femmes, depuis le début. Le travail des femmes était perçu comme une menace pour ce secteur, leur présence maintenant un bas niveau de salaire. Les mineurs avaient leurs bonnes raisons de préférer, dans l'idéal, subvenir aux besoins de leurs femmes à la maison. Celles-ci, dans l'impossibilité de s'exprimer publiquement, étaient vaincues. Elles détestaient leurs conditions de travail, mais elles avaient besoin d'argent. Leur voix ne fut pas entendue et, à l'issue d'un des plus grands débats des années 1840, les hommes furent définitivement reconnus comme travailleurs, les femmes comme épouses et mères, par l'État, la bourgeoisie philanthrope et les ouvriers.

Du côté de l'aristocratie : une nouvelle « privacy »

En 1820, George IV avait appris à ses dépens que la puissante bourgeoisie anglaise était attachée à la fidélité conjugale et aux valeurs domestiques. Mais qu'en était-il de l'aristocratie et de la *gentry*? L'idée, prédominante dans la bourgeoisie, de la différence des sexes était-elle parvenue jusqu'à elles? Stone et Trumbach affirment tous deux qu'au XVIIIe siècle il y eut un véritable changement des idées de l'aristocratie terrienne sur la vie privée, et Stone pense que ces idées furent inspirées par l'élite de la bourgeoisie commerçante et financière. Des revues comme *The Spectator* faisaient l'éloge d'une nouvelle forme de distinction qui fut de plus en plus associée aux nouvelles démarcations des rôles dévolus à chaque sexe. Ces discours furent repris, revus et remaniés par les évangéliques. Le pouvoir croissant des classes moyennes dans l'économie, la politique et la vie sociale au début du XIXe siècle eut une autre répercussion : l'aristocratie et la *gentry* adoptèrent des manières qui étaient à l'origine celles des fermiers, des manufacturiers et des commerçants. Comme le dit Davidoff, « ces modèles de conduite, essentiellement bourgeois, se greffèrent sur le code de l'honneur de l'aristocratie et de la *gentry,* et donnèrent un concept élargi de "bourgeoisie" ».

Ou, comme le suggère Mark Girouard, vers le milieu du siècle s'opéra une rencontre entre les classes supérieures et la haute bourgeoisie, et l'écart social qui les séparait se réduisit : « Les classes supérieures révisèrent leur image pour la rendre plus acceptable par la morale bourgeoise. Elles devinrent – très sincèrement ou au moins superficiellement – plus sérieuses, plus religieuses, plus soucieuses de leur vie familiale, plus responsables. »

Les critiques bourgeoises de la corruption aristocratique culminèrent entre 1820 et 1840 ; puis elles se calmèrent quand l'aristocratie et la *gentry* s'attachèrent davantage aux valeurs domestiques, fondant ce que Girouard appelle le « foyer moral », centré sur une famille heureuse et protégée où l'on pratiquait la prière en commun, l'observance dominicale et une vie quotidienne bien réglée. Les femmes, exclues de toute participation aux affaires ou à la vie publique, régnaient sur le privé par le système de l'étiquette, des règles de la « société » et de la « saison ». Elles dirigeaient la « société » et en étaient les gardiennes : elles décidaient qui pouvait y être admis ou en être rejeté. Le principe reposait sur un réseau de relations : on ne pouvait accueillir quelqu'un que l'on ne connaissait pas personnellement. La vie sociale devint plus sélective, plus privée, avec pour théâtre les maisons riches ; n'y accédaient que ceux que l'on connaissait. La famille et les proches jouaient un rôle décisif dans cette sphère d'interaction sociale, où l'admission ne se faisait que par relations. Les havres privés de la bourgeoisie, qui abritaient les femmes et les enfants, où les hommes venaient se reposer pour pouvoir affronter les exigences du monde des affaires, avaient une fonction quelque peu différente dans l'univers exclusif de la « société ».

Le souci de l'aristocratie et de la *gentry* d'une plus grande intimité et d'un plus grand isolement se manifeste dans la construction et la transformation de leurs demeures. Dans les villas bourgeoises, on mettait les domestiques au dernier étage ; dans une maison de campagne, il était possible de les rendre complètement invisibles ; ils prenaient l'escalier de service. On devint plus exigeant pour les étages réservés aux domestiques ; il n'était plus question de mixité ; chaque chambre ne devait avoir qu'un ou deux occupants. Les enfants avaient leur chambre, près de celle de leurs parents. On retrouvait partout les *nurseries* de Loudon. Beaucoup de maisons avaient une aile réservée à la famille, avec la chambre des parents, une *nursery* et un salon. Les chambres pour célibataires donnaient généralement sur un autre couloir que celui qu'empruntaient les dames, et parfois même se trouvaient dans une aile séparée. On aménagea des fumoirs strictement réservés aux messieurs et des petits salons surtout pour les dames. La maison tout entière était divisée en territoires réservés aux hommes et aux femmes ;

la grande entrée jouait le rôle de lieu de rencontre à l'intérieur, alors que le jardin offrait là encore un site idéal où se retrouvaient les deux sexes, en parfaite harmonie. Les modestes aspirations des habitants des villas d'Edgbaston, vers 1830, s'étaient transformées en rêves gothiques pour les propriétaires terriens.

« Sweet Home » : la maison du bijoutier

En 1820, l'année où l'on prit la défense de la reine Caroline, James Luckcock, un bijoutier de Birmingham qui avait réussi à mettre de côté un « modeste pécule » pour se retirer du commerce à cinquante-neuf ans, s'installa avec sa femme, un fils et une fille dans une petite maison d'Edgbaston qu'il avait fait construire grâce à un bail de Lord Calthorpe. Il y fit bâtir la maison de ses rêves. Il voulait qu'elle fût « douillette et confortable », « modeste dans son coût et ses proportions ». Il partagea le terrain en deux lots et put louer sa première maison, ce qui lui assurait un revenu. De son côté, il avait « tout ce que [son] cœur pouvait désirer. [Il avait lui-même] conçu la maison et le jardin, l'emplacement était pittoresque, abrité et charmant, sur une pente qui donnait à l'ouest; le sol était profond et fertile; et tout ce [qu'il] y plantait se mit à croître en beauté, à la perfection ». Dans son jardin, il planta des marronniers d'Inde et des sorbiers, car il avait « toujours pensé que quelques grands arbres majestueux étaient essentiels au caractère d'une respectable demeure de campagne ». Et, en plus de ses légumes, il choisit des fleurs, « l'humble primevère et la simple digitale, le modeste perce-neige, le lis pur et élégant, la somptueuse pivoine ». En cela, il restait fidèle à son radicalisme : à cette époque, certaines fleurs comme les œillets étaient celles des artisans, d'autres comme les dahlias étaient plus distinguées et plus chères. Dans son jardin, il mit des urnes qui portaient des inscriptions sur l'harmonie domestique. Au bout du jardin, le canal était soigneusement caché par une haie, on pouvait le prendre pour la rivière. À *Lime Grove*, comme il avait appelé sa maison, James Luckcock atteignit le « sommet du bonheur », « heureux d'être loin du monde et de toutes ses illusions décevantes et trompeuses,

[...] comblé par la possession d'un petit paradis ». Il vécut là, s'occupant à jardiner, à écrire des livres, à voir ses amis, à organiser la construction d'une nouvelle école du dimanche pour les unitariens de Birmingham, à assister à des réunions pieuses et à jouer son rôle d'homme public. Poète amateur plein d'enthousiasme, il tomba gravement malade et craignit de mourir. Il fut assez audacieux pour écrire un poème sur lui *pour* sa femme. Il avait adopté l'identité de sa femme pour faire l'inventaire des vertus de son époux qui lui manqueraient, comme nous le disent ces vers.

> Qui le premier de mon pur et jeune cœur
> A su éveiller les ardeurs
> Et à ma vie donner vigueur ?
> Mon mari.
> Qui me dit que quoi qu'il gagnât
> Et quoi qu'ensuite il arrivât
> Tout serait toujours à moi ?
> Mon mari.
> Qui a quitté le tumulte de la ville frivole
> Pour au jardin jouer son rôle
> Et partager le dur travail et la joie folle ?
> Mon mari.
> Qui a toujours mené le combat
> Et de l'adversité fait reculer le bras
> Pour avoir un métier de bon aloi ?
> Mon mari*.

Peu d'époux ont été ainsi jusqu'à chanter leurs propres louanges au nom de leur épouse ! Pourtant, la vie et les rêves de Luckcock trouvaient un écho dans d'innombrables cœurs. Au milieu du XIXe siècle, dans l'imagination anglaise, la mai-

---

* *Who first inspir'd my virgin breast, / With Tumults not to be express'd, / And gave to life unwonted zest ? / My husband. / Who told me that his gains were small, / But that whatever might befal, / To me he'd gladly yield them all ? / My husband. / Who shunn'd the giddy town's turmoil / To share with me the garden's toil, / And joy whith labour reconcile ? / My husband. / Whose arduous struggles long maintain'd / Adversity's cold hand restrain'd / And competence at length attain'd ? / My husband.*

son était bien le lieu de délices et de douceur, mais elle était différemment perçue par les hommes et par les femmes. Les hommes pouvaient mêler les soucis, les craintes et les satisfactions profondes d'une vie publique aux charmes cachés du foyer. Pour les femmes, une telle dualité existait rarement ; elles avaient en tout et pour tout leur foyer, le cadre « naturel » de leur féminité.

(Traduit de l'anglais par Françoise Werner.)

2

Les acteurs

Michelle Perrot

Anne Martin-Fugier

Principal théâtre de la vie privée, la famille, au XIXᵉ siècle, lui fournit ses figures et ses premiers rôles, ses pratiques et ses rites, ses intrigues et ses conflits. Main invisible de la société civile, elle est à la fois nid et nœud.

Triomphante dans les doctrines et les discours qui tous, des conservateurs aux libéraux, voire aux libertaires, la célèbrent comme la cellule de l'ordre vivant, la famille est, en fait, beaucoup plus chaotique et contrastée. La famille nucléaire émerge à peine de systèmes de parentés plus étendus et persistants, multiformes selon les villes et les campagnes, les régions et les traditions, les milieux sociaux et culturels.

Totalitaire, elle entend assigner ses finalités à ses membres. Mais ceux-ci, souvent et de plus en plus, se rebellent. D'où, entre générations, entre sexes, entre individus désireux de choisir leur destin, des tensions qui nourrissent ses secrets, des drames qui la font exploser. D'autant plus qu'elle recourt davantage à la justice comme arbitre de ses querelles, se soumettant ainsi insidieusement au contrôle extérieur.

La famille, pauvre surtout, est aussi menacée dans son autonomie par l'intervention croissante de l'État, qui, faute de pouvoir toujours agir par elle, se substitue à elle, notamment pour la gestion de l'enfant, être social et capital le plus précieux.

La famille n'épuise pas, assurément, toutes les virtualités de la vie privée, qui connaît bien d'autres formes et d'autres scènes. Elle tend néanmoins, au XIXᵉ siècle, pour des raisons en partie politiques, à absorber toutes les fonctions, y compris la sexualité dont elle est « le cristal » (M. Foucault), et à définir les règles et les normes. Les institutions et les individus célibataires – prisons et internats, casernes et couvents, vagabonds et dandys, religieuses et amazones, bohèmes et apaches – sont souvent contraints de se définir par rapport à elle, ou dans ses marges. Elle est le centre dont ils constituent la périphérie.

M. P.

La famille triomphante
par Michelle Perrot

La Révolution française avait tenté de subvertir la frontière entre public et privé, de construire un homme nouveau, de remodeler le quotidien par une nouvelle organisation de l'espace, du temps et de la mémoire. Mais ce projet grandiose avait échoué devant la résistance des hommes. Les « mœurs » s'étaient révélées plus fortes que la loi.

Cette expérience a beaucoup frappé les penseurs contemporains. Pour Benjamin Constant, George Sand ou Edgar Quinet, c'est un sujet récurrent de réflexion. En quoi la Révolution a-t-elle – ou non – bouleversé leur vie et celle de leurs concitoyens ? George Sand montre comment les paysans du Berry résistent au tutoiement généralisé que voudraient imposer les « petits messieurs de la ville », cette nouvelle bourgeoisie si fière de tutoyer sa grand-mère, la ci-devant Mme Dupin. Benjamin Constant souligne la force du quant-à-soi : « J'ai entendu dans ce temps les harangues les plus animées ; j'ai vu les démonstrations les plus énergiques ; j'ai été témoin des serments les plus solennels ; rien n'y faisait, la nation se prêtait à ces choses comme à des cérémonies pour ne pas disputer, et ensuite chacun rentrait chez soi, sans se croire ou se sentir plus engagé qu'auparavant. »

C'est pourquoi les rapports du public et du privé sont au cœur de toute la théorie politique postrévolutionnaire. Définir les relations entre État et société civile, entre collectif et individuel devient le problème majeur. Tandis que le laisser-faire, l'idéal de la « main invisible » prévaut dans une pensée économique qui marque le pas et vit sur le brillant acquis du XVIIIe siècle, la pensée politique se montre soucieuse de délimiter les frontières et d'organiser les « intérêts privés ». Le plus neuf est sans doute l'importance accordée à la famille comme cellule de base. Le domestique est une instance de régulation fondamentale : il joue le rôle du dieu caché.

Cette réflexion est largement européenne. Catherine Hall a montré comment la pensée de la domesticité est parallèlement construite, en Grande-Bretagne, au début du XIXe siècle, par les évangéliques et par les utilitariens. Le panoptisme de Bentham, pour la société civile, repose sur le regard souverain du père de famille, maître après Dieu ou selon la raison.

Hegel : la famille, fondement de la société civile

Hegel est peut-être le philosophe qui a poussé le plus loin cet agencement du public et du privé. Dans les *Principes de la philosophie du droit* (1821), il analyse les rapports entre les trois instances fondamentales : l'individu, la société civile, l'État. L'individu est le fondement du droit, qui ne peut être que personnel. Le corps définit le moi auquel la propriété individuelle est nécessaire pour s'objectiver ; le suicide est la marque ultime de la souveraineté du moi, comme la faute, celle de sa responsabilité. Mais l'individu est subordonné à la famille, qui, avec les corporations, est l'un des « cercles » essentiels de la société civile. Sans elle, l'État n'aurait affaire qu'à des « collectivités inorganiques », à des foules, propices au despotisme.

La famille est la garante de la moralité naturelle. Elle est fondée sur le mariage monogame, établi par consentement mutuel ; les passions y sont contingentes, voire dangereuses ; le meilleur mariage est le mariage « arrangé » que suit l'inclination, non l'inverse. La famille est une construction raisonnable et volontaire, liée par de forts liens spirituels, la mémoire par exemple, et matériels. Le patrimoine est à la fois nécessité économique et affirmation symbolique. La famille, « objet de piété pour les membres », est un être moral : « Une seule personne dont les membres sont des accidents. » Le chef en est le père, dont la mort seule décompose la famille en libérant les héritiers. La famille est le tout supérieur aux parties, qui doivent s'y soumettre ; elle

La famille triomphante

est, dans la société du XIXᵉ siècle, un groupe « holiste » tel que l'a défini Louis Dumont. La division sexuelle des rôles s'appuie sur leurs « caractères naturels », selon une opposition passif/actif, intérieur/extérieur qui gouverne tout le siècle. « L'homme a sa vie substantielle réelle dans l'État, la science, etc., et encore dans le combat et le travail aux prises avec le monde extérieur et avec soi-même. » « La femme trouve sa destinée substantielle dans la moralité objective de la famille, dont la piété familiale exprime les dispositions morales. » Les enfants sont à la fois des membres de la famille et des individus en eux-mêmes. Libres, ils doivent être éduqués, sans abuser du jeu qui flatte le sentiment de leur distinction propre. Leur majorité les rend capables d'avoir une famille, « les fils comme chefs et les filles comme épouses ». Mais c'est véritablement la mort du père qui leur permet d'accéder à ce nouveau statut. La liberté de tester est limitée par le droit familial. Hegel critique vivement sur ce point l'arbitraire du droit romain ; il réprouve le droit d'aînesse ou l'exclusion des filles. Ce qui compte, à ses yeux, ce n'est pas la lignée, lourde de féodalité, mais la famille, pierre angulaire de la société moderne. Cercles de « personnes concrètes indépendantes », les myriades, « les multitudes de familles » forment la société civile, qui n'est que « le rassemblement de collectivités familiales dispersées ».

La maison de Kant

Si Hegel pense l'agencement macrosocial du public et du privé, c'est au micro-espace de la maison que Kant – poétiquement transcrit par Bernard Edelman – s'est attaché surtout. Le droit domestique est le triomphe de la raison ; il enracine et discipline en abolissant toute volonté de fuite. C'est « un droit de l'ici-bas et de la conservation, qui éteindra dans les cœurs l'appel du lointain et des forêts barbares ». La maison est le fondement de la morale et de l'ordre social. Elle est le cœur du privé, mais d'un privé soumis au père, seul capable de domestiquer les instincts, d'apprivoiser la femme. Car la guerre domestique toujours menace. « La femme peut devenir un vandale, l'enfant, contaminé par sa mère, un être veule ou vengeur, et le domestique peut reprendre sa liberté. » Centre de la maison, la femme ambiguë est aussi ce qui la menace. « Il suffit qu'elle s'échappe pour devenir aussitôt un rebelle et un révolutionnaire. » D'où la contradiction, bien sentie par Kant, de son statut juridique : comme individu, la femme est de droit personnel ; comme membre de la famille, elle est soumise au droit conjugal, d'essence monarchique. Toujours la femme « assoiffée » s'oppose à la femme « apprivoisée ».

La famille libérale

La pensée française sur la famille est d'une particulière richesse au XIXe siècle, en raison de l'acuité des problèmes liés à la reconstruction politique, juridique et sociale post-révolutionnaire. Trois grands pôles de réflexion : les frontières entre public et privé, et la notion de « sphères » ; le contenu de la société civile ; les rôles masculins et féminins.

Les libéraux – de Germaine de Staël à Alexis de Tocqueville – sont d'abord soucieux de la défense d'une frontière qui garantisse la liberté des « intérêts privés », force de la nation. « C'est le respect de l'existence particulière de la fortune privée qui seul peut faire aimer la République », écrit Mme de Staël, qui lui demande essentiellement de « ne pas exiger, ne pas peser ». « La liberté nous sera d'autant plus précieuse que l'exercice de nos droits politiques nous laissera plus de temps à consacrer à nos intérêts privés », dit Benjamin Constant. L'un comme l'autre opposent les Anciens qui vivaient pour l'Agora ou la guerre, au monde moderne, univers du commerce et de l'industrieuse activité des individus, qu'il convient surtout de « laisser faire ». Cette concentration sur le privé suppose que l'on se confie pour les affaires publiques à des représentants. La distinction de deux sphères complémentaires implique le régime représentatif et, dans une certaine mesure, la spécificité du politique, celle des praticiens politiques et, à terme, leur professionnalisation.

Ce qu'avait parfaitement vu Guizot, récemment étudié par Pierre Rosanvallon. Dans une réflexion qui n'est pas sans

La famille triomphante

rappeler celle de Hegel, il analyse le fonctionnement du pouvoir, qu'il voit multiple. L'ordre et la liberté dépendent de l'articulation du « pouvoir social », comptable de la société civile et du pouvoir politique, responsable des orientations d'ensemble et dévolu aux « capacités », élite des organisateurs : affaire d'hommes, et non pas de salons, mixtes et frivoles. Largement domestique, le pouvoir social n'en est pas pour autant féminin. Le père de famille en est la clé non arbitraire, car il est « l'expression d'une raison supérieure, plus apte que les autres à juger du juste et de l'injuste ». Lieu d'une transaction permanente, la famille est, selon Guizot, un modèle politique de la démocratie. « Nulle part le droit de suffrage n'est plus réel ni si étendu. C'est dans la famille qu'il touche de plus près à l'universalité. »

Royer-Collard et Tocqueville sont également anxieux du contenu de la société civile. « La Révolution n'a laissé debout que les individus. [...] De la société en poussière est sortie la centralisation », écrit le premier, qui voit dans les « associations naturelles » – la commune, la famille – l'antidote du jacobinisme. Tocqueville, si sensible par ailleurs aux attraits du privé et de l'intime, a parfaitement discerné les périls d'un individualisme excessif, celui du « chacun chez soi, chacun pour soi » cher au baron Dupin. « Le despotisme, qui de sa nature est craintif, voit dans l'isolement des hommes le gage le plus certain de sa propre durée, et il met d'ordinaire tous ses soins à les isoler [...]. Il nomme bons citoyens ceux qui se renferment étroitement en eux-mêmes » (*De la démocratie en Amérique,* liv. II, chap. VIII). Toute l'œuvre de Tocqueville tourne autour de ce problème : comment concilier bonheur privé et action publique. Il préconise les associations et célèbre les vertus de la famille américaine, susceptibles de créer un lien social. « La démocratie détend les liens sociaux, mais resserre les liens naturels. Elle rapproche les parents dans le même temps qu'elle sépare les citoyens. »

Ainsi, pour les libéraux, la famille, communauté en quelque sorte « naturelle », est la clé du bonheur individuel et du bien public.

Les traditionalistes

La famille est également la préoccupation majeure des traditionalistes, dont Louis de Bonald sous la Restauration et, plus tard, d'une tout autre manière, Frédéric Le Play et son école ont été les principaux représentants. La critique du relâchement des mœurs, de la perversion des rôles sexuels, de l'efféminement est leur obsession. Au reste, familles dissolues, femmes oublieuses de leurs devoirs sont les boucs émissaires ordinaires des défaites militaires et des commotions sociales. La Restauration (cf. les travaux de R. Deniel), l'Ordre moral (cf. Mona Ozouf) sont, de ce point de vue, exemplaires. Le régime de Vichy le sera bien plus encore (cf. Robert Paxton).

L'offensive familialiste, sous la Restauration, est triple. Religieuse, d'abord : les missions font du respect de la famille leur thème favori. « Où peut-on être mieux qu'au sein de sa famille ? » chante un cantique de 1825. Politique, elle s'attaque au divorce, autorisé depuis 1792, et obtient sa suppression en 1816. Idéologique : Bonald en est l'apôtre. Très lu dans les milieux de la noblesse provinciale (Renée de Lestrade, l'héroïne maternelle des *Mémoires de deux jeunes mariées*, de Balzac, le cite souvent), il est l'agent d'une moralisation de l'aristocratie qui, par lui, se refait une virginité. Le rêve de la « vie de château » et du luxe ostentatoire d'une aristocratie débauchée, si tenace dans la psychologie populaire, au point qu'elle traîne aujourd'hui encore dans les commentaires des visites des châteaux de nos vacances, s'alimente en fait à un temps révolu : celui de la « douceur de vivre ».

La pensée de Bonald sur la famille, on la trouve, par exemple, dans son discours à la Chambre des députés « pour l'abolition du divorce » (26 décembre 1815). Le divorce est intrinsèquement pervers, non seulement en raison de ses injustes conséquences pour les femmes et les enfants qui en souffrent surtout, mais pour des raisons morales. Reconnaissance implicite du droit à la passion, il fait une place exorbitante à l'amour dans le mariage. Demandé la plupart du temps par les femmes, il affaiblit l'autorité paternelle :

La famille triomphante

« Véritable démocratie domestique, il permet à l'épouse, à la partie faible, de s'élever contre l'autorité maritale. » Or, la grandeur de l'épouse réside dans la soumission au père et, lorsqu'elle est veuve, au fils aîné, dépositaire de la demeure ancestrale. Fondement de l'État monarchique, la famille est elle-même une monarchie paternelle, une société lignagère qui garantit la stabilité, la durée, la continuité. Le père en est le chef naturel, comme le roi-père est celui de la France, qui est aussi une « maison ». Restaurer la monarchie, c'est restaurer l'autorité paternelle. « Pour retirer l'État des mains du peuple, il faut retirer la famille des mains des femmes et des enfants. » Le mariage n'est pas seulement un contrat civil, mais indissolublement un acte religieux et politique. « La famille demande des mœurs, et l'État demande des lois. Renforcez le pouvoir domestique, élément naturel du pouvoir public, et consacrez l'entière dépendance des femmes et des enfants, gage de la constante obéissance des peuples. »

Le Play, ou « la famille, principe de l'État »

Ni contre-révolutionnaire ni libérale (cf. Fr. Arnoult), la pensée de Frédéric Le Play est originale dans la mesure où il a élaboré en outre une stratégie d'observation sociologique qui se voudrait prélude à une intervention profamiliale. Hostile à l'extension de l'État, Le Play voudrait revigorer la société civile par le bonheur des familles, bonheur qu'il définit comme « la loi morale plus le pain ». « La vie privée imprime son caractère à la vie publique ; la famille est le principe de l'État » (*Ouvriers européens*, 1877). Pourtant, Le Play est le contraire d'un libéral. L'égoïsme des « intérêts privés » dans la jungle du laisser-faire, l'urbanisation et l'industrialisation sauvages, l'oubli du décalogue et de la morale sont les causes de ce malheur vrai qu'est la prolétarisation. Remède : la restauration de la « famille-souche » à héritier unique, désigné par les parents (la *melouga* pyrénéenne, très proche de l'*oustal* du Gévaudan), que Le Play oppose à la famille instable (celle du Code civil) comme à la famille patriarcale, où le pouvoir est concentré dans les mains d'un chef de famille héréditaire. La hiérarchie, chez Le Play, n'est donc pas purement « naturelle », mais fondée sur le mérite, la capacité.

Le respect des hiérarchies est une condition de l'équilibre. Mais les chefs doivent respecter leurs subordonnés et les protéger. La « question sociale » et l'intervention croissante de l'État se greffent sur l'oubli de leurs devoirs par les patrons. Paternalisme et patronage fournissent le meilleur type de relations sociales. La famille est de même soumise au père. Pourtant, Le Play accorde une grande importance aux vertus de la ménagère, comme plus tard Émile Cheysson, son disciple sur ce point, et ses monographies de famille offrent une documentation exceptionnelle sur les rôles, tâches et pouvoirs de la mère dans les familles populaires et sur les travaux ménagers.

La pensée de Le Play et de *La Réforme sociale* est sans doute la plus achevée parmi celles qui, au XIXe siècle, prennent la famille comme pivot de la réflexion et de l'action. Son refoulement vient de raisons politiques et idéologiques qui ont contribué au triomphe de l'école durkheimienne, support de la République. La famille a été l'innocente victime de cette péripétie, dans la mesure où elle a cessé, pour longtemps, d'être un élément de base de la recherche en sciences sociales.

Les socialistes et la famille

Avant que le marxisme ne renvoie le privé à ses origines bourgeoises, voire petites-bourgeoises, les socialistes ont accordé à la famille une extrême importance, comme Louis Devance l'a montré dans une thèse malheureusement inédite.

Unanimes à critiquer la famille de leur temps, rares sont les socialistes qui imaginent sa suppression complète. Tout aussi rares ceux qui envisagent une subversion des rôles sexuels, tant est profonde la croyance en une inégalité naturelle des hommes et des femmes. Mais il existe une grande diversité de courants et de solutions. Du côté des partisans d'une liberté illimitée : Fourier, Enfantin, la féministe Claire Démar, les communistes des années 1840 comme Théodore

La famille triomphante

Dézamy, dont le *Code de la communauté* s'oppose au familiarisme puritain de l'*Icarie* de Cabet. « Plus de ménage morcelé ! Plus d'éducation domestique ! Plus de familisme ! Plus de domination maritale ! Liberté des alliances ! Égalité parfaite des deux sexes ! Libre divorce ! » s'écrie le premier, tandis que le second flétrit le célibat volontaire et voit dans « le concubinage et l'adultère [...] des crimes sans excuses ». *Icarie* est d'un moralisme à toute épreuve et d'un machisme sans faille. À Nauvoo, dans la colonie américaine où Cabet tentera de réaliser son utopie, il aura d'ailleurs maille à partir avec les femmes qui refusent, au nom de la coquetterie, de s'astreindre à un costume uniforme !

Fourier représente un radicalisme assez exceptionnel, l'« écart absolu », tant dans le domaine des rôles que dans celui des rapports sexuels. Celui qui dénonçait dans les femmes « les prolétaires des prolétaires » voyait dans leur émancipation la clé du progrès. « L'extension des privilèges des femmes est le principe général de tous les progrès sociaux. » Au phalanstère, il préconise une égalité complète, des fonctions interchangeables, une liberté de choix totale des partenaires charnels, un mariage tardif et aisément dissous. Malthusien par sa méfiance quant à la croissance de la population, il ne l'est guère par la légitimité accordée à la contraception et à l'avortement. Le radicalisme de Fourier en matière sexuelle a fait peur à ses disciples, féminines comprises, comme Zoé Gatti de Gamond, ou Considérant, qui l'ont sur ce point expurgé. Ils n'ont pas publié le plus révolutionnaire de ses ouvrages, *Le Nouveau Monde amoureux*, qui l'a été seulement en 1967 par Simone Debout. Le familistère, édifié à Guise (Aisne) par Godin, avait répudié toute morale « pivotale », plus proche à cet égard d'*Icarie* que du phalanstère. Et la propre compagne de Godin était une femme de l'ombre, comme toutes les autres femmes de « grands hommes » !

Les saint-simoniens post-Enfantin, la majorité des communistes, les socialistes d'inspiration chrétienne – tels Pierre Leroux, Constantin Pecqueur, Louis Blanc et même Flora Tristan – se prononcent pour une modernisation de l'institution familiale, l'égalité des sexes jusque dans l'éducation, le droit au divorce. Mais le mariage monogame demeure à leurs yeux le fondement d'une famille nucléaire à l'affectivité renforcée, où les enfants tiennent la première place. Après 1840, la plupart des féministes, celles de 1848, par exemple, qui voient dans l'État « un grand ménage », se rallient à ces positions modérées qui convenaient à leur revendication de l'égalité civile et offraient des possibilités d'action concrète. Personnellement très libre autant que résolument familiale, George Sand est de celles-là.

Enfin, un courant traditionaliste, regroupant Buchez, les socialistes chrétiens de *L'Atelier,* les disciples de Lamennais et Proudhon, soutenait l'inégalité irréductible des sexes fondée en nature, la nécessaire soumission des femmes, qui trouvent leur liberté dans l'obéissance, et le mariage indissoluble et patriarcal, garant de l'ordre et de la morale. Proudhon, notamment, proclame avec constance la supériorité créatrice du principe viril, de la chasteté sur la sensualité, du travail sur le plaisir. Pour le théoricien de l'anarchie, la famille conjugale est la cellule vivante d'un privé qui devrait absorber le public et annihiler l'État.

Ainsi, de Fourier à Proudhon, l'évolution ne va pas dans le sens de la liberté des mœurs. Sans doute les socialistes sont-ils aux prises avec une double exigence : celle du moralisme ambiant, des critiques que la pensée bourgeoise adresse à la bestialité prolétaire, et qui les fait se raidir dans une posture de respectabilité ; celle de leur « clientèle » ouvrière et populaire, pour laquelle l'économie et la morale familiale étaient constitutives de la conscience de classe.

Mais il y a aussi une évolution propre au socialisme lui-même et à sa vision de la transformation sociale. Les socialistes du premier versant du siècle croient à une révolution par la base et par les pratiques. Ils se la représentent comme la contagion de la vertu de communautés exemplaires : communes et associations de travail à base familiale, version altruiste de la petite entreprise. D'où la volonté d'une *transparence,* que postulait aussi Rousseau, et qui alimente une querelle sur la « publicité des mœurs » opposant à Enfantin certaines femmes saint-simoniennes qui revendiquent le droit à l'intimité comme une conquête de la dignité féminine. Claire Démar, dans *Ma loi d'avenir,* s'insurge contre certains rites de mariage et contre « la publicité de ces scandaleux débats judiciaires qui, dans nos cours, nos tribunaux, font retentir devant nos juges les mots d'adultère, d'impuissance, de viol, provoquant des enquêtes, des arrêts révoltants ».

Avec le blanquisme, mais surtout avec le marxisme, le problème de la prise du pouvoir se pose autrement : par le haut, la révolution politique indispensable prélude à la révolution économique, par l'État. Dans l'analyse sociale, le mode de production se substitue à la famille, et les mœurs sont reléguées dans le cintre des superstructures. Engels a beau souscrire aux conclusions de Bachofen et surtout de Morgan sur l'existence d'un matriarcat dans les temps originels de la barbarie heureuse et égalitaire, et considérer que son abolition a été « la grande défaite historique du sexe féminin », il fait de la révolution socialiste des moyens de production la condition nécessaire – sinon suffisante – au rétablissement de l'égalité. Les femmes sont invitées à subordonner leurs revendications à la lutte des classes, et la lutte des sexes est considérée comme un dérivatif. Le féminisme est désormais condamné à être bourgeois, quasi par essence : début d'un long malentendu.

Corrélativement, le marxisme – et le socialisme que dès lors il influence largement – se ferme à l'analyse anthropologique, taxée d'idéaliste. Jacques Capdevielle a montré comment s'est produite cette occultation qui n'est pas l'effet du hasard, mais d'une critique explicite du Marx de *L'Idéologie allemande* au Hegel de la *Philosophie du droit* et de sa négation du dualisme État/société civile, individu/citoyen. Il en est résulté un certain appauvrissement de l'analyse marxienne : le refus des médiations, la sous-estimation de l'avoir, du patrimoine et de la mort.

Toutefois, il convient d'observer que cette liquidation de la famille dans la théorie sociale n'est pas le fait seulement de Marx, mais tout aussi bien de Durkheim, comme l'ont souligné Hervé Le Bras et Emmanuel Todd. Rebelle à l'inscription spatiale des phénomènes, Durkheim ne veut connaître que des faits sociaux universels et, ce faisant, « il pulvérise l'anthropologie ». Au même moment, l'histoire positiviste, entièrement tournée vers la construction de la nation et du politique, refoulait le privé de son champ d'études.

Cependant que la famille comme catégorie explicative disparaissait des sciences sociales, elle était plus forte que jamais dans la pensée politique des organisateurs de la Troisième République : Grévy, Simon, Ferry et les autres. La réflexion sur la famille s'efface : la politique de la famille commence.

C'est que les fonctions de la famille – fonctions assignées, fonctions assumées – comptent plus encore que sa valeur heuristique.

Fonctions de la famille
par Michelle Perrot

Atome de la société civile, la famille est la gestionnaire des « intérêts privés » dont la bonne marche est essentielle à la force des États et au progrès de l'humanité. Un grand nombre de fonctions lui sont imparties. Clé de voûte de la production, elle assure le fonctionnement économique et la transmission des patrimoines. Cellule de la reproduction, elle fournit les enfants, auxquels elle dispense une première socialisation. Garante de la race, elle veille sur sa pureté et sa santé. Creuset de la conscience nationale, elle transmet les valeurs symboliques et la mémoire fondatrice. Elle est créatrice de citoyenneté autant que de civilité. La « bonne famille » est le fondement de l'État et, notamment pour les républicains (cf. Jules Simon, *Le Devoir,* 1878), il y a continuité entre l'amour de la famille et celui de la patrie, aux maternités confondues, et le sentiment de l'humanité. D'où l'intérêt croissant que l'État porte à la famille : aux familles pauvres d'abord, maillon faible du système, puis à toutes.

Mais, dans la majeure partie du XIXᵉ siècle, la famille agit librement, avec bien des variantes liées aux traditions religieuses et politiques, au milieu social et, plus encore, local, tant la France est diverse alors, sous le vernis centralisateur.

Famille et patrimoine

Réseau de personnes et ensemble de biens, la famille est un nom, un sang, un patrimoine matériel et symbolique, hérité et transmis. La famille, c'est un flux propriétaire qui, d'abord, dépend de la loi.

Le Code civil a aboli, en principe, les anciennes coutumes, interdit le droit de tester, supprimé le droit d'aînesse, établi l'égalité des héritiers, hommes et femmes. À bien des égards, c'est une révolution, et ressentie comme telle. Si Pierre Rivière, le « parricide aux yeux roux » du Bocage normand, tue sa mère (et, en supplément, sa sœur et son frère), n'est-ce pas en partie parce que cette femme qui dispose librement de ses biens représente, par rapport à la coutume normande qui ne reconnaissait aucun droit aux femmes, une véritable subversion ? Cette diablesse qui ne cesse de contracter et de dénier ses contrats est un défi insensé.

Est-ce pour autant « la règle du jeu dans la paix bourgeoise », selon l'expression d'André Arnaud ? On est frappé, au contraire – et P. Ourliac le souligne à mainte reprise –, de la persistance des valeurs patrimoniales, de la prééminence du père dans ce système patrilinéaire de transmission des biens. Le mari « administre seul les biens de la communauté » (art. 1421) ; ses pouvoirs ne sont limités que par les stipulations du contrat de mariage. Or, celui-ci, caractéristique des pays de droit écrit, ne cesse de reculer au cours du siècle, même en pays occitan, où le régime dotal avait été largement conservé. En Provence et en Languedoc d'abord, puis en Occitanie intérieure. Même évolution en Normandie : à Rouen, J.-P. Chaline dénombre 43 % de contrats de mariage en 1819-1820, 24 % au milieu du XIXe siècle et seulement 17 % à la veille de 1914. Seuls les bourgeois conservent plus longtemps le régime dotal, qui garantit les biens de la femme et sauvegarde, en cas de faillite, une partie du patrimoine : précaution d'un capitalisme à forte texture familiale.

Les partages successoraux ont, de façon générale, diffusé la petite propriété et contribué à retarder – du moins à moduler – l'industrialisation en freinant l'exode rural, au rebours de l'Angleterre. Mais, dans bien des régions, notamment dans celles où prédominent les familles-souches, la résistance au Code civil est très forte. Ainsi en Gévaudan, décrit par Élisabeth Claverie et Pierre Lamaison, où la volonté de sauvegarder l'*oustal* entraîne toute une série de pratiques pour le tourner. Les parents – du moins le père, tout-puissant – procèdent de leur vivant à des « arrangements » destinés à maintenir l'unité de l'exploitation aux mains du plus capable (et/ou du préféré ?) ; les « cadets » peuvent être dédommagés (et c'est un motif de migration temporaire destinée à procurer l'argent de la compensation) ; mais, le plus souvent, ils restent célibataires, travaillant sur la terre, voire comme domestiques. Le développement de l'individualisme allait peu à peu ruiner le consentement nécessaire à ce système.

Au vrai, une large partie de la population était exclue de tout partage. Au début comme à la fin du XIXe siècle (cf. A. Daumard, F. Codaccioni), les deux tiers des décédés meurent sans laisser de succession. La concentration des fortunes tend même à s'accroître : à Paris, 1 % des Parisiens détiennent 30 % des avoirs en 1820-1825, et 0,4 % en 1911. La situation est équivalente à Bordeaux ou à Toulouse. Elle est pire à Lille, ville prolétaire : en 1850, 8 % des habitants possèdent 90 % de la fortune urbaine, et, en 1911, 92 %. L'essor, réel pourtant, des classes moyennes marque encore peu la distribution de la fortune et tend à corroborer l'idée d'une société bloquée, où les chances de mobilité sont médiocres et aigus les risques de tension interne menaçant les familles autour de l'avoir.

Les formes de l'avoir

Les résultats de l'accumulation sont globalement faibles. Mais le désir de patrimoine est ardent. Il s'inscrit d'abord dans les immeubles, premier objet du désir, signe indispensable de notabilité pour les bourgeois, besoin d'un coin à soi pour les plus démunis. Le père d'Henri Beyle – Henry Brulard – ne pense qu'à son « domaine » et si, dans la petite bourgeoisie grenobloise au début du XIXe siècle, l'argent, « nécessité de la vie indispensable malheureusement comme les lieux d'aisances, mais dont il ne fallait jamais parler », demeure tabou, par contre, « le mot "immeuble" est prononcé avec respect ».

Au milieu du Second Empire, les immeubles urbains fournissent 18 % des revenus, et les exploitations agricoles, 41 %, contre seulement 5,9 % pour les placements mobiliers. Mais, dans la seconde moitié du XIXe siècle, l'attrait pour ces derniers ne cesse de grandir, stimulé par le développement des sociétés anonymes, le changement des stratégies bancaires et les spéculations consécutives où tant d'héritiers ont désagrégé leur patrimoine. Les obligations se substituent à la rente foncière. Avoir des actions dont on suit les cours en Bourse devient une pratique assez répandue, même dans la petite bourgeoisie de province. Telle honorable dame d'une petite ville berrichonne, fille de vignerons, veuve d'un menuisier, est abonnée à un journal financier et se constitue un portefeuille – emprunt russe, Ville de Budapest... – comme elle a acheté un piano à ses filles.

Jacques Capdevielle a montré la diffusion, dans presque toutes les couches de la société, de cet esprit propriétaire, fondement de la Troisième République opportuniste et radicale qui fait de l'équation « citoyens = propriétaires » l'un des pivots de sa politique, et l'adéquation entre la diffusion des valeurs mobilières, discrètes et sécables, et la démocratie. Il a souligné l'étonnant consensus qui s'opère à la fin du siècle autour de la propriété, jusque dans les rangs socialistes et même anarchistes. Le « bon père de famille », figure centrale de la sans-culotterie révolutionnaire et pilier de la République, est un petit propriétaire qui lègue à ses héritiers un patrimoine. Et Gambetta vante « les petites fortunes, les petits capitaux, tout ce petit monde qui est la démocratie » (discours d'Auxerre, 1874).

Ainsi se forme lentement un esprit capitaliste qui s'infiltre dans les conversations et les correspondances familiales, et qui modifie l'image que la famille se donne d'elle-même.

Travail et économie familiale

Avec ou sans patrimoine, la famille est un système économique de gestion que, bien loin d'avoir aboli, la révolution industrielle, si diverse en ses rythmes, a utilisé et renforcé. La constitution d'une anthropologie économique, dans la foulée de Chayanov et de Jacques Gody, est un des résultats les plus intéressants de la recherche contemporaine. C'est une des lignes de force de l'*Histoire des Français*, publiée sous la d[...] nous renvoyons pour le [...] jusqu'à parler de « mode de production familial », c'est de réseau d'accumulation, de savoir-faire et de solidarité qu'il faut parler.

En milieu rural, le ménage est l'unité économique de base. La famille et la terre se confondent, et leurs nécessités s'imposent aux individus qui les composent. L'*oustal* du Gévaudan est un cas extrême; mais même dans des formes plus détendues de système patrimonial, la famille est une entreprise, la maison un espace de travail, et les rôles respectifs des parents et des enfants, des jeunes et des vieux, des hommes et des femmes y sont rigoureusement fixés dans une complémentarité dont il ne faut pas exagérer la sérénité et que les migrations altèrent parfois.

La proto-industrialisation a misé à fond sur la cellule familiale, entreprise et domicile confondus. Les tisserands fournissent le meilleur exemple d'économie industrielle domestique, de division sexuelle du travail et d'endogamie, système très résistant à l'usine et dont, malgré son extrême pauvreté, beaucoup garderont la nostalgie. *Mémé Santerre* (Serge Grafteaux) en est, au début du XXe siècle, un ultime témoin. Le développement de l'électricité redonnera corps à ce rêve d'usine à domicile dans laquelle Pierre Kropotkine voyait une voie libertaire d'autonomie.

La petite entreprise familiale – boutique ou atelier – est en France tenace, à la fois fragile aux faillites – ce déshonneur familial – et perpétuellement renaissante. La sous-traitance s'accroche aux branches des industries lourdes. Se mettre à son compte est une ambition opiniâtre; ne pas séparer domicile et lieu de travail, un idéal, dans un pays où les ouvriers refusent si longtemps le cabas ou la gamelle – du moins faut-il que les femmes l'apportent toute chaude à midi – et font des barricades quand la réduction calculée du temps de pause leur interdit de rentrer déjeuner chez eux (affaire du Houlme, près de Rouen, en 1827). L'économie est ici défense du mode de vie.

L'industrialisation a été obligée d'en tenir compte. L'usine s'installe au village, au plus près des sources de main-d'œuvre, utilisant et payant l'équipe familiale en bloc – le père, aidé par sa femme et encadrant ses enfants – dans les filatures mécaniques. Les problèmes de discipline se trouvent du coup résolus.

Le patron lui-même donne l'exemple ; il réside tout près, parfois dans la cour de sa fabrique ; son épouse tient la comptabilité, et il associe le personnel aux fêtes de famille. Le paternalisme a été le premier système de relations industrielles, du moins à l'égard du noyau ouvrier que l'on veut stabiliser. Il suppose, au moins, trois éléments : résidence sur place, langage et pratiques de type familial (le patron est le « père » des ouvriers et l'entreprise est une « grande famille » dont la faillite serait la « mort »), acceptation ouvrière. Si le consensus se déchire, le système s'effondre ; ce qui s'est produit dans la seconde moitié du XIXe siècle, quand les ouvriers, par exemple, se révoltèrent contre les « coopératives » patronales qui recouvraient souvent un *truck-system* déguisé. Ils exigent de plus en plus le salariat et refusent ce qui leur paraît reliquat du servage, insupportables liens de dépendance. On pourrait du reste établir un parallèle entre la crise de la famille « naturelle » et celle de la famille industrielle, soumises l'une et l'autre à la poussée de l'individualisme conquérant.

Force de l'économie familiale ouvrière

Mais, en dehors même de l'usine, une rigoureuse économie familiale régit la condition de vie des prolétaires. Le salaire du père fournit l'essentiel des ressources, complété, dès que faire se peut, par l'apport des enfants, clé d'une natalité ouvrière demeurée longtemps vigoureuse. L'hostilité à toute limitation du travail des enfants se comprend dans ces perspectives. Elle oppose les vues à long terme des aménageurs sociaux aux intérêts immédiats des familles dont la pauvreté limite le projet. Elle suppose un autre équilibre économique, une autre programmation des choses. La restriction des naissances en milieu ouvrier sera fille de tout ce qu'impose l'« intérêt de l'enfant » – plus cher, donc plus rare.

Le travail des femmes est, lui aussi, régulé par les exigences familiales, à savoir intermittent, syncopé par les maternités. Il ne fournit de toute manière qu'un « salaire d'appoint » – notion fort ancienne mais revigorée –, parfois affecté à des dépenses particulières. La ménagère, très attachée pourtant à cet apport monétaire qui la valorise, a d'abord pour fonction, outre le soin des enfants, celui du ménage au sens très large du terme. De cette ménagère, indispensable à la vie quotidienne, les ouvriers ne cessent de faire l'éloge, confortant leurs nécessités économiques de justifications idéologiques, transformant en qualités « naturelles » un travail quasi professionnel, complices sans le savoir du mouvement qui maquille les tâches domestiques en travail improductif. En cas de crise, le salaire d'appoint des femmes devient cardinal : les ouvriers atteints par le dur chômage de 1884 s'en sortent, disent-ils, parce que leurs femmes font des heures de ménage et de blanchissage. C'est pourquoi les femmes ont ordinairement des crises le souvenir d'un surcroît de travail.

Plus généralement, l'autoconsommation familiale, la production du petit jardin – ces « carrés » maraîchers accrochés jusque sur les « fortifs » parisiennes –, les échanges de services ou de biens d'une économie largement fondée sur le don-contre-don sont d'efficaces parades à la pénurie ou à la misère. Ils supposent des relations horizontales, dont l'effacement, dans les sociétés contemporaines, explique une plus grande vulnérabilité au chômage, une plus grande dépendance vis-à-vis de l'État. Leur persistance actuelle, dans certains pays comme l'Italie ou la Grèce, permet de comprendre l'importance de l'économie souterraine d'autrefois : économie essentiellement familiale et vicinale.

La famille n'est pas seulement pot commun et équilibre budgétaire. Elle règle aussi les stratégies de mariage, dans le cadre des endogamies techniques que constituent les métiers. Elle sous-tend les parcours d'une mobilité géographique qui recouvre forme d'apprentissage ou stratégie de mutation sociale, comme l'a montré Maurizio Gribaudi dans l'espace de Turin. Les migrations ou les déplacements ouvriers ne sont pas le fruit du hasard ; ils suivent les canevas de la parenté tout autant que du métier. Ces solidarités autorisent une intégration plus aisée à la ville. En maintenant des liens avec la campagne, elles assurent des possibilités de repli : accidenté, Simon Parvery, ouvrier des fours à porcelaine de Limoges, peut ainsi reprendre une exploitation rurale familiale. Elles organisent les complémentarités, jouent le rôle d'office de placement ou de banque. Dans les groupes ethniques les plus fortement constitués, elles favorisent et planifient la promotion sociale : ainsi pour les Auvergnats de Paris (F. Raison-Jourde). Par la famille, les « sauvages » apprivoisent la cité.

C'est par elle encore, avant l'ère de l'école obligatoire, qu'ils accèdent à l'instruction, et notamment à la lecture : la méthode Jacotot est une méthode de « pères de famille », de mères aussi, beaucoup plus alphabétisées qu'on ne le croit, et dont Raspail fait, d'autre part, les dépositaires des sagesses du corps et des savoirs cliniques. Ainsi, la famille populaire n'est pas une surimposition de l'ordre bourgeois, mais « un lieu naturel d'appropriation du savoir et d'émancipation du pauvre » (J. Rancière).

Accumulation primitive et capitalisme familial

Forme élémentaire de la vie populaire, la famille a été également le mode prévalent d'accumulation première et de gestion pour le capitalisme du XIXe siècle. L'histoire des entreprises est d'abord une « histoire familiale ». Elle en épouse les mariages et les deuils, les prospérités et les accidents. La famille nucléaire s'est avérée bien adaptée au démarrage industriel. « L'esprit domestique, la notion de vie privée s'accordaient parfaitement avec cette activité de fourmi besogneuse, secrète, sans convivialité, qu'imposait l'industrialisation primitive » (Louis Bergeron, *Histoire des Français*, t. II, p. 155). Les systèmes familiaux offrent au patronat à la fois les bases économiques et les principes de fonctionnement des entreprises. Secret de famille : secret des affaires. Contrats de mariages : alliances et diversification des firmes. Héritiers capables : entreprises bien gérées, voire audacieuses. Héritiers stupides ou jouisseurs : malthusianisme d'industries repliées ou de « maisons » décadentes. Même les pratiques financières se sont parfaitement coulées dans le moule familial. Les sociétés en commandite, idéales en période où prévaut l'autofinancement, en étaient la traduction. Et, après 1867, les familles se sont aisément adaptées aux sociétés anonymes qui leur permettaient d'accroître leur capital tout en conservant la majorité des actions et la direction du groupe, et en préservant leurs biens propres.

La généalogie des entreprises suit alors rigoureusement celle des familles qui les gèrent. Le textile du Nord offre des exemples particulièrement saisissants de croissance par bourgeonnement familial : ainsi, à Roubaix, les Motte et leurs multiples alliances : Bossut, Lagache, Brédart, Wattine, Dewawrin, etc. ; les Pollet, pères de la Redoute ; à Lille, les Thiriez ou les Wallaert ; plus récemment, les Willot. Choix idéologiques ou accidents personnels rythment la vie des affaires. En Normandie, où les nostalgies aristocratiques soufflent fort, l'endogamie est poussée à son maximum et contraint au repli sur soi et à des investissements fonciers néfastes au développement industriel. Parmi les maîtres de forges, les Schneider ou les Wendel ne le cèdent en rien aux entrepreneurs textiles. Mais leur enracinement terrien les incruste plus encore au sol et les conduit à développer un paternalisme de seigneurs. Le Creusot, ville-usine, est aussi un système de domination quasi féodal du pays, du paysage et des gens.

Les fondateurs de grands magasins ont porté au pinacle le modèle du « bon ménage ». Le diorama qui, aujourd'hui encore, au dernier étage de la Samaritaine, raconte l'histoire édifiante de Cognacq et de Louise Jay, exalte les vertus et l'union laborieuse de ce couple idéal, faisant sa comptabilité le soir, sous la lampe. Devenue veuve et sans descendant capable, Mme Boucicaut cherche à perpétuer une gestion familiale du Bon Marché, et ses successeurs cultivent le thème de la fidélité, fondement d'une légitimité renforcée par les intermariages des gérants et des gros actionnaires. Même les institutions visant à former un personnel de cadres, par promotion interne, entendent constituer une « famille morale, sinon biologique », véritablement légataire par le biais de l'association capital-travail. Tout cela s'accompagne d'un contrôle rigoureux de la vie privée et d'une « impitoyable domestication ».

Au demeurant, il ne s'agit pas uniquement d'un stade primitif. « La grande industrie privée et, plus récemment, publique échappe beaucoup moins qu'on ne le croit aux structures familiales [...]. Dans le groupe des dirigeants économiques, les liaisons familiales continuent à déterminer les carrières » (L. Bergeron), comme l'ont montré aussi Pierre Bourdieu et Monique de Saint-Martin. À travers le cas des Cossé-Brissac, ils analysent le rôle du privé dans la gestion de la vie publique contemporaine, l'impact des relations familiales dans la décision politique : l'État colonisé par les familles, même si elles ne sont pas deux cents ! Ainsi, les affaires de famille peuvent être parfois des secrets d'État, et inversement.

C'est dire aussi que le legs familial ne se réduit pas aux biens matériels. L'héritage, c'est aussi un portefeuille de relations, un capital symbolique de réputation, une situation, un statut, « une hérédité des charges et des vertus » (Sartre, *L'Idiot de la famille*, t. II, p. 1117). La plus grande des protections, la pire des inégalités, en somme. Au moment du procès Bovary, Flaubert écrit à Achille, son frère : « Il faut qu'on sache au ministère de l'Intérieur que nous sommes à Rouen ce qui s'appelle *une famille*, c'est-à-dire que nous avons des racines profondes dans le pays et qu'en m'attaquant, pour immoralité surtout, on blessera beaucoup de gens » (3 janvier 1857).

Famille, sexe et sang

Mais, outre ces fonctions réellement accomplies, il est d'autres missions assignées à la famille, de façon plus pressante avec le déclin d'un siècle que hantent les fantômes de la dénatalité et la peur de la dégénérescence : la reproduction d'une race nombreuse, féconde et saine ; une sexualité exercée sans fraude ni énervement.

Sans doute l'idée que le mariage est le moyen le plus favorable à un bon régime sexuel, dont la sagesse même est gage de santé, plonge-t-elle ses racines dans l'Antiquité. Michel Foucault (*Le Souci de soi*, 1984) a montré comment, à Rome, à la hauteur des Antonins et autour des stoïciens, se construit un idéal de conjugalité tempérée. Le XIXe siècle n'a rien inventé, et les républicains se réclament volontiers de cette morale antique. Influence puritaine ? L'un des opuscules le plus souvent réédités de la littérature populaire, *La Science du bonhomme Richard,* de Benjamin Franklin, si soucieux d'éviter en tout domaine le gaspillage, prêche la modération. Les médecins, nouveaux prêtres, sacralisent le mariage à la fois comme régulateur d'énergie et comme moyen d'éviter les dangereuses copulations du bordel, destructeur de la race.

C'est que, dans la seconde moitié du XIXe siècle, notamment, les « mythologies de l'hérédité » (Jean Borie) développées par les médecins comme par les romanciers (voir le Zola de *Fécondité* et du *Docteur Pascal*), la peur des grands « fléaux sociaux » – tuberculose, alcoolisme, syphilis –, la terreur des « tares » transmises et du sang « avarié » érigent la famille en maillon dont la fragilité requiert vigilance. La chasteté est recommandée même aux jeunes hommes, dont on tolérait si bien les frasques, gage de virilité, pourvu que les jeunes filles demeurent vierges.

Temple de la sexualité ordinaire, la famille nucléaire érige des normes et disqualifie les sexualités périphériques. Le lit conjugal est l'autel des célébrations légitimes. Autour de lui, plus de rideaux, mais l'épaisseur des murs de la chambre « à coucher », la fermeture d'une porte que les enfants ne franchissent qu'exceptionnellement, tandis que les parents peuvent à tout instant pénétrer dans le lieu de leur sommeil. L'Église, jadis si sourcilleuse, prescrit aux confesseurs de ne plus importuner de questions les gens – les femmes – mariés. Paix à la sainte nuit conjugale ! « Cristal de la sexualité » (M. Foucault), la famille est aussi garante de la bonne naissance, du « bon sang ». Gare aux maillons faibles de la chaîne ! Même les anarchistes néomalthusiens, désireux de libérer les pauvres et les femmes des servitudes d'une reproduction non contrôlée, se laissent prendre dans la foulée aux séductions de l'eugénisme, ce rêve de purification de la descendance venu des ambiguïtés du darwinisme social.

Ainsi, la famille est soumise à des mouvements contradictoires. D'une part, les rôles que l'on ne cesse de lui découvrir ou de lui assigner accentuent sa densité, sa force, ses pouvoirs, et la poussent à se clore sur ses redoutables secrets. Sa *privacy* se fait plus jalouse, tandis que s'accroît son anxiété. On songe à cette mère de famille angoissée par l'éducation de son enfant et à laquelle Freud disait : « De toute façon, vous ferez toujours mal. »

D'autre part, la conscience croissante de la place que la famille tient sur l'échiquier démographique et social conduit le pouvoir – philanthropes, médecins, État – à l'entourer de sollicitude, à vouloir percer ses mystères et à pénétrer dans la forteresse. Cette intervention vise d'abord les familles pauvres, les plus démunies, celles que l'on juge inaptes à remplir leur rôle, notamment vis-à-vis des enfants. Au début du XXe siècle, juges, médecins et policiers, au nom d'un « intérêt de l'enfant » qui s'adresse à l'enfant comme être social, multiplient les incursions au sein du privé.

Mais souvent, aussi, la famille est complice et, en proie à ses propres doutes, ou affrontée à ses difficultés et à ses conflits internes, demandeuse de police. Si bien que le contrôle social n'est pas seulement la pesée d'un regard extérieur, l'efficace renforcée du panoptisme, mais un jeu infiniment plus complexe de désirs et de plaintes. En Gévaudan, à la fin du XIXe siècle, la demande d'intervention de la justice vient de plus en plus des familles elles-mêmes et de l'individu en butte à sa famille.

« Main invisible » du fonctionnement social, « dieu caché » de l'économie, parfois conspirateur au sein même de la démocratie politique, la famille se situe aux confins indécis du public et du privé. La frontière qui les sépare sinue en elle, variable selon les temps, les lieux et les milieux, comme elle ondoie au travers de la maison. Il fallait dresser ce décor pour comprendre l'intensité des mouvements qui l'animent, des conflits qui la déchirent, des passions qui la traversent.

Mais c'est en son cœur, dans son intimité même qu'il nous faudrait maintenant pénétrer.

Pluralité des types de familles et de vies privées

« Il s'agit de la famille », disait Michelet, en bon jacobin. Conscient que ce singulier sonne faux, nous n'en éviterons pourtant pas l'usage. La littérature ici crée l'illusion, polarisée par l'assomption de la bourgeoisie urbaine, fascinée par Paris, et la construction d'une identité nationale.

C'est le pluriel cependant qu'il faudrait constamment employer, tant sont grandes les diversités introduites par l'opposition ville/campagne, cette fracture majeure de l'histoire des intimités, les milieux sociaux, les croyances religieuses, les options politiques mêmes. Au vrai, quelles variantes introduit dans les pratiques privées le fait d'être catholique, protestant, juif, agnostique ? Y a-t-il une spécificité du père calviniste ou de la mère juive ? La libre pensée a-t-elle modifié les rapports de sexes ou la vision du corps ? Y a-t-il une morale socialiste efficace ? Est-ce qu'être anarchiste change les manières d'aimer ? Entre les deux guerres, Armand faisait de l'union libre la pierre de touche de la libération individuelle et *L'En dehors,* son journal, donnait l'écho des expériences des compagnons en la matière. L'histoire de Victor Coissac et de sa colonie d'*Harmonie* montre à quel point les résistances étaient fortes à cet égard. Des discours aux pratiques, il y a loin.

Évoquant la mort de sa mère, ses sentiments et leur mode d'expression, Stendhal oppose les cœurs du Dauphiné aux « cœurs de Paris ». « Le Dauphiné a sa manière de sentir à soi, vive, opiniâtre, raisonneuse, que je n'ai rencontrée en aucun pays. Pour des yeux clairvoyants, à tous les trois degrés de latitude, la musique, les paysages et les romans devraient changer » *(Vie de Henry Brulard).*

Ce que Stendhal, si sensible aux différences régionales, explique encore par le climat, Hervé Le Bras et Emmanuel Todd, dans un livre récent (*L'Invention de la France,* 1981), l'attribueraient à l'extrême variété des structures familiales qui font que, « au point de vue anthropologique, la France ne devrait pas exister ». Critiquant le caractère trop souvent universaliste d'une histoire des mentalités plus soucieuse d'évolution temporelle que de variétés géographiques, les auteurs insistent sur la diversité des systèmes de parenté régionaux. Sous cet angle, « il y a autant de différences entre la Normandie et le Limousin qu'entre l'Angleterre et la Russie ». Reprenant et affinant les classifications de Le Play, ils distinguent trois grands types, dont ils établissent la cartographie : 1° les régions de structure nucléaire où l'âge au mariage et le taux de célibat sont moins stables qu'ailleurs : Normandie, Ouest intérieur, Champagne, Lorraine, Orléanais, Bourgogne, Franche-Comté ; 2° les régions de structure complexe, à mariage peu contrôlé : quart Sud-Ouest, Provence, Nord ; 3° les régions de structure complexe à mariage contrôlé : Bretagne, Pays basque, sud du Massif central, Savoie, Alsace.

Il y a, dans chacun de ces ensembles, des systèmes d'autorité obéissant à des logiques familiales différentes et qui influent autant sur le rapport parents-enfants que sur l'âge au mariage et les relations entre époux. « Chacun de ces grands types familiaux correspond à un type de sentiment familial. [...] Chaque structure familiale produit ses tensions et sa pathologie spécifiques. » Taux d'illégitimité, de « suicidité », formes de violence, voire opinions politiques sont largement conditionnées par ce paramètre fondamental. Sans suivre les auteurs jusqu'aux limites d'une démonstration volontairement systématique – et forcément simplificatrice –, nous admettrons volontiers les lacunes de notre analyse régionale plus encore que sociale.

On manque, il est vrai, de matière première, en dépit des études de l'école ethnologique française et surtout de celle, tout à fait exemplaire pour notre propos, d'Élisabeth Claverie et Pierre Lamaison. Ce travail, reposant sur le dépouillement d'importantes séries d'archives judiciaires, a forcément tendance à privilégier les conflits. Mais c'est un judicieux antidote aux vues trop sereines de l'équilibre des ménages dans les sociétés traditionnelles. Les études culturalistes ou structurales ont un effet d'immobilisme qui vient justement de la recherche du même, de l'invariant. Or, la société du XIXe siècle n'a rien d'immobile, même dans les campagnes reculées. Elle bouge constamment, et, avec ce mouvement, les frontières du public et du privé, les manières de vivre, de sentir, d'aimer et de mourir.

Certes, les facteurs d'unification sont très puissants : le droit, les institutions, la langue, bientôt l'école, ce rouleau compresseur de la différence, les médias, les objets de consommation qui véhiculent les « modes de Paris », le pouvoir d'attraction d'une capitale adorée autant que redoutée, la circulation des hommes et des choses : tout pèse dans le sens d'une uniformisation des modes de vie privée.

Mais les résistances sont aussi étonnamment fortes. Pour Eugen Weber, seule la Seconde Guerre mondiale sonne « la fin des terroirs ». Quant à la classe ouvrière, elle n'a d'unité que dans le discours de la peur bourgeoise, puis de la conscience militante.

Les secrets qui font les familles et le mystère des individus persistent et changent. Voilà ce qu'il nous faudrait saisir et que nous ne pouvons qu'entrevoir.

Figures et rôles
par Michelle Perrot

La figure du père

Figure de proue de la famille comme de la société civile, le père domine de toute sa stature l'histoire de la vie privée au XIXe siècle. Le droit, la philosophie, la politique, tout contribue à asseoir et à justifier son autorité. De Hegel à Proudhon – du théoricien de l'État au père de l'anarchie –, une majorité conforte sa puissance. Le père donne le nom, c'est-à-dire le véritable enfantement et, selon Kant, « l'accouchement juridique est le seul véritable accouchement ». Privés du roi, les traditionalistes veulent restaurer le père. Mais, sur ce point, les révolutionnaires ne leur cèdent en rien, pas plus que les républicains – comme l'a montré Françoise Mayeur à propos de Jules Ferry –, qui confient au seul père de famille les clés de la cité. « C'est un axiome de la science politique qu'il faut rendre l'autorité toute-puissante dans la famille afin qu'elle devienne moins nécessaire dans l'État. Sous ce rapport, nos grandes assemblées républicaines se sont trompées en diminuant la puissance maritale et la puissance paternelle », écrit Jules Simon, déplorant le recul de la correction paternelle. Les républicains délibèrent sous l'œil de Marianne, tandis qu'une statuomanie délirante place des femmes partout : aux pieds des grands hommes ou leur couronnant le front. Mais ce surinvestissement de l'imaginaire, cette célébration frénétique de « la Muse et la Madone » ne sont qu'une manière de conforter la dualité de l'espace public et privé.

Le Code des droits de l'homme

« La différence qui existe dans l'être des époux en suppose dans leurs droits et dans leurs devoirs respectifs », écrit Portalis. Au nom de la nature, le Code civil établit la supériorité absolue du mari dans le ménage et du père dans la famille, et l'incapacité de la femme et de la mère. La femme mariée cesse d'être un individu responsable : célibataire ou veuve, elle l'est bien davantage. Cette incapacité, exprimée par l'article 213 (« Le mari doit protection à sa femme et la femme obéissance au mari »), est quasi totale. La femme ne peut être tutrice ou siéger dans un conseil de famille : on lui préfère des parents éloignés et mâles. Elle ne peut être témoin aux actes. Si elle quitte le domicile conjugal, elle peut y être ramenée par la force publique et contrainte « à remplir ses devoirs et à jouir de ses droits en toute liberté ». La femme adultère peut être punie de mort parce qu'elle risque d'attenter au plus sacré de la famille : la filiation légitime. En Gévaudan, on tolère les passades, mais on épie les grossesses : aucune indulgence pour la femme coupable de naissance illégitime. L'homme adultère ne risque rien ; il jouit de complicités gaillardes ; la recherche en paternité est interdite par le Code civil, alors que la morale coutumière exigeait le mariage du géniteur avec la fille qu'il avait engrossée.

La femme ne peut disposer de ses biens dans la communauté, régime qui ne cesse de s'étendre. Pas plus que l'enfant mineur auquel elle ressemble tant, elle ne peut disposer de son salaire, jusqu'à une loi de 1907 qui lui en accorde enfin la latitude. Dans les ménages de vignerons de l'Aude, à la fin du XIXe siècle, le salaire du couple est versé au mari. La femme n'est protégée dans ses biens que par le régime dotal, en nette régression, ou par la séparation, qui suppose contrat, pratique de riches, elle-même en recul. Éventuellement efficace dans les familles riches, le Code laisse les femmes pauvres singulièrement désarmées. Encore certains renchérissent-ils sur la loi. Alexandre Dumas fils pense qu'un mari trompé a parfaitement le droit de se faire justice lui-même. Proudhon énumère six cas (dont l'impudicité, l'ivrognerie, le vol et la dilapidation) où « le mari peut tuer sa femme selon

Figures et rôles

la rigueur de la justice paternelle » (*La Pornocratie ou les Temps modernes*, 1875).

Cette omnipotence s'étend sur les enfants. La sensibilité à l'enfance n'a pas entamé l'autorité de la famille ni celle du pouvoir paternel. La Révolution française s'était bornée à de minces réformes (abrogation de la puissance paternelle sur les majeurs ; suppression de l'exhérédation ; limitation du droit de correction...), et le projet de Robespierre – soustraire les enfants de sept ou huit ans à leurs parents pour les élever en commun dans le respect des idées nouvelles – ne fut jamais discuté.

Bien que, selon Le Play, la Révolution ait tué le père en lui retirant le droit de tester, le Code civil maintient beaucoup des conceptions anciennes. L'enfant, même majeur, doit être « saisi d'un respect sacré à la vue des auteurs de ses jours », et si « la nature et la loi relâchent pour lui les liens de la puissance paternelle, la raison vient en resserrer les nœuds ». L'autorisation parentale pour le mariage est, jusqu'en 1896, obligatoire avant vingt-cinq ans.

Le père peut faire arrêter ses enfants et user des prisons d'État, comme il le faisait par le système des lettres de cachet, au titre de la « correction paternelle » qui maintient une police de famille où la puissance publique agit par délégation. Toutefois, les articles 375 à 382 du Code civil (liv. I, titre IX) en fixent les conditions. « Le père qui [a] des sujets de mécontentement très graves sur la conduite d'un enfant » peut faire appel au tribunal d'arrondissement ; jusqu'à seize ans, la détention ne peut excéder un mois ; de seize ans à la majorité, elle va jusqu'à six mois. Les formalités – et les garanties – sont très réduites : aucune écriture, aucune formalité judiciaire, si ce n'est l'ordre même d'arrestation, dans lequel les motifs ne sont pas énoncés. Si, après sa sortie, l'enfant « tombe dans de nouveaux écarts », la détention peut être de nouveau ordonnée. Pour permettre aux familles pauvres d'accéder à cette pratique, en 1841, puis à nouveau en 1885, l'État prend à sa charge les frais de nourriture et d'entretien quand elles ne peuvent y subvenir. L'enfermé de la correction paternelle rejoint le jeune délinquant déclaré ayant agi « sans discernement » qui, si sa famille – son père – ne le réclame pas, est placé éventuellement jusqu'à sa majorité en maison correctionnelle.

Fous, déments et imbéciles, privés de leurs droits de citoyens, peuvent être internés si la famille en fait la demande, en vertu de la loi de 1838. Le droit du mari sur la femme est à cet égard affirmé, comme le montre l'histoire de Clémence de Cerilley, la sœur d'Émilie, que sa famille a toutes les peines du monde à délivrer d'un internement obtenu assez complaisamment par son mari. L'enfermement des femmes dites folles progresse de façon spectaculaire au XIXe siècle : 9 930 en 1845-1849, elles sont près de 20 000 en 1871 (Yanick Ripa). Dans 80 % des cas, les demandeurs sont en l'occurrence des hommes (maris pour un tiers, pères ou patrons). Il est vrai que les femmes usaient plus encore que les hommes de la demande d'enfermement, qui opère plus largement comme une police familiale : on y reviendra.

Pouvoirs

Les pouvoirs du père sont doubles. Il domine totalement l'espace public. Il jouit seul des droits politiques. Au XIXe siècle, la politique est définie comme domaine exclusif de l'homme, au point que Guizot prescrivait de la retirer des salons, féminins et mondains. La comtesse Arconati-Visconti, dont le salon recevait les républicains de la fin du siècle, fut un jour priée par Gambetta d'en exclure les femmes pour accroître le sérieux : ce qu'elle fit.

Mais les pouvoirs du père sont aussi domestiques. Ils s'exercent sur cette sphère privée dont on aurait tort de penser qu'elle est confiée aux femmes sans partage, même si leur rôle effectif y grandit. D'abord, il est maître par l'argent. Dans les milieux bourgeois, il règle les dépenses du ménage en remettant à sa femme une somme globale, souvent bien juste. La tendre Caroline Orville ne comprend pas que son mari, en pleine guerre et séparation (1871), la chicane pour une note de couturière, seule dépense qu'elle s'autorise parce qu'elle « tient à être bien mise » : c'est son devoir. Même généreux, le père exerce ainsi contrôle et pouvoir. On le voit bien dans le cas de Victor Hugo qui, anxieux de l'unité du « goum », s'efforce de retenir à Guernesey les siens qui cherchent à s'en échapper, en leur monnayant les sommes qu'ils

Figures et rôles

demandent pour leurs voyages. Ce regard pèse particulièrement sur sa femme et sur sa fille, Adèle, totalement dépendantes à son égard. Hugo se plaint de n'être que le « caissier » de la famille (Henri Guillemin, *L'Engloutie,* 1985, p. 105). Mais quel moyen qu'il en fût autrement ? Dans les milieux ruraux, la situation est très comparable. Seuls les milieux ouvriers ou populaires urbains échappent en partie à la sujétion financière au père ; la femme, boutiquière ou seulement ménagère, a conquis cette place de « ministre des Finances » de la famille à laquelle elle tient tant.

Les décisions fondamentales reviennent au père. Dans le domaine économique, il semble même que ses pouvoirs aillent croissants. Ainsi, les bourgeoises du nord de la France, étroitement associées à la gestion des affaires, faisant office de comptables et de secrétaires dans la première moitié du siècle, voire véritables chefs d'entreprise – comme Mélanie Pollet, ancêtre de la Redoute –, se replient dans leurs maisons désormais éloignées de l'usine, dans la seconde moitié du siècle, n'y ayant plus rien à voir (cf. Bonnie Smith).

Il en va de même des décisions éducatives, notamment en ce qui concerne les fils, et des alliances matrimoniales. La mère de Martin Nadaud jugeait peu utile que son fils aille à l'école, dans son désir de le mettre au plus vite aux travaux des champs. Le père en décide autrement et se donne ici comme l'homme éclairé. Bien des mariages sont combinés par les pères et voient des mères, compatissant aux mouvements du cœur, prendre le parti de leurs filles éplorées, comme dans les comédies de Molière. Ainsi Mme Hugo, dans le douloureux conflit qui oppose Adèle à Victor.

Dans bien des cas, la décision du père s'appuie sur les arguments de la science et de la raison. Contre les femmes dévotes et obscures, trop sensibles au sentiment, tentées par la passion, guettées par la folie, le père – le mâle – doit maintenir les droits de l'intelligence. C'est à ce titre que Kant, Comte et Proudhon revendiquent le primat du père dans le ménage : le domestique est trop important pour être laissé aux faibles femmes.

À ce titre aussi, le mari a droit de regard sur les fréquentations, les sorties, les allées et venues et la correspondance de sa femme. À la fin du XIXe siècle, il y eut toute une controverse à ce sujet, qui montre à la fois la poussée d'un féminisme individualiste, partagé par un certain nombre d'hommes, et ses limites, puisque aucune mesure ne fut prise pour protéger le droit des femmes au secret de leur courrier : bien au contraire, la plupart des magistrats se prononcèrent contre ce droit. *Le Temps* (mars 1887), ayant sollicité l'avis de ses lecteurs à ce sujet, reçut un grand nombre de réponses dont il publia quelques-unes. Violemment favorable au pouvoir de l'époux, Alexandre Dumas fils estimait qu'« un mari qui a des doutes sur sa femme et qui hésite à ouvrir, pour s'éclairer, les lettres qu'elle reçoit, est un imbécile ». Un prêtre apportait l'appui de la doctrine de l'Église : « Le mari est le maître dans la maison. » Pressensé avait, pour sa part, une position beaucoup plus nuancée, opposant le droit et les mœurs, tandis que Juliette Adam et Mme de Peyrebrune prenaient, avec des nuances importantes, nettement position pour la liberté. Pour la première, la réalité quotidienne dément le Code ; la femme « conquiert une liberté malgré la loi », elle correspond « avec sa mère, ses sœurs, ses filles, ses amies ». La seconde soulignait la logique de la position des juristes, « conséquence des lois qui restreignent la liberté morale de la femme dans le mariage ». C'est donc la loi qu'il convient de changer. En 1897, le substitut du procureur général de la cour d'appel de Toulouse, dans la conférence solennelle de rentrée, passait en revue les arguments des uns et des autres, pour conclure à la légitimité des droits du mari et à la soumission des femmes, dans la plupart des cas heureuses d'être protégées contre elles-mêmes ! La question n'en fut pas moins controversée dans la jurisprudence : que faire du droit au secret des lettres confidentielles qui ne doivent pas être communiquées à des tiers, au point que, à la mort du destinataire, il était admis que l'expéditeur pouvait demander leur restitution. Mais un mari est-il un tiers* ?

---

* Lafont de Sentenac, *Des droits du mari sur la correspondance de sa femme*, cour d'appel de Toulouse, audience solennelle de rentrée du 16 octobre 1897, Toulouse, 1897, 51 p.

La maison du père

Si souvent dehors, le père domine encore la maison. Il a ses lieux à lui : le fumoir et le billard, où les hommes se retirent pour causer, après les dîners mondains; la bibliothèque, parce que les livres – et la bibliophilie – demeurent affaires d'hommes; le bureau, où les enfants n'entrent qu'en tremblant. Selon les Goncourt, Sainte-Beuve n'est vraiment lui-même que dans son antre du premier étage, loin des criailleries des femmes, au rez-de-chaussée. Même une femme qui travaille n'a pas de bureau, extension du public dans le privé de la maison. Pauline Reclus-Kergomard, inspectrice des écoles maternelles depuis 1879, trie ses papiers sur la table de la salle à manger, pendant que Jules, son mari, rêvasse dans son bureau vide, au grand scandale de leurs fils, nous dit Hélène Sarrazin (*Élisée Reclus ou la Passion du monde*, 1985).

Dans le salon, rôles et emplacements sont partagés; du moins Kant les définit-il avec rigueur. Le salon de Victor Hugo, avec le groupe des hommes au centre et debout, et les femmes assises en couronne autour, est un modèle du genre. Le choix du décor de la vie est, beaucoup plus qu'on ne croit, masculin. Au moment du mariage, l'intérieur est meublé par le futur gendre en relation avec sa belle-mère, selon les manuels de savoir-vivre. Mais Jules Ferry « abreuve son frère de lettres pour l'appartement désiré » pour son futur ménage avec Eugénie Risler et de directives « sur l'installation, la couleur des rideaux, des tapis » (Fresnette Pisani-Ferry, « Jules Ferry, l'homme intime », *Colloque Ferry*). En même temps, véritable Pygmalion, il apprend à sa femme à s'habiller, à se coiffer, à mettre en valeur sa beauté. Metteurs en scène des femmes au théâtre et par la mode, les hommes le sont aussi au foyer. Riches, ils ne désertent pas la maison mais la peuplent de leurs acquisitions – ils sont grands collectionneurs – et de leurs fantasmes. Le domestique s'efface alors devant la création.

Victor Hugo a constamment rêvé d'une maison centre de son monde, et donc du monde. L'exil lui en a fourni l'occasion. C'est *Hauteville House*, à Guernesey, qu'il a achetée, transformée, ornée en dépit de sa femme. « Je ne nous aime pas propriétaires », écrit-elle à sa sœur. Adèle voit trop ce que cet enracinement implique de servage, pour elle qui aime tant les voyages et les villes, et l'isolement qu'il entraîne pour les enfants privés des nécessaires sociabilités de la jeunesse. « J'admets qu'avec ta célébrité, ta mission, ta personnalité, tu aies choisi un rocher où tu es admirablement dans ton cadre, et je comprends que ta famille, qui n'est quelque chose que par toi, se sacrifie non seulement à ton honneur, mais aussi à ta figure », écrit-elle à Victor (1857). « Je t'aime, je t'appartiens, je te suis soumise. Mais je ne puis être absolument esclave. Il y a telle circonstance où l'on a besoin de la liberté de sa personne. » Le père, patriarche, trône tel un dieu dans le tabernacle de sa maison.

Hugo – ce « tyran doux », selon son fils – est sans doute une des figures du père les plus grandioses du siècle. Il en porte au sublime tous les traits, physiques et moraux, de générosité et de despotisme, de dévouement et de pouvoir, avec aussi tous les ridicules, les petitesses du père bourgeois doté de maîtresses et craignant le qu'en-dira-t-on ; l'égoïsme du père cruel qui préfère le rejet dans une obscure « maison de santé » de sa fille démente à l'opprobre que serait pour « notre nom » la connaissance de sa folie et sa présence au foyer. « Un malheur peut toujours arriver », écrit-il à son propos ; et Henri Guillemin observe qu'il semblait le désirer. La puissance du père offensé dans sa gloire peut aller jusqu'au meurtre. C'est pourquoi il faut tuer le père pour survivre.

Des figures de pères triomphants et dominateurs, le XIXe siècle en comporte beaucoup et se reconnaît en eux. La plupart des créateurs ont transformé leur maisonnée en atelier et leurs épouses et filles ou sœurs en secrétaires : ainsi Proudhon, Élisée Reclus, Renan ou Marx, autre portrait en pied de notre galerie, bien connu dans l'intimité grâce notamment à la correspondance échangée avec et par ses filles. Père adoré et attentif, père despote et tatillon quant aux choix, professionnels ou matrimoniaux, de ses filles. Eleanor, pratiquement contrainte de renoncer à être actrice et à aimer Lissagaray, est finalement trahie par celui dont son père préférait le socialisme, Aveling. Eleanor, recluse auprès de Marx, malade, et qui ne la comprend pas, rejoint l'armée des

Figures et rôles

filles sacrifiées à la gloire et au désir du père. Ce père qui, souvent aussi, leur ouvre les portes du monde. Car le pouvoir du père, c'est la forme suprême du pouvoir mâle, exercé sur tous, mais plus encore sur les faibles, dominés et protégés.

Cette figure du père n'est pas seulement catholique : elle est tout aussi bien protestante, juive ou athée. Elle n'est pas seulement bourgeoise : elle est profondément populaire. Proudhon l'a érigée en forme d'honneur. Il y a chez lui un insistant désir de paternité. Très tôt, il a pensé se faire faire un enfant, « moyennant une indemnité pécuniaire, avec l'entremise d'une jeune fille que j'aurais séduite pour cela ». Il épouse à quarante et un ans une jeune ouvrière de vingt-sept « simple, gracieuse et naïve », dévouée au travail et à ses devoirs, « la plus douce et la plus docile des créatures », entrevue dans la rue et à laquelle il adresse sa demande par lettre, morceau d'anthologie. Il la choisit pour succéder à sa mère : « Si elle eût vécu, je ne me serais pas marié. » Mais, « à défaut d'amour, j'avais la fantaisie du ménage et de la paternité [...]. La reconnaissance de ma femme m'a valu trois petites filles blondes et vermeilles, que leur mère a nourries elle-même et dont l'existence remplit toute mon âme ». « La paternité a comblé en moi un vide immense », écrit-il encore ; elle est « comme un dédoublement de l'existence, une sorte d'immortalité ».

La paternité, pour les prolétaires, est à la fois la forme la plus élémentaire de survie, de patrimoine et d'honneur. Et la paternité/virilité, cette vision classique de l'honneur masculin, venue des sociétés rurales traditionnelles, la classe ouvrière la fait sienne et construit sur elle, pour une part, son identité.

La mort du père

C'est pourquoi la mort du père est, de toutes les scènes de la vie privée, la plus grande, la plus chargée de tension et de signification. Elle est celle que l'on raconte et que l'on représente. Le lit du mourant n'est plus sans doute celui des « dernières volontés » : elles sont réglées par la loi. Tout de même, il demeure le lieu des adieux, des passations de pouvoir, des grands rassemblements, des pardons et des réconciliations, des nouvelles haines puisées dans l'injustice du dénouement.

La mère meurt discrètement ; veuve, seule, plus âgée, elle a déjà vu partir les enfants ; elle ne détient plus que rarement la clé des affaires ou des provisions. En Gévaudan, elle n'est plus souvent qu'une bouche à nourrir, hébergée avec impatience, au milieu des « cadets », par l'héritier. Le père, lui, comme dans la fable, « fait venir ses enfants ». Caroline Brame a vu, à Lille, mourir Bon-Papa, le fondateur de la dynastie, le vieux Louis Brame. Les frères ennemis sont là. « Bon-Papa nous a tous embrassés, puis, appelant mon père et mon oncle Jules, il leur a remis ses livres, leur a rendu compte de ses affaires et leur a recommandé ses domestiques. Il avait sur sa figure je ne sais quelle expression d'en haut » *(Journal)*. Le père de Proudhon, pauvre tonnelier, choisit de mourir en prince, à l'issue d'un repas où il a convoqué parents et amis pour leur faire ses adieux : « J'ai voulu mourir au milieu de vous. Allons, qu'on serve le café. »

Grande fracture économique et affective de la vie privée, la mort du père est l'événement qui dissout la famille, celui qui permet aux autres familles d'exister et aux individus de se libérer. D'où le désir que l'on a parfois de sa mort, et la rigueur de la loi contre le parricide. Crime sacrilège, rarement acquitté, il conduit le plus sûrement à l'échafaud et garde longtemps des marques infamantes.

Mais il est bien d'autres façons de tuer le père, y compris sa propre névrose. Sartre voit la maladie de Flaubert comme « meurtre du père » (*L'Idiot de la famille*, t. II, p. 1882 *sq.*), Achille-Cléophas, le modèle redouté, celui qui dispose de sa vie et le voue au droit : « Gustave deviendra notaire. Il le deviendra parce qu'il l'est déjà, en vertu d'une prédestination qui n'est autre que la volonté d'Achille-Cléophas. » « La névrose de Flaubert, c'est le père lui-même, cet autre absolu, ce super-moi installé en lui, qui l'a constitué en impuissante négativité. » La mort de son père délivre Flaubert du poids insupportable qu'il faisait peser sur sa vie. Au lendemain de l'enterrement, il se déclare guéri. « Cela m'a fait l'effet d'une brûlure qui enlèverait une verrue [...]. Enfin ! Enfin ! je vais travailler. »

Figures et rôles

La mort du père hante les romans-feuilletons, dont la structure familiale est si forte dans la première moitié du XIXe siècle. Par là seulement le fils peut accéder à la maturité et à la possession de la femme (Lise Quéffelec).

Il est pourtant bien des limites au pouvoir du père, élaborées par le droit ou imposées par les résistances croissantes qu'il rencontre. L'histoire de la vie privée au XIXe siècle peut se lire comme une lutte dramatique entre le Père et les Autres.

La suppression du droit de tester, ce meurtre du père (Le Play), permet et encourage la division des patrimoines et dissout le pouvoir des patriarches. Accueillie comme destructrice dans les pays de familles élargies qui résistent en tournant le Code, elle est saluée ailleurs comme libératrice : ainsi dans les régions du Centre. En 1907, Émile Guillaumin dénonce les vieilles mœurs de la famille large comme « une exploitation des enfants par le père », à bannir à jamais. Même dans les régions de culture occitane préservée, les tensions se font, au cours du siècle, de plus en plus vives.

L'évolution juridique, au XIXe siècle, est un lent, très lent il est vrai, grignotage des prérogatives du père. D'une part, sous la poussée des revendications concurrentes des femmes et des enfants; d'autre part, en raison de la tutelle croissante qu'exerce l'État, notamment sur les familles pauvres, au nom de l'incurie du père. Les lois de 1889 sur la déchéance paternelle ou de 1898 contre les mauvais traitements infligés aux enfants induisent un contrôle accru au nom de l'intérêt de l'enfant. La loi de 1912, après toute une série de tentatives depuis 1878, reconnaît enfin le droit de recherche en paternité dans les cas non seulement d'enlèvement et de viol, mais aussi de « séduction dolosive » (preuves écrites). Les partisans de la loi – philanthropes, législateurs, gens d'Église – défendent la fille mère et l'enfant abandonné.

La capacité croissante reconnue aux épouses, le droit au divorce (1884), demandé par elles la plupart du temps, comme les séparations de corps, tout cela constitue à l'évidence un recul du père. On pourrait le vérifier jusque dans le détail de la jurisprudence; par exemple sur la question du droit de visite aux grands-parents maternels des enfants de couples séparés à la garde du père. Jusqu'au Second Empire, le père n'a aucune obligation à cet égard ; une décision de 1867, qui fera jurisprudence, décide « dans l'intérêt de l'enfant » d'obtempérer à la demande des aïeuls maternels.

Mais le droit ne fait qu'entériner, timidement et avec retard, la sourde et constante revendication qui s'exerce au sein de la famille et qui porte, à terme, sa transformation. La famille démocratique et contractuelle, telle que Tocqueville l'observait aux États-Unis au début du siècle, n'est pas le résultat d'une évolution spontanée, liée au progrès de la modernité, mais plutôt le résultat d'un compromis, lui-même créateur de nouveaux désirs.

Mariage et ménage

Le mariage, creuset de la famille, a fait l'objet de nombreuses études, ethnologiques et démographiques, qui nous dispensent de nous y attarder longuement. Plus loin, Anne Martin-Fugier décrit ses rites ; Alain Corbin montre la lente montée du sentiment, l'exigence affective et sexuelle qui transforme le couple moderne et s'oppose parfois de façon conflictuelle aux stratégies de la famille.

Nous rappellerons seulement ici quelques traits majeurs. D'abord, la force normative du couple hétérosexuel qui aboutit au double rejet de l'homosexuel et du célibataire, ces exclus. La caractéristique du XIXe siècle réside dans la polarisation autour du mariage qui tend à absorber toutes les fonctions : non seulement l'alliance, mais le sexe. « La famille est l'échangeur de la sexualité et de l'alliance : elle transporte la loi et la dimension du juridique dans le dispositif de la sexualité ; et elle transporte l'économie du plaisir et l'intensité des sensations dans le régime de l'alliance » (M. Foucault). Cette transformation s'effectue à des vitesses variables. La bourgeoisie est ici motrice : la conscience du corps est une forme de la conscience de soi. D'autre part, alliance et désir ne concordent pas toujours, loin de là. Le drame des familles, la tragédie des couples résident souvent dans ces conflits de l'alliance et du désir. Plus les stratégies matrimoniales visant

Figures et rôles

à assurer la cohésion familiale sont serrées, plus elles canalisent ou étouffent le désir. Plus l'individualisme est fort, plus il s'insurge contre les choix du groupe, les mariages décidés ou arrangés. Tel est bien le ressort du drame romantique, ou du crime passionnel.

Deux traits démographiques traduisent ces caractéristiques. D'une part, un fort taux de nuptialité, relativement stable (autour de 16 %, avec un fléchissement sous le Second Empire et surtout pour la période 1875-1900. Ce dernier a suscité l'inquiétude des démographes, précédemment affrontés à la baisse du taux de natalité : d'où les campagnes populationnistes et moralisatrices de l'époque, et les diatribes contre les célibataires. Pourtant, le taux de célibat définitif est faible : au-dessus de cinquante ans, il n'atteint en moyenne guère plus de 10 % des hommes et 12 % des femmes.

Second trait remarquable : l'abaissement de l'âge au mariage. Le mariage tardif, lié à une pratique du mariage-établissement, était aussi le principal moyen contraceptif des sociétés traditionnelles. Proudhon dit de ses ascendants qu'ils se marient « le plus tard qu'ils peuvent » ; hostile aux manipulations de la chair, il y demeure lui-même favorable. Au XIXe siècle, cependant, la diffusion d'un esprit contraceptif (sinon de méthodes qui demeurent fort rudimentaires) et celle de la petite propriété qui permet un établissement plus rapide ont favorisé l'abaissement.

Paysans parcellaires, ouvriers et même bourgeois cherchent à se mettre en ménage le plus vite possible. « Dans le monde civilisé », dit Taine, les principaux besoins de l'homme sont « un métier et un ménage ». C'est le moyen aussi d'échapper à l'emprise des parents, de vivre indépendant. Il s'y ajoute la recherche d'un partenaire plus jeune et plus désirable, de la part des femmes, notamment, qui renâclent désormais à épouser des barbons. George Sand s'étonne des quelque quarante ans qui séparent sa grand-mère de son mari, Dupin de Francueil, ce qui lui vaut cette superbe réplique : « C'est la Révolution qui a inventé la vieillesse dans le monde. » Caroline Brame, si douce, s'insurge contre de telles pratiques ; assistant au mariage d'une jeune fille qui épouse « un ami de son père qui a le double de son âge », elle commente : « Cela ne me plairait pas du tout » (*Journal,* 25 novembre 1864). Ses goûts la portent vers un jeune homme de son âge, dix-neuf ans, ce que d'ailleurs sa famille réprouve.

Au vrai, taux et tendances moyennes ne signifient pas grand-chose dans des domaines qui dépendent étroitement des structures familiales. Les cartes établies par H. Le Bras et E. Todd sont éloquentes. « Le degré de précocité matrimoniale est un bon indicateur du type de contrôle exercé par un système social sur ses jeunes adultes […]. Un âge au mariage élevé définit une structure familiale de type autoritaire. Il produit de nombreux célibataires, restant parfois, leur vie durant, dans les familles de leurs frères ou sœurs mariés, en vieux enfants, en oncles éternels. » L'âge au mariage des femmes est, en 1830 et, à un moindre degré, en 1901, particulièrement élevé en Bretagne, dans le sud du Massif central, au Pays basque, en Savoie et en Alsace. La persistance de pratiques malthusiennes coïncide aussi avec les pays de catholicité, l'Église préférant le « moral restreint » du mariage tardif à toute autre forme de contrôle des naissances.

Épouser son semblable

Le choix social du conjoint fait également l'objet de stratégies qui sont la grande affaire des familles. Homogamie, voire endogamie sont dans tous les milieux, régionaux et sociaux, des tendances affirmées, qu'expliquent aussi les formes de sociabilité : on épouse son semblable aussi parce qu'on le rencontre. La reproduction (au sens de P. Bourdieu) est à l'œuvre dans ces processus dont le déterminisme ne doit pas faire oublier les jeux des individus qui s'y soumettent ou les rejettent en une multiplicité d'histoires singulières.

L'endogamie, très forte dans les campagnes d'Ancien Régime, régresse au XIXe siècle en raison des migrations. Toutefois, les règles familiales s'exercent même sur les migrants. Auvergnats ou Limousins qui viennent temporairement à Paris, dans le mouvement pendulaire saisonnier qui rythme la première moitié du siècle, ont un double circuit sexuel : celui des fréquentations urbaines et du mariage au village – tel Martin Nadaud, dont le mariage au pays combine pourtant attrait personnel (la séduction par le regard y

Figures et rôles

remplit son office) et scrupuleux accomplissement des volontés paternelles.

Le desserrement des contraintes est sans doute plus réel pour les hommes, plus mobiles. Ainsi à Vraiville (Eure), étudié par Martine Segalen.

Les villes accentuent le brassage, dès le dernier tiers du XVIIIe siècle. La proportion des époux nés hors des murs ne cesse de croître, comme l'ont montré de nombreuses études démographiques (Caen, Bordeaux, Lyon, Meulan, Paris…). Toutefois, les quartiers ont vite fait de reconstituer des terroirs. À Belleville, au XIXe siècle, « c'est à l'intérieur d'un espace très restreint que les futurs époux se rencontrent et se marient » (G. Jacquemet). Mais l'interconnaissance prend ici la place de l'interexistence ; les jeux du regard, de la parole et du désir font éclater les règles des convenances.

L'homogamie est partout très élevée. De règle en milieu bourgeois, où le mariage est dicté par les intérêts des familles et des firmes, elle atteint des sommets quand se combinent plusieurs facteurs d'identité : ainsi chez les industriels protestants du coton, à Rouen, où les noms se croisent dans un véritable ballet de cousins consanguins. En Gévaudan, des principes très stricts destinés à maintenir l'équilibre des *oustals* président aux mariages, des cycles régulent la circulation des biens, des dots et des femmes. Les « héritiers » épousent une « cadette » ; sa sœur dotée épouse un héritier.

Les milieux ouvriers n'échappent pas à cette économie de l'échange. Verriers, rubaniers ou métallurgistes de la région lyonnaise (cf. Yves Lequin, E. Accampo) se marient entre eux et devant témoins appartenant au même métier. Travail et vie privée s'imbriquent en des « endogamies techniques » où se superposent métier, famille et territoire : ainsi à Saint-Chamond (rubaniers), Givors (verriers), la Croix-Rousse, ou encore au faubourg Saint-Antoine (Paris) où, parmi les ébénistes, la tradition professionnelle et même militante se transmet de père en fils.

Dans ces milieux de mobilité réduite, les distinctions s'expriment dans un sens extrême des menues hiérarchies. Voici Marie, jeune gantière de dix-neuf ans, à Saint-Junien (Haute-Vienne). Face au logement de sa famille habite un cousin « doleur », spécialiste qualifié de la ganterie. « Nul roman ébauché », écrit l'enquêteur de la monographie de famille qui les décrit. « Marie est trop inférieure à son cousin dans la hiérarchie ouvrière pour qu'on puisse songer au mariage. »

La recherche de la dot déguisée persiste au niveau des individus. Les servantes ou les ouvrières sérieuses sont prisées : avec leurs économies, les jeunes ouvriers paient leurs dettes ou tentent de s'établir : ainsi, à Lyon, Norbert Truquin. Les femmes sont les caisses d'épargne des milieux populaires.

Impossible mariage

En 1828, *Le Journal des débats* se fait l'écho d'un crime passionnel. Une jeune ouvrière, dix-neuf ans, fille de tailleurs, courtisée par un camarade d'atelier, vingt ans, qui la raccompagne chez elle « en lui tenant le bras », en réfère à sa famille : peut-elle l'épouser ? On tient conseil ; on estime que ce jeune homme n'a ni assez de sérieux ni assez de talent ; le père lui trouve « mauvais regard » et pense qu'« il n'a pas l'air comme il faut pour être tailleur ». « À ce qu'il paraît, je croyais l'aimer, dira la jeune fille, mais puisque mes parents ne le voulaient pas, j'y ai renoncé. » Refus donc, et meurtre commis par le prétendant éconduit. La force du désir se brise contre le granit du groupe. Bien des faits divers du XIXe siècle nous disent d'impossibles histoires d'amour.

Dans les milieux petits-bourgeois, l'alliance, élément décisif de la promotion, fait l'objet de calculs et d'interdits. L'homogamie est moins forte : on cherche à se marier dans la strate supérieure à la sienne. Les employés, dans les postes par exemple, répugnent à épouser des collègues, parce qu'ils rêvent de femmes au foyer. D'où le grand nombre de postières célibataires, parce qu'elles-mêmes n'épousent pas des ouvriers. Les femmes paient souvent leur indépendance par la solitude. Pour les hommes en voie d'ascension sociale, l'argent compte moins que le rang, la distinction, les qualités de maîtresse de maison, voire la beauté. C'est Charles Bovary ébloui par Emma, qui a une ombrelle, la peau blanche, la « belle éducation » d'une « demoiselle de ville ». Aisé, il peut s'offrir une jolie femme, déchargée des soins domestiques par une bonne à la maison.

Figures et rôles

Le mariage est une négociation, menée par les parents (les tantes marieuses), les amis, les proches (le curé), dont tous les facteurs doivent être pesés. Tel petit noble lozérien fauché écrit à sa tante, chargée de lui procurer une épouse, ce qu'il en attend : une « légitime » suffisante pour lui permettre de garder sa maison de Mende et son château ; 100 000 F conviendraient pour une personne de même condition ; mais, « pour une condition inférieure à la mienne, il faudra que son bien compensât le plus ou moins de disproportion de son état au mien » (vers 1809, Claverie et Lamaison, p. 139).

Mais les stratégies matrimoniales se diversifient et se complexifient. L'argent prend des formes variées : meubles, immeubles, affaires et « espérances ». D'autres éléments entrent en ligne de compte : le nom, la considération, la « situation » (les professions libérales jouissent de beaucoup d'estime), la « classe », la beauté font partie des termes de l'échange. Un homme âgé et riche recherche une fille jeune et belle, tel un roi. Les apparences, valorisées par l'individualisation du corps, sont une arme de la séduction féminine. En peine d'argent, un autre endossera une fille mère qui a du bien, tel le personnage-titre de *Marthe*.

Amour et mariage

Enfin, l'inclination, dont Hegel se méfiait si fort, voire la passion, que les familles réprouvent, entrent en scène. Dans la seconde moitié du XIXe siècle, de plus en plus nombreux sont ceux qui souhaitent faire coïncider l'alliance et l'amour, le mariage et le bonheur. Rêve d'Emma Bovary : « Si elle avait pu placer sa vie sur quelque grand cœur solide, alors, la vertu, la tendresse, les voluptés et le devoir se confondant […]. » Les femmes surtout, dont le mariage est le seul horizon, penchent de ce côté. Claire Démar (*Ma loi d'avenir*, 1833) revendique un changement radical dans l'éducation des filles, auxquelles « on voudrait laisser ignorer jusqu'à la forme d'un homme ». Elle critique le mariage, « prostitution par la loi », préconise le libre choix du partenaire, la « nécessité d'un essai tout physique de la chair par la chair », le droit à l'inconstance. Pari impossible en son temps : Claire se suicide ; et ses compagnes saint-simoniennes édulcorent son texte en l'infléchissant dans le sens de la maternité !

Sans aller aussi loin, Aurore Dupin, qui n'est pas encore George Sand, mais Mme Dudevant, s'explique, dans une longue lettre à Casimir, sur le malentendu qui les sépare : ce désaccord des goûts et des plaisirs qui mine leur couple. « Je vis que tu n'aimais point la musique et je cessai de m'en occuper parce que le son du piano te faisait fuir. Tu lisais par complaisance, et au bout de quelques lignes le livre te tombait des mains, d'ennui et de sommeil [...]. Je commençai à concevoir un véritable chagrin en pensant que jamais il ne pourrait exister le moindre rapport dans nos goûts » (15 novembre 1825).

Ce rêve du partage est aussi – hors mariage – celui de Baudelaire, soupirant, au lendemain de sa rupture avec Jeanne après quatorze ans de cohabitation : « Je me surprends à penser en voyant un bel objet quelconque, un beau paysage, n'importe quoi d'agréable : pourquoi n'est-elle pas avec moi, pour admirer cela avec moi, pour acheter cela avec moi ? » (lettre à Mme Aupick, 11 septembre 1856).

C'est que les hommes aussi veulent autre chose : non plus la soumission passive, mais le consentement ; sinon l'activité de l'épouse, du moins son amour ; pour certains même, l'égalité dans l'échange. De Michelet, qui conseille de « créer soi-même sa femme », à Jules Ferry, qui, ferme partisan de la division sexuelle des rôles et des sphères, vante son mariage avec Eugénie Risler : « Elle est républicaine et philosophe. Elle sent comme moi sur toutes choses et je suis fier de sentir comme elle » (lettre à Jules Simon, 7 septembre 1875).

Eugène Boileau, dont Caroline Chotard-Lioret a étudié la correspondance avec sa fiancée, exprime parfaitement ce nouvel idéal du couple républicain, tout pénétré de stoïcisme romain et libre penseur, qui fait de son unité même sa religion : « Quand j'entends répéter autour de moi : "Le mariage [...] c'est la servitude !", je m'écrie : "Non ! le mariage, c'est la tranquillité, le bonheur ; c'est la liberté. Par lui, et par lui seul, l'homme (j'entends ici un sexe aussi bien que l'autre), l'homme parvenu à son complet développement peut arriver à la véritable indépendance. Car il devient alors un être complet, constituant dans cette dualité l'unique personnalité

Figures et rôles

humaine."» (lettre à Marie, 24 mars 1873). Aspiration à l'unité fusionnelle d'un couple qui se suffirait à lui-même (« Ne mêlons aucun tiers à notre vie intime, à notre pensée ») et qui fait du mari le « confident » de sa femme : « Je ne saurais trop te recommander de ne prendre pour confident que ton ami, de n'épancher ton cœur (mais entièrement) que dans celui de ton mari, de celui qui ne doit faire, qui ne fera bientôt... et j'ose le dire qui ne fait déjà qu'un avec toi. »

La vie de ménage : la revanche des femmes ?

Dans un espace globalement dominé, les femmes jouissent néanmoins de compensations propices au consentement : une relative protection ; une moindre incrimination ; le luxe ostentatoire pour les bourgeoises assignées au paraître, qui a ses charmes ; au bout du compte, une longévité plus forte. Elles ont aussi des possibilités d'action non négligeables, d'autant plus que la sphère privée et les rôles féminins n'ont cessé d'être revalorisés, au XIXe siècle, par une société soucieuse d'utilité, anxieuse de ses enfants et travaillée par ses propres contradictions. Comment, disait déjà Kant, résoudre l'affirmation contradictoire du droit personnel – la femme est une personne – et du droit conjugal du maître, d'essence monarchique ? Comment, sinon en imaginant « un droit personnel à modalités réelles » ? Le féminisme s'est glissé dans cette faille du droit et des principes, comme aussi le discours de la « maternité sociale » déployé par l'Église et par l'État.

Mais qu'en est-il du quotidien ?

Dans la société rurale

Martine Segalen, Yvonne Verdier, Agnès Fine, entre autres, ont beaucoup contribué à éclairer les rôles et la place des femmes dans la société rurale française. Prenant vigoureusement ses distances vis-à-vis des descriptions misérabilistes et peu compréhensives des voyageurs du XIXe siècle – un Abel Hugo, par exemple –, la première insiste sur la complémentarité des tâches dans un espace où le travail établit une continuité, voire une confusion, entre le public et le privé. L'impression d'ensemble est celle d'un équilibre relativement harmonieux entre les deux sexes, la femme tenant souvent les cordons de la bourse et exerçant, par la parole du lavoir ou d'ailleurs, un contre-pouvoir efficace.

Yvonne Verdier a décrit les personnages clés de Minot, en Bourgogne, et leurs rôles culturels, enracinés dans leur « destin biologique » : « De leur destin biologique, les femmes passent d'un même souffle à leur destin social », écrit-elle. La femme-qui-aide (laveuse la plupart du temps), la couturière, la cuisinière ont des savoirs et des pouvoirs imbriqués dans la vie du village. Elles ne sont nullement enfermées dans la maison.

Agnès Fine, à travers des récits de vie, analyse comment se tissent les rapports mères-filles, et, au-delà, masculin-féminin, dans la constitution du trousseau, comment le biologique s'inscrit dans le social par l'intermédiaire du symbolique.

Ces descriptions, dans leur beauté structurale, ont néanmoins un caractère intemporel. L'irénisme de la culture a tendance à masquer les tensions et les conflits que soulignent au contraire Élisabeth Claverie et Pierre Lamaison. Dans le système de l'*oustal*, où l'échange des femmes obéit assez rigoureusement à l'échange des biens, les épouses, souvent battues, n'ont pas même la clé du garde-manger ; elles doivent voler parfois pour survivre ; les connivences féminines sont généralement dénouées par le mariage et la peur des hommes ; et l'intolérance vis-à-vis des grossesses illégitimes est très forte. Les femmes seules ont un sort particulièrement difficile ; les veuves, suspectées comme sexuellement dangereuses par leurs appétits supposés, sont parfois reléguées hors de la maison, dans des cabanes, avec quelques effets et subsides ; les jeunes, proie sexuelle des bergers, ou des maîtres, sont souvent violées avec le sentiment d'une virilité légitime. « Le viol n'était vécu que comme une variante des conduites ordinaires dans le rapport hommes-femmes [...]. L'idée même de la plainte semble impossible à concevoir, informulable. La normalité sexuelle englobe l'éventail de ses conséquences : la violence, la frustration, la mort » (*op. cit.,* p. 218). Faut-il voir dans ce surcroît d'oppression féminine une conséquence d'un système de parenté particulièrement complexe, qui, pourtant, laisse plus qu'ailleurs aux femmes des chances d'hériter ? Le sud-est du Massif central est, par ailleurs, une terre où persiste la vengeance comme mode de règlement des tensions et qui s'inscrit en noir sur la carte de la criminalité de sang. Le contraste entre les représentations vient aussi de la nature des sources : proverbes et coutumes, d'un côté, dossiers judiciaires directement greffés sur les conflits, de l'autre, ne peuvent fournir une vision équivalente.

Maîtresses de maison bourgeoises

Les ménages urbains ont apparemment plus de simplicité. Mais, là encore, que de variantes selon les milieux sociaux, le mode d'habitat, la distance entre domicile et lieu de travail étant un facteur assez décisif de l'autonomie du domestique. L'exemple des bourgeoises du Nord, dont Bonnie Smith nous a livré un portrait désormais classique, est de ce point de vue frappant. Dans la première moitié du XIXe siècle, ces femmes participent à la gestion des affaires, font la comptabilité de l'entreprise, préfèrent l'investissement industriel à une robe de soie. Dans la seconde moitié du siècle, seules les veuves continuent cette tradition. Autour des années 1850-1860, la majeure partie des femmes se retirent de la sphère économique pour se cantonner dans leurs maisons. Les changements de l'habitat corroborent cet éloignement, qui marque un tournant dans le système de relations industrielles moins paternalistes ; les patrons cessent de demeurer dans le périmètre ou à proximité de leur usine ; enrichis, ils fuient les fumées, l'odeur et la vue de la misère ; ils se regroupent dans les quartiers neufs – à Roubaix, boulevard de Paris – où s'élèvent de somptueuses villas, des « châteaux » qu'en temps de grève les ouvriers viennent conspuer. Les femmes, désormais, administrent leur maison, leur nombreuse domesticité et la non moins nombreuse famille que leur valent les croyances catholiques et plus encore les stratégies d'alliance du textile du Nord. Elles édifient une morale domestique dont B. Smith dégage les axes majeurs : la foi contre la raison, la charité contre le capitalisme, et la reproduction comme autojustification. C'est par cette fonction que les bourgeoises chargées d'enfants – le taux moyen d'enfants par famille passe de 5 à 7 entre 1840 et 1900 – donnent sens à leurs moindres actions. De la propreté et de la décoration de l'intérieur à l'observance quasi religieuse d'une mode tyrannique – voyez les « heures du jour » dessinées par Devéria –, du moindre ouvrage de dames – car il faut être toujours occupée – à l'obsession des comptes, ce tourment de la maîtresse de maison qui, souvent, doit faire avec ce que lui octroie son mari auquel elle doit rendre bilan : chaque détail prend sens dans une morale dont le fondement est moins économique que symbolique. Fonctionnant comme un langage, un rituel, elle obéit à des codes très stricts. Animées d'une haute conscience d'elles-mêmes, ces femmes du Nord ne sont ni passives ni résignées ; elles tentent au contraire d'ériger leur vision du monde en jugement des choses, de façon souvent péremptoire. Ce « féminisme chrétien » (peut-on parler de féminisme ? non, si l'on définit celui-ci par la recherche de l'égalité : c'est la différence qui est ici revendiquée) s'exprime par la voix de romancières comme Mathilde Bourdon, l'auteur de *La Vie réelle,* un best-seller, Julia Bécour ou Joséphine de Gaulle, qui composent une espèce d'épopée domestique où s'affrontent le bien et le mal : les femmes et les hommes. Par leur goût destructeur du pouvoir et de l'argent, les hommes portent le chaos et la mort. Anges du foyer, les blondes héroïnes rétablissent par leur vertu l'harmonie du ménage.

Ce modèle achevé de domesticité, teinté d'un angélisme que le culte de la Vierge Marie empêche d'être tout à fait victorien, on le retrouve à des degrés divers dans toutes les couches de la bourgeoisie. Il varie selon les niveaux de fortune, mesurée au nombre des domestiques et au statut de l'habitat, les croyances et les systèmes de valeurs. La nostalgie aristocratique, si vive au faubourg Saint-Germain, est ailleurs tempérée par un désir croissant d'utilité qui traverse, beaucoup plus qu'on ne le croit, la bourgeoisie française. Ici, on insiste sur les fonctions de représentation des femmes « de

Figures et rôles

la classe de loisir », dont le luxe même exprime l'être-avoir de leur époux et perpétue l'étiquette de cour. Là, on souligne l'importance de l'économie domestique et de la maîtresse de maison. Enfin, l'enfant, sa santé, son éducation, est invoqué comme fondement des devoirs, et des pouvoirs, des femmes. Le féminisme lui-même s'appuie sur la maternité pour revendiquer ; et cette insistance sur une différence est sans doute une spécificité du féminisme français par rapport à son homologue anglo-saxon, centré plus exclusivement sur l'égalité des droits individuels.

Face au père essoufflé, la mère prend assurance.

La ménagère des classes populaires

La ménagère est, dans les classes populaires urbaines, un personnage majoritaire et majeur. Majoritaire, parce que c'est la condition du plus grand nombre des femmes vivant en couple, mariées ou non, le mariage étant d'ailleurs le statut le plus général comme le plus normatif, notamment quand elles ont des enfants. Le mode de vie populaire suppose, on l'a dit, la femme « au foyer », ce qui ne signifie pas « à l'intérieur », l'indigence de l'habitation faisant du logis un lieu de rassemblement plus qu'une résidence. Polyvalente, la ménagère est investie de fonctions multiples. D'abord, la mise au monde et l'entretien des jeunes enfants, encore fort nombreux dans les familles ouvrières, parmi les dernières à limiter leurs naissances. La femme d'artisan, la boutiquière envoient leurs enfants en nourrice ; mais les plus pauvres nourrissent elles-mêmes, découvrant leur sein, comme la voyageuse du wagon de troisième classe (Daumier). La ménagère transporte ses enfants avec elle ; ils l'escortent dès qu'ils savent marcher, silhouettes familières des rues que reproduit à foison l'iconographie du temps ou que saisissent les premières photos urbaines. Très tôt, d'ailleurs, les enfants circulent seuls, intrépides « gamins » qui s'agrègent à des bandes de gosses, dans la cour ou dans la rue. Mais, progressivement, les « dangers de la rue » deviennent une hantise maternelle, avec la double peur de l'accident et des « mauvaises fréquentations ». De plus en plus, la journée de la ménagère et ses déplacements seront rythmés par ceux de l'enfant, particulièrement par les horaires scolaires.

Deuxième fonction : l'entretien de la famille, les « travaux de ménage », qui recouvrent toutes sortes de choses : la recherche au meilleur coût de la nourriture, par achat, troc, voire « cueillette », tant il y a d'occasions à glaner dans une grande ville ; la préparation des repas, y compris de la « gamelle » du père lorsqu'il travaille au loin ; la quête de l'eau, le chauffage, l'entretien du logement et, surtout, du linge et des vêtements, lavés, transformés, ravaudés, rapiécés... Tout cela représente des allées et venues, une dépense de temps considérable. De ce temps fluide, seuls les budgets de famille de Le Play s'efforcent de faire une certaine comptabilité, du moins pour le blanchissage du linge, la première occupation domestique que l'on ait tenté de rationaliser par la construction de grands lavoirs mécanisés, à la manière anglaise, dès le Second Empire.

Enfin, la ménagère s'efforce d'apporter à la famille un « salaire d'appoint » provenant surtout d'activités de services : heures de ménage, de blanchissage pratiquées systématiquement par les « piéçardes » des lavoirs, courses et livraisons (la porteuse de pain, figure familière), petits trafics des femmes, étalagistes ou revendeuses « à la toilette », aptes à profiter du moindre coin de trottoir, du plus infime écart de prix.

Progressivement, surtout dans le dernier tiers du XIXe siècle, le travail à domicile, dans le cadre d'une industrie de la confection divisée et rationalisée, capte cette immense force de travail des femmes au foyer. Les séductions premières de la machine à coudre – avoir sa Singer devient le rêve de bien des ménagères – les confinent chez elles, rupture totale avec leur usage piétonnier de la ville. Les abus du *sweating system* valoriseront l'usine, finalement préférable parce que moins solitaire, mieux contrôlée, plus soumise au regard public.

« Ministre des Finances » de la famille, la ménagère a des pouvoirs dont la pratique de la paie illustre toutes les ambiguïtés. Sans doute est-ce une lente conquête des femmes, lasses d'attendre l'argent de leur mari. On en ignore les étapes. Vers le milieu du XIXe siècle, en France – que les monographies de Le Play opposent sur ce point à l'Angleterre –, un grand nombre d'ouvriers remettent leur paie à leur femme, non sans conflits dont les éclats animent périodiquement les faubourgs. Mais, comptables de la paie, les ménagères en sont aussi coupables ; si elles peuvent orienter la consommation, que cherchent déjà à capter les grands magasins et les timides débuts de la publicité, elles doivent surtout gérer la pénurie et, d'abord, se sacrifier. Laissant la viande et le vin, nourritures mâles, au chef de famille, le sucre aux enfants, elles se contentent trop souvent de café au lait, de fromage ; la « côtelette de la couturière », c'est une part de fromage de Brie.

Malgré tout, cette modeste gestion financière fonde un certain « matriarcat budgétaire » auquel, aujourd'hui encore, tiennent tant les ménagères et les ouvrières. Elles ont bien d'autres domaines d'intervention : les soins du corps et ceux de l'âme, pour parler comme au XIXe siècle ! En ce temps où le recours au médecin, trop cher, demeure relativement exceptionnel en milieu ouvrier, elles utilisent les ressources d'une pharmacopée multiséculaire et les suggestions de la nouvelle hygiène : ainsi, le camphre, conseillé par Raspail, le « médecin des pauvres », qui s'adresse particulièrement aux femmes, sachant leurs rôles traditionnels. La femme du charpentier de Paris (monographie de Le Play et Focillon, 1856) en fait grand usage.

Friandes de romans-feuilletons – l'alphabétisation des femmes progresse rapidement dans les villes du XIXe siècle, où beaucoup de mères, grâce à la méthode Jacotot, apprennent même à lire à leurs petits –, de chansons et de danse, elles maintiennent toute la sève d'un imaginaire que les médias (en l'occurrence les journaux à grand tirage) cherchent à domestiquer. Courtisées par l'Église, elles sont parfois déléguées à la religion, dont elles apprécient les fêtes et la sociabilité, non sans conflits avec des maris qui se veulent plus matérialistes.

La ménagère populaire a son franc-parler. Elle est souvent une rebelle dans la vie privée comme dans la vie publique. Elle le paie souvent très cher, cible favorite de violences qui peuvent aller jusqu'au crime « passionnel ». Fondées sur la gestion du vivre et du couvert, ses interventions dans la cité se sont raréfiées à la mesure de leur plus grande régularité. Il n'est pas certain que la modernisation ait accru ses pouvoirs, dans la mesure où la sphère privée s'est trouvée investie de toutes parts et où les modèles d'identité de la classe ouvrière étaient largement masculins. D'où les conflits, les difficultés d'insertion, le retrait vers le chez-soi où tout le monde (voyez les affiches de la CGT pour la semaine anglaise) la pousse. Et parfois son indifférence pour ce monde, syndical et politique, qui ne l'entend pas.

Parents et enfants

« Lorsque l'enfant paraît, le cercle de famille... » Au XIXe siècle, l'enfant est, plus que jamais, au centre de la famille. Il est l'objet d'un investissement de tous ordres : affectif, certes, mais aussi économique, éducatif, existentiel. Héritier, l'enfant est l'avenir de la famille, son image projetée et rêvée, son mode de lutte contre le temps et la mort.

Cet investissement – dont la littérature de plus en plus prolixe sur l'enfance est signe – ne vise pas nécessairement l'enfant singulier. Stendhal dit fort bien de son père : « Il ne m'aimait pas comme individu mais comme fils devant continuer sa famille » *(Henry Brulard)*. Le groupe prime l'individu, et la notion d'« intérêt de l'enfant » ne se développera en France que tardivement. Encore ne recouvre-t-elle la plupart du temps que les intérêts supérieurs de la collectivité : l'enfant comme « être social ».

En effet, l'enfant n'appartient pas seulement aux siens ; il est le futur de la nation et de la race, producteur, reproducteur, citoyen et soldat de demain. Entre lui et la famille, surtout lorsqu'elle est pauvre et présumée incapable, se glissent des tiers : philanthropes, médecins, hommes d'État qui entendent le protéger, l'élever, le discipliner. C'est à propos de l'enfance que les premières lois sociales (celle de 1841 sur la limitation de la durée du travail usinier) ont été promulguées. Peu importe que leur efficacité ait été d'abord limitée. Leur portée symbolique et juridique n'en est pas moins considérable, puisqu'elles marquent la première inflexion d'un droit libéral vers un droit social (F. Ewald).

Figures et rôles

C'est dire que l'enfance est, par excellence, une de ces zones limites où le public et le privé se côtoient et s'affrontent, souvent violemment.

Enjeu de pouvoirs, l'enfance est aussi lieu de savoirs, développés surtout dans le dernier tiers du XIXe siècle, par les efforts conjugués de la médecine, de la psychologie et du droit. Ces savoirs ont des effets contradictoires. Producteurs de contrôle, ils le sont aussi de connaissances par lesquelles l'enfance devient en nous ce mystère insondable.

Secrets de la procréation

En France, terre précoce de restriction des naissances et de connaissance des « funestes secrets » (Moheau, fin XVIIIe siècle), l'enfant n'est certes pas « programmé » – les moyens ne le permettent pas –, mais il est déjà limité; le taux de natalité ne cesse de décroître : 32,9 ‰ en 1800, 19 ‰ en 1910; le tourment des démographes va transformer la naissance, acte privé, en natalité, affaire d'État. L'existence de l'enfant est donc, en partie et de façon variable selon les milieux et les régions, relativement volontaire. Selon H. Le Bras et E. Todd, l'explication des disparités réside dans la volonté parentale à l'œuvre dans les structures familiales. Les facteurs idéologiques que l'on met habituellement en avant se coulent dans ces moules préalables. En 1861, trois pôles de basse natalité apparaissent nettement : Normandie, Aquitaine, Champagne; mais ils le sont différemment : l'Aquitaine a un taux assez répandu de 1 à 2 enfants par famille; la Normandie manifeste au contraire des comportements extrêmes, avec des taux anormaux de couples volontairement stériles (dans l'Orne, par exemple) et de prix Cognacq (9 enfants et plus après vingt-cinq ans de mariage); les auteurs vont jusqu'à parler de « comportements névrotiques » !

La poussée de l'illégitimité, où Edward Shorter a vu un signe de libération sexuelle, a quelque peu brouillé les cartes. Elle semble avoir des significations bien diverses. Nos auteurs opposent le Nord et l'Est, où la proportion des enfants reconnus par mariage est importante, au Midi méditerranéen, où l'homme reconnaît l'enfant sans épouser la mère. Dans le premier cas, plus grande égalité des sexes et liberté des femmes ; dans le second, force contraignante du lignage qui prime.

Impossible de nous avancer davantage dans le maquis de la démographie historique, sinon pour rappeler sa complexité, tant au niveau du simple constat qu'à celui de l'interprétation. « L'histoire secrète de la fécondité » (H. Le Bras) fourmille de théories, qui hésitent entre toutes sortes de déterminismes – social, biologique, idéologique (à ce titre, on compte habituellement les « ravages » de l'individualisme dont le féminisme ne serait qu'un cas particulier, exacerbé), avant d'analyser une naissance comme le fruit de la « décision » d'un couple.

Au mitan du lit, nous voici au plus secret du sexe et du cœur. Rien d'étonnant que cela nous échappe quand, au mystère de l'intimité la plus profonde, s'ajoutent l'opacité du temps et le mutisme des acteurs et de leurs descendants. Un océan de silence enveloppe l'essentiel de la vie : la conception des êtres qui ignorent, presque toujours, de quel hasard ou de quel désir ils sont nés, sans que l'on puisse radicalement opposer l'un à l'autre.

Le volontarisme conceptionnel, aux progrès statistiques d'autant plus nets qu'il s'accompagne d'un abaissement de l'âge au mariage, a sans doute été une conséquence de la prise de conscience de l'enfant et de tout ce qu'il implique, notamment pour son éducation. Mieux soigné, choyé, aimé, l'enfant se fait plus rare. Les moyens de cette conception volontaire nous demeurent obscurs. Certains n'en connaissent pas d'autres que l'abstinence ; pour éviter l'enfant, des femmes se « dérobent ». Le coït interrompu laisse l'initiative au mari, auquel il appartient de « faire attention ». Dans les milieux aisés, on s'inspire davantage des méthodes anglaises ou des pratiques apprises clandestinement au bordel, lavages qui supposent l'usage de l'eau et qui feront le succès du bidet – succès tardif, selon J.-P. Goubert, et freiné par les convenances. Soucieux d'apprendre aux prolétaires et aux femmes la conception volontaire – « Femme, apprends à n'être mère qu'à ton gré » (1906) –, les néomalthusiens libertaires, au début du siècle, s'efforcent de diffuser préservatifs et éponges *absorbit* ; leur propagande se heurte souvent aux répugnances des femmes, affrontées à d'impossibles exigences et peut-être choquées de cette pénétration dans leurs affaires. En cas de « malheur », beaucoup préfèrent, à tout prendre, le recours à l'avortement. Pratiqué, en milieu urbain surtout, par un nombre croissant de femmes mariées, multipares, celui-ci semble avoir été, au tournant du siècle, utilisé comme une forme de contraception. Faut-il y voir, comme A. MacLaren, l'expression d'un féminisme populaire ? À tout le moins, la volonté de femmes qui refusent aussi bien une naissance non désirée que les horreurs de l'infanticide. Encore très fréquent dans la première moitié du XIXe siècle, fortement réprimé sous le Second Empire (jusqu'à mille poursuites judiciaires par an), l'infanticide recule ; il demeure l'apanage des filles seules, servantes de campagne, bonnes des sixièmes étages parisiens, acculées à la honte d'une naissance illégitime.

C'est dire que, quels que soient les progrès de la conception volontaire au XIXe siècle, l'indigence des moyens contraceptifs laisse une place énorme à l'« accident ». « Tomber enceinte », « être dans une fâcheuse position » sont des qualificatifs populaires de la grossesse que n'accueille pas nécessairement un concert de joie. C'est dire, aussi, le sort aléatoire des enfants non désirés, liquidés, abandonnés, ou simplement acceptés comme une fatalité au sein des familles.

Toutefois s'exprime aussi très vif le désir d'enfant, non seulement pour des raisons de lignée ou de rôle, mais par souhait personnel. De la part des femmes, dont c'est la justification, mais des hommes aussi. « Une femme sans enfants est une monstruosité », fait dire Balzac à Louise, protagoniste des *Mémoires de deux jeunes mariées* ; « nous ne sommes faites que pour être mères ». Dix mois après son mariage, Caroline Brame-Orville se désole, dans son journal intime : « Mon grand chagrin, c'est de n'avoir pas un *baby* que j'aimerais tant et qui me ferait accepter la vie sérieuse que je mène » (1er janvier 1868). Elle fera tout pour cela : soins médicaux, cure à Spa, visite au pape, à la bénédiction duquel elle attribue enfin, quatorze ans plus tard, la naissance d'une petite fille que, pour cette raison, elle appelle Marie-Pie. Gustave de Beaumont s'entretient avec Tocqueville de la grossesse de sa femme, qui l'occupe tant qu'elle lui fait différer l'écriture de son livre, hésitant entre la peine que lui causent ses souffrances et le désir d'être père : « Il y a bien des moments où, en considération de la pauvre mère, j'enverrais, si je le pouvais, l'enfant à tous les diables […]. Je n'en regarde pas moins comme un bonheur l'événement que j'attends, et le désir ardent que nous avons de vous voir un pareil sort est sans cesse le texte de nos entretiens comme de nos espérances » (10 juin 1838). Parallèlement, ou conjointement, à un sentiment maternel en expansion s'exprime un sentiment de paternité, y compris pour ce *baby,* si proche du fœtus, et qui tarde à prendre figure humaine.

Toutefois, le désir d'enfant ne va pas jusqu'à l'adoption, tant demeure ancrée l'idée de filiation par le sang. En dépit de premières institutions esquissées sous le Second Empire, les changements en la matière seront très lents, notamment en ce qui concerne la transmission du nom.

Naissance à domicile

La naissance est un acte rigoureusement privé, et féminin, jusque dans son récit et sa mémoire, thème inlassable des conversations entre femmes. La chambre commune, au mieux conjugale, en est le théâtre, dont les hommes sont exclus, médecin excepté, que la médicalisation de l'accouchement conduit de plus en plus fréquemment au chevet de la clientèle aisée. La différence d'honoraires comme aussi la tradition, la pudeur maintiennent toutefois les sages-femmes dans une position dominante, quoique déclinante. Accoucher à l'hôpital est signe de pauvreté, plus encore de honte et de solitude ; y échouent les filles mères, qui viennent en ville se délivrer, avant un éventuel abandon. Dans l'Ouest, le Sud-Ouest et le Centre, « le rejet de l'enfant naturel conduit la mère à l'hôpital », comme le montrent les cartes établies par H. Le Bras et E. Todd (p. 168). Le changement ne s'effectuera qu'entre les deux guerres, et timidement, d'abord à Paris et dans les milieux les plus évolués, désireux d'éviter une mortinatalité qui demeure une des plus fortes d'Europe. Pour la mère et l'enfant, la naissance reste une épreuve souvent dramatique.

Figures et rôles

« Baby », bébé

La déclaration à la mairie, cette donation du nom qui est aux yeux de Kant le véritable accouchement, est au contraire le fait du père. Entré dans la vie, l'enfant entre alors dans la famille et dans la société.

Du terrain vague quelque peu asexué et invertébré de l'enfance, ce no man's land, se détachent peu à peu trois figures – trois moments – considérées comme stratégiques : l'adolescent, l'enfant de huit ans, et le bébé. Age critique de la crise pubertaire et de l'identité sexuelle, le premier suscite inquiétude et surveillance accrue : on y reviendra. Le deuxième, considéré comme accédant à l'âge de raison, attire l'attention des législateurs, des médecins et des moralistes (Jules Simon, *L'Ouvrier de huit ans*). Le bébé, que l'on nomme *baby*, à l'anglaise, jusqu'aux années 1860-1880, émerge beaucoup plus lentement des langes de l'Enfant Jésus, en dépit de la découverte que, au XVIIIe siècle, les classes dominantes avaient faite du sein maternel. Le XIXe siècle est d'ailleurs, à cet égard, paradoxal : la mise en nourrice y atteint des sommets ; l'abandon, des records. Pourtant, à la fin du siècle, naît une science nouvelle : la puériculture.

Lente, la prise de conscience du bébé n'en est pas moins certaine. Mère attentive qui refuse d'emmailloter son *baby (sic)* et recourt aux soins d'une *nurse* anglaise, Renée de L'Estoril *(Mémoires de deux jeunes mariées)* fait figure de pionnière. À la fin du XIXe siècle, toute bonne mère s'occupe effectivement de son nourrisson, devenu un personnage, câliné de petits noms. Jenny et Laura Marx, mères fécondes et endeuillées en dépit de leur vigilance, donnent à Karl la chronique des hauts faits de leurs petits. Et la plupart des correspondances bourgeoises ont des accents de *nursery-rhymes*. Caroline Brame-Orville tient registre quotidien de l'éveil de sa petite Marie, si désirée. Berthe Morisot donne la traduction picturale de cette contemplation du berceau. Celui-ci demeure toutefois connoté de vie organique et voué à l'intime. Flaubert s'esclaffe de voir un berceau sur la scène du théâtre. Les pères les plus attentifs effleurent leurs bébés d'un regard distrait. Gustave de Beaumont s'intéresse réellement à son fils quand il commence à marcher; initiation virile : « Il vient maintenant à la chasse avec moi, avec un fusil de bois. »

L'univers asexué de la petite enfance

Dans tous les milieux sociaux, la petite enfance est affaire de femmes, et féminisée : garçons et filles portent robe et cheveux longs jusqu'à trois ou quatre ans, souvent plus, et vaquent en liberté dans les jupes de leur mère ou d'une domestique. La chambre d'enfants est, en France, d'invention tardive ; Viollet-le-Duc en dessine une dans sa maison de 1873, « car il faut tout prévoir ». Les jouets des enfants traînent un peu partout – jusque dans les toiles des peintres – avec une prédilection pour la cuisine. En ville, le jouet devient un objet de consommation courante, une production industrielle avec des rayons dans les grands magasins; à la campagne, on les ignore; dans les milieux populaires, les pères en fabriquent eux-mêmes, à leurs risques et périls : le petit Vingtras-Vallès se souviendra longtemps du chariot que son père lui a taillé dans un morceau de sapin et pour lequel il s'est blessé : ce qui valut à l'enfant une fessée maternelle, sanction du fils « gâté » et du père trop complaisant. Les poupées, relativement asexuées au début du siècle, tiennent une grande place dans l'univers enfantin, simulacres que l'on détruit avant d'être créatures que l'on chérit. George Sand a consacré au souvenir des siennes des pages lumineuses.

Très faiblement institutionnalisée, la prime éducation est la tâche des mères, y compris l'apprentissage de la lecture pour lequel on les dote de la méthode Jacotot. Elles s'y appliquent d'autant plus que la place de l'enfant est plus valorisée, et elles en tirent pour elles-mêmes un grand désir d'éducation. Aurore Dudevant accède au féminisme par l'amour maternel : « Je me suis dit longtemps que les connaissances profondes étaient inutiles à notre sexe, que nous devions chercher la vertu et non le savoir dans les lettres, que notre but était rempli quand l'étude du bien nous avait rendues bonnes et sensibles, et qu'au contraire, quand nous n'en avions retiré de la science, nous devenions pédantes, ridicules, et nous

Figures et rôles

avions perdu toutes les qualités qui nous font aimer. Je crois toujours que mon principe était bon. Mais je crains de l'avoir suivi trop à la lettre. Je songe, aujourd'hui, que j'ai un fils qu'il faudra préparer par mes soins à l'éducation plus étendue qu'il recevra au sortir de l'enfance. Cette première éducation, il faut que je sois en état de la faire et je veux m'y disposer » (lettre à Zoé Leroy, 21 décembre 1825). Elle se plonge dans la recherche passionnée d'une bonne méthode de lecture.

Avec l'âge, les différenciations sociales et sexuelles des éducations se font sentir. Les pères entrent en scène, du moins pour leurs fils, faisant office parfois de précepteurs dans les milieux bourgeois, de maîtres d'apprentissage ou de chefs d'équipe dans les familles ouvrières. L'attention qu'ils portent aux filles est plus exceptionnelle, sauf dans certains milieux intellectuels, souvent protestants. Chez les Reclus, garçons et filles vont de la même manière en Allemagne parfaire leurs études et se placent pareillement comme précepteurs ou institutrices dans des familles anglaises ou allemandes ; aucun obstacle, ici, à la circulation des filles. Guizot veille sur l'éducation de sa fille ; il lui écrit affectueusement et pour lui faire remarquer ses fautes d'orthographe. C'est peut-être avec les filles que peut vraiment s'épanouir le sentiment paternel, sans cette concurrence qui oppose à un autre mâle destructeur. Il est aussi des cas d'amitié tendre, plus moderne, notamment entre des pères affranchis et des filles intelligentes, surtout lorsque la mère est plus conformiste. Geneviève Bréton se heurte à la sienne – la « Reine Mère » – qui déteste les artistes « qui ne sont pas de la Société », tandis qu'une complicité rieuse l'unit à son père. « Nous nous aimons beaucoup, nous nous comprenons toujours, quand bien même nous ne disons rien, car nous sommes tous deux des silencieux » (*Journal*, p. 28). Père au demeurant très comme il faut, qui « ne peut admettre qu'une jeune fille sente bon » et fait jeter à Geneviève tous ses flacons : il ne tolère que la poudre d'iris, « un parfum honnête, convenable, un parfum pour jeune fille bien élevée » (*Journal*, p. 43). Certaines jeunes filles, avides d'émancipation, choisissent, contre leur mère et ce qu'elle représente, le modèle masculin. Germaine de Staël dit de son père : « Quand je le vois, je me demande si je serais née de son union avec ma mère ; je me réponds que non et qu'il suffisait de mon père pour que je vinsse au monde » : ce que Freud lirait de bien des manières...

Entre mères et fils, il existe aussi une gamme infinie de relations : tendre amitié qui fait d'Aurore de Saxe et de Maurice Dupin, puis de George Sand et de son fils Maurice des couples exemplaires, quasi sans rupture, pas même à l'adolescence ; ressentiment de Vingtras-Vallès pour sa mère, acharnée à en faire un « monsieur » ; haine de Rimbaud pour la sienne, pouvant aller jusqu'au meurtre, chez Pierre Rivière, frustré par le nouveau pouvoir des femmes ; pitié de Gustave Flaubert pour sa mère devenue veuve et dont il ne parvient pas à s'affranchir... L'emprise des mères sur les fils est, en principe, limitée par la place mineure que la loi leur laisse (elles ne peuvent être tutrices, par exemple), excepté justement lorsqu'elles sont veuves, leurs droits étant relativement garantis, même en régime de communauté. D'où le fait qu'on les supporte mal. Le renforcement de l'image de la mère et de ses pouvoirs domestiques est un des thèmes de l'antiféminisme du début du siècle. Darien, Mauriac *(Génitrix)*, plus tard André Breton sont les interprètes de l'ancestrale terreur des hommes devant la puissance maternelle. « Les Mères ! écrit le dernier, on retrouve l'effroi de Faust, on est saisi comme lui d'une commotion électrique au seul bruit de ces syllabes dans lesquelles se cachent les puissantes déesses qui échappent au temps et au lieu. »

Les mères ont une beaucoup plus grande responsabilité en ce qui concerne leurs filles, que l'État leur abandonne (retard de scolarisation des filles) et que l'Église leur confie, instituant d'ailleurs un subtil partage entre le corps et l'âme, du moins à partir de l'adolescence : M.-F. Lévy l'a bien montré (*De mères en filles*, Calmann-Lévy, 1984). La mère initie au monde ; le confesseur, à la morale et à Dieu. Nul doute que l'on voudrait forger là une chaîne de continuité fondée sur le rôle conservateur et mémorial des femmes. Les mères ont une lourde mission : marier leurs filles. *Pot-Bouille* donne le spectacle névrotique, à peine excessif si l'on en juge par les correspondances du temps, de l'activité angoissée qu'elles déploient à ce sujet, bals et réceptions, leçons de piano et de broderie n'ayant que ce seul objectif.

En région rurale, le trousseau matérialise et symbolise ce lien tissé autour du mariage ; l'enquête d'Agnès Fine, dans le Sud-Ouest, souligne le contenu, culturel et affectif, de « cette longue histoire entre mère et fille ».

À la fois plus dépendantes et plus proches de leur mère, les filles, les aînées surtout appelées à la suppléer, souffrent de son absence et de sa mort. Certains journaux intimes (ainsi pour Caroline Brame) sont le substitut de la disparue, ce qui accentue encore leur côté matriciel.

Câlins et familiarité

Les relations quotidiennes entre parents et enfants varient énormément entre ville et campagne, où l'on n'apprécie guère les manifestations de tendresse, selon les milieux sociaux, les traditions religieuses, voire politiques... La conception que l'on se fait de l'autorité, de la présentation de soi influe sur les mots, les gestes quotidiens. La famille, de ce point de vue, est le lieu d'une évolution contradictoire. D'une part, le contrôle sur le corps et l'expression des émotions s'y renforce ; on le mesure par exemple à l'histoire des larmes, désormais réservées aux femmes, aux classes populaires, à la douleur et à la solitude ; ou encore à la correction croissante du langage et des attitudes corporelles des enfants, sommés de se tenir droit, de manger proprement, etc. D'autre part, les échanges de tendresse entre parents et enfants, dans la famille bourgeoise du moins, sont tolérés, voire recherchés. Caresses et câlins font partie du climat propice à l'épanouissement d'un jeune corps. Caroline Brame, si pudique, soupire d'en être privée après la mort de sa mère. Edmond About, voyageant en Grèce vers 1860, souligne la froideur des relations intimes à Athènes, comparativement à la chaleur française.

Autre signe de proximité : le tutoiement qui se généralise, dans les deux sens. « Autrefois, on tutoyait ses domestiques et on ne tutoyait pas ses enfants. Aujourd'hui, on tutoie ses enfants et on ne tutoie plus ses domestiques », note Legouvé, qui approuve. « Il faut habituellement dire *tu* à ses enfants, afin de pouvoir leur dire *vous* quelquefois : comme signe de mécontentement » *(Les Pères et les Enfants au XIXe siècle)*. C'est pourquoi George Sand appréhende tellement que sa grand-mère la voussoie.

L'usage des coups

George Sand, comme Legouvé, éducateurs libéraux, se déclarent résolument hostiles aux châtiments corporels. « J'ai *l'ancienne méthode* [sic] en horreur et je crois que je pleurerais plus haut qu'eux [les enfants] après les avoir battus », écrit la première. Mais qu'en est-il dans la réalité ? C'est peut-être à cet endroit que les différences sociales sont le plus marquées. Il faut voir aussi ce que signifient les châtiments corporels dans une société qui a aboli la féodalité : la marque suprême de l'infamie.

Dans les milieux bourgeois plus encore qu'aristocratiques, on ne bat plus guère les enfants à la maison. Il subsiste bien, çà et là, quelques verges ou martinets, mais la réprobation grandit. Ils perdurent au collège et dans certains lycées qui prétendent imposer une discipline militaire. George Sand frissonne à l'évocation du proviseur du lycée Henri-IV qui, « partisan farouche de l'autorité absolue, [...] autorisa un père intelligent à faire battre son fils par son nègre, devant toute la classe, convoquée militairement au spectacle de cette exécution dans le goût créole ou moscovite, et menacée de punition sévère en cas du moindre signe d'improbation » (*Histoire de ma vie*, II, 179). Mais, de plus en plus, les adolescents s'insurgent – tels Baudelaire et ses camarades, en 1832, à Lyon –, et les familles protestent. Au point qu'en matière de publicité des prospectus de pensionnats précisent qu'ils excluent de semblables méthodes. L'État lui-même intervient, et de nombreuses circulaires précisent que « les enfants ne doivent jamais être frappés » : ainsi dans les salles d'asile en 1838, dans les écoles primaires en 1834 et 1851. L'école Ferry est plus catégorique encore : le règlement du 6 janvier 1881 réitère fermement : « Il est absolument interdit d'infliger aucun châtiment corporel. » Michel Bouillé, qui a étudié l'évolution des « pédagogies du corps », montre comment s'instaurent d'autres formes de discipline, qui visent à l'intériorisation. Il s'agit désormais de « toucher l'âme plus que le corps », comme le voulait Beccaria dans le système pénal. L'écart s'accroît désormais entre les établissements publics et les établissements religieux, ces derniers plus archaïques dans leurs conceptions éducatives, qu'il s'agisse de l'hygiène ou de la punition. Pour l'emploi de la férule, frères et religieuses feront office de lanterne rouge, du moins pour les enfants de classes populaires, comme en témoignent tant d'autobiographies.

L'histoire des méthodes scolaires n'est pas ici notre propos. L'intérêt, c'est de voir une exigence familiale influer sur un système d'éducation, du moins freiner le bonapartisme éducatif. En l'occurrence, le privé régente le public, et les mœurs imposent leur loi à l'État : première intervention des parents d'élèves dans l'enceinte sacrée de l'école.

À la campagne, dans les classes populaires urbaines ou petites-bourgeoises, les coups pleuvent. « Tannées » (l'expression du Gévaudan se retrouve sous la plume d'Albert Simonin évoquant son enfance à la Chapelle au début du siècle) ou fessées sont parfaitement admises, à condition de ne pas dépasser certaines limites ; à mains nues la plupart du temps, l'usage du bâton ou du fouet étant réservé aux maîtres d'apprentissage ou d'institutions, comme une marque d'extériorité physique. Être battu fait partie des souvenirs de l'enfance ouvrière au XIXe siècle, comme en témoignent Perdiguier et Gilland, Truquin surtout, Dumay et Toinou. Dans les ateliers plus encore que dans les usines, l'apprenti indocile ou maladroit reçoit facilement une « tournée » des ouvriers adultes chargés de lui apprendre le métier.

Au fond de tout cela réside une série de représentations : celle d'une force rebelle à mater ; celle de la dureté de la vie qu'il faut apprendre. « Tu seras un homme, mon fils. » L'idée de virilité est pétrie de violence physique. Certains, prêts à reproduire le modèle, s'en vantent comme d'une initiation nécessaire, renchérissant peut-être sur la réalité. Mais de plus en plus nombreux sont les enfants et surtout les adolescents qui se révoltent. Des militants ouvriers, anarchistes surtout, disent avoir puisé dans cette cuisante expérience leur haine de l'autorité. La prise de conscience de soi, c'est d'abord celle de son corps.

L'enfant investi

Un double mouvement parcourt les rapports entre parents et enfants au XIXe siècle. D'une part, un investissement croissant dans l'enfant, avenir de la famille, souvent fort contraignant. La famille d'Henri Beyle poursuit à travers lui son rêve de distinction aristocratique et le cloître. Les Vingtras-Vallès font du petit Jacques le souffre-douleur de leur volonté d'ascension sociale. Le père est répétiteur de collège ; la mère voudrait que Jacques soit professeur. Et, pour cela, mêlant rudesse paysanne et soif de respectabilité, elle instaure une discipline de fer, passant par un rigoureux contrôle des apparences. Être propre, se tenir droit, porter des vêtements convenables – « je suis en noir souvent » – et, par ces bonnes habitudes, intérioriser les valeurs d'ordre : tel est son objectif. Jamais de caresses, de mots tendres. « Ma mère dit qu'il ne faut pas gâter les enfants, et elle me fouette tous les matins ; quand elle n'a pas le temps le matin, c'est pour midi, rarement plus tard que quatre heures. » « Ma mère me fait donner de l'éducation, elle ne veut pas que je sois un campagnard comme elle ! Ma mère veut que son Jacques soit un *monsieur*. »

Et quel drame quand l'enfant n'y parvient pas, ou refuse de l'être ! Les ambitions de la famille se brisent. L'enfant se sent coupable. L'adulte n'en finit pas de payer sa dette et de remâcher sa trahison. Qu'on se souvienne de Baudelaire, qui n'a jamais liquidé son remords à l'égard de sa mère, Mme Aupick. Ou de Van Gogh qui, dans sa correspondance avec son frère Théo, exhale la révolte désespérée du « mauvais fils ». Source d'angoisse existentielle, le totalitarisme familial du XIXe siècle est à bien des égards profondément névrotique. Il n'est décidément pas si simple d'être des héritiers.

En même temps, l'enfant est objet d'amour. Après 1850, s'il meurt, on porte son deuil comme on le ferait pour un adulte. Surtout, on le pleure dans l'intimité, contemplant le médaillon que l'on a gardé de ses cheveux. Sentimentalisme bourgeois ? En Lorraine métallurgique, les femmes d'ouvriers, « les mères », « vivaient toutes dans le regret des enfants morts.

[Elles] laissaient toujours couler quelques larmes qu'elles essuyaient avec un grand mouchoir à carreaux quand elles se rencontraient », se souvient Georges Navel (*Travaux,* 1945). Dans l'éducation, Legouvé proclame « la supériorité du principe de l'affection » et préconise le respect de l'autonomie : il faut élever les enfants pour eux-mêmes, non pour nous, admettre que leurs « intérêts » peuvent ne pas coïncider avec ceux du groupe, qu'ils auront à assumer seuls leur destin, et par conséquent développer leur initiative, voire cultiver une certaine indétermination qui préserve leur capacité de liberté, voie que préconisent les pédagogies libertaires.

Par les observations diverses dont il est l'objet, y compris par la forme tatillonne des dossiers scolaires, l'enfant prend visage et voix. Son langage, ses affects, sa sexualité, ses jeux sont matière à notations qui dissipent les stéréotypes au profit des cas concrets et déroutants. L'enfance est vue désormais comme un moment privilégié de l'existence. Toute autobiographie commence par là et s'y attarde. Tandis que le roman dit « d'apprentissage » retrace l'enfance et la jeunesse du héros.

Envers et contre tout, l'enfance devient l'âge fondateur de la vie, et l'enfant devient une personne.

L'adolescence, « âge critique »

Une autre figure se précise : celle de l'adolescent, cet ignoré des sociétés traditionnelles. Entre la première communion et le baccalauréat ou la conscription pour les garçons, le mariage pour les filles, se dessine une période dont Buffon et surtout Rousseau avaient souligné les enjeux et les dangers. Rousseau consacre tout le livre IV de l'*Émile* à « ce moment critique » qu'est celui de l'identité sexuelle. « Nous naissons pour ainsi dire deux fois : l'une pour exister et l'autre pour vivre ; l'une pour l'espèce et l'autre pour le sexe [...]. Comme le mugissement de la mer précède de loin la tempête, cette orageuse évolution s'annonce par le murmure des passions naissantes : une fermentation sourde avertit de l'approche du danger. »

Cette notion de « moment critique » est reprise tout au long du XIXe siècle, notamment par les médecins qui, entre 1780 et 1840, ont commis des dizaines de thèses sur la puberté chez les garçons et les filles, et les remèdes à lui apporter. Danger pour l'individu, l'adolescence est aussi un danger pour la société. En quête de lui-même, l'adolescent est narcissique ; il cherche son image morale et physique. Il est fasciné par le miroir. Il est *L'Unique* dont parle Max Stirner et, par conséquent, tend à désintégrer la société, comme le souligne aussi Durkheim. Si les jeunes se suicident plus aisément, c'est qu'ils sont mal intégrés dans les solidarités sociales. Par ailleurs, l'appétit sexuel de l'adolescent le porte à la violence, à la brutalité, voire au sadisme (par exemple avec les animaux). Il a le goût du viol et du sang.

On glisse insensiblement au thème de l'adolescent criminel, dont Duprat fait l'analyse dans un ouvrage typique des préoccupations du temps (*La Criminalité dans l'adolescence. Causes et remèdes d'un mal social actuel*, Alcan, 1909). L'adolescent, dit-il, est un « vagabond-né ». Épris de voyages, de déplacements, profondément instable, il fait des « fugues analogues à celles des hystériques et des épileptiques incapables de résister à l'impulsion des voyages ». L'adolescent a sa pathologie propre : par exemple, l'hébéphrénie, définie comme « un besoin d'agir qui entraîne le dédain de tout obstacle, de tout danger », et pousse au meurtre.

Le plus inquiétant de l'adolescent, c'est sa mutation sexuelle et la conscience qu'il en prend. Michel Foucault a bien montré comment « le sexe du collégien » était devenu, au XIXe siècle, un objet privilégié de cette *Volonté de savoir* (1976) le sexe qui lui paraît caractériser la société moderne. Masturbation, homosexualité latente des internats, possible perversité des amitiés particulières sont des hantises attisées par les médecins, principaux observateurs des corps. L'homosexualité masculine, et même féminine, cesse sans doute d'être un délit si elle n'outrage pas la pudeur publique, mais devient anomalie scrutée comme une maladie. Au centre de cette angoisse, l'adolescent et ses « mauvaises habitudes ». La connaissance et la gestion du sexe des adolescents sont au cœur des tâches éducatives et de l'anxiété sociale. Elles requièrent des pédagogies particulières : la famille peut-elle y suffire ?

Le rêve d'éducation à domicile, sous le regard du père et de la mère, avec précepteurs et institutrices, anglaises de préférence – les *Miss* –, demeure celui de bien des familles éperdues d'aristocratie, ou de rousseauisme, et qui redoutent le contact vulgaire et pervers. « L'unique fils » qu'est Henry Brulard-Beyle garde un souvenir étouffant de la claustration que ses parents lui imposent, pour éviter toute relation « avec les enfants du commun ». « Jamais on ne m'a permis de parler à un enfant de mon âge […]. J'avais à subir des homélies continuelles sur l'amour paternel et les devoirs des enfants. » Il s'en sort par le mensonge et ne songe qu'à fuir. L'École centrale du Directoire lui sera délivrance.

Vient un âge où pensionnats et internats s'imposent. Entre quinze et dix-huit ans, les jeunes filles vont y parfaire leur éducation morale et mondaine, acquérir ces « arts d'agrément » destinés à les rendre attrayantes dans les salons matrimoniaux. Les garçons, encasernés en collèges ou lycées, préparent le baccalauréat, « barrière et niveau » de la bourgeoisie. Or, les internats des collèges et lycées n'ont pas bonne réputation. Baudelaire s'y ennuie à mourir : « Je m'ennuie tellement que je pleure sans savoir pourquoi », écrit-il à sa mère (3 août 1838). George Sand est navrée de devoir y mettre Maurice. Comparant « cet état angélique de l'âme qui caractérise le véritable adolescent », ce délicat androgyne auquel ressemblait son propre père, élevé par une mère attentive, au « collégien mal peigné, assez mal appris, infatué de quelque vice grossier qui a déjà détruit dans son être la sensibilité au premier idéal », elle regrette l'éducation à domicile. « Dans les familles honnêtes et tranquilles, ce serait un devoir de garder les enfants et de ne pas leur faire apprendre la vie dans un collège où l'égalité ne règne qu'à coups de poing » (*Histoire de ma vie*, I, 76). On rend les internats responsables de la masturbation et des pratiques homosexuelles. Roger Martin du Gard, dans *Le Lieutenant-Colonel de Maumort*, roman posthume en grande partie autobiographique, évoque la vie sexuelle du collège vers 1880 : « L'onanisme solitaire était de règle. Le plaisir partagé, l'exception. » Malgré tout, l'opinion, conservatrice surtout, attribue aux internats l'« efféminement » de la jeunesse, la défaite de 1870 et, plus généralement, le dépeuplement de la France ! Tandis que les familles populaires ou paysannes sont obligées, si elles veulent prolonger les études de leurs garçons, de les mettre en pension, les familles bourgeoises recourent, autant que possible, à l'externat, qu'Ernest Legouvé, comme George Sand, estime la meilleure des solutions. Plus que jamais, cette famille se veut l'horizon, le cocon et le tuteur de son rejeton, et fait de l'éducation, face à l'État laïque, une affaire privée. L'enseignement « libre » puisera là une part de ses succès.

Pourtant, la tendresse qui enrobe l'enfant se teinte de méfiance et de distance avec l'adolescent toujours suspecté de sédition. Mais cette surveillance même incite au secret. Les adolescents imaginent cent parades pour conquérir leur vie privée. La lecture des romans, dérobée à l'étude ou au couvre-feu, la poésie, l'écriture du journal intime, le rêve enfin sont des formes d'appropriation de l'espace intérieur. Les amitiés jouent un rôle considérable : amitiés de pensionnat souvent dénouées par le mariage chez les jeunes filles ; camaraderies garçonnières consolidées par toutes sortes de rites d'initiation, projetées dans des figures symboliques comme celle du « Garçon » que Flaubert et ses copains du collège de Rouen s'étaient donné pour héros de leurs aventures imaginaires, et poursuivies tout au long de l'existence en « cliques » solidaires dans les affaires et le pouvoir. Révoltes individuelles ou collectives ponctuent, au XIXe siècle, la vie des grands internats, au moins jusque dans les années 1880, comme si, la République installée, il n'y avait plus place que pour le chahut. Il est vrai que, pas plus que les monarchies du XIXe siècle, elle ne concède à la jeunesse ce statut festif et de régulation sexuelle que lui reconnaissaient les sociétés traditionnelles. Les jeunes ne sont plus considérés comme groupe, mais comme des individus qui n'ont qu'à obéir et se taire. C'est pourquoi leur rébellion, exceptionnellement politique, est la plupart du temps individuelle, et les affronte à la famille.

Il en va de même dans les milieux populaires. De la première communion – ou du certificat d'études – à la conscription, le jeune ouvrier vit dans sa famille et lui apporte sa paie ; du reste, le livret, aboli pour l'ouvrier adulte, persiste pour lui. Dans les milieux de forte structure familiale, telles les mines, se marier « avant le service » fait presque figure de trahison. Toutefois, selon diverses enquêtes comme celle de 1872 sur « les conditions du travail en France », les jeunes donnent des signes d'impatience : aux usines de La Voulte (Ardèche), « beaucoup, dès qu'ils gagnent, quittent la maison et se mettent en pension comme feraient des célibataires étrangers » ; dans le textile picard, on voit fréquemment des garçons, et même des filles, de seize à dix-sept ans, s'installer « en logis » et ne plus rien verser. D'où la transaction consentie par certains foyers : à partir de dix-huit ans, les enfants remettent une partie seulement de leurs gains ou paient un prix de pension « débattu » pour leur entretien.

Zone de turbulence et de contestation, l'adolescence est, au cœur des familles, une ligne de fracture et d'éruptions volcaniques.

Frères et sœurs

Aux relations verticales qui caractérisent les rapports parents-enfants, la fratrie devrait opposer des relations horizontales : il en existe, en effet, des exemples superbes (tels les Reclus, autour d'Élisée, qu'a racontés Hélène Sarrazin). Mais, en fait, le sexe, le rang, l'âge, parfois aussi les dons ou la préférence parentale introduisent des inégalités, voire une véritable compétition. Celle-ci est poussée à son maximum dans les régions où l'aîné est l'objet d'une désignation : ainsi en Gévaudan, où l'accroissement de la tension familiale au cours du siècle entre aînés et cadets peut aller jusqu'au meurtre et ne s'apaise que par l'exutoire des procès ou des départs. Être cadet, c'est se trouver dans une situation subalterne de quasi-domestique, souvent contraint au célibat.

Bien entendu, il faudrait distinguer aussi les stades de l'enfance et de la jeunesse, voir comment les chamailleries espiègles de l'enfance se muent en rivalités à l'heure des choix adolescents, voire en haines au moment des héritages. Les principaux conflits intrafamiliaux opposent des frères et sœurs qui contestent les termes d'un partage ou se disputent un bien désiré, toujours surévalué dès lors qu'il vous échappe, pour des raisons symboliques autant que matérielles : il est dur de n'être pas le préféré, d'être l'autre, tout simplement.

Avant ces échéances décisives, les relations fraternelles ont beaucoup d'autres qualités : plaisir des chahuts partagés, des connivences contre le pouvoir des parents, formes d'apprentissage des plus jeunes par les aînés. Le rôle d'un grand frère pour le choix d'un métier ou pour une orientation idéologique peut être décisif. Les grandes sœurs sont souvent les institutrices des cadets – Victor Hugo s'émeut au souvenir de Léopoldine « faisant épeler » Adèle, une grande bible sur les genoux –, initiant les petites aux soins du ménage, aux secrets du corps et à ceux de la séduction. La fille aînée a une mission particulièrement lourde ; substitut de la mère morte, elle doit assumer les tâches ménagères et maternelles auprès tant du père que des plus jeunes. La sœur aînée risque d'être la sacrifiée en cas de décès précoce de la mère ; dans les familles populaires, surtout en milieu rural, la fille aînée est souvent placée pour aider les parents à élever les suivants ; sinon, c'est plutôt la sœur cadette, la dernière, qui assure la garde des vieux parents. Les ménages constitués de deux femmes, la mère âgée et une de ses filles, sont assez fréquents dans les recensements quinquennaux de la population qui détaillent la composition des feux. Ainsi le rang de naissance interfère-t-il avec les aléas de la vie de famille pour modeler les dépendances et les devoirs.

Le sentiment fraternel n'a certes pas les couleurs pastel de la littérature morale ; mais il peut assurément exister, et Alain Corbin y voit une forme majeure de l'échange affectif. Entre frères et sœurs, la différence de sexe crée un rapport complexe, quelque peu initiatique : la première forme du rapport à l'autre sexe. Profondément refoulés par les interdits religieux et sociaux, ces rapports sont rarement sexuels, mais possiblement amoureux. Bakounine avoue avoir éprouvé pour sa sœur un amour incestueux : ce qui alimente une campagne contre lui. Au vrai, la censure est si forte à cet égard que seuls des faits divers exceptionnels lèvent un coin du voile : Pierre Moignon, ouvrier, ex-bagnard, épris de sa sœur, lui écrit son amour et tient de sa passion désespérée un journal intime que nous livre son dossier d'assises.

Sœurettes

La combinaison de l'âge et du sexe dessine des figures croisées – frère aîné/petite sœur, grande sœur/petit frère – où l'âge redouble ordinairement les caractéristiques du rapport de sexe : paternel ou maternel. La « Sœurette » de Zola (*Travail*, 1901) prodigue à son frère une adulation inconditionnelle ; sacrifiée sans être consultée aux entreprises de Martial Jordan, elle en pleure de joie, jouant apparemment avec délices les seconds rôles, visage même du consentement. Cette figure de la « petite sœur » est un motif récurrent de la littérature antiféministe du début du siècle. Substitut du père et du mari, le grand frère est le guide et l'initiateur, un modèle rassurant pour l'identité masculine en crise.

Protectrice, la sœur aînée se dévoue corps et âme à l'éducation et à la promotion de son cadet. Ernest Renan doit beaucoup à Henriette, dont il a laissé un portrait idéal typique (*Ma sœur Henriette*). Née en 1811 à Tréguier, Henriette était de douze ans son aînée et, dès l'enfance, tyrannisée. Elle devient institutrice en Bretagne, puis à Paris et même en Pologne, refusant plusieurs demandes en mariage pour se consacrer aux siens. C'est grâce à ses économies qu'Ernest peut poursuivre ses études et recherches. En 1850, le frère et la sœur s'installent ensemble à Paris : « Son respect pour mon travail était extrême. Je l'ai vue, le soir, durant des heures à côté de moi, respirant à peine pour ne pas m'interrompre ; elle voulait cependant me voir, et toujours la porte qui séparait nos deux chambres était ouverte. » Henriette influence son frère, notamment dans le domaine religieux, où elle le précède dans le chemin de l'incroyance. Surtout, « elle était pour moi une secrétaire incomparable ; elle copiait tous mes travaux et les pénétrait si profondément que je pouvais me reposer sur elle comme sur un *index* vivant de ma propre pensée ». Drame quand Ernest tombe amoureux, bien qu'elle lui ait elle-même suggéré le mariage. « Tout ce que l'amour peut avoir d'orages, nous le traversâmes [...]. Quand elle m'annonçait que le moment de mon union à une autre personne serait celui de son départ, la mort entrait dans mon cœur. »

Après le mariage d'Ernest avec Mlle Scheffer, Henriette reporte sur son neveu, le petit Ary, son besoin d'affection. « L'instinct maternel qui débordait en elle trouva ici son épanchement naturel », écrit Renan, qui décrit, avec l'inconscience des grands hommes, le « chef-d'œuvre » que sont les relations des deux belles-sœurs : « Chacune d'elles eut près de moi sa place distincte, et cela pourtant sans partage ni exclusion. » Henriette, cependant, ne retrouve le bonheur parfait de la communion solitaire avec son frère que lors de la mission en Syrie où elle l'accompagne avec ferveur et où elle trouve la mort. « Ce fut, à vrai dire, sa seule année sans larmes et presque la seule récompense de sa vie », écrit Ernest. Les cas extrêmes disent parfois la vérité des choses.

Parentèles

Autour du noyau central parents-enfants se dessinent les cercles d'une parenté plus ou moins distendue, selon les types de famille, les formes d'habitat, les migrations, les milieux sociaux, mais qui n'en demeure pas moins fort vivante au XIXe siècle, y compris dans les couches populaires. Selon certaines études récentes de sociologie urbaine (Henri Coing), c'est dans le monde ouvrier que les repas dominicaux sont les plus voués à la seule famille élargie.

Grands-parents

La présence des grands-parents à domicile, classique dans le monde rural, où elle pose d'ailleurs des problèmes quand le vieux ne peut plus travailler, est beaucoup plus rare en milieu urbain, sinon à titre temporaire, les enfants se partageant l'hébergement de leurs vieux parents, en raison de l'exiguïté des logements. Les ouvriers des monographies de Frédéric Le Play *(Ouvriers des deux mondes)* ont très généralement des rapports avec leurs ascendants, notamment du côté maternel. Ils leur confient les enfants en bas âge ; ils les soutiennent dans leur vieillesse. Toutefois, cette solidarité intergénérationnelle tend à se dissoudre, et la mise à l'hospice est un épouvantail pour les vieux délaissés. C'est pourquoi la question des « vieux jours » se pose avec une acuité croissante, et cela dans tous les milieux. En Gévaudan, les aïeuls, mécontents des pensions alimentaires irrégulièrement versées, adoptent plutôt un système d'usufruit. Chez les salariés, la revendication du droit à la retraite prend de plus en plus de consistance, notamment dans le secteur public où l'on se tourne plus volontiers vers l'État. Les gardiens des asiles d'aliénés adressent en 1907 une lettre au ministre de l'Intérieur : « N'avons-nous pas droit à la vie, comme tous les citoyens, et aux privilèges, comme toute autre catégorie d'employés que l'État protège et auxquels il assure leur avenir par la caisse des retraites ? » Le refus de la CGT d'entériner la loi sur les retraites de 1910 vient des insuffisances de la loi, non d'une opposition à un principe qu'au contraire l'opinion ouvrière souhaitait voir prendre corps, comme en témoigne la correspondance reçue à *L'Humanité* par Ferdinand Dreyfus qui s'occupait de cette question. Le fait que la vieillesse devienne un « risque » à assurer, au même titre que la maladie et l'accident, montre à la fois la distorsion des solidarités familiales et un changement de perception du temps de la vie. Cette conscience de la vieillesse, que la grand-mère de George Sand disait avoir été amorcée par la Révolution, est une mutation majeure, à étudier.

Les grands-parents interviennent de façon plus ou moins ponctuelle selon l'éloignement. Habituellement déchargés des fonctions éducatives, ils peuvent s'offrir le luxe de la douceur vis-à-vis des enfants, d'être « Bon-Papa », « Bonne-Maman ». Ils peuvent se substituer aux parents, morts, lointains ou empêchés. Orphelin de mère, Henri Beyle est ainsi élevé par son grand-père Gagnon ; enfant naturel, Xavier-Édouard Lejeune est pris en charge par ses grands-parents maternels ; Aurore Dupin est éduquée par sa grand-mère paternelle, qui recueille aussi le fils naturel de Maurice, Hippolyte Chatiron. Élisée Reclus est assumé jusqu'à huit ans par ses grands-parents maternels, qui ont sur lui une influence décisive.

De telles évocations abondent dans les autobiographies, qui s'ouvrent presque toujours par le portrait des grands-parents, limite en amont de la mémoire familiale. Figures quasi mythiques, équivalents d'un quartier de noblesse, esquisse d'une généalogie, et aussi, pour les petits-enfants, première expérience de la disparition et de la mort. On se souvient de la mort de la grand-mère du narrateur de la *Recherche* (Proust). Par ailleurs, le rôle réel des grands-parents dans la transmission des savoirs et des traditions ne doit pas être sous-estimé. En ce siècle de turbulence, le récit des événements historiques, de la façon dont ils ont été vécus par les aïeuls, constitue, comme une forme de privatisation de la mémoire, souvent féminine, en raison de la longévité plus grande de grand-mères, mariées aussi plus jeunes.

Cousines et tantes

Oncles et tantes, cousins et cousines dilatent à des degrés plus ou moins lointains, qui tendent à se restreindre à l'issu de germains, la nébuleuse familiale, horizon des correspondants, des relations et des solidarités. En milieu populaire, ils servent de canevas aux migrations du travail. En milieu bourgeois, ils forment l'ordinaire des réceptions et la compagnie privilégiée des vacances, ces temps de l'ailleurs et des initiations, y compris sexuelles. Selon Fourier, « toutes les tantes prennent les prémices des neveux », et il faut bien de la vertu aux oncles pour résister à « l'inceste mignon avec leurs nièces ». Émois adolescents pour la jolie cousine qui, d'un été à l'autre, est devenue une femme, battements de cœur pour le séduisant cousin qui prend des allures d'étudiant affranchi : « carte de Tendre », éducation sentimentale, la famille suffit à tout, pourvoit à tout (on songe au roman de Michel Braudeau, *Naissance d'une passion,* Éd. du Seuil, 1985), quitte à mettre des holà parfois douloureux quand les choses vont trop loin ou dérèglent les normes, du sang ou de l'héritage.

Oncles et tantes servent éventuellement de tuteurs. Étant donné l'incapacité qui pèse sur la mère veuve, leur rôle dans un conseil de famille peut être considérable, notamment en cas de remariage, subordonné à leur avis, dans l'administration des biens des orphelins ou les demandes d'internement formulées au nom de la loi de 1838.

Liées à la maison, souvent célibataires en surnombre, les tantes constellent l'univers enfantin, et c'est d'elles surtout que se souviennent leurs neveux. Henri Beyle doit subir la férule de la sévère tante Séraphie – « ce diable femelle [...], mon mauvais génie durant toute mon enfance » –, qu'atténue la tendresse de tante Élisabeth. Jacques Vingtras évoque le quadrille de ses tantes maternelles, Rosalie et Mariou, et paternelles, Mélie et Agnès, deux vieilles filles qui vivent chichement et s'agrègent à une petite communauté de béates, près du Puy-en-Velay. Le rôle maternel des tantes est forcément plus marqué pour les jeunes orphelines. Caroline Brame est chaperonnée par sa tante Céline Ternaux, sans doute responsable de son mariage, comme de beaucoup d'autres dans la famille. Marie Capelle – la future Mme Lafarge – est initiée au secret du mariage par ses tantes : « Après un petit déjeuner assez long et assez animé, mes tantes s'enfermèrent avec moi dans le petit salon et commencèrent à m'initier aux effrayants mystères de mes nouveaux devoirs » (*Mémoires,* 1842, t. II, p. 103).

L'oncle apporte, quant à lui, l'air du dehors. Il a le prestige du père, sans en avoir les défauts. Il offre à ses neveux un modèle d'identification complice. Xavier-Édouard Lejeune s'enchante des escapades chez son oncle tailleur, qui revêt la redingote pour l'emmener à la barrière du Trône. Albert Simonin admirait ses deux oncles : Pierre, l'inventeur, et possesseur bien avant 1914 d'une automobile, Frédéric, l'horloger et allumeur de réverbères, autoconstructeur de son pavillon de banlieue. Paul Reclus a, pour son oncle Élisée le géographe, un véritable culte : il est après sa mort l'éditeur de ses œuvres. L'oncle, substitut du père, peut avoir aussi des pouvoirs redoutables. Mais on se plaît surtout à fabuler sur sa réussite. L'oncle d'Amérique est un des mythes de l'univers familial.

Voisins et domestiques

Au-delà de la parenté, voici le troisième cercle : la domesticité pour les milieux aisés, le voisinage surtout pour les milieux populaires, l'une et l'autre illustrant bien la différenciation spatiale de la scène privée. Un trait commun cependant : dans les deux cas, il y a conscience d'une limite, voire d'un danger. Domestiques et voisins servent, aident la famille ; mais leur présence et leur regard gênent et menacent l'intimité. D'eux, il faut à la fois se servir et se défier.

Le voisinage est en même temps complice et hostile. Dans les villages, il n'est pas facile d'échapper à la force de la surveillance. En Gévaudan, « tout le village est parfaitement au courant, et le jeu qui consiste à percer la vie secrète des maisons voisines, tout en protégeant la sienne, est partout observé ». Toute une sémiologie des comportements et des apparences s'esquisse. Certains lieux sont plus propices que d'autres à l'espionnite : ainsi l'église, « lieu panoptique du village ». On observe l'assistance à la messe, la fréquence de la communion (en cas d'abstention, on s'interroge sur l'absolution), la longueur de la confession des filles. Les femmes surtout, elles par qui la honte arrive, sont épiées, et notamment ce point sensible : leur ventre. Gare aux visages qui s'épaississent, aux tailles qui s'alourdissent et subitement se dégonflent... Les veuves font l'objet d'une attention particulière. « La province surveille les veuves, écrit Mauriac. Elle mesure le temps durant lequel les veuves portent le voile devant. Elle mesure le chagrin éprouvé à la longueur du crêpe. Malheur à celle qui, par un jour torride, soulève son voile pour respirer ! Elle a été vue, on va dire : "En voilà une qui a été vite consolée" » (*La Province*, 1926). Jeux des regards à travers les persiennes demi-closes. Jeu des mots, des demi-mots que l'on chuchote à la fontaine, au lavoir, hauts lieux d'échange et de censure, et qui se transforment en rumeur insistante. Dans la mesure où le village est une communauté qui entend s'autogérer et refuse l'intervention extérieure, les contraintes de la censure interne y sont particulièrement denses. Le voisinage est le tribunal de la réputation.

Voisinages

La ville populaire a-t-elle plus de liberté ? Oui, dans la mesure où les communautés y sont provisoires, les liens d'intérêt moins serrés, les circulations plus fortes, où il existe une relative solidarité contre les « ils » de l'extérieur, la police surtout. Non, en raison de la minceur des cloisons – les lits qui grincent dévoilent les intimités –, des fenêtres ouvertes les soirs d'été qui transforment les cours en caisses de résonance des disputes du couple ou des altercations entre voisins, des rencontres obligées dans les cages d'escalier, aux points d'eau collectifs, aux « gogues » qui empestent, sujet permanent de querelles entre familles utilisatrices. Personnage essentiel : la concierge (dans les immeubles populaires, c'est presque toujours une femme, en vertu d'une lente dérive qui a fait s'évanouir suisses et même portiers), redoutée par sa position médiane entre public et privé, entre locataires et propriétaires, parfois en cheville avec la police, qui s'adresse toujours à elle en cas d'incident et tente d'en faire son œil dans la place. Son pouvoir occulte est considérable : elle filtre les locataires, comme les visiteurs ou les chanteurs de rues qui ne pénètrent dans la cour qu'avec son autorisation. Avoir un logement sur rue est un progrès dans la défense de son intimité.

« La plupart des habitants se plaisent à demeurer sur un territoire modeste, même minuscule », observe Pierre Sansot (*La France sensible,* 1985). La rue, plus que le quartier, constitue l'espace d'interconnaissance où passe la frontière du secret. Les boutiques en sont les épicentres, avec leurs codes de politesse, leurs dons et contre-dons. Quelques personnages essentiels, vigies, confidents et témoins : la boulangère, mais surtout l'épicier, qui souvent « devient l'oreille ou le confessionnal du quartier ou de la rue » (Michel de Certeau, *L'Invention du quotidien*). Le quartier, plus complexe, introduit à la ville, où se déploient d'autres pratiques de privatisation.

C'est moins l'espace qui nous importe ici que « les gens », ces voisins, rarement choisis, regard de l'Autre, dont il faut à la fois se défendre et se faire aimer. Les voisins établissent un code de bienséance de la maison et de la rue, une norme à laquelle il faut se plier pour être admis, la tendance étant de reproduire le même et d'exclure le dissemblable : l'étranger, de nationalité, de race, de province, voire de canton. Dans la première moitié du XIXe siècle – Louis Chevalier l'a montré –, Paris est une juxtaposition de villages ; certaines cours de la rue de Lappe, quartier peuplé d'Auvergnats, regroupent tous les originaires du même village. De même, à la fin du siècle, le Pletzl (le Marais) regroupe les juifs immigrés de l'Europe orientale, et des distinctions s'opèrent entre la rue des Francs-Bourgeois, le faubourg Saint-Germain du quartier juif, et la rue des Rosiers, sale et surpeuplée (Nancy Green).

Le regard du voisinage pèse sur la vie privée de chacun et sur ce qu'il laisse filtrer : « Qu'en dira-t-on ? » Ses désapprobations, ses tolérances, ses indulgences valent les tables de la Loi. Il y a aussi des limites à son intervention : les murs du logement, l'au-delà de la porte où, sauf bruits intempestifs, écoulements suspects, odeurs nauséabondes, on n'intervient pas. Les parents peuvent battre leurs enfants; le mari, sa femme : c'est leur affaire, on ne va pas chercher la police pour autant. Il faut qu'un drame survienne pour que les langues se délient et que des demandes d'intervention se produisent. L'usage que les particuliers font de la police et de la justice, autrement dit le dépôt de plaintes par les personnes privées, est du reste un indicateur intéressant des seuils de tolérance et des formes d'intervention qui mériterait d'être étudié. En tout cas, les troubles de voisinage demeurent, en droit, affaire civile, et un certain consensus existe sur l'inviolabilité d'une *privacy* qui épouse les contours de la famille et de son habitat.

La tolérance est moins grande pour les comportements politiques, comme le montrent les vagues de dénonciation en temps de troubles, par exemple au moment de la Commune. Nombreux ont été ceux qui ont dû leur arrestation au mouchardage d'un concierge ou d'un voisin. Jean Allemane en fit la triste expérience.

Équilibre subtil de tensions contenues, éventuellement solidaire, plus souvent encore censeur, le voisinage enveloppe la vie privée comme la coque piquante d'une châtaigne.

Autour du noyau familial bourgeois, la domesticité dessine des auréoles proportionnelles au rang ou aux traditions. Deux sont – inégalement – importantes : celle des gens de service, celle des animaux.

Animaux domestiques

De ces derniers, nous parlerons peu. Ils appartiennent, en effet, à cette intimité personnelle qu'Alain Corbin analyse

Figures et rôles

plus loin. Le sentiment qui s'attache aux animaux familiers – chiens, oiseaux, plus tardivement chats – grandit au cours du siècle, comme la sensibilité écologique à leur endroit dans la sphère publique. Les animaux appartiennent à la famille, on en parle comme de vieux compagnons, on donne de leurs nouvelles (ainsi George Sand, dont la correspondance fournit à ce sujet des morceaux d'anthologie); ils sont le témoin de l'absent. Caroline Brame comme Geneviève Bréton reçoivent de leurs amoureux une chienne; la première l'appelle « Guerrière » et lui dit le nom de son maître; la seconde la cajole comme la figure d'un bébé à venir. On leur assigne une identité : la chienne de Mme Dupin porte un collier : « Je m'appelle Nérina, j'appartiens à Mme Dupin, à Nohant, près la Châtre »; elle finit ses jours sur les genoux de sa maîtresse, et « elle a été enterrée dans notre jardin, sous un rosier; *encavée*, comme disait le vieux jardinier, qui en puriste berrichon n'eût jamais appliqué le verbe *enterrer* à autre créature qu'à chrétien baptisé ». Non sans difficulté, l'animal domestique commence son ascension comme personne, qui culmine aujourd'hui au point d'embarrasser le droit : un maître peut-il léguer sa fortune à son chien ? Telle fut l'énigme juridique, résolue par la négative, qu'eurent à affronter récemment les hommes de loi (1983). Dans le dernier tiers du XIXe siècle, la notion de « droits des animaux » se profile avec presque autant de force que celle de « droits de l'enfant ». Notons que les féministes y étaient fort sensibles et militèrent pour la plupart dans la Société protectrice des animaux.

Gens de service

Le nombre et la nature du personnel de service dépend du statut social et du niveau de vie en même temps qu'il en est le symbole le plus visible : « avoir une bonne » marque l'ascension à une caste supérieure : celle des gens *servis,* qui peuvent consacrer les loisirs de leurs femmes à la représentation, au luxe ostentatoire. Il y a là, doublement, persistance d'un modèle aristocratique, négateur de l'indépendance salariale et friand de liens personnels. C'est en effet son corps, son temps, son être même que le serviteur engage vis-à-vis de ses maîtres. D'où le malaise croissant que ce statut archaïque entraîne dans la société démocratique et les amorces de dépérissement qui s'esquissent au tournant du siècle, palpables dans les difficultés à « se faire servir » dont se plaignent les bourgeoises, féministes comprises.

L'histoire sociale de la domesticité, largement esquissée par ailleurs, n'est pas ici notre propos, mais plutôt son histoire « privée », à la fois externe – place des domestiques dans la maison – et interne : les domestiques ont-ils une vie privée ?

La domesticité est, du reste, un monde hiérarchisé. En haut de l'échelle, précepteurs et institutrices – que seules peuvent s'offrir les familles nanties désireuses de garder leurs enfants à la maison – font figure de demi-intellectuels, qu'ils sont souvent. Le développement de la scolarité obligatoire raréfie les précepteurs plus que les institutrices, dont Flaubert écrit : « Sont toujours d'une excellente famille qui a éprouvé des malheurs. Dangereuses dans les maisons, corrompent le mari » *(Dictionnaire des idées reçues)*. En 1847, c'est pour une jeune gouvernante que le duc de Choiseul-Praslin assassine sa femme, avant de se suicider. Ce grand fait divers avait ébranlé la monarchie en ravalant l'aristocratie au rang du vulgaire crime passionnel. Françaises dans la première moitié du siècle, plus souvent anglaises, allemandes ou suisses dans la seconde, les *Miss* ou *Fräulein,* les *nurses* offrent une cible permanente au désir des maîtres. Il flotte autour de « Mademoiselle » une atmosphère de séduction dont elle doit se défendre par une allure austère, port de lunettes et chignon bien-pensant.

La situation des domestiques subalternes est plus difficile encore, dans la mesure où ils sont socialement démunis, et livrés. L'extrême ambiguïté de leur position vient de ce qu'ils sont à la fois dedans et dehors, intégrés à la famille et exclus, au cœur de l'intimité de la maison, du couple, du corps secret des maîtres, et sommés de ne rien voir et surtout de ne rien dire : Bécassine – créée en 1906 dans *La Semaine de Suzette* – n'a pas de bouche. Il s'y ajoute le fait que, la plupart du temps, il s'agit d'un rapport de femme à femme. L'amenuisement des grandes maisons aristocratiques à la Guermantes laisse place à l'essor de la « bonne à tout faire »,

Figures et rôles

par laquelle la petite bourgeoisie urbaine affirme ses prétentions. La profession se prolétarise et se féminise, conjonction classique qui indique sa relative dégradation dans l'estime sociale.

Valets et femmes de chambre – espèce en extinction – sont les plus en porte-à-faux. Tant qu'ils sont niés comme personne, pas de problème : qu'importe le contact, puisqu'ils n'ont pas de sexe. Ainsi la marquise du Châtelet pouvait-elle, au XVIIIe siècle, se faire baigner, avec une parfaite indifférence, par son valet, Longchamp, dont la virilité était pourtant suffisamment consciente pour qu'il en éprouvât du trouble, confessé dans ses *Mémoires*. Un siècle et demi plus tard, la salle de bains devenue sanctuaire se clôt sur la nudité de maîtres qui ne supportent plus d'être vus par leurs domestiques. « Madame s'habille toute seule et se coiffe elle-même. Elle s'enferme à double tour dans son cabinet de toilette, et c'est à peine si j'ai le droit d'y entrer », regrette la Célestine de Mirbeau *(Journal d'une femme de chambre)*, comme si elle perdait une partie de son pouvoir. Georges Vigarello montre comment un « rapport de soi à soi plus exigeant » procède à cette expulsion (*Le Propre et le Sale,* Éd. du Seuil, 1985).

Cette exigence d'intimité renforcée ne se manifeste pas seulement pour la salle de bains, mais aussi pour la chambre – une femme décente fait elle-même son lit – et pour l'ensemble de la maison. Les domestiques doivent être à portée de main, mais non présents. On pourra les voir, du moins les appeler, sans être vu. Samuel Bentham, le frère de Jeremy, le célèbre auteur de *Panoptique*, en marge de sa recherche d'un plan de prison conforme à ce principe, avait mis au point un système d'appel à distance dans la maison d'un particulier anglais. Sous le Directoire, en France, les sonnettes se multiplient, ce dont la « citoyenne Ziguette », porte-parole du comte Roederer, se plaint comme d'une perte de familiarité. Viollet-le-Duc, dans son *Histoire d'une maison* (1873), qu'il veut modèle, accorde le plus grand soin aux vestibules, couloirs, escaliers, qui doivent être moyens de circulation et de communication autant que d'évitement. Michelet exprime cette intolérance : « Les riches [...] vivent devant leurs domestiques [lisez : devant leurs ennemis]. Ils mangent, dorment, aiment sous des yeux haineux et moqueurs. Ils n'ont pas d'intimité, rien de secret, point de foyer. » Pourtant, « vivre à deux et non à trois, c'est l'axiome essentiel pour garder la paix du ménage ». Ce refus du domestique, devenu l'intrus, est sans doute le signe d'une sensibilité nouvelle, mais aussi de la personnalisation du serviteur, ce qui, à terme, porte la mort de la domesticité.

L'autre façon de s'en sortir, celle qui est majoritairement pratiquée au XIXe siècle, c'est la négation du/de la domestique, l'effacement de son corps, ce « corps nié » qu'a décrit Anne Martin-Fugier, celui de son nom et même de son prénom : « Ma fille, vous vous appellerez Marie. » C'est l'impossibilité pour elle d'avoir une vie privée, familiale ou sexuelle, puisqu'elle n'a aucun temps ou espace à elle, ni le droit d'en avoir. Coucher au sixième, quelles que soient sa médiocrité matérielle et sa promiscuité, établit une distance, un écart où peut exister « une jouissance volée ». D'où la peur que les patronnes nourrissent à l'égard du sixième étage, lieu de fantasme social et sexuel.

Ordinairement célibataire, la bonne n'a en principe ni amant, ni mari, ni enfant. Si un malheur survient, elle se « débrouille ». Beaucoup de domestiques parmi les femmes poursuivies pour infanticide ; elles peuplent les maternités des hôpitaux, refuges des filles mères, et se voient souvent contraintes à l'abandon. Lorsque le siècle, avare de rejetons trop rares, se fait plus indulgent aux mères célibataires, beaucoup de domestiques gardent leur petit ; mais la nécessité de l'élever seules les rive un peu plus à leur place.

Si le père est leur patron, elles doivent disparaître, ou faire oublier leur faute dans un silence total. Helen Demuth cacha toute sa vie l'existence du fils qu'elle avait eu de Marx. Lorsque beaucoup plus tard, après leur mort, Eleanor découvrit la vérité, elle en fut malade : non de la liaison, mais du mensonge dont on l'avait masquée. La situation d'Helen Demuth, intégrée à la famille Marx au point d'en épouser tous les intérêts et de se nier elle-même, est l'exemple paradoxal de l'abnégation à laquelle étaient réduites les servantes au grand cœur, celles que l'on voit, timides, dans l'angle d'une photo de famille et dont on ne sait plus le nom. Cette dévotion ancillaire est telle que certaines n'ont plus, en effet, d'autre toit, d'autre famille que ceux de leurs patrons, qu'elles veillent en nourrices éternelles. Berthe Sarrazin soigne Toulouse-Lautrec et donne aux siens des nouvelles de sa santé. L'esprit « maison » est un moyen inconscient de ne pas souffrir et de se justifier, de trouver, dans la familiarité des dieux, une manière d'ennoblissement. Ainsi Céleste Albaret – la Françoise de Proust – ou Berthe, la femme de chambre de Nathalie Clifford-Barney, ont-elles été les témoins vigilants et attendris de la grandeur de leurs maîtres.

Cette survivance de temps féodaux est incompatible avec le développement de la conscience de soi. Si les maîtres ne souffrent plus d'être vus, les domestiques ne supportent plus cette négation de leur corps et de leur être même. Peu de révoltes frontales, mais des dérobades individuelles. Ils deviennent mobiles, indociles, acceptent mal les conseils et poursuivent leurs fins propres. Les jeunes bonnes épargnent pour se marier et ont la réputation d'être de bons partis. Par ailleurs, les pays de départ réduisent leurs migrations : à la fin du siècle, la syphilis, le « mal parisien », fait peur. La « crise de la domesticité », qui se traduit par l'inflation des offres d'emploi dans les journaux, une légère hausse des gages, un début de syndicalisme et de législation protectrice, s'enracine en fait au cœur de la vie privée et des relations interpersonnelles. Elle est le signe de leur démocratisation.

La vie de famille
par Michelle Perrot

La famille est un « être moral » qui se dit, se pense, se représente comme un tout. Des flux la parcourent qui maintiennent son unité : le sang, l'argent, les sentiments, les secrets, la mémoire.

Correspondances

Dispersée, la famille maintient le contact, rétablit le courant par la correspondance. Celle-ci est facilitée par les progrès de la poste, déjà sensibles dans la première moitié du siècle, mais accélérés dans la seconde par le développement des chemins de fer et la variété des supports de ce grand siècle papetier. Avoir des nouvelles fréquentes, régulières et surtout « fraîches » devient un besoin. Épistolière infatigable, George Sand demande qu'on lui envoie de Paris « ce papier à lettres jaune et bleu qui est si laid et qui est si à la mode » (3 avril 1830); elle compare cachet de la poste et date de remise des plis. Le facteur, qui souvent donne l'heure – la bonne : celle de la gare – en même temps qu'il distribue le courrier, est un messager attendu et choyé.

Internes, les enfants doivent écrire leur lettre hebdomadaire. Un couple uni, momentanément séparé, s'écrit tous les deux ou trois jours. Au-delà du noyau dur de la famille, les parents plus éloignés entrent dans le cercle à des fréquences qui indiquent leur plus ou moins grande proximité. La lettre du Jour de l'an est parfois la seule occasion de donner un bulletin de santé familial, un récapitulatif annuel des morts, des naissances, des mariages, des maladies ou des succès aux examens. Car c'est cela qui tisse l'ordinaire des correspondances, comme le montre Caroline Chotard-Lioret à partir des quelque onze mille lettres d'une famille de la bourgeoisie saumuroise entre 1860 et 1920 : exemple intéressant parce qu'il donne la mesure de l'intensité et du contenu des échanges épistolaires intrafamiliaux, des frontières du dicible et de l'indicible. L'indicible : l'argent, la mort, le sexe. Le dicible : la maladie, le détail quotidien, les enfants encore et toujours. D'autres correspondances sont différemment centrées – les Goblot sont obsédés par la réussite scolaire –, ou prolixes. Celle de la famille de Cerilley, publiée sous les prénoms d'*Émilie* et de *Marthe* – la mère et la fille –, s'étend bien davantage sur le chapitre de l'argent et du corps ; malaises et coliques y sont contés jusqu'à ce qui nous semble être de l'impudeur, tant, dans ce domaine, les seuils de sensibilité se déplacent.

Des codes régissent ces échanges, nullement spontanés, mais « figures de compromis » (M. Bossis) entre le public et le privé, l'individuel et le social. Une correspondance familiale est écrite pour le groupe ou le sous-groupe ; elle circule, limite son territoire, module ses confidences, exclut l'intime.

Ces pratiques épistolaires sont assurément celles de gens alphabétisés, à l'écriture facile, voire d'écrivains rentrés qui trouvent là un moyen d'expression autorisé : ainsi beaucoup de femmes, animées de cette « rage d'écrire » que George Sand et ses amies éprouvaient au couvent des Anglaises, et auxquelles l'accès à l'écriture publique demeure interdit, ou difficile, s'y adonnent avec le plaisir d'une revanche. Certaines consacrent à cette occupation plusieurs heures par jour. Les hommes, toutefois, conservent une main épistolière à laquelle ils renonceront au XXe siècle par choix de la technique ou du métier.

La coupure entre les sexes est moins forte que celle qui oppose ville et campagne. En ville, le populaire recourt, le cas échéant, aux écrivains publics, qui prêtent à l'intime leurs conventions. En campagne, les nouvelles sont plus rares ; elles viennent par voie orale. Le retour des maçons migrants, en Creuse, est une fête ; durant les veillées de l'hiver, ils content leurs aventures urbaines. Pour tous, la carte postale, largement usitée après 1900, jouera un rôle massif. Voici, à

La vie de famille

Melun, une famille de cinq personnes – mère femme de ménage, père jardinier, filles placées comme employées – qui échange, entre 1904 et 1914, plus d'un millier de cartes postales. Cette densification des relations familiales s'accompagne d'une concision qui achemine vers le message moderne, plus nettement informatif.

Matière et mémoire

Pour tous, les rassemblements périodiques plus ou moins fréquents, solennels ou peuplés que sont les réunions de famille constituent une forme majeure de communication autant que de manifestation unitaire. Anne Martin-Fugier en montre les occasions et le cérémonial. Les minorités, religieuses ou ethniques, pour lesquelles ces rencontres sont un mode de survie, voire une forme de résistance, y attachent une attention particulière. Les Monod se retrouvaient, jusqu'à une date récente, pour un « thé » annuel où chacune des quelque deux cents personnes présentes signalait son identité au revers de sa veste ! Les Reclus – autres protestants – célébraient tous ensemble l'anniversaire de leur père ; Hélène Sarrazin a pu suivre l'évolution de la famille en comparant les photos prises à ces occasions.

Car la photographie de famille, véritable genre, est une façon de matérialiser ces rencontres et d'en conserver le souvenir, pieusement ordonné en « albums » à la fin du siècle. Dans les milieux modestes, elle se pratique presque exclusivement au moment du mariage. Elle se popularise lors de la guerre de 1914. Au moment du départ, à Mazamet par exemple, les couples et leurs enfants vont poser chez le photographe ; on retrouvera ces photos sur les morts des tranchées. Avant la photo, les familles aisées se faisaient portraiturer ; G. Naeff a consacré cinq volumes aux portraits de famille dus au seul Ingres.

Tableaux ou photos : ces galeries d'ancêtres sont une façon de visualiser la lignée. Représentations, ils sont aussi les moyens d'une mémoire dont le souci s'intensifie au cours d'un siècle évolutionniste qui inscrit sa durée dans l'enchaînement des générations. Dans le Nord ou à Rouen, à la fin du

XIXᵉ siècle, les familles bourgeoises font faire leur généalogie, avec le secret espoir, peut-être, de se découvrir une origine huppée ; plus sûrement, lorsqu'elles ont réussi, pour témoigner de leur ascension sociale. Cependant qu'au cimetière le faste des monuments funéraires rassemble les corps et affirme aux yeux de tous la pérennité d'un clan.

Quant aux autobiographies, notamment celle des « gens ordinaires » qu'a identifiées Philippe Lejeune, elles sont au XIXᵉ siècle plus familiales que vraiment personnelles. Adressées aux descendants, elles s'étendent surtout sur l'enfance du conteur et son enracinement, comme pour mieux mesurer le chemin parcouru, s'en glorifier ou, en cas d'échec, s'en justifier. Condorcet préconisait une histoire de « la masse des familles ». George Sand, dont l'*Histoire de ma vie* est surtout histoire des siens, exhorte les classes populaires à faire de même : « Artisans, qui commencez à tout comprendre, paysans, qui commencez à savoir écrire, n'oubliez donc plus vos morts. Transmettez la vie de vos pères à vos fils, faites-vous des titres et des armoiries, si vous voulez, mais faites-vous-en tous. » Car « le peuple a ses ancêtres tout comme les rois ».

La mémoire suppose remémoration, tradition orale où les femmes, en raison de leur longévité, jouent sans doute un rôle spécifique qu'en effet, chez les camisards, Philippe Joutard a vérifié. Mémoire tronquée, reconstruite, où les événements comptent moins que leur représentation. Chez les migrants italiens de Lorraine, une mémoire mythique des origines se déploie dans le discours. Le récit du voyage initial prend une dimension extraordinaire qui magnifie le fondateur et son odyssée.

Rites et styles de vie

Cette vie de famille, publique et privée, est l'objet d'une mise en scène aux règles plus ou moins précises. Dans une bourgeoisie que hantent les réminiscences de cour, elles sont poussées à l'extrême. Manuels de savoir-vivre, avatars des « civilités » où Norbert Elias a vu, depuis Érasme, s'affiner les frontières de l'intime, sources romanesques dont l'usage

La vie de famille

est en l'occurrence licite parce qu'elles dégagent, mieux que d'autres, l'idéal type perçu par des conteurs sagaces et fascinés, mais aussi archives privées attestant des pratiques concrètes permettent à Anne Martin-Fugier de décrire ce rituel bourgeois, à la fois réel et rêvé, dans sa triple temporalité : une journée, une année, une vie. La valeur normative de ce modèle, aussi détaillé qu'une étiquette, aussi contraignant qu'un cérémonial aristocratique, justifie la place qui lui est accordée. Par lui s'esquisse la volonté d'un style d'existence.

Celui-ci triomphe, avec des nuances, dans toutes les capitales, les grandes villes européennes. Il s'impose à la cour elle-même. Louis-Philippe, si fier du grand lit conjugal, se veut avant tout bon père de famille « rangé dans sa conduite, simple dans ses habitudes, mesuré dans ses goûts » (Tocqueville). À Versailles, « le salon de la reine n'a de remarquable qu'une large table à ouvrage entourée de tiroirs dont les princesses ont la clé et dans lesquels elles mettent leur ouvrage. C'est là où la famille royale se réunit », selon *Émilie*. Plus tard, l'impératrice Eugénie, férue de puériculture, « s'occupe elle-même de son petit comme une mère du commun, l'habillant, le berçant, lui chantant des airs d'Espagne » (Octave Aubry). La cour a « la manie de la famille », comme la ville, qui donne le ton : singulier renversement des rôles qui illustre à sa manière le triomphe bourgeois. La domesticité est un mode et un modèle de gouvernement.

Assurément, bien des variantes, fruit de traditions et de nécessités internes, modulent ces rites. Ainsi l'intégration des protestants et des juifs à la nation, quoique en progrès décisif au XIXe siècle, a des fragilités qui demandent vigilance. Chez les luthériens d'Alsace, la coutume veut que l'on donne à l'enfant baptisé deux parrains et deux marraines – catholiques et luthériens – susceptibles de le protéger en cas de conflit. Au sein de la communauté juive, l'arrivée des immigrés d'Europe centrale et orientale, vers 1880, a provoqué des frictions. Dans le Pletzl (le Marais) de Paris, à la Belle Époque, la multiplication des petits oratoires à domicile, dans les boutiques des casquettiers ou des tailleurs, s'oppose aux cérémonies plus officielles des grandes synagogues. La force d'adaptation des Auvergnats à Paris vient justement de ce qu'ils conservent leurs mœurs familiales et régionales : leur cuisine, leurs bals, leurs fêtes (Saint-Michel et Saint-Ferréol) et même leurs retours périodiques au pays collectivement organisés par les « trains Bonnet ». De même, les immigrés italiens s'accrochent à leurs coutumes, voire à leurs prêtres, ce qui ne va pas sans heurts avec les ouvriers français.

Bien que la famille se substitue à Dieu, les rites ont du mal à s'émanciper de leur origine religieuse. La libre pensée a, globalement, échoué à lui trouver des succédanés, excepté pour les enterrements civils, qui représentent 38,7 % à Paris (en 1884-1903), 21,5 % à Carmaux (1902-1903, pour les hommes seulement), mais 50 % à Saint-Denis, banlieue ouvrière, vers 1911. C'est en milieu ouvrier que la laïcisation est la plus forte. Les mariages civils atteignent 40 % à Hénin-Liétard. Des « sociétés de solidarité » imaginent des formules de testament et des rites nouveaux. À Roubaix, la Libre-Pensée assure une cinquantaine d'obsèques par an ; hommes et femmes portent eux-mêmes le cercueil ; des orateurs évoquent au cimetière les mérites du défunt, tandis que l'on sonne les cloches.

Car il y a des limites à l'affranchissement. Dans certains cas, les ouvriers souhaitent des enterrements religieux que le prêtre leur refuse ; des émeutes se produisent à ce sujet dans le Nord. De toutes les pratiques religieuses, c'est la première communion qui, en tous milieux, résiste le mieux, comme si l'on n'avait pas réussi à trouver un autre rite de passage pour l'adolescence. Dans les régions déchristianisées, la question divise souvent les ménages ouvriers.

Les rites nous disent les croyances, mais plus encore les modes de vie. Les différences sociales les marquent fortement. L'ethnologie rurale a fait l'inventaire des campagnes. L'ethnologie ouvrière est nettement moins avancée, parce que l'on s'est polarisé sur le collectif plus que sur le familial et le quotidien. Au XIXe siècle, les rites ouvriers privés n'ont que peu à voir avec les rites bourgeois. Ils diffèrent dans leurs rapports à l'espace et au temps. La rue, le café, l'extérieur en sont davantage le théâtre. D'où la place accordée au vêtement, dans les budgets, dépense en expansion. Les Italiens les plus démunis du Bassin lorrain ont, le dimanche, le souci de faire « belle figure ». Le travail remplit l'existence. L'absence de loisir vrai (chômage n'est pas loisir) et de

La vie de famille

vacances est une frontière majeure. La Saint-Lundi des camarades ne ressemble guère au dimanche bourgeois. Toutefois, les repas comme les « sorties » familiales sont une pratique festive ouvrière. La mixité du quartier populaire est plus marquée. Dans la revendication syndicale de la semaine anglaise, au tournant du siècle, l'argument familial est prioritaire, sans qu'il soit nécessaire d'invoquer une imitation petite-bourgeoise.

Combinaisons subtiles d'éléments divers, compromis entre le public et le privé, entre la campagne et la ville où il faut beaucoup de temps à des migrants pour s'insinuer, les rituels sont les manières dont les groupes s'emparent de leur espace quotidien et tentent de donner à leur existence un style.

Les rites de la vie privée bourgeoise
par Anne Martin-Fugier

Le goût du souvenir

« Tout était en l'air au château de Fleurville. » Camille, Madeleine, Marguerite et Sophie attendent leurs cousins dans l'effervescence. Elles « allaient et venaient, montaient et descendaient l'escalier, couraient dans les corridors, sautaient, riaient, criaient, se poussaient. » Tout est prêt pour l'arrivée des garçons : leurs chambres au château comme le cœur plein d'impatience des petites filles. Une fois les bouquets de fleurs composés et installés, le point d'orgue est mis aux préparatifs. Le roman de la comtesse de Ségur, *Les Vacances* (1859), peut commencer.

Ce sont les vacances d'été, la famille élargie se regroupe, les filles attendent les garçons. En bonnes maîtresses de maison, elles ont surveillé l'organisation matérielle de l'accueil (voyez les bouquets), et, en manifestant par leur émotion l'importance de l'événement, elles tiennent leur rôle de femmes. Car c'est aux femmes que revient en général l'ordonnancement de la vie privée, aussi bien que l'expression des effusions des sentiments.

Le bonheur des vacances n'a pas seulement un lieu. Il est aussi engendré par une structure temporelle. Une fois les enfants réunis, ils commencent par évoquer le passé, les étés précédents :

« Nous ferons beaucoup de bêtises, comme il y a deux ans !
– Te rappelles-tu les papillons que nous attrapions ?
– Et tous ceux que nous manquions ?
– Et ce pauvre crapaud [...].

– Et ce petit oiseau [...]
– Oh! que nous allons nous amuser! s'écrièrent-ils ensemble en s'embrassant pour la vingtième fois. »

Le souvenir à l'imparfait programme immédiatement le futur. Il est une promesse et une assurance.

L'imparfait peut s'accompagner d'une lamentation sur le passé, traduire le regret de ce qui, à jamais, n'est plus. C'est l'imparfait romantique :

Efface ce séjour, ô Dieu! de ma paupière,
Ou rends-le-moi semblable à celui d'autrefois,
Quand la maison vibrait comme un grand cœur de pierre
De tous ces cœurs joyeux qui battaient sous les toits!
[...]
On eût dit que ces murs respiraient comme un être
Des pampres réjouis la jeune exhalaison;
La vie apparaissait rose, à chaque fenêtre,
Sous les beaux traits d'enfants nichés dans la maison.
[...]
Puis la maison glissa sur la pente rapide
Où le temps entasse les jours;
Puis la porte à jamais se ferma sur le vide,
Et l'ortie envahit les cours! [...]

Pour Lamartine, dans *La Vigne et la Maison* (1857), le temps tue le bonheur qui faisait même palpiter les pierres.

Mais le bonheur peut rester vivant dans la mémoire, et l'imparfait sert alors à capitaliser des souvenirs heureux qui irradient le présent. Le présent non seulement n'est pas impossible à vivre, mais, nourri par la mémoire, il est à exploiter au mieux, de manière à inscrire dans le fil du temps ses moments heureux et à en faire une durée féconde.

Dans cette perspective, les enfants sont doublement importants. Il faut veiller à leur bonheur pour leur constituer un capital de souvenirs heureux. En même temps, on s'enrichit soi-même des souvenirs irremplaçables de l'époque où ils étaient petits.

Le quotidien, banal par essence, prend une valeur positive si les riens dont il est formé sont transformés en rites auxquels on donne une signification sentimentale. C'est ainsi que la maîtresse de maison réunissant à heures fixes sa famille autour de la table est désignée comme le meilleur agent du bonheur : elle régit le rythme du temps privé, lui imprime une régularité et le met en scène tout à la fois.

Dans l'espace bourgeois, la répétition n'est pas routine. Elle ritualise, et le rite dilate le moment : avant, on l'attend, on s'y prépare ; après, on le commente, on y repense. Le plaisir est dans l'attente des moments qui ponctuent la journée. La ritualisation donne sa valeur de bonheur à l'événement destiné à devenir souvenir.

Les registres du temps qui passe

Les souvenirs capitalisés sont inscrits comme dans des livrets d'épargne. Mme Alphonse Daudet appelle « chronologie féminine » des collections de reliques constituées par des femmes, gants portés par l'une, échantillons de toutes les robes portées par l'autre. Reliques aussi les inscriptions – quelques lignes de prose, vers, croquis – dont on ornait l'« album » des dames et des demoiselles.

L'invention de la photographie en 1836 (l'abréviation du mot en « photo » date de 1876) et son développement après 1850 vont être l'occasion de constituer d'autres albums. Le portrait à l'huile installe son sujet dans l'éternité de l'art, hors du temps. Les photos conservent des instants. D'une part, elles sont reliques favorables à la remémoration. D'autre part, elles forment dans l'album des séries à travers lesquelles on aperçoit le passage du temps, l'évolution de l'enfant qui grandit, la famille qui se perpétue à travers mariages, naissances et baptêmes.

Caroline Chotard-Lioret, qui a travaillé sur les archives de sa famille, les Boileau, a retrouvé trois albums qui regroupent une quarantaine de clichés pris entre 1860 et 1890. Ces clichés ont été adressés aux Boileau par leurs différents correspondants. Plusieurs lettres de cousins annoncent à Marie B. l'envoi prochain d'une photo récente d'eux-mêmes et des leurs. On voit ainsi la même personne à son baptême, dans sa septième année, à l'adolescence, au moment de son mariage, à l'âge adulte avec ses enfants, et enfin seule avant l'entrée dans la vieillesse. Cette pratique sociale fournit « un témoignage concret de la taille du réseau de relations familiales ». Marie B., de son côté, à l'occasion du mariage de ses filles, en 1901, envoie leurs portraits à toute la famille. À partir de 1910, la photo devient banale : entre 1912 et 1914, Eugène, l'époux de Marie, prend des photos qui remplissent... seize albums.

Les journaux intimes sont aussi écrits pour être des réservoirs de souvenirs. Gabrielle Laguin, jeune bourgeoise de Grenoble, a seize ans et demi quand elle commence à tenir le sien, en juillet 1890 : « Dans bien des années, je relirai peut-être avec bonheur ce griffonnage commencé dans des jours de jeunesse et de joie » (12 juillet). Le 30 octobre, elle revient sur cette idée : « Plus tard, quand je serai tout à fait vieille, je m'amuserai à le relire, à me revoir, dans ce miroir du passé, telle que j'étais alors. »

Très vite, son journal devient une référence. En l'écrivant, elle se crée une histoire. En inscrivant le présent entre passé et avenir, elle structure sa vie. Le présent est ce qui apparaît le moins, il se transforme immédiatement en passé et objet de référence.

L'avenir, c'est le mariage dont elle rêve, avec son cousin Louis Berruel, âgé de vingt-huit ans. Elle l'épouse le 3 octobre 1891. Mais elle continue à se situer par rapport au passé d'un côté (« Oh ! je suis heureuse ! Le rêve de toute ma vie est enfin devenu réalité depuis un mois et trois jours »), par rapport à l'avenir de l'autre (« Eh bien si, cependant, je désire quelque chose et ce quelque chose, c'est un gentil petit bébé ; sera-ce en 1892 que j'aurai le bonheur d'être mère ? »). Son journal s'arrête là. Il témoigne d'un moment crucial dans sa vie de jeune fille. Mais, s'il est le lieu de confidences sentimentales qu'elle se fait à elle-même, il lui sert surtout à marquer le fil du temps, à faire l'histoire de son existence en inscrivant son présent dans une continuité.

Une vingtaine d'années plus tard, Renée Berruel, fille aînée de Gabrielle, se met elle aussi à écrire son journal sur des cahiers d'écolier. Le premier qui nous reste date de 1905, elle a treize ans. Mais Renée avait commencé avant, si l'on en croit ce qu'elle dit le 9 mars 1910, à l'occasion de la cinq centième page de son journal : « Cinq cents ! ! ça commence à faire ! Il est vrai qu'il y a bientôt huit ans que j'ai commencé à le faire. » Au départ, un livre : « C'était pour la Toussaint, nous étions tous réunis dans la salle à manger près du feu à la Buissière [...]. Moi, je ne savais pas que faire et je fouillais dans la bibliothèque : j'y trouvai *Le Manuscrit de ma mère*, de Lamartine. L'idée m'est alors venue d'écrire mon journal moi aussi [...]. »

Les journaux intimes peuvent certes fournir des détails précieux sur la vie de ceux qui les ont tenus. Mais sans doute sont-ils au moins aussi intéressants en ce qu'ils témoignent du désir de scander le temps. Il en est de même des correspondances familiales régulières. Caroline Chotard-Lioret a recensé onze mille lettres adressées à Marie et Eugène Boileau entre 1873 et 1920, en majorité par leurs enfants et les membres de leurs familles respectives. Ces lettres véhiculent des informations qui peuvent être lues par toute la famille sur les enfants, les affaires, les visites et échanges interfamiliaux, et surtout la santé. Elles ne contiennent quasiment pas d'expression de sentiments intimes. La correspondance a une fonction rituelle : elle marque concrètement l'existence des liens affectifs et vaut moins par ce qui s'y dit que par la régularité de son fonctionnement.

Le désir de rythmer l'écoulement du temps apparaît à l'état pur dans l'édition des « livres pour anniversaires », sur le modèle des *birthday books* anglais. En 1892, l'éditeur Paul Ollendorff publie ainsi un *Recueil Victor Hugo*, qu'il fait précéder d'une note. Les recueils anglais, dit-il, contiennent un choix de vers de Byron ou de pensées de Shakespeare. Il a transposé cette mode pour rendre justice à notre poète national. Les pages de droite sont blanches, elles indiquent les jours et les mois. En regard de chaque jour, la page de gauche propose une citation de Victor Hugo.

L'ouvrage peut être utilisé de trois manières différentes : ou bien on marque un anniversaire en regardant quelle pensée s'y rapporte ; ou bien on choisit des vers que l'on commente (ou demande à une personne amie de commenter) ; ou, enfin, on s'en sert comme d'un journal, surtout destiné aux femmes.

Celui que j'ai entre les mains a appartenu à Claire P. de Châteaufort. Claire en a fait, selon les époques de sa vie, un usage différent : soit elle a noté les anniversaires et les dates importantes, soit elle a raconté par le menu certaines journées, comme dans un journal – et cela à des moments où son existence était particulièrement dense, ses fiançailles, son voyage en Russie... À partir du petit livre échoué chez un brocanteur et bourré de notations écrites si fin qu'elles en deviennent parfois illisibles, on peut aller à la recherche du temps que cette femme a voulu préserver de l'oubli.

Claire est née un 1er septembre autour de 1870. Elle fait sa première communion en 1880. Elle vit tantôt à Paris, avenue de Wagram, tantôt à Montreux, au bord du lac de Genève. La famille y possède un château qui est vendu le 30 mai 1896 ; après quoi, elle loue une villa. L'existence de la jeune fille est jalonnée de soirées et de promenades. Mais ce qui compte le plus pour elle dans sa jeunesse, c'est le chant.

Les dates principales de sa vie sont le voyage en Russie en 1899, la maladie de son père et sa mort, le 17 août 1900, les fiançailles puis le mariage avec Edmond, en février et avril 1902, la naissance de son fils Albert le 11 janvier 1903.

Le *Recueil Victor Hugo* contient quelques notations sur les relations de Claire et de son époux, toujours très affectueuses. Le 6 avril, lendemain de leur mariage : « Beau. Promenade en charrette Edmond et moi par les moulins et retour par Dampierre et les quais de la Loire. C'est bien beau !... Je jouis ! Aubépines en fleurs. » Le 15 mai : « Le docteur m'annonce que je peux espérer un bébé. En effet j'ai tous les symptômes ! Ma joie est grande, celle d'Edmond aussi ! Il me dit qu'il m'aime encore plus ! Et je sens son affection grandir chaque jour ! » Le 6 août : « Ce cher bébé que j'attends nous unit de plus en plus. » Elle part pour Le Pouliguen avec sa belle-sœur, Edmond la rejoint du 10 au 17 août. Le 20 novembre, c'est la fête d'Edmond : « Je la lui souhaite la veille au soir avec plantes vertes et fougères. »

Albert naît le dimanche 11 janvier 1903. On le baptise le 15 février. À partir de là, les notations sont plus dispersées. Le 23 septembre : « Je quitte Luvigny avec Bébert et Nounou pour Paris et Saumur – pour y retrouver Edmond. » Le 26 novembre, Albert a sa première dent, et le 11 décembre sa

Les rites de la vie privée bourgeoise 181

deuxième. Le 22 février 1904, on le prend en photo à Saumur, à treize mois et demi. Le 19 juin : « Bébert marche de mieux en mieux. À l'étang du Bellay avec lui, Edmond. Journée délicieuse. » En 1905, le 6 mai : « Rentrons à Saumur, Bébert, Lucie et moi. Edmond *excellent,* heureux de me revoir après huit jours de séparation. Bonne-Mère et les sœurs et frères ont bien joui de Bébert si bon, parlant très bien pour ses deux ans et trois mois. Amusant ! Son ti père en est fou ! » Puis on saute à l'année 1910. Claire emmène son fils à Montreux le 8 décembre. Le 25 : « Arbre de Noël très beau. » Le 31 : « Allons tous luger. Journée idéale. Pris photos. Albert descend en luge avec Ferdi. »

Les dernières dates consignées se situent après la guerre. Au 27 décembre, elle note : « Nice Cimiez, villa Rosa. Au-dessus des Arènes. Avec maman, Marie, Albert, passons l'hiver. » Au 29 août : « 1919. Paris. 38, rue de Bellechasse. Passons l'été à Paris. »

Ce « livre pour anniversaires » est un document exemplaire pour l'étude du temps de la vie privée. Livre de chevet d'une existence entière, il marque bien les étapes de la vie d'une personne de la bonne société : première communion, adolescence occupée par des bals, des promenades et des arts d'agrément, fiançailles, mariage, naissance et baptême du bébé. Puis le temps se rythme sur la croissance et l'élevage de l'enfant. L'ouvrage met également en relief les différentes périodes de l'année, soulignées par les fêtes religieuses, Noël et Pâques.

Matin, midi et soir

Le déroulement de la journée se lit dans les manuels de savoir-vivre, très nombreux d'un bout à l'autre du XIXe siècle, sans cesse réédités, avec des variantes et des adaptations. Ainsi le *Manuel de la maîtresse de maison* écrit par Mme Pariset en 1821, remanié par Mme Celnart, est-il encore publié en 1913 sous le titre *Nouveau Manuel complet de la maîtresse de maison.* De même se succèdent les multiples tirages de *Manuel complet de la maîtresse de maison ou la Parfaite Ménagère,* de Mme Gacon-Dufour, paru pour la première fois en 1826.

L'évolution de ces guides suit le mouvement de l'urbanisation. Dans la première partie du siècle, Alida de Savignac propose deux arts de vivre différents, l'un pour Paris (*La Jeune Maîtresse de maison,* en 1836), l'autre pour la campagne (*La Jeune Propriétaire,* en 1838). Peu à peu, on ne s'adresse plus qu'aux femmes de la ville, en conservant un appendice pour celles qui habitent la campagne. L'appendice rétrécit de plus en plus, jusqu'à disparaître tout à fait. Ne reste que le modèle de vie urbain, la campagne est alors évoquée comme lieu de vacances.

Les manuels de savoir-vivre sont les héritiers des « ménagers » des siècles précédents. Ils insistent sur la rationalité économique du rôle de la femme dans un espace privé dont elle serait la gestionnaire. Mais leur multiplication et leur succès sont un symptôme du souci d'inventer un nouveau mode de vie et un nouveau type de bonheur. Le mode de vie est exclusivement privé, le cadre idéal du bonheur est le cercle familial, et le moyen pour acquérir ce bonheur est la bonne gestion du temps et de l'argent. Ces ouvrages expliquent comment organiser les différents moments de l'existence et comment les réussir. Ils décrivent les rites qui jalonnent le temps et les rôles qui doivent être assumés par les membres de la famille.

Le rôle principal appartient à la maîtresse de maison, chargée de mettre en scène la vie privée tant dans l'intimité familiale – cérémonies quotidiennes des repas et soirées au coin du feu – que dans les relations de la famille au monde extérieur – organisation de la sociabilité, visites, réceptions. Elle doit régler le cours des tâches ménagères de manière que chacun, son époux tout le premier, trouve à la maison le maximum de bien-être.

Le temps des hommes est celui de la vie publique, son emploi est dicté par le rythme des affaires. Rares sont les hommes du monde oisifs, qui peuvent régler leurs journées comme bon leur semble. Si, en 1828, un manuel trace pour le *fashionable* un emploi du temps oisif, à mesure que le siècle s'écoule, les publications à usage masculin deviennent des

Les rites de la vie privée bourgeoise

guides de carrière... On vit de moins en moins de ses rentes.

La vie privée est le havre où les hommes se reposent des fatigues de leur labeur et du monde extérieur. Tout doit être fait pour rendre ce havre harmonieux. La maison est le nid, le lieu du temps suspendu. L'idéalisation du nid conduit à l'idéalisation du personnage de la maîtresse de maison. Il faut que, telle une fée, elle fasse surgir la perfection en gommant les efforts déployés pour y parvenir. Qu'on remarque seulement le résultat et non le travail de la mise en scène : « Semblable au machiniste de l'Opéra, elle préside à tout sans qu'on la voie agir. »

Emploi du temps

Une organisatrice dispose d'un instrument essentiel : l'emploi du temps, qu'elle oblige ses exécutants, les domestiques, à respecter, et respecte elle-même scrupuleusement.

Loi fondamentale de la bonne gestion du temps : la régularité. Et d'abord dans le lever matinal. La maîtresse de maison est en principe la première levée et la dernière couchée. Il lui est conseillé d'être debout à six heures et demie ou sept heures en été, sept heures et demie ou huit heures en hiver. Dès le matin, elle exerce sa vigilance. Même si une bonne débarbouille les enfants, les habille et prépare leur petit déjeuner, le regard de leur mère est nécessaire, avant leur départ pour l'école.

Les domestiques requièrent une surveillance discrète mais constante. La moyenne bourgeoisie en emploie en général trois : un valet-cocher, une cuisinière et une femme de chambre. Avec eux, la maîtresse de maison règle les comptes de la veille. Elle donne ensuite ses ordres pour la journée (menus et tâches à accomplir). Elle sait où en sont les provisions de nourriture, de bois ou de charbon ; elle vérifie le linge sale qu'emporte la blanchisseuse et le linge propre qu'elle rapporte la semaine suivante. Si elle n'est servie que par une bonne à tout faire, elle doit mettre la main à la pâte et l'aider dans les travaux du ménage.

Lorsqu'elle a des domestiques en nombre suffisant, elle peut consacrer la fin de la matinée à des activités personnelles : courrier, piano, ouvrage de dame. En effet, une femme convenable ne sort pas le matin. Si on la rencontre dans la rue, la politesse veut qu'on ne la salue pas. On suppose qu'elle se consacre à des activités philanthropiques ou religieuses sur lesquelles elle désire garder le silence.

La maîtresse de maison a pour mission de privilégier les moments où la famille se rassemble autour de la table, pour les repas.

Repas

À l'article « Dîner », le *Larousse du XIXe siècle* donne une longue description qui est comme une image d'Épinal du repas en famille : « Tout le monde est là, le grand-père, les enfants, Bébé, le petit dernier, qu'on enferme dans sa grande chaise. Le vin dort dans les carafes claires sur la nappe bien blanche, la bonne attache des serviettes au cou des bambins, puis apporte la soupe à l'oseille, le gigot dont on entoure le manche avec du papier découpé. La maman gronde René qui mange avec ses doigts ou Ernest qui taquine sa petite sœur. Bébé se trémousse comme un cabri ; le père lui coupe menu un morceau de viande dans son assiette ou bien lui donne une grappe de raisin qu'il fait auparavant sauter devant son nez […]. » C'est à midi, en province, que se passe la scène. À Paris, à cette heure-là, on « déjeunerait ».

L'appellation des repas est différente en province et à Paris. La province « dîne » à midi et, le soir, elle « soupe ». À Paris, le souper est un repas froid qui se prend après les bals et les grandes soirées, à une ou deux heures du matin. La terminologie s'est uniformisée à partir de la capitale, mais en province, aujourd'hui encore, il arrive que l'on appelle le déjeuner « dîner » et le dîner « souper ».

Les horaires des repas ont changé au cours du XIXe siècle. Le « premier déjeuner » ou « déjeuner à la tasse » se prend au lever. Il consiste en une tasse de lait, de café, de thé ou de chocolat accompagnée d'une flûte ou d'une rôtie.

Le « second déjeuner », appelé « déjeuner à la fourchette » ou « déjeuner dînatoire », est servi entre dix heures et midi. Il comporte des hors-d'œuvre, de la charcuterie, des viandes

Les rites de la vie privée bourgeoise

froides, des entremets. On y sert des viandes rôties et de la salade seulement s'il a lieu un peu tard. Le héros de Taine, Frédéric-Thomas Graindorge, dans les années 1860 à Paris, déjeune à onze heures d'un poulet ou d'un perdreau froid et d'une bouteille de bordeaux.

Le dîner est le repas dont l'heure a le plus varié. Il ne cesse d'être retardé. Le *Journal* de Stendhal nous apprend que l'on priait à dîner pour dix-sept heures en 1805. Lui-même dînait parfois plus tôt. Ainsi, le 3 mai 1808 : « À quatre heures moins un quart, j'ai dîné avec du mouton grillé, des pommes de terre frites et de la salade. » Mme Pariset écrit, en 1821, qu'à la fin du XVIIIe siècle on dînait à Paris à seize heures au plus tard, alors que maintenant on dîne à dix-sept heures au plus tôt, souvent dix-huit heures. Selon elle, c'est aux activités masculines dans le monde des affaires que l'on doit cette heure de repas plus tardive.

À la fin du siècle, les dîners priés sont prévus vers dix-neuf heures trente. L'étiquette, tout à fait contraire à ce qui se pratique aujourd'hui, veut alors que l'on arrive avec cinq minutes et même un petit quart d'heure *d'avance*. On accorde aux invités un quart d'heure de retard, après quoi l'on passe à table.

Il est des gens qui ne s'habituent pas aux nouveaux horaires des repas. Les vieux Ragon, dans *César Birotteau* (1837), supplient leurs invités d'être là pour dîner à dix-sept heures, « car ces estomacs de soixante et dix ans ne se pliaient point aux nouvelles heures prises par le bon ton ».

Comme l'heure du dîner a été nettement retardée, on s'est mis, sur le modèle anglais du *five o'clock tea,* à servir à dix-sept heures une tasse de thé avec, éventuellement, des gâteaux.

Prendre un repas, ce n'est pas seulement manger, c'est se retrouver en famille. Les manuels de savoir-vivre insistent beaucoup sur le rôle de la maîtresse de maison qui sait, autour de la table familiale, créer du bonheur. Mme Celnart déclare dans le *Manuel des dames* (1833) : « Ce n'est pas seulement lorsqu'on a des étrangers qu'il faut soigner les honneurs de la table, on le doit faire pour son époux, pour civiliser l'intérieur. J'emploie ce mot à dessein ; car ce qui distingue la civilisation est d'imprimer à la satisfaction de tous nos besoins un caractère de jouissance et de dignité. On le doit faire parce que les occupations de la vie sociale, surtout pour les hommes, ne laissent presque que le temps des repas à la vie de famille, parce que l'expérience et *l'art de prolonger la vie* conseillent de consacrer ce temps à la gaieté pour rendre la digestion facile, inaperçue. Combien de motifs pour embellir votre repas par la douce causerie [...]. »

Le déjeuner, en particulier, est un repas de famille où les étrangers sont rarement admis. C'est pourquoi on le sert sans nappe. Mais cette tradition de rassembler la famille pour le déjeuner va se perdre peu à peu : les hommes, trop occupés par leurs affaires, ou travaillant dans des bureaux situés trop loin de leur domicile, ne pourront plus revenir chez eux à midi. Mouvement inéluctable vers la journée continue avec repas sinon sur le lieu du travail, en tout cas à l'extérieur de la famille. En 1908, les *Usages du monde* recommandent d'éviter les déjeuners, qui coupent la journée.

Le déjeuner ou le dîner du dimanche est souvent transformé en rite familial. Occasion de se réunir régulièrement, qui scande les mois et les années à l'égal des fêtes du calendrier. George Sand parle avec émotion, quarante ans après, des dîners dominicaux de son enfance, vers 1810, chez son grand-oncle de Beaumont : « C'était un vieux usage de famille fort doux que ce dîner hebdomadaire qui réunissait invariablement les mêmes convives [...]. À cinq heures précises, nous arrivions, ma mère et moi, et nous trouvions déjà autour du feu ma grand-mère dans un vaste fauteuil placé vis-à-vis du vaste fauteuil de mon grand-oncle [...]. » Maurice Genevoix se souvient, lui aussi longtemps après, du rite dominical, vers 1895 : « Nous dînions ensemble, réunis autour de la table dans la salle à manger des grands-parents. Nous étions dix [...]. Pourquoi, lorsque je revis ces dîners du dimanche, me ramènent-ils toujours vers l'hiver ? Peut-être justement à cause du sentiment profond de réunion et d'intimité qu'ils m'inspiraient lorsque j'étais enfant. » À l'extérieur, la nuit et le froid ; à l'intérieur, la chaleur dans tous les sens du terme. De Rousseau à Michelet, l'idéal du bonheur.

Les rites de la vie privée bourgeoise

Jour

L'après-midi est consacré aux « devoirs de société », qu'on les remplisse chez soi ou à l'extérieur. À partir de 1830 et jusqu'en 1914, les dames de la bonne société ont un « jour » de réception. Au début de la saison mondaine, elles envoient leur carte avec ces mots imprimés : « Sera chez elle tel jour de la semaine, de telle heure à telle heure. » Une fois l'heure du dîner reculée, dans la seconde moitié du siècle, on reçoit en principe de quatorze à dix-huit heures en province, de quinze à dix-neuf heures à Paris.

Traditionnellement, la maîtresse de maison est assise à droite de la cheminée. Vers 1880, une mode nouvelle veut qu'elle occupe un siège volant au centre du salon. Elle se lève pour accueillir les femmes, les vieillards et les prêtres, mais reste assise à l'arrivée d'un homme. Car, même si les dames sont plus nombreuses, il vient des hommes au jour de réception. Des rentiers, des hommes de lettres (un salon s'honore de la présence de Paul Bourget ou de Marcel Prévost), mais aussi des hommes moins disponibles, occupés par les affaires ou la vie politique, et qui, néanmoins, s'arrangent pour passer un moment chez leurs épouses ou leurs amies qui reçoivent. Comme il devient de plus en plus difficile de distraire un peu de temps dans l'après-midi, à la fin du siècle, beaucoup de femmes choisissent de ne plus recevoir le jour, mais le soir, à partir de vingt heures trente, de manière que les hommes puissent être là.

Une table a été dressée avec gâteaux, petits fours, sandwichs, et on apporte le thé. Les filles de la maison font le service. Les visiteuses s'arrêtent très peu à ces « jours », parce qu'elles en ont souvent plusieurs dans le même après-midi. Il est convenable de rester entre un quart d'heure et une demi-heure.

En arrivant dans un salon, et davantage encore en le quittant, pour ne pas interrompre la conversation, on s'incline en silence. On serre la main éventuellement. Pour s'en aller, mieux vaut attendre une légère pause dans la conversation générale et se lever sans précipitation. Lorsque la réunion est très nombreuse, on peut partir « à l'anglaise », sans prendre congé. Il y a, dans certains salons, un défilé ininterrompu les jours de réception. G. Vanier raconte que sa mère, dans son hôtel à Rouen, accueillait chaque vendredi jusqu'à deux cents personnes.

Dans la première moitié du siècle, on juge bon qu'une femme qui reçoit ait les mains occupées. La jeune maîtresse de maison d'Alida de Savignac écoute le conseil de sa mère : « Dans le salon tu broderas en causant ; ou bien tu feras de la tapisserie. » Selon Mme Celnart, en 1833, les petits travaux à l'aiguille assurent un maintien gracieux et procurent une occasion de montrer de l'élégance et du goût.

Cinquante ans plus tard, le bon ton a évolué. Il est vulgaire qu'une femme travaille le jour où elle reste chez elle pour y accueillir ses relations. Elle doit donc faire disparaître toute trace d'ouvrage, tapisserie, broderie ou écriture. Plus question de mélanger l'intimité à la mondanité.

À la Belle Époque, on commence à se lasser du rite du « jour ». Certaines dames, ne voulant plus être immobilisées chez elles un après-midi par semaine, gardent un « jour », mais seulement de dix-sept à dix-huit heures, ou encore seulement les deuxième et quatrième mardis du mois. Le « jour » tomba en désuétude avec la guerre.

Visites

Les après-midi où elle ne reçoit pas chez elle, une femme se doit d'apparaître aux « jours » des autres et de rendre des visites. Elle a la charge d'entretenir les relations de la famille, qui peuvent être légion. La mère de G. Vanier avait cent quarante-huit noms sur sa liste de visites.

Les occasions de visites sont multiples : visites « de digestion », dans les huit jours qui suivent un dîner ou un bal auquel on a été convié, que l'on ait pu ou non s'y rendre ; visites « de convenances », trois ou quatre fois par an, aux personnes avec lesquelles on désire garder quelques relations sans toutefois aller au-delà ; visites de félicitations (pour un mariage, un poste important, une décoration), de condoléances, de cérémonie (dues aux supérieurs, une fois par an ; l'épouse est tenue d'y accompagner son mari) ; visites de

Les rites de la vie privée bourgeoise

congé et de retour, avant et après un voyage, pour éviter un dérangement à ceux qui risqueraient de venir pendant que l'on est absent...

Si la personne que l'on est venu voir n'est pas chez elle, on laisse au domestique ou au concierge une carte cornée – ou pliée dans le sens de la longueur, selon la mode du moment. Une carte cornée ou pliée signifie que le possesseur de la carte s'est déplacé. Une carte n'est pas cornée si elle a été déposée par un domestique ou par les soins d'une administration. On peut louer les services d'un « poseur de cartes » au *High-Life,* ancêtre de notre *Bottin mondain.* Ces « visites par cartes », que l'on déclare très vulgaires vers 1830, ont pourtant pris par la suite une énorme extension.

Les visites font obligatoirement partie de la gestion du temps d'une femme de la bonne société. On ne peut déroger à ce rituel sans passer pour bizarre. André Germain, petit-fils du fondateur du Crédit lyonnais, qui épouse en 1906 Edmée Daudet, fille de l'écrivain, voudrait qu'elle fasse des visites l'après-midi. Elle s'y refuse : elle se promène en voiture, seule, au bois de Boulogne, puis prend le thé dans un restaurant où elle écoute de la musique tzigane. Un tel rejet de toute sociabilité mondaine est forcément suspect.

Mettre en scène les relations sociales, assurer leur continuité représente une dimension essentielle de la vie privée bourgeoise. C'est à la maîtresse de maison de s'en charger, d'assurer la circulation entre les lieux privés. Les petites-bourgeoises le savent bien, qui légitiment leur appartenance à la bourgeoisie en prenant un « jour », en recevant et en rendant des visites, en se conformant au rituel sur lequel repose le tissu social.

Soirées

L'espace du salon trouve un prolongement qui semble paradoxal, puisqu'il s'agit d'un lieu public et qu'il est traité comme un espace privé : c'est la loge, au théâtre ou à l'Opéra.

Selon les codes du XIXe siècle, une dame peut assister seule à un spectacle, à condition qu'elle occupe une place dans une loge. Si elle s'assied aux fauteuils de balcon ou d'orchestre, elle doit en revanche être accompagnée d'un homme, mari, frère ou parent. Ce sont là des espaces ouverts, exposés, où, sous peine d'être soupçonnée d'être une femme « publique » – assimilée au lieu où elle se trouve –, elle a besoin d'un gardien.

La loge, elle, est un monde clos et protégé, le chez-soi reconstitué au théâtre. L'usage de la bonne société consiste à prendre des abonnements annuels pour des loges. En 1850, à Rouen, au théâtre des Arts, une place dans une loge valait à l'année 250 francs pour un homme et 187 pour une femme. La solution la plus confortable est de louer une loge munie d'un salon. Sous le Second Empire, elle revenait, avec six places, à 1 800 francs.

Une dame se conduit dans une loge comme si elle était dans son salon : elle n'en sort pas pour se promener dans les coulisses, elle y reçoit ses amis avec la même étiquette que chez elle, elle accepte qu'ils lui présentent des personnes de leurs relations.

Les rites des soirées chez soi sont très différents selon que l'on est seulement en famille ou que l'on a invité des gens extérieurs au cercle familial. Différents selon que l'on vit à la ville ou à la campagne. Différents selon le degré de confort dont on jouit.

Les soirées doivent être imaginées dans la pénombre, jusqu'à l'apparition de l'électricité. Seuls ceux qui ont connu le passage à l'électricité peuvent témoigner du changement. Bernard Cazeaux, né à Paris en 1909, passe son enfance dans un appartement éclairé au gaz. Aujourd'hui, il se rappelle encore l'émerveillement ressenti le jour où il est entré, chez un camarade, dans un appartement éclairé à l'électricité. C'était la fin des recoins sombres, la victoire sur les dernières ténèbres.

Cette petite révolution ne commence dans les intérieurs parisiens qu'en 1890. Au début du XIXe siècle, les gens aisés s'éclairaient soit à la bougie – chère en comparaison de la chandelle de suif –, soit avec des lampes à huile. Ils adoptent la lampe inventée par Carcel en 1800, qui permet de faire monter l'huile régulièrement au niveau de la flamme. L'éclairage au gaz se répand chez les particuliers en 1825. En 1828, Paris compte 1 500 abonnés ; en 1872, presque 95 000 ; à la fin du

Les rites de la vie privée bourgeoise 191

siècle, 220 000. En 1855, grâce à la fusion des différentes compagnies en une seule Compagnie parisienne d'éclairage et de chauffage par le gaz, le prix du mètre cube de gaz devient plus abordable : il passe de 0,49 franc à 0,30 franc.

Chez les catholiques, la soirée en famille peut débuter par la prière en commun, « usage bien touchant et bien utile », écrit Mme de Lamartine le 5 septembre 1802. Utile pour les serviteurs, qui ont ainsi un moment de communion quotidienne avec leurs maîtres, utile pour les maîtres que la prière en commun rappelle à l'égalité chrétienne. La bourgeoisie a parfois repris cette tradition aristocratique de la prière en commun.

Les soirées en famille sont souvent occupées par des jeux de cartes ou de dés. À Milly, en septembre 1806, Mme de Lamartine joue aux échecs avec son mari, tandis que leurs enfants s'amusent et apprennent des fables de La Fontaine. La lecture à haute voix est un plaisir à partager avec ses enfants.

Mais les soirées en famille sont avant tout le temps de la « causerie intime » et du « coin du feu ». En 1828, Horace Raisson conclut son *Code civil* (guide de savoir-vivre) par une « Apologie du coin du feu » : « Nous croirions, écrit-il, notre tâche imparfaitement remplie si, en regard des règles sévères de l'étiquette et des plaisirs cérémonieux du salon, nous ne montrions le bonheur de la vie intérieure et les petites félicités du coin du feu. » Et, pour illustrer ces « petites félicités », qui sont si typiques pourtant du XIXe siècle, il cite nos ancêtres qui, dans les châteaux gothiques, faisaient grand cas du coin du feu, preuve qu'ils s'y entendaient dans l'art de bien vivre !

Cette valorisation du « coin du feu » est à mettre en rapport avec l'idée de « nid », qui se constitue tout au long du XIXe siècle pour devenir si obsédante à la fin. Elle se développe à mesure que le coin du feu au sens propre s'apprête à disparaître : les beaux immeubles de la seconde moitié du siècle sont dotés de calorifères à air chaud, appelés à supplanter les feux de bois ou de charbon dans les cheminées. Elle aboutit à l'image de la famille petite-bourgeoise regroupée sous la lampe, à côté du poêle, que véhiculeront les morceaux choisis de l'école laïque.

Si l'on ouvre le cercle familial au monde extérieur, les soirées se transforment selon le nombre des invités et le degré d'intimité que l'on a avec eux. Un regret constant anime le

XIXe siècle, celui de la sociabilité du XVIIIe. Des bourgeois comme les frères Goncourt logent dans l'époque précédente les soirées idéales, qui auraient conjugué l'apparat le plus raffiné et la causerie intime la plus réussie.

Les dames de la noblesse qui ont fréquenté la cour des Bourbons et de Napoléon Ier contribuent à créer et entretenir le mythe de la sociabilité idéale du type Ancien Régime. En 1836, la duchesse d'Abrantès décrit, dans *La Gazette des salons,* ce qu'étaient les soirées d'antan : le noyau des gens du monde comptait alors quatre-vingts personnes qui se voyaient constamment et deux cents qui allaient et venaient d'un salon à l'autre dans le courant de la semaine ; les hommes jouaient au billard, les femmes brodaient ou dessinaient ; à deux heures du matin, on servait à souper et c'était là le moment le plus palpitant, celui de la causerie intime et « même un peu méchante ».

La chute de Napoléon Ier a marqué la fin des petits comités mondains et le début des « raouts » à la mode d'Angleterre – des réunions très mêlées, où se presse une foule de gens non choisis. Mme Trollope, Anglaise en visite à Paris en 1835, regrette que ces raouts aient remplacé les soupers, où se rencontraient les beaux esprits et qui faisaient à ses yeux le charme des mœurs françaises.

Les soirées sont un moment privilégié pour pratiquer en amateur musique et théâtre. Entre amis, on constitue volontiers des groupes d'instrumentistes ou de chanteurs qui se retrouvent régulièrement, chez les uns ou les autres, surtout en province, où les distractions culturelles sont plus restreintes et où l'on est obligé de puiser en soi les sources de divertissement.

George Sand raconte que, vers 1810, une troupe de comédiens ambulants était venue dans sa patrie berrichonne, La Châtre. Les musiciens amateurs de l'endroit formèrent un orchestre pour accompagner le spectacle : « On était encore artiste en province dans ce temps-là. Il n'y avait si pauvre et si petite localité où l'on ne trouvât moyen d'organiser un bon quatuor, et toutes les semaines on se réunissait, tantôt chez un amateur, tantôt chez l'autre, pour faire ce que les Italiens appellent *musica di camera* (musique de chambre), honnête et noble délassement qui a disparu avec les vieux virtuoses, derniers gardiens du feu sacré dans nos provinces. » George Sand a l'air de dire qu'en 1850, lorsqu'elle écrit ses *Mémoires*, l'habitude de faire de la musique s'est perdue. Elle se poursuit cependant tout au long du siècle.

Mme Bl., née en 1894, a passé son enfance à Caen. Bonne pianiste, elle avait formé avec ses frères et leurs amis un orchestre. Ils répétaient la semaine et jouaient le dimanche pour leurs parents et proches. Un dimanche sur deux, il y avait chez elle réunion musicale, l'autre dimanche était consacré au bridge (ce jeu connut un grand succès à la Belle Époque). À Rouen, deux bourgeois sont restés célèbres pour leur voix, Félix Bourgeois sous la monarchie de Juillet, Georges Vanier sous la Troisième République. Ils étaient l'ornement vocal des soirées mondaines.

Le théâtre amateur fait également partie du mode de vie privé. Les charades en action ont été le divertissement préféré du XIXe siècle. En 1859, le *Dictionnaire universel de la vie pratique à la ville et à la campagne* explique le fonctionnement de ce « passe-temps agréable, dans lequel on est tour à tour auteur et spectateur ». La moitié du groupe joue la charade, l'autre regarde et tente de deviner le mot. Si elle le trouve, elle joue à son tour une charade.

D'autres divertissements ont tenté de concurrencer les charades, en vain. Vers 1830, ce fut la mode des « tableaux » : « On apporte dans le salon un cadre fort grand, couvert d'une toile derrière laquelle on groupe avec exactitude des personnes costumées comme les héros qu'elles doivent représenter. » Georgette Ducrest évoque dans un roman une soirée chez Mme de Duras au cours de laquelle le baron Gérard s'était chargé de « reproduire son admirable composition de *Corinne* ». Les tableaux ont un inconvénient : ils demandent, pour que soient exactes les scènes, de longs préparatifs qui coupent le rythme des soirées et refroidissent l'atmosphère.

À côté des charades, on s'amuse aussi à jouer des comédies de société. Elles sont de toute longueur, de la saynète que l'on représente en famille ou avec quelques amis jusqu'à la longue comédie que l'on a vue au Français ou au Gymnase et que les mondains oisifs apprennent pour la jouer dans un salon devant... quatre cents personnes. Scribe, notamment, a eu un succès durable.

Le théâtre amateur se retrouve aussi, mais à l'heure du goûter, chez les enfants, dont la sociabilité imite souvent celle des adultes. Ainsi, à chaque début d'année, Renée Berruel et sa sœur invitent-elles leurs amies. Elles goûtent et jouent de petites pièces de théâtre : *Le Désespoir de Louison, Colombine héritière, Ma tante Flora.*

L'amateurisme est également présent dans les soirées dansantes, où des invitées se relaient au piano pour faire danser l'assistance. Elles jouent des contredanses et des polkas, dit *Le Journal des jeunes filles* en février 1849. La contredanse est à la mode entre le Premier et le Second Empire, elle a été ensuite rebaptisée quadrille. La polka est venue de Prague en 1844. Quant à la valse, elle a mauvaise réputation. Introduite en France à la fin du XVIIIe siècle, elle était encore interdite à la cour en 1820. Et, en 1857, Flaubert est poursuivi pour avoir décrit une valse sans en cacher les composantes sexuelles. Le tango, à la fin du XIXe, est l'objet d'une réprobation du même ordre.

Mais l'amateurisme a ses limites. Une vraie « grande soirée » comporte la location d'un orchestre pour faire danser les invités. Un autre divertissement à la mode consiste à louer les services d'une cantatrice, qui vient à domicile donner un récital.

Lorsque la soirée familiale s'ouvre au monde extérieur et accueille des étrangers, deux tendances contradictoires se font jour. Si les jeunes filles de la maison jouent du piano pour que les amis de la famille se mettent à danser, elles préservent le caractère intime de la sociabilité. Lorsque l'on fait venir chez soi des professionnels à la mode, l'intimité perd de sa force au profit du somptuaire. Mais le lieu de la fête n'en reste pas moins l'espace privé.

Les fêtes annuelles

L'année est marquée d'un côté par la villégiature d'été, de l'autre par les fêtes de l'Église. La villégiature aristocratique se généralise en vacances d'été dans la classe bourgeoise. On

Les rites de la vie privée bourgeoise

assiste à la naissance de l'idéologie de la détente et du loisir, et la vie scolaire va devoir s'y adapter en allongeant les vacances.

Que l'on soit croyant ou non, que l'on aille ou non à l'église, on dépend du calendrier chrétien. L'année se déroule selon les fêtes liturgiques, de Noël à la Toussaint, de la naissance du Christ à la fête des morts.

Ces fêtes liturgiques, qui sont des passages obligés de l'année, deviennent, plus ou moins, l'occasion de fêtes familiales. La forme reste la même, mais elle prend un autre sens. Noël, par exemple, sera dissocié de la naissance de Jésus à Bethléem pour devenir, de plus en plus, la fête des enfants. Ainsi la famille investit-elle les fêtes chrétiennes pour s'autocélébrer.

Sapin de Noël

Le sapin de Noël vient des pays scandinaves. Les Suédois l'ont apporté pendant la guerre de Trente Ans (première moitié du XVIIe siècle) en Allemagne, où il ne s'est popularisé qu'au début du XIXe siècle. En 1765 encore, Goethe, qui se trouve à Leipzig chez un ami, s'étonne de voir dans la maison un arbre de Noël (cependant, l'habitude d'élever dans les maisons un sapin de Noël est attestée dans les usages de la ville de Strasbourg en 1605…).

En 1840, la coutume allemande est introduite simultanément en Angleterre et en France. En Angleterre, par le prince Albert, époux de la reine Victoria. À Paris, par la princesse Hélène de Mecklembourg, duchesse d'Orléans, et des familles protestantes d'Alsace et d'Allemagne. Sous le Second Empire, favorisée par l'impératrice Eugénie, la tradition du sapin de Noël s'installe. Les Alsaciens et Lorrains qui émigrent après la défaite de 1870 contribuent à la diffuser. Pour Littré et Larousse, l'« Arbre de Noël » n'est qu'une « grosse branche » de sapin ou de houx ornée et garnie de bonbons et de jouets destinés aux enfants.

À la fin du siècle, il semble bien que la coutume ait été « nationalisée » : on expédie chaque année aux missionnaires du Groenland comme aux colons d'Afrique des arbres de Noël tout garnis ! Dans les familles, ils sont presque pareils à ceux que nous connaissons.

La crèche

Littré en 1863 ne parle pas de crèche, ni dans les églises ni dans les maisons. Larousse, quelques années plus tard, ne mentionne que les crèches dans les églises, vivantes et parlantes, pour fustiger longuement les crèches provençales. Elles sont, à son avis, irrévérencieuses, car elles mélangent sacré et profane et font rire les fidèles. Un progrès cependant : l'ange essaie de parler le français au lieu du patois. Il est temps d'en finir avec les vieilles traditions...

Les crèches installées dans les maisons catholiques au moment de Noël devaient pourtant être nombreuses, si l'on en croit Mgr Chabot, en 1906. Il s'en vend en effet plus de trente mille par an, qui valent entre 20 et 3 000 francs. La crèche comporte sept ou huit personnages de base.

Les crèches marseillaises, avec leurs santons d'argile d'origine italienne, ont droit à un développement particulier. Car, en plus des personnages sacrés traditionnels, on y met des profanes comme le rémouleur, le joueur de tambourin, le ravi, le meunier, le mitron, etc. La modernité s'y glisse sous forme de maisons à quatre ou cinq étages qui s'éclairent le soir au moyen d'une bougie, et de locomotives à vapeur...

L'exemple allemand

Avant que le sapin de Noël ait été importé en France cheminait un discours sur cette coutume allemande. Curieusement, on en parle sur le mode du regret, comme si le sapin avait été une tradition française tombée en désuétude. *La Gazette des ménages* déplore, le 23 décembre 1830, qu'en France et surtout à Paris « la génération actuelle conserve peu d'attachement pour les vieux usages », au rebours de l'Allemagne, modèle des traditions domestiques.

Le Journal des jeunes filles, en décembre 1849, évoque les mœurs allemandes avec la même émotion, en regrettant que les Français ne sachent pas exploiter l'atmosphère magique : en Allemagne, les étrennes « descendent du ciel », apportées par le Petit Jésus ou l'« Enfant Christ ». La France devrait bien suivre le modèle allemand et faire des fêtes de fin d'année l'occasion de réunir les générations autour du foyer domestique, chez les grands-parents en particulier.

Les discours de 1830 et 1849 sont identiques. À propos des fêtes de fin d'année, ils glorifient la vie privée. Au lendemain de deux révolutions, on oppose à l'instabilité de la chose publique la stabilité de la vie familiale : « Les joies de la famille, conclut le journaliste en 1849, sont l'unique lieu et le seul bonheur que les révolutions ne peuvent jamais nous enlever. »

Douceur des fêtes en famille

En 1866, Gustave Droz consacre un chapitre de *Monsieur, Madame et Bébé* au Jour de l'an en famille. Il est sept heures, ce matin-là, quand Bébé gratte à la porte de ses parents pour leur souhaiter « la bonne année ». Le père l'attire dans le lit conjugal, la domestique vient allumer le feu et, dans cette douce atmosphère, arrive le moment des cadeaux. Et Gustave Droz de revendiquer, de glorifier ce bonheur familial comme ce qu'il y a de plus précieux. Toute la journée est marquée par de charmants tableaux de famille.

Le Premier de l'an est ainsi un concentré de tous les plaisirs familiaux, où la famille se retrempe avant d'entamer l'année nouvelle. En 1866, il n'est plus besoin de se référer à l'exemple allemand. Droz donne sa description comme un état de fait. Il faut penser que, plus on avance dans le XIXe siècle, plus est ancrée dans les esprits la certitude que le foyer procure un bonheur précieux et irremplaçable. Les enfants deviennent les acteurs principaux de la fête.

Réveillon et étrennes

Le réveillon est « un repas extraordinaire que l'on fait dans le milieu de la nuit. Particulièrement, celui qu'on fait dans la nuit de Noël » (Littré, 1869). Le verbe « réveillonner » n'existe pas. La nuit de la Saint-Sylvestre est passée sous silence. Je n'ai trouvé aucune allusion à des fêtes ou repas familiaux la nuit du 31 décembre. Flaubert, dans sa *Correspondance,* se souvient d'avoir attendu une fois minuit en fumant, une autre fois en pensant à la Chine.

Dans les familles catholiques, on se rend à la messe de minuit et, au retour, on soupe. Comme c'est l'habitude de donner congé le soir de Noël aux domestiques, le repas est réduit. Il comporte deux plats traditionnels, le potage-bouillie à la vanille mangé avec des gaufres et le boudin grillé, et des plats froids comme la dinde truffée, ou, pour le dessert, des fondants et bouchées glacées.

On fabriquait pour Noël des gâteaux de toutes sortes selon les provinces, gaufrettes, galettes, chaussons, mais il n'est pas trace de la bûche de Noël que nous connaissons. La bûche de Noël n'est, au XIXe siècle, qu'une grosse bûche que l'on met au feu le soir du 24 décembre, pour qu'elle entretienne le feu toute la nuit, reste d'une vieille tradition rurale où l'on veillait toute la nuit de Noël pour assister à la messe de l'aurore.

D'origine catholique, le réveillon se généralise en fête profane dans la seconde moitié du siècle, si bien qu'en 1908 les *Usages du siècle* peuvent affirmer : « Tout le monde réveillonne. » Les croyants réveillonnent après la messe de minuit, les profanes, eux, ont pris l'habitude d'aller au théâtre et de réveillonner ensuite. On n'a plus besoin d'un prétexte religieux pour célébrer Noël. La réunion familiale ou amicale devient la seule raison d'être de la fête. On a gardé au menu du réveillon la dinde et le boudin grillé, mais le potage-bouillie est remplacé par un consommé chaud. Une mode nous vient d'Angleterre : le pudding, symbole de *Christmas.* Des magazines en donnent la recette, par exemple *Fémina*, le 1er janvier 1903 (autre usage anglais qui tente de passer dans nos mœurs : celui de s'embrasser sous le gui ; *Fémina* l'illustre par une photo le 15 décembre 1903).

Les étrennes sont, en principe, des cadeaux que l'on donne le 1er janvier, selon une tradition ancienne. Elles prennent la forme de gratifications obligatoires aux domestiques, au concierge, au facteur... qui transforment le Premier de l'an en journée de corvée ruineuse. Les journaux s'en amusent. *La Mode* publie, en janvier 1830, un proverbe (pièce en un acte) intitulé : « Le Jour de l'an, ou les petits cadeaux entretiennent l'amitié. » Il met en scène un homme traqué par tous ceux

Les rites de la vie privée bourgeoise

– de son valet de chambre à son épouse – qui attendent leurs étrennes.

Mais les étrennes désignent, de façon plus large, les cadeaux que l'on offre pendant toute la période des fêtes de fin d'année. Certains, comme Mme de Grandmaison en 1892, essaient de définir une répartition : à Noël, cadeaux aux enfants ; au Premier de l'an, étrennes aux adultes. En réalité, la distinction est difficile, car on donne parfois des cadeaux aux adultes aussi à l'occasion de Noël, et aux enfants également pour le Jour de l'an. Tous finissent par s'appeler indistinctement « étrennes ».

Soulier de Noël et cadeaux

Les enfants, le soir de Noël, placent leurs souliers devant la cheminée, espérant les trouver remplis le lendemain matin. Par le Petit Jésus ? Par le Père Noël ? Il semble que les deux personnages aient coexisté, le second prenant peu à peu le relais du premier.

Le dictionnaire Robert des noms propres dit du Père Noël qu'il apparaît en Europe dans la seconde moitié du XIXe siècle. Il viendrait d'Amérique et serait une création d'origine commerciale. Que le commerce ait contribué au succès du personnage ne fait aucun doute, mais il ne l'a pas inventé. Il faudrait plutôt penser à saint Nicolas (santa Claus) que l'on fête le 6 décembre et qui, dans les pays nordiques, apporte les cadeaux aux enfants sages – tandis que son associé, le père Fouettard, dépose des verges pour les désobéissants. Il est probable que ce personnage a été importé par des immigrants scandinaves et allemands aux États-Unis, où il s'est « commercialisé ».

Cela dit, même s'il n'avait pas, au début du siècle, la stature qu'il a acquise par la suite, le Père Noël tel que nous le connaissons était déjà bien implanté à Paris : George Sand raconte, dans *Histoire de ma vie,* les Noëls de sa petite enfance (elle avait six ans en 1810) : « Ce que je n'ai pas oublié, c'est la croyance absolue que j'avais à la descente par le tuyau de la cheminée du petit père Noël, bon vieillard à barbe blanche, qui, à l'heure de minuit, devait venir déposer dans mon petit soulier un cadeau que j'y trouverais à mon réveil. Minuit ! Cette heure fantastique que les enfants ne connaissent pas, et qu'on leur montre comme le terme impossible de leur veillée ! Quels efforts incroyables je faisais pour ne pas m'endormir avant l'apparition du petit vieux ! J'avais à la fois grande envie et grand-peur de le voir : mais jamais je ne pouvais me tenir éveillée jusque-là, et le lendemain, mon premier regard était pour mon soulier, au bord de l'âtre. Quelle émotion me causait l'enveloppe de papier blanc, car le père Noël était d'une propreté extrême et ne manquait jamais d'empaqueter soigneusement son offrande. Je courais pieds nus m'emparer de mon trésor. Ce n'était jamais un don bien magnifique, car nous n'étions pas riches. C'était un petit gâteau, une orange, ou tout simplement une belle pomme rouge. Mais cela me semblait si précieux que j'osais à peine le manger [...]. »

Le Père Noël n'a rien à voir avec la naissance du Christ, et longtemps l'Église catholique s'est opposée à ce personnage. Chez les croyants, c'était le Petit Jésus qui apportait les cadeaux aux enfants la nuit de Noël. Selon Francisque Sarcey (*Annales* du 22 décembre 1889), les enfants « le voient qui traverse l'air, qui presse sur sa poitrine des mains pleines de gâteaux et de jouets ; ils le sentent au-dessus d'eux, très bon et très juste ; ils se disent qu'avec Lui il faut marcher droit, ou sinon... les souliers resteront vides ». Mais cette image n'a pas vraiment pris, et l'Église, qui ne pouvait arrêter la progression du Père Noël à manteau rouge, barbe blanche et vaste hotte, l'a récupéré en faisant de lui le fidèle messager du Petit Jésus et l'instituteur d'une morale simple de la rétribution.

Traditionnellement, au mois de décembre, les journaux ouvrent une rubrique pour les étrennes. Ils suggèrent à leurs lecteurs des idées de cadeaux, dont beaucoup sont spécifiquement féminins : causeuses, « ouvragères » (petits meubles contenant le nécessaire pour le travail à l'aiguille), « ces petits riens de boudoir », papiers à lettres de couleur, parfumés et glacés, cartes de visite avec des ornementations de fantaisie. On parle, à propos de tel ou tel objet, de « joli cadeau à faire à une femme », on ne dira jamais cela d'un objet destiné à un homme. La catégorie des cadeaux typiquement masculins n'existe pas au XIXe siècle. Tout au plus sont cités, çà et là, des nécessaires « pour Hommes et pour Dames ». Cela ne signifie pas que les hommes ne recevaient pas de cadeaux, mais on n'en parlait pas.

Pour les enfants, le cadeau le plus raffiné, en 1836, est un petit théâtre : « Un spectacle asiatique qui représente une danse de corde simulée par de petits personnages en papier que l'on fait mouvoir sans secours apparent. » D'autres jouets sont proposés parce qu'ils cherchent à reproduire la réalité : le moulin avec de l'eau véritable, les oiseaux qui chantent, les poupées « bonnes à marier » dotées de trousseaux complets. Les poupées restent longtemps une valeur sûre. Les ours en peluche apparaissent au début du XXe siècle. Teddy, l'ours américain, date de 1903 ; Martin, l'ours français, de 1906.

D'après le *Larousse du XIXe siècle,* si les cadeaux destinés aux enfants suivent les caprices de la mode, la tendance récente est culturelle : « Les beaux et bons livres tendent peu à peu à remplacer les coûteuses inutilités dans cette solennité du 1er janvier. » Il faut toujours faire la part de l'enthousiasme du dictionnaire pour la pédagogie et le progrès, mais il est vrai que, d'un bout du siècle à l'autre, les journaux conseillent d'offrir des livres et fournissent des bibliographies (voir par exemple *La Mère de famille,* en décembre 1834, et, en décembre 1880, *La Femme et la Famille, journal des jeunes personnes*).

Les petites filles qui tiennent leur journal notent les cadeaux qu'elles ont reçus ou que reçoivent leurs proches. Les cadeaux que les parents offrent aux enfants à l'occasion des fêtes de fin d'année ne sont pas seulement une source de plaisir immédiat, ils sont aussi un investissement pour l'avenir : les enfants se souviendront, ils auront capitalisé des plaisirs et les garderont dans leur mémoire. Ainsi se fabrique la nostalgie des adultes, qu'à leur tour ils transmettront à leurs enfants.

Vœux et visites du Jour de l'an

Comme en échange des étrennes qu'ils reçoivent, les enfants, à l'occasion du Jour de l'an, présentent des vœux à leurs parents. Élisabeth Arrighi écrit, le 29 décembre 1877 :

« Nous aussi nous faisons des étrennes pour papa, nous apprenons ensemble, Pierre, Amélie et moi, *Le Petit Savoyard*, et nous l'écrivons sur une belle feuille ; et puis j'ai appris un morceau à deux mains, un autre à quatre mains que je jouerai avec maman ; Amélie a appris un morceau à quatre mains qu'elle jouera avec moi. »

Le premier jour de l'année, on doit présenter ses vœux à sa famille proche : père et mère, oncles et tantes, frères et sœurs. La veille est réservée aux grands-parents et aux supérieurs. Les huit jours suivants sont pour les cousins et autres personnes alliées, la quinzaine pour les intimes, le mois entier pour les simples connaissances. Voilà qui représente un nombre considérable de visites à faire et de cartes de vœux à écrire.

C'est pourquoi, pour éviter de trop se déplacer, on se contente souvent de faire déposer, soit par un domestique, soit par les soins d'une entreprise que l'on paie, une carte chez les gens à qui on présente ses vœux. *Le Figaro* du 24 décembre 1854 souligne le paradoxe de cette coutume parisienne. Les personnes qui reçoivent ces cartes affectent de mépriser « cette attention à trois francs le cent ». Mais, si l'on s'en dispense, les mêmes diront : « Untel ne sait pas vivre : il ne m'a pas seulement remis sa carte au Jour de l'an ! »

Quant aux cartes de visite qui s'envoient par la poste, elles sont légion : à la fin du siècle, les bureaux de poste à Paris en voient passer plus d'un million dans la seule journée du 1er janvier. La comtesse de Pange raconte qu'elle écrivait et recevait environ mille cinq cents cartes de vœux...

Pâques et la Toussaint : les changements de saison

Pâques est une fête importante, de plusieurs points de vue. Religieux d'abord, puisque tout chrétien doit « faire ses Pâques », c'est-à-dire se confesser et communier un des jours de la quinzaine pascale. Une communion par an, à l'occasion de Pâques, est le minimum requis par l'Église. La quinzaine pascale commence au dimanche des Rameaux. Germaine de Maulny se rappelle que, ce jour-là, les tout-petits que l'on menait à la messe portaient un « rampaum » ou « rampant », petit bouquet de buis chargé de bonbons, rubans, guirlandes et cadeaux minuscules, pour le faire bénir. Le Jeudi saint, dans l'après-midi, sa mère l'emmenait faire le tour des églises de Limoges. Le Vendredi saint, elle leur ordonnait, à sa sœur et à elle, de voiler toutes les statues de saints qui se trouvaient dans leur maison avec des étoffes violettes. Elles allaient en famille suivre le chemin de croix à la cathédrale.

Pâques est aussi la fête des œufs : friandises en forme d'œufs que l'on cache dans les maisons ou les jardins pour faire des surprises aux enfants, œufs durs teints de différentes couleurs et parfois illustrés de devinettes et de dessins, que l'on sert au déjeuner, et surtout œufs qui sont des emballages de cadeaux. Car la coutume d'offrir des cadeaux à Pâques est florissante jusqu'à la guerre. Le commerce s'est emparé de la forme de l'œuf pour en faire des écrins qui contiennent des objets de toutes sortes, depuis les soldats de plomb jusqu'aux bijoux. En avril 1911, la revue *Mon chez-moi* révèle la dernière mode : l'œuf tout en fleurs, soit simple touffe parfumée, soit écrin fleuri pour un bibelot de valeur. Comme il revient cher de le faire exécuter par un fleuriste, le journal donne des conseils pour le réaliser soi-même.

Le jour de Pâques marque non seulement la résurrection du Christ, mais aussi l'arrivée du printemps. On se rend à la messe en famille et, quel que soit le temps, on étrenne une tenue légère. Si l'hiver et le froid se prolongent, on n'en tient pas compte, puisqu'il s'agit de signifier symboliquement le début de la belle saison. Les petites filles arborent leurs robes claires et leurs capelines d'été en paille d'Italie garnies de pâquerettes et de myosotis, comme le raconte Germaine de Maulny. Ce rite s'est prolongé jusqu'au milieu du XXe siècle chez tous les pratiquants.

Le changement de saison se solde, dans la maison, par une semaine de « nettoyages de printemps » au moment de Pâques. On nettoie et graisse les pelles et les pincettes avant de les ranger jusqu'à l'automne. On décroche les rideaux et tentures, et on les bat, ainsi que les tapis, pour les dépoussiérer. On lessive les peintures et on carde la laine des matelas.

Au XIXe siècle, il n'y a pas pour Noël de vacances scolaires (seules les journées du 25 décembre et du 1er janvier sont fériées). On voit apparaître en revanche les vacances de Pâques. Dans la première moitié du siècle, les classes vaquent pour raison de fête religieuse les Jeudi, Vendredi et Samedi saints. En novembre 1859, ce congé se laïcise : on accorde aux élèves des lycées une semaine entière de vacances, celle qui suit le dimanche de Pâques, pour des motifs scolaires et familiaux.

La Troisième République octroie aux élèves de l'enseignement primaire le même congé de Pâques qu'à ceux du secondaire. Sur initiative gouvernementale, après débat au Parlement, le lundi de Pâques et celui de Pentecôte sont déclarés jours fériés légaux le 9 mars 1886. Le 1er août 1892, les congés débordent sur la semaine qui précède Pâques : la sortie a lieu le mercredi à midi. On s'achemine vers les deux semaines de vacances que nous avons aujourd'hui, qui seront fixées par l'arrêté du 18 février 1925.

Le congé de Pâques évolue au cours du XIXe siècle en vacances de fin de trimestre. Celui de Noël va bientôt se modeler sur lui. L'arrêté d'août 1892 prévoit huit jours de congé extraordinaire à répartir en début d'année par le recteur, sur avis du conseil académique. Si l'on fixe ces huit jours de congé mobile entre les deux journées fériées du 25 décembre et du 1er janvier, on obtient de vraies petites vacances. C'est ce qu'entérine l'arrêté de février 1925 : les huit jours de congé mobile sont ramenés à deux, et des vacances sont fixées pour Noël, du 23 décembre après la classe au 3 janvier au matin. C'est donc de 1925 que date le découpage en trois trimestres de l'année scolaire.

À Pâques répond la Toussaint ; à l'entrée du printemps, l'entrée de l'hiver. Dans la seconde moitié du XIXe siècle, on prend l'habitude d'aller en famille au cimetière, rendre visite à ses morts.

Philippe Ariès a montré comment s'est installé à cette époque le culte des morts, en complète opposition avec ce qui se passait un siècle avant. À la fin du XVIIIe siècle, on fermait les cimetières parisiens ; en 1785, celui des Innocents est détruit dans l'indifférence générale. Vers 1850, la situation s'est renversée. Trois influences se conjuguent pour que l'on s'intéresse aux morts et que l'on garde à l'intérieur des villes, de Paris en particulier, les cimetières.

Les positivistes, d'une part, prônent le culte des morts comme un élément de civisme : « La tombe développe le sen-

Les rites de la vie privée bourgeoise 205

timent de la continuité dans la famille, et le cimetière, le sentiment de la continuité dans la cité et dans l'humanité », écrit Pierre Laffitte en 1874. Les catholiques, d'autre part, adoptent le culte des morts et le défendent comme s'ils l'avaient toujours pratiqué. Attitude paradoxale, car, un siècle auparavant, l'Église était en partie responsable de la désaffection pour les cimetières. Elle affirmait alors que peu importait la dépouille mortelle et que seule comptait la vie éternelle. La science, enfin, donne son aval : les savants prouvent qu'il n'y a pas de danger pour les vivants à vivre dans le voisinage d'un cimetière et que les influences méphitiques dénoncées un siècle plus tôt ne sont que superstitions.

Le cimetière devient, après 1850, « un but de visite, un lieu de méditation ». À Rouen, dans les années 1860-1880, se multiplient les caveaux de famille surmontés d'édifices funéraires luxueux. La défaite de 1870 contribue à implanter la vénération pour les morts et le culte du souvenir. En 1902, à Paris, on compte 350 000 visiteurs dans les cimetières le jour de la Toussaint, soit plus de 10 % de la population.

Si, le jour de Pâques, les dames et leurs petites filles mettaient leurs toilettes claires, à la Toussaint, elles retrouvaient leurs tenues de drap sombre, leurs cloches de feutre, leurs manchons et leurs bottines. Elles « se mettaient en hiver ».

L'été : de la villégiature aux vacances

La villégiature

Dans sa célèbre trilogie de *La Villegiatura,* jouée à Venise en 1761, Goldoni pourfend cet « innocent divertissement de la campagne, devenu de nos jours une passion, une manie, un désordre ». En France, au début du XIXe siècle, seule une élite relativement restreinte la pratique. Dans les années 1870, le mot est encore déclaré néologisme. Le *Larousse du XIXe siècle* le définit comme le « séjour que l'on fait à la campagne pour s'y récréer ». L'aristocratie et, de manière générale, les riches rentiers que les affaires ne retiennent pas à

Paris et dans les grandes villes prennent leurs quartiers d'été dans leurs châteaux, sur leurs terres, à la campagne, et ne rentrent à la ville qu'en octobre, ou même en novembre, après avoir profité de la saison de la chasse. L'année se partage alors en deux : la saison mondaine, hiver et printemps, et la villégiature, été et une partie de l'automne.

La bourgeoisie s'est mise peu à peu à imiter le modèle aristocratique. Auguste Villemot, dans sa chronique du *Figaro,* le 15 mai 1856, s'en moque. Car, dit-il, si pour une femme il est plaisant de jouer à la « rustique simplicité » en allant, dès le mois de mai, s'installer à la campagne aux portes de Paris, pour un homme qui a ses affaires à Paris, cette caricature de la vie de château est tout simplement l'enfer. Le journaliste s'amuse. Il est vrai cependant que les familles bourgeoises quittaient volontiers la ville pour ses environs à la belle saison. « Un bourgeois de Grenoble n'est considéré qu'autant qu'il a un domaine », écrit Stendhal. Son père possède une maison à Chaix, à deux lieues de la ville. La famille y passe les « féries », c'est-à-dire les mois d'août et septembre. La majorité des bourgeois de Rouen possédaient une résidence rurale peu éloignée de la ville et y passaient plusieurs mois de l'année, en y conviant parents et amis. Ils en profitaient d'ailleurs pour surveiller les fermes qui leur appartenaient dans les environs. Mme G., née en 1888, fille d'un riche commerçant bordelais, se rappelle que, dans son enfance, elle allait habiter, de Pâques à la Toussaint, avec ses parents, ses frères et sœurs et la demi-douzaine de domestiques, une belle maison de famille à Pontac, à 7,8 kilomètres de Bordeaux. De son côté, la famille d'Antoine Arrighi – avocat à la cour de Napoléon III – laissait au printemps son domicile parisien de la rue de Rennes pour Auteuil, où Mme Arrighi louait avec sa sœur, Mme Villetard de Prunières, une maison entourée d'un jardin. En 1878, par exemple, ils quittent Paris le 11 mai et reviennent le 26 octobre. Cette villégiature aux portes de Paris est à distinguer des séjours que les Arrighi faisaient, au milieu de l'été, au bord de la Manche (Langrune en 1876 et 1877, Saint-Aubin de 1878 à 1884, Mers en 1885, Beuzeval en 1888) ou dans des villes d'eaux (Challes en 1882, La Bourboule en 1886, Genève en 1887).

Les cas que nous venons de citer montrent la différence entre la bourgeoisie de province et celle de Paris. La première séjourne à la campagne dans des propriétés qui lui appartiennent. La seconde a peu de domaines, elle ne serait pas en mesure d'en surveiller l'exploitation. Elle loue donc, pour les vacances, des maisons à la campagne ou s'installe à l'hôtel. La location permettait d'aller en vacances dans des lieux différents. Mme D., née en 1876, raconte que son père, directeur de l'École normale supérieure, aimait le changement et n'emmenait jamais deux étés sa famille au même endroit. Il louait de grandes propriétés pour 500 francs la saison. Un été des années 1880, ils ont ainsi habité un château de dix-sept pièces dans le Morbihan.

S'ils n'ont pas le loisir d'habiter six mois de l'année à la campagne, les citadins prennent du moins l'habitude de s'y rendre le dimanche. À propos de *La Maison de campagne,* livre à succès d'Aglaé Adanson, *La Gazette des ménages* écrit, le 10 février 1831 : « Partir le samedi soir, se promener le dimanche (s'il ne pleut pas) et revenir à la ville le lundi matin, voilà ce qu'un grand nombre de Parisiens appellent aller à la campagne. Avec un cocher, un jardinier et une cuisinière, ces citadins ont tout ce qui est nécessaire à leurs excursions d'un moment. »

La migration estivale

Auguste Villemot évoque, le 6 août 1854, dans *Le Figaro,* la chaleur intense et la capitale vide : « Toute la vie semble s'être réfugiée aux embarcadères des chemins de fer », où les maris accompagnent leurs épouses qui partent pour les bains de mer ou la campagne. Ne restent à Paris que « des portiers et des gens de lettres ». C'est une boutade. Mais la réalité est autrement étonnante : le journaliste évalue à 30 000 les Parisiens qui ont quitté la ville pour l'été. Les citadins qui en ont les moyens deviennent des « touristes ». Le mot, synonyme de voyageur, date de 1816, mais c'est Stendhal qui l'impose réellement en 1838 avec *Les Mémoires d'un touriste*. Le *Larousse du XIXe siècle* dit du touriste qu'il « voyage par curiosité et désœuvrement ». Les touristes ne sont pas forcément des marcheurs ou des itinérants. Ils peuvent choisir de s'installer dans une villa au bord de la mer et de n'en plus bouger (le mot « estivant » n'apparaît qu'en 1920). Ainsi *La Gazette des touristes et des étrangers,* créée en 1877, donne-t-elle surtout des nouvelles des stations balnéaires. La lecture des numéros d'été des journaux de mode prouve l'importance de la migration : chacun a sa chronique de la vie mondaine dans les « villes d'eaux ». Ce terme désigne parfois aussi bien les stations balnéaires que les stations thermales : « Les eaux sont à l'été ce que les salons sont à l'hiver », écrit *Le Journal des dames* (5 juin 1846).

Du Premier Empire date le début de l'exploitation des eaux minérales – il y avait mille deux cents curistes à Aix-les-Bains en 1809 –, et de la Restauration, la découverte des bains de mer. En 1822, le comte de Brancas, sous-préfet de Dieppe, fonde le premier établissement de bains de mer et réussit à y faire venir la duchesse de Berry. Jusqu'en 1830, chaque année, au mois de juillet, la cour se transporte à Dieppe. Après 1830, les aristocrates du faubourg Saint-Germain gardent cette habitude. Dieppe est alors la seule station balnéaire vraiment organisée – même si, en 1835, on commence à parler de la petite plage de Biarritz, qui, sous le Second Empire, deviendra la station préférée de l'impératrice Eugénie. À la fin de la monarchie de Juillet, Trouville, sur la côte normande, est devenu une plage à la mode, mais plus bourgeoise et moins chic que Dieppe.

Le train a réduit de deux tiers la durée du voyage entre la capitale et les plages. Vers 1840, en voiture attelée, on mettait douze heures pour aller de Paris à Dieppe ; sous le Second Empire, par le chemin de fer, on ne met plus que quatre heures. En août 1848, le premier « train de plaisir » relie Paris à Dieppe. Ces trains qui permettent de rejoindre en fin de semaine les villes de la côte normande vont connaître, dans la seconde moitié du siècle, un succès croissant, d'autant que, dès 1850, la Compagnie propose des billets à prix réduits (5 francs en troisième classe, 8 francs en seconde). Pour la clientèle aisée roule le « train jaune » ou « train des maris ». En 1871, il quitte Paris le samedi en fin d'après-midi et ramène les voyageurs le lundi avant midi – juste le temps, pour les hommes pressés par leurs affaires, d'aller passer le

Les rites de la vie privée bourgeoise

dimanche avec femme et enfants en vacances à la mer. Les plus riches peuvent aussi emprunter des trains de luxe quotidiens, comme celui qui relie Paris à Trouville entre le 15 juillet et le 30 septembre 1904 : formé de wagons-salons, il ne comporte que des premières classes avec supplément. Le voyage aller-retour revient à plus de 50 francs, soit vingt journées de travail d'un ouvrier.

Sans doute les Parisiens quittaient-ils plus volontiers leur ville que les provinciaux, grâce aux liaisons ferroviaires directes. Ils se rendaient davantage sur la côte normande, par exemple, que les bourgeois de Rouen qui, malgré la proximité de la mer, y allaient peu avant 1914. Les mêmes Rouennais, en revanche, prenaient souvent le train pour Paris (la ligne Paris-Rouen existe depuis 1843).

À côté du tourisme d'été à la montagne et dans les villes d'eaux se crée un tourisme d'hiver, sur les bords de la Méditerranée surtout (le nom « Côte d'Azur » date de 1877). Après l'annexion du comté de Nice à la France, en 1860, Nice connaît une vogue grandissante comme lieu de séjour en hiver. Elle accueille 1 850 familles en 1861-1862, 5 000 en 1874-1875 ; 22 000 personnes étrangères à la ville ont passé plusieurs mois à Nice en 1887. Attirées sans doute par l'agrément du climat, mais peut-être aussi poussées par les médecins. Le changement d'air était une médication à la mode vers 1890 pour tenter d'enrayer les ravages de la tuberculose : on prescrivait des séjours à la montagne comme des hivers sous des cieux cléments. Sur la côte atlantique, la « ville d'hiver » d'Arcachon est un exemple extrême de cette alliance du souci médical et du tourisme. Construite de toutes pièces sous le Second Empire comme station de cure pour les tuberculeux, elle comportait néanmoins un casino.

Le loisir nécessaire

Au cours de la seconde moitié du siècle s'est implantée la notion de vacances comme changement nécessaire d'activité et de genre de vie. Le repos et les bienfaits de la nature semblent une contrepartie au mode de vie urbain et industriel.

Ce goût pour la nature n'est pas neuf, Robert Mauzi en a montré le développement au XVIIIe siècle. Mais, ce qui est nouveau, Henri Boiraud le fait très justement remarquer dans son étude sur les vacances, « c'est l'insertion de ces préoccupations dans l'organisation temporelle des activités humaines ».

Se met en place, en alternance avec le temps du travail, le temps des vacances, c'est-à-dire de la nature, des voyages, des divertissements. Dans une société rurale ou artisanale, le temps du loisir trouvait sa place dans le cadre des activités normales. Dans la société urbaine et industrielle, il vient à date fixe pour tout le monde, et se concentre sur l'été. Loin d'être, comme chez Rousseau, rejet des contraintes temporelles, le goût pour la nature, à mesure qu'il se propage dans de nouvelles couches sociales, structure le temps de manière inédite. L'appel des vacances qui se manifeste de plus en plus largement amène une répartition différente de l'année. Un article de *La Revue hebdomadaire* du 6 juillet 1912 intitulé « La question des vacances » déclare : « On se singularisait presque, il y a cinquante ans, en prenant des vacances ; on se singularise presque de nos jours en n'en prenant pas. » On ressent les vacances comme un besoin et on les revendique comme un droit. De la fin du XIXe siècle date l'organisation des activités de loisir, avec le Touring Club de France (1890), le *Guide Michelin* (1900), les syndicats d'initiative.

L'évolution générale de la société, qui mène de la villégiature aristocratique à l'idée de droit au loisir – et, en allant plus loin, aux congés payés de 1936 –, est lisible dans l'histoire des congés et vacances scolaires.

Jusqu'au XIXe siècle, les écoles vaquaient en deux sortes d'occasions : les fêtes religieuses qui émaillaient l'année et les travaux des champs, qui entraînaient des absences si nombreuses que les classes primaires fermaient pour un temps. Au cours du XIXe siècle, congés et vacances vont se dissocier de l'Église et des contraintes rurales, se mettre à exister sans raison autre que de donner des loisirs aux élèves et aux professeurs, et s'allonger beaucoup, en particulier sous la Troisième République.

Les vacances d'été sont, tout au long du siècle, de six

Les rites de la vie privée bourgeoise

semaines au maximum, la sortie des classes se situant aux alentours de l'Assomption, et la rentrée, début octobre. En 1894, un arrêté du 4 janvier décide qu'aux six semaines peuvent s'en ajouter deux supplémentaires, dans les écoles « où sont organisées des classes de vacances ». La prolongation est d'abord accordée comme une récompense, à titre exceptionnel, au personnel « qui aura contribué au fonctionnement de cours réguliers d'adultes et d'adolescents », puis aux instituteurs qui ont assuré le succès des œuvres postscolaires. Jusqu'en 1900, un arrêté annuel reconduit ces dispositions. Ainsi se crée un usage : la durée normale des vacances est passée à huit semaines, du 1er août au 1er octobre. En 1912, l'arrêté du 20 juillet porte à dix semaines la durée des vacances d'été dans l'enseignement secondaire, du 14 juillet au 1er octobre. Il faudra attendre 1935 pour que cette mesure soit étendue au primaire.

Le temps n'est plus où les élèves internes passaient au lycée ou dans leur institution privée les six semaines de vacances. Sous la Restauration, les enfants qui restaient des années entières dans les internats sans jamais en sortir n'étaient pas rares. Il s'en trouve encore sous le Second Empire. Victor Duruy, ministre de l'Instruction publique, s'émeut en août 1866 du sort de ces garçons et émet le vœu qu'ils soient accueillis dans les lycées au bord de la mer. Point de vue très moderne qui mérite d'être souligné, tout comme son rêve que soient organisés des voyages et des échanges scolaires.

De plus en plus, on reproche à l'activité scolaire son manque d'ouverture sur la vie, tandis que l'on découvre l'aspect éducatif aussi bien qu'hygiénique des vacances et des loisirs. Ainsi les colonies de vacances se développent-elles rapidement, ainsi le scoutisme s'implante-t-il en France à partir de 1911.

Les vacances et la famille

« Mais vous les retrouverez à la rentrée, vos prix ! », affirmait la mère de Mme R. lorsque, dès le 1er juillet, elle emmenait ses trois enfants en vacances. Ils étaient au lycée et auraient voulu attendre la distribution des prix... Mme R., Parisienne née en 1897, est allée pendant toute son enfance en vacances à Langrune, sur la côte normande. Ses parents envoyaient à Pâques une lettre pour retenir la villa, qu'ils louaient 400 francs. Ils louaient aussi un piano et une cabine de bains (50 francs chacun) et engageaient comme bonne une jeune fille qui « faisait la saison », pour 15 francs par mois. Le père, ingénieur des Ponts et Chaussées, venait les rejoindre quelques jours vers le 15 juillet et le 15 septembre, et passait avec eux le mois d'août. Ils faisaient de la bicyclette tous ensemble.

Pendant leurs années d'adolescence, Mme R. et ses frères fréquentèrent les casinos des « plages de famille ». Tout le monde se connaissait, et les parents les laissaient en toute tranquillité se réunir pour apprendre à danser. Les cercles familiaux se recoupaient pour former un réseau de relations où les jeunes gens pouvaient sans danger circuler plus librement qu'à Paris.

Tout en restant des lieux de divertissement, ces casinos ont été des temples laïques de la convivialité des jeunes bourgeois qui se retrouvaient sur les « plages de famille ». À l'insu des jeunes gens qui les fréquentaient, ils étaient analogues à celui que les Boileau avaient construit pour leur usage personnel. Caroline Chotard-Lioret raconte que ces libres penseurs, dans leur propriété de Vigné, avaient, en 1894, détruit la chapelle pour la remplacer par une « salle de famille ».

C'est une pièce de vingt-cinq mètres de long, tapissée de velours rouge, avec des boiseries. Elle comporte deux grandes cheminées de pierre sculptées avec, en médaillon, les initiales d'Eugène et d'Isabelle, les financiers du projet. Elle a été inaugurée en 1901, à l'occasion du mariage de deux des filles Boileau, Jeanne et Madeleine. Par la suite, elle a servi de salle à manger où Eugène et Marie présidaient, l'été, des tables de trente à cinquante personnes. La maison de Vigné a été pour tous les descendants des Boileau un « lien fédérateur » puissant, elle a maintenu entre eux une cohésion. Jusqu'aux années 1950, c'est là que, pendant les vacances, tous les cousins se retrouvaient.

Les grandes dates d'une vie

La suite des années d'une vie est séparée en deux séries par un événement central, le mariage. Il fonde la continuité sociale et familiale. Le temps privé comprend donc un « avant » et un « après », et les événements qui l'émaillent sont inégalement répartis entre les deux périodes.

Au seuil du mariage

Avant d'arriver au mariage, il y a, dans l'existence d'un individu, des étapes bien définies : l'entrée dans l'adolescence marquée dans la plupart des familles par la première communion, la fin des études secondaires sanctionnée pour les garçons par le baccalauréat (les filles, parce qu'elles ne bénéficient pas en général d'un enseignement classique avec latin, ne peuvent se présenter au bac et s'en tiennent, si toutefois elles veulent obtenir un diplôme, au brevet élémentaire), l'entrée dans le monde, la recherche du conjoint, les fiançailles. Au bout du chemin, le mariage, suivi de la naissance des enfants. Après quoi, le temps privé s'écoule, quasi uniforme jusqu'à la mort, occupé par l'éducation et l'établissement des enfants, et scandé par les fêtes familiales.

Le jeune bourgeois passe son baccalauréat après sept ans d'études secondaires, soit dans les lycées institués par Napoléon Ier (devenus ensuite collèges royaux, avant de reprendre, en 1848, le nom de lycées), soit dans les établissements privés. Jusqu'en 1930, les études secondaires sont payantes et, même si l'État distribue des bourses, réservées aux classes privilégiées. En 1842, dans les collèges royaux comme Louis-le-Grand, l'externat coûte 100 francs par an, et l'internat, 700 francs. En 1873, un élève de rhétorique externe dans un lycée parisien paie 300 francs et, à la fin du siècle, 450. Dans un bon établissement privé, il paie 720 francs. Quant à l'internat chez les jésuites, à Paris, il revient à 1 400 francs... c'est-à-dire presque la moitié du salaire d'un ingénieur des

Postes polytechnicien. À titre de comparaison, en 1880, les gages annuels d'une bonne à tout faire sont de 500 francs. En 1854, sur 107 000 élèves de l'enseignement secondaire, 4 600 sont reçus bacheliers. À partir de 1873, les lauréats sont 6 000 à 7 000 par an.

Le jeune bourgeois est, en principe, soumis au service militaire obligatoire par la loi de 1872. Le tirage au sort distingue deux portions du contingent : l'une doit cinq ans, l'autre un an (elle ne fait en réalité que six mois). Mais, d'une part, le bachelier qui devance l'appel n'accomplit qu'un an de service à condition de verser 1 500 francs pour son équipement. D'autre part, les élèves des grandes écoles et les fonctionnaires obtiennent facilement des dispenses.

Après le baccalauréat, le jeune homme peut entreprendre des études supérieures à la faculté de droit ou de médecine (les frais d'entrée à l'université sont très importants : inscriptions et droits d'examens se montent à 1 000 francs pour une licence en droit, à 3 000 francs en médecine) ou encore dans les grandes écoles – Polytechnique, les Ponts, les Mines, Centrale. Il peut aussi entrer tout de suite dans une affaire de famille. De toute façon, il n'arrive pas jeune sur le marché du mariage.

Pour la jeune bourgeoise, la question des études supérieures ne se pose pas si elle est destinée au mariage – c'est-à-dire si elle dispose d'une dot suffisante pour trouver un mari. L'enseignement secondaire féminin, qu'il soit dispensé dans un pensionnat ou, après 1880, dans un des lycées créés par Camille Sée, n'a jamais eu pour objet de préparer au baccalauréat, seul accès possible à l'université. À l'issue de ses études secondaires, la jeune fille peut obtenir le brevet élémentaire ou le certificat de fin d'études secondaires. Mais elle n'a même pas besoin d'avoir des diplômes. « Laissez donc ce souci à celles qui ont besoin de gagner leur vie ! » disait à Louise Weiss, vers 1910, son professeur de lettres au lycée Molière. Pour les besogneuses, les cours privés commencent à préparer au baccalauréat à partir de 1905. Les lycées ne suivront de manière officielle qu'après la guerre.

Faire des études, pour une adolescente de la bourgeoisie, c'est se préparer à remplir son rôle de femme de foyer : tenir une maison, diriger des domestiques, être l'interlocutrice de son époux et l'éducatrice de ses enfants. Pour cela, point

Les rites de la vie privée bourgeoise 215

n'est besoin de latin ni de connaissances scientifiques spécialisées, mais d'un vernis de culture générale, d'arts d'agrément – musique et dessin – et d'une formation ménagère théorique et pratique – cuisine, hygiène, puériculture.

Jusqu'à son mariage, en même temps qu'elle s'initie, aux côtés de sa mère, aux finesses du savoir-vivre et de la vie mondaine, elle va compléter son éducation : elle suit des cours dans des « écoles ménagères », comme l'École des mères ou le Foyer, et des conférences pour jeunes filles du monde, à l'université des Annales, par exemple.

Rencontrer son conjoint

Le réseau des relations familiales et amicales joue tout naturellement son rôle : les frères et sœurs des meilleur(e)s ami(e)s sont des partis tout trouvés, comme les cousins éloignés que l'on rencontre lors de fêtes de famille, mariages, baptêmes ou communions.

La sociabilité bourgeoise crée des occasions de rencontre entre jeunes gens : ventes de charité, activités sportives (tennis ou patinage), soirées dansantes. Les « bals blancs » sont organisés exclusivement pour les garçons et les filles à marier – « blancs » parce que les jeunes filles, qui font leur entrée dans le monde à cette occasion, sont tout de blanc vêtues, symbole d'innocence et de virginité. Les mères sont là pour garantir la bonne tenue générale, évaluer les dots, comparer les partis en présence.

L'usage, en France, veut qu'une jeune fille se marie dans le courant de l'année où elle entre dans le monde. Si elle est très jeune, elle peut sortir deux hivers de suite. Quand elle arrive au troisième sans avoir trouvé preneur, elle fait figure de laissée-pour-compte. On soupçonne sa vertu de n'être pas inattaquable et surtout sa dot d'être insuffisante.

Une stratégie matrimoniale en vigueur dans le milieu bourgeois est le mariage par présentation. Les « marieuses » s'en étaient faites les spécialistes. C'était en général de vieilles demoiselles, cousines ou amies de familles de la bonne société, dont les mœurs irréprochables inspiraient confiance. Elles arrangeaient des rencontres entre des jeunes gens qui leur paraissaient de condition assortie. Les parents de Simone de Beauvoir, ceux de Jacques Chastenet, l'oncle et la tante d'Edmée Renaudin s'étaient connus par présentation.

Ces mariages fondés sur les convenances n'impliquaient pas la négation des sentiments. On pouvait, d'une part, s'entendre fort bien avec un conjoint suggéré par sa famille ou ses relations. D'autre part, si deux jeunes gens tombaient amoureux, leurs parents n'écartaient pas *a priori* la possibilité d'une union. Ils prenaient des renseignements sur la personne rencontrée, s'enquéraient de son honorabilité, de ses revenus, de ses opinions. Car l'appartenance politique et religieuse entrait aussi en ligne de compte. Ainsi Eugène et Marie Boileau qui ont cinq filles à marier n'envisagent-ils pas, parce qu'ils sont libres penseurs, une alliance avec une famille catholique.

L'une des filles, Madeleine, a remarqué sur le boulevard, à Tours, en 1901, un beau jeune homme qui lui a plu. Informations prises, il est fils d'industriel et protestant. Les ouvertures sont donc possibles. La sœur aînée, déjà mariée, organise la première entrevue, puis mène l'affaire tambour battant. Deux mois plus tard, Madeleine est fiancée officiellement et mariée un mois après – elle a été baptisée la veille de ses noces.

Les fiançailles

Le jeune homme qui désire se marier doit faire porter ses propositions aux parents de la jeune fille par une personne amie. Si elles sont agréées, ses parents iront présenter une demande en forme à ceux de la demoiselle. À partir de ce moment-là, le prétendant devient un fiancé officiel et est admis comme tel dans la maison de sa future épouse. Lors de sa première visite, on arrête la date du dîner de fiançailles.

Le dîner a lieu chez la jeune fille, les deux familles y sont conviées. Ce soir-là, le fiancé offre la bague. La fiancée est autorisée à faire un cadeau en retour : bague d'homme, médaillon contenant son portrait ou une mèche de ses cheveux. Elle le lui remet huit jours plus tard, avant le dîner que donnent les parents du fiancé.

Le jeune homme fait précéder sa première visite d'un bouquet blanc. S'il est riche, il enverra chaque jour des fleurs à la jeune fille, depuis la présentation jusqu'au mariage. Parfois même, il en enverra à sa future belle-mère. Les fleurs destinées à la fiancée s'écartent à la fin du siècle du blanc traditionnel. Selon une coutume orientale, elles rosissent peu à peu pour devenir pourpres, symboles d'amour ardent, la veille des noces. Les manuels de savoir-vivre déclarent cette mode nouvelle du dernier mauvais goût.

Chaque jour, le jeune homme va chez sa fiancée pour « faire sa cour ». La mère de la jeune fille ou une personne de la famille assiste à l'entretien. Une jeune fille doit se montrer réservée avec son fiancé. Elle ne lui écrit pas et ne reçoit pas de lettre de lui sans passer par sa mère. Elle ne lui manifeste pas sa tendresse de manière trop vive, de peur de lui donner des doutes sur sa pudeur et de déflorer l'avenir. Les jeunes gens doivent en principe profiter de la période des fiançailles pour se parler et se connaître mieux. Mais il est important que la fiancée reste un peu désincarnée, pour répondre au besoin d'idéalisation de son partenaire : « Que l'époux, plus tard, au milieu des contingences diverses, et peut-être même parmi les désillusions, ait toujours le souvenir d'une forme fine et blanche, d'un regard pur, révélateur d'une âme vraiment innocente. »

Les fiançailles durent entre trois semaines et quelques mois. Deux mois semblent être une durée convenable et souvent adoptée. Le journal *La Corbeille,* le 1er décembre 1844, montre qu'une rencontre mène souvent en un clin d'œil au mariage : « Avant la véritable saison des bals se trouve une saison de mariages, qu'on appelle les *mariages d'été*, parce qu'ils sont le résultat des relations et des rencontres d'été, aux eaux, dans les châteaux, en voyage. » Les autres mariages sont les *mariages d'hiver,* « parce qu'ils sont la suite, la plupart du temps, d'une contredanse, ou de quelques mots polis échangés dans un concert... »

Le contrat

Pendant les fiançailles, les deux familles règlent les conditions et le taux des dots, et prennent date pour la signature du contrat. Le jour venu, les fiancés se rendent chez le notaire avec leurs parents proches, ou bien celui-ci vient dans la maison de la fiancée. Dans les deux cas, le cérémonial est le même. Le notaire procède à la lecture de l'acte. Les fiancés doivent avoir l'air d'y prêter peu d'attention : il serait indécent qu'ils paraissent occupés d'argent au lieu d'être tout à leur amour. Une fois la lecture terminée, le fiancé se lève et signe, puis tend la plume à sa future femme. Signent ensuite leurs mères, leurs pères, les parents et amis que l'on peut avoir invités. Si, dans ses relations, la famille compte une personnalité importante qu'elle tient à honorer, elle lui demande de venir signer le contrat.

À Paris et dans les grandes villes, on a peu à peu pris l'habitude d'organiser un bal le soir du contrat plutôt que le soir du mariage, si bien que, vers 1900, on ne danse plus guère le jour même des noces. La fiancée ouvre le bal avec son fiancé, accorde la deuxième danse au notaire, les suivantes aux garçons d'honneur.

Le contrat de mariage est une caractéristique bourgeoise, comme l'ont montré Adeline Daumard et Jean-Pierre Chaline. Seuls les gens sans fortune se marient sans établir de contrat, sous le régime de la communauté légale, que le mari administre seul. Les bourgeois établissent par contrat au moins un régime de communauté conventionnelle (la communauté légale, mais avec réduction aux acquêts et séparation de dettes), sinon la séparation de biens ou le régime dotal (la femme administre la moitié de ses biens, alors que l'autre est constituée en dot et remise à l'époux).

À Paris, dans l'ensemble, les unions se concluent à fortunes égales. À partir de cette norme, deux tendances cependant se dégagent : les boutiquiers et les négociants apportent des avoirs parfois supérieurs à ceux de leurs épouses ; au contraire, les fonctionnaires et les hommes qui exercent des professions libérales épousent des filles plus riches qu'eux. Les fonctionnaires, il est vrai, étaient très mal payés : un auditeur au Conseil d'État débutait à 2 000 francs par an, un juge terminait sa carrière à 6 000 francs. La constatation est la même pour Rouen : un ingénieur avec 75 000 francs sous forme de brevets d'invention épouse la fille d'un négociant qui lui apporte 741 000 francs. La dot de la fiancée permettait alors au jeune ménage de mener un train de vie selon son rang et non selon ses revenus ; elle était mise en balance avec des fonctions qui gardaient leur prestige et rassuraient par leur stabilité.

Si un jeune homme dépourvu de fortune pouvait néanmoins, avec des diplômes et un avenir professionnel devant lui, se marier bourgeoisement, à l'inverse, une jeune bourgeoise sans dot avait toutes les chances de rester célibataire. Pas question pour elle de compenser l'absence de dot par des études supérieures et l'exercice d'un métier (il y avait en France, en 1914, douze avocates, quelques centaines de médecins et un peu plus de femmes professeurs de l'enseignement secondaire). Car, en gagnant sa vie, elle se déclassait.

Le trousseau

Pendant ses fiançailles, la jeune fille s'occupe de compléter son trousseau, qui comprend à la fois son linge personnel et le linge de maison. Le jeune homme, lui, n'apporte que son linge personnel. Elle fait marquer le linge de maison avec les deux initiales, du nom de famille du mari d'abord, du sien ensuite. Le trousseau représente, en principe, 5 % du montant de la dot. Selon Mme d'Alq, en 1881, la valeur du trousseau varie de 2 000 francs, s'il est modeste – tout y est compté par trois douzaines, draps, nappes, serviettes, taies, tabliers de service, etc. –, à 25 000 francs, s'il est très riche – les articles y sont comptés par douze douzaines.

Mais la grande différence entre trousseau riche et modeste vient des dentelles, des fourrures, des robes d'intérieur, de la finesse de la lingerie. La comtesse de Pange qui se marie en 1910 a par douzaines, dans son trousseau, jupons, culottes, cache-corset, bas de fil et de soie, gants longs pour le soir et courts pour la journée. Elle a surtout trois robes de Worth, des robes de dîner et d'intérieur, trois tailleurs de marche, un manteau de loutre, un renard argenté, une étole de zibeline, enfin, quatre grands chapeaux garnis de plumes ou de fleurs. Posséder une telle quantité de linge répondait à un besoin absolu dans une civilisation rurale où on lavait seulement deux ou trois fois par an, par grandes cuvées. La nécessité en est moins grande en ville, où se sont installés lavoirs et systèmes de nettoyage régulier par les blanchisseuses. L'histoire du linge, dont G. Vigarello a montré les liens avec celle de la propreté et, par-delà, avec celle de la perception du corps, a des dimensions symboliques autant que matérielles. Avoir du linge est signe de richesse. Sous le Second Empire encore, on l'expose, comme la corbeille et les cadeaux offerts à la fiancée, jusqu'à la veille du mariage. Plus tard, cette exposition tombe en désuétude, sous prétexte qu'il est impudique d'exhiber des objets de lingerie intime.

La corbeille

Le jour de la signature du contrat, le fiancé envoie à sa future femme « la corbeille », c'est-à-dire un certain nombre de cadeaux rituels qui, autrefois, étaient contenus dans une corbeille de vannerie doublée de satin blanc. On les a envoyés ensuite dans un petit meuble du genre bonheur-du-jour. Vers 1900, on se contente des écrins et cartons livrés par les fournisseurs.

La corbeille, comme le trousseau, représente 5 % du montant de la dot, ou encore une année de revenu. Elle contient des dentelles blanches et noires, qui se transmettent de génération en génération, que l'on soigne, que l'on fait réparer et nettoyer. Des bijoux, joyaux de famille ou bijoux modernes, des bibelots précieux, éventails, flacons, bonbonnières, des tissus et des fourrures. Au premier rang des tissus, les châles en cachemire, très à la mode sous la monarchie de Juillet et le Second Empire. Enfin un missel destiné à la messe du mariage et une bourse pleine de pièces d'or neuves, sortant de la Monnaie, que l'on donne avec la mention : « Pour vos pauvres ».

Alors que le trousseau est exposé dans la chambre de la jeune fille, la corbeille est exposée dans le petit salon. Dans un très grand mariage, les cadeaux prennent des proportions grandioses. En 1904, le comte et la comtesse Greffulhe marient leur fille unique au duc de Guiche. Après la cérémonie, les invités se rendent chez la grand-mère de la mariée, où sont exposés, autour de la corbeille, les 1 250 cadeaux reçus...

Les rites de la vie privée bourgeoise 221

Les journaux de mode, comme *La Gazette des salons* en 1835-1836, proposent des modèles de corbeilles sorties de tel ou tel atelier parisien et énumèrent tout ce qu'elles contiennent, des gants aux peignoirs en passant par les châles. En 1874, Mallarmé, dans *La Dernière Mode,* sous le pseudonyme de Marguerite de Ponty, décrit avec profusion les différents bijoux que l'on peut mettre dans une corbeille.

La cérémonie du mariage

Mariage civil et mariage religieux peuvent être célébrés le même jour. Mais, en général, surtout à Paris où l'on risque des retards, le mariage civil a lieu un jour ou deux avant le religieux. À la mairie sont conviés seulement les quatre témoins et les plus proches parents du couple. Le fiancé envoie une voiture à ses deux témoins et une autre aux deux témoins de sa fiancée, puis il se rend avec ses parents chez la jeune fille, pour l'emmener à la mairie. Le maire ou son adjoint lit les actes et le chapitre VI du Code civil relatif aux devoirs et droits des époux. Il demande à chacun s'il consent à prendre l'autre pour époux. La mariée signe la première l'acte sur le registre, tend la plume au marié, qui lui dit : « Merci, madame. »

Le mariage civil est gratuit, mais on donne traditionnellement au maire une offrande pour les pauvres de l'arrondissement ou de la commune. On va dîner et passer la soirée chez les parents de la mariée. Une mode nouvelle, à la fin du siècle, consiste à faire du mariage civil une cérémonie très élégante avec, parfois même, des fleurs, des plantes vertes, un orchestre et des chanteurs en vogue. Cette mode a été introduite par les mariages purement civils, en particulier les remariages à la suite de divorces, ou encore par les mariages mixtes entre catholiques et israélites, pour lesquels il est impossible, à cause de la différence de religion, d'organiser à l'église une cérémonie fastueuse.

Il y a diverses classes de service religieux, de 10 à 2 000 francs chez les catholiques, de 15 à 2 000 francs chez les israélites, avec un mariage « hors classe » à 4 000 francs. Au temple, au contraire, la cérémonie est gratuite pour tous.

Selon la classe du service commandé, on a droit, à l'église, au maître-autel ou aux chapelles, à un vélum à la porte, à des fleurs et à des lumières plus ou moins luxueuses, à de la musique plus ou moins grandiose. On peut, en y mettant le prix, faire venir des artistes et des instrumentistes de l'Opéra et du Conservatoire. Les grands mariages mondains étaient d'ailleurs des spectacles si recherchés que l'on joignait aux lettres d'invitation des cartes d'entrée à l'église, par crainte d'une assistance trop nombreuse. En principe, tous les frais occasionnés par le mariage à l'église sont à la charge du marié, alors que déjeuner, dîner ou lunch et bal sont payés par les parents de la mariée. En pratique, comme le montrent les archives privées de Stackler, grand indienneur de Rouen, le coût global de la cérémonie était parfois réparti entre les deux familles. Ce coût pouvait être énorme : un mariage chez les Stackler en 1899 revient à 5 641 francs. Il est vrai que l'on avait envoyé 3 200 invitations.

Les bans ont été publiés par le prêtre trois dimanches consécutifs. Pour obtenir que soient supprimées une ou deux de ces publications, il faut une dispense. Tout comme pour se marier pendant l'avent, le carême et autres fêtes spéciales (en règle générale, on ne se marie pas le vendredi). Ces dispenses s'obtiennent contre de l'argent destiné aux pauvres de la paroisse.

La cérémonie de mariage est sans doute le plus public des rites privés. Tout y est codifié : la composition du cortège, son ordre, le nombre et le choix des demoiselles d'honneur, le costume des mariés, noir et blanc triomphant, les gestes du consentement. Le père accompagne sa fille à l'autel pour la remettre à l'époux. Mais, avant de prononcer le oui sacramentel, c'est vers sa mère que la jeune fille tourne la tête comme pour lui demander son assentiment. Jusqu'à la fin du XIXe siècle, l'épouse seule porte une alliance. Mode étrangère, l'alliance masculine entre dans les mœurs au tournant du siècle, mais n'est nullement obligatoire.

En province, il est de tradition de festoyer longuement à l'occasion d'un mariage. George Sand, qui vient d'assister à la bénédiction nuptiale de leur ami Duvernet, écrit à Émile Regnault, le 29 août 1832 : « Je me suis sauvée en sortant de l'église pour fuir la noce qui a duré trois jours et trois nuits sans désemparer. » On a également conservé une habitude tombée en désuétude à Paris : les « garçons de noces » essaient de dérober ses jarretières à la mariée.

Une poétesse qui épouse un orientaliste peut opter pour un mariage excentrique sur le mode désinvolte. Lucie Delarue-Mardrus épouse, le 5 juin 1900, à l'église Saint-Roch, le traducteur des *Mille et Une Nuits,* dix jours après leur rencontre. Elle porte une tenue de bicyclette, robe à carreaux et canotier. Ils ont réquisitionné pour les témoins et la famille les seuls quatre fiacres automobiles qui existent à Paris. Les gens s'amassent dans la rue ! Ils déjeunent dans un grand restaurant du quartier et ne partent pas en voyage de noces.

Une telle attitude reste rare. Pour Jules et Gustave Simon *(La Femme au XXe siècle)*, rien ne remplace le sublime d'un mariage à l'église. Ils s'indignent qu'on en ait privé les femmes entre 1879 et 1885, période où, par anticléricalisme, se sont multipliées les unions civiles : « Nous ne comprenons pas, nous autres hommes, ce qu'est pour une femme son église. Y entrer en voiles blancs, au bras de son bien-aimé, aux sons de l'orgue, dans un nuage d'encens, au milieu de tous ses amis émus et souriants, c'était le rêve de son enfance, et ce sera le souvenir de toute sa vie. Elle n'oublie rien, ni les fleurs, ni les cierges, ni les doux chants des enfants de chœur, ni la voix mourante du vieux prêtre, ni l'anneau passé à son doigt tremblant, ni l'étole posée sur sa tête, ni la bénédiction sacrée, ni, derrière la porte de la sacristie, le chaud embrassement de sa mère. Le grand bonheur des petites filles qui viennent de quitter la poupée, c'est de travailler au trousseau de leur sœur aînée, en attendant leur tour. On ne peut pas retrancher cela de la vie d'une femme. » Rêve de femme ou fantasme d'homme ?

Voyage de noces

La mode du voyage de noces se répand vers 1830. En 1829, le *Code conjugal* représente, le lendemain de la cérémonie, le jeune couple installé chez lui. La mère de la mariée est la première à venir leur rendre visite, suivie par les proches parents et les amis intimes. Les nouveaux époux déjeunent avec leurs pères et mères. Ils ne partent donc pas en voyage, mais le livre ajoute : « C'est un excellent usage que celui des Anglais, qui vont passer ce mois de félicités dans une campagne retirée. Cette mode, depuis quelques années, s'est introduite en France, et ce n'est pas un des moins heureux emprunts que la bonne compagnie ait faits à nos voisins. »

La lune de miel à la campagne garantit l'intimité du tête-à-tête, fatalement troublée, si l'on reste chez soi, par des obligations familiales et mondaines. C'est aussi le but du voyage de noces, tel que l'indique, en 1886, *Le Livre du mariage*. Il se déclare d'autant plus favorable au voyage que les jeunes mariés, grâce aux malles qui contiennent tout ce qui est nécessaire, « partout où ils vont, peuvent se créer en peu d'instants un intérieur charmant ». Une heure après l'arrivée à l'hôtel, on a déballé ses affaires, on a installé son nid, bref, on est « comme chez soi ».

Partir en voyage de noces, mais à quel moment ? Deux écoles s'affrontent. Soit le jeune couple s'en va sitôt la cérémonie terminée, imitant en cela les Anglais, qui partent sous une grêle de riz et de souliers de satin blanc. Soit il attend un peu. À la fin du Second Empire, la comtesse de Bassanville note que le départ immédiat est moins à la mode. En juin 1894, *La Grande Dame* écrit : « On ne se met plus en route immédiatement après la cérémonie ; c'est devenu bourgeois. À présent, le marié emmène sa femme dans ses terres ou dans le nid qu'il lui a préparé en étudiant ses goûts, quand ce ne sont pas les parents qui abandonnent, pendant quelques jours, leur propre habitation, pour laisser les jeunes époux à eux-mêmes. » Six semaines ou deux mois plus tard, le couple part en voyage.

Le dernier chic, au début du XXe siècle, est de renoncer même à ce voyage ultérieur et de s'installer incognito dans un grand hôtel parisien. En tout cas, le voyage en Italie est devenu tellement traditionnel que les gens qui veulent se démarquer du commun des mortels cherchent d'autres horizons, la Suède et la Norvège, par exemple, patries de l'idéalisme nordique. Ibsen et ses héroïnes torturées ont alors du succès...

Les rites de la vie privée bourgeoise

Dans la pratique, même si certains le trouvent vulgaire, le voyage en Italie est un rite bien implanté. Les agences de voyages le proposent soit par Strasbourg et la Suisse, soit par Lyon et la côte méditerranéenne. L'Italie ou les bords de la Méditerranée apparaissent comme la destination idéale pour de nouveaux mariés. L'espace italien, c'est l'espace amoureux. La douceur du climat, la beauté du paysage, le poids du passé artistique, la présence de l'Église contribuent à créer une atmosphère diffuse de sensualité : l'esthétique et le sacré permettent l'exaltation du cœur et du corps. Le souvenir de Roméo et Juliette rôde encore à Vérone.

Les pays « où fleurit l'oranger » suggèrent la quête et la rencontre de la sensualité. Que l'on songe à la brutale découverte que fait Jeanne, l'héroïne d'*Une vie*, au cours d'une promenade dans le maquis corse pendant son voyage de noces. La chaleur et la beauté violente du paysage bouleversent la chair et l'âme, et permettent l'irruption de la jouissance. Peut-être y a-t-il contradiction entre les bouffées de sensualité du voyage de noces et la sexualité conjugale ultérieure.

Camille Marbo, qui s'est mariée en octobre 1901 à Saint-Germain, part pour l'Italie avec son époux. Leur voyage dure six semaines. Coutume « barbare », dit-elle : « Un mélange d'étonnements physiques, de fatigue et d'ahurissement causé par des excursions, des visites de monuments et de musées. » Son mari veut tout voir, elle a du mal à suivre, est très vite enceinte et rentre épuisée. Elle fait une fausse couche et reste stérile. C'est pourquoi les médecins affirment, à cette époque, qu'il vaudrait mieux ne pas tout mélanger. Les jeunes époux devraient passer à la campagne les premiers temps de leur vie commune, afin de se découvrir dans le calme. Ensuite seulement, ils partiraient pour un voyage dont ils profiteraient bien davantage.

Ce raisonnement, sur le plan logique, est irréfutable. Mais il ne tient pas compte du rôle symbolique que joue le voyage de noces. Marcel Prévost, dans les *Lettres à Françoise* (1902), défend le voyage de noces traditionnel, qui a pour mérite « d'accroître cette dose d'espoir et d'enthousiasme si nécessaire à deux êtres qui vont ensemble s'avancer dans la vie ». Que la nuit de noces ait été une déception ou une réussite, l'important est que le voyage laisse des traces dans la mémoire, pour témoigner d'un moment essentiel de l'existence. Comme pour la blanche fiancée ou la mariée sous ses voiles, il s'agit de se créer des souvenirs en fixant des images. Les cérémonies semblent être organisées davantage autour de la mariée que de l'époux ou du couple. Ce mariage doit être avant tout le plus beau jour de sa vie à elle. L'importance de la cérémonie rehausse le rôle que, exclue de la vie publique, la femme tient dans la sphère privée.

Du conjugal au familial

Une fois marié, on ne remet quasiment plus en cause la structure conjugale. Le divorce reste marginal. D'après le recensement de 1901, pour 10 000 Français mariés de dix-huit à cinquante ans, on trouve 53 divorcés, et, pour 10 000 Françaises mariées de quinze à quarante-cinq ans, 70 divorcées.

L'intimité entre les époux est valorisée. De plus en plus, ils dorment dans la même chambre et dans un seul grand lit. Le discours sur le bien-fondé de faire chambre à part disparaît. Alors que Mme Pariset le conseillait vivement en 1821, il n'y a plus aucune trace de ce conseil dans l'édition remaniée de son ouvrage en 1913. L'exemple vient de haut : Louis-Philippe, faisant visiter ses appartements, montrait fièrement la couche qu'il partageait avec la reine Marie-Amélie, son épouse. Dans le tête-à-tête, le ménage bourgeois se tutoie et se donne volontiers des petits noms affectueux, à la fois ridicules et touchants. César Birotteau appelle sa femme « Mimi », « ma belle biche blanche », « ma chatte aimée ».

Après le mariage, le temps de la vie privée est entièrement tourné vers l'enfant. Très vite, on espère une grossesse, on attend l'arrivée du bébé, on le baptise, on l'élève, puis on s'occupe de son éducation, de son instruction et de ses loisirs. Le rythme de vie de la cellule familiale se modèle sur son évolution. On fait peu d'enfants (Paul Vincent a montré que, parmi les femmes nées en 1881, plus de la moitié, une fois mariées, n'ont pas eu plus de deux enfants), mais ils deviennent un capital affectif et social.

Le même mouvement qui mène à une plus grande intimité conjugale mène aussi à une plus grande intimité familiale. Paternité et maternité sont des valeurs en hausse. Les Goncourt le constatent dans leur *Journal* du 26 mars 1860 : « L'enfant n'est plus, avec la femme, relégué dans le gynécée des autres siècles. On le montre tout bambin. On est fier de la nourrice qu'on affiche. C'est comme un spectacle qu'on donne de soi et une ostentation de production. Bref, on est père de famille comme on était, il y a près d'un siècle, citoyen – avec beaucoup de parade. »

Si un père est fier d'exhiber sa progéniture, comme le caricature Daumier, il est également heureux, dans l'intimité, de se laisser aller à des jeux et des caresses. Eugène et Marie Boileau accueillent chaque matin dans leur lit conjugal leurs enfants qui viennent, en chemise de nuit, leur dire bonjour. Les lettres de Marie, quand Eugène est en voyage, donnent une idée de ces retrouvailles matinales : « Si tu voyais toute la nichée chaque matin dans mon lit ! Ils me rendent paresseuse, les chers mignons. C'est auquel aura la meilleure mine. Jane me prend le cou de ses beaux petits bras [elle a deux ans et demi], et gare à celui qui veut m'embrasser. Elle le bat et le griffe en disant : « Moi seule veux petite maman », de sa voix câline, puis elle m'embrasse bien fort. Si tu étais là, mon cher grand Fanfan, comme je serais heureuse, ou plutôt comme nous serions heureux » (1883). La maternité est sans cesse exaltée et désignée comme la seule fonction vraiment gratifiante pour une femme.

Les enfants naissent, les enfants grandissent. Le baptême et la communion, qui marquent leur entrée dans la communauté chrétienne, se transforment, au cours du XIXe siècle, en réunions de famille, occasions de s'assurer de sa vitalité et de resserrer ses liens.

Depuis la Révolution, qui a confié à l'État les registres de l'état civil, lorsqu'un enfant naît, le père doit se rendre dans les trois jours à la mairie de l'arrondissement où a eu lieu la naissance, accompagné de deux témoins domiciliés là, pour le déclarer. Le médecin des naissances vient constater l'existence et le sexe de l'enfant dans les vingt-quatre heures qui suivent la déclaration.

Baptême

Le baptême doit être aussi, en principe, administré dans les trois jours. En 1859, le *Dictionnaire universel de la vie pratique à la ville et à la campagne* affirme qu'il ne peut être différé sans une raison grave. Mais l'obligation religieuse va évoluer sous la pression familiale. Pour que la jeune mère puisse assister à la cérémonie, on va attendre de six semaines à deux et même trois mois avant de l'organiser. Si la vie du bébé inspire des inquiétudes, on le fait ondoyer juste après la naissance. Ainsi Claire P. de Châteaufort, qui accouche le 11 janvier 1903, note-t-elle que son fils Albert est ondoyé par l'abbé Demange le 17 janvier. Il sera baptisé le dimanche 15 février, jour où elle donne un grand déjeuner.

L'habitude veut que l'enfant reçoive trois prénoms : un de ses parents, un de son parrain, un de sa marraine. À l'église, pendant la cérémonie, le parrain se place à droite de la femme qui porte l'enfant, la marraine à gauche. Ils étendent une main sur lui, tiennent de l'autre les plis de son vêtement, en signe symbolique. Ils répondent aux questions du prêtre : « Que demandez-vous ? – Nous demandons le baptême », etc. Enfin, ils signent l'acte puis se rendent, avec les autres invités, au repas auquel les a conviés le père de leur filleul.

Parrain et marraine sont tous deux tenus à des cadeaux traditionnels, mais ceux qui incombent au parrain sont beaucoup plus importants. Tous deux ont pour fonction officielle d'assurer l'éducation chrétienne de leur filleul, si ses parents venaient à disparaître. Mais ils sont surtout des pourvoyeurs de cadeaux ritualisés. Telles les bonnes fées, ils sont tenus de se pencher sur le berceau de l'enfant, de lui apporter des offrandes de bienvenue, puis de jalonner son enfance et son adolescence de présents.

Ils figurent au premier chef dans les fêtes de famille, dont ils font partie à double titre. La tradition est en effet de choisir pour parrain du premier enfant le grand-père paternel et pour marraine la grand-mère maternelle. Seront parrain et marraine du second enfant le grand-père maternel et la grand-mère paternelle. Si les grands-parents sont morts, on prend dans les deux lignées le plus proche parent, et de préférence les ascendants. Le redoublement de la fonction grand-parentale et du parrainage est un bon exemple de l'autarcie familiale.

Première communion

La première communion dispute au mariage le titre de « plus beau jour de la vie ». C'est d'ailleurs la définition qu'en donne Flaubert dans le *Dictionnaire des idées reçues*. Elle préfigure à bien des égards le mariage, puisque l'engagement qu'exige le sacrement est mis en scène devant la communauté entière. Le spectacle est orchestré de manière à produire de l'émotion à la fois chez les acteurs, chez les communiants et chez les spectateurs : « Leurs parents, leur mère surtout, assistent attendris à ce premier acte de leur vie religieuse et sentent se réveiller les élans de leur inépuisable amour », écrit en 1841 le *Dictionnaire de conversation à l'usage des dames et des jeunes personnes.*

L'émotion naît d'une part de l'attente du grand jour et de sa longue préparation, d'autre part de la solennité de la fête. Élisabeth Arrighi fait sa première communion à douze ans, le jeudi 15 mai 1879, en l'église Saint-Germain-des-Prés. Quelques jours déjà avant le début de l'année 1879, elle écrit : « Année de ma première communion. » Elle parle régulièrement du catéchisme, où elle obtient de très bons résultats : elle a droit au « grand cachet » et aux félicitations des abbés. Le jeudi 8 mai, elle reçoit des cadeaux, un livre de messe blanc, un nécessaire en ivoire, un christ, des livres de piété. Le samedi 10, elle confie à son journal son désir que son père communie avec elle le jour de sa première communion. Les 11, 12 et 13 mai sont occupés par la retraite. Le prédicateur parle de la mort, de l'enfer, du ciel. Le 14 mai, on procède à une confession générale. Élisabeth est pleine de scrupules : elle se reproche de taquiner sa petite sœur et en demande pardon à Dieu. Le dimanche 18 mai, elle raconte longuement la cérémonie du jeudi. Cantiques, orgues, foule, procession des jeunes filles en blanc se mêlent à l'intensité de la prière et créent l'exaltation : « Oh ! je me rappellerai toute ma vie l'émotion que j'éprouvais à ce moment. » Elle se dirige « en tremblant » vers la sainte table, tombe à genoux, adore Dieu, reçoit l'hostie, puis revient à sa place s'abîmer en prières et en actions de grâces. Elle est dans le ravissement : « J'écoutais le bon Dieu qui parlait à mon âme, qui me disait à toute minute : "Je suis à toi, tu me possèdes." » Langage amoureux du trouble intérieur qui, là encore, rapproche la première communion du mariage.

Au XIXe siècle, la première communion se fait traditionnellement à l'âge de douze ans environ. Au XIIIe siècle, le concile de Latran avait décidé que l'enfant communierait pour la première fois à l'âge de raison ou de « discrétion », c'est-à-dire lorsqu'il pouvait distinguer le bien du mal et le pain eucharistique du pain ordinaire. Le concile de Trente, au XVIe siècle, reprit la notion d'âge de « discrétion », et les docteurs fixèrent pour cet âge une période allant de neuf à treize ou quatorze ans. Peu à peu, on a tendu vers la limite supérieure plutôt que vers l'inférieure.

Au cours du XIXe siècle, l'Église discute du bien-fondé de ce choix. Vers 1853, les conciles provinciaux d'Albi, de Toulouse et d'Auch donnent des avertissements : il faut que les enfants communient de bonne heure, « à cet âge où, sachant discerner le corps du Seigneur, ils gardent leur innocence première exempte encore des souillures du vice ». Pie IX condamne la première communion à un âge tardif et uniforme, comme le précise le cardinal Antonelli dans une lettre adressée à tous les évêques de France, le 12 mars 1866.

Communion solennelle ou privée ?

Ces débats aboutissent au décret pontifical du 8 août 1910, *Quam singulari Christus amore*. Pie X ordonne de faire communier les enfants dès qu'ils commencent à avoir une connaissance élémentaire de la religion, à sept ans en moyenne. Le décret poursuit deux buts, l'un spirituel, l'autre matériel.

Les rites de la vie privée bourgeoise

Il s'agit d'abord d'éliminer ce qu'avait de janséniste la première communion tardive. Les jansénistes, en effet, présentent l'eucharistie comme une récompense, alors qu'elle doit être considérée comme « un remède à la fragilité humaine ». Si donc un enfant paraît suffisamment instruit des choses de la religion, après deux ans de catéchisme, il est utile de le faire communier pour la première fois et de le pousser ensuite à se confesser et communier souvent : c'est le meilleur moyen pour fortifier son âme. Il faut que le sacrement serve de rempart contre la tentation et le péché. La communion précoce devrait idéalement mener à la communion quotidienne et au cœur pur.

D'autre part, le décret voudrait réduire le somptuaire qui entoure la première communion. D'ailleurs, ses adversaires voient en lui « le danger de supprimer la solennité qui fait, chez nous, de la première communion le plus beau jour de la vie ». La communion collective avec la solennité qui s'y attache a été introduite en France vers le milieu du XVIIIe siècle, d'abord dans certains établissements religieux, ceux des jésuites en particulier, puis, peu après, dans les paroisses. Elle n'était pas encore très répandue en 1789 et ne fut adoptée partout qu'après le Concordat.

La solennité a mené à la mondanité. Le déploiement du cérémonial à l'église est fait, comme dans le cas du mariage, pour laisser « un souvenir que rien n'efface ». Et si les garçons sont vêtus sobrement d'un costume de drap noir avec, au bras droit, un brassard en faille ou moire blanche, les filles, en revanche, ressemblent à de petites mariées, entièrement en blanc : robe de mousseline et voile. « Toute l'existence de la jeune fille s'écoule entre deux voiles, celui de la communiante et celui de l'épouse », écrit en 1910 la comtesse de Gencé. Elles reçoivent des présents dignes de figurer dans une corbeille de mariage. Car seules les relations non intimes de la famille offrent des objets religieux, livre de messe ou chapelet. Les intimes choisissent des cadeaux profanes, bijoux, montre ou bibelots élégants. L'usage, à la fin du XIXe siècle, est d'exposer les cadeaux avec la carte du donateur, absolument comme s'il s'agissait de cadeaux de mariage. Pour en finir avec le parallèle, le déjeuner familial qui suit la grand-messe se termine par une pièce montée.

Abaisser de plusieurs années l'âge de la première communion, c'est forcément l'éloigner de son rôle de préfiguration du mariage. Il serait ridicule de faire à une fillette de sept ans les mêmes présents que l'on faisait à l'adolescente de douze ans. Ainsi la petite fille pensera-t-elle moins aux cadeaux et à la toilette. Mais c'était ne pas tenir compte de tout le commerce qui s'était créé autour de ce rite : « Tout ce que porte la famille ce jour-là doit être neuf ; le père, la mère s'habillent de neuf ; la mère surtout, occasion favorable d'obtenir de son époux une toilette fraîche, alliance du profane et du sacré. Le confectionneur a prévu pour toutes les bourses un assortiment complet : aux fillettes pauvres, il offre pour 3,75 francs la robe, le corsage et le voile avec un bonnet de 0,85 franc ; aux plus cossues, le bonnet de 15 francs avec le costume de 130 francs, composé de deux jupes de mousseline, étoffées d'un dessous en soie. La ceinture débute à 1,45 franc et s'élève jusqu'à 40 francs. »

Le pape espérait sans doute que la célébration de la première communion donnerait lieu à moins de luxe profane. Mais quant à la solennité religieuse, il n'était pas question de la réduire, au contraire. Le déroulement grandiose de la cérémonie a pour but de créer dans la paroisse, autour des communiants, un élan d'émotion, de sympathie, chez leurs parents, leurs amis et tous les fidèles, afin qu'au moins une fois dans l'année chaque chrétien revienne au sacrement de l'eucharistie.

C'est pourquoi longtemps la première communion a été célébrée à Pâques : elle donnait « une impulsion admirable pour l'accomplissement général du devoir pascal ». Le *Bulletin paroissial de Saint-Sulpice* indique clairement le rôle de médiateurs entre Dieu et les fidèles dont étaient chargés les communiants : « En grand nombre les parents et les amis se succédèrent près de l'autel pour y recevoir leur Dieu. Les autres, moins heureux, moins courageux peut-être, envièrent leur bonheur, et parmi eux il en fut sûrement plus d'un qui, au retour et dans l'intimité du foyer domestique, embrassa longuement son enfant pour retrouver en lui Jésus qu'il n'avait pas reçu » (25 mai 1909). Ainsi, par l'enfant, le sacrement passe de l'Église à la famille.

Les rites de la vie privée bourgeoise

Après 1910 se met en place un système qui, sans négliger le décret *Quam singulari,* va conserver le somptuaire de la cérémonie ancienne. La première communion d'autrefois se divise en deux : la première, que l'on appelle « petite » ou « privée », se fait à l'âge de discrétion, vers sept ans ; la seconde, vers douze-treize ans, porte le nom de « solennelle » mais remplace exactement l'ancienne « première communion ».

Il n'était pas possible de déplacer simplement la première communion traditionnelle, en la ramenant de douze ou treize ans à sept ans, parce qu'elle n'était pas seulement une fête religieuse mais un rite de passage d'un âge à un autre. Chateaubriand l'a souligné dans les *Mémoires d'outre-tombe* : comme les jeunes Romains prenaient la toge virile, les jeunes chrétiens font leur communion. Lui-même l'a faite en avril 1791, à treize ans. C'était, dit-il, le « moment où l'on décidait dans la famille de l'état futur de l'enfant ».

L'entrée dans l'adolescence, marquée par une cérémonie religieuse, est devenue une occasion de réjouissances familiales auxquelles il était impensable de renoncer. Ce passage rituel laisse des traces dans les mémoires mais aussi dans le concret. D'une part, les communiants distribuent à leurs proches des images pieuses portant au dos, imprimés, leur nom et la date commémorative ; d'autre part, ils vont poser chez le photographe, qui les prend en photo traditionnellement agenouillés sur un prie-Dieu.

Fêtes et anniversaires

À côté des grandes dates, et des fêtes annuelles, communes à tous, chaque famille institue son rituel particulier.

Renée Berruel écrit dans son journal, le 23 mars 1908 : « Ce soir nous avons souhaité la fête de maman. J'avais fait un sac, nous avons chanté *Simple Bouquet*. Nous avons donné chacune un petit vase et papa a donné un meuble avec quatre tiroirs et glace. » Clarisse Juranville, dans son *Savoir-vivre* en 1879, proclame les vertus de ces jours de réjouissances familiales, « autant d'étapes où le cœur semble s'agrandir ». Elle évoque l'émotion de chacun devant les prévenances de ses proches le jour de sa fête. Celle de la jeune fille, par exemple : « Votre père a fait déposer dans votre chambre un objet que vous désiriez depuis longtemps ; votre sœur vous a brodé un col, votre mère a fait apparaître au dîner un superbe gâteau en votre honneur, votre petit frère vous a offert un bouquet et débité un petit compliment. »

Ces fêtes sont particulièrement importantes, dit-elle, pour les grands-parents. Que leurs enfants et petits-enfants pensent à eux la veille de leur fête et la leur souhaitent. Eux, de leur côté, profiteront de cette date pour convier à leur table le cercle familial. Les fêtes et anniversaires sont d'excellents prétextes pour recréer l'unité de la famille et mettre en scène à des intervalles réguliers les liens tissés entre tous ses membres.

Les anniversaires de mariage méritent une attention spéciale. Ils rythment la route conjugale, depuis les noces de coton (un an de mariage) jusqu'aux noces de diamant (soixante ans), en passant par les noces d'étain (dix ans), de porcelaine (vingt ans), d'argent (vingt-cinq ans) et d'or (cinquante ans). Quand ils sont fêtés par les enfants, petits-enfants, arrière-petits-enfants du couple, c'est comme si l'on commémorait la fondation même de la famille.

Vieillesse, mort et deuil

L'espérance moyenne de vie a beaucoup augmenté au cours du XIXe siècle. Elle était en 1801 de 30 ans. En 1850, elle est de 38 ans pour les hommes et de 41 ans pour les femmes ; en 1913, de 48 ans pour les hommes et de 52 ans pour les femmes. Mais les riches ont des chances bien plus grandes de vivre plus vieux que les pauvres. Dans la France de 1870 à 1914, « pour les hommes de 40 ans, quand la mort frappait 90 patrons, elle atteignait 130 employés et 160 ouvriers pris sur 10 000 Français de chaque catégorie ». À Bordeaux, en 1823, l'âge moyen au décès est de 49 ans chez les bourgeois contre 33 chez les gens du peuple. À Paris, en 1911-1913, le taux de mortalité dans les arrondissements bourgeois est de 11 ‰ contre 16,5 ‰ dans les arron-

Les rites de la vie privée bourgeoise

dissements populaires. Pour la mortalité tuberculeuse, l'écart va du simple au double.

Les bourgeois avaient donc des chances de profiter, à la fin de leur vie, d'une période de retraite. Ceux qui exerçaient des professions libérales la prenaient à leurs frais, puisque au XIXe siècle les seuls à bénéficier du droit à une pension de retraite étaient les fonctionnaires. La loi du 9 juin 1853 établissait, en effet, que les militaires, les employés d'administration, les universitaires pouvaient à soixante ans toucher une pension, à condition d'avoir trente ans de services. Elle fixait un maximum des pensions : pour les magistrats, par exemple, elle ne peut en aucun cas dépasser 6 000 francs et les deux tiers du traitement moyen des six dernières années.

Les ouvriers bénéficiaient exceptionnellement de retraites : dans les manufactures d'État, les compagnies de chemin de fer ou certains grands établissements industriels. Beaucoup adhéraient à une mutuelle. Quant aux paysans, ils ignoraient toute sécurité sociale, comptant sur la seule solidarité familiale. La loi de 1910 « sur les retraites paysannes et ouvrières », timide et contestée, n'en marque pas moins la prise de conscience d'un problème (cf. H. Hatzfeld).

Au XIXe siècle, un médecin ou un ingénieur vivait, une fois qu'il avait cessé ses activités professionnelles, sur ce qu'il avait épargné durant sa vie de travail. La stabilité de la monnaie lui permettait de se retirer dès la cinquantaine sans qu'en souffre son niveau de vie. Parmi les rentiers que compte alors la France, beaucoup sont de petits rentiers issus des classes moyennes. La retraite correspond à l'idéal de l'*otium,* du loisir : on n'a plus à gagner sa vie, on dispose entièrement de son temps et on jouit quotidiennement de la douceur de la vie privée.

Les bourgeois mouraient chez eux. L'hôpital était à leurs yeux un « lieu d'horreur » où mouraient ceux qui n'avaient ni argent ni famille. Même les cliniques, pourtant réservées à un public moins populaire, étaient considérées comme lieu d'exil. La mort était intégrée à la conception même du logement. L'abbé Chaumont écrit, en 1875, que la chambre conjugale est un « sanctuaire » qui, un jour, abritera l'agonie. C'est pourquoi il faut y mettre une « douce mais instructive image de la mort de saint Joseph ».

Les membres de la famille se relaient au chevet du moribond. Germaine de Maulny raconte avoir, pendant deux ans, avec sa sœur, adolescente elle aussi en 1910, veillé sa mère qui meurt à Limoges d'un cancer à quarante-trois ans. Isabelle, sœur de Marie Boileau, qui meurt à Vigné en 1900, était alitée depuis six ans, entourée par les soins de ses nièces.

Mais il était sûrement beaucoup plus compliqué de garder un moribond chez soi à Paris et dans les grandes villes, où, depuis Haussmann, les appartements rétrécissaient. L'exiguïté de l'espace rend pénible la proximité de la mort, d'autant que règne, après les découvertes de Pasteur, l'obsession de l'hygiène. La mort qui, jusque-là, était en quelque sorte intégrée à la vie, apparaît comme une pourriture. Ce rejet de la mort mène à ce que Philippe Ariès appelle la « mort cachée » de l'hôpital, passée dans les mœurs vers 1930-1940.

Lorsque quelqu'un vient de mourir, on ferme ses paupières, on étend ses membres et on recouvre le corps d'un drap blanc. On laisse le visage à découvert et éclairé, pour que, si le plus léger signe de vie se manifestait encore, on s'en rende compte immédiatement. Pour cette même raison, on garde le défunt jour et nuit, sans jamais le laisser seul. Quand le mort est catholique, on place sur sa poitrine un crucifix et une branche de buis bénit. On ferme à demi les persiennes de la chambre mortuaire.

On fait à la mairie une déclaration de décès, puis on attend la visite du médecin des morts, qui délivre le permis d'inhumer. Avec ce permis, la mairie dresse l'acte de décès. Pour l'organisation du service funèbre, on s'adresse à l'administration des pompes funèbres et au vicaire chargé du service religieux. À Paris, on peut aussi s'adresser à des maisons spécialisées qui dirigent toute la cérémonie « avec tact et convenance ».

Comme pour les mariages, il y a des classes pour les funérailles. Si l'on ajoute le prix de la cérémonie religieuse à celui du service par l'entreprise, on obtient, en 1859, 4 125 francs pour la première classe et 15 francs pour la neuvième et dernière. Les classes diffèrent par le matériel que l'on y emploie et la solennité du chant.

Dans la maison du mort, si la famille est riche, on érige une chapelle ardente. On reçoit au salon les gens qui viennent s'incliner devant le cercueil et jeter sur lui un peu d'eau bénite. Si la famille est plus modeste, on se contente de déposer le cercueil sous la porte d'entrée tendue et drapée en façon de chapelle mortuaire. Tant qu'il y a un mort dans une maison, on ne se réunit plus autour de la table pour les repas, chacun mange dans sa chambre.

Quand l'heure du convoi est arrivée, les hommes se rendent à l'église soit à pied et tête nue, soit en voiture. Les plus proches parents viennent en tête du cortège. Le plus souvent, les dames se rendent à l'église sans passer par la maison mortuaire. Après la cérémonie religieuse, les seuls parents et amis intimes vont en cortège au cimetière. Une coutume ancienne qui, au début du XIXe siècle, persistait dans l'aristocratie, disparaît au cours du siècle : les femmes de la famille du défunt ne devaient ni suivre le convoi ni assister au service funéraire. Il entre peu à peu dans les mœurs bourgeoises que la veuve mène le deuil, elle qui autrefois était même absente des faire-part.

La correspondance de la famille Boileau, qui fait une grande place à la maladie, en fait très peu à la mort. En 1900 meurt la tante Isabelle. Son nom n'apparaît plus jamais sous la plume des correspondants. Même chose en 1909 et 1914, années où deux des gendres décèdent. Les lettres évoquent l'attitude, courageuse ou prostrée, de leurs épouses, mais jamais ceux qui ne sont plus. La souffrance, la douleur, le regret ne s'écrivent pas. Pudeur absolue des sentiments intimes.

Les seules traces écrites de la mort se trouvent dans les rites : lettres de faire-part, correspondance bordée de noir, dépenses notées dans les agendas pour les vêtements de deuil et l'entretien du cimetière. En novembre 1900, après le décès de sa sœur, Marie Boileau écrit sur son livre de bord : « Payé le deuil pour les domestiques et les femmes de journée : 274 francs ; chapeaux et voiles de deuil chez Mme Richard : 180 francs ; nettoyage du cimetière : 30 francs ; au curé de B. pour l'offerte : 50 francs. »

Tout au long du XIXe siècle, lorsqu'on parle de la durée des deuils, c'est toujours pour en déplorer la diminution. Mme de Genlis, en 1812-1813, comme Blanche de Géry, en 1883, regrettent ce qui se passait dans un « autrefois » mythique où l'on portait deux fois plus longtemps le deuil de ses morts. Car les longs deuils sont signe de bonnes mœurs... Or, ces regrets ne correspondent pas à la réalité. C'est au début du XVIIIe siècle qu'une ordonnance royale a réduit de moitié la durée des deuils à la cour : un an pour un époux, six mois pour une épouse, des parents et des grands-parents, un mois pour les autres membres de la famille.

Au XIXe siècle, la durée des deuils est plus longue et semble avoir été stable d'un bout à l'autre du siècle : une veuve porte le deuil un an et six semaines à Paris et deux ans en province. À Paris, écrit en 1833 Mme Celnart, les élégantes ne veulent pas se priver trop longtemps de la vie mondaine. En 1908, les *Usages du siècle* soulignent la différence entre ce que dit le code – deux ans – et la réalité – un an et demi et même un an et six semaines... On en arrive donc toujours au même chiffre.

Un veuf porte le deuil deux fois moins longtemps : six mois à Paris, un an en province. Le *Nouveau Manuel complet de la maîtresse de maison*, en 1913, est le seul à prescrire un temps de deuil égal pour un veuf et une veuve : deux ans. Le seul aussi à conseiller deux ans de deuil pour les père et mère ; tous les autres s'en tiennent à un an, et même six mois, si l'on en croit le *Code civil* de 1828. En comparant ce *Code* avec les manuels de savoir-vivre qui émaillent le siècle, on constate que la durée des deuils a plutôt augmenté que diminué. Le deuil des grands-parents passe de quatre mois et demi à six, celui des frères et sœurs de deux mois à six, celui des oncles et tantes de trois semaines à trois mois. Le deuil des cousins germains reste à peu près le même : quinze jours en 1828, de quinze jours à un mois ensuite. Sous le Second Empire, les parents commencent à porter le deuil des enfants morts en bas âge.

Le deuil comporte trois degrés différents : grand au début, second ensuite, demi enfin. Prenons le cas d'une veuve. Pendant les mois de grand deuil (six en province, quatre et demi à Paris), elle met des robes de laine noire, une capote et un long voile en crêpe noir, des gants de fil noir, aucun bijou, sauf une boucle de ceinture en acier bronzé. Elle n'a le droit ni de se friser ni de se parfumer. Les six mois suivants – second deuil –, ses robes sont en soie noire, son chapeau en gaze-laine, ses gants en peau ou en soie, ses bijoux en bois durci. Viennent ensuite trois mois de demi-deuil, où la cou-

Les rites de la vie privée bourgeoise

leur noire se mâtine de blanc, de gris et de lilas. Ses bijoux sont de jais. L'étiquette du deuil était si compliquée qu'au XVIIIe siècle on s'était mis à éditer un journal spécial, *Annonces des deuils,* qui fournissait des détails précis sur le déroulement des choses, par exemple quel jour on devait remplacer les pierres noires par les diamants ou les boucles bronzées par les boucles d'argent.

Pendant la période de grand deuil, on fait porter le noir à toute sa maison, enfants et domestiques, sauf pour oncles, tantes et cousins, et les voitures sont drapées. On ne peut se montrer dans des lieux publics consacrés au plaisir (théâtre, bals) ou dans des assemblées. Les six premières semaines, on ne sort pas du tout, on ne reçoit que des amis intimes. Il est interdit aux femmes de travailler à l'aiguille, même en compagnie de parents ou d'amis.

Le deuil se marque dans les vêtements, mais aussi dans les objets personnels : on utilise des mouchoirs encadrés de bandes noires et du papier à lettres portant un liséré noir de un centimètre au début, de un quart de centimètre à la fin. Une fois le deuil terminé, on revient au papier blanc, sauf les veuves qui, à moins de se remarier, gardent toute leur vie du papier bordé de noir.

L'attachement du XIXe siècle au code du deuil est intéressant. Car, même si, dans la pratique, il n'était plus vraiment respecté que chez les aristocrates et dans les grandes maisons, il véhiculait une image du rituel parfait que l'on fixait, comme pour la sociabilité mondaine, au XVIIIe siècle, dans une société monarchique. C'est comme si le XIXe siècle craignait de se déritualiser et se raccrochait à un modèle ancien de rituel, inspiré par le roi.

Conclusion

Le 22 février 1871, Victor Hugo écrit : « Je promène Petit Georges et Petite Jeanne à tous mes moments de liberté. On pourrait me qualifier ainsi : Victor Hugo représentant du peuple et bonne d'enfants. » Magnifique parallélisme entre la vie publique et la vie privée. Loin de privilégier la première, Hugo met sur le même plan ses rôles d'homme politique et de grand-père.

En 1877, huit ans avant sa mort, il publie *L'Art d'être grand-père*. Tout au long du recueil, il se montre « Victor, *sed victus* », pour reprendre le titre d'un poème : lui qu'aucun tyran n'a jamais fait plier est « vaincu par un petit enfant ». Non seulement ses petits-enfants, mais tous les autres, qu'il rencontre et regarde, aux Tuileries ou au jardin des Plantes. Vaincu par l'innocence et ce qu'il voit de divin en elle. Les enfants sont le meilleur rempart contre la méchanceté du monde. Les journaux peuvent bien l'insulter et s'acharner contre lui, si Jeanne s'endort en lui tenant le doigt, la douceur de cette petite fille le nimbe et le protège. Dieu parle à travers les enfants, et c'est pourquoi, en les contemplant, on trouve « une profonde paix toute faite d'étoiles ».

Mais les enfants sont surtout ceux qui assurent la continuité du temps. Et si « les fils de nos fils nous enchantent », c'est qu'à travers eux se tisse le fil du temps, se rejoue sans fin le cycle de la vie : « Voir la Jeanne de ma Jeanne ! Oh ! Ce serait mon rêve ! » Et Hugo d'imaginer le jour où Jeanne se mariera et sera mère à son tour : « Jeanne aura devant elle alors son aventure, / L'être en qui notre sort s'accroît ou s'interrompt ; / Elle sera la mère au jeune et grave front [...]. » Victor Hugo donne expression poétique à une religiosité familiale que la bourgeoisie ordinaire exprime dans ses petites ou dans ses grandes cérémonies. Ces célébrations peuvent être étroitement associées à la pratique religieuse ou tout à fait dissociées d'elle. Elles déclenchent la sentimentalité, l'attendrissement et le plaisir. La famille s'émeut en commun et jouit d'elle-même. Du même coup, elle fonde une temporalité privée – à l'écart des aléas de l'histoire et de la compétition publique – qui allie deux qualités contradictoires. Les rites familiaux, par la répétition, donnent au temps qui passe une continuité régulière. Mais ce temps régulier et cyclique, sans heurt et sans faille, qui n'écrase pas les personnes et traverse les corps qui se reproduisent, en les entraînant dans un continuum biologique, voudrait avoir valeur d'éternité.

En dernière analyse, c'est cette qualité du temps que les cérémonies familiales affirment. Pour cette raison, le mariage est la principale d'entre elles ; pour cette raison aussi, les enfants et leurs vacances y prennent de plus en plus d'importance. Dans ses fêtes, la famille s'extasie sur son incarnation éternelle.

Drames et conflits familiaux
par Michelle Perrot

La famille, au XIXe siècle, se trouve dans une situation contradictoire. Renforcée en pouvoir et en dignité par la société tout entière qui voit en elle un moyen essentiel de régulation, elle tente d'imposer à ses membres ses propres fins, l'intérêt du groupe étant déclaré supérieur à celui de ses membres. Mais, d'un autre côté, la proclamation de l'égalitarisme, les progrès sourds mais continus de l'individualisme exercent autant de poussées centrifuges génératrices de conflits, parfois jusqu'à l'éclatement. La famille est une microsociété menacée dans son intégrité et jusque dans ses secrets. La règle élémentaire de l'esprit de famille, la défense de son honneur passent pourtant par la sauvegarde de ces secrets partagés qui la cimentent et l'opposent à l'extérieur comme une forteresse, mais souvent aussi introduisent en son sein des clivages et des failles. Cris et chuchotements, portes qui grincent, tiroirs fermés à clé, lettres volées, gestes surpris, confidences et cachotteries, regards biaisés ou interceptés, dit et non-dit tissent un univers de communications internes d'autant plus subtil que les intérêts, l'amour, la haine, la honte sont plus contrastés. Mine inépuisable d'intrigues que ce roman familial dont se nourrit la littérature et dont les « faits divers », cette épopée de la vie privée, livrent parfois des lambeaux. « Si toute famille n'est pas une affaire tragique, toute tragédie est une affaire familiale » (Tricaud, *L'Accusation,* 1977).

Au cours du siècle, la révolte contre la famille – contre le père, mais aussi contre la mère ou contre les frères jalousés – est de plus en plus forte et oblige la famille à évoluer pour survivre. Les individus supportent moins bien sa contrainte. La famille bourgeoise, notamment, est la cible des critiques des artistes et des intellectuels – dandys célibataires insurgés contre les lois du mariage, bohème qui se gausse de convenances hypocrites –, des ruades des adolescents en rupture de ban, des impatiences des femmes avides d'exister par elles-mêmes. À la veille de la guerre, le vaisseau tangue, mais il tient bon. Pour beaucoup, le départ a pu être un soulagement, une délivrance, l'espoir d'une aventure personnelle, avant d'être l'horreur.

Nœuds de conflits

L'argent

D'abord l'argent, au sens large, dans la mesure même où la famille est le vecteur d'un patrimoine, que Hegel estime indispensable à son existence, tandis que Marx en dénonce le germe de pourrissement. L'argent est au cœur de bien des mariages « arrangés » qui sont, dans les milieux possédants, la stratégie la plus courante. D'où les récriminations quand les promesses ne sont pas tenues. Pour le versement de l'arriéré d'une dot, on voit des gendres se faire comptables de leurs beaux-parents. Lorsque le régime dotal, conseillé par beaucoup de juristes en pays d'Oc comme préservant les droits de l'épouse, limite la gestion du mari, celui-ci tente parfois de le tourner. C'est l'histoire de Clémence de Cerilley mariée, sans grande précaution, à un ex-officier qui lui fait rédiger à son profit des testaments successifs de plus en plus avantageux, jusqu'au jour où, appuyé par sa propre famille, il la fait déclarer folle et interner, ayant ainsi les mains libres pour la gestion des biens. Étant donné la légalité de la puissance maritale, il est très difficile à la famille de Clémence de la sortir de là. La séparation de corps, notamment, s'avère impossible, l'épouse n'ayant à « se plaindre ni de blessures, ni de violences, ni de menaces, ni de maîtresses sous le toit conjugal », comme l'exige l'article 217.

La correspondance de cette famille offre par ailleurs une série d'exemples de conflits noués autour de l'argent, et

Drames et conflits familiaux 245

notamment d'héritages. Ici, un cousin prétend avoir été frustré d'un legs de 60 000 francs venant d'un grand-père maternel et en profite pour remettre en cause les « arrangements » de famille ; là, des frères et sœurs, pourtant affectionnés, se chicanent pour l'exécution des dispositions testamentaires de leur père, ratiocinant sur des coupes de bois et finissant par s'en remettre au droit pour les départager et aux hommes de loi comme médiateurs.

Les héritages sont l'objet et l'occasion des conflits les plus graves, quelles que soient les précautions prises par les parents pour faire de leur vivant donations et « arrangements ». C'est que rien n'est mathématique dans l'évaluation d'un bien ; il y entre aussi le désir, les fantasmes, le sentiment d'un droit particulier. Tout huppés qu'ils sont, les frères Brame se déchirent pour le château de Fontaine, près de Lille, multipliant intrigues et même voies de fait ; cette affaire est la cause d'un dissentiment si profond que Jules, l'aîné, a éprouvé le besoin d'en laisser le récit pour ses descendants, léguant ainsi à la mémoire des siens le souvenir d'une lutte fratricide.

Chez les plus modestes, c'est le dénombrement des armoires à linge, les querelles de draps et de mouchoirs, qui suggèrent d'ailleurs la valeur de ces pièces de vêtement dans l'économie familiale et la « civilisation des mœurs » ; le compte sordide des petites cuillers, le démantèlement des bibliothèques où, au rebours de toute raison, des collections ou des séries d'ouvrages sont sottement dépecées pour satisfaire des susceptibilités égalitaires. La mort du père, ou de l'ancêtre, est ainsi l'occasion de règlements de comptes où chacun suppute les avantages de l'autre, fait valoir les droits de son éventuel dévouement, s'estimant inévitablement lésé. De ces grandes lessives familiales, les sororités les plus chaudes, les cousinages les mieux établis sortent rarement indemnes. Beaucoup de fâcheries, voire de définitives ruptures s'y opèrent. Elles alimentent les conversations et les correspondances familiales, à moins d'une autocensure qui pèse sur les questions d'argent.

Ordinairement, elles demeurent confidentielles, le notaire étant le seul témoin, occasionnellement l'arbitre des contestations les plus graves. Parfois, la pression monte, notamment dans les sociétés rurales où la propriété est une question de survie. En Gévaudan, les enfants qui s'estiment désavantagés par le choix de l'aîné se révoltent de plus en plus contre l'arbitraire du père. À la fin du XIXe, le recours à la justice comme substitut à la vengeance privée signale un recul du sens familial qui met les secrets sur la place publique.

Dans la bourgeoisie d'affaires ou industrielle, les décisions économiques, les faillites ébranlant le nom et le patrimoine ont été vécues comme des drames familiaux. La législation permet cependant d'éviter la confusion des genres, et la société en commandite recule devant la société anonyme, qui préserve l'avoir des branches distinctes. Pourtant, certaines familles, un peu hors du temps, ont conservé des modes de gestion archaïques; dans l'entre-deux-guerres, l'impéritie de fils de famille engloutit en quelques années des fortunes considérables qu'ils avaient constituées en sociétés en nom collectif.

Sans doute une étude systématique des procédures civiles, des procès en contestation d'héritage, par exemple, permettrait-elle d'en savoir plus sur les rapports conflictuels qui se tressent, au sein des familles, autour de l'argent, et sur lesquels les historiens de la bourgeoisie nous disent, au fond, si peu.

Mais la question d'argent empoisonne souvent aussi le quotidien. Elle oppose mari et femme pour la gestion du budget. Intendante (milieux bourgeois) ou « ministre des Finances » (milieux populaires), l'épouse a toujours une situation de dépendance qui l'incite à la ruse (tricher sur les comptes) ou à la colère. Henri Leyret évoque les jours de paie : « Ce jour-là, le faubourg revêt une physionomie très particulière, mélange de gaieté et d'anxiété, de mouvement et d'attente, comme si une vie nouvelle succédait aux mornes accablements de la semaine. Les ménagères se mettent aux fenêtres, descendent sur le pas des portes, et parfois, impatientées, le cœur angoissé, on les voit qui partent à la rencontre des maris, sur la route de l'atelier [...]. Et dans la rue, des voix grondent; dans les maisons, des injures volent, boueuses et coléreuses, des mains se lèvent, des pleurs éclatent, des enfants gémissent, tandis que, au cabaret, tout est à la joie, à l'ivresse, l'ivresse du chant plus que l'ivresse du vin » (*En plein faubourg*, 1895, p. 51).

Le même auteur a décrit les brimades dont sont parfois l'objet certains enfants, suspectés de ne pas remettre à leur mère la totalité de leur gain : les aînés surtout, et les filles, toujours soupçonnées, si elles sont coquettes, de « faire le tapin ». Entre les adolescents en quête d'émancipation et les parents ouvriers, l'argent, on l'a vu, est un point de friction.

L'honneur

La famille n'est pas seulement un patrimoine. Elle est aussi un capital symbolique d'honneur. Tout ce qui entame sa réputation, qui entache son nom la menace. Contre l'étranger qui l'offense, elle fait bloc. La faute compromettante d'un des siens la plonge dans un embarras cruel. Solidarité dans la réparation, punition par le tribunal familial, exclusion, complicité du silence : toutes les attitudes sont possibles. Malheur, pourtant, à celui par qui le scandale arrive !

Le scandale : notion essentielle et pourtant toute relative. « C'est une figure banale, dans l'histoire et la littérature, que celle du noble sensible au moindre risque d'humiliation, mais couvert de dettes qui le tracassent peu », note Tricaud (*op. cit.*, p. 136). De multiples codes de l'honneur se partagent la France du XIXe siècle, et il serait passionnant d'inventorier ce qui fait scandale. De façon générale, l'honneur est moral et biologique plus qu'économique. La faute sexuelle, la naissance illégitime sont beaucoup plus fortement réprouvées que la faillite, qui pourtant le demeure plus qu'aujourd'hui : voyez *César Birotteau*. En somme, c'est par les femmes que le déshonneur arrive, elles qui se situent toujours du côté de la honte.

La bâtardise est l'objet d'une réprobation particulièrement forte qui explique le recours des filles mères (ou des mères adultères) à l'infanticide et à l'avortement, ou à l'accouchement clandestin dans les maternités des villes anonymes et à l'abandon. Pour limiter l'hécatombe des nouveau-nés illégitimes, l'Empire a, depuis 1811, institué des tours, fort controversés par la suite. En 1838, à la Chambre, Lamartine les défend comme le meilleur moyen de préserver l'honneur des familles et, contre les parlementaires malthusiens qui redoutent la prolifération des pauvres, il prône la « paternité sociale » : « L'enfant illégitime est un hôte à recevoir, la famille humaine doit l'envelopper de son amour. » La « famille humaine » : pas la famille légitime, qui n'a que faire de ce surgeon honteux. Considérés comme responsables de la hausse des abandons (67 000 en 1809, 121 000 en 1835), les tours seront progressivement fermés ; en 1860, seuls 25 hospices en sont encore pourvus et, cette même année, une circulaire ministérielle les supprime totalement.

Désormais, l'abandon d'enfant se fait à bureau ouvert, avec déclaration. La fille mère qui souhaite élever son enfant reçoit une allocation équivalente au coût d'une nourrice à l'hospice. Quant aux abandonnés, l'Assistance publique – à Paris du moins, qui est le gros récepteur – les prend en charge, en les plaçant ordinairement à la campagne. La création d'orphelinats (tel celui du Prince-Impérial) et d'écoles d'apprentis (style les Apprentis d'Auteuil) ne se fera que dans la seconde moitié du XIXe siècle.

Le bâtard est un scandale ; il atteint l'honneur des filles à la virginité détruite, des femmes à l'infidélité patente, des familles menacées dans leur ordre. Cacher la faute, faire disparaître son fruit pourri : c'est la hantise des femmes et le souci de leur entourage. Les affaires d'infanticides font très souvent apparaître la solidarité des mères et des filles. Mais il se trouve souvent quelqu'un du voisinage, et même de la maison, pour dénoncer la chose. Il suffit d'une rumeur un peu insistante parfois pour convoquer le maire ou le gendarme.

Certaines femmes – conviction ou tendresse – décident de garder l'enfant. Souvent, elles le confient aux grands-parents, le temps de faire oublier l'aventure, de trouver peut-être un mari qui endosserait la paternité. Relativement courante dans les milieux populaires, moins susceptibles sur la question des enfants naturels, la chose donne lieu, dans les milieux huppés, à toutes sortes de négociations. La fille mère n'est pas un parti facile à caser, et il faut offrir des compensations, notamment financières. C'est toute l'histoire de Marthe, cette jeune aristocrate engrossée par son palefrenier, à laquelle toute la famille s'acharne à trouver un mari possible, car elle a, dit-elle, sexuellement besoin d'un homme. Ce mari est une brute :

Drames et conflits familiaux 249

il la gruge, il la bat, profitant sans doute de sa « culpabilité ». Elle finit par demander le divorce, non sans encourir à nouveau la réprobation des siens, d'obédience catholique. L'enfant, mis en nourrice, meurt vers quatre ou cinq ans, sans que personne le regrette vraiment. Au vrai, la mort est le destin ordinaire du bâtard, cet enfant non désiré, mal soigné, mal aimé. On estime, bon an mal an, à 50 % le décès des enfants naturels. Et il faudra la crise de natalité sensible à partir du Second Empire pour que l'État prenne conscience de ce potentiel dilapidé et commence à infléchir sa politique. L'aide aux filles mères marque ainsi un début de politique familiale, sans que ces dernières soient pour autant réhabilitées. Les institutions de secours les méprisent, et leurs familles les proscrivent bien souvent.

La « mauvaise naissance » est la honte inexpiable et, pour le bâtard, une tare indélébile. Sans légitimité, le voilà livré à toutes les exploitations, toutes les humiliations. Dans les villages du Gévaudan, on l'affuble de sobriquets. La société voit dans les « champis » des délinquants en puissance et les traite comme tels. Aussi les enfants naturels vont-ils de l'orphelinat à la colonie correctionnelle comme dans un parcours balisé. Ensuite, l'armée attend ces enfants de troupe que la Commune et la Grande Guerre traiteront également en marâtres.

Le secret de la mauvaise naissance pèse si lourd que certaines autobiographies paraissent écrites pour le masquer. Ainsi, Xavier-Édouard Lejeune – *Calicot* – bâtit un roman rocambolesque pour dissimuler ce que ses descendants ont découvert grâce à l'état civil, document implacable. Combien d'enfants tardivement légitimés n'ont appris que fort tard le secret de leur naissance, dans le trouble et le malaise qu'entraîne le silence propice à toutes les supputations.

Au début du XIXe siècle, Aurore de Saxe – Mme Dupin – avait élevé sans problème le fils naturel de son fils Maurice ; Hippolyte Chatiron fut toute sa vie considéré comme le demi-frère de George Sand (héritage excepté). Sur ce point, la morale du siècle s'est durcie. Sa vigilance explique sans doute en partie le déclin des naissances illégitimes au profit des conceptions prénuptiales et la progression des légitimations.

Les tares et le sang

Le renforcement des représentations de la famille comme capital génétique accroît aussi l'anxiété qui entoure les unions et les naissances. Avoir un enfant anormal devient une préoccupation où plane l'ombre d'une faute. Le monstre remplit les revues de vulgarisation scientifique. *La Nature,* par exemple, abonde en descriptions de naissances d'êtres étranges dont les malformations inquiètent d'autant plus que l'on en ignore l'origine : ne sont-elles pas la révélation de quelque tare cachée ? Les baraques de foire, les musées d'anatomie – comme celui du Dr Spitzner – attirent les foules anxieuses et intriguées. Le handicap physique suscite éloignement et, à la limite, réprobation comme si on y flairait quelque péché. D'où la gêne ou la haine que s'attirent parfois des enfants contrefaits. Correspondante de Flaubert, Mlle de Chantepie lui conte l'histoire d'Agathe, maltraitée par ses parents parce que difforme. « Sa figure était bien, mais sa tête énorme sur un corps d'enfant horriblement contourné. » Elle est battue, humiliée, privée de souliers, et finalement déclarée folle (lettre du 17 juillet 1858).

La syphilis – et le sexe par conséquent – sont, pense-t-on, les principaux facteurs de trouble. D'où les enquêtes sur la santé des futurs époux et la honte, voire la colère, quand on découvre un vice dissimulé. De telles mésaventures se chuchotent dans les familles et planent à l'arrière-plan, comme un mystère de plus en plus lointain qui intrigue les descendants. Ainsi, dans la correspondance qu'a mise au jour Caroline Chotard-Lioret, la mère du personnage principal, Eugène, une certaine Aimée Braud, mal dotée, mal mariée, entre en rébellion contre son mari ; lui reprochant quelque « maladie honteuse », elle refuse de partager sa couche, sort la literie entre deux voyages de l'époux, étalant au grand jour les draps devant la maison : geste hautement symbolique de l'intimité dévoilée. Jusqu'au jour où, désespérée, Aimée quitte le foyer conjugal, faisant procès sur procès pour obtenir la garde des trois enfants que son mari lui soustrait en les exilant en Belgique. Elle s'enferme alors dans sa maison de Rochefort où elle serait morte demi-folle. Dans la famille, on parle à mots couverts de cette aïeule dont le drame explique la soif d'une famille stable dans une maison harmonieuse de son fils Eugène.

Le malheur biologique, dont Zola a écrit l'épopée dans *Les Rougon-Macquart,* est une nouvelle forme de déshonneur et source de conflits.

Folie

Autre épouvante : la maladie mentale, qui prend consistance en ce siècle où naît la clinique. Une fille « dérangée » risque de détourner les prétendants pour ses sœurs. Elle fait honte aux siens en introduisant un doute sur leur équilibre. Le plus étrange, dans l'affaire Adèle Hugo, c'est justement la force du consensus familial (la mère exceptée) pour neutraliser cette extravagante susceptible de porter ombrage à la gloire du grand homme et pour opposer aux curieux l'unanimité d'une version honorable. La famille fait bloc pour expulser l'anomalie.

La délinquance n'est pas toujours – du moins pas sous toutes ses formes – un objet de scandale. Les frontières de respectabilité se déplacent à travers le temps et varient selon les milieux sociaux. Les paysans du Portugal contemporain, indulgents pour le crime passionnel, réprouvent fortement le vol et plus encore la mendicité (cf. Fatela). Les codes d'honneur des communautés ne coïncident pas nécessairement avec la loi. La délinquance forestière, par exemple, est une pratique si unanimement répandue que la légalité du XIXe siècle ne cesse à son égard de battre en retraite. L'enfant maraudeur, la femme ramasseuse de fagots, le braconnier même jouissent de la connivence générale. De même, en ville, dans la première moitié du XIXe siècle, les mères de famille pauvres incitent fréquemment leurs enfants à la mendicité, voire au chapardage. La morale populaire, orientée vers la survie du groupe, est assez laxiste. Jusqu'au jour où l'accès à la petite bourgeoisie exige le respect des lois et des bonnes manières. Le débauché, l'alcoolique, l'impécunieux, l'endetté, le joueur, le chenapan deviennent des indésirables, sévèrement blâmés. Honte aux emprunteurs : un père de famille doit « faire honneur » à ses affaires. L'héritier indiscipliné s'attire de sévères sanctions familiales. Considéré comme incapable, Baudelaire est mis en tutelle par un conseil de famille ; sa correspondance avec sa mère, Mme Aupick, est une perpétuelle lamentation sur ses difficultés financières et ses relations conflictuelles avec l'avoué chargé de lui verser une rente régulière. Au reste, la convenance bourgeoise impose de ne pas faire parler de soi, idéal d'une discrète médiocrité. L'excentricité est une forme de scandale.

Plus que le délit lui-même, ce qui froisse, c'est la peine : l'intervention des gendarmes, l'arrestation, l'incarcération, le procès. Progressivement, la prison se substitue dans l'imaginaire social aux marques d'infamie abolies.

L'escroquerie, la fraude, surtout si elles s'exercent vis-à-vis d'un État très extériorisé, bénéficient de beaucoup d'indulgence. La faillite est, par contre, perçue non seulement comme un échec individuel, mais comme une faute, une chute au sens moral. César Birotteau s'offre en victime expiatoire ; le remboursement de ses créances est une « réparation » ; sa réhabilitation a valeur religieuse. Au XIXe siècle, les suicides de faillis ne sont pas rares. Et Philippe Lejeune a montré que la faillite est une source d'autobiographies, dans la mesure où elles répondent à un besoin d'autojustification auprès des descendants. Très anticapitalistes, les bourgeoises du Nord fermeraient volontiers leur porte au failli soupçonné de trafic ou de mauvaise vie. Il faudra la constitution des sociétés anonymes pour séparer famille et entreprise, et affranchir le capitalisme de la notion d'honneur.

Les hontes du sexe

Cette sexualité que le XIXe siècle veut savoir et qu'il érige en science, la famille en est le centre dans le cadre de règles et de normes dont elle est le gérant, souvent dépossédé : par le prêtre, mais plus encore par le médecin, expert de l'identité sexuelle, témoin des difficultés, dispensateur des nouveaux commandements de l'hygiène. Son rôle, au XIXe siècle, est toutefois limité par un recours encore mesuré.

Cette gestion familiale du sexe, ordinairement sans éclat, est environnée de silence. Et nous en savons bien peu de chose. L'inceste notamment, qui, selon Fourier *(Le Nouveau Monde amoureux)*, était de pratique courante, nous échappe plus que tout. La tolérance sexuelle varie selon les milieux, les actes, les âges et le genre. C'est ici sans doute que l'inégalité des hommes et des femmes est la plus forte. La virilité est pétrie de prouesses phalliques, exercées assez librement sur les femmes et surtout sur les filles – qu'en Gévaudan on peut violer presque impunément –, sur les enfants – à la pudeur desquels on peut attenter pourvu que ce ne soit pas public. Dans la seconde moitié du XIXe siècle, une répression judiciaire accrue semble indiquer une plus grande sensibilité à cet égard. De même, à la fin du siècle, certains procureurs généraux commencent à poser le problème du laxisme pénal devant le viol.

Deux sexualités sont l'objet d'attention renforcée : celle de l'adolescent, dont la puberté est considérée comme une crise d'identité potentiellement dangereuse pour lui comme pour la société, au point que l'on voit en lui un criminel en puissance ; celle des femmes, par lesquelles toujours le malheur arrive. Cause permanente d'angoisse, la sexualité féminine est contrôlée par l'Église, qui joue ici un rôle majeur. Toute une sociabilité mariale – dizaines du rosaire où les aînées encadrent les plus jeunes, congrégations d'Enfants de Marie – enserre les jeunes filles dans un réseau de pratiques et d'interdits destiné à protéger leur virginité. La piété combat le monde et le bal. « Surtout pas de valse », dit à Caroline Brame son confesseur. Les milieux populaires eux-mêmes font de la virginité des filles un capital : les pères (ou les frères) accompagnent les filles au bal, lieu souvent brutal d'affrontement des sexes.

Mais le plus grave est l'infidélité conjugale de la femme. Pour l'adultère de l'homme, la tolérance est à peu près totale, excepté les cas de concubinage notoire, fortement réprouvé, et légalement puni s'il se déroule au domicile familial. Toutefois, si les bourgeoises, ignorantes des liaisons de leur mari, n'ont guère de recours, les femmes du peuple urbain, mieux averties par les rumeurs ou les rencontres de la rue, ont à l'occasion leur franc-parler et sont capables de rébellion, surtout lorsqu'elles s'estiment lésées financièrement comme ménagères, comptables du bien-être des enfants. *La Gazette des tribunaux* retentit de l'éclat de leurs injures aux maris infidèles ou aux « traînées » qu'ils courtisent. Au tournant du siècle, le vitriol parfois sera leur arme redoutable.

L'adultère féminin est le mal absolu contre lequel le mari a tous les droits, du moins en principe et au début du XIXᵉ siècle. Car – Alain Corbin le montre – une tendance plus égalitaire se développe par la suite, dont le verdict apaisé des tribunaux est l'expression.

Les formes de conflit

La plupart des conflits familiaux se règlent dans le for intérieur. Les convenances, le sens du quant-à-soi, la peur du qu'en-dira-t-on, l'obsession de la respectabilité font qu'on les enfouit et qu'ils constituent à certains égards le substrat des familles. Ne rien laisser paraître, éviter l'intervention de tiers, « laver son linge sale en famille » : préceptes de morale paysanne autant que bourgeoise qui confortent la frontière entre « nous » et « eux, ils » : cet extérieur toujours menaçant. En milieu ouvrier, la discrétion est plus difficile. Il y manque les forêts et les murs : « De mon lit, j'entendais tout ce qui se passait chez X », dit le témoin d'une affaire criminelle. De tous, les ouvriers sont les plus exposés, d'où peut-être cette discrétion sur soi s'il s'agit de se raconter.

En cas de conflit, certaines familles s'érigent en quasi-tribunal, exigent réparation ou expulsent la cause du trouble. Il se forme aussi des partis adverses, des clans qui s'opposent, ou ne se parlent plus, ne se fréquentent plus. Toute une diplomatie familiale gère le contentieux, jusqu'à prévoir les places à table, les chassés-croisés aux cérémonies, les négociations, les traités, les réconciliations lors des enterrements, par exemple : la mort rassemble autant qu'elle divise. Certaines personnalités – oncles ou tantes célibataires – passent leur temps à remmailler les fils de ces intrigues, compliquées de légendes tenaces. Parfois, des brouilles subsistent dont on ne sait plus l'origine. Des âmes pieuses vouent leur dévotion à reconstituer l'harmonie brisée. Car l'entente est l'image que l'on rêve de donner des siens, réunis au complet pour une de ces photos de famille qui attestent, à la face des autres et des générations futures, la force et la sérénité d'une tribu.

Violences

L'affrontement physique est assez rare au sein de la famille bourgeoise, qui réprouve les corps à corps rustiques et préfère des canaux plus subtils, non moins ravageurs : perverses stratégies de la taupe ou de l'araignée, minant de l'intérieur, dans l'ombre et le silence, les édifices et les réputations en apparence les plus solides. Le poison est la forme ultime de cette violence secrète à laquelle le développement des produits toxiques – arsenic, puis phosphore – offre quelques facilités. « Il est un crime qui se cache dans l'ombre, qui rampe au foyer des familles, qui épouvante la société, qui semble défier par les artifices de son emploi et la subtilité de ses effets les appareils et les analyses de la science, qui intimide par le doute la conscience des jurés et qui se multiplie d'année en année avec une progression effrayante, ce crime, c'est l'empoisonnement », écrit en 1840 le Dr Cornevin. Une vieille tradition attribue ce crime aux femmes, dissimulées par force et par nature, et tapies au cœur des soins domestiques. Marie Lafarge, condamnée en 1838 pour avoir empoisonné un mari trop peu conforme à ses rêves – crime qu'elle a toujours nié –, est le prototype de ces belles empoisonneuses que les belles-mères soupçonneuses voient rôder autour du décès de leur fils bien-aimé. Entre 1825 et 1885, les statistiques judiciaires dénombrent, pour 2 169 affaires d'empoisonnement ayant fait 831 victimes, 1 969 accusés, dont 916 hommes et 1 053 femmes, soit 53 % (ce qui est en effet beaucoup plus que la part moyenne des femmes dans la criminalité : autour de 20 %). Ces crimes culminent entre 1840 et 1860, et déclinent nettement ensuite. Même en période de pointe, rien à voir avec le délire fantasmatique du temps.

En milieu rural et ouvrier, l'usage des coups, la rixe entre frères ou cousins demeurent des moyens commodes et expéditifs de régler ses comptes. Battre sa femme fait partie des prérogatives masculines. Les coups et mauvais traitements sont le motif avancé par 80 % des femmes demandant la séparation de corps. Plus que la femme infidèle, c'est la femme dépensière ou mauvaise ménagère que le mari, souvent ivre, bat comme plâtre au retour du travail. « Le repas n'était pas prêt, le fourneau éteint », dit en manière d'excuse un accusé qui a frappé sa femme à mort.

Car la scène de ménage, classique du peuple, peut aller jusque-là. Le « crime passionnel », dont Joëlle Guillais-Maury a étudié une centaine de dossiers dans le Paris de la fin du XIXe siècle, est presque toujours un acte d'homme, ordinairement jeune, exercé sur une femme pour « venger son honneur » bafoué. « Je tue ma femme » signifie : « Tu es ma femme et tu m'appartiens. » En l'occurrence, il s'agit de femmes, mariées ou non, qui en effet résistent, refusent l'acte sexuel à un homme qui leur déplaît, prennent un amant, partent. Ces femmes revendiquent, avec une vitalité et une franchise d'expression surprenantes, leur droit à la liberté de mouvement et de choix ; elles disent aussi leur désir, se plaignent d'hommes infidèles, brutaux, peu vigoureux ou, au contraire, tyrans sexuels : « C'était un enfer », dit l'une d'elles. Elles affirment l'autonomie de leur corps. Mais elles le paient très cher, souvent de leur vie.

Car la femme est la principale victime de ces violences familiales de toute nature. Voici la maîtresse de Flaubert, Louise Pradier, chassée par son mari. « On lui a retiré ses enfants, on lui a retiré tout. Elle vit avec 6 000 francs de rente, en garni, sans femme de chambre, dans la misère » (lettre de Flaubert, 2 mai 1845). Ce même Gustave parle d'une ouvrière que, parce qu'elle avait une liaison avec un notable de Rouen, son mari tue, coud dans un sac et jette à l'eau : crime pour lequel il n'écope que de quatre ans de prison. La femme coupée en morceaux, grande catégorie de faits divers, illustre de façon paroxystique une réalité du XIXe siècle : la rage contre une femme dont on n'admet pas l'émancipation.

Vengeance privée

La violence comme forme de vengeance privée, intra- et extrafamiliale, demeure une pratique populaire largement répandue. Anne-Marie Sohn, dans la grande enquête qu'elle a menée sur les rôles féminins à travers un demi-siècle d'archives judiciaires, a rencontré presque exclusivement les classes populaires. Et Louis Chevalier a décrit l'intensité des rixes ouvrières à Paris dans la première moitié du XIXe siècle. Les alentours du cabaret, les sorties du bal où l'on s'empoigne pour une fille (les Italiens, réputés pour leur séduction, en sont des victimes habituelles), les terrains vagues, les fortifs de la capitale où s'étripent les jeunes apaches sont des zones où l'on règle ses comptes entre soi, faisant front au besoin contre la police quand elle se mêle d'intervenir. Signe d'un rapport au corps qui n'a pas besoin de médiation pour se dire.

Dans le monde rural, la *vendetta* à l'état pur n'existe plus guère qu'en Corse. Cependant, les statistiques d'homicides, comme les rapports administratifs permettent de cerner une « région à vengeance » recouvrant presque tout le sud du Massif central : Velay, Vivarais, Gévaudan, que certains démographes identifient aux régions de structure patriarcale. E. Claverie et P. Lamaison ont dépouillé de longues séries de procès criminels et mis au jour la diversité des mécanismes de la vengeance, la montée des tensions liée aux difficultés des cadets prolétarisés par le marasme économique. Un vif sentiment de frustration précipite des chutes de pierre inopinées, allume des incendies épidémiques, entraîne rixes meurtrières ou ensorcellements étranges.

Mais les auteurs constatent aussi que les populations recourent de plus en plus au gendarme, intégrant, voire substituant la justice légale à la violence privée. La plainte remplace progressivement l'incendie ou la bagarre. Devant le procès, toutefois, on hésite, obscurément conscient du fait qu'il induit une autre logique où tout le monde, plaignants et prévenus, court un risque de dévoilement, de mise à nu. Surviennent alors les tentatives d'« arrangement », avec leur cortège de réparations amiables. Si elles échouent, on va jusqu'au bout de la procédure. Le passage par le pénal, la comparution au tribunal, correctionnel ou criminel, l'incarcération, jadis vécus avec indifférence, voire avec panache et bravade, deviennent des déshonneurs qui peuvent suffire à la vengeance. Témoins d'une individualisation des conceptions, de tels recours contribuent à la développer et à immerger l'appareil judiciaire, jadis plus extérieur, au cœur des pratiques populaires.

Le droit à la vengeance privée, relativement admis par les jurés de l'époque du moins en ce qui concerne le crime passionnel, surtout si l'adultère féminin en est le motif, est de moins en moins toléré par les criminologues du début du XXe siècle, qui y voient un signe de primitivisme, voire de folie, « négation de la loi, retour à la barbarie, régression vers l'animalité », selon Brunetière (*La Revue des Deux Mondes*, 1910), interprète de l'opinion éclairée.

Vengeance légale

Porter plainte n'est certes pas nouveau. Yves et Nicole Castan ont étudié les comportements judiciaires des populations du Languedoc à l'époque moderne. Michel Foucault et Arlette Farge ont montré quel usage les familles faisaient des commissaires de police et de la lettre de cachet pour rétablir leur équilibre menacé. Au XIXe siècle, ce type de recours se poursuit de deux manières : la correction paternelle et l'internement asilaire pour motifs psychiatriques, en vertu de la loi de 1838.

Quantitativement marginale – 1 527 ordonnances délivrées en 1869, un sommet –, la correction paternelle n'en concerne pas moins 74 090 enfants entre 1846 et 1913. Elle fonctionne surtout dans la Seine (75 % des ordonnances délivrées entre 1840 et 1868, 62 % entre 1896 et 1913), et notamment à Paris. D'abord instrument aux mains des classes aisées, la correction paternelle devient de plus en plus populaire, le décret de 1885 exonérant les familles pauvres des frais de pension ou d'entretien; en 1894-1895, les professions manuelles représentent 78 % des demandes. Un trait frappant : l'intensité relative de la correction des filles : 40,8 % des cas entre

Drames et conflits familiaux

1846 et 1913, ce qui représente un pourcentage très supérieur à leur taux de délinquance (de 16 à 20 % entre 1840 et 1862, de 10 à 14 % entre 1863 et 1910). Les pères redoutent leur grossesse et veillent sur leur « inconduite », principal motif invoqué pour les enfermer : la virginité demeure le capital le plus précieux.

La correction paternelle a été l'objet d'âpres débats mettant aux prises les inconditionnels de l'autorité paternelle et les partisans des « intérêts de l'enfant » qui incriminent plutôt le milieu familial : ainsi le juriste catholique Bonjean, animateur de la Société générale des prisons et de *La Revue pénitentiaire*, auteur de *Enfants révoltés et Parents coupables* (1895). À la fin du siècle, on dénonce, bien davantage que les méchants sujets, les mauvais traitements infligés par des parents dénaturés dont on préconise la déchéance. En dépit des lois de 1889 (sur la déchéance paternelle) et de 1898 (sur les mauvais traitements), la correction paternelle n'en continue pas moins de fonctionner, de plus en plus mal, jusqu'en 1935. Un décret-loi supprime alors l'emprisonnement, mais maintient le placement, qui lui ressemble en raison de la désastreuse situation des institutions correctionnelles. Bernard Schnapper souligne l'extrême lenteur d'une évolution qui s'explique par la force du consensus – opinion publique et juristes confondus – sur le principe d'autorité. Pourtant, ces changements indiquent un recul de la *privacy* populaire devant l'État et, au nom de l'intérêt de l'enfant comme être social, une police exercée sur la famille : pour le meilleur et pour le pire.

Internement asilaire

La loi de 1838 permet aux familles de faire interner non les dangereux, les indésirables ou les indisciplinés, mais les fous. En ce sens, il n'y a pas de continuité entre l'asile et la Bastille, mais au contraire une différence radicale : la médicalisation de l'internement où l'autorité administrative est seconde. Aucun préfet ne peut signer une ordonnance d'enfermement sans un certificat médical. Robert Castel insiste sur cette novation. Qu'il y ait détournement de l'acte médical ou interprétation de conduites déviantes cataloguées indûment comme « folie », c'est autre chose.

Exemples de détournement : le cas de Clémence de Cerilley, déjà évoqué, que son mari, sous divers prétextes, notamment celui d'un mysticisme exacerbé, avec l'aide des siens et l'appui d'un médecin, fait enfermer à des fins financièrement intéressées ; celui d'Hersilie Rouy dont le demi-frère, pour capter un héritage, obtient en 1854 le « placement volontaire », sous prétexte que le mode de vie excentrique de cette artiste célibataire – indépendante, elle recherche la solitude – relève de la « monomanie aiguë », selon le certificat du Dr Pelletan qui lui vaudra quatorze ans d'asile ; ou encore celui d'une Mme Dubourg, que son mari fait interner parce qu'elle se refuse à lui (il finira par la tuer). On redécouvre aujourd'hui les figures d'Adèle Hugo et de Camille Claudel, dont l'enfermement paraît bien le fruit d'une décision familiale arbitraire destinée à sauvegarder la réputation d'un grand homme.

Plus subtilement intéressante, la notion de normalité à l'œuvre dans ces taxinomies des maladies mentales féminines, étudiées par Yanick Ripa (*La Ronde des folles,* Aubier, 1986). La démesure en toute chose, l'excès, notamment la passion amoureuse, surtout quand elle emprunte des chemins interdits – l'amour pour le père, l'amour lesbien, voire celui pour un homme plus jeune, tout simplement la prise de décision féminine, ou encore le clitorisme –, constituent autant de déviances. « Toute femme est faite pour sentir, et sentir, c'est presque de l'hystérie », écrit Trélat. Pour l'auteur de *La Folie lucide* (1861), les déséquilibres sexuels et familiaux sont la principale source de démence. À l'inverse, l'harmonie familiale est une garante de la raison.

La folie est aussi une issue à un malheur familial réel. Parmi les folles, beaucoup d'amoureuses délaissées, de mal mariées, de femmes trompées, de mères en deuil de leurs enfants. L'égarement masculin semble lié davantage aux aléas de l'existence publique ou professionnelle. La faillite, la dilapidation, le jeu…, voilà, dénoncées par les femmes, les formes de la démence des hommes, dont il faut rappeler qu'ils sont majoritaires dans les asiles.

En tout cas, même si la police continue, au moyen du placement d'office, à utiliser l'asile comme un dépôt pour fauteurs de désordre public, l'asile se nourrit de plus en plus du drame privé et du conflit familial dont le médecin est le juge et l'arbitre.

Séparation de corps et divorce

Il est des moyens moins dramatiques pour dénouer un couple désuni. En l'absence du divorce, supprimé en 1816 et rétabli seulement en 1884, c'est la séparation de corps, dont B. Schnapper a étudié l'évolution et les caractères de 1837 (date à partir de laquelle le *Compte général de l'administration de la justice criminelle* fournit des données statistiques) à 1914. Plusieurs constats. D'abord, c'est une pratique marginale : 4 000 par an à sa période d'apogée, vers 1880, soit 13 ‰ des mariages, mais en croissance certaine après 1851, en raison d'une loi (1851) accordant aux demandeurs démunis le bénéfice de l'assistance judiciaire. La procédure qui, jusque-là, était d'usage bourgeois, se popularise nettement : 24 % des usagers sont « ouvriers, domestiques, ménagères » en 1837-1847, et 48,8 % en 1869-1883. Ensuite, c'est une institution féminine : en toutes périodes, les femmes représentent plus de 86 % – jusqu'à 93 % – des requérants. Femmes relativement âgées, mères de famille, ayant derrière elles de longues années de mariage ; femmes « excédées », moins par l'infidélité de leur mari que par les mauvais traitements dont elles sont accablées. « C'est la femme battue, non la femme trompée qui demande la séparation. » Autre remarque : la séparation de corps est une pratique du nord de la France et des régions urbanisées et instruites. C'est, en somme, un signe de modernité, comme l'est également le divorce, dont la carte, en 1896 par exemple, recouvre à peu près la sienne. Notons enfin l'élargissement des motifs reconnus pour la séparation qu'enregistre le *Dalloz* : la jurisprudence est un bon fil conducteur de l'évolution des mœurs.

Le divorce a des caractères assez voisins : même répartition, même prépondérance féminine (80 % des requérants), mêmes motifs avancés (sévices, injures graves : 77 % en 1900), avec une coloration plus bourgeoise (professions libérales, employées). Conquête révolutionnaire de 1792, le divorce avait eu un vif succès parmi les femmes des villes. Bonald et les ultras avaient imposé sa suppression dès 1816. Les radicaux (tel Alfred Naquet) en avaient fait un point essentiel de leur programme, et, alliés aux opportunistes, ils en font voter le rétablissement en 1884. Assurément, l'inégalité des conjoints demeure fortement marquée : les maris peuvent utiliser les lettres compromettantes reçues par leurs épouses, non l'inverse : ce qui pose toute la question du secret de la correspondance. « Canaille et rosse », adressés à un époux, sont des injures suffisantes, mais pas « vache et truie » jetés à la tête d'une épouse ! Néanmoins, les lois de 1904 (un divorcé peut épouser sa/son compagnon adultérin) et de 1908 (après trois ans de séparation de corps, le divorce peut être prononcé sur demande formulée par l'un des deux conjoints) rendent le divorce plus libéral, au grand scandale d'une opinion conservatrice qui se déchaîne, Paul Bourget en tête. En dépit des réticences catholiques (voyez *Marthe*) et des réprobations bien-pensantes, et quoique marginal encore (15 000 par an en 1913), le divorce, lui aussi, entre dans les mœurs. En affirmant, contre l'indissolubilité du mariage, les droits des époux à l'amour ou simplement au bonheur et à l'entente, il achemine le mariage vers le libre contrat que, progressivement, il est devenu.

Pour en arriver là, il avait fallu une singulière évolution des esprits et l'avènement d'une République en marche vers la laïcité. Mais, surtout, une longue lutte des féministes et de leurs alliés. De Claire Démar et George Sand, dont les premiers romans, *Indiana, Lélia,* plaident pour le divorce, à Maria Deraisme et Hubertine Auclert, la revendication est constante, avec des poussées plus fortes quand les institutions sont ébranlées, ainsi au début de la Troisième République. Dès 1873, Léon Richer publie *Le Divorce* et entreprend, en plein Ordre moral, une vigoureuse campagne pour la révision du Code civil. En 1880, Olympe Audouard et Maria Martin fondent la Société des amis du divorce dont l'organe est *Le Libérateur*. Entre 1880 et 1884, la campagne est intense.

Au tournant du siècle, les féministes, cependant, semblent redouter que l'inégalité des sexes ne fasse du divorce une arme aux mains de maris volages. « L'homme se lasse plus vite que la femme des relations amoureuses », écrit Marguerite Durand *(La Fronde)*, qui met en garde contre le divorce par la volonté d'un seul et le risque qu'il soit une procédure légale d'abandon de la femme mûre et délaissée. La fragilité sociale des femmes exige des garanties contre la solitude, et c'est le Code civil dans son ensemble qui doit être révisé. Dès 1880, Hubertine Auclert intervenait dans les cérémonies de mariage en apostrophant les jeunes époux : « Citoyen et citoyenne, vous venez de jurer devant un homme qui représente la Loi, mais ce que vous avez juré n'a pas le sens commun. La femme, étant l'égale de l'homme, ne lui doit pas obéissance » (6 avril 1880, mairie du XVe arrondissement).

Un siècle encore serait nécessaire pour qu'elle soit entendue.

En marge : célibataires et solitaires
par Michelle Perrot

Le modèle familial, au XIXe siècle, a une telle force normative qu'il s'impose aux institutions comme aux individus et crée de vastes zones d'exclusion, plus ou moins suspectes, où les règles de la vie privée, voire le droit à cette vie, paraissent plus incertaines. Elles n'en existent pas moins. La part des célibataires et des solitaires, temporaires ou permanents, par nécessité ou par choix, est en effet considérable. Tantôt ils s'inspirent d'une famille absente : les ballerines ont une « mère d'opéra » qui leur cherche un « père » protecteur au « foyer » de la danse ; à la colonie pénitentiaire de Mettray (près de Tours), chaque groupe est une « famille » composée de « frères » et de deux « aînés ». Tantôt ils élaborent des modes de vie originaux, alternatives contestataires à cette saumure douceâtre. « Malédiction sur la famille qui amollit le cœur des braves, qui pousse à toutes les lâchetés, à toutes les concessions, et qui vous détrempe dans un océan de laitage et de larmes », écrit Flaubert, ce cousin des dandies (à Louis Bouilhet, 5 octobre 1855), préludant au « Familles, je vous hais… » d'André Gide.

Lorsque manque l'échelon familial en son théâtre domiciliaire, les deux pôles de la vie privée sont l'individu et la « société » : un individu renforcé par les curiosités de l'égotisme (Stendhal) ; des sociabilités multiples et lovées dans l'espace public ; avec des nostalgies médiévales ou aristocratiques d'un monde *ante*-familial révolu ; ou, au contraire, des conduites d'avant-garde.

Institutions de célibataires

Les institutions destinées à encadrer célibataires et solitaires – éducatives, répressives, assistantielles, etc. – renforcent au XIXe siècle leur principe de ségrégation sexuelle. Qu'elles aient recours au volontariat (couvents, séminaires, dans une certaine mesure casernes) ou non, ces institutions reposent sur des disciplines dont l'armée et l'Église ont de longtemps fourbi les procédures. Clôture et séparation du monde extérieur, surveillance « panoptique » destinée à empêcher toute communication horizontale génératrice de perversion et de troubles anti-hiérarchiques reposent sur une profonde méfiance de la parole, du corps et du sexe des assujettis, surtout pendant la nuit, cœur battant de l'intime. L'idéal serait la cellule – le *box*, dit-on à l'anglaise dans les internats – pour tous. Mais les conditions matérielles ne le permettent pas. Le cas paroxystique des prisons le montre : le parti du cellulaire l'emporte à partir des années 1840 ; une loi de 1875 en crée l'obligation ; mais, en fait, elle reste lettre morte. Partout, le regard inquisitorial du surveillant (traîtrise du *judas*) tente de contenir les promiscuités. Notons que l'isolement est, au XIXe siècle, une thérapie généralisée de l'asile psychiatrique (cf. Gauchet et Swain) au sanatorium (cf. P. Guillaume). « Le génie du *soupçon* est venu au monde », dit Stendhal.

Bien entendu, évitons les douteux amalgames. Entre tous ces établissements, la ressemblance est formelle. Il y a une grande différence selon qu'il s'agit ou non d'un choix, voire d'une vocation. Dans ce cas, la discipline passe en principe par le consentement, l'acceptation, voire l'intériorisation de la règle. Les couvents du XIXe siècle que décrit Odile Arnold sont imprégnés d'une spiritualité très dualiste qui sépare rigoureusement l'âme et le corps, principe du mal, qu'il faut faire taire, oublier et punir par une ascèse physique et morale particulièrement poussée dans les ordres contemplatifs, jusqu'à la mise à mort de cet « Autre » qui contrarie l'union à Dieu. Mourir jeune est le rêve de beaucoup de pieuses adolescentes, parfois encouragées par leurs mères subjuguées ; une grâce que Thérèse de Lisieux a portée au sublime. La dévotion, pourtant, n'exclut pas la tentation, les passions du cœur et de la chair que protègent de lourds secrets, obscurs souterrains des châteaux de l'âme. Derrière la clôture s'instaurent d'autres frontières du public et de l'intime. Chaque détail, parole ou bruit y prend un relief hallucinant. « Au séminaire, il est une façon de manger un œuf à la coque qui annonce les progrès faits dans la vie dévote », dit Stendhal, critique. Julien Sorel ayant décidé de se dessiner un caractère tout nouveau, « les mouvements de ses yeux lui donnèrent beaucoup de peine ».

Lorsque l'enfermement est une contrainte, la défense de la *privacy* individuelle est une lutte de chaque instant. Elle passe tantôt par l'exigence d'un temps, d'un espace à soi qui échappent au contrôle du maître ou à la tyrannie du groupe : Vallès vante « la petite chambre au bout du dortoir, où les maîtres d'étude peuvent, à leurs moments de liberté, aller travailler ou rêver » *(L'Insurgé)*; tantôt par l'établissement de relations mutuelles qui brisent la solitude et créent une carapace protectrice contre les intrusions autoritaires. Il s'élabore tout un ensemble de tactiques destinées à tourner les règlements, avec une très fine gestion des temps libres, des « mouvements » dont les flux introduisent des confusions propices à l'échange, et des territoires dits « neutres » où se « planquer » : coins obscurs et surtout w.-c. qui, dans toutes les institutions fermées, représentent un havre de liberté, d'ailleurs particulièrement suspecté. Il s'ébauche tout un univers de gestes – petits papiers passés derrière le dos du maître, inscriptions, ce langage des internats et des prisons –, de mots, de signes qui, souvent transmis, finissent par constituer une « sous-culture » interne ou carcérale (P. O'Brien). Connivences, complicités, amitiés « particulières » ou non, camaraderies revêtent une vive intensité en ces lieux clos d'homosexualité latente ou réelle, où l'autre sexe – le sexe interdit du dehors – fait l'objet d'une érotisation avide ou d'une sublimation forcée. Ce monde de l'extrême contrainte est sans doute aussi celui du désir extrême. D'être dérobés, les plaisirs – lectures, friandises, caresses… – ont une saveur plus forte. Si bien que les sens peuvent en être exaltés jusqu'à l'exaspération. À moins qu'à la longue, au contraire, l'obligation de toujours se contraindre n'opère un refoulement qui conduise à une véritable anesthésie. Simone Buffard, entre tant d'autres, a évoqué le « froid pénitentiaire » qui s'empare du détenu, jusqu'à tuer en lui le désir et la possibilité même de l'assouvir. Erving Goffman a analysé la « perte d'autonomie » qui caractérise les institutions asilaires, et plus largement carcérales, et le repli sur soi du reclus qui rend parfois si problématique sa réadaptation à l'extérieur.

Il n'est pas question de développer ici ces aspects de la vie privée des enfermés, au demeurant peu décrits parce que justement hors d'atteinte, volontairement dissimulés à l'observateur et, par-delà, à l'historien, et révélés comme par effraction. On ne saurait, par ailleurs, apporter suffisamment de nuances. Même si les collégiens comparent leur internat à une prison – entendez Baudelaire, Vallès... –, il ne l'est que très relativement. L'analogie entre les formes de contrôle et de vie privée des diverses institutions « totalitaires » n'est qu'apparente. Il faudrait les saisir dans leur diversité et leur historicité : lesquelles sont les plus perméables aux modes de vie privée extérieurs qui, peu ou prou, leur servent de point de comparaison ? Dans le cas des établissements scolaires et des châtiments corporels, par exemple, les désirs et les répugnances des familles ont pesé de façon décisive. Qu'en est-il du secret de la correspondance, des permissions de sortie, du coucher ou de l'hygiène intime des militaires ou des prisonniers ? La force avec laquelle des individus ou des groupes résistent à la discipline ou expriment des vouloirs nouveaux a un pouvoir de transformation sur les institutions les plus figées, les plus immobiles soient-elles.

Il y avait, vers 1860, 50 000 prisonniers, 100 000 religieuses, 163 000 collégiens de toutes sortes, 320 000 « malades mentaux » internés, près de 500 000 militaires : autant d'ethnies à la vie privée singulière. On ne pouvait les oublier.

Célibataires : les garçons

Peu de célibataires définitifs, au XIXe siècle, mais beaucoup de solitaires, surtout parmi les femmes, veuves tôt et longtemps. L'âge au mariage s'abaisse pour les deux sexes, mais inégalement. Au recensement de 1851, par exemple, plus de

51 % des hommes sont célibataires et seulement 35 % des femmes ; mais, à trente-cinq ans, les hommes non mariés ne sont plus que 18 % et les femmes excèdent 20 %. Le nombre des premiers ne cesse de reculer pour atteindre vers soixante-cinq ans son plus bas étiage : 7 % ; tandis que celui des femmes ne descend jamais au-dessous de 10 %. Au bout du compte, les hommes se marient plus que les femmes, même s'ils le font plus tard, tant la vie de ménage présente commodité et confère respectabilité. « Il me faut à tout prix une famille », écrit Baudelaire, ce dandy ; « c'est la seule manière de travailler et de dépenser moins » (à sa mère, 4 décembre 1854). Frappé, comme Tocqueville, du spectacle de la conjugalité américaine, Gustave de Beaumont y pressent la figure de la normalité : « Je crains qu'on ne vienne à un état de choses où les célibataires seront dans une fausse position et où il n'y ait un peu de sécurité que pour les pères de famille » (à son frère Achille, 25 septembre 1831). Ces pères de famille dont Péguy, soixante ans plus tard, fera les « héros du monde moderne ».

Les travaux de Jean Borie ont mis en lumière la suspicion qui s'attache au célibataire. Excepté l'Église ou Le Play, qui le jugent de façon positive en raison de sa possible abnégation, la société voit en lui un « fruit sec ». Au *Dictionnaire des idées reçues,* Flaubert épingle les aphorismes du temps : « Célibataires : tous égoïstes et débauchés. On devrait les imposer. Se préparent une triste vieillesse. » On l'aura noté : le substantif est toujours employé au masculin ; au féminin, il devient adjectif. Et le *Larousse du XIXe siècle* cite « cette confusion d'un Anglais qui, peu initié aux synonymes de notre langue, donnait le nom de *célibataires* aux *garçons* de restaurant ». Le célibataire est toujours un mâle. Non mariée, la femme est fille ou « reste fille » : c'est-à-dire rien ; ou pire, elle devient « vieille fille », une « anormale », une « déclassée » (comtesse Dash).

Provisoire ou permanent, le célibat est vécu de façon totalement différente par les garçons et par les filles. Pour ces dernières, c'est la blanche attente du mariage : Alain Corbin évoque, plus loin, le personnage de la jeune fille et sa réclusion. Pour le jeune homme, le célibat est un temps plein, valorisé, de liberté et d'apprentissage, le mariage n'étant qu'un établissement, voire une « fin ». Époque joyeuse (du moins dans l'embellie des souvenirs) des amours passagères, des voyages, de la camaraderie et d'une forte sociabilité masculine au ton très libre (voir la correspondance de Flaubert) ; temps de l'éducation sentimentale et charnelle où tout est permis. Il faut « jeter sa gourme » et que « jeunesse se passe ». Seule la peur de la syphilis inclinera, vers la fin du siècle, à plus de chasteté. Même dans les classes populaires, il existe une errance institutionnalisée (par le tour de France des compagnons) ou libre, façon d'apprendre le métier et la vie avant de se fixer.

À Paris, les étudiants, souvent attardés dans les arcanes du droit ou de la médecine, forment une tribu dont il est difficile de percer la réalité tant est tenace sa légende : celle du quartier Latin, perpétuellement agité de passions politiques et, au moins jusqu'en 1851, sous surveillance constante (cf. J.-C. Caron) ; celle de la bohème, immortalisée par Murger, dont J. Seigel a, tout récemment, tenté de cerner les frontières, l'identité, les transformations politiques et littéraires, et les déplacements dans la capitale, du boul' Mich' à Montmartre, de Montmartre à Montparnasse.

La vie de bohème

Car la bohème a plusieurs composantes, du reste bien discernées par Murger : les « amateurs », des jeunes gens qui « désertent le foyer de la famille » pour vivre « les aventures de l'existence de hasard », mais à titre provisoire avant de se ranger, et les artistes. De ceux-ci, les plus nombreux – « la bohème ignorée » – vivent pauvres et inconnus, stoïques, passifs, sans jamais atteindre la notoriété. « Ils meurent pour la plupart décimés par cette maladie à qui la science n'ose pas donner son véritable nom, la misère », proie de la phtisie et gibier d'hôpital. « Ils crachent, toussent, cela ennuie les voisins : ils vont à la Charité » (Vallès). Les autres – une minorité – atteignent à la réussite et à la reconnaissance : « Leurs noms sont sur l'affiche. » Parmi eux, beaucoup de peintres, de sculpteurs, de littérateurs, mais aussi de journalistes liés à la « petite presse » qui fait consommation de caricatures, de poèmes et de « blagues ».

La bohème dessine en tous points un contre-modèle de la vie privée bourgeoise. D'abord par son rapport inverse au temps et à l'espace : vie nocturne, sans horaire – le bohème n'a pas de montre –, d'intense sociabilité dont la scène est la ville, salons, cafés et boulevards. Les bohèmes « ne sauraient faire dix pas sur le boulevard sans rencontrer un ami ». La conversation est leur plaisir, leur occupation majeure. Ils vivent, écrivent dans les troquets, les bibliothèques et les cabinets de lecture, proches des classes populaires par leur usage privatif de l'espace public. Perpétuellement poursuivis par les créanciers et les huissiers, ils n'ont pas de domicile fixe, pas de meubles, à peine quelques objets. Un héros de Murger, Schaunard, transporte ses biens avec lui dans ses poches « profondes comme des caves ». Ils partagent à plusieurs des logements éphémères, qu'ils excellent à transformer, pour un soir de fête, par quelques bibelots ou tissus raffinés, comme on plante une tente, ou un décor. Dédaigneux de l'épargne, la vertu des « ventrus », ces maigres flambent en une nuit de liesse ou de jeu l'argent gagné, ou emprunté, puisé au pot collectif. Car ils méprisent la propriété, mettent tout en commun, y compris les femmes, qui circulent de l'un à l'autre, au gré de leurs penchants. Les amours multiples sont la règle, et l'infidélité, un principe. Schaunard a soixante boucles de cheveux : une collection. Grisettes et lorettes font souvent les frais d'un échange que le rapport des sexes, moins hiérarchique qu'ailleurs, rend tout de même inégal. En bohème aussi, l'homme règne, même si certaines, plus avisées, parviennent à faire carrière ou trouvent du moins le plaisir de vivre sans ennui. Il est des grisettes conquérantes, « vivant dans une espèce de liberté masculine » (Sébastien Mercier), des Rastignac féminines dont la jeunesse et la beauté font la conquête de la ville et pour lesquelles la bohème n'est qu'un vestibule. « Je suis toute seule, ça me regarde », dit la Rigolette d'Eugène Sue, figure d'une improbable subversion.

Dans cette vie communautaire et publique, l'amour est le seul acte qui requière quelque secret. Une inclination naissante isole le couple du cénacle ; l'acte sexuel exige chambre à soi, porte close, rideaux tirés. L'intimité amoureuse ne se partage pas : elle a quelque chose de conjugal, en somme.

Vie rêvée autant – et plus ? – que réelle, la peinture de Murger ne doit pas faire illusion. Mais elle a exercé un grand attrait sur la jeunesse, provinciale surtout. Monter à Paris, devenir écrivain, poète ou journaliste, échapper aux platitudes de la vie bourgeoise ont été des ambitions largement partagées par ces « victimes du livre » dont Jules Vallès a donné, un peu plus tard, une description plus pessimiste. Fait symptomatique, ce sous-prolétariat des « réfractaires » qui gravite autour des collèges et des petits journaux ne ressent jamais autant sa solitude que le dimanche, ce « septième jour d'un condamné », jour des familles qui occupent tout l'espace public, l'excluant de toute part.

Dandys

Le dandysme représente une forme encore plus consciente et élaborée de refus de la vie bourgeoise, dont les livres de Roger Kempf et de Marylène Delbourg-Delphis ont dégagé l'originalité. D'origine britannique, d'essence aristocratique, le dandysme fait de la distinction le principe même de son fonctionnement. Codifié par Brummell, Barbey d'Aurevilly, Baudelaire ou Fromentin *(Dominique)*, il exaspère la différence dans une société qui tend à se massifier. La bohème penche à gauche, le dandysme incline à droite. Anti-égalitaire, il voudrait recréer une aristocratie qui ne soit certes pas celle de l'argent ou du lignage, mais celle d'un tempérament – on « naît » dandy – et d'un style.

Homme public, le dandy, acteur du théâtre urbain, protège son individualité derrière le masque d'une apparence qu'il s'efforce de rendre indéchiffrable. Il a le goût de l'illusion et du déguisement, un sens aigu du détail et de l'accessoire (gants, cravates, cannes, écharpes, chapeaux…). Les Goncourt ricanent de l'allure de Barbey et du « carnaval qu'il promenait toute l'année dans les rues sur sa personne ». Un dandy est « un homme qui porte des habits […]. Il vit pour s'habiller » (Carlyle). La toilette est une de ses principales occupations : Baudelaire déclarait n'y avoir jamais passé moins de deux heures par jour. Mais, à la différence des courtisans de jadis, il accorde une extrême importance à la propreté, celle du linge et

En marge : célibataires et solitaires

de la peau, signe d'un autre rapport au corps. Barbey se fait monter un bain chaque jour, et lorsque Maurice de Guérin, malade, doit retourner au Cayla, le plus grand souci de sa sœur Eugénie est le manque d'eau et de cabinet de toilette.

Tout cela suppose une vie de loisir et des revenus suffisants qui dispensent du travail. Assurément plus argentés que les gens de bohème, les dandys n'étaient pas cependant très fortunés. Le mépris de l'argent comme objectif, le goût du luxe ostentatoire et du jeu, mais l'acceptation du risque et d'une éventuelle ascèse font partie de leur morale, anticapitaliste et antibourgeoise. Ils haïssent les parvenus – les juifs dans la mesure où ils incarnent les manieurs d'argent –, les affaires et la vie de famille. Le mariage est à leurs yeux la pire des captivités, et les femmes, les rets de l'esclavage. Avec elles, le plaisir charnel ne devrait être qu'un commerce. Mieux vaut l'amour des garçons. Leur homosexualité (le mot n'apparaît qu'en 1891) s'accentue avec le temps, à la mesure de l'emprise familiale et féminine sur la société. L'avènement de la « femme nouvelle » a provoqué, dans toute l'Europe, une véritable crise d'identité masculine, dont Otto Weininger est un des interprètes (*Sexe et Caractère,* 1903) et dont la recrudescence de la pédérastie est sans doute une des formes. Le *Journal* d'Edmond de Goncourt, après 1880, en porte à sa manière témoignage. Le « mépris de la femme », ou du moins du féminin, qu'exprime avec force, en 1909, le *Manifeste futuriste* de Marinetti est par ailleurs une des constantes du dandysme, non pas misogyne, mais « spernogyne » (du latin *spernere,* mépriser), selon l'expression de R. Kempf. « La femme est le contraire du dandy : elle est naturelle, c'est-à-dire abominable » (Flaubert). Au-delà, il y a le refus des enfants et de la génération, insupportable au dandy, pessimiste et ennemi de toute reproduction.

Le dandysme est une éthique, une conception de la vie qui élève le célibat et le vagabondage au niveau d'une résistance consciente. « Je hais le troupeau, la règle et le niveau. Bédouin, tant qu'il vous plaira ; citoyen, jamais » (Flaubert à Louise Colet, 23 janvier 1854). Le flâneur, le dandy, plus tard l'apache sont les antidotes de M. Prudhomme. La société tolère les premiers, mais réprime le dernier, fils des faubourgs qui menace la sécurité des nantis.

La solitude des femmes

Choisie, subie ou simplement assumée, la solitude des femmes est toujours génératrice d'une situation difficile, car radicalement impensée. « La femme meurt si elle n'a ni foyer ni protection », dit Michelet, pitoyable; et le chœur des épigones : « S'il y a une chose que la nature nous enseigne avec évidence, c'est que la femme est faite pour être protégée, pour vivre jeune fille auprès de sa mère, épouse, sous la garde et l'autorité de son mari [...]. Les femmes sont faites pour cacher leur vie » (Jules Simon, *L'Ouvrière,* 1861). Hors du foyer et du mariage, point de salut.

Dévergondée qui vit de ses charmes ou laissée-pour-compte qui n'en a pas, la femme seule suscite défiance, réprobation ou moquerie. Le vieux garçon a des manies; il est plus cocasse que vraiment pitoyable. Rabougrie, la vieille fille sent le rance. Honte à cet « être improductif » (Balzac). Acariâtre, médisante, intrigante, voire hystérique, malfaisante, elle inquiète, telle la cousine Bette (1847), à l'œuvre comme une araignée dans la ville, cristal de tous les stéréotypes. Il faudra attendre le XXe siècle pour que, sous l'influence de féministes ou d'écrivains (tel Léon Frappié), émerge un autre personnage de femme seule et que la femme ait enfin droit au célibat.

Pourtant, des femmes seules, il y en a beaucoup. Au recensement de 1851, elles sont 46 % au-dessus de cinquante ans : 12 % de célibataires, 34 % de veuves; les proportions sont identiques en 1896. Ces taux sont particulièrement élevés dans l'Ouest, dans les Pyrénées, dans le sud-est du Massif central au milieu du siècle; plus tard, les différences régionales s'effacent au profit des grandes villes, réservoirs de femmes seules (domesticité).

En fait, ce surcroît de solitude féminine est, en Europe occidentale, une constante démographique depuis le Moyen Age. Les « mécanismes » qui la produisent sont multiples. Les stratégies matrimoniales, d'abord, qui créent un ordre de mariage et des exclues; l'assistance aux vieux parents, souvent confiée aux filles cadettes; le veuvage surtout, lié à la longévité féminine et à la rareté des remariages. En milieu bourgeois, les veuves sont sans doute mieux protégées qu'autrefois par le Code civil et l'usufruit ; dans les milieux populaires, leur sort est très précaire. L'absence de comptabilité de leur travail invisible – ménager, à domicile, d'auxiliaire conjugale –, le caractère syncopé d'une occupation salariale trop intermittente pour être jamais une « carrière » (les ouvrières des Tabacs forment une éclatante exception) font que la plupart ne bénéficient d'aucune retraite. L'établissement des premières lois sur les retraites ouvrières et paysannes (1910) fait apparaître leur marginalité. Masures et mansardes, hôpitaux et asiles sont peuplés de ces pauvres vieilles, oubliées de tous, occasion de charité pour les pensionnats de demoiselles. L'étude de la vieillesse, ce grand sujet d'histoire à écrire, devra être résolument sexuée.

La solitude peut être aussi le résultat d'un choix, délibéré dans les cas de « vocation » religieuse ou altruiste (infirmières, assistantes sociales, institutrices), ou résultant de la préférence donnée à une carrière. Les contre-maîtresses du quartier du Soleil à Saint-Étienne (J.-P. Burdy) sont des célibataires, à la fois admirées et critiquées. Les Postes offrent de nombreux exemples de ce type. En 1880, au-dessus de cinquante ans, on y dénombre 73 % de femmes seules, dont 55 % de célibataires (en 1975-1980, seulement 10 %). Les itinéraires reconstitués (C. Dauphin, P. Pézerat) montrent qu'un désir d'autonomie financière et professionnelle a entraîné le célibat ; les collègues masculins veulent une femme au foyer, non une postière. Au XIXe siècle, les femmes ne peuvent connaître une promotion sociale par le travail qu'en sacrifiant leur vie privée. Le célibat est, en somme, le « prix à payer ».

La vie quotidienne de ces solitaires est malaisée. Toujours considéré comme un « appoint » au budget familial supposé, le salaire des femmes est quasi statutairement inférieur. Et les « métiers de femmes » sont non qualifiés par nature ; ainsi, ces professions de la couture auxquelles la plupart sont si redevables. Les enquêtes de l'Office du travail sur le travail à domicile, amplement développé au tournant du siècle dans le cadre d'une industrie de la confection très rationalisée, révèlent un monde de femmes seules, mère et filles parfois, cachant leur précarité au fond d'une cour ou d'un sixième étage et pédalant sur leur Singer dix ou quinze heures par jour. La « côtelette de la couturière » désigne le morceau de fromage de Brie qui, avec une tasse de café – la drogue des ouvrières parisiennes –, fait leur ordinaire. D'autant qu'à tout prendre beaucoup préfèrent la coquetterie d'un châle ou d'un corsage.

C'est aussi que, pour les plus jeunes, la séduction demeure une arme. Une liaison peut fournir un complément de ressources, voire régler la question sexuelle ou affective hors mariage. À une jeune fille qui sollicite un emploi de grands magasins, le directeur demande si elle a un « protecteur », tant il lui paraît difficile qu'elle joigne les deux bouts. Prolongeant la fonction de la grisette d'autrefois – à laquelle les étudiants devenus sénateurs reconnaissants ont élevé, vers 1880, une statue (square Montholon) –, bien des « petites ouvrières » ou de dignes employées ont ainsi un « ami », homme « respectable », ordinairement d'une catégorie sociale un peu supérieure. Mais pour une Madeleine Campana qui assume allégrement une liaison durant quinze ans avec un médecin qu'au demeurant elle aurait épousé s'il eût été libre (*La Demoiselle du téléphone*, Paris, Delarge, 1976), combien vivent de rêves inassouvis qui se transforment en rancœur d'avoir été flouées ? Rarement subversifs, les romans-feuilletons, dont elles sont si friandes, leur disent bien pourtant que jamais les princes n'épousent les bergères !

Pour s'en sortir, beaucoup (combien ?) d'isolées mettent leurs ressources en commun. Les recensements quinquennaux de la population dénombrent des « ménages » de femmes seules – mères et filles, amies – que les enquêteurs (Villermé, Le Play) décrivent, en passant. « Celles qui n'ont point de famille et ne vivent pas en concubinage se réunissent ordinairement deux ou trois dans un cabinet ou une petite chambre qu'elles meublent à frais communs » (Villermé, 1840). Les femmes aménagent leur solitude, temporaire ou permanente, qu'elles n'ont pas toujours voulue, mais qu'elles ont pu préférer à un mariage peu attrayant.

Y a-t-il eu l'équivalent d'un dandysme féminin, d'un célibat choisi et librement vécu ? Le monde des actrices, si mal connues dans leur intimité, en offrirait sans doute des exemples. Toutefois, s'il est possible pour une femme de se libérer du mariage, il l'est beaucoup moins de s'affranchir

En marge : célibataires et solitaires 277

des hommes. Certaines courtisanes de haut vol tentent de renverser, à leur profit, la galanterie. La littérature nous offre de leur destin des figures et des issues contrastées. Après avoir « mis les hommes à ses pieds », Nana sombre dans la petite vérole, « Vénus décomposée » ; Odette, devenue à la faveur de la guerre maîtresse du duc de Guermantes, règne enfin sur le faubourg Saint-Germain qui n'est plus qu'une « douairière gâteuse ». Comment savoir ?

Un dandysme féminin ? Peut-être le trouve-t-on, au début du XXe siècle, chez les amazones : Nathalie Clifford-Barney, Renée Vivien, Gertrude Stein et leurs amies. Créatrices, esthètes de l'Art nouveau ou de l'avant-garde, lesbiennes, reconnues du Tout-Paris en partie grâce à leur origine étrangère, ces femmes libres revendiquent le droit de vivre comme des hommes. Autour ou au-delà d'elles, qui vivaient en cénacle, une pléiade de « nouvelles femmes », journalistes, écrivains ou artistes, avocates ou médecins, voire professeurs, qui ne se contentent plus des seconds rôles, veulent courir le monde et aimer à leur guise. Admirées par certains, vilipendées par d'autres, rien ne leur fut facile. Les romans, sympathiques ou critiques, de Marcelle Tinayre *(La Rebelle)* ou de Colette Yver donnent un écho des difficultés qu'elles rencontrèrent. Immenses, en vérité. Il leur fallait toute l'amitié, ou l'amour, des femmes – et de certains hommes – pour les affronter. La révolution sexuelle plus difficile que la révolution sociale ? Peut-être.

La mort des vagabonds

De tous les solitaires, les vagabonds sont les plus suspectés par une société qui fait du domicile la condition même de la citoyenneté et qui flaire dans l'errance une résistance à sa morale. Le monde rural, crispé sur son avoir, voit dans les romanichels et les chemineaux – hormis le colporteur agréé – des voleurs potentiels, les repousse et les châtie. En Gévaudan, des villageois jettent dans le ravin un ferblantier qui n'a pas payé un verre de vin. La république des pères de famille prend des mesures énergiques : loi de 1885 sur la relégation des multirécidivistes, habituellement de petits voleurs et vagabonds qui, proclamés « inaptes à toute espèce de travail », sont envoyés à la Guyane ; loi cantonnant les nomades et instituant un passeport avec contrôle sanitaire et fiche d'identité. Le vagabond menace la famille et la santé ; il colporte les maladies, les microbes, la tuberculose (cf. J.-C. Beaune).

Célibataires, solitaires, vagabonds sont des marginaux qui vivent à la périphérie d'une société dont la famille est le centre. Leur existence matérielle et morale est compliquée. Toujours en position de suspects ou d'accusés, ils vivent sur la défensive dans les mailles d'un filet encore lâche, mais qui se resserre.

Signe de leur archaïsme en un temps où la longévité est le critère de modernité, ils meurent plus tôt que les autres, usés ou suicidés. Durkheim voit dans la sursuicidité des célibataires la preuve même de leur non-intégration. Les migrants, transplantés de la campagne à la ville meurtrière – ouvrières en soie des ateliers lyonnais, bonnes des sixièmes étages parisiens, maçons creusois des garnis du XIe arrondissement… –, offrent un terrain idéal à la tuberculose, souvent dénoncée comme le fléau des célibataires – dont elle prolonge d'ailleurs le célibat, tant est grande la peur de la contagion matrimoniale.

La solitude est une relation : à soi-même et aux autres. Elle n'est pas encore un droit de l'individu. Elle renvoie comme en un miroir l'image d'une société qui valorise l'ordre de la maison et la chaleur du foyer.

3.

Scènes et lieux

Michelle Perrot

Roger-Henri Guerrand

Manières d'habiter
par Michelle Perrot

« La vie privée doit être murée. Il n'est pas permis de chercher et de faire connaître ce qui se passe dans la maison d'un particulier », écrit Littré (*Dictionnaire,* 1863-1872). Selon lui, l'expression « mur de la vie privée », inventée par Talleyrand, Royer-Collard ou Stendhal, aurait en tout cas pris corps dans les années 1820.

Cette clôture s'opère de plusieurs manières. Par un processus de nidification, petits groupes et microsociétés découpent dans l'espace public des lieux réservés à leurs jeux et à leurs conciliabules. Clubs, cercles aristocratiques et bourgeois, loges et chambrées, cabinets particuliers loués l'espace d'un soir pour une partie galante, cafés, cabarets et bistrots, ces « maisons du peuple » – dont les arrière-salles abritent réunions clandestines et chambres syndicales – quadrillent la ville. Dans ces espaces intermédiaires d'une sociabilité presque exclusivement masculine, les femmes, suspectes dès qu'elles sont « publiques », ont peu de place. Elles se retrouvent dans les ouvroirs, au pied des autels, ou dans les lavoirs qu'elles s'efforcent de préserver d'un contrôle masculin accru. La société civile n'est pas ce vide qu'aurait voulu le législateur soupçonneux, mais un fourmillement d'alvéoles conviviales où grouillent les secrets [1].

De façon plus triviale, les classes dominantes, qui ont la hantise de la foule bête et sale, s'aménagent dans les lieux publics,

---

1. Maurice Agulhon, *Le Cercle dans la France bourgeoise (1810-1848). Étude d'une mutation de sociabilité,* Paris, Armand Colin, 1977. Sur la notion d'espaces intermédiaires, les remarques d'Isaac Joseph dans *Urbi,* 1980 (3).

et notamment dans les transports en commun, des niches protectrices : loges de théâtre qui prolongent le salon, cabines de bateau ou de bains, compartiments de première classe évitent les promiscuités et maintiennent les distinctions. « Depuis l'invention des omnibus, la bourgeoisie est morte ! » écrit Flaubert, qui fait par contraste du fiacre parisien, circulant tous stores baissés, le symbole même de l'adultère [1].

L'ordre de la maison

Mais le domaine privé par excellence, c'est la maison, fondement matériel de la famille et pilier de l'ordre social. Écoutons Kant, transcrit par Bernard Edelman, célébrer sa grandeur métaphysique : « La maison, le domicile, est le seul rempart contre l'horreur du néant, de la nuit et de l'origine obscure ; elle enclôt dans ses murs tout ce que l'humanité a patiemment recueilli dans les siècles des siècles ; elle s'oppose à l'évasion, à la perte, à l'absence, car elle organise son ordre interne, sa civilité, sa passion. Sa liberté s'épanouit dans le stable, le renfermé, et non point dans l'ouvert et dans l'infini. Être chez soi, c'est reconnaître la lenteur de la vie et le plaisir de la méditation immobile [...]. L'identité de l'homme est donc domiciliaire, et c'est pourquoi le révolutionnaire, celui qui est sans feu ni lieu, donc sans foi ni loi, condense en lui toute l'angoisse de l'errance [...]. L'homme de nulle part est un criminel en puissance [2]. »

La maison est un élément de fixation. D'où la place des cités ouvrières dans les stratégies patronales de formation d'une main-d'œuvre stable, les idéologies sécuritaires ou celles de la famille. Frédéric Le Play et ses disciples scrutent les logements populaires ; la précision de leurs descriptions, source précieuse pour l'historien, est dissection des conduites. Jadis, la physiognomonie détaillait le visage,

---

1. Gustave Flaubert, *Correspondance*, Paris, Gallimard, « Bibl. de la Pléiade », t. II, p. 518 : lettre à Louise Colet, 29 janvier 1854 ; sur les fiacres, temples du Vit, lettre à la même, 29 novembre 1853 ; et le fiacre de Léon et Mme Bovary à Rouen.
2. Bernard Edelman, *La Maison de Kant*, Paris, Payot, 1984, p. 25, 26.

miroir de l'âme. Désormais, l'ordre d'une chambre dévoile celui d'une vie. Dans les villages de la Troisième République, la maison de l'instituteur doit être une maison de verre, et sa chambre, un « petit sanctuaire de l'ordre, du travail et du bon goût », à l'opposé du « taudis négligé du célibataire désordonné, qui déserte son logis le plus qu'il peut et n'a de goût à rien de ce qui est beau », selon l'inspecteur Richard, qui esquisse en 1881 l'épure du logement modèle. Lit austère « de saint-cyrien », toilette avec du linge blanc et de menus objets « qui prouveront que le locataire a le respect de sa personne, sans aller jusqu'à la recherche », parquet ciré, chaises paillées, « nettes de toute éclaboussure », une « gentille bibliothèque », garnie surtout de classiques rapportés de l'école normale, vitrine pour les collections scientifiques, cage « habitée par des oiseaux chantants », quelques plantes vertes, présence discrète d'une nature apprivoisée : tel est le cadre idéal du parfait missionnaire de la République. Seul luxe, sur la table, un « magnifique tapis, taillé dans un châle antique, tiré de la garde-robe maternelle », remémore la dignité des racines et la bonne éducation d'une mère attentive et soigneuse. Plus tard, on ajoutera un piano, quelques bibelots, « beaux modèles de sculpture » et reproductions de chefs-d'œuvre que « les procédés de l'héliogravure mettent aujourd'hui à la portée de toutes les bourses ». Voilà « une gentille demeure » que tous – les autorités, les parents, les élèves – pourront visiter sans rougir d'une intrusion intime [1].

La maison est morale et politique. Point d'électeur sans domicile, de notable sans pignon sur rue et château en province. Symbole des disciplines et des reconstructions, elle conjure le péril des révolutions. Viollet-le-Duc publie son *Histoire d'une maison* en 1873, après la Commune qui flambe au fond du paysage. L'année du centenaire de la Révolution française, la section d'économie sociale de l'Exposition universelle (1889) choisit pour thème « La maison à travers les âges ». Bientôt, les arts du gouvernement incluront le domestique.

---

1. M. Richard, « Conseils pratiques aux instituteurs », *Revue pédagogique*, avril 1881 (4), cité par Francine Muel, *Enseignement primaire et Éducation spécialisée*, thèse doctorat de 3e cycle, 1982, p. 51, 52.

Mais, au XIXe siècle, la maison est affaire de famille, son lieu d'existence et son point de rassemblement. Elle incarne l'ambition du couple et la figure de sa réussite. Fonder un foyer, c'est habiter une maison. Les jeunes ménages supportent de moins en moins la cohabitation. Viollet-le-Duc : « J'ai vu les plus tendres affections de famille s'user et s'éteindre dans cette vie commune des enfants mariés auprès de leurs ascendants. » Avoir son chez-soi, son *home* – le terme se répand autour de 1830 –, sa plus populaire « carrée » est le moyen et la marque de l'autonomie. En conflit politique avec ses parents, Gustave de Beaumont et sa jeune épouse cherchent « un trou où [se] terrer ». « Nous sommes, Clémentine et moi, d'un désir immodéré de posséder un petit *home*. La plus petite chaumière nous semble, quand on est le maître, un paradis terrestre[1] » (1839). « Vivre indépendant dans son intérieur, au milieu de sa famille, il n'y a pas de sort plus enviable », écrit le prolétaire Norbert Truquin, qui a couru le monde et les révolutions (1888). L'*intérieur,* qui désigne désormais moins le cœur de l'homme que celui de la maison, est la condition du bonheur, et le *confort,* celui du bien-être. « Mes amis, mettez ce mot dans votre dictionnaire, et puissiez-vous posséder tout ce qu'il exprime », conseille Jean-Baptiste Say à « la classe mitoyenne » lectrice de *La Décade philosophique* (1794-1807) ; il oppose ce « luxe de commodité » à la dépense ostentatoire[2]. Science du ménage, l'économie domestique suppose équilibre de vie.

La maison est aussi propriété, objet d'investissement et de placement, dans un pays où la part du capital immobilier demeure considérable, et son rendement, honorable. La pierre est la forme majeure des patrimoines, dont Jacques Capdevielle suggère qu'au-delà de la possession ils constituent un mode de lutte contre la mort. Enjeu vital ? Pour la possession d'une maison, inventoriée, dépecée, les héritiers se déchirent, transforment le nid en nœud de vipères.

---

1. Gustave de Beaumont, *Correspondance avec Alexis de Tocqueville*, t. VIII/1 des *Œuvres complètes* de Tocqueville, Paris, Gallimard, lettre n° 106, 31 juillet 1839.
2. Marc Regaldo, *La Décade philosophique (1794-1807)*, p. 876.

La maison est encore ce territoire par lequel les possédants tentent de s'approprier la nature par l'exubérance des jardins et des serres où s'abolissent les saisons, l'art par l'accumulation des collections ou le concert privé, le temps par les souvenirs de famille ou de voyages, l'espace par les livres qui disent la planète et par les magazines illustrés – de *L'Illustration* à *Lectures pour tous* ou *Je sais tout* – qui la montrent[1]. La lecture, exploration dans un fauteuil, est une manière d'apprivoiser l'univers en le rendant lisible et, par la photo, visible. La bibliothèque ouvre la maison sur le monde ; elle enferme le monde dans la maison.

Il s'exprime, au tournant du siècle, un désir fou d'intégration et de domination du monde par la maison. Le développement des techniques – le téléphone, l'électricité – permet d'envisager la captation des communications, voire l'incorporation du travail pour tous à domicile. La petite entreprise familiale où tous œuvrent sous l'œil du père est une aspiration largement partagée et le thème d'utopies perpétuellement résurgentes. Zola (*Travail*, 1901) comme Kropotkine y discernent des potentialités de libération future. Le mâle, incertain de son identité sociale, retrouverait là sa dignité de chef de famille[2].

Les artistes, aussi, imaginent une « maison totale », centre de sociabilité élitaire et de création, remodelée – telle la maison modern style – jusque dans le détail de ses formes. E. de Goncourt consacre deux volumes à la description de *La Maison d'un artiste*. « La vie menace de devenir publique », écrit-il, désignant la maison comme le refuge des refuges. Et féminine : sous peine d'être domestiqué, l'homme doit reconquérir la maison sur les femmes, prêtresses du quotidien. C'est aussi

---

1. À cet égard, Denis Bertholet, *Conscience et Inconscience bourgeoise. La mentalité des classes moyennes françaises, décrite à travers deux magazines illustrés de la Belle Époque*, 2 vol., thèse de doctorat de l'université de Genève, 1985. Et, de façon plus générale, sur l'appropriation du monde par les livres – *Les Français peints par eux-mêmes*, les *Physiologies* –, la réflexion de Walter Benjamin. Cf. Richard Sieburth, « Une idéologie du lisible : le phénomène des Physiologies », *Romantisme*, 1987,1, n° 85, p. 39-61.

2. Anne-Lise Maugue, *La Littérature antiféministe en France, de 1871 à 1914*, thèse de 3e cycle, Paris-III, 1983, a souligné ce thème.

la pensée de Huysmans et de tous ceux qu'inquiète, à l'aube du XXe siècle, l'émancipation de la femme nouvelle.

« Familles, je vous hais ! Volets clos, portes refermées, possessions jalouses du bonheur ! » écrira plus tard André Gide. Forteresse de la *privacy* que protègent à la fois le seuil, les concierges, gardiens du temple, et la nuit, vrai temps de l'intime, la maison est enjeu de luttes internes, microcosme parcouru par les sinuosités des frontières où s'affrontent public et privé, hommes et femmes, parents et enfants, maîtres et serviteurs, famille et individus. Distribution et usage des pièces, escaliers et couloirs de circulation des personnes et des choses, lieux de retraite, des soins et des plaisirs du corps et de l'âme obéissent à des stratégies de rencontre et d'évitement que traversent le désir et le souci de soi. Cris et chuchotements, rires et sanglots étouffés, murmures, bruits de pas que l'on guette, portes qui grincent, pendule impitoyable tissent les ondes sonores de la maison. Le sexe est au cœur de son secret.

Intérieurs bourgeois

Assurément, ce modèle de maison – maison modèle – est le propre des intimités bourgeoises. Elle égrène ses variantes aux détails innombrables du Londres victorien à la Vienne fin de siècle et même, plus à l'est, au cœur de Berlin et de Saint-Pétersbourg. On peut faire l'hypothèse d'une relative unité du mode de vie bourgeois au XIXe siècle et des manières d'habiter, renforcée encore par la circulation européenne des types architecturaux. C'est un subtil mélange de rationalité fonctionnelle, d'un confort encore bien réduit et de nostalgie aristocratique, particulièrement vive dans les pays où subsiste une vie de cour. Même dans les pays démocratiques, la bourgeoisie n'a conquis que tardivement la légitimité du goût, et son décor idéal demeure celui des salons et des châteaux du XVIIIe siècle, celui de la « douceur de vivre ». Néanmoins, que de nuances, que de disparités engendrent les cultures nationales, religieuses ou politiques dans les rapports sociaux, les relations familiales, les rôles sexuels et, par conséquent, dans les structures et les usages de la maison qui les traduisent !

Dans *Histoire d'une jeunesse*[1] Elias Canetti compare les maisons de son enfance. À Roustchouk, sur le Danube inférieur, autour d'une cour-jardin où chaque vendredi pénètrent les Tsiganes, trois maisons identiques abritent les ménages des parents, grands-parents, oncle et tante. Il y a toujours à demeure cinq ou six jeunes domestiques bulgares, venues des montagnes, qui courent pieds nus dans la maison ; le soir, tassées sur les divans turcs du salon, elles racontent des histoires de loups et de vampires. À Manchester, une gouvernante règne sur la *nursery,* à l'étage ; longs moments de solitude à déchiffrer les figures du papier peint ; le samedi soir, les enfants descendent au salon et récitent des poèmes aux invités, qui s'esclaffent ; le dimanche matin, c'est la fête : les enfants ont libre accès à la chambre des parents et grimpent sur leurs lits, séparés comme il se doit en protestante Angleterre. L'ordre des rites et des lieux appropriés compartimente l'espace et le temps. À Vienne, appartement à l'étage avec balcon, antichambre, où une bonne très stylée trie les visiteurs ; promenades cérémonielles au Prater. « Tout tournait autour de la famille impériale ; c'était elle qui donnait le ton, et ce ton prévalait dans la noblesse et jusque dans les grandes familles bourgeoises. » À Zurich, au contraire, « il n'y avait ni Kaiser ni noblesse impériale […]. J'étais sûr, en tout cas, qu'en Suisse chaque homme avait sa place, que chacun comptait ». Impossible de reléguer les bonnes à la cuisine, comme à Vienne ; elles prennent leur repas à la table familiale ; aussi, la mère de l'auteur n'en veut plus. D'où une intimité renforcée : « Ma mère était toujours là pour nous ; il n'y avait personne entre nous, on ne la perdait jamais de vue », dans un appartement singulièrement rétréci. La topographie épouse les mœurs.

La maison rurale, espace de travail

Mais il est d'autres clivages, tout aussi importants. D'abord, celui qui oppose la ville à la campagne, fracture profonde des

---

1. Elias Canetti, *La Langue sauvée. Histoire d'une jeunesse (1905-1921),* Paris, Albin Michel, 1980 ; Livre de Poche, 1984 (1ʳᵉ éd. all. : Munich, 1977).

intimités, sans oublier qu'à l'orée du XXe siècle la majeure partie de la population européenne demeure rurale ; en France, elle représente, en 1872, 69 % et, en 1911, 55,8 %. La campagne n'ignore ni l'intimité ni le secret. Mais ceux-ci ne sont pas consubstantiels à un espace trop ouvert. Le mur est celui du silence, et la brèche, celle de l'aveu.

L'identité villageoise est pourtant fortement enracinée. Mais, en Picardie comme en Gévaudan, le chez-soi a un sens local plus que spatial. « Être d'ici », c'est reconnaître les éléments qui font un paysage : les signes du ciel et du temps, les limites de propriété et les histoires qui les ont façonnées. « Le terroir, au sens fort, c'est l'espace d'un concernement radical, partagé et reconduit », les histoires de famille répétées et ressassées : un lieu de mémoire, en somme. Le sens des frontières y est fort : gare aux horsains et plus encore aux vagabonds, surtout s'ils sont inconnus !

La « maison » s'étend à l'exploitation ; la *casa*, l'*oustal* incluent les terres. Rudimentaire et surpeuplée, la maison-bâtiment est un instrument de travail plus qu'un « intérieur » ; le regard du voyageur ethnologue ou de l'instituteur urbain n'y voit que promiscuité animale, surtout lorsque bêtes et gens dorment sous le même toit. L'extérieur – la grange, le hallier, le fossé des prés bocagers, le bouquet d'arbres des champs ouverts où s'abritent les bergères, les bords ombreux de la rivière – sont, plus que la chambre commune, les endroits propices aux jeux de l'amour ou aux soins du corps. Chacun est sous le regard de l'autre. La transgression est difficile et n'existe qu'avec le consentement plus ou moins tacite des autres. Dissimuler une grossesse, plus encore un accouchement, quelle angoisse torturante pour celles qui ne bénéficient pas de la connivence des femmes du lieu !

« Ils me surveillaient tout. Mon père reposait derrière moi et me trouvait trop de gestes dans mes actions. Il n'a jamais voulu que je change la paille de ma litière », raconte un fils de quarante-deux ans, cité par Élisabeth Claverie et Pierre Lamaison[1]. À travers les interrogatoires judiciaires sourd la

---

1. Élisabeth Claverie et Pierre Lamaison, *L'Impossible Mariage. Violence et parenté en Gévaudan aux XVIIe, XVIIIe et XIXe siècles*, Paris, Hachette, 1982, p. 80 ; Ronald Hubscher, « L'identité de l'homme et de la

lassitude d'un contrôle que l'accroissement des tensions au sein de l'*oustal* rendait sans doute plus tatillon. Mais, en outre, l'individualisation des mœurs, liée aux migrations et à l'élargissement de l'horizon provoqué par les moyens de transport, des chemins de fer aux bicyclettes – grâce à elles, les jeunes vont danser ailleurs –, rend partout ces sujétions insupportables. Entre les deux guerres, le refus des femmes d'accepter la cohabitation avec la belle-mère, le désir d'un espace intime et d'une « coquetterie » qui suppose propreté seront facteurs d'exode féminin et de célibat masculin.

Manières d'habiter populaires

Entassées dans d'infects taudis, les classes populaires urbaines développent différemment leur intimité. Les promiscuités où elles semblent se complaire jusque dans leurs plaisirs – même pour Zola, le bal populaire est un rut – sont aux yeux des dominants le signe d'une sexualité primitive et d'une sauvagerie que, par son désir croissant de dignité, les militants eux-mêmes acceptent de plus en plus mal. « Les gens vivent là pêle-mêle, comme des animaux. Nous sommes en pleine sauvagerie », écrit Jean Allemane décrivant des logements ouvriers, à peu près comme, cinquante ans plus tôt, le Dr Villermé enquêtant sur les ouvriers du textile. Patronat industriel, médecins propagateurs de l'hygiène publique élaborent des politiques de logement destinées, par le désentassement, à sauver les ouvriers de la tuberculose et de l'alcoolisme. La notion de « logement minimum » avec normes de cubage d'air et de confort s'y profile dès la fin du XIXe siècle. Le mouvement ouvrier lui-même, longtemps relativement insensible à cette « question du logement », revendique au début du siècle « air pur » et « salubrité »[1].

Sans contester les bienfaits d'une philanthropie de l'habitat dont les résultats sont, du reste, fort limités avant 1914, il

---

terre », *Histoire des Français, XIXe-XXe siècle,* sous la direction d'Yves Lequin, t. I, *La Société,* 1984, p. 11-57 (deux études fondamentales).

1. Jean-Paul Flamand éd., *La Question du logement et le Mouvement ouvrier français,* Paris, Éd. de la Villette, 1981.

convient aussi d'en signaler la cécité obsessionnelle quant aux manières d'habiter des classes populaires [1]. Contraintes de « vivre dans la rue », celles-ci savent utiliser les virtualités des immeubles collectifs et du quartier, espace intermédiaire, zone essentielle d'entraide et d'acculturation. Au XIXe siècle, les priorités budgétaires des ouvriers vont non au logement, hors d'atteinte, mais au vêtement, plus accessible, poste en expansion, qui permet justement de participer sans vergogne à l'espace public, d'y faire bonne figure (la *bella figura* des Italiens, qui s'y connaissent en la matière), ce qu'avait bien vu déjà Maurice Halbwachs.

C'est la ville, d'abord, qu'ils investissent de leur désir. Ils y déploient une mobilité qui n'est pas seulement fuite devant le « proprio » – M. Vautour et son satané Pipelet –, mais aussi un moyen et un signe de mobilité sociale. Les migrants à Turin, étudiés par Maurizio Gribaudi [2], vont ainsi du centre à la périphérie, puis à nouveau au centre dans un *turn-over* territorial et social aux allures de stratégie.

Cette ville, théâtre de l'ascension ou de la déchéance, frontière mouvante de la chance et du malheur, les ouvriers la veulent ouverte, et ils entendent en user librement, comme jadis leurs ancêtres paysans des communaux de village. Aux terrains appropriés, dont les limites excluent les pauvres, aux jardins publics, d'abord conçus comme lieux décents pour la promenade bourgeoise, ils préfèrent les terrains vagues; aux espaces verts préconisés par les hygiénistes, ils préfèrent la « ceinture noire » de Paris, but d'excursions dominicales autant que repaire de marginaux et rendez-vous d'apaches. L'équivalent des passages bourgeois du centre, qui fascinaient Walter Benjamin, ce sont, par exemple, les passages de Levallois-Perret où la police pénètre avec répugnance, ou

---

1. À cet égard, Michelle Perrot, « Les ouvriers, l'habitat et la ville au XIXe siècle », *ibid.*, p. 19-39; Yves Lequin, « Les espaces de la société citadine », *Histoire des Français, op. cit.*, t. I, p. 341-383; Yves Lequin, *Ouvriers dans la ville*, n° spécial du *Mouvement social*, 1982, 1, n° 118.

2. Maurizio Gribaudi, « Espace ouvrier et parcours sociaux. Turin dans le premier demi-siècle », communication résumant les conclusions de sa thèse, *Procès de mobilité et d'intégration. Le monde ouvrier turinois dans le premier demi-siècle*, EHESS, 1985 (à paraître chez Einaudi, à Turin).

encore les courées de Lille, maquis de solidarités villageoises dans la ville [1].

Autre rapport à l'espace, dont il faut tirer parti pour compenser la médiocrité de l'habitat ; autre rapport au corps : bien des actes, ailleurs qualifiés d'intimes, se font dehors ; autre rapport aux choses, aussi : l'utilisation des restes, le recyclage de l'usé, l'échange des dons et contre-dons dans une économie du quotidien qui échappe pour une part au marché monétaire et où le rôle des femmes, nullement enfermées dans la maison, au contraire des bourgeoises, est fondamental [2]. Pour les classes pauvres, la ville est telle une forêt où braconner sa vie. Sous cet angle, il y a bien des analogies avec les pratiques rurales, mobilité exceptée, et c'est une différence de taille.

L'originalité des classes populaires urbaines réside dans ce fait que leur réseau familial ne s'inscrit ni dans la fixité du terroir ni dans la clôture d'un intérieur. Pourtant, le double désir d'un lieu et d'un espace à soi s'affirme avec une force grandissante dans la seconde moitié du XIXe siècle.

Être libre, c'est avoir d'abord le choix de son domicile. La résistance aux cités ouvrières, qu'elles soient patronales ou simplement urbaines – comme la fameuse Cité Napoléon qui fit fiasco – a été notée par la plupart des observateurs. « Le projet de cités n'a jamais été populaire » en France, écrit Audiganne [3] (1860), parce qu'il implique un règlement qui prolonge à domicile la discipline d'usine. « Quand nous rentrerions au logis, nous y trouverions encore un règlement affiché à notre porte, atteignant presque toutes nos actions privées ; nous ne serions pas maîtres chez nous », disent les ouvriers. Au confort relatif et contrôlé des cités, ils préfèrent au besoin la liberté d'usage d'habitats précaires, telles ces

---

1. Patrick Gervaise, *Les Passages de Levallois-Perret (1860-1930)*, thèse de doctorat, Paris-VII, 1985 ; sur les manières d'habiter les courées de Lille, témoignage très précieux de Lise Vanderwielen, *Lise du Plat-Pays*, Lille, Presses universitaires, 1983, et la postface de Françoise Cribier.
2. Michelle Perrot, « Les ménagères dans l'espace parisien au XIXe siècle », *Annales de la recherche urbaine*, automne 1980, n° 9.
3. A. Audiganne, *Les Populations ouvrières et les Industries de la France*, Paris, 1860, 2 vol., t. II, p. 315-316.

maisons « brique et plâtre », que jadis Georges-H. Rivière avait identifiées comme la possible création de maçons italiens ou creusois, édifiées clandestinement dans les terrains vagues qui trouent les grandes villes-chantiers du XIXe siècle.

Ce désir d'autonomie vient de loin. Il s'enracine dans l'attachement au chez-soi des ruraux, frein puissant à l'industrialisation, relayé par les exigences de l'économie familiale proto-industrielle où le logement, comme la ferme, est d'abord instrument de travail. Ainsi, les tisserands à domicile ont opposé une résistance acharnée au déménagement que, sous prétexte d'insalubrité, les municipalités de certaines villes du Nord voulaient leur imposer, les transportant de leurs caves dans des greniers trop secs et incommodes, avec un mépris total des nécessités de leur fabrication. « En vain a-t-on fait des efforts pour les attirer vers les quartiers plus sains, mieux aérés, mieux bâtis ; ils ont résisté à un déplacement », écrit Reybaud[1] (1863). À Lille, on les expulse des caves par la violence ; ils se regroupent dans les courées, à proximité du centre et de plain-pied avec la rue.

Là encore, c'est le site, l'emplacement, l'usage qu'on privilégie. La notion d'intérieur est à peine perceptible dans ces logis surpeuplés dont les enquêteurs de *La Réforme sociale* (Le Play) dressent procès-verbal. Peu de meubles, peu d'objets : matelas, ustensiles de cuisine, une table, quelques chaises ; rarement, une commode familiale où le regard attendri du sociologue voit le signe déférent de racines conservées. Pourtant, ces logements sommaires offrent parfois les marques ténues de la recherche d'un plaisir ou d'une intimité : cage à oiseau – l'animal du pauvre –, rideaux aux fenêtres tels que les dentelles mécaniques de Calais en ont diffusé, jusque dans les misérables cahutes de la Cité Jeanne-d'Arc photographiées par Atget au début du siècle ; au mur, quelques images coloriées, découpées dans un hebdomadaire

---

1. Louis Reybaud, *Le Coton, son régime, ses problèmes, son influence en Europe*, Paris, Calmann-Lévy, 1863, a souligné cet attachement au chez-soi des tisserands à domicile (ex. p. 222 : « Ils consentiront au plus grand rabais plutôt que de déplacer le siège de leur travail. Ce qui les y attache, c'est qu'ils s'y livrent sous leur toit, près des leurs et aussi un peu à leur fantaisie. »).

illustré, des photos de famille dont l'usage populaire commence à se répandre, passé 1900. Les murs sont d'ailleurs la première surface appropriée ; s'installer, c'est changer les papiers peints, dont le bon marché a joué un rôle équivalant à celui des cotonnades pour les robes de femmes. Vers 1830, la chambre d'Agricol Perdiguier, le compagnon Avignonnais-la-Vertu, dans une « masure affreuse » du faubourg Saint-Antoine, est mal carrelée et pourvue, « comme dans les maisons de campagne, de grossières solives noires au plafond » ; mais elle est décorée « d'un papier peint à fond clair qui lui [donne] un air de gaieté » ; ses fenêtres ont « des rideaux de mousseline à travers lesquels on [voit] s'agiter le feuillage de plantes grimpantes ». « Presque tout ce qui entourait Agricol Perdiguier était repoussant et odieux, mais, une fois arrivé dans son intérieur, on se trouvait comme dans un autre monde [1]. » Voilà bien l'idéal du chez-soi tel que le rêvent, admiratifs, les ouvriers saint-simoniens.

Un désir croissant d'intimité

Avec la sédentarisation accrue de la classe ouvrière et l'aggravation des conditions d'habitat, doléances et désirs se précisent. Lors de l'enquête parlementaire de 1884, les ouvriers interrogés – c'est une première – se répandent en récriminations contre la malpropreté des garnis, « chambres à punaises », et des immeubles de rapport : murs crasseux, latrines toujours engorgées, odeurs nauséabondes... Plus positivement, ils expriment des vœux : un peu plus d'espace, au moins deux pièces et, s'il y a des enfants, « si le père de famille se respecte, trois ou quatre pièces ne sont pas de trop ». La décence du couchage passe avant la revendication des « privés ». Dès qu'ils le peuvent, les ouvriers séparent désormais le coucher des parents de celui des enfants. Avoir un bois de lit au lieu d'une paillasse est synonyme d'installation : une ouvrière, vers 1880, tente de tuer son compagnon parce qu'il a dépensé l'argent

---

[1]. Textes cités par J. Rancière, *La Nuit des prolétaires. Archives du rêve ouvrier,* Paris, Fayard, 1981.

épargné pour cet achat, qui aurait signifié la consolidation de leur couple. Par contre, lorsque le compagnon Maréchal ébauche un projet de constructions ouvrières, il n'ose prévoir des w.-c. particuliers : « Le peuple ne demande pas à avoir des cabinets chez lui. » Mais il souhaite des maisons de dimensions modestes, avec une grande variété de façades, « afin que rien ne puisse faire croire qu'il s'agit là d'une cité ouvrière ». Horreur de l'encasernement et désir d'habitat individualisé percent dans ces textes [1].

Besoin de chaleur, de propreté et d'air pur, bientôt d'intimité familiale, désir forcené d'indépendance, goût des espaces de « renvoi » où l'on peut bricoler dessinent le projet pavillonnaire qui n'est pas seulement une imposition bourgeoise. Les anarchistes en rêvent. Imaginant la ville future, après la Révolution, Pataud et Pouget la décrivent comme une cité-jardin. Au même moment, les enquêteurs britanniques signalent dans la classe ouvrière anglaise un besoin accru de la *privacy* du *home,* « tant est grande la crainte d'une intrusion incontrôlée du voisin [2] ».

« Les ouvriers portent plus de valeur au logement qu'à la ville », écrit Michel Verret dans son livre sur *L'Espace ouvrier* d'aujourd'hui [3]. Avant 1914, on est loin de cette situation. Mais on s'y achemine.

Un triple désir d'intimité familiale, conjugale et personnelle traverse l'ensemble de la société et s'affirme avec une insistance particulière au début du XXe siècle. Il s'exprime notamment dans une plus grande répugnance à subir les contraintes de la promiscuité ou du voisinage, et dans une répulsion accrue pour le panoptisme des espaces collectifs – prison, hôpital, caserne, internat –, ou les contrôles exercés sur le corps : contre les fouilles douanières, un député d'extrême gauche, Glais-Bizouin, dépose en 1848 un projet de loi.

---

1. Michelle Perrot, « Les ouvriers, l'habitat [...] », *op. cit.*, p. 28.
2. François Bédarida, « La vie de quartier en Angleterre. Enquêtes empiriques et approches théoriques », *Le Mouvement social,* 1982, 1, n° 118, p. 14.
3. Michel Verret, *L'Ouvrier français. L'Espace ouvrier,* Paris, Armand Colin, 1979, notamment p. 153.

Ce dont l'évangéliste David Gétaz, incarcéré à Chalon sous le Second Empire, a gardé le plus mauvais souvenir, c'est le dortoir commun, « l'haleine de tous ces hommes dont les ronflements me déchirent encore les oreilles » ; et la difficulté d'avoir avec sa femme un tête-à-tête conjugal. « Point d'épanchement, d'affections intimes, point de ces paroles tendres que des oreilles étrangères ne doivent pas entendre, point de ces petits secrets que l'on a toujours à se dire en pareils cas. » Le porte-clé rôde « comme s'il n'avait jamais vu des gens qui s'aiment [1] ». Plus démonstratifs, les gestes amoureux sont l'objet d'une *privacy* renforcée. La pudique Caroline Brame supporte mal de voir les câlineries d'un couple de jeunes mariés [2]. Les manières de l'amour se raffinent en même temps que s'épaissit le secret qui les entoure. Dans les appartements bourgeois, s'il n'y a plus de rideaux au lit, c'est que toute la chambre est vouée au coucher.

On comprend que, dans ces conditions, le personnel des hôpitaux parisiens s'insurge contre l'internement. « La vie en commun qui était une des règles fondamentales de la vie hospitalière d'autrefois est devenue lourde à supporter pour la plupart de nos agents [...]. Ils souffrent de manger dans des réfectoires, de coucher en dortoirs. Ils ne se sentent pas "chez eux" à l'hôpital, et c'est d'un "chez-soi" qu'ils rêvent avec son intimité et son confort relatif. Ils veulent enfin, en dehors des heures de service, soustraire leur vie privée à toute dépendance administrative [3] », écrit en 1910 le conseiller municipal Mesureur qui les défend, tout en estimant que, pour les femmes célibataires, venues pour la plupart de la Bretagne pauvre, l'internement est préférable, plus moral et plus sûr. Le logement sur les lieux du travail est la marque d'une condition domestique que les salariés refusent.

---

1. Daniel Robert et A. Encrevé, « Mémoires de l'évangéliste David Gétaz », *Bulletin de la société d'histoire du protestantisme français*, 1984, octobre-décembre, t. CXXX, n° 4, p. 480-555.
2. *Le Journal intime de Caroline B. Enquête de Michelle Perrot et Georges Ribeill*, Paris, Montalba, 1985, p. 211 : « On ne me verra jamais si tendre publiquement. »
3. Cité par Véronique Leroux-Hugon, *Infirmières des hôpitaux parisiens (1871-1914). Ébauches d'une profession*, thèse de 3e cycle, Paris-VII, 1981, p. 160.

En dehors même des relations amoureuses ou familiales, chacun exige son espace vital. Norbert Truquin, terrassier à Lyon, contraint de coucher en chambrée, se souvient : « Ce qui me répugnait le plus, c'était de sentir à mes côtés le contact d'un autre homme. C'était la première fois que je me trouvais avoir un camarade de lit[1]. »

Dans les hospices, les vieillards tentent de reconstituer un coin à eux. « Il faut continuellement lutter avec eux pour les empêcher de former derrière leur lit, ou dans quelque coin de salle, un dépôt de haillons, de vieux ustensiles, de poterie fêlée, qui n'ont d'autres mérites à leurs yeux que de n'être pas les vêtements et les meubles de la maison, d'être à eux, de représenter, par leur union, une espèce de *chez-soi*[2]. » Certes, le rédacteur de l'article « Hospices » du *Dictionnaire d'économie politique* de Guillaumin est un libéral, favorable aux soins à domicile. Mais la résistance des pauvres à l'hospitalisation est attestée de toutes parts. Mourir chez soi, c'est aussi le moyen d'échapper aux risques de la dissection, ultime destin des prolétaires.

Le désir d'un coin à soi est l'expression d'un sens croissant de l'individualité du corps et d'un sentiment de la personne poussé jusqu'aux limites de l'égotisme par les écrivains. « Il faut fermer sa porte et ses fenêtres, se ratatiner sur soi, comme un hérisson, allumer dans sa cheminée un large feu, puisqu'il fait froid, évoquer dans son cœur une grande idée[3] », écrit Flaubert. « Puisque nous ne pouvons décrocher le soleil, il faut boucher toutes nos fenêtres et allumer des lustres dans notre chambre[4]. » Sans doute l'homme intérieur a précédé l'intérieur. Mais, au XIXe siècle, la chambre est l'espace du rêve ; on y refait le monde.

On voit tout ce qui se joue dans l'espace privé, où se matérialisent les visées du pouvoir, les rapports interpersonnels et la quête de soi. Aussi n'est-il pas surprenant que la maison

---

1. Norbert Truquin, *Mémoires et Aventures d'un prolétaire à travers les révolutions*, Paris, 1888, p. 203-204.
2. Article « Hospices », p. 868.
3. Gustave Flaubert, *Correspondance, op. cit.*, p. 701, lettre à Maurice Schlésinger, début avril 1857.
4. *Ibid.*, p. 666, lettre à Élisa Schlésinger, 14 janvier 1857.

tienne une telle place dans l'art et la littérature. Jardins ensoleillés de Monet, fenêtres entrouvertes de Matisse, ombres crépusculaires de la lampe chez Vuillard : la peinture entre dans la maison et suggère ses secrets. La chaise paillée de la chambre de Van Gogh nous dit sa solitude.

Longtemps muette sur les intérieurs, la littérature les décrit bientôt avec une minutie où se lit le changement du regard sur les lieux et les choses. Quel chemin des secs croquis d'Henry Brulard aux inventaires méticuleux de *Maumort,* le double de Martin du Gard[1], et, finalement, à *La Vie, mode d'emploi* de Georges Perec !

La maison, lieu de mémoire

« Ces drôles d'assemblages de pierres et de briques, avec leurs appendices, leurs ornements et leur mobilier bien particuliers, avec leurs formes spécifiques et immuables, leur atmosphère intense et lourde, auxquels notre vie s'enchevêtre de façon aussi totale que notre âme à notre corps – quels pouvoirs n'ont-ils pas sur nous, quels ne sont pas les effets subtils et pénétrants qu'ils exercent sur toute la substance de notre existence ? » écrit Lytton Strachey, évoquant Lancaster Gate, le *home* de sa jeunesse[2].

« J'avais revu tantôt l'une, tantôt l'autre des chambres que j'avais habitées dans ma vie, et je finissais par me les rappeler toutes dans les longues rêveries qui suivaient mon réveil » (Proust).

Théâtre de la vie privée et des apprentissages les plus personnels, topique des souvenirs d'enfance, la maison est le lieu d'une mémoire fondamentale que notre imaginaire habite à jamais.

---

1. Roger Martin du Gard, *Le Lieutenant-Colonel de Maumort,* Paris, Gallimard, 1983. Dans ce roman posthume, largement autobiographique, les descriptions d'intérieurs tiennent une place de choix : choix volontaire. L'auteur se revendique des Goncourt et de la longue description du salon de la princesse Mathilde.

2. Lytton Strachey, « Lancaster Gate », *Urbi,* 1984, IX, p. III-XI.

Espaces privés
par Roger-Henri Guerrand

L'immeuble bien habité

Loin des « barbares »

Le mépris de la classe dominante vis-à-vis des prolétaires définit une attitude constante au XIXe siècle. On ne peut même pas décrire ces « barbares » – expression alors fréquemment employée au sujet des gens du peuple – tellement leur aspect est horrible. Un médecin y a renoncé : « La troisième et dernière classe, celle du prolétaire enfin, écrit le Dr Taxil, sous Louis-Philippe, d'une étendue proportionnelle immense, possède, à quelques honorables exceptions près, toute la profonde ignorance, la superstition, les ignobles habitudes, la dépravation des mœurs des enfants de la forêt. Sa trivialité, sa rusticité, son imprévoyance, sa prodigalité au milieu des joies burlesques et des orgies, si préjudiciables à son bien-être, ne peuvent, je le dis sans prévention, s'exprimer, la peinture en serait par trop hideuse [1]. »

On composerait facilement une anthologie avec des textes de cette encre. Pour le bourgeois conquérant, le prolétaire n'est qu'un sauvage de la plus dangereuse espèce, le représentant d'une sorte de race inférieure. « Plus ou moins consciemment, écrit Adeline Daumard [2], les Parisiens aisés, s'ils s'intéressaient aux classes inférieures, dressaient une

---

1. *Topographie physique et médicale de Brest et de sa banlieue*, 1834.
2. *La Bourgeoisie parisienne de 1815 à 1848*, Paris, SEVPEN, 1963, 662 p.

barrière entre la bourgeoisie et le peuple et, même s'ils croyaient à la nécessité de la mobilité sociale, ils avaient la conscience tranquille, car ils considéraient les représentants des milieux populaires comme des inférieurs tant sur le plan moral que dans le domaine social. »

Dans cette nouvelle société où l'avoir exprime désormais la valeur suprême, il existe un hiatus absolu entre les possédants et leurs salariés. Quantitativement, la thèse de F.-P. Codaccioni l'a démontré pour Lille[1]. En 1891, le patrimoine moyen d'un industriel de cette ville s'élève à 1 396 823 francs, celui d'un ouvrier à 68 francs, soit un écart de 1 à 20 541. En 1908-1910, l'industriel et l'ouvrier ont augmenté ensemble, mais la différence entre eux est encore de 1 à 9 075. Était-il imaginable que ces deux espèces sociales situées aux antipodes l'une de l'autre puissent cohabiter dans la même bâtisse ?

Aussi bien les immeubles mixtes, si fréquents avant la Révolution, vont-ils peu à peu disparaître de toutes les villes françaises. On en a la preuve par les planches représentant un immeuble ouvert en coupe anatomique. Les dessinateurs du XIXe siècle utiliseront fréquemment ce thème[2], suivant les traces du démon Asmodée que Lesage avait inventé pour *Le Diable boiteux*. Dans les premières gravures, plus on monte, plus « la somptuosité et la confortabilité » décroissent pour aboutir au galetas sous le comble. Déjà, les locataires de ces demeures à l'ancienne s'ignorent mutuellement, Balzac – avec d'autres – l'a noté[3]. Ceux de l'étage noble – le premier – ne tarderont pas à s'installer dans des quartiers aménagés uniquement pour eux. À Paris, le mouvement s'amorce dès la Restauration avec la progression des nouvelles rues à l'ouest et au nord de la ville ; il s'achèvera sous Haussmann, qui exilera volontairement les classes dangereuses à la périphérie : cette fois, l'écorché d'une maison de rapport révélera l'homogénéité sociale. Peu à peu, dans chaque ville de quelque importance, on dis-

---

1. *De l'inégalité sociale dans une grande ville industrielle : le drame de Lille de 1850 à 1914*, Lille, Éditions universitaires, 1976, 444 p.
2. Article de L. Roux in *Le Cabinet de lecture*, décembre 1838 ; lithographie de J. Quartley pour *Le Magasin pittoresque*, décembre 1847.
3. *La Cousine Bette*, 1848.

Espaces privés

tinguera des secteurs entiers avec des rues « bien habitées » et un ghetto prolétarien où les membres des classes supérieures pourront n'avoir jamais à se rendre.

La maison des beaux quartiers

À partir de la Deuxième République, complétant la longue législation de l'Ancien Régime à ce sujet, l'État fixe une hauteur maximale de façade en fonction de la largeur de la voie publique [1] :

11,70 mètres pour les voies inférieures à 7,80 mètres de large,
14,62 mètres pour les voies de 7,80 mètres à 9,75 mètres,
17,55 mètres pour les voies de 9,75 mètres et au-dessus.

Napoléon III y ajoutera une nouvelle catégorie, dans le cadre des travaux d'Haussmann : sur les boulevards de 20 mètres de large et plus, la hauteur de la corniche peut être portée à 20 mètres à condition que l'immeuble ne contienne que cinq étages carrés, entresol compris. Dans tous les bâtiments, on ne pourra exiger une hauteur d'étage supérieure à 2,60 mètres [2].

Haussmann avait proscrit les saillies sur la voie publique, et les constructeurs n'auront de cesse avant de reconquérir cette liberté si précieuse pour leurs boursouflures décoratives. Un décret va réglementer leurs appétits [3] : dans les voies de 7,80 à 9,75 mètres de large, les balcons peuvent déborder la façade de 50 centimètres à partir d'une hauteur de 5,75 mètres au-dessus du trottoir. Dans les voies de 9,75 mètres et plus, ils sont autorisés à 50 centimètres à partir de 4 mètres de haut et à 80 centimètres à partir de 5,75 mètres. Au début du XXe siècle, tandis que les maisons ne doivent toujours pas dépasser 20 mètres – pour sept étages, entresol compris –, les saillies seront autorisées jusqu'à 1,20 mètre dans les voies de 10 mètres et plus [4], ce qui permettra le déve-

---

1. Arrêté du 15 juillet 1848.
2. 22 juillet 1862.
3. Décret du 23 juillet 1884.
4. Décret du 13 août 1902.

loppement des bow-windows – apparus vers 1890 –, cages vitrées accrochées aux façades pour éclairer la salle à manger.

C'est dans ce cadre, somme toute assez peu contraignant, que les architectes épuiseront, dans la composition des frontispices, les recettes apprises à l'École des beaux-arts, où le bric-à-brac archéologique a tenu, pendant un siècle, une importance capitale [1]. Cette période sera marquée par le combat acharné des tenants du néoclassicisme et du néogothique. Le culte des ordres donnera lieu à l'utilisation de toutes les variétés de pilastres et de colonnes, adossées ou engagées, avec l'accompagnement obligé de frontons, de frises à rinceaux et de bossages à l'italienne. Dans cette noble tâche, les anciens pensionnaires de la Villa Médicis, les titulaires du grand prix de Rome se révéleront sans rivaux, car ils ont passé leur temps sur les monuments antiques, le crayon à la main. Leurs ennemis, qui disposeront d'un redoutable porte-parole en la personne de Viollet-le-Duc, œuvreront en gothique comme Balzac écrivait ses *Contes drolatiques* en pseudo-vieux français. Lorsque Jérôme Paturot désire se faire construire une maison [2], il s'adresse à un jeune maître chevelu qui lui propose, au choix, le roman, le gothique à lancettes, le rayonnant, le flamboyant ou le lombard.

Pour piller la Renaissance, de nombreux reîtres tiendront à se distinguer : les façades de certains immeubles illustreraient à merveille le chapitre de la grammaire des styles réservé au XVIe siècle. Aux alentours de 1900, les arborescences de l'Art nouveau apporteront une note insolite dans ce paysage à la fois antique et médiéval, mais les constructions de ce type ne seront jamais que des hapax dans nos villes, sauf à Nancy.

Entrons donc dans ces immeubles au loyer dissuasif pour qui n'a pas une position sociale sérieuse. Ils atteindront, sous

---

1. Sur l'ensemble de la question, voir Louis Hautecœur, *Histoire de l'architecture classique en France,* Paris, Picard, t. VI et VII, 1955 et 1957.
2. Louis Reybaud, *Jérôme Paturot à la recherche d'une position sociale,* 1864.

Espaces privés

Haussmann, une sorte de classicisme. Le traité de César Daly, *L'Architecture privée au XIXe siècle* (1864), les détaille dans leur perfection différentielle. Selon le fondateur très écouté de la *Revue générale d'architecture,* on peut distinguer trois classes d'habitations à loyer pour la bourgeoisie de son temps.

D'abord, celles de première classe destinées aux fortunes assises. L'appartement est à double orientation, côté cour et côté rue. Élevé sur caves et sous-sol, l'immeuble ne comporte que quatre étages, dont trois de belle hauteur. Les appartements des trois premiers étages sont desservis par un escalier en pierre raccordé à son extrémité supérieure à celui du quatrième : la construction en bois de celui-ci reflète une certaine dégradation du statut social. Ce dernier étage supporte encore des familles moins aisées ou recueille des amis ou des enfants de familles logées aux premiers étages. À l'extrémité de chaque appartement, ou parfois contigu à l'escalier principal, se trouve l'escalier de service. Selon la configuration de la parcelle, il est accessible par la cour ou par une entrée dérobée indépendante du vestibule. Toujours en bois, il relie les étages par le côté de la cuisine et dessert les combles, où couche le personnel domestique.

Dans ce type d'immeuble, le chauffage est assuré par un calorifère installé dans la cave et branché sur un système de bouches de chaleur disposées dans les planchers. Mais on ne peut en jouir au-delà du deuxième étage. Se chauffer ne représente pas encore une « valeur » inséparable de l'intimité, et les médecins exigent des chambres froides et largement aérées.

L'habitation à loyer de deuxième classe concerne les fortunes moyennes. Élevée sur caves et sous-sol, comme dans le premier cas, elle comporte un étage de plus, c'est-à-dire cinq, dont le premier et le deuxième sont ordinairement à usage de magasins. L'escalier principal est en bois de la base au sommet ; on compte deux appartements par palier. Là aussi se constate quand même la présence d'un escalier de service. Pour les franges inférieures de la classe dominante, l'habitation à loyer de la troisième catégorie dresse ses cinq étages carrés desservis par un seul escalier de bois. Ici, pas de cours, des courettes, parfois seulement des sortes de puits.

La caractéristique voyante de ces immeubles est la présence du concierge, autrefois réservé aux seuls hôtels : « Brodé sur toutes les coutures, oisif, le concierge joue sur les rentes dans le faubourg Saint-Germain, le portier a ses aises dans la Chaussée-d'Antin, il lit les journaux dans le quartier de la Bourse, il a un état dans le faubourg Montmartre. Le portier est une ancienne prostituée dans le quartier de la prostitution ; au Marais, elle a des mœurs, elle est revêche, elle a ses lubies [1]. »

Eugène Sue baptisera ce nouvel acteur de la comédie humaine, ce sera désormais « M. Pipelet » [2] : son importance sociale s'avère considérable dans les grandes villes. Tous les journaux satiriques, depuis *Le Charivari* – caricatures de Daumier – jusqu'à *L'Assiette au beurre* – numéro spécial en 1900 –, en feront l'un de leurs sujets de prédilection. Comme le propriétaire n'habite pas sa maison, le concierge le représente pour encaisser les loyers, s'occuper de la mise en location des appartements vacants, entretenir les parties communes de l'immeuble et assurer une certaine police interne. Il se tient à la frontière du public et du privé, c'est un filtre entre la rue et les appartements. De méchantes langues lui attribuent également un rôle d'indicateur : les rédacteurs de *L'Assiette au beurre* le jugent aussi nuisible que les « suppôts » de l'Église et de l'armée [3]. Quelques observateurs ont dénoncé, à cette époque, le caractère inconfortable des loges, mais il devait y avoir des exceptions. Le pipelet Droguin, dans un roman de Paul de Kock, sous le Second Empire, se dorlote dans un appartement aussi coquet que celui d'un jeune ménage de la classe moyenne [4].

Passé le cerbère, la cage d'escalier d'un immeuble bourgeois, au volume ample, s'affronte sous les yeux d'une statue de Napolitaine portant sur la tête une amphore d'où sortent trois becs de gaz, garnis de globes dépolis. Ainsi parle

---

1. Balzac, *Ferragus*, 1833.
2. *Les Mystères de Paris*, 1844-1845.
3. Jean-Louis Deaucourt, *Le Concierge, mythe et réalité*, DEA, Paris-VII, décembre 1981.
4. *Un concierge de la rue du Bac*, 1868.

Espaces privés

Zola[1], mais il aurait pu tout aussi bien choisir un lansquenet ou une Mauresque, souvent chargés du même office de porte-éclairage, parfois encore utilisés aujourd'hui. Le mur a l'aspect du faux marbre – une spécialité de certaines entreprises ; la rampe est en fonte ; un tapis rouge ou à dessins orientaux, retenu par des tringles de cuivre, recouvre les marches et amortit les pas. L'ascenseur, inventé en 1867 par l'ingénieur Léon Édoux, qui crée le mot, ne sera d'usage courant qu'après 1900.

Un espace rationnel

L'intérieur de chaque appartement offre une rationalité sur laquelle on ne reviendra pas avant longtemps. Il comprend obligatoirement un espace public de représentation, un espace privé pour l'intimité familiale et des espaces de rejet. Dès l'entrée, l'antichambre, destinée à la distribution, s'impose comme un sas que l'on ne peut franchir sans y être invité. C'est la « plaque tournante » du logement bourgeois. Au début du XIXe siècle, cet espace, s'il est suffisamment vaste, peut cependant devenir salle à manger. Balzac en témoigne : « La baronne logea sa fille dans la salle à manger, qui fut promptement transformée en chambre à coucher [...] et l'antichambre devint, comme dans beaucoup de ménages, la salle à manger[2]. »

Cette salle à manger, quand elle remplit pleinement son office, se révèle un lieu de première importance. La famille se donne ici en spectacle à ses hôtes, elle étale son argenterie et exhibe un surtout fabriqué par un orfèvre en vogue. Mais le repas est aussi un moment privilégié dans les relations sociales : « C'est à table que les affaires se traitent, que les ambitions se déclarent, que les mariages se concluent. Et, du même coup, l'horizon de la gastronomie s'élargit : signe de prestige et d'excellence, elle revêt des allures de conquête, instrument de puissance, gage de la réussite et du

---

1. *Pot-Bouille*, 1882.
2. *La Cousine Bette, op. cit.*

bonheur [1]. » De nombreux tableaux ont reproduit plusieurs séquences de ces repas minutieusement préparés, à la fois dans le plan de table et dans le menu, que certains maîtres de maison n'hésitaient pas à se faire servir une fois avant de le soumettre à leurs hôtes.

Espace de sociabilité, la salle à manger est aussi le lieu de rencontre journalier des membres de la famille. Il semble toutefois qu'au cours du XIXe siècle il ait perdu son caractère d'intimité. Un auteur au moins l'a noté [2] : « Le dîner fini, la nappe enlevée, la lampe posée sur un pied, la femme prenait une broderie, le mari un livre ou son journal, les enfants, un jouet, et on causait librement. » Si l'on en croit Cardon, la salle à manger figurait la pièce où la mère de famille se tenait le plus fréquemment, car l'éclairage y était meilleur. Cardon pense sans doute aux anciens hôtels du faubourg Saint-Germain et du Marais transformés en maisons à loyer. Dans la majeure partie des constructions des années 1860-1880, surtout à Paris, la pièce réservée à la salle à manger prend jour sur des cours intérieures sombres et étroites. D'où son abandon progressif, en dehors des repas, pour le petit salon, endroit douillet fait pour la lecture et les travaux d'aiguille.

Les bourgeois n'en disposent pas tous, mais ils sont prêts à beaucoup de sacrifices pour en avoir un « grand ». Aucun appartement habité par un membre des classes possédantes ne peut se concevoir sans cet espace théâtral qui relie la nouvelle société à l'ancienne dans une communauté de rite, la réception à jour fixe : les peintres de la vie mondaine à la fin du XIXe siècle, un Béraud ou un Tissot, l'ont inlassablement magnifiée.

Notons que chez les tout petits-bourgeois, où les relations se réduisent presque à la famille, le salon est un lieu quasi mort, avec ses meubles recouverts de housses de protection. Certains spécialistes des aménagements intérieurs finiront par protester contre l'existence de cette pièce inhabitée et la déclareront inutile. Ils en sous-estimaient gravement l'impor-

---

1. Jean-Paul Aron, *Le Mangeur du XIXe siècle*, Paris, Laffont, 1973, 310 p.
2. Émile Cardon, *L'Art au foyer domestique*, 1884.

Espaces privés

tance symbolique, la marque d'appartenance de classe : la possession d'un salon signifiait mondanité et sociabilité, deux caractéristiques bourgeoises.

Le voile épais jeté sur la moindre manifestation sexuelle, à partir du début du XIXe siècle, se concrétise par la spécialisation d'un endroit sacré, la chambre conjugale, temple de la génération et non de la volupté. L'époque où l'on pouvait recevoir dans une pièce pourvue d'un lit semble définitivement révolue. Pèse désormais un tabou sur tout espace qualifié de « chambre », comme si le fait d'y pénétrer sans raison précise exposait à de terribles dangers.

Signalons en outre que l'on ne rencontre aucune référence explicite à un espace propre aux enfants dans les traités d'architecture du XIXe siècle – ni avant –, ce que vérifie l'examen des maisons de poupées. Dans son tendre âge, la progéniture des bourgeois est placée en nourrice, et très souvent, dès la classe de septième, en internat, de nombreux auteurs de souvenirs le rapporteront jusqu'en 1914[1].

Encombré et douillet

Plus on avance dans le siècle, plus l'appartement bourgeois, dans son ameublement, ressemble à un magasin d'antiquités où l'accumulation apparaît comme le seul principe directeur de la composition intérieure de l'espace. Les époques et les civilisations les plus diverses sont mêlées avec la salle à manger Renaissance côtoyant la chambre à coucher Louis XVI, tandis qu'une salle de billard mauresque donne sur une véranda ornée de japonaiseries. Le tout dans une surabondance de tissus, de tentures, de soieries, de tapis recouvrant la moindre surface libre. C'est le règne du tapissier, qui ira jusqu'à masquer les « jambes » des pianos. La passementerie connaît son âge d'or, et le gland s'affirme : la décoration française mettra longtemps à se débarrasser de ce fruit.

---

1. Maxime Du Camp, *Souvenirs littéraires*, 1882 ; Henri Rochefort, *Les Aventures de ma vie*, 1896-1898 ; Henry Bataille, *L'Enfance éternelle*, 1922.

De cette singulière attitude, A. Daumard a donné l'explication suivante[1]. Tout au long du XIXe siècle, les bourgeois surtout parisiens, mais ce sont eux qui donnent le « ton », sont terrifiés par les émeutes populaires. Ils recherchent dans leur logement le *sweet home* qui les rassure : « L'espace se répartit symboliquement en intérieur-famille-sécurité/extérieur-étranger-danger. » Ne pas laisser les murs nus, ni le plancher, ni le carrelage, comme chez les pauvres, devient une obsession. Un rédacteur de *L'Illustration* – le plus important magazine de la bourgeoisie – décrit ce nouvel espace, le 15 février 1851 : « On se réunit dans le petit salon bien clos par de bonnes portières, des bourrelets de soie et les doubles draperies qui ferment hermétiquement les fenêtres [...]. Un bon tapis est sous les pieds [...]. Une profusion d'étoffes garnit les fenêtres, couvre la cheminée, cache les boiseries. Le bois sec, le marbre froid sont dissimulés sous le velours ou la tapisserie. »

En 1885, Maupassant, dans *Bel-Ami,* présente l'appartement du journaliste Forestier exactement dans les mêmes termes : « Les murs étaient tendus avec une étoffe ancienne d'un violet passé, criblée de petites fleurs, grosses comme des mouches. Des portières en drap bleu-gris, en drap de soldat où l'on avait brodé quelques œillets de soie rouge, retombaient sur les portes ; et les sièges de toutes les formes, de toutes les grandeurs, éparpillés au hasard dans l'appartement, chaises longues, fauteuils énormes, poufs et tabourets, étaient recouverts de soie Louis XVI ou de beau velours d'Utrecht, fond crème à dessins grenat. »

Lieux malodorants

Réceptacle de la vie mondaine et de la vie familiale, l'appartement bourgeois doit également assurer des fonctions de transformation et d'excrétion. On y accommode les aliments et il faut se débarrasser des eaux usées et des déjections alvines. Or, dans ces deux domaines où la rationalisation

---

[1]. *La Bourgeoisie parisienne de 1815 à 1848, op. cit.*

Espaces privés

aurait dû jouer à plein, on constate une étrange solution de continuité. Ici, le vital est en cause, le rapport direct avec le corps : on s'aperçoit que la sensibilité de la nouvelle classe dirigeante a considérablement abaissé son seuil de réception envers ce qui touche au « sale »[1]. Rien d'étonnant donc à ce que, au XIXe siècle, les architectes, à la fois représentatifs et dépendants de leur classe d'origine, aient banni la cuisine de leur champ d'activité[2]. Ils la rejettent à l'extrémité de l'appartement : ce lieu rempli de fumées, d'odeurs âcres, occupé par un fourneau dont la chaleur affecte le teint, n'est décidément pas fréquentable. Il faudra attendre la fin du XIXe siècle pour voir les hygiénistes pastoriens le dénoncer comme le repaire des mouches et un lieu poussiéreux où se dissimule le bacille de Koch.

La même indifférence entoure le cabinet de toilette, encombré de brocs et de cuvettes. À Paris, l'eau n'atteindra le sommet des immeubles de la rive droite qu'en 1865, et celui de la rive gauche que dix ans plus tard. Il importe peu d'éloigner la salle de bains – quand elle existe – des chambres, puisque son matériel n'est pas d'usage quotidien. L'eau ne prendra de valeur qu'après les découvertes de Pasteur : elles feront du lavage des mains une nouvelle obligation sociale.

Là où se manifeste le plus le mépris du bourgeois pour les nécessités corporelles, c'est dans la question des lieux d'aisances. Quelques modèles de w.-c. hygiéniques – à effet d'eau – étaient apparus au XVIIIe siècle, le célèbre recueil de Mariette en témoigne[3]. Or, ils ne se répandent nullement dans la première moitié du siècle suivant. La croyance en la

---

[1]. Le cas d'un hygiéniste célèbre qui se trouvait plus à l'aise dans les égouts parisiens que dans les salons et le proclamait sans détour est justement l'exception qui confirme la règle. Rapporté par Alain Corbin dans sa présentation de l'ouvrage du Dr Alexandre Parent-Duchâtelet, *La Prostitution à Paris au XIXe siècle*, Paris, Éd. du Seuil, 1981, 216 p.

[2]. Le livre de Cardon est exclusivement consacré aux pièces nobles, il ne dit pas un mot de la cuisine.

[3]. *L'Architecture française, recueil de plans, élévations, des maisons particulières, châteaux, maisons de campagne, bâtis nouvellement par les plus habiles architectes*, 1727.

valeur de l'engrais humain persiste longtemps, et les vidangeurs parisiens continuent à porter chaque nuit les matières à Montfaucon. Les émanations gazeuses qui en résultent infectent l'air de la capitale. Si le tout-à-l'égout des Anglais n'est pas ignoré – législation complète en Grande-Bretagne dès 1855 –, il apparaît en France comme un épouvantable gâchis : abusive consommation d'eau et pertes considérables pour l'agriculture.

À Paris, l'obligation de la fosse est à peu près respectée depuis le décret impérial de 1809, mais les pratiques médiévales se maintiennent en province. À Lyon, l'écoulement des matières dans le Rhône n'étonne personne ; à Marseille, sur 32 653 maisons recensées en 1886, 14 000 ne possèdent aucun dispositif d'évacuation des matières fécales : à chaque étage, les déjections sont recueillies dans un jarron ensuite vidé dans le caniveau ; à Bordeaux, 12 000 fosses mal construites empoisonnent la nappe phréatique.

Pendant ce temps, en Grande-Bretagne, la chasse d'eau connaissait un prodigieux essor. L'âge d'or de la plomberie s'annonce, et l'Europe entière se mettra à l'école anglaise. L'ouvrage capital de Stevens Hellyer[1] sera traduit par Poupard, entrepreneur parisien qui enverra son fils en stage auprès du maître. En tout état de cause, les théoriciens de l'architecture française ont maintenant leur siège fait sur l'affaire. Ce qui ressort de la nette déclaration d'Émile Trélat – fondateur de l'École spéciale d'architecture – devant la « Société de médecine publique », en 1882 : « Le citadin doit être strictement isolé de ses excrétions aussitôt qu'elles sont produites, un système hermétique doit leur ouvrir instantanément et momentanément une bouche de départ, elles doivent y être violemment entraînées par une puissante chasse d'eau jusqu'au-dehors de l'habitation. »

Ce revirement d'attitude, l'abandon de l'engrais humain, est dû aux progrès de l'agronomie : le guano péruvien – entre 1850 et 1880 –, les nitrates du Chili et, enfin, toute la panoplie des engrais chimiques mis au point dès cette

---

1. *La Plomberie au point de vue de la salubrité des maisons*, ouvrage publié sous le patronage de la Chambre syndicale des entrepreneurs de plomberie de la Ville de Paris, 1886.

Espaces privés

époque ont conquis la faveur du monde paysan. En outre, les découvertes de Pasteur sèment la peur des microbes dans l'opinion : « Ses expériences conduisent à repousser la fosse d'aisances comme un vaste réservoir de garde, à l'abri de l'air, des plus épouvantables virus qu'ait à redouter l'espèce humaine. » Le signataire de ces lignes, l'ingénieur Wazon [1], condamne sans appel les fosses fixes pour faire l'éloge du tout-à-l'égout que permet – du moins à Paris – l'extraordinaire réseau de canalisations établi par Belgrand sous le Second Empire : 140 kilomètres en 1852, 560 en 1869.

L'obligation de ce nouveau mode d'évacuation ne se fera pas sans récriminations : la loi de 1894 sur l'assainissement de Paris et de la Seine rencontrera la plus vive hostilité des propriétaires, pour une fois unis devant cet ukase liberticide et collectiviste [2]. Longtemps encore, les architectes continueront à implanter les cabinets n'importe où, même en annexe de la cuisine, puisqu'il n'est pas convenable de se soucier de « ces choses-là ».

Qui monte au sixième ?

Reste un dernier espace de rejet dans l'immeuble bourgeois, il s'agit du sixième étage, où sont maintenant relégués les domestiques. L'Ancien Régime ignore cette ségrégation, car les gens de maison, jusqu'à la Révolution, font partie de la famille. Avec la société hiérarchisée qui se met en place dès le début du XIXe siècle, les serviteurs ne peuvent plus dormir dans l'espace de leurs maîtres, aux fins d'éviter toute « promiscuité ». Situés en bas de la pyramide sociale, ils n'ont droit qu'au minimum leur permettant tout juste de reconstituer la force de travail nécessaire à de longues journées d'un labeur de Sisyphe.

---

1. *Principes techniques d'assainissement des villes et habitations suivis en Angleterre, France, Allemagne, États-Unis et présentés sous forme d'études sur l'assainissement de Paris*, 1884.
2. Roger-Henri Guerrand, « La bataille du tout-à-l'égout », *L'Histoire*, n° 53, février 1983, p. 66-74.

Ils devront donc se contenter des petites cases aménagées au sixième ou au septième étage des immeubles cossus. Dès 1828, il en existe un, boulevard Saint-Denis, à Paris, dont le dernier niveau aligne un couloir desservant des « chambres de bonnes » éclairées par des tabatières. Quatre mètres carrés de surface, pas de chauffage, du mobilier de débarras, un poste d'eau et des w.-c. à la turque sur le palier, ainsi se présente l'aspect commun de ces cellules.

Pour dénoncer ce scandale, les autorités les plus écoutées n'ont pourtant pas manqué. Jules Simon, l'un des premiers, dans *L'Ouvrière,* signale ces nouveaux plombs comme aussi terribles que ceux de Venise. Le Pr Brouardel, de l'Académie de médecine, évoque le spectre de la tuberculose descendant du sixième sur les berceaux les mieux protégés. Juillerat – l'inventeur du casier sanitaire des maisons de Paris – publie une brochure indiquant les conditions que doit réunir une chambre de bonne pour être salubre. À l'exposition de la Tuberculose, en 1906, furent exhibées côte à côte les reproductions fidèles d'une chambre de domestique du quartier des Champs-Élysées – VIIIe arrondissement, le plus chic et le plus riche de la capitale depuis Louis-Philippe – et d'une cellule de la prison de Fresnes. Celle-ci était habitable et salubre, l'autre non [1]. Rien ne changera sur ce point jusqu'après la Seconde Guerre mondiale : les maîtres se livrent à l'ascension de toutes les montagnes du monde, mais ils ne songent jamais à entreprendre celle de leur dernier étage.

Donnant sur des voies de plus en plus fréquentées – les encombrements de Paris et des grandes villes ne font que croître durant tout le XIXe siècle – et bloqué par des cours étroites, dépotoirs empestés par les émanations des cuisines et des lieux d'aisances, l'immeuble bourgeois, malgré ses trois cents mètres carrés par appartement – cette superficie va d'ailleurs en se réduisant –, n'est qu'une façade sociale faussement rationnelle, un trompe-l'œil mondain. Au mouvement international de l'architecture moderne, dans l'entre-

---

1. Anne Martin-Fugier, *La Place des bonnes : la domesticité féminine à Paris en 1900*, Paris, Grasset, 1979, 382 p.

deux-guerres – sans oublier les courageuses prises de position d'un Francis Jourdain dès 1910 –, reviendra la tâche de casser cette image d'une classe qui n'est jamais parvenue à s'exprimer dans un projet constructif réussi.

L'annuaire des châteaux

Ni cour ni jardin

Sous l'Ancien Régime, l'élévation sociale finit toujours par se concrétiser dans la possession d'un hôtel particulier. De nombreux nobles logent en appartement, mais les principales familles du royaume se font construire des demeures par les architectes les plus renommés, et les roturiers enrichis s'empressent de les imiter. Ainsi se constitue, depuis le Moyen Age, un patrimoine bâti, à chaque siècle représentatif d'un style traduisant les besoins et les aspirations contemporaines de la classe dominante.

À cet égard, le XIXe siècle va offrir une situation nouvelle : les possédants, récemment enrichis, ne disposent d'aucune tradition artistique. En revanche, ils éprouvent un vif désir d'étaler leur fortune. Ils succomberont donc à toutes les extravagances et ne sauront pas résister à leurs architectes, victimes des modes que l'École des beaux-arts de Paris imposera à ses élèves, par ailleurs issus, dans leur grande majorité, de la classe au pouvoir [1].

À leur retour de l'étranger, quelques émigrés récupèrent leurs hôtels, alors que la bourgeoisie s'empresse de commander les siens. On verra apparaître un nouveau type, dès la Restauration. Le corps de bâtiment pour l'habitation se situe au fond de la cour, tandis qu'un autre immeuble, sur la rue, abrite des bureaux et des boutiques : une excellente opération financière. Dans le quartier de la Nouvelle-Athènes, au nord

---

1. Louis Hautecœur, *Histoire de l'architecture classique en France*, op. cit. ; *Le Parisien chez lui au XIXe siècle*, op. cit.

de Paris, l'architecte Constantin – qui travaille beaucoup avec Dosne, agent de change et futur beau-père de M. Thiers – édifiera des cubes néo-antiques au milieu d'une cour-jardin. Félix Duban, pour le comte de Pourtalès, choisira de pasticher la Renaissance italienne avec une entrée sur la rue, derrière l'église de la Madeleine.

Folies bourgeoises

Les folies se manifestent quand, sous le règne de Louis XVIII, on démonte entièrement une maison du temps de François Ier, sise à Moret : elle est réédifiée en bordure du Cours-la-Reine. Non loin de là, avenue Montaigne, le prince Napoléon, cousin de l'Empereur, s'enthousiasme pour la reconstitution d'une maison pompéienne que lui réalise Normand. Cet amoureux de l'Antiquité doit concilier les exigences de l'archéologie – dont il n'ignore rien – avec les nécessités d'un certain confort moderne et du climat parisien.

Les « beaux quartiers » de Paris connaîtront une floraison de luxueuses résidences où les nouveaux messieurs – auxquels les anciens ne dédaignent pas de s'allier pour redorer leur blason – peuvent recevoir fastueusement. C'est l'hôtel construit pour Émile Gaillard, banquier du comte de Chambord, élevé place Malesherbes : un chef-d'œuvre du style Louis XII, en brique et pierre. C'est celui du chocolatier Menier, en néobaroque, avec façade sur le parc Monceau : les Pereire avaient obtenu 10 des 19 hectares du parc des Orléans confisqué en 1848, et ils en firent un lotissement de luxe. C'est le « Palais rose » de Boni de Castellane, descendant de l'une des plus vieilles familles de France, qui n'hésitera pas à épouser une milliardaire américaine. Selon la volonté du propriétaire, l'architecte a adapté le modèle du Grand Trianon et imité l'escalier d'honneur de Versailles.

La province n'est pas en reste, comme le prouve l'exemple de Lille[1] : les hôtels de maîtres y sont plus vastes qu'à Paris.

---

1. *Le Siècle de l'éclectisme, Lille 1830-1930*, Bruxelles, Archives de l'architecture moderne, 1979, t. I, 382 p.

Espaces privés

Les façades peuvent s'étendre jusqu'à 20-25 mètres de long pour un édifice de 15 mètres de haut, parfois 300 mètres carrés de superficie sur quatre niveaux, sous-sol (cuisine, communs), entresol (deux salons, salle à manger, bureau), étage noble (chambres), grenier. Sans compter les dépendances : salle de billard, bibliothèque, écuries, logement du personnel. Les manufacturiers se prennent pour les seigneurs de la Flandre, et ils ne cachent pas cette ambition. Juste avant la guerre, à Lille, les frères Dévallée, fils d'un industriel roubaisien, s'improviseront architectes, les praticiens ayant reculé devant leurs exigences. Avec ses colonnes de marbre, leur création affecte un air Renaissance singularisé par d'énormes gargouilles. Chaque pièce est d'un style différent, y compris l'inévitable mauresque. Tel un prince inspiré par son astrologue, l'un des deux frères voulait que son sommeil soit relatif aux positions de la lune : il fit donc monter un lit sur un axe actionné par un mécanisme suisse.

La palme de l'incongru exotique – à Roubaix ! – revient cependant à l'industriel Vaissier, inventeur d'un « savon du Congo ». En 1890, il demande à Dupire de lui concevoir un château monté sur quatre éléphants. L'architecte refusa mais dessina quand même un palais oriental surmonté d'un dôme garni de vitraux : « C'est le rêve du rajah indien ; c'est le caprice, la fantaisie, la richesse de coloris, le brillant de la décoration réalisés dans notre brumeux pays de Flandre. »

Il était difficile d'aller plus loin dans le « wagnérisme architectural ». D'autres industriels de la même province, soucieux d'enracinement historique, préféreront des hôtels néogothiques dans le style flamand, parés de façades différentes où s'affirmera le fameux pignon à redents caractéristique de l'architecture des pays du Nord. Le même phénomène se produira en Bretagne, ainsi à Rennes où, dans des édifices de style éclectique, apparaîtront des références régionales [1].

À la fin du siècle, un nouveau type de résidence « grande bourgeoise » surgit. On pourrait le dénommer l'hôtel-villa à cause de son aspect délibérément pittoresque emprunté à l'ar-

---

1. Jean-Yves Veillard, *Rennes au XIXe siècle, architectes, urbanisme et architecture*, Rennes, Éd. du Thabor, 1978, 518 p.

chitecture sévissant dans les stations balnéaires. Loin du centre des villes, là où l'on peut encore acquérir de vastes terrains libres, s'épanouissent, au milieu d'un jardin à l'anglaise, des constructions dont la description exacte pose beaucoup plus de problèmes que celle d'un hôtel classique. Car la surenchère ornementale domine, assurée par le triomphe de la brique polychrome et du bois tourné. Le phénomène s'observe à Lille, mais aussi à Rouen [1]. Ce ne sont qu'avancées, décrochements, bow-windows mafflus, combles alambiqués, fermes débordantes, balcons en bois. Dans ces fleurs vénéneuses qui échappent aux canons néoclassiques, quelques traces d'Art nouveau se révèlent parfois à propos du traitement d'une courbe et du mélange des matériaux qui donne une place au métal. La dissymétrie dans les masses où les percements semblent gratuits se retrouvera plus tard dans les maisons faubouriennes de la petite bourgeoisie qui essaimera ses pavillons à la périphérie des grandes villes.

Du billard à la serre

Soumis à la même rationalisation que les immeubles, les hôtels particuliers du XIXe siècle réalisent eux aussi la séparation du public et du privé. S'y adjoignent des éléments attestant une vie mondaine permanente et le luxe permis par des possibilités financières importantes. La première de ces nouveautés est la salle de billard – les tables destinées à ce jeu étaient apparues en Europe à la fin du Moyen Age –, car les fanatiques des boules d'ivoire se multiplient au XIXe siècle : Daumier leur a réservé plusieurs lithographies. Entre autres, celle-ci, intitulée *Une journée de pluie*, avec cette légende : « L'invité est condamné à six heures de billard forcé. » Pas un hôtel – ni un château de quelque importance – qui ne soit pourvu de ce jeu indispensable où, comme à Versailles au temps de Louis XIV, brillent des noms célèbres [2].

---

[1]. Jean-Pierre Chaline, *Le Bourgeois de Rouen, une élite urbaine au XIXe siècle*, Paris, Presses de la Fondation nationale des sciences politiques, 1982, 509 p.
[2]. Th. Bourgeois, *La Ville moderne*, 1903.

Mais l'appendice signant une maison de grande classe, c'est la serre ou le jardin d'hiver. Zola n'a garde d'en priver l'hôtel du spéculateur Saccard[1] : elle est scellée au flanc même de l'édifice et communique avec le salon. Il s'agit en effet de la disposition classique. Apparues dans la première moitié du XIXe siècle, ces constructions légères se multiplieront sous le Second Empire[2]. Le modèle le plus connu fut le jardin d'hiver de la princesse Mathilde, petite-fille de Napoléon Ier, qui a été reproduit plusieurs fois par différents peintres. Dans cette vaste pièce, éclairée zénithalement et soutenue par des colonnes d'ordre ionique, le lierre, les palmiers, les plantes ornementales faisaient pénétrer la nature au cœur de l'univers parisien.

Le Déjeuner dans la serre, de Louise Abbéma, figure un espace sans doute plus courant avec son décor kitsch de table Louis XIII aux pieds tournés, ses armes africaines, son plateau mauresque et ses poufs, le tout noyé dans les draperies et les végétaux exotiques, un cadre idéal pour Sarah Bernhardt, amie de l'artiste. Le jardin d'hiver jette la note de « distinction » à l'époque des salons proustiens, il limite à la classe des gens riches le droit de bavarder sous les palmiers, tandis que dehors tombe la neige. À l'inverse des vérandas des cafés et des restaurants tournées sur la rue, il donne sur l'espace privé, la cour ou le jardin. Imité mesquinement par les salons des immeubles bourgeois, en se réduisant souvent à une loggia de vitraux peints, il les prolongera par une saillie au-dessus du trottoir.

Châteaux néogothiques

Si le grand bourgeois préfère la résidence de ville, le lieu où se déroulent les opérations financières sérieuses, les nobles ont entrepris de reconquérir la campagne qu'ils avaient délaissée bien avant la Révolution. Ils reviennent à la terre, même avant l'avènement de Louis-Philippe qui les

---

1. *La Curée,* 1871.
2. Bernard Marrey et J.-P. Monnet, *La Grande Histoire des serres et des jardins d'hiver, 1780-1900,* Paris, Graphite, 1984, 192 p.

exclura définitivement du pouvoir politique, et tenteront d'y rétablir les symboles d'une impossible féodalité. D'où la vogue du gothique, dans les milieux légitimistes, alors que les bourgeois préféraient plutôt l'art de la Renaissance, époque façonnée par des personnalités d'exception, ce qui s'accorde avec leur philosophie individualiste.

Longtemps, on a attribué à l'influence de Viollet-le-Duc le nouvel épanouissement gothique qui a dressé en France des centaines de châteaux, surtout à partir du Second Empire. Or, une exposition organisée par la Caisse nationale des monuments historiques a révélé un maître provincial qui ne doit rien au restaurateur de Pierrefonds[1]. Des recherches en cours en exhumeront certainement d'autres. René Hodé, architecte angevin, a construit dans sa région quatorze châteaux, il a agrandi et habillé dix gentilhommières. Il a beaucoup travaillé pour les fidèles du parti légitimiste, le comte de Falloux, le comté de La Rochefoucauld, le comte de Quatrebarbes, entre autres, des clients qui ne pouvaient pas supporter l'art frivole du XVIIIe siècle philosophique. Ce sont des propriétaires qui font valoir leurs terres, souvent avec science, en s'efforçant de regagner au drapeau blanc le peuple des campagnes, entreprise non dépourvue d'un certain succès[2].

Pour eux, Hodé imaginera des châteaux de rêve, à la façade symétrique rassemblant tous les signes d'identification d'une demeure seigneuriale au temps des chevaliers : tours, créneaux, toits pentus d'ardoise, fenêtres à meneaux, lucarnes avec gables et pinacles. Certes, il a fallu transformer l'intérieur pour le mettre au goût du jour et, là aussi, séparer les fonctions. Au sous-sol, les cuisines. Le rez-de-chaussée devient l'étage noble. De part et d'autre d'un vestibule plus ou moins lié à l'escalier sont réparties les salles de réception, salle à manger, salon, salle de billard. Au premier étage, un

---

1. Christian Derouet, *Grandes Demeures angevines au XIXe siècle, l'œuvre de René Hodé entre 1840 et 1870*, Paris, Caisse nationale des monuments historiques, 1976, 32 p.
2. Paul Bois, *Paysans de l'Ouest. Des structures économiques et sociales aux options politiques depuis l'époque révolutionnaire dans la Sarthe*, 1960, éd. abrégée, Paris, Flammarion, 1971, 384 p.

long couloir dessert les chambres des maîtres. Au second, celles des invités et du personnel supérieur, gouvernantes des enfants, secrétaire. On y accède par un escalier de service ou un escalier dérobé communiquant avec le palier du premier. À la différence de l'Ancien Régime, le château du XIXe siècle se dresse isolé, les communs et les bâtiments des métayers étant dissimulés à distance respectueuse. Dans le même esprit, Hodé modifiera des gentilhommières en détruisant la ferme attenante – ce qui permet de rajouter des tourelles – et en abattant des cloisons pour donner de la taille au salon et à la salle à manger.

Un peu plus tard, dans une province voisine, la Vendée, davantage encore attachée à la cause royale, on se croirait déjà sous Henri V, le comte de Chambord qui n'en finit pas d'arriver : deux cents châteaux, construits au XIXe siècle, y ont été repérés[1]. Le gothique domine, mais la Renaissance se manifeste aussi avec, dans la dernière décennie du siècle, l'apparition du genre « normand », ainsi abusivement qualifié à cause de l'abondance du colombage, vrai ou faux. Dans cette région également, on n'éprouve pas le besoin d'avoir recours à des architectes parisiens. Joseph Libaudière, un Nantais, ancien élève de Pascal – adjoint de Charles Garnier pour la construction de l'Opéra –, occupera pendant près de cinquante ans le poste d'architecte départemental de la Vendée : il édifiera quatorze églises néogothiques, de 1880 à 1906, et de nombreux châteaux dans le même style. Dans le nord de la France, à Bondues, tout près de Lille, pour le comte d'Hespel, Louis Cordonnier est saisi par l'esprit de Neuschwanstein : une douzaine de frontons à pas de moineaux, des cheminées fantastiques accolées aux toitures pentues, un donjon crénelé, des murs en brique à chaînages de pierre blanche...

Aux antipodes de ce gothique sentimental, chrétien et monarchiste, la conception de Viollet-le-Duc, adversaire résolu de l'antiquomanie, se définit comme la solution d'un problème de structure fonctionnelle. Son Moyen Age n'est pas celui des seigneurs mais bien celui des communes qui

---

1. Maurice Bedon, *Le Château au XIXe siècle en Vendée*, Fontenay-le-Comte, Lussaud, 1971, 91 p.

ont inventé les premières institutions démocratiques. Outre la restauration de Pierrefonds, entamée en 1858 – elle ne sera pas terminée à la fin du Second Empire –, Viollet-le-Duc a édifié cinq châteaux[1] dans plusieurs régions de la France. Tous néogothiques, le plus achevé est certainement celui de Roquetaillade (Gironde), restauré et aménagé suivant la volonté des propriétaires, qui ne lésinèrent pas pour vivre leur rêve médiéval[2]. Ils eurent leur compte de baies tri- et quadrilobées, de cheminées monumentales et de meubles façon haute époque dans un décor intérieur très coloré.

Le hall des Rothschild

Le goût du néogothique suscita les plus effrayantes mises en scène : on vit des bâtisses du XVIIIe siècle flanquées de donjons, surmontées de toits à lucarnes. Toutefois, certains milliardaires ne succombèrent pas à cette névrose, qui n'appartenait pas à leurs traditions culturelles. En 1829, James de Rothschild achète le château de Ferrières aux héritiers de Fouché. Ce petit édifice, situé au bord d'un étang, est rasé. Le banquier demande des plans à Joseph Paxton, l'auteur du Crystal Palace. La première pierre sera posée en 1855, les travaux achevés trois ans plus tard. Dans ce bâtiment carré, flanqué de quatre tours ayant la même forme, la composition s'ordonne autour d'une immense pièce centrale surmontée d'une verrière. C'est le grand hall, un type de construction où Paxton avait révélé son talent à Londres, lors de l'Exposition de 1851. Il est entouré, au premier niveau, par les pièces de réception, salons, salle à manger, salle de billard, salle de jeux ; au deuxième sont réparties les chambres[3].

---

1. *Viollet-le-Duc*, Paris, Galeries nationales du Grand Palais, 1980, 415 p.
2. Trop loin du chantier pour s'en occuper sérieusement, Viollet-le-Duc le confia à son élève, Edmond Duthoit.
3. Guy de Rothschild, *Contre bonne fortune...*, Paris, Balland, 1983, 372 p.

Espaces privés

Si l'architecture de Ferrières ne doit rien aux modèles enseignés à l'École des beaux-arts de Paris, ses aménagements intérieurs cèdent à l'éclectisme ambiant : le hall ressemble à un magasin d'antiquités ; on découvre un salon blanc Louis XVI et un salon des cuirs, plutôt Renaissance. Le souci du confort se marque dans les chambres d'amis, qui adoptent la structure de véritables suites pourvues d'une entrée précédant la chambre, d'une salle de bains et de w.-c. Les cuisines avaient été installées souterrainement à une centaine de mètres du château ; elles furent reliées aux offices par une galerie qu'empruntait un petit train.

Les Rothschild arrivaient à Ferrières au début d'octobre pour revenir à Paris en janvier : leur grande affaire, à la campagne, c'était la chasse, dans la meilleure tradition des équipages français. Ce fut aussi celle des d'Harcourt qui, dès juillet, quittaient leur hôtel de la place des Invalides pour gagner le château de Sainte-Eusoge, dans le Gâtinais[1]. Dans leur cas, il s'agit d'une véritable expédition, un déménagement qui comprend non seulement l'argenterie, la porcelaine, la verrerie, mais aussi les jouets des enfants, leurs livres de classe, un piano à queue, etc. Dans la bâtisse, peu à peu agrandie, on relève la même structure qu'ailleurs : salon, salle à manger, salle de billard, bibliothèque au rez-de-chaussée ; une dizaine de chambres pour les maîtres et leurs invités au premier ; au deuxième, les enfants ; les domestiques sous les toits. Jusqu'à Noël, le château ne désemplit pas, les boutons de tous les rallyes célèbres s'y côtoient.

Épiphanie du « chalet normand »

Représentants des vieilles familles ou « parvenus » commencent à se retrouver, au milieu du XIXe siècle, dans les stations balnéaires qui se multiplient sur toutes les côtes françaises[2]. Certaines, comme Arcachon, sont lancées par des

---

1. Paul Chabot, *Jean et Yvonne domestiques en 1900*, Paris, Tema-Éditions, 1977, 255 p.
2. Louis Burnet, *Villégiature et Tourisme sur les côtes de France*, Paris, Hachette, 1963, 484 p.

promoteurs expérimentés, en l'espèce les frères Pereire[1]. Ils ne seront pas responsables de l'architecture, et celle-ci ne gardera pas longtemps son goût premier pour les villas coloniales avec véranda. Les praticiens devront personnaliser l'image des maisons, ce qui aboutira à une mosaïque de constructions néogothiques, mauresques ou suisses dissimulées sous des enjolivures de bois découpé.

Ce modèle de chalet, sorti des cantons helvétiques depuis la fin du XVIIIe siècle et la vogue des paysages montagnards, envahira d'abord, en tant que fabrique, tous les parcs à l'anglaise du continent. Puis il devient une véritable maison qui séduira particulièrement les architectes des stations à la mode. Elle s'imposera aux amoureux de Deauville où, comme à Arcachon, on trouve tout et son contraire[2]. La villa de la princesse de Sagan ressemble à un palais persan, celle de la marquise de Montebello singe un château Louis XIII. Peu à peu, dans le sens du pittoresque fin de siècle, on s'orientera vers la construction à colombage, le « chalet normand », que le milliardaire américain Vanderbilt choisira pour sa « chaumière » et dont la descendance n'a pas fini de ravager l'étendue du territoire français.

Le côté des chaumières

La campagne est à la mode

Les questions agricoles ont vivement intéressé l'opinion éclairée, sous la Restauration et la monarchie de Juillet, comme l'attestent de nombreux ouvrages et articles de presse[3],

---

1. *La Ville d'hiver d'Arcachon*, Paris, Institut français d'architecture, 1983, 238 p.
2. Gabriel Désert, *La Vie quotidienne sur les plages normandes du Second Empire aux années folles*, Paris, Hachette, 1983, 334 p.
3. Voir Jean-Hervé Donnard, *Les Réalités économiques et sociales dans la Comédie humaine*, Paris, Armand Colin, 1961, 488 p., chap. VII, p. 173-194.

ainsi que le succès des romans de Balzac et de George Sand [1]. Leurs affabulations ne pouvaient d'ailleurs qu'égarer les esprits, étant donné les partis pris systématiques qu'elles véhiculaient. Pour Balzac, en effet, le paysan, cet infatigable « rongeur », divisant et morcelant le sol depuis la Révolution, est un être inférieur et amoral qui sera le fossoyeur de la bourgeoisie. Sacrifiant au mythe du Sauvage, l'auteur du *Médecin de campagne* a vu les paysans français par les yeux de Fenimore Cooper, qui regardait de très loin les Peaux-Rouges, et par ceux de Mme Hanska recevant l'hommage hypocrite de ses moujiks. Quant à George Sand, elle a conçu ses héros dans une merveilleuse pâte de Sèvres. Ses « fins laboureurs », ses « jeunes pastoures », toujours délicats et bien mis, habitent dans des « chaumières qui résument toute la poésie du hameau ». Le pain excellent ni la poule au pot, arrosée d'un gouleyant vin de pays, ne manquent jamais sur leur table.

Inutile donc de chercher chez ces deux auteurs des descriptions exactes des conditions réelles de l'habitat rural, le mythe et la poésie en souffriraient gravement. Or, plusieurs architectes, dès la Révolution, ont théorisé la demeure des paysans dans des ouvrages qui auraient pu grandement contribuer à son amélioration. Ainsi le mystérieux François Cointeraux, créateur à Paris, en 1790, d'une école d'architecture rurale transférée ensuite à Lyon. Dans un grand nombre d'ouvrages et de brochures, il a développé ses idées relatives aux constructions en pisé et aux toitures incombustibles [2]. Il sera suivi par Lasteyrie du Saillant : en 1802, celui-ci n'hésite pas à traduire un livre publié par le Bureau d'agriculture de Londres, accompagné d'un atlas de planches [3]. Plusieurs autres volumes, traitant du même sujet, paraîtront encore [4] avant la grande synthèse de Louis Bouchard-Huzard, sous le

---

1. *Le Médecin de campagne, Le Curé de village, Les Paysans ; François le Champi, La Petite Fadette, La Mare au diable.*
2. *Cahiers de l'architecture rurale*, 1790-1791.
3. *Traité des constructions rurales.*
4. Léon Perthuis de Laillevault, *Traité d'architecture rurale*, 1810 ; Urbain Vitry, *Le Propriétaire architecte*, 1827 ; A. Roux, *Recueil de constructions rurales et commerciales*, 1843.

Second Empire[1]. Leurs auteurs se préoccupent surtout de la grande exploitation qui sépare désormais les bâtiments d'habitation des communs, pour des raisons non de prestige, mais de commodité et d'hygiène.

Sinistres cahutes

Qu'en était-il des petites fermes qui dominaient alors l'ensemble du territoire français ? Avec la forme vive dont il use habituellement, Victor Considérant, ingénieur et disciple de Charles Fourier, a exprimé une vision sinistre de ses voyages à travers la campagne[2] : « Il faut voir la Champagne et la Picardie, la Bresse et le Nivernais, la Sologne, le Limousin, la Bretagne, etc., et les voir de près. Là, il y a des chambres qui sont la cuisine, la salle à manger, la chambre à coucher, pour tout le monde : père, mère et petits... Elles sont encore cave et grenier ; écurie et basse-cour quelquefois. Le jour y arrive par des ouvertures basses et étroites ; l'air passe sous les portes et les châssis déboîtés ; il siffle à travers des vitraux noircis et cassés, quand il y a eu des vitraux... car il y a des provinces entières dans lesquelles l'usage du verre est à peu près inconnu. C'est une lampe grasse et fumeuse qui éclaire, dans l'occasion – d'habitude, c'est le feu. Puis le plancher, c'est de la terre inégale et humide. Il y a çà et là des mares. Vous marchez dedans. Les enfants en bas âge s'y traînent. J'ai vu, moi qui vous parle, des canards y chercher leur pâture ! »

Le cri d'indignation de Considérant se trouve confirmé par des observations à caractère objectif. La plus ancienne dont nous ayons eu connaissance – au début de la monarchie de Juillet – est contenue dans le rapport d'un conseil départemental de salubrité, elle porte sur un village des environs de Troyes[3]. Son auteur déclare que, dans ce hameau de quatre

---

1. *Traité des constructions rurales et de leur disposition*, 1858-1860, 2 vol.
2. *Destinée sociale*, 1834.
3. *Recueil des principaux travaux des conseils de salubrité du département de l'Aube*, 1835.

cent deux habitants, toutes les lois de l'hygiène sont violées. Chaque maison, construite en terre, couverte de chaume et dépourvue de plancher et d'ouvertures, n'est composée que d'une pièce à usage d'habitation où peuvent vivre jusqu'à dix personnes : « C'est là que se préparent leurs aliments, là que sont déposés leurs vêtements souvent imprégnés de sueur ou d'humidité, là que sèchent et fermentent les fromages, là que sont entassées ou suspendues les viandes salées qui servent à l'alimentation. »

Une thèse de médecine de la même époque, consacrée à un village du Tarn[1], en décrit les habitations dans des termes presque identiques : « Dans le même réduit se préparent les aliments, sont entassés les résidus qui servent à la nourriture des animaux et les petits instruments de l'agriculture ; dans un coin se trouve la pierre d'évier et dans l'autre les lits ; d'un côté sont suspendus les vêtements, et d'un autre les viandes salées ; là fermentent le lait et le pain ; il n'est pas jusqu'aux animaux domestiques qui, partageant cette étroite demeure, n'y viennent prendre leurs repas et satisfaire à leurs besoins physiques : c'est dans cette vicieuse habitation, où une cheminée, à tuyau trop large et trop court, laisse tomber une colonne d'air glacial qui refoule la fumée, que vivent le cultivateur et sa famille. »

Une seule fois, le Dr Villermé est sorti des villes, son terrain d'observation habituel, pour se pencher sur les paysans. Il n'a pas dit autre chose que ceux qui l'avaient précédé[2] : « Il faut avoir pénétré dans la demeure d'un pauvre paysan breton, dans sa chaumière délabrée dont le toit s'abaisse jusqu'à terre, dont l'intérieur est noirci par la fumée continuelle des bruyères et des ajoncs desséchés, seul aliment de son foyer. C'est dans cette misérable hutte, où le jour ne pénètre que par la porte et s'éteint dès qu'elle est fermée, qu'il habite, lui et sa famille demi-nue, n'ayant pour tout meuble qu'une mauvaise table, un banc, un chaudron et quelques

---

1. Henri Bon, *Recherches hygiéniques sur les habitants de la campagne de la commune de Lacaune*, 1837.
2. « Rapport d'un voyage fait dans les cinq départements de la Bretagne pendant les années 1840 et 1841 », *Mémoires de l'Institut (Académie des sciences morales et politiques)*, t. IV, 1844, p. 635-794.

ustensiles de ménage en bois ou en terre; pour lit, qu'une espèce de boîte, où il couche sans draps sur un matelas où la balle d'avoine a remplacé la laine, tandis qu'à l'autre coin de ce triste réduit rumine sur un peu de fumier la vache maigre et chétive (heureux encore s'il en a une), qui nourrit de son lait ses enfants et lui-même. » Villermé évalue à quatre cent mille – d'après les renseignements des préfets – le nombre de maisons paysannes, en Bretagne, qui n'ont qu'une, deux ou trois ouvertures au maximum. Déjà Cambry, auteur d'un célèbre *Voyage dans le Finistère*[1], avait fait une description semblable cinquante ans plus tôt, en parlant de « cahutes » pleines de fumée où le sol n'était jamais carrelé ni boisé, mais plein de trous dans lesquels trébuchaient les enfants.

Toujours à la fin de la monarchie de Juillet, un gentilhomme campagnard du Nivernais, A. de Bourgoing[2], publie un petit ouvrage dans lequel il reprend le ton de Considérant : « L'habitation du paysan est petite, humide, mal éclairée; le plus souvent, elle est privée de fenêtres; le jour et l'air y arrivent par une seule porte qui ferme mal et lui apporte le froid rigoureux de l'hiver et en tout temps les exhalaisons pestilentielles du fumier et des immondices qui croupissent dans une eau fétide devant sa maison. »

Dans une région voisine, la Haute-Vienne, la situation était identique, un observateur l'expose lors d'une séance du conseil général[3] : « Dans nos villages, il n'existe pas un dixième des habitations qui soient dans des conditions convenables d'hygiène, de salubrité et surtout de moralité [...]. La majeure partie des maisons de fermiers se compose uniquement d'un rez-de-chaussée ayant au plus deux pièces d'une superficie de 25 mètres carrés. Le sol est en outre humide, ou au plus en pierres mal jointes. L'élévation est au

---

1. *Voyage dans le Finistère ou État de ce département en 1794 et 1795*, 3 vol.
2. *Mémoire en faveur des travailleurs et des indigents de la classe agricole des communes rurales de France*, 1844.
3. *Séance du conseil général du 30 août 1850, rapport sur la question des logements insalubres*, Archives nationales, F8 210.

plus de 2,33 mètres ; une porte et une croisée de 50 centimètres d'élévation, point de vitres. Dans la cuisine, avec quelques mauvais meubles, les ustensiles de ménage et de culture ; dans la chambre, tous les lits sans distinction d'âge ni de sexe. Dans le grenier, il est commun de trouver quatre, cinq et six lits. »

Il existe encore bien d'autres témoignages de la même encre, qu'il est inutile de reproduire tant leur monotonie est désespérante [1]. Le prolétaire des champs, confiné avec ses bêtes dans une pièce unique, vit dans l'insalubrité que ne compense pas le « bon air » dont il se garde, car il en ignore les vertus. En définitive, le conservateur Adolphe Blanqui se trouvait d'accord avec l'utopiste Considérant lorsqu'il écrivait, dans le *Journal des économistes,* les lignes suivantes [2] : « On ne saurait croire, à moins de l'avoir vu comme nousmême, de quels chétifs éléments se composent le vêtement, l'ameublement et la nourriture des habitants de nos campagnes. Il y a des cantons entiers où certains vêtements se transmettent encore de père en fils ; où les ustensiles du ménage se réduisent à quelques misérables cuillers de bois, et les meubles à une banquette ou à une table mal assise. On compte encore par centaines de mille les hommes qui n'ont jamais connu les draps de lit ; d'autres qui n'ont jamais porté de souliers, et par millions ceux qui ne boivent que de l'eau, qui ne mangent jamais ou presque jamais de viande, ni même de pain blanc. »

Si le paysan était misérable, ne le devait-il pas à son individualisme ? Le 16 novembre 1836, Émile de Girardin, dans *La Presse,* citait le cas d'une commune de la banlieue parisienne où 1 540 hectares étaient aujourd'hui « lacérés en 38 826 lambeaux ». Pouvait-on s'intéresser au sort de tels sauvages ?

---

1. Dr Bertrand, *Mémoire sur la topographie médicale du département du Puy-de-Dôme,* 1849 ; J.-S. Édouard Noël, *Quelques Considérations générales sur l'hygiène dans les campagnes des Vosges,* 1851.

2. *Tableau des populations rurales de la France en 1850,* janvier 1851, p. 9-27.

Des foyers d'infection

Sous le Second Empire, la campagne est toujours à l'heure de l'Ancien Régime. En dépouillant quatre thèses de médecine traitant de régions différentes [1], on s'aperçoit qu'elles font toutes état de la cohabitation avec les animaux, de l'absence d'aération, des cheminées sans tirage, de l'entassement de toute une famille dans la même pièce. La conséquence de cet état de choses, comme l'avait noté le Dr Louis Caradec [2], est la formation d'un milieu idéal pour le développement de certaines maladies : « Ces demeures basses, humides, mal éclairées, mal orientées, où sont entassés les animaux et les habitants, contribuent puissamment au développement de la scrofule et du tubercule, et impriment à toutes les affections une tendance à se terminer par suppuration. Elles engendrent [...] des abcès, des caries, des maladies articulaires. C'est aux vices de construction des logements, à la malpropreté bien plus qu'au régime et à l'hérédité que l'on doit la perpétuation du principe scrofuleux dans les campagnes. »

Au début de la Troisième République, l'ouvrier et le paysan commencent à se figer en silhouettes mythiques destinées à devenir les instruments des partis politiques. Au nom de la gauche, l'ancien communard Arthur Ranc interdit aux écrivains de parler de l'ouvrier, tandis que l'homme à la bêche appartient aux partis de droite, qui veillent sur sa légende. Aussi bien, dès la parution de *La Terre* (1887), Zola fut-il accusé d'avoir calomnié le paysan français. Sans prendre position sur ce point, force est de constater qu'un séjour d'une semaine dans la Beauce, malgré les ressources de l'hallucination romanesque, ne peut être suffisant à un

---

1. J. F. Eugène Deflandre, *Essai sur l'hygiène des campagnes de la Picardie*, thèse de Paris, 1853 ; N. P. Abel-Poullain, *Essai sur l'hygiène des habitants dans le canton d'Arc-en-Barrois (Haute-Marne)*, thèse de Montpellier, 1855 ; J. B. M. Henri Demathieu, *Essai sur l'hygiène du paysan du haut Limousin*, thèse de Paris, 1863 ; Paul Castenau, *Quelques Considérations sur l'hygiène d'une partie de la population de la Haute-Garonne*, thèse de Montpellier, 1864.

2. *Topographie médico-hygiénique du département du Finistère ou Guide sanitaire de l'habitant*, 1860.

citadin pour décrire correctement l'habitation rurale. Ce n'était pas le souci de Zola, qui se contente de la même phrase, deux fois répétée, pour présenter la ferme, lieu de l'action : « La grande cour carrée de La Borderie, fermée de trois côtés par les bâtiments des étables, des bergeries et des granges, était déserte. » Et, quelques pages plus loin : « Trois longs bâtiments aux trois bords de la vaste cour carrée, la bergerie au fond, la grange à droite, la vacherie, l'écurie et la maison d'habitation à gauche. »

À un niveau plus scientifique, signalons encore le désert de la recherche. À part les notations contenues dans la somme de Baudrillart[1], il n'existe qu'une seule enquête générale sur l'habitation rurale en France à la fin du XIXe siècle, celle publiée, en 1894, sous la direction d'A. de Foville et intitulée *Les Maisons types*. Elle regroupe cinquante et une monographies de maisons choisies dans différentes régions de la France mais n'apporte rien de nouveau aux études parues sous Napoléon III. Son orientation générale et les conclusions que ses auteurs tirent de certains faits, unanimement déplorés à cette époque, la placent en marge du mouvement social « progressiste ». Citons deux exemples de ce passéisme typique que l'on pourra retrouver, pendant l'entre-deux-guerres, dans les romans d'un René Bazin. Monographie n° 23, la maison du Valgaudemar : « Si regrettable que fût l'entassement des membres de la famille dans un étroit réduit, la morale n'en souffrait pas. J'y ai vécu et je n'ai jamais entendu chuchoter le moindre scandale. Une vie active, des habitudes pieuses, un père et une mère austères, tout cela ne prêtait guère au relâchement des mœurs. » Monographie n° 46, maison type dans la région d'Avranches : « La moralité ne perd rien à ce que tous ou presque tous les habitants couchent dans la même pièce ; il en résulte, au contraire, une sorte de surveillance mutuelle. On préfère le dortoir à la cellule. La décence seule en souffre, mais cette gêne est moindre que ne le supposent les personnes ayant toujours eu l'habitude d'occuper des chambres particulières. »

---

1. *Les Populations agricoles de la France*, 1885-1893, 3 vol.

Dix ans plus tôt, le Dr Layet, dans un ouvrage considérable[1], avait, à l'aide d'exemples pris dans toute la France, condamné l'habitation paysanne dont les funestes dispositions avaient déjà été dénoncées dès le début du siècle : « Nous regardons comme un devoir, écrivait ce médecin, de montrer combien peu le paysan a souci de la salubrité de sa demeure, au sein de laquelle il se plaît, pour ainsi dire, à accumuler toutes les causes d'altération de sa santé. Humidité continuelle, défaut de renouvellement de l'air respirable, encombrement, exhalaisons malsaines, telles sont les délétères influences qui vont réagir sur lui et combattre, sinon détruire, les heureux effets d'une journée passée au soleil et en plein air. »

Dans un tel milieu, la dysenterie, la fièvre typhoïde, le typhus, le choléra sévissent à l'état endémique. En 1888, la variole a causé 782 décès dans l'arrondissement de Lorient ; en 1890, la rougeole a emporté 232 enfants dans le même secteur. Le D^r Le Chevallier affirme même que des cas de lèpre – objet de communications à l'Académie de médecine – ont été encore rencontrés en Bretagne[2].

Tous les essais de topographie médicale, genre si pratiqué au XIXe siècle, se répètent, sans aucune variante, au sujet de l'insalubrité de l'habitation paysanne. Elle a eu aussi, bien entendu, ses modèles exemplaires, toujours reproduits dans certains ouvrages : ils ne formèrent jamais qu'une minorité, celle des maisons de maîtres. C'est seulement au lendemain de la Seconde Guerre mondiale que le monde rural, dans son ensemble, se décidera à changer les conditions de sa vie quotidienne et à adopter les normes hygiéniques des citadins. Cette mutation, soulignons-le, s'effectuera d'autant plus rapidement qu'elle sera le fait des intéressés eux-mêmes, guidés par leurs organisations syndicales.

---

1. *Hygiène et Maladies des paysans, étude sur la vie matérielle des campagnards en Europe*, 1882, Ire partie, chap. III, « Les habitations rurales : principales causes de leur insalubrité », p. 36-76.
2. *Essai sur l'habitation rurale en Bretagne*, 1898.

Pourrissoirs urbains

L'âge d'or du taudis

Les conditions de logement des classes souffrantes furent longtemps laissées de côté par les spécialistes de l'histoire sociale qui se contentaient, à ce sujet, de qualificatifs relevant trop souvent de l'esthétique. Il est étonnant de voir Henri Sée – homme de gauche – reprocher à Arthur Young, visitant la France à la veille de la Révolution, de dénoncer les rues tortueuses des vieilles cités au nom de l'hygiène sans apprécier leur « pittoresque »[1]. Beaucoup plus récemment, la légende rédigée par Louis Girard pour accompagner une photographie de Marville prise sous le Second Empire[2] : « L'intimité pittoresque de la vieille ville », peut paraître très singulière après les travaux qui ont marqué les deux dernières décennies[3].

On sait maintenant que le scandale du logement populaire a été signalé, durant tout le XIXe siècle, par les réformateurs sociaux venant des horizons les plus divers, depuis les partis conservateurs jusqu'aux anarchistes « antiproprios ». Pour Paris, qui a été le terrain le plus examiné, les observations abondent dès le début du XIXe siècle. Elles concluent toutes à l'exiguïté et à l'insalubrité générales de l'habitation ouvrière, ce que confirmera l'enquête officielle menée après l'épidémie de choléra de 1832, qui fit 18 602 victimes dans la capitale[4].

---

1. *Voyages en France*, 1931, 3 vol., t. I, Préface.
2. *Nouvelle Histoire de Paris, La Deuxième République et le Second Empire, 1848-1870*, Paris, Hachette, 1981, 470 p.
3. Louis Chevalier, *Classes laborieuses et Classes dangereuses à Paris pendant la première moitié du XIXe siècle*, Paris, Plon, 1958, 567 p. ; Adeline Daumard, *Maisons de Paris et Propriétaires parisiens au XIXe siècle, 1809-1880*, Paris, Éd. Cujas, 1965, 285 p. ; Roger-Henri Guerrand, *Les Origines du logement social en France*, Paris, Éditions ouvrières, 1966, 360 p.
4. *Rapport sur la marche et les effets du choléra-morbus dans Paris et les communes rurales du département de la Seine*, 1854 ; Ange-Pierre Leca, *Et le choléra s'abattit sur Paris*, Paris, Albin Michel, 1982, 290 p.

Le rapport conclut en effet : « Là où une population misérable s'est trouvée encombrée dans des logements sales, étroits, là aussi l'épidémie a multiplié ses victimes. » Dans les rues les plus étroites et les plus sordides, le taux de mortalité cholérique a été de 33,87 ‰ ; dans les autres, de 19,25 ‰.

Sous le Second Empire, Haussmann ne s'occupe que des beaux quartiers et contraint les prolétaires à l'exode dans la périphérie[1]. En marge de ses brillantes percées, les taudis prospèrent de plus belle. À la fin de 1859, Louis Lazare, dans sa *Revue municipale,* rapporte les faits suivants : « En parcourant la ville de Paris jusqu'aux fortifications, nous avons enregistré 269 ruelles, cités, cours, passages ou villas créés en dehors de toute action, de tout contrôle municipal. La plupart de ces propriétés particulières, gouvernées arbitrairement par leurs détenteurs, sont hideuses à voir et soulèvent le cœur. » À propos de ce « gouvernement arbitraire », Zola montre, dans *L'Argent,* un propriétaire qui surveille sa cité, « misérables constructions faites de terre, de vieilles planches et de vieux zinc, pareilles à des tas de démolitions rangés autour de la cour intérieure », depuis sa maison, construite en solides moellons et placée en bordure de la rue.

Avec le dernier quart du XIXe siècle, les procédés quantitatifs commencent à s'imposer dans l'analyse des faits sociaux. Il est désormais possible de disposer d'abondantes sources chiffrées qui renforcent de leur poids les témoignages qualitatifs, dont l'apport demeure cependant toujours précieux. Les documents officiels à propos des taudis se multiplient : la description des cités Jeanne-d'Arc, Doré et des Kroumirs devient un classique de l'enquête sociale que pratiquent de nombreux médecins et des « philanthropes »[2].

Dans les arrondissements populaires, XIe, XIIIe, XIXe et XXe, ces observateurs découvrent l'existence de cités, passages, impasses dominés par des mafias de principaux locataires : après avoir loué des terrains pour plusieurs années, ces promoteurs les couvrent ensuite de constructions à un

---

1. Jeanne Gaillard, *Paris, la ville, 1852-1870,* Paris, Champion, 1976, 676 p.
2. Dr Octave du Mesnil, *L'Habitation du pauvre,* 1890 ; comte d'Haussonville, *Misère et Remèdes,* 1886.

étage, moitié en planches et moitié en plâtras, qu'ils divisent en logements loués à la semaine. Il faudrait encore parler des nouveaux colons installés sans droit sur la zone *non aedificandi* de l'anneau des fortifications de M. Thiers qui avaient démontré leur inutilité lors du siège de Paris, en 1870. Ils viennent s'ajouter aux anciens propriétaires, présents au moment de l'édification de l'enceinte, et ne s'embarrassent pas de vaines paperasses. Avec quelques piquets et du fil de fer, de hardis pionniers se délimitent, en territoire « apache », une concession qu'ils agrandissent ensuite subrepticement pour en louer des parcelles à de moins malins qu'eux [1].

Rien d'étonnant à ce que, dans un tel milieu pathogène, les épidémies puissent frapper durement. En 1873, la fièvre typhoïde fera 869 victimes à Paris. En 1882, ce nombre s'élèvera jusqu'à 3 352. L'épidémie de choléra de 1884 causera encore 986 décès. Le Dr Bucquoy, auteur du rapport à ce sujet, constate que la maladie n'a jamais frappé les maisons bien construites et proprement tenues, celles où les propriétaires mettent de l'eau à la disposition de leurs locataires : « Nous avons passé en revue, écrit-il, tous les endroits où l'épidémie s'est montrée grave, nous n'en avons pas noté un seul où les règles élémentaires de l'hygiène fussent respectées [2]. » La dernière épidémie cholérique du siècle, celle de 1892, emportera encore 1 797 personnes dans la Seine, dont 906 à Paris. Les arrondissements les plus touchés ont été le XIe (104 décès), le XVIIIe (116) et le XIXe (106) [3].

Une enquête significative

Il faudra cependant attendre l'étude décisive du Dr Jacques Bertillon, frère de l'inventeur de l'anthropométrie et chef du service des travaux statistiques de la Ville de Paris [4], pour

---

1. Madeleine Fernandez, *La Ceinture noire de Paris*, thèse de 3e cycle, Paris-VII, 1983.
2. *Rapport général sur les épidémies pendant l'année 1882*, 1884.
3. *L'Épidémie cholérique de 1892 dans le département de la Seine*, Conseil d'hygiène et de salubrité du département de la Seine, 1893.
4. *Essai de statistique comparée du surpeuplement des habitations à Paris et dans les grandes capitales européennes*, 1894.

disposer du premier travail complet sur le surpeuplement des habitations de la capitale. Cette statistique fut entreprise lors du recensement de 1891, à l'aide d'un questionnaire spécial. Les résultats de la banlieue ne purent être utilisés : très peu de personnes répondirent, ou de façon inexacte, par crainte que l'enquête ne fût destinée à la création d'un nouvel impôt.

À Paris, au contraire, il n'y eut que 2 % de non-réponses : elles émanaient surtout d'individus vivant seuls dans des logements de peu d'importance. En définitive, l'enquête porta sur 884 345 familles. Le Dr Bertillon, après avoir déploré que la statistique n'ait pas déterminé, en France, jusqu'à présent, dans quelles conditions exactes vit la population, définit sa notion de l'encombrement : « Nous admettons qu'il y a encombrement ou surpeuplement lorsque le nombre des membres du ménage dépasse le double du nombre des pièces, par exemple lorsqu'un logement de 3 pièces est occupé par 7 personnes ou lorsqu'un logement de 4 pièces est occupé par 9 personnes. »

Dans la capitale, plus les familles sont nombreuses, plus elles sont mal logées : 35 % des familles de 2 personnes disposent de plus d'une pièce par personne ; 27 % des familles de 3 personnes disposent de plus d'une pièce par personne ; 20 % des familles de 4 personnes disposent de plus d'une pièce par personne ; 18 % des familles de 5 personnes disposent de plus d'une pièce par personne ; 13 % des familles de 6 personnes disposent de plus d'une pièce par personne. D'après Bertillon, environ 331 976 Parisiens, c'est-à-dire 14 % d'entre eux, vivaient dans l'état d'encombrement excessif qu'il avait déterminé. Enfin, le démographe superposait deux cartes, celle du surpeuplement et celle des décès. Là où on comptait le moins d'habitants par pièce, dans les VIIIe et IXe arrondissements, il y avait aussi le moins de décès. Là où ils s'entassaient, dans les XIIIe, XIXe et XXe, la courbe des décès s'élevait.

Or, les prix des petits logements – ceux inférieurs à 500 francs par an – n'ont cessé d'augmenter pendant tout le XIXe siècle. Les salaires également – de 48 % entre 1853 et 1891 –, mais l'insécurité est toujours le lot des classes souffrantes : baisses de salaires dans les périodes de dépression, réductions d'horaires, licenciements quand les commandes diminuent, situation que les économistes de cette période nomment le chômage « normal ». Dans de telles conditions, comment établir un budget? Le Dr du Mesnil l'a démontré plusieurs fois : un ouvrier qui travaille régulièrement en atelier ne peut fixer ses revenus et ses dépenses que d'une manière approximative, car il doit prévoir le chômage et la maladie. « Quant aux journaliers, ouvriers et ouvrières en chambre qui vivent au jour le jour et ne sont jamais assurés d'avoir du travail, nous ne dirons pas pendant un mois ou une semaine, mais seulement pour le lendemain, pour ceux-là, l'établissement d'un budget est impossible. »

La situation en province n'a jamais été meilleure qu'à Paris, la célèbre enquête de Villermé l'attestait déjà, sous la monarchie de Juillet [1]. Le bon docteur était pourtant bien loin de se prendre pour un philanthrope, pas plus qu'Adolphe Blanqui, qui demandera une législation spéciale concernant les logements « dont l'horrible insalubrité est la cause première de cette mortalité sans terme et de cette immoralité sans nom qui décime et abrutit la population de quelques-unes de nos grandes villes [2] ». Les topographies médicales et les comptes rendus des conseils de salubrité, au travail dans toute la France, fourmillent des détails les plus significatifs sur un habitat que pas une seule voix autorisée n'ose déclarer convenable. Ces textes ont une diffusion limitée, mais il en est d'autres, à la portée de tous. *L'Ouvrière,* de Jules Simon – maître à penser des opposants au Second Empire –, a été l'un des plus grands succès de librairie de la seconde moitié du XIXe siècle [3]. On y trouve des descriptions complètes de taudis urbains. « Toutes les villes industrielles offrent le même spectacle », conclut l'auteur.

La Cité Napoléon

Tôt dans le siècle, des esprits clairvoyants avaient compris que le bon logement était l'une des clés de la paix sociale et le meilleur moyen de lutter contre les utopies et – après 1848 –

---

1. *Tableau de l'état physique et moral des ouvriers employés dans les manufactures de coton, de laine et de soie,* 1840, 2 vol.
2. *Des classes ouvrières en France pendant l'année 1848,* 1849.
3. 1861, chap. IV, « Logements d'ouvriers », p. 146-176.

contre le socialisme. Au début de 1849, il s'était formé, à Paris, une société qui se proposait d'édifier, dans les douze arrondissements de la capitale, des cités comprenant des logements sains, bien aérés, loués à des prix au-dessous de ceux payés pour les logements insalubres, et composés d'une cuisine et d'une ou deux chambres. Le prince-président souscrivit largement, ainsi que quelques amis de l'Ordre. On entreprit d'abord la cité du 58, rue Rochechouart (IXe arr.) qui subsiste encore aujourd'hui, un véritable incunable du logement social.

Inaugurée le 18 novembre 1851, elle porte désormais le nom – impérial – de « Cité Napoléon ». Complètement habitée en 1853, elle abritait 600 personnes réparties en 200 logements dont les plus vastes n'offraient qu'une chambre à feu, un vaste cabinet clair et une petite cuisine servant d'entrée. Un cabinet d'aisances et un évier étaient communs à chaque étage. Une borne-fontaine, installée dans la cour, fournissait l'eau. Certaines commodités étaient très appréciées par les habitants de la cité : entretien des escaliers par un concierge, lavoir et établissement de bains, salle d'asile accueillant les petits enfants, médecin qui tenait chaque matin une consultation gratuite et effectuait aussi des visites à domicile [1].

Armand de Melun et la loi de 1850

Pendant que s'élevait la Cité Napoléon, se déroulait, à la Chambre des députés, une série de débats où le logement populaire tenait une place majeure. L'initiative en revenait au vicomte Armand de Melun, le premier militant du catholicisme social ayant réussi à faire inscrire ses intentions charitables dans la législation [2].

Fondateur, en 1847, de la Société d'économie charitable et élu à l'Assemblée législative de 1849, il dépose sans tarder un projet de loi relatif à l'assainissement et à l'interdiction des logements insalubres.

---

1. Jean-Pierre Babelon, « Les cités ouvrières de Paris », *Monuments historiques*, n° 3, 1977, p. 50-54.
2. Jean-Baptiste Duroselle, *Les Débuts du catholicisme social en France (1822-1870)*, Paris, PUF, 1951, 787 p.

Espaces privés

Ce texte, déclara-t-il, n'était pas une concession aux socialistes, il ne portait aucune atteinte au droit de propriété : « Ce qu'il attaque, ce n'est pas un principe, c'est un fait impitoyable, sans entrailles, qui voudrait se soustraire aux lois divines et humaines, avoir le droit d'user et d'abuser de tout sans autre limite qu'une effroyable cupidité. » En conséquence, les mesures proposées étaient prudentes et chrétiennes, à la fois progressistes et conservatrices. On remettait à chaque conseil municipal le pouvoir de nommer une commission de spécialistes aptes à surveiller et à interdire la location de logements insalubres. Cette absence d'obligation, à un moment où les propriétaires et les notables dominent les assemblées communales, frappait de nullité la loi du 13 avril 1850, un texte qui ne fut presque jamais appliqué, sauf à Paris où Haussmann sut le faire servir à ses desseins. Mais c'était tout de même une pierre d'attente...

Sous le Second Empire, les propriétaires ne se soucièrent nullement d'imiter l'exemple de la rue Rochechouart. J.-P. Babelon a cependant retrouvé, à Paris, la Cité des Gobelins – aujourd'hui 59-61, avenue des Gobelins –, bâtie en 1854 par le sieur Levesque, « groupe de logements appropriés aux besoins de la classe ouvrière [...] en évitant l'inconvénient des cités proprement dites ». Ainsi parlait le promoteur, désireux sans doute de se démarquer de toute apparence de fouriérisme.

Tous les spécialistes des œuvres charitables de la capitale ont maintes fois signalé que les revenus les plus élevés offerts aux propriétaires provenaient des arrondissements pauvres, paradoxe qu'Adeline Daumard a très bien expliqué : « La rente était plus élevée dans les quartiers populaires par rapport à la valeur vénale des maisons, non seulement la rente brute, mais même la rente nette, car les dépenses d'entretien étaient réduites au minimum, tandis que, dans les quartiers riches ou commerçants, le souci de trouver des locataires, parfois exigeants, amenait bien des propriétaires à faire des réparations ou des aménagements coûteux. »

Avec le péril socialiste, resurgi depuis que les exilés de la Commune reviennent de la Nouvelle-Calédonie, que se fonde le parti ouvrier de Guesde et Lafargue et que s'agitent les compagnons anarchistes pour lesquels « l'honnête homme n'est plus celui qui paie son loyer », « l'initiative individuelle » se réveille chez les conservateurs.

Premières solutions philanthropiques

La Société philanthropique – présente depuis plus d'un siècle sur le front de la bienfaisance et qui rassemble de très grands « noms » – a été chargée, en 1888, de l'exécution d'un legs destiné à une œuvre entièrement nouvelle, la Fondation Heine. En 1889, sa première réalisation, un immeuble de trente-cinq logements, dû à l'architecte Chabrol et situé 45, rue Jeanne-d'Arc (XIIIe arr.), est entièrement occupé. La location coûte en moyenne 227 francs par an pour un « appartement » de deux pièces dont la superficie totale ne dépasse pas 29 mètres carrés. Cela n'empêchera pas certains « philanthropes » de s'étonner de ne pas y voir se multiplier les naissances. Presque en même temps, toujours conçu par Chabrol, sort de terre un deuxième immeuble, 65, boulevard de Grenelle (XVe arr.), quarante-six logements un peu plus vastes que les premiers pour une moyenne locative de 316 francs[1].

Que signaler encore ? En 1890, la Compagnie de chemin de fer du Paris-Orléans – avec ensuite le concours de la Compagnie du Paris-Lyon-Méditerranée – a fondé la Société d'habitations économiques. Elle a fait construire quatre maisons : 10-12, rue Dunois (XIIIe arr.); 123, rue du Chevaleret (XIIIe arr.); 54, rue Coriolis (XIIe arr.) : au total, cent trente-trois logements d'une surface de 32 mètres carrés – ce chiffre rejoint celui de la rue Jeanne-d'Arc – loués 282 francs. Confort minimal assuré : eau, w.-c. pour chaque appartement, vide-ordures. Pour Paris, comme réalisations « exemplaires », rien de plus. Les vrais amis des pauvres sont décidément bien peu nombreux dans cette ville où les « œuvres » se comptent pourtant par centaines.

---

1. *La Construction moderne*, 1er février 1890, p. 200-202, 20 septembre 1890, p. 598-600 ; *Bulletin de la Société française des habitations à bon marché*, n° 2, 1890, p. 119-152.

Espaces privés 339

En province, il faut également chercher soigneusement les bâtisses dues à l'initiative individuelle éclairée. À Rouen, dont les taudis ont été plusieurs fois décrits dès le début du XIXe siècle, un certain Édouard Lecœur, ingénieur-architecte, a édifié, en 1885-1886, dans le quartier le plus pauvre de la ville, un ensemble, le Groupe Alsace-Lorraine, pour le compte de la Société anonyme immobilière des petits logements, une réunion de notables : six maisons de quatre étages, trois logements par palier – deux de trois pièces et un de deux –, quinze boutiques au rez-de-chaussée. Les locataires disposent d'un confort inouï pour une habitation ouvrière : gaz, w.-c. à chasse d'eau, vide-ordures, tout-à-l'égout, buanderies, une salle d'infirmerie, même un pressoir à cidre, très rare exemple d'intégration du mode de vie rural en milieu citadin [1].

Lyon a toujours été un centre d'initiatives philanthropiques. On ne s'étonnera pas de voir, en 1886, le banquier et homme politique Édouard Aynard, les constructeurs de chemins de fer Félix Mangini et J. Gillet fonder la Société anonyme des logements économiques, au capital de 300 000 francs. Le 1er juillet 1887, cinq maisons de quatre étages étaient achevées et occupées rues d'Essling et de la Rèze (IIIe arr.). Logements de trois pièces, chacune ayant une surface de 11 à 16 mètres carrés. Un prix de revient très bas a été obtenu grâce à un « aggloméré de mâchefer qui durcit avec le temps et fait de la maison un véritable monolithe » [2]. D'autres ensembles suivront, rues Jaboulay et d'Anvers : quelques-uns viennent d'être réhabilités.

En 1902, à la mort de Mangini, la Société qu'il avait soutenue de toutes ses forces était devenue le plus grand propriétaire de Lyon, après les Hospices. Dans ses 130 maisons regroupant 1 500 logements, elle abritait près de 8 000 personnes. Le préjugé d'insolvabilité des ouvriers ne tenait plus devant les chiffres : le montant total des impayés, en 1902, sur un total de 389 818 francs, s'élevait à 536,80 francs.

---

1. *L'Architecture et la Construction dans l'Ouest,* septembre 1907, p. 102-107.
2. Mangini publie, en 1891, un ouvrage intitulé *Les Petits Logements dans les grandes villes et plus particulièrement à Lyon* où il accuse les architectes d'être incapables de construire avec économie. Sur Mangini, voir la brochure d'E. Aynard, *La Vie et les Œuvres de F. Mangini,* 1903.

Expériences pilotes donc ; promoteurs parfois intelligents et actifs ; résultats quantitatifs dérisoires – Lyon est l'exception – devant l'immensité des besoins. Enfermés dans leur système, les « libéraux » d'alors ne veulent pas voir qu'il faudrait d'abord une élévation massive du niveau de vie pour commencer à entrevoir une solution au problème. Mais ils se méfient toujours du peuple.

Encore une loi « facultative »

La loi du 30 novembre 1894, première loi française ouvrant des sources de crédit permettant d'édifier des habitations à bon marché, ne donna pas les résultats espérés par ses promoteurs, Jules Siegfried et Georges Picot, qui en attendaient une prise de conscience des classes dirigeantes. Ni la Caisse des dépôts ni les caisses d'épargne n'avaient voulu se risquer à placer l'argent que leur confiait le peuple dans des opérations ayant pourtant comme but d'améliorer son bien-être.

« En résumé, précisait Picot à l'assemblée générale de la Société française des habitations à bon marché[1], en février 1905, les lois de 1894 et de 1895 n'ont pas offert aux sociétés de construction de France plus de 5 millions et demi, tandis que la Caisse d'épargne et de retraite de Belgique a prêté plus de 50 millions aux constructions belges. Un petit pays six fois moins peuplé que nous a accompli une œuvre dix fois plus considérable ! »

On en était donc resté au plan de l'œuvre charitable. En 1905 comme avant 1894, le sort de plusieurs millions de familles n'avait connu aucune amélioration. « L'ouvrier se loge comme il peut, non comme il veut. Il n'a pas le choix entre une habitation spacieuse et un logement exigu ; on ne lui offre qu'une ou deux chambres, presque jamais trois ; quel que soit le nombre de ses enfants, il faut qu'il prenne ce qui se présente et le paie au prix qu'on lui fait. L'exigence du propriétaire prime les offres du locataire. » L'enquêteur ayant tiré cette conclusion de

---

1. *Bulletin de la Société française des habitations à bon marché*, n° 3, 1890, p. 204-224, et n° 3, 1891, p. 316-346. Voir également Bernard Marrey, *Rhône-Alpes*, Paris, Éd. de l'Équerre, 1982, 440 p.

son étude sur l'habitation ouvrière de l'arrondissement de Lunéville, en 1896, aurait pu l'étendre à la France entière.

Le résultat d'une telle situation s'avérait toujours aussi désastreux pour les familles et la moralité générale. « L'ouvrier consacrant 12 à 15 % de son salaire tout en étant mal logé, entassant ses enfants dans un espace couvert trop restreint, malpropre, malsain, recherche toutes les occasions de s'éloigner de son habitation. Mécontent de lui-même, son entourage subit sa mauvaise humeur, il s'endette et, pour un détail, abandonne son travail. Il devient alors ouvrier nomade traînant sa misère de ville en ville, et ses enfants n'entrevoient que le moment où ils pourront jouir de leur liberté et échapper à ce milieu. » Ainsi s'exprimait l'auteur d'un travail sur l'habitation ouvrière dans l'arrondissement de Marennes, en 1898.

L'action sociale par l'initiative privée, dans le secteur du logement, avait incontestablement échoué. Plus que jamais, un malaise social se faisait sentir. Pouvait-il en être autrement dans le climat général de l'opportunisme au pouvoir ? Industriels et banquiers n'avaient accepté la république qu'à la condition qu'elle ne dressât aucune entrave au développement des capitaux. Le jeu boursier étant nettement plus profitable que la construction d'habitations à bon marché, les classes dirigeantes – et leur clientèle de rentiers – s'y sont livrées avec ferveur[1]. Comme l'avouait Léon Say, l'un des véritables dirigeants de la Troisième République, « la charité a des limites, mais le bon placement n'en a pas ».

Du phalanstère aux cités patronales

L'ingénieur Considérant présente le phalanstère

Le concept d'habitat unitaire, invention de Charles Fourier, a servi de référence – occulte ou avouée – à nombre de systèmes et d'expériences concrètes dans le domaine du loge-

---

1. Le nombre des valeurs cotées à la Bourse de Paris en 1894, d'après l'*Annuaire statistique de la France*, année 1894, tableau n° 505, s'élevait à 938. Il était de 402 en 1869.

ment populaire, et ce jusqu'à nos jours : on n'a pas fini de compter la monnaie du prophète de l'Harmonie. Observateur sagace des réalités de son époque, il ne pouvait pas ignorer ce qui crevait les yeux : « Les coutumes civilisées entassent dans un grenier une trentaine d'ouvriers, hommes et femmes pêle-mêle, très moralement et décemment : nos moralistes, ennemis de la réunion en industrie, l'établissent aux seuls points où elle soit inconvenante, aux logements des pauvres et des malades, qu'on voit amoncelés comme des harengs dans les greniers à canuts et les hôpitaux [1]. » Fourier avait vu et habité « les villes sales et hideuses [2] » aussi bien que les villages, « agglomérations de chaumières dégoûtantes [3] ».

Dans sa société idéale, au lieu d'habiter un « chaos de maisonnettes rivalisant de saleté et de difformité », les familles seront regroupées dans des « phalanstères » ou « palais sociétaires » susceptibles d'abriter environ trois mille cinq cents personnes. Fourier en donne le plan schématique accompagné d'une brève description. Elle sera reprise par Victor Considérant, l'un des premiers vulgarisateurs de sa pensée [4].

L'édifice qu'il imagine ne s'écarte pas du prototype suggéré par le maître, il est seulement complété, sur certains points, avec la précision du technicien et dans un grand bonheur de formules. C'est ainsi que Considérant fixe de façon magnifique la structure du logement nouveau : « Dans la construction sociétaire, tout est prévu et pourvu, organisé et combiné, et l'homme y gouverne en maître l'eau, l'air, la chaleur et la lumière. » L'eau courante, chaude et froide, sera amenée dans chaque appartement, mais aussi une véritable installation de chauffage central : « Un seul calorifère central suffit pour distribuer la chaleur dans toutes les parties de l'édifice : galeries, ateliers, salles et appartements. Cette chaleur unitairement ménagée est conduite dans ces différentes pièces par un système de tuyaux de communication armés de robinets au moyen des-

---

1. *La Fausse Industrie*, 1835-1836, 2 vol.
2. Livret d'annonce du *Nouveau Monde industriel et sociétaire*, 1830.
3. Sommaire du *Traité de l'association domestique-agricole*, 1822.
4. *Destinée sociale*, 1834, 2 vol.

Espaces privés

quels on varie et gradue à volonté la température, en tout lieu du palais sociétaire. »

Le phalanstère sera divisé en appartements de divers types, meublés ou non, pour tous les budgets. Grâce à un système d'approvisionnement en gros, le restaurant communautaire servira des repas à prix coûtant. La rue-galerie vitrée sur laquelle, à chaque étage, ouvrent tous les logements, sera ventilée en été, chauffée en hiver, et elle assurera l'unité du palais sociétaire : « Cette galerie qui se ploie aux flancs de l'édifice sociétaire et lui fait comme une longue ceinture, qui relie toutes les parties à un tout, qui établit le contact du centre et des extrémités, c'est le canal par où circule la vie dans le grand corps phalanstérien, c'est l'artère qui du cœur porte le sang dans toutes les veines [1]. »

Fonctionnel, l'édifice phalanstérien ne sera pas qu'une « machine à habiter » : « Là il faudra harmoniser l'eau, le feu, la lumière, le granit et les métaux ; l'art aura dans ses larges mains tous les éléments à marier ensemble ; ce sera une création ! » « Un tel idéal est trop beau pour n'être pas possible ! » s'écrie Considérant à la fin de son ouvrage : « Si vous êtes logés, vous autres, tout le monde ne l'est pas. Il y en a qui ont trop froid en hiver, et trop chaud en été, savez-vous ? Il y en a dont la botte de paille à coucher se mouille trop quand il pleut, et dont le plancher devient boue ! L'homme n'est pourtant pas fait pour vivre dans les tanières. Ce n'est pas un animal qui se terre, l'homme : et il faut qu'on le loge ! »

Il n'y a pas de problème absurde que l'humanité n'ait cherché à résoudre, et on s'insurge contre l'idée de déterminer les lois d'une architecture harmonique avec l'organisme humain. Polytechnicien et officier, Considérant sait que l'on dépense des milliards chaque année en Europe pour construire, entre-

---

1. La solution de la rue-galerie semble avoir beaucoup intéressé les contemporains de Fourier. Dès 1830, Tissot, dans un ouvrage intitulé *Paris et Londres comparés,* envisage un dispositif presque semblable manifestement tiré du phalanstère, auquel il emprunte également le chauffage collectif. À ce nouveau confort, il ajoute celui des ascenseurs : « On pourra, écrit-il, avoir pour monter et descendre des machines mues par la vapeur ou par des moyens mécaniques. »

tenir ou défaire quantité de fortifications en tout genre. Ne peut-on consacrer une fraction de ces sommes à des investissements plus productifs et même plus faciles que la construction d'un navire : « Est-il plus facile de loger 1 800 hommes au beau milieu de l'Océan, à 1 800 lieues de toute côte, que de loger dans une construction unitaire 1 800 bons paysans en pleine Champagne ou bien en terre de Beauce ? »

Député à l'Assemblée constituante, sous la Deuxième République, Considérant déposa, le 14 avril 1849, une proposition de loi tendant à faire financer par l'État l'expérience d'une commune sociétaire. Il s'agissait d'installer cinq cents personnes sur un terrain situé à proximité de Paris. L'État aurait construit à ses frais les bâtiments d'habitation et d'exploitation, dont la propriété lui aurait fait retour à la fin de la concession. L'Assemblée ne discuta même pas ce projet. Mais les épigones de Fourier ne renonçaient pas à la pièce maîtresse de l'idéologie fouriériste. Ils relayaient Considérant en reprenant son dessein sous diverses formes.

Au premier rang de ces militants se place le romancier Eugène Sue, dont on sait combien l'audience dans les milieux populaires a été considérable. Ce fut certainement l'écrivain qui a le plus contribué à la diffusion des idées de Fourier. Dans *Le Juif errant,* paru en 1844, son héros, l'industriel François Hardy, pratique le fouriérisme sans le savoir. En faveur de ses ouvriers, il a édifié, aux environs de Paris, une « maison commune » conforme aux canons du maître, une pièce et un cabinet de toilette pour les célibataires, trois pièces pour les ménages.

Calland et son « palais familial »

Toutefois, aucun phalanstère n'était encore apparu dans le paysage social quand un architecte, Victor Calland [1], dans les années 1850, récupère le projet de Fourier en le baptisant

---

1. Sur Calland, voir notre ouvrage, *Les Origines du logement social en France, op. cit.*, chap. IV, p. 153-160.

Espaces privés

« palais familial ». Son inspiration se situait dans le droit fil de la théorie du maître : « Le palais de famille est un plan d'unité sociale, fondé sur la liberté individuelle, appliqué aux besoins de la vie domestique et manifesté par une nouvelle forme d'architecture, réalisable en tous lieux. Réunir sur un point donné une centaine de ménages au moins ; les grouper dans un vaste monument harmonieusement disposé, afin que chacun puisse y jouir de toute sa liberté d'existence ; les amener à combiner avec intelligence leurs forces, leurs dépenses et même leurs plaisirs de société, et, par là, en quintupler nécessairement la somme ; enfin, les faire passer de l'état d'isolement et d'antagonisme à celui de rapprochement, de solidarité et d'association : tel est le but fondamental de cette conception. »

Malgré le soutien de Melun – Calland se rangeait parmi les fouriéristes catholiques – à cette œuvre de réconciliation sociale, puisque l'architecte avait communiqué le plan d'une cité de 84 appartements qui aurait rassemblé 60 familles ouvrières et 24 dans l'aisance, les capitalistes ne s'y intéressèrent pas. Pourtant, le « palais familial » allait bientôt s'inscrire dans l'histoire du logement populaire. On le doit au seul disciple de Fourier qui ait jamais fait œuvre durable et féconde, l'industriel Jean-Baptiste André Godin.

Les études consacrées au fondateur du Familistère et à ses diverses expériences d'association du capital et du travail ne manquent pas [1]. Nous nous bornerons ici à mettre en évidence le Familistère de Guise comme véritable expérience phalanstérienne dans sa filiation et son esprit.

---

1. L'ouvrage essentiel est celui écrit par sa femme, Marie Moret : *Documents pour une biographie complète de J.-B. A. Godin,* 3 vol. parus de 1902 à 1910. Voir aussi les plus récentes études : Henri Desroche, *La Société festive : du fouriérisme écrit aux fouriérismes pratiqués,* Paris, Éd. du Seuil, 1975, 413 p. ; Annick Brauman, *Le Familistère de Guise ou les Équivalents de la richesse,* Bruxelles, Archives d'architecture moderne, 1976, 155 p. ; *Le Familistère Godin à Guise. Habiter l'Utopie,* Paris, Éd. de la Villette, 1982, 205 p. ; Guy Delabre et J.-M. Gautier, *Godin et le Familistère de Guise,* Laon, Société archéologique de Vervins et de la Thiérache, 1983, 330 p.

Le rêve de Fourier réalisé par Godin

Selon Marie Moret, Godin fut conquis à l'idéal de Fourier à la suite de la lecture d'un article paru, en 1842, dans *Le Guetteur de Saint-Quentin,* un journal local. De fait, l'année suivante, il entre en contact avec les phalanstériens de Paris et se comporte rapidement en militant convaincu. Il se documente, souscrit quand c'est nécessaire, écrit à la rédaction de *Démocratie pacifique,* organe de la secte, se fait le propagandiste zélé de l'école dans toutes les villes qu'il visite pour placer ses produits. Installée à Guise (Aisne), en 1846, sa fabrique de fourneaux de cuisine et de poêles prospère. Mais la fortune qu'il amasse ne représente pour lui qu'un instrument au service de l'humanité.

C'est au début du Second Empire que l'on voit apparaître dans la correspondance de Godin l'idée d'une construction destinée à ses ouvriers. Il écrit en effet, le 16 mars 1853, au phalanstérien Cantagrel les lignes suivantes : « Je me suis demandé déjà bien des fois si ma position ne me permettrait pas de réaliser, à côté de mon établissement, une cité ouvrière dans laquelle un véritable confort serait accordé à mes ouvriers, eu égard à l'état dans lequel ils vivent. »

En 1857, le numéro de novembre du *Bulletin du mouvement sociétaire en Europe et en Amérique* attire l'attention de Godin sur une brochure intitulée *Suppression des loyers par l'élévation de tous les locataires au droit de propriété,* dont il était donné de larges extraits. Il s'agissait d'une brochure de Calland, et Godin, après l'avoir lue, écrivit aussitôt à son auteur. Il lui confiait son projet de faire construire des habitations ouvrières et combien il regrettait que personne ne se fût encore intéressé à l'architecture sociétaire : jusqu'à maintenant, les architectes s'étaient uniquement souciés d'isoler les familles. En conclusion, il demandait à Calland à quelles conditions il accepterait de lui établir un plan de cité ouvrière.

L'architecte Lenoir, un ami de Calland, se rendit à Guise et soumit un projet à Godin, mais les choses en restèrent là. L'industriel acheta un terrain de 18 hectares en 1858 et dressa lui-même les plans de son édifice : les premières fon-

Espaces privés

dations en furent établies en avril 1859. Godin a donné une description complète du Familistère – avec plans et gravures – dans *Solutions sociales,* son principal ouvrage [1].

Pour la première fois depuis que Fourier en avait lancé l'idée, un bâtiment moderne à usage d'habitation était offert à des familles ouvrières. Convaincu de la justesse de la théorie de Considérant sur le gouvernement de l'air, de l'eau et de la lumière dans le phalanstère, Godin s'est attaché à sa complète mise en œuvre :

1º *L'air :* système de conduits de ventilation dans chaque appartement ; cheminées dans le mur avec orifices disposés d'avance pour recevoir les tuyaux des cuisinières et des poêles ; cours vitrées pouvant être largement aérées.

2º *L'eau :* fontaines à chaque étage ; lessive dans un bâtiment spécial, pourvu d'essoreuses et d'un séchoir ; cabinets de bains et piscine couverte – 50 mètres carrés – avec plancher amovible pour l'usage des enfants.

3º *La lumière :* chaque logement a vue sur la façade et la cour intérieure ; la nuit, toutes les parties communes sont éclairées au gaz.

En outre, invention personnelle de Godin, unique à son époque, chaque étage était équipé d'un « cabinet aux balayures », autrement dit d'un vide-ordures d'une largeur suffisante pour l'évacuation des cendres.

Désireux de remplacer par des « institutions communes les services que le riche retire de la domesticité », Godin avait créé un service de propreté générale du Familistère : le balayage et le nettoyage des cours, escaliers, galeries, fontaines, cabinets d'aisances [2], etc., étaient assurés par des femmes de ménage salariées.

Comme M. Hardy, le manufacturier du *Juif errant,* Godin institua un service médical basé sur le principe des sociétés de secours mutuels. Moyennant une cotisation de 1 à 2,50 francs par mois, chaque habitant du Familistère pouvait recevoir les

---

1. 1871, 4ᵉ partie, chap. XX, « Le palais social », p. 435-625. Ce livre, présenté et annoté par J.-F. Rey et J.-L. Pinol, a été réédité en 1979, Quimperlé, La Digitale, 502 p.
2. D'après le témoignage d'Oyon qui a été le premier, en 1865, à décrire le Familistère, ceux-ci étaient nettoyés trois fois par jour.

soins d'une équipe médicale composée de deux médecins et d'une sage-femme présents chaque jour. Les médicaments étaient fournis gratuitement, et une allocation journalière assurée aux travailleurs alités. Les malades pouvaient s'isoler de leur famille et s'installer dans des chambres garnies prévues à cet effet.

Telles furent les principales dispositions du Familistère en faveur de ses habitants. Les complétaient un « atelier culinaire » qui préparait des plats cuisinés[1] et une coopérative de consommation vendant un grand nombre de denrées et d'objets manufacturés aux prix les plus bas. Là encore, Godin voyait clair : « Les commerçants, écrit-il, achètent en gros, pour les besoins du public, ce qu'ils revendent ensuite en détail, augmenté des profits que paient les consommateurs. Cela diminue pour ceux-ci la quantité de denrées et d'objets consommables, puisqu'il faut que chacun abandonne une partie de ses ressources aux improductifs ; mais avec l'éparpillement des populations et l'insolidarité de leurs intérêts, le public ne voit, dans la multiplicité des intermédiaires, qu'un moyen plus facile d'avoir les choses de première nécessité dans tous les quartiers, quand il y a là au contraire l'impôt le plus onéreux sur le consommateur[2]. »

Ainsi, c'est Godin qui a réalisé l'utopie de l'école sociétaire : « Ne pouvant faire un palais de la chaumière ou du galetas de chaque famille ouvrière, nous avons voulu mettre la demeure de l'ouvrier dans un palais ; le Familistère, en effet, n'est pas autre chose : c'est le palais social de l'avenir. » Au pauvre avaient été enfin accordés « les équivalents de la richesse » par les moyens suivants : « Placer la famille du pauvre dans un logement commode ; entourer ce logement de toutes les ressources et de tous les avantages dont le logement du riche est pourvu ; faire que le logement soit un lieu de tranquillité, d'agrément et de repos ; remplacer, par des institutions communes, les services que le riche retire de la domesticité. »

---

1. Godin ne poursuivit pas cette expérience, les locataires du palais préférant s'occuper eux-mêmes de leurs repas.
2. *Solutions sociales, op. cit.*, 4ᵉ partie, chap. XX, p. 461.

Espaces privés

Le palais social de Godin, comme Fourier l'avait prévu pour son phalanstère, devint célèbre dès 1865, date de l'occupation effective du bâtiment central. De nombreux journalistes de plusieurs pays le visitèrent; le premier ouvrage qui lui ait été consacré, celui d'A. Oyon, le présenta sous le jour le plus favorable.

Mais les libéraux traditionnels ne pouvaient demeurer indifférents devant une telle expérience, à laquelle ils opposèrent aussitôt une batterie d'arguments classiques. Jules Moureau, en 1866, s'indigne de « la mise en tutelle » de l'habitant du Familistère : il est assuré d'avoir un logement et de se procurer des vêtements et des denrées sans être obligé de débattre les conditions de ses achats. Quant à la crèche, c'est une institution pernicieuse qui détourne la femme de l'ouvrier de ses plus chers devoirs de mère. « Un pas de plus, s'écrie Moureau, et chacun sentirait s'appesantir sur sa tête la calotte de plomb du communisme. » En conséquence, une fondation de ce genre ne peut se généraliser. « C'est une curiosité qui ne fournit aucune donnée à la solution du problème poursuivi. »

Près d'un demi-siècle plus tard, même appréciation dans une thèse de doctorat en droit, celle de Fernand Duval[1]. Le Familistère est une caserne, « il enlève à l'individu beaucoup de sa liberté, il l'enserre dans une foule de règlements qui paralysent son initiative ».

M. Zola n'aime pas la maison de verre

Zola, qui avait été enthousiasmé par la lecture de quelques ouvrages de vulgarisation concernant le fouriérisme[2], visita lui aussi le Familistère. Il ne cache pas son sentiment dans les notes relatives à la composition de *Travail* (1901), roman dans lequel une commune se métamorphose en association conforme aux idées de Fourier. Là où il y a déviance, c'est quand il s'agit du logement. Zola ne s'inspirera pas du palais

---

1. *J.-B. André Godin et le Familistère de Guise*, 1905.
2. Alfred Dominic Roberts, *Zola and Fourier*, thèse de l'université de Pennsylvanie, 1959.

de Godin : « Maison de verre. Défiance du voisin. Pas de solitude. Pas de liberté [...]. Ordre, règlement, confort, mais le souhait de l'aventure, des risques, de la vie libre et aventureuse ? Ne pas couler toutes les vies dans le même moule. »

Qu'est-ce que la « vie libre et aventureuse » pouvait bien signifier pour un ouvrier du XIXe siècle assuré de retrouver les mêmes taudis sur l'ensemble du territoire français ? On croirait lire un texte se référant à l'existence des pionniers du Far West. Zola partageait bien toutes les illusions des classes dirigeantes de son époque sur le pouvoir magique de l'initiative individuelle. Dans l'organisateur d'une nouvelle forme de vie communautaire – elle n'était pas dépourvue de contraintes, puisque chaque familistérien devait avoir en poche un petit livre à couverture rouge contenant la centaine d'articles du règlement intérieur du palais –, les possédants avaient décelé le traître, celui qui faussait le jeu de la morale du libéralisme.

Réalisations patronales

On ne pouvait pas en dire autant des industriels « respectables » qui avaient bien compris tous les avantages à retirer de la stabilité de leurs ouvriers en les encadrant dans un système paternaliste efficace jusque dans la première moitié du XXe siècle. Ainsi les Chagot, fondateurs de la Société des houillères de Blanzy, à Montceau-les-Mines[1]. Ils n'ont d'ailleurs jamais dissimulé leur objectif : « Le logement confortable et à bon marché fait partie d'une série d'institutions qui prennent l'enfant dès le premier âge, lui assurent l'instruction et les secours de toutes natures, l'accompagnent pendant toute sa vie laborieuse et lui assurent, après trente années de service, une pension de 300 francs avec le logement et le chauffage. C'est-à-dire qu'elles le mettent à l'abri du besoin et lui conservent jusqu'à la fin de son existence la dignité de sa profession et la juste rémunération de ses tra-

---

1. J. Figueroa, « La politique du logement de la Société des houillères de Blanzy de 1833 à 1900 », *Milieux*, n° 2, juin 1980, p. 34-39.

vaux. » Les logements dont il était question furent dans les premiers à se présenter sous la forme de pavillons unifamiliaux.

À Briare, un autre industriel de pointe, F. Bapterosses, inventeur autodidacte, a trouvé sa voie dans la céramique. Il battra les Anglais dans la fabrication en série des boutons de porcelaine et des perles que nos explorateurs répandront en Afrique noire. En 1865, son établissement, racheté vingt ans plus tôt à un concurrent, compte déjà mille ouvriers, hommes, femmes et enfants. Lui aussi pratique la prise en charge totale, de la crèche à l'asile de vieillards : « Les ouvriers, il les connaît, il les aime, ce sont ses enfants. Il sait leurs passions, leurs défauts, leurs périls, il les manie avec adresse et les gouverne avec fermeté, il le faut, mais avec quelle bonté ! Pour qu'ils aient des logements salubres à meilleur marché, il construit de vastes cités ouvrières et il veut que la religion vienne solennellement les bénir[1]. » Bapterosses préférait les barres aux pavillons : sa cité en comptera jusqu'à 6, longues de 108 mètres, abritant chacune de 36 à 50 familles et symboliquement incluses entre les bâtiments de la manufacture et l'hospice.

À la même époque, les Schneider, qui ont abandonné le type caserne bien avant le Second Empire, adoptent le pavillon, plus conforme au discours moralisateur des théoriciens du paternalisme social dont ils sont parmi les praticiens les plus actifs. Ils rencontrèrent l'adhésion de la population ouvrière du Creusot[2], tandis qu'à Carmaux une tentative semblable, commencée en 1865, se soldera par un échec. Près de trente ans plus tard, en 1892, la Compagnie des mines ne logera que deux cent un de ses salariés, soit 6,9 % de l'effectif[3].

---

1. M. Bougaud, *Communication à la Société d'encouragement à l'industrie nationale, le 26 mars 1886* (F. Bapterosses était mort l'année précédente).
2. Christian Devillers et Bernard Huet, *Le Creusot, naissance et développement d'une ville industrielle, 1782-1914*, Seyssel, Champ-Vallon, 1981, 287 p.
3. Rolande Trempé, *Les Mineurs de Carmaux, 1848-1914*, Paris, Éditions ouvrières, 1971, 2 vol., 1 013 p., t. I, chap. v, « L'évolution du genre de vie, le logement », p. 258-286.

À Noisiel, grâce au chocolat

L'exemple accompli de cité patronale, l'un des phares les plus brillants de l'initiative individuelle, reste certainement le village fondé par Émile Justin Menier pour loger ses mille sept cents ouvriers. Si Godin a vulgarisé les poêles et les cuisinières, Menier a fait accéder les classes populaires à la consommation du chocolat : grâce à lui, de 350 tonnes en 1849, la production chocolatière française – qu'il organisa en Amérique du Sud – passa à 15 000 tonnes en 1889.

Comme Godin, passionné de questions économiques et sociales, Menier a publié de nombreux ouvrages et brochures où il exalte le libre-échange – à une époque où tous les industriels français sont protectionnistes – et propose une réforme de l'impôt. Député de Meaux en 1876, il siège à gauche et votera l'amnistie des communards déportés.

Après avoir fait construire une usine qui est l'un des premiers bâtiments du monde à ossature métallique, Menier complète cette étonnante innovation par la création, en 1874, du village de Noisiel, un ensemble pavillonnaire étendu sur 20 hectares. Ce sont des maisons doubles, en brique, fondées sur caves. Au rez-de-chaussée, une pièce à deux fenêtres, une cuisine pourvue d'un fourneau et d'un évier. À l'étage, une chambre pour les parents, une pour les enfants ; grenier dans le toit. Chaque pièce dispose d'une cheminée, d'une armoire, de persiennes. Dans le jardin, hangar couvert, cabinet d'aisances à fosse mobile : enduites préalablement de cacao, les tinettes concoctent un excellent engrais utilisé par toutes les familles. L'approvisionnement en eau est assuré par de nombreuses bornes-fontaines. Ces pavillons, dont le prix de revient ne s'élève qu'à 10 000 francs – 5 000 par logement –, sont loués 150 francs par an, soit 12,50 francs par mois. Grâce au jeu des primes compensant le loyer, certains ouvriers arrivent même à être exonérés de cette modeste contribution.

À l'instar de Godin, Menier a multiplié les institutions communautaires : magasin fournissant à très bas prix alimentation, boisson, tissus, vêtements, chaussures, combustibles ; réfectoires pour les repas du personnel habitant les villages

Espaces privés

voisins de Noisiel ; deux hôtels-restaurants pour les célibataires ; groupe scolaire de six classes, asile avec garderie, pharmacie gratuite (les ouvriers malades reçoivent 2 francs par jour ; les ouvrières, 1 franc) [1].

Tel le phalanstère de Fourier magnifié par Eugène Sue, ce nouvel éden sera célébré par l'un des écrivains les plus populaires de la fin du XIXe siècle, Hector Malot. Cet ami de Vallès – il fut l'un des rares à l'aider après la Commune – penchait du côté du socialisme utopique sans en partager toutes les audaces. Dans son roman intitulé *En famille* (1893), le filateur Paindavoine, influencé par sa petite-fille Perrine, fait construire un hôpital et une crèche – le « pouponnat », référence expresse à Fourier – pour ses ouvriers et leurs familles. Les célibataires, hommes et femmes, pourront être hébergés dans deux hôtels dont le rez-de-chaussée abrite un restaurant qui sert un solide dîner pour 0,70 franc : soupe, ragoût ou rôti, pain et cidre. Chaque famille jouira de sa maison entourée d'un jardin et louée seulement 100 francs par an. Le nouveau modèle avoué, c'est Noisiel ! Perrine a envoyé quelqu'un étudier de près cette réalisation. Les maisons de Menier avaient donc plu à Malot – lui-même possesseur d'un pavillon –, elles correspondaient à son individualisme foncier.

Avec l'hygiénisme qui s'efforce de combattre préventivement la tuberculose, dont les ravages s'exercent surtout dans les milieux populaires, les cités patronales prendront de plus en plus l'aspect de cités-jardins où les pavillons seront cernés par la verdure. À Dourges, dans le Pas-de-Calais, la Société des mines abandonne ses anciens corons pour créer un « véritable petit sanatorium », plus de cinq cents pavillons pittoresques avec chacun son porche d'entrée, un vestibule et quatre pièces [2]. Le libéralisme semblait enfin avoir trouvé dans le cottage le type de logement idéal pour les classes populaires...

---

1. Exposition de 1889, *Menier, type des maisons de Noisiel* ; *Bulletin de la Société française des habitations à bon marché*, n° 4, 1892, p. 450-455 ; Bernard Marrey, *Un capitalisme idéal*, Paris, Clancier-Guénaud, 1984, 175 p.

2. Société des mines de Dourges, *Habitations ouvrières*, 1909.

L'enfermement pavillonnaire

Être « en accession à Mulhouse ! »

C'est sous le Second Empire que les autorités partisanes du salut social et même moral par la propriété vont commencer à agir sérieusement. Elles débutèrent par un coup d'éclat, en Alsace. La Société industrielle de Mulhouse, fondée au début du XIXe siècle, fut reconnue d'utilité publique en 1832. Le 24 septembre 1851, l'un de ses membres, le manufacturier Jean Zuber fils, présenta à ses collègues une note sur les habitations ouvrières [1]. Il déposa sur le bureau de la Société le plan d'une maison modèle élevée en Grande-Bretagne et demanda que l'on mît la question à l'ordre du jour.

Son appel fut entendu. Lors de la séance du 30 juin 1852, le Dr Penot exposa le résultat d'une enquête faite dans le département du Haut-Rhin auprès des personnes possédant des logements pour ouvriers. Il distingua deux types, la caserne et le pavillon individuel. Le premier devait être rejeté pour des raisons morales : « L'agglomération dans une même maison d'un grand nombre de ménages, étrangers les uns aux autres, jouit rarement d'une paisible harmonie intérieure et peut donner lieu à de graves désordres. »

De tous les plans de pavillons communiqués par ailleurs, ceux des ouvriers de la papeterie Zuber, sur l'île Napoléon, paraissaient les plus recommandables. Ils comprenaient une cave, un rez-de-chaussée de deux pièces et une cuisine, un étage dans le toit fournissant deux chambres et un grenier ; latrines dans le jardin. Pour la première fois, une « autorité sociale » reconnaissait implicitement que les ouvriers pouvaient jouir du même confort que leurs maîtres. En terminant, le Dr Penot émettait le vœu que des citoyens généreux se réunissent pour élever des maisons modèles dans le genre

---

1. *Bulletin de la Société industrielle de Mulhouse*, n° 117, août 1852, p. 127-129.

de celles des Zuber : des « spéculateurs sérieux » pourraient ensuite les imiter.

Aussitôt, le manufacturier Jean Dollfus annonça qu'il se prêtait à l'expérience : à titre d'essai, il fit construire quatre maisons par l'architecte Muller. Le 30 novembre 1853, le Dr Penot annonçait que la Société mulhousienne des cités ouvrières avait été officiellement constituée, le 10 juin, avec un capital de 300 000 francs – plus tard 600 000 après la dotation de Napoléon III –, divisé en 60 actions de 5 000[1]. Jean Dollfus, à lui seul, en détenait 35. Le reste se répartissait entre onze manufacturiers. L'article premier des statuts ne laissait place à aucune équivoque : « La Société a pour but la construction à Mulhouse et dans son rayon de maisons d'ouvriers. Chaque maison sera construite pour une seule famille, sans communication. » Son but étant essentiellement philanthropique, chaque action ne pouvait donner lieu qu'à un intérêt de 4 %.

Le 27 juin, Dollfus soumettait un plan d'ensemble aux actionnaires; le 20 juillet, on ouvrit le chantier. La Société disposait d'un terrain de 8 hectares sur lequel on implanta des pavillons groupés de trois façons : adossés deux à deux, par blocs de quatre au milieu d'un jardin, entre cour et jardin.

C'étaient des maisons d'un étage, pourvues d'une cave ou d'un cellier, d'une cuisine et d'une grande pièce au rez-de-chaussée, de trois chambres à l'étage et d'un grenier, d'un cabinet d'aisances. Toutes devaient être vendues de 1 850 à 2 800 francs suivant des conditions spéciales. Après un versement au comptant de 300 à 500 francs – en fonction de la catégorie choisie –, il fallait ensuite régler mensuellement de 20 à 30 francs, de manière que les frais d'acte et le paiement de la moitié du capital, intérêts réciproques décomptés à chaque fin d'année, soient effectués dans un délai de cinq ans et plus tôt même, si cela était possible. Quant à l'autre moitié du prix de vente, l'acquéreur avait à en servir l'intérêt à 5 % au Crédit foncier, jusqu'à expiration du délai pour le remboursement de cette moitié, environ trente ans.

---

1. « Rapport du Comité d'économie sociale sur la construction d'une cité ouvrière à Mulhouse », *ibid.*, n° 124, avril 1854, p. 299-316.

Moins de dix années plus tard, en 1862, on recensait 560 maisons dans la cité, et 488 avaient été vendues à la date du 31 mars[1]. Presque tous les avantages d'un phalanstère fouriériste se trouvaient réunis dans ce nouveau quartier de l'ancienne république marchande : bâtiments de dix-sept chambres meublées pour ouvriers célibataires, salle d'asile, local de consultations et de soins gratuits aux malades, lavoir – doté d'une essoreuse à force centrifuge –, établissements de bains, boulangerie où le pain était vendu au-dessous de la taxe, restaurant fournissant à bas prix des plats préparés, magasin de vente à bon marché d'objets de première nécessité.

L'expérience de Mulhouse, qui se poursuivait régulièrement – en 1867, la cité alignait 800 maisons abritant 6 000 personnes[2] –, fut imitée dans d'autres villes du Haut-Rhin : à Guebwiller, dès 1854, par l'industriel Bourcart, puis par une société, à partir de 1860 ; à Beaucourt, domaine des Japy, en 1864 ; à Colmar, en 1866. Dans ces trois cas, les sociétés qui furent constituées calquaient exactement l'exemple mulhousien : fondation d'une société par actions dont l'administration dépendait d'un comité restreint de quatre ou cinq membres dominé par un actionnaire majoritaire, Dollfus à Mulhouse, Japy à Beaucourt.

L'esprit qui avait présidé à ces créations était tout de conservatisme et de paternalisme social. « Une œuvre de philanthropie, écrivait le Dr Penot, qui a pour but d'habituer les ouvriers à l'épargne en leur offrant le stimulant attrait de la propriété. » À Mulhouse, une personnalité locale ayant la confiance des manufacturiers dirigeait la cité. L'usage du restaurant – réalisation indépendante appartenant à Jean Dollfus – avait été fortement déconseillé aux ouvriers mariés. « Le pot-au-feu, énonçait sentencieusement le Dr Penot, est en définitive une des pierres angulaires de la famille, et il serait très fâcheux de voir

---

1. « Rapport sur les forces matérielles et morales de l'industrie du Haut-Rhin pendant les dix dernières années (1851-1861) », *ibid.*, octobre 1862, p. 469-473.
2. « Les institutions privées du Haut-Rhin, notes remises au comité départemental de l'Exposition universelle de 1867 », *ibid.*, février 1867, p. 81-91.

Espaces privés

des ouvriers y renoncer pour se donner les vaines distractions d'une table commune. » Les ménages devaient vivre repliés sur eux-mêmes et se consacrer en priorité à l'aménagement de leur intérieur, visité chaque année par un jury qui décernait des primes en argent à ceux qui se distinguaient par « l'ordre, la propreté et en général la bonne tenue »[1].

En 1895, la cité de Mulhouse était achevée : elle comprenait exactement 1 240 maisons – encore habitées aujourd'hui – où logeaient environ 10 000 personnes, soit plus de 10 % de la population de la ville. Une enquête, effectuée en 1874, avait prouvé qu'elle n'avait pas pris l'aspect d'un ghetto ouvrier, puisque 80 professions s'y trouvaient représentées. Mais l'étude de S. Jonas a démontré que le salaire des chefs de famille employés dans l'industrie ne suffisait pas à assurer le remboursement des mensualités : il fallait que leurs femmes et leurs enfants travaillent aussi. Ils y ont consenti pour accéder à la propriété. Le piège avait donc parfaitement fonctionné.

Dans la proche banlieue parisienne, à Clichy, 14, rue des Cailloux, la Cité Jouffroy-Renault démarquait l'expérience de Mulhouse : 40 pavillons de cinq modèles différents contenant de deux à quatre pièces, plus cave, grenier, jardinet. Le montant maximum de l'annuité s'élevait à 380 francs. Au bout de quinze années de versements, soit la somme de 5 700 francs – presque le double de Mulhouse –, la propriété du pavillon était acquise.

Dans le même esprit, l'architecte des Dollfus proposait aux « ouvriers probes, laborieux et rangés » de la capitale, aux dernières années du Second Empire, la location-vente de pavillons avec jardin, faubourg Saint-Antoine[2]. Habitations très spacieuses – suffisantes pour dix personnes, affirmait le

---

1. Sur l'histoire de la cité, voir le rapport de recherche de Stephan Jonas, *La Cité de Mulhouse (1853-1870) : un modèle d'habitat économique et social du XIXe siècle*, 1981, 2 vol., Paris, secrétariat de la Recherche architecturale, 2, avenue du Parc-de-Passy, 75016 Paris. Le point de vue actuel des membres de la Société industrielle a été exposé par J.-P. Hohly dans le bulletin célébrant le cent cinquantième anniversaire de sa fondation, n° 3, 1976, p. 111-115.

2. Émile Muller, *Cité ouvrière à Paris, faubourg Saint-Antoine. Maisons isolées avec jardins*, s. d.

promoteur –, avec atelier et cuisine en sous-sol, deux pièces au rez-de-chaussée, trois à l'étage, placards dans les murs, cabinet d'aisances. La location était fixée à 1 franc par jour ; pour devenir propriétaire, il fallait payer en plus 49 centimes par jour pendant quinze ans. Au total, le pavillon revenait à plus de 8 000 francs. Nous ne savons pas si ce projet reçut même un commencement d'exécution. En tout état de cause, il semble dépasser de très loin les possibilités financières des ouvriers de cette époque.

L'action parlementaire de la Troisième République s'ouvre sur une enquête, trop peu connue, concernant la situation des classes ouvrières en France. L'un des rapporteurs en fut Armand de Melun[1]. Le logement avait toujours été au premier rang des préoccupations de l'inspirateur de la loi de 1850, et il déclara que, somme toute, ce texte avait rendu de grands services. Melun jugeait ensuite les efforts qui avaient été accomplis, sous le Second Empire, en faveur du logement des classes laborieuses. Selon lui, les cités-casernes n'avaient pas donné de bons résultats : elles étaient antipathiques au caractère français, qui aime l'indépendance. De plus, elles présentaient, sous le rapport moral et même politique, de graves inconvénients, et il fallait les surveiller de très près. Cette situation ne se retrouvait pas dans les cités composées de pavillons. Melun loua les industriels qui avaient facilité à leurs ouvriers la possession du foyer familial : « La propriété, dit-il, porte avec elle une qualité précieuse : elle rend celui qui la possède plus rangé, plus laborieux, elle l'éloigne des distractions funestes, le retient près de son foyer, au sein de sa famille, et occupe utilement ses loisirs. »

La vraie solution au malaise social

Ainsi était relancé, d'une tribune officielle, le thème de l'ouvrier propriétaire : il allait dominer la fin du siècle. L'idéal qu'il exprimait devait être une vocation personnelle ; les pro-

---

1. *Journal officiel* du 14 août 1875, n° 222, annexe n° 3283 (séance du 27 juillet), p. 6788-6792.

létaires le réaliseraient par eux-mêmes et non, comme certains osaient déjà l'affirmer, avec l'aide de l'État, ainsi que l'expliquait Melun : « Remettant entre les mains de l'État, dont la toute-puissance est trop généralement admise, le soin de leurs destinées, ils se délivrent ainsi des efforts individuels toujours pénibles et demandent à une nouvelle organisation sociale et aux combinaisons d'une politique dépendante de leur volonté souveraine les avantages qu'ils ne devraient espérer que d'un travail persévérant et de l'accomplissement de tous leurs devoirs. »

Telle était bien aussi l'opinion de Frédéric Le Play, fondateur, dès 1856, de la Société d'économie sociale [1]. Ce nouvel analyste du désordre de la société libérale s'imposera comme l'un des théoriciens qui ont le plus contribué – avec succès – à diffuser l'idée du caractère moralisant de la propriété immobilière : « L'union indissoluble entre la famille et son foyer, a-t-il écrit, est la pratique qui exerce la plus salutaire influence sur la moralité et le bien-être de la famille ouvrière [2]. » Cette affirmation a été développée tout au long de son œuvre maîtresse, *La Réforme sociale* [3].

Dans le premier volume [4], Le Play prétend que l'une des plus fécondes traditions de l'Europe est celle qui assure à chaque famille la propriété de son habitation. En France, on ne retrouve maintenant cet usage que chez les ruraux. Le régime des locations domine en effet dans les villes et les centres manufacturiers. Sa conséquence est de troubler la vie sociale : « L'application rigoureuse du principe de l'offre et de la demande désorganise les rapports sociaux en matière de locations comme en matière de salaires. »

Le régime manufacturier a enlevé les populations de leur lieu natal et les a accumulées dans des localités dépourvues

---

1. Sur Le Play, voir J.-B. Duroselle, *Les Débuts du catholicisme social en France, op. cit.*, 3e partie, « Les tendances paternalistes du catholicisme social sous Napoléon III », chap. IV, 2, « Le Play et son école », p. 672-684.

2. *L'École de la paix sociale, son histoire, sa méthode et sa doctrine*, 1881, programme de gouvernement, art. 2 : « Faciliter à la famille la possession d'un patrimoine et la propriété de son foyer. »

3. 2 vol., 1864.

4. Chap. III, « La famille », p. 170-181.

des institutions qui auraient pu conjurer les effets du vice et de l'imprévoyance. Là, il ne peut être question pour la famille d'habiter cette maison isolée qui est « l'une des convenances fondamentales de toute civilisation ». Elle doit se contenter d'une case dans une caserne, situation aux conséquences funestes[1] : « L'habitation prise à loyer et dénuée des plus indispensables conditions de confort et de salubrité montre tout d'abord que la famille a perdu le sentiment de la dignité humaine. Le père en est presque toujours éloigné par les obligations du travail ou par la recherche de plaisirs égoïstes et grossiers. La mère, abaissée à la condition d'ouvrier, déserte également le foyer, soit qu'elle s'adonne à la prostitution, soit qu'elle supporte honnêtement le poids d'un rude travail. Les enfants et les jeunes filles, soumis dès le plus jeune âge à un dur labeur, prennent peu à peu les habitudes de l'imprévoyance et du vice. Affaiblis prématurément par les privations et l'intempérance, les vieux parents meurent dans le dénuement bien avant le terme fixé par le cours régulier de la vie. »

À ce gâchis, un seul remède, le patronage des classes dirigeantes. La préoccupation centrale des chefs d'industrie doit être d'encourager leurs ouvriers à acquérir, au moyen de l'épargne, la propriété de leur foyer domestique et d'y retenir en tout temps la mère de famille. Pour cela, il faut qu'ils établissent leurs usines à la campagne. C'est la ville qui a jeté la famille dans une promiscuité nuisible à sa dignité et à ses mœurs, c'est à la campagne que se relèveront et se développeront les foyers stables. Il disparaîtra enfin, ce régime de location qui est, pour les étrangers, « un sujet de surprise et de blâme ». Installés pour la vie dans une maison bien séparée de ses voisines, nous ne sèmerons plus « au vent des carrefours les lambeaux de notre personnalité ».

À chacun son pavillon

Cette idée folle hantait alors les cerveaux de tous les réformateurs bourgeois : les maisons à logements groupés, ce modèle « factice », avaient été plusieurs fois condamnées par

---

1. T. II, chap. VI, « Les rapports privés », p. 14-21.

les premiers congrès internationaux d'hygiène tenus à partir de 1876. À Bruxelles[1], un rapporteur avait déclaré : « Le bien-être matériel et moral des travailleurs, la salubrité publique et la sécurité sociale sont intéressés à ce que chaque famille ouvrière habite une maison séparée, saine et commode, qu'elle puisse acquérir. »

À Paris, deux ans plus tard, lors du deuxième congrès international d'hygiène[2], Émile Trélat, auteur d'un rapport intitulé « Cités ouvrières – maisons ouvrières », affirmait : « L'amélioration des habitations ouvrières par voie de casernement devait échouer. C'est pour l'ouvrier un titre de véritable dignité humaine que d'avoir su dédaigner les avantages économiques qui lui étaient offerts, en gardant sa place commune dans la cité. » Et il concluait audacieusement : « Ce qui est acquis désormais, c'est l'inconvenance absolue de la cité-caserne offerte aux ouvriers comme habitation. »

Sans plus attendre, les bons apôtres de la maisonnette individuelle vont se lancer dans une opération pilote encore jamais tentée par aucun philanthrope, rien de moins que d'installer des représentants des classes laborieuses dans un arrondissement parisien que la bourgeoisie est en train d'investir à son usage exclusif. En 1880, le sénateur Dietz-Monin – associé des Japy –, Paul Leroy-Beaulieu et quelques autres personnalités des milieux conservateurs fondent la Société anonyme des habitations ouvrières de Passy-Auteuil[3], au capital de 200 000 francs (2 000 actions de 100 francs). Sur un terrain cédé par Émile Cacheux – ingénieur spécialiste des petits logements –, on prévoit d'édifier des pavillons de quatre pièces avec l'eau courante, le gaz et le tout-à-l'égout. Payables en vingt ans, il fallait verser un acompte de 500 francs, le loyer annuel tournant ensuite autour de 600 francs. En 1893,

---

1. *Congrès international d'hygiène, de sauvetage et d'économie sociale tenu à Bruxelles du 27 septembre au 4 octobre 1876,* 2 vol., t. II, p. 487-550.

2. *Congrès international d'hygiène tenu à Paris du 1er au 10 août 1878,* 4e question, « Des logements des classes nécessiteuses », 1878, p. 1-8.

3. Le tableau des statuts et le cahier des charges de cette société ont été reproduits dans le *Bulletin de la Société française des habitations à bon marché,* n° 3, 1893, p. 250-279.

soixante-sept pavillons avaient été construits, ils abritaient plus de trois cents personnes.

Le montant de l'annuité les réservait à une frange supérieure d'ouvriers « laborieux et rangés » – des contremaîtres – et surtout à des employés, cette nouvelle couche de petits bureaucrates dont les industriels ont désormais le plus pressant besoin. Quel honneur d'être admis sur le territoire de leurs maîtres ! Dans le bas du XVIe arrondissement, il est vrai, en bordure de la rue Boileau, secteur où le loyer moyen s'établira, au début du XIXe siècle, aux environs de 600 francs. (C'est le moins cher de l'arrondissement devenu alors le plus cher de Paris : quartier Chaillot, 2 000 francs ; porte Dauphine, 1 900 francs ; la Muette, 1 100 francs.)

Aussi sérieux que fussent les candidats, il fallait toujours se méfier de la classe dont ils provenaient, et la Société prit ses précautions : si la conduite d'un « stagiaire » de la propriété devenait notoirement « immorale » (?), il encourait la résiliation du contrat et l'expulsion. Dans le même esprit de moralisation, toute sous-location était interdite. La Cité de Passy-Auteuil eut son heure de célébrité : ce fut une vitrine du libéralisme qu'un président de la République vint inaugurer et qui accueillit des visiteurs étrangers.

Les promoteurs de cette affaire en attendaient les résultats les plus édifiants. En témoigne le compte rendu de la première assemblée générale, rédigé par l'ingénieur Émile Cheysson – un grand nom de l'action sociale chez les conservateurs – et paru dans *L'Économiste français,* l'hebdomadaire de Paul Leroy-Beaulieu : « La possession de sa maison opère sur lui [l'ouvrier] une transformation complète [...]. Avec une maisonnette et un jardin, on fait de l'ouvrier un chef de famille vraiment digne de ce nom, c'est-à-dire moral et prévoyant, se sentant des racines et ayant autorité sur les siens [...]. C'est bientôt sa maison qui le « possède » ; elle le moralise, l'assied et le transforme [1]. »

On ne saurait mieux exprimer le fond de la pensée des maîtres à penser de la classe dominante : comme Le Play, dont il fut le disciple et l'ami, Cheysson est un ingénieur

---

1. Numéro du 27 août 1881.

Espaces privés

polytechnicien. Enfermé dans son pavillon, l'ouvrier se détournera des luttes collectives et du syndicalisme. Et les architectes, on le leur recommandera expressément, devront faire des prouesses de composition pour ne pas faciliter les relations de voisinage dans les ensembles de pavillons qu'ils seront amenés à construire. Si leurs habitants commencent en effet à communiquer, on va droit à l'« immoralité sexuelle » – obsession majeure de la bourgeoisie pendant tout le XIXe siècle – et à l'agitation politique que déclencheront des « meneurs » irresponsables.

En province, quelques initiatives destinées à favoriser l'accession à la petite propriété pavillonnaire apparaissent ici et là. Eugène Rostand – père du poète et grand-père du naturaliste – se multiplie dans sa bonne ville de Marseille, où la Caisse d'épargne a pris des décisions extraordinaires : à cette époque, ces établissements déjà très populaires se préoccupent généralement de bâtir quand il s'agit, avec l'argent des humbles, de se doter d'un siège social de style néoclassique ressemblant à un hôtel particulier de la classe dirigeante. Or, la Caisse de Marseille a lancé, en 1889, un programme de maisons individuelles, d'appartements de trois pièces et de logements de célibataires [1].

Au Havre, la Société havraise des cités ouvrières a construit, en 1889, quarante maisons individuelles ou accolées deux à deux [2]; à Beauvais, en 1891, vingt-neuf maisons ont été édifiées pour l'industriel Rupp [3]. L'architecte Roucheton, à Lyon, a œuvré de même pour « Le Cottage, société lyonnaise des maisons salubres et à bon marché pour faciliter l'accession à la propriété par le travail et l'épargne ». L'idée sous-jacente figure toujours au programme...

En 1903, tous les journaux du bâtiment s'enthousiasmeront pour l'Exposition internationale de l'habitation, des indus-

---

1. Eugène Rostand, *L'Action sociale par l'initiative privée, 1892. L'Habitation du peuple*, p. 147-348; Guy Dumont, *La Question du logement social à Marseille de 1875 à 1939*, thèse de 3e cycle, université d'Aix-Marseille, 1973.
2. *Bulletin de la Société française des habitations à bon marché*, n° 1, 1890, p. 35-75.
3. *La Construction moderne*, 29 juillet 1898, p. 210-212.

tries du bâtiment et des travaux publics qui se tiendra au Grand Palais du 30 juillet au 15 novembre. En conclusion de son article, un rédacteur de *La Construction lyonnaise*[1] se réjouissait naïvement : « N'est-ce pas à dire que les philosophes, les chercheurs d'idéal, les artistes, les industriels, les commerçants, les ouvriers, en un mot tous les fils laborieux de la grande famille française trouveront au Grand Palais, sinon entièrement, tout au moins en partie leurs rêves réalisés ? » Les disciples d'Hennebique, l'apôtre du ciment armé, profiteront de cette occasion pour exalter leur matériau, « qui devrait intéresser les constructeurs d'habitations à bon marché du fait de ses qualités de sécurité, d'hygiène, de durée et de son prix de revient rarement plus élevé que celui des matériaux locaux[2] ».

C'est essentiellement la maison individuelle qui a été promue dans cette exposition, conformément au point de vue des autorités sociales : divers modèles sont présentés, garnis de mobilier courant approprié à chaque pièce ; tous les prix figurent. La ventilation du bâti en France, entre 1894 et 1904, confirme en effet l'importance du pavillon, dans les opérations immobilières d'une certaine ampleur, sur l'ensemble du territoire. À Dunkerque, la Cité G. Rosendaël ; à Roubaix, les 96 pavillons de la Ruche roubaisienne ; à Alençon, 45 pour la Caisse d'épargne ; à Bordeaux, 74 ; à Montpellier, 14 pour le Foyer par l'épargne ; à Béziers, 18 pour la Caisse d'épargne locale qui, à Marseille, en a commencé 24. La banlieue parisienne va devenir le terrain d'élection de la promotion immobilière, qui se pare de programmes à prétentions sociales : le Cottage d'Athis et le Toit familial, à Argenteuil, auront vite des imitateurs[3].

---

[1]. 1er février et 1er mars 1903.
[2]. *Le Béton armé*, organe des concessionnaires et agents du système Hennebique, septembre 1903, p. 49-51.
[3]. La plupart des réalisations que nous venons de citer ont fait l'objet d'articles – parfois illustrés –, spécialement dans *La Construction moderne* et le *Bulletin de la Société française des habitations à bon marché*.

Avec l'approbation du Maître de Médan

Ce type d'habitat bénéficie, juste à ce moment, d'une caution littéraire de poids : Zola ne l'a-t-il pas élu pour sa ville utopique de Beauclair, cadre de l'un de ses derniers ouvrages, *Travail,* paru en 1901 ? Pas de casernes façon Familistère dans l'immense jardin qu'est devenu l'ancien village. Rien que des pavillons individuels, « naturellement dispersés [aucune obligation d'alignement, Zola l'écrit en propres termes] pour plus de paix et de santé heureuse » *(sic).* Dans le fouillis paradisiaque de Beauclair, évoquer les problèmes du tout-à-l'égout et de la viabilité – encore que les habitants se déplacent déjà en voitures électriques à deux places – serait couper les ailes de l'idéal. Zola parle beaucoup de l'électricité qui illuminera chaque foyer ; on se demande s'il n'a pas oublié qu'il faut des fils pour l'amener à domicile.

Mais notre romancier « naturaliste » n'en est pas à une contradiction près : après avoir imaginé le « flot de maisons blanches » submergeant l'ancien Beauclair, il décrit des pavillons bien éloignés de cette pureté, car ils sont en pierre rehaussée d'un bric-à-brac de céramique très apprécié des architectes depuis son triomphe à l'Exposition de 1889 : « Ils s'ornaient de grès et de faïences aux couleurs vives, de tuiles émaillées, de pignons, d'encadrements, de panneaux, de frises, de corniches. » Zola les retrouverait aujourd'hui avec émotion, car ce matériel est intact – ou même restauré – dans des rues entières de certaines communes de la banlieue parisienne.

Dans cette mise en scène, Zola a déployé les couleurs de son idéal de propriétaire petit-bourgeois, rôle qu'il jouait à Médan. Alors que la bourgeoisie française, pour résister à la poussée socialiste, se cherche une clientèle dans les couches supérieures des prolétaires aliénés dans la propriété de leur maison achetée à crédit, l'écrivain qu'elle déteste le plus lui offre le concours de son talent et apporte sa contribution au mythe pavillonnaire qui commence à fasciner toute la classe moyenne française.

Il n'y a qu'elle, en effet, à pouvoir vraiment accéder à la propriété de ces bâtisses en meulière ou en pierre de taille, versions vulgarisées de la villa bourgeoise qui vont peu à peu s'implanter dans toute la région parisienne et ailleurs sous des formes toujours plus pittoresques. Car un pavillon de cinq pièces avec jardin, en banlieue de Paris, se paie en moyenne 12 000 francs dans les années 1910. Or, le revenu annuel moyen des familles ouvrières dans la capitale se monte alors à 1 700 francs, celui des petits employés à 2 200 francs. Pour plus de précision, le salaire journalier des ouvriers du bâtiment dans la région parisienne, en 1911, ne dépasse pas 5,50 francs. Pour la France, la moyenne est de 4,86 francs.

Force sera donc, pour les aspirants propriétaires issus des basses classes, de se contenter de mini-réalisations que certains architectes, flairant le marché, se hâtent de mettre au point. Ainsi l'astucieux Petitpas – directeur de *Ma petite maison*, journal fondé en 1905 –, qui parvient à abaisser le prix d'un pavillon de deux pièces, cuisine et w.-c. à l'intérieur – pas de cabinet de toilette – jusqu'à 1 300 et même 1 200 francs [1]. Son confrère Bourniquel [2] sera présenté par l'éditeur Garnier en quelques lignes manifestant de la façon la plus claire que les leçons de Le Play et de ses émules ont été parfaitement assimilées : « On peut dire que quiconque ne possède pas sa maison vit dans un état de constante insécurité [...]. Le chef de famille groupe les siens autour d'un véritable foyer, leur évite les promiscuités troublantes : la dignité, la valeur morale, l'éducation même de chaque membre de la famille y gagnent. »

Le ton est donné, et Bourniquel peut étaler un échantillon complet de ses bâtisses, depuis la maisonnette pour ouvriers aisés en passant par le pied-à-terre de commerçants et la petite maison d'industriel jusqu'à l'élégante villa bourgeoise. Dans ce cas, un toit pentu, couronné de girouettes et d'épis de faîtage, s'accorde avec une tourelle d'escalier pour ajouter au paysage une note médiévale du meilleur goût. Les plus modestes de ces réalisations s'ornent presque toutes d'un perron qui s'impose comme un véritable topos pour ce genre

---

1. *Maisons de campagne, Villas et Cottages*, 1913.
2. *Pour construire sa maison*, 1919, 281 planches.

de construction. La France étriquée des « Sam suffit », des « Céti pas tout c'qui m'faut », des « Rien sans peine » et autres « On s'y plaît », où chaque famille se calfeutre à l'abri des « gros » et des « métèques », prend forme, en attendant la triste épopée des lotissements de l'entre-deux-guerres qui brisera le rêve sur une baraque insalubre. Mais qu'importe, puisque la propriété de n'importe quoi est maintenant « essentielle » ? Un journal qui durera plus de quinze ans s'intitulera simplement *Not' cabane,* témoignage linguistique supplémentaire de la force hypocoristique de tout ce qui, en France, se rattache au « petit ».

Toutefois, pourquoi un pavillon « coquet » apporterait-il forcément le bonheur ? Un écrivain, au moins, s'est attaqué au mythe. Dans *Villa Oasis ou les Faux Bourgeois* (1932), Eugène Dabit – l'un de nos très rares prolétaires-écrivains, inexplicablement oublié aujourd'hui – raconte l'histoire de l'acquisition d'une villa de la banlieue parisienne par un couple d'anciens hôteliers. Deux étages en signe de réussite sociale, un jardin clos de murs pour éviter les relations de voisinage, un bassin décoratif, un garage, car on a une auto. Tout pour être heureux dans ce modèle idéal répandu à des millions d'exemplaires. Mais le sort est parfois ingrat : le pavillon tuera ses propriétaires.

Les nouvelles demeures du peuple

L'initiative privée occupe le terrain

Le grand vent subversif du socialisme et de l'art social[1] soufflait aussi sur l'École des beaux-arts, à la fin du XIXe siècle : parmi les jeunes architectes diplômés, certains semblaient tourmentés par des préoccupations fort différentes de celles de leurs aînés, prêtres consacrés de l'immar-

---

1. Voir notre ouvrage, *L'Art nouveau en Europe,* Paris, Plon, 1965, 237 p.

cescible Beauté. N'en voyait-on pas publier des ouvrages qui auraient pu être signés par des ingénieurs ou des médecins[1] ? Un nouveau marché est en effet en train de s'ouvrir, et les augures de la profession en prennent très tôt conscience : « De simple œuvre philanthropique qu'elle était autrefois, la construction de logements à bon marché passera dorénavant au rang d'un placement de fonds doublé d'un acte de socialisme éclairé. À nos confrères d'étudier la question du point de vue technique. » Ainsi, dès 1890, s'exprime un rédacteur de *La Semaine des constructeurs*.

À Paris, quelques réalisations de conséquence émergent après le vote de la loi de 1894. La Société philanthropique poursuit son effort : 54 logements dans un immeuble situé 19, rue d'Hautpoul (XIXe arr.), en 1897 ; 38, 77, rue de Clignancourt (XVIIIe arr.), en 1898. Dans ce dernier ensemble, au désespoir de Georges Picot, on compte moins d'un enfant par famille : la propagande néomalthusienne exercerait-elle ses ravages ici ? Mais les locataires, comme d'ailleurs tous ceux des autres immeubles de la Société, paient régulièrement leur terme. À l'aube du XXe siècle, la Société philanthropique a donc arraché 190 familles ouvrières, comprenant 622 personnes, à l'enfer des taudis parisiens...

En 1902, Charles Guyon, pour la société civile du Groupe des maisons ouvrières[2] – en réalité, une fondation des sucriers Lebaudy –, élève au n° 5, rue Jeanne-d'Arc (XIIIe arr.) trois corps de bâtiments divisés en 71 logements et équipés de services communs : bibliothèque, remise à bicyclettes et voitures d'enfants, buanderie, séchoir, bains-douches, préau. Pour la même société, en 1905, Labussière concevra un groupe de 175 logements, 5-7, rue Ernest-Lefèvre (XXe arr.).

Dans la proche banlieue, à Saint-Denis, la Société anonyme des habitations économiques s'est particulièrement distinguée : à son actif, dès 1902, 342 logements – tous dus à

---

1. Charles Lucas, *Étude sur les habitations à bon marché en France et à l'étranger*, 1899 ; Henry Provensal, *L'Habitation salubre et à bon marché*, 1908 ; E. Schatzmann, *Conditions hygiéniques nécessaires dans l'habitation des enfants*, 1911 ; Émile Guillot, *La Maison salubre*, 1914.
2. Eugène Hatton, *Fondation « Groupe des maisons ouvrières », ses immeubles en 1907, leur exploitation, services généraux*, 1907.

Charles Guyon, déjà cité – répartis dans 11 immeubles collectifs, auxquels s'ajoutent 21 pavillons.

On a même pensé à la femme seule, objet de la sollicitude de Georges Picot : il n'a pas hésité à écrire dans *La Réforme sociale* – la revue de Le Play –, en 1900, « qu'il n'y a pas de place dans un hôtel meublé pour l'ouvrière voulant vivre à Paris d'une vie de travail ». Un haut fonctionnaire de la police lui a déclaré : « Je suis arrivé à la conviction que, sur 100 filles qui tombent dans la prostitution, il y en a 95 par le fait du logement[1]. » Différentes œuvres offrent environ 1 000 lits dans des foyers. Or, vivent à Paris – recensement de 1891 – 339 344 ouvrières, dont 165 774 de vingt à trente-neuf ans.

La Société philanthropique n'ignore pas ce problème de haute portée morale. Grâce à un don – 500 000 francs – de la baronne Hirsch, elle ouvre, en 1902, un hôtel meublé pour dames et jeunes filles, 37, rue des Grandes-Carrières (XVIIIe arr.) : 20 chambres à 1 franc la nuit, 36 chambrettes à 0,60 franc. Elles sont dépourvues de lavabo, mais une salle de bains (20 centimes) et de douches (10 centimes) les complètent. Le gardien ferme la porte du bâtiment à vingt-deux heures. Aucune rencontre n'est autorisée dans les chambres ; on reçoit seulement dans la salle de réunion, de dix-sept heures à dix-huit heures trente, et les visites d'hommes ont lieu exclusivement dans le bureau de la directrice. Bientôt, une grande administration fera beaucoup mieux pour son personnel féminin. En 1906, Bliaut implante, 41, rue de Lille (VIIe arr.), en plein quartier bourgeois et derrière la Caisse des dépôts, la Maison des dames employées des Postes, Télégraphes et Téléphones. Un édifice magnifique – toujours visible aujourd'hui – se réclamant de l'Art nouveau et offrant 111 chambres accompagnées de services collectifs.

Ne dissimulons pas cependant les résistances et les agacements des Francs Amis du Parthénon, solidement installés – en face du Louvre et à côté de l'Institut – dans le temple exclusivement voué aux arts de la Grèce et de Rome, com-

---

1. *Les Garnis d'ouvriers à Paris*, 1er juin 1900, p. 823-851, et *L'Habitation de la jeune fille dans les grandes villes*, 16 juillet 1901, p. 145-153.

me l'avait déclaré Ingres au moment où Napoléon III avait voulu réformer l'École, en 1863. La lecture de *L'Architecte* (1906-1935), organe officiel de la Société des architectes diplômés par le gouvernement – fondée en 1877 –, en témoigne. La SADG fut une puissance : elle regroupait la presque totalité des architectes diplômés et la plupart des grands prix de Rome. Or, de la première année de sa parution à la guerre, en pleine période où un effort législatif important est accompli en faveur des habitations à bon marché (HBM) avec des textes qui complètent celui de 1894, *L'Architecte* ne leur réservera que huit articles et ne montrera qu'une seule réalisation, un immeuble collectif, en 1913.

L'HBM ne sera jamais un sujet de prix de Rome

Le bout de l'oreille pointe, justement cette année-là, dans une autre revue importante, *L'Architecture,* organe de la Société centrale des architectes. Ses rédacteurs n'ignorent pas la question des logements ouvriers, puisqu'ils lui réservent de nombreux articles, mais ils tiennent à garder la distance. Rendant compte des envois aux salons, H. Saladin écrit en effet : « Je vois ensuite maisons ouvrières, HBM, habitations à loyers économiques et encore HBM. Je ne voudrais pas passer pour un critique difficile à satisfaire, mais l'HBM est-elle réellement tellement importante au point de vue artistique pour qu'on nous en envoie autant ? Elles ne devraient pas, sauf en cas de mérite exceptionnel, figurer au Salon. Ce sont d'excellents travaux d'architectes, ce ne sont pas des œuvres d'art [1]. » L'habitation ouvrière, on l'a compris, ne pourra jamais accéder à la dignité suprême de sujet pour les candidats au prix de Rome. Ces bons jeunes gens préféreront attacher leur nom à la résidence d'un ambassadeur ou à une basilique de pèlerinage. Heureusement, quelques francs-tireurs, parfois sans diplôme, sauront se débarrasser du formalisme et des poncifs pour

---

1. *L'Architecture aux salons de 1913*, 14 juin 1913.

Espaces privés

inventer les solutions de l'avenir adaptées aux besoins des familles ouvrières. Nous allons décrire quelques-unes de leurs réalisations.

Henri Sauvage s'affirme dans le XVIIIe

En juin 1904, le ministre du Commerce, Georges Trouillot, radical anticlérical de bonne cuvée, inaugurait à Paris, 7, rue de Trétaigne (XVIIIe arr.), le premier immeuble construit par la Société des logements hygiéniques à bon marché, présidée par Frantz Jourdain, l'un des pionniers de l'architecture du fer et l'adversaire déclaré des néoclassiques.

Henri Sauvage, le jeune auteur – trente ans tout juste – de ce bâtiment exemplaire de cinq étages, squelette en béton, remplissage de brique, parfaite lisibilité du plan reflété par la façade, n'était pas un inconnu. Ancien élève de l'atelier Pascal, à l'École des beaux-arts, mais sorti sans diplôme – comme Auguste Perret –, il avait atteint le premier rang des architectes de l'Art nouveau, tout près de Guimard, par ailleurs son ami, en créant une villa pour le meublier Majorelle, à Nancy, en 1898[1]. Rue de Trétaigne, on retrouve tous les dispositifs communautaires exigés par les utopistes et les hygiénistes pour les habitations ouvrières : salle de bains-douches, magasin pour une société coopérative de consommation – la Prolétarienne –, un restaurant hygiénique, une université populaire, même, en plus, un jardin suspendu – aujourd'hui disparu – pour les cures de soleil considérées comme le remède souverain contre la tuberculose. Ici, Sauvage a renoncé aux joliesses de l'Art nouveau néogothique ou végétal, on n'en relève quelques traces que dans des détails mineurs. L'ensemble s'impose comme un chef-d'œuvre de dépouillement auquel Perret avait renoncé avec la parure de céramique recouvrant son immeuble de la rue Franklin. Toute la distance du XVIe au XVIIIe arrondissement...

---

1. Sur Sauvage, voir le catalogue de l'exposition organisée au siège de la Société des architectes diplômés par le gouvernement, à Paris, en 1976, Bruxelles, Archives de l'Architecture moderne, 253 p.

La haute banque entre en scène

Sauvage construira d'autres habitations populaires dans le même esprit jusqu'à la cathédrale des HBM matérialisée par l'immeuble de la rue des Amiraux (XVIIIe arr.), en 1922. Qui oserait maintenant parler d'architecture au rabais ? Sûrement pas ces « Messieurs Frères », si sensibles au Beau en toutes choses...

En janvier 1905, la Fondation Rothschild[1] lance un « concours pour la construction d'un groupe de maisons à usage de petits logements salubres et économiques » situé sur un terrain triangulaire de 5 629 mètres carrés, dans le XIIe arrondissement, non loin de la gare de Lyon (rues de Prague, Charles-Baudelaire, Théophile-Roussel). Volontairement, le programme en est imprécis : maisons à étages, services communs, rentabilité de 3 à 4 %. Il se déroulera en deux phases et sans réalisation assurée pour le projet lauréat. Le 31 mars 1905, 127 concurrents anonymes – désignés par une devise – remettent leurs châssis à l'Hôtel de Ville, où ils seront exposés dans la salle des fêtes. Le jury comprend six architectes et six membres de la Fondation, dont Cheysson, Picot et Siegfried.

On retint d'abord 25 projets, et enfin 7. Le grand triomphateur fut un *outsider,* Adolphe-Augustin Rey, « Tout pour le peuple », prime de 10 000 francs. Venait ensuite Henry Provensal, « Utile dulci », prime de 9 000 francs. Tous deux étaient anciens élèves de l'École et DPLG ; Provensal entretenait d'étroits liens d'amitié avec Sauvage. Anatole de Baudot – le constructeur de Saint-Jean de Montmartre – avait été éliminé au premier tour ; Tony Garnier, célèbre depuis sa Cité industrielle envoyée de Rome, alla jusqu'au second : son projet comblait les aspirations des hygiénistes avec l'apparence d'un sanatorium. Suppression totale des cours et courettes, bâtiments en zigzag pour un ensoleillement maximum, vastes appartements tous pourvus d'une salle de bains, somptueuse

---

1. Sur la Fondation Rothschild, un seul travail jusqu'à présent, celui de Marie-Jeanne Dumont, *La Fondation Rothschild et les Premières Habitations à bon marché de Paris,* 1900-1914, mémoire de 3e cycle, Unité pédagogique d'architecture no 1, 1980.

Espaces privés

innovation dont beaucoup d'appartements bourgeois ne bénéficiaient pas encore.

Les concurrents de la seconde phase sacrifièrent unanimement au principe de la cour ouverte. Rey se distinguait par le caractère total de son projet : études de ventilation exprimées par des escaliers en forme de rues verticales ; cuisines d'un raffinement inouï : vide-ordures, coffre à linge, placards, bac à douche, garde-manger à lames garnies d'ouate pour filtrer l'air ; services collectifs complets : bains-douches, lavoir, séchoir, garage à bicyclettes, restaurant hygiénique, salle de réunion, chambres pour célibataires, terrasse pour cure de soleil. Un peu plus que Sauvage, rue de Trétaigne, mais dans une filiation identique, Rey avait choisi le béton comme matériau de construction – il était alors totalement méprisé par les architectes « sérieux » –, en y ajoutant quelques fantaisies pittoresques dans le goût du jour, toitures débordantes et marquises.

Aucun projet n'esquivait les questions débattues par les hygiénistes depuis près de trente ans : logements enfin proportionnés à la taille des familles, pièces indépendantes, rationalisation des besoins. Dans le collectif, les concurrents se sentaient évidemment moins à l'aise : devait-on offrir tous les services souhaitables aux ouvriers, au risque d'attenter à la sacro-sainte initiative individuelle ? Pouvait-on aménager une salle de conférences ou une bibliothèque susceptibles de servir la propagande socialiste ? La crèche n'induirait-elle pas les mères en tentation de délaisser leurs enfants ? Ces questions, les réformateurs sociaux de droite en discutaient depuis le début du XIXe siècle.

Le concours Rothschild suscita l'intérêt unanime de la profession, et toute la presse spécialisée lui dédia des articles favorables. Un point, toutefois, suscita une ferme hostilité : la Fondation avait annoncé son intention de créer une agence d'architectes salariés, et les pontifes des différents groupements y virent une atteinte au statut d'exercice libéral. Ces « Messieurs Frères » n'eurent cure des criailleries : l'agence fonctionna effectivement comme une équipe. Sur les plaques de marbre apposées à l'entrée de chaque immeuble de la Fondation figurent tous les noms des salariés – jusqu'au vérificateur – impliqués dans sa construction.

Le premier immeuble à sortir de terre, 1, rue du Marché-Popincourt (XIe arr.), comprenait 76 logements ; il fut inauguré en 1907. Suivirent, en 1908, le 117, rue de Belleville (XIXe arr.), 102 logements ; en 1909, le 10, rue de Prague (XIIe arr.), 321 logements ; en 1912, le 11, rue Bargue (XVe arr.), 206 logements ; en 1913-1919, le 256, rue Marcadet (XVIIIe arr.), 420 logements.

Dans ce palmarès impressionnant de l'initiative individuelle, l'ensemble de la rue de Prague – terrain du concours – atteignit rapidement la célébrité. On le surnomma le « Louvre de l'habitation populaire », car il rassemblait, dans ses dispositifs collectifs, le *nec plus ultra* imaginé – parfois partiellement réalisé comme dans le Familistère de Guise – par les utopistes les plus avancés : lavoir avec machines perfectionnées, y compris un séchoir à air chaud, bains-douches, dispensaire équipé dans un esprit de prévention, garderie pour les enfants de trois à six ans, école de garde accueillant chaque jour les enfants à la sortie de l'école et le jeudi toute la journée, école ménagère, cuisine vendant des plats chauds deux fois par jour dans le but de vulgariser une alimentation saine et rationnelle.

Cette fois, l'initiative d'un groupe de personnalités parfaitement au courant du problème et disposant de puissants moyens financiers a vraiment joué son rôle, et ses retombées seront nombreuses. Les deux lauréats du concours y découvriront la révélation d'eux-mêmes, le premier surtout. D'architecte de bâtiments religieux à l'origine, Augustin Rey se convertira en missionnaire de l'HBM, présent à tous les congrès et publiant livres et brochures dans lesquels il ira jusqu'à se montrer partisan de la municipalisation des sols. En 1907, il entrera au Conseil supérieur des HBM, en remplacement de Trélat. Schneider, secrétaire général de la Fondation Rothschild, l'y rejoindra en 1912, ainsi qu'Hatton, pour la Fondation Lebaudy : ces deux hommes représentent l'élite des initiatives privées.

La Ville de Paris lance un concours

Le premier concours organisé par la Ville de Paris pour la construction d'HBM, en août 1912, s'inspira directement de celui de 1904[1], il connut le même succès auprès de la presse et du public. 111 projets furent déposés, 58 pour le terrain de l'avenue Émile-Zola (XVe arr.), 53 pour celui de la rue Henri-Becque (XIIIe arr.). Dans le premier cas, on demandait une maison à étages comprenant cinq types de logements, du quatre-pièces plus salle à manger-cuisine, d'une surface minimum de 55 mètres carrés, jusqu'au réduit pour célibataires, une chambre et un coin cuisine, pas moins de 18 mètres carrés tout de même.

Le programme de la rue Henri-Becque, un cran largement au-dessous du précédent, atteste le mépris des pauvres sans droit à l'espace ni au confort, bien que la précaution ait été prise de préciser aux candidats que l'ensemble de leurs constructions ne puisse évoquer « l'idée de la caserne, de la cité ouvrière ou de l'hospice ». Au minimum, l'appartement inclurait une salle commune et une pièce divisible par une cloison basse, l'ensemble devant dépasser 30 mètres carrés. On aimerait savoir quelle « autorité » avait indiqué qu'aucune obligation n'existait de prévoir un cabinet d'aisances ni un robinet de puisage distinct dans chaque appartement. Ces « Messieurs Frères » s'étaient montrés beaucoup plus respectueux des prolétaires parisiens...

Payret-Dortail remportera la première prime de 15 000 francs pour un ensemble de 143 logements – avenue Émile-Zola – ressemblant à l'immeuble Rothschild de la rue de Belleville : deux cours de service accessibles aux véhicules aux extrémités et un square au centre. Albenque et Gonnot seront retenus pour la rue Henri-Becque. Avait-on récompensé leur souci d'économie ? En contradiction formelle avec toutes les revendications des hygiénistes, ils ne prévoyaient qu'un cabinet d'aisances pour deux et même trois logements. Pour ces trois architectes, c'est le début d'une carrière vouée à l'habitat social : après la Première Guerre mondiale, on les retrouvera dans l'équipe d'Henri Sellier, président de l'Office public d'HBM de Paris et de la Seine, et promoteur de la ceinture rose des boulevards des Maréchaux, sur l'emplacement des anciennes fortifications de Thiers.

---

1. Ville de Paris, *Premier Concours pour la construction d'HBM*, rapport du jury, s. d.

Quelques mois après ce méritoire effort de la Ville de Paris, Henri Chéron, ministre du Travail et de la Prévoyance sociale, honorait de sa présence l'achèvement d'une réalisation pavillonnaire du plus haut intérêt pour la nouvelle société inspirée par le radicalisme. En faveur des familles nombreuses – six enfants au moins –, la société L'Habitation familiale venait d'édifier, 4, rue Daviel (XIIIe arr.), 40 cottages autour d'un jardin central. Ils disposaient chacun de trois chambres de 20 mètres carrés, un confort spatial encore jamais accordé aux prolétaires et, cette fois, en location.

Agé de trente ans, l'architecte de cette résidence vient d'une province lointaine et rigoriste, le pays de Montbéliard. Fils d'un industriel protestant originaire d'Alsace, Jean Walter – plus tard mondialement connu sous le surnom de Walter de Zellidja – a déjà une réputation bien établie dans l'est de la France. Il y a pratiqué des prix déclarés impossibles par ses confrères – une maison de trois pièces-cuisine avec cave et grenier pour 2 400 francs à Montbéliard –, qui ne comprennent pas non plus ses propos sur l'industrialisation de certains éléments de la construction et la rationalisation des chantiers.

Vers la « machine à habiter »

C'est en effet dans cette voie qu'il faut s'engager si on veut louer des pavillons à ceux auxquels la modicité de leur salaire interdit tout rêve d'accession à la propriété. À cette époque, nombreux sont les courageux chercheurs en quête de procédés techniques à bon marché permettant des solutions de masse. On lit dans *L'Immeuble et la Construction dans l'Est,* en 1913[1], les lignes suivantes : « Le logement des familles nombreuses devrait faire l'objet d'une industrie qui préparerait par des procédés nouveaux les matériaux devant constituer les ouvrages : ossature en bois, en fer, en agglomérés, en ciment armé, en panneaux appareillés, etc. ; solivages, charpente et escaliers de mêmes dimensions, portes et croi-

---

1. 12 octobre 1913, p. 461-463.

Espaces privés

sées de mêmes types et de mêmes mesures ; quincaillerie, plomberie, appareils divers de mêmes natures. L'identité de matériaux et d'objets, la facilité de leur mise en œuvre réaliseraient une notable économie, tout en permettant cependant une certaine diversité dans l'aspect extérieur, diversité qui ne serait certainement qu'un jeu pour nos architectes. » Des propos aussi bas de plafond n'avaient évidemment aucune chance de toucher les grands prêtres du Beau et de se refléter dans l'enseignement donné à l'École de la rue Bonaparte, où les yeux restaient toujours fixés sur la ligne des forums impériaux...

Cependant, l'État s'intéresse de près à ces problèmes triviaux puisque, cette même année 1913, il est annoncé dans les journaux professionnels que le ministère du Travail distribuera, en 1915, des médailles aux sociétés d'HBM et aux architectes qui auront trouvé les meilleures méthodes de fabrication ou d'emploi des matériaux et produits pouvant s'adapter d'une façon économique à l'habitation destinée aux petits revenus.

Si cette édifiante cérémonie s'était déroulée comme prévu, soyons persuadés qu'un vétéran – il est né en 1853 – aurait remporté la plus belle palme. Georges Christie, vice-président de la Société nationale des architectes de France à la veille de la guerre, rédacteur d'ouvrages de vulgarisation professionnelle, peut prétendre à une petite place dans l'histoire du concept de « machine à habiter ». Avant Le Corbusier, qui, étrangement, s'est servi de la même appellation sans jamais la rendre à son inventeur, il a exposé un projet de « villa domino [1] », pavillon individuel sans étage, de quatre pièces, se montant en séries de quatre suivant un programme précis. G. Christie écrivait en effet : « La solution du problème des HBM ne peut se trouver que dans la recherche de procédés de construction économique, au moyen de matériaux catalogués, classés pour leur adaptation uniforme, permettant ce que je nomme l'industrialisation de la maison. »

---

1. *Moniteur des beaux-arts et de la construction,* août-septembre 1913, p. 1854, 1855, et janvier 1914, p. 1909-1914.

Nous ajouterons désormais cette citation à celles contenues dans les anthologies du « Mouvement moderne », en y joignant quelques photographies de l'ensemble de la rue de la Saïda (XVe arr.), 60 logements de quatre pièces pour le Groupe des maisons ouvrières : Labussière s'y est essayé – avec succès – au béton Hennebique. Tout juste à la veille de la guerre, voici, avec cette construction dépouillée qui annonce l'avenir, le chant du cygne des fondations privées.

Car une loi votée en 1912 va enfin donner quelques fruits. En mai 1914, création de l'Office public d'HBM de Paris et de la Seine, chargé d'étudier – sur un vaste territoire – les problèmes du logement populaire et de gérer les immeubles construits au moyen d'un emprunt de 200 millions. Le public ne dédaignera pas la compétence du privé : Schneider – de la Fondation Rothschild – et Labussière – de la Fondation Lebaudy – entrent au conseil d'administration de l'Office, où ils préconisent la même structure d'agence que chez « Messieurs Frères ». Provensal et Besnard – anciens lauréats du concours de 1905 – y sont appelés aussi, ainsi que Maistrasse, futur architecte de la cité-jardin de Suresnes.

Il ne faudrait pourtant pas s'abuser. Le dépouillement des *Concours publics d'architecture*[1] pourrait laisser croire à une certaine floraison de réalisations sociales, mais les professionnels savent que la réalité du marché se présente autrement. Le bâtiment, depuis le début du XXe siècle, s'oriente de préférence vers la construction de luxe, comme le soulignent tous les observateurs[2].

Dans ces années d'immédiat avant-guerre, le coût de la vie augmente, et les loyers n'échappent pas à la hausse, déclenchant des réactions populaires que certains vont tenter d'orchestrer. Le 6 janvier 1910, à la Bourse du travail de Clichy – sur l'initiative de Constant, conseiller prudhomme et ouvrier de la voiture – est fondée l'Union syndicale des locataires ouvriers[3]. L'heure n'est plus à la violence anarchiste – l'action

---

1. Revue mensuelle, 1895-1914.
2. A. Gaillardin in *La Construction moderne*, 2 février 1913.
3. Une première recherche sur le mouvement des locataires à Paris a été effectuée par Susanna Magri, *Le Mouvement des locataires à Paris et*

Espaces privés

de Bonnot et de sa bande a sombré dans la délinquance –, et les sections apparues rapidement dans presque tous les arrondissements parisiens et plus de vingt communes de banlieue publient un programme que les partis politiques de gauche devraient soutenir : insaisissabilité du mobilier des ouvriers, suppression du « denier à Dieu[1] » et des étrennes au concierge, paiement à terme échu, taxation des loyers et assainissement des logements insalubres à la charge des propriétaires.

Georges Cochon et « la Polka des locataires »

Au début de 1911, l'Union syndicale a confié la responsabilité de son secrétariat général à l'ouvrier parisien Georges Cochon, un militant haut en couleur, doté d'un sens de l'humour et de la publicité unique à ce jour dans le mouvement ouvrier français. On peut compter sur lui pour des coups spectaculaires qu'il multipliera en 1913 – après son expulsion de l'Union et la fondation d'une Fédération nationale et internationale des locataires – à Paris et en province [2].

Le beau temps de la Ligue des antiproprios, célèbre par ses actions de déménagements « à la cloche de bois » dans les années 1890, semble revenu : une nouvelle floraison de chansons populaires exalte le Robin des Bois parisien, dont le patronyme est évidemment une rare aubaine pour les paroliers. *La Cochonnette* et *La Polka des locataires* seront fredonnées dans tous les quartiers populaires, et les témoins des opérations de Cochon reprendront en chœur le refrain de Montéhus :

---

dans la banlieue parisienne, 1919-1925, Paris, Centre de sociologie urbaine, 1982, 136 p.

1. Somme donnée au concierge par un nouveau locataire lorsqu'il prend possession des lieux.
2. La geste de Cochon a été racontée dans le journal *L'Humanité* : « Les Mémoires de Cochon ou le raffut de saint Polycarpe », du 17 novembre 1935 au 17 janvier 1936. Ce feuilleton était signé Casimir Lecomte, en réalité André Wurmser.

> V'là Cochon qui déménage
> À la cloche, à la cloche
> V'là Cochon qui déménage
> À la cloche de bois

Ou bien :

> C'est M'sieur Poincaré
> Qu'est le président de la République
> C'est M'sieur Cochon
> Le président des Sans-Pognon

Ou encore :

> C'est Cochon, c'est Cochon
> Qui s'fout des propriétaires
> C'est Cochon qui déménage un compagnon
> C'est Cochon qu'est l'ami des prolétaires
> C'est Cochon qui s'fout de l'administration

En juillet 1913, Cochon réalisera l'un de ses plus beaux exploits, de connivence avec le comte Antoine de La Rochefoucauld : ce dernier mettra à sa disposition l'hôtel particulier qu'il vient de quitter, 17, boulevard Lannes, et dont le bail court encore dix-huit mois. Cochon y installe aussitôt huit familles comprenant trente-cinq enfants. Sur le mur de ce nouveau fort Chabrol s'étale l'affiche de la Fédération de Cochon dessinée par Steinlen.

Pour ce combat suscité par les problèmes du logement, voici que s'alignent à leur tour des protagonistes mieux élevés et moins exigeants, mais que les pouvoirs publics ne peuvent pas ignorer, ce sont les défenseurs de la famille française. En 1896, le Dr J. Bertillon, déjà cité plus haut [1], a fondé l'Alliance nationale pour l'accroissement de la population française, une association des plus recommandables dont Cheysson, entre autres personnalités, fera partie. Ici, on se

---

1. Sur Bertillon « repopulateur », voir notre ouvrage, *La Libre Maternité, 1896-1969*, Paris, Casterman, 1971, 164 p.

contentera modestement de réclamer la réforme de la contribution mobilière. Les familles nombreuses – des classes moyennes –, obligées d'occuper un logement plus vaste, étaient taxées plus lourdement. Une cote mobilière élevée ne prouvait pas l'aisance. Il ne faudra jamais attendre de Bertillon et de ses amis une attaque frontale de la propriété, mais la Ligue populaire des pères et mères de familles nombreuses, créée en 1908 par un père de dix enfants, le capitaine Maire, sera plus virulente : on verra ses membres ne pas dédaigner de participer aux manifestations des antiproprios de gauche [1].

La grande presse donna un large écho – la plupart du temps favorable – aux prouesses de Cochon : le scandale des sans-logis avait fini par atteindre les journalistes. En 1912, *Le Matin,* l'un des quatre grands quotidiens français – 600 000 exemplaires –, supporter de Briand et spécialiste des causes nationales, a fondé un comité pour les HBM : deux grands prix de Rome, Nénot – architecte-conseil de la Fondation Rothschild – et Bernier – auteur de l'Opéra-Comique –, en feront partie. Mais rien, ou presque, ne sort de terre ; le bâtiment ne se mobilise pas en faveur de l'idéal du logement des masses. Pourtant, celles-ci s'ébranleront quand même [2], le 2 août 1914, sous le drapeau de l'Union sacrée brandi très haut par les antimilitaristes de la veille, alors qu'elles n'avaient pas grand-chose à défendre...

---

[1]. Sur le mouvement familial, voir Robert Talmy, *Histoire du mouvement familial en France, 1896-1939,* Paris, Union nationale des caisses d'allocations familiales, 2 vol., 317 et 382 p.

[2]. À l'exception de certains anarchistes et de quelques néomalthusiens, dont Eugène Humbert qui passa en Espagne, Cochon attendra 1917 pour déserter.

# 4

Coulisses

Alain Corbin

La Déclaration des droits de l'homme marque, selon Louis Dumont, le triomphe de l'individu. Mais celui-ci demeure, au XIXe siècle, une catégorie abstraite, encore mal définie. Le citoyen conquiert lentement la plénitude de ses pouvoirs. Définitivement établi en 1848, le suffrage universel est exclusivement masculin. Le secret du vote n'est garanti qu'en 1913, date à laquelle on prescrit l'usage de l'isoloir et du bulletin sous enveloppe.

La personne manque d'assises légales. Les Constituants auraient souhaité aller plus loin dans la détermination de ses prérogatives. Mais ils furent emportés par « les circonstances » ; ou, plus profondément, par un jacobinisme fondamental, résistant à l'avènement d'un véritable habeas corpus *qui, aujourd'hui encore, reste à établir dans le droit français. Cette préoccupation existe pourtant. Le domicile est déclaré inviolable (1792), et les perquisitions nocturnes, interdites (1795). La maison et la nuit esquissent un espace-temps de la* privacy *autour du corps dont on admet la dignité (suppression de la plupart des peines infamantes) et la liberté. L'homosexualité, par exemple, n'est plus un délit, excepté si elle s'accompagne d'outrage public à la pudeur.*

Les progrès juridiques du XIXe siècle hésitent devant la puissance publique ou familiale. Le droit au secret de la correspondance est reconnu tardivement. Il faut attendre la Troisième République pour que les autorités renoncent à contrôler le courrier dans les bureaux de poste. Mais les maris ont, en principe, la faculté de superviser celui de leur épouse ; tandis que, dans les internats ou les prisons, on décachette sans vergogne les lettres des pensionnaires ou des détenus.

Le développement des moyens modernes d'information pose des problèmes inédits. Armand Carrel se bat en duel contre Émile de Girardin qui le « menace d'une biographie » dans son journal, **La Presse** ; il meurt et paie de sa vie le droit au secret personnel. La presse est friande de « faits divers », révélateurs des scandales de la vie privée. Contre ces atteintes, il faut constamment se dissimuler, user de pseudonymes et de faux-fuyants : le XIXe siècle est un bal masqué. « L'inconvénient du règne de l'opinion, qui d'ailleurs procure la liberté, c'est qu'elle se mêle de ce dont elle n'a que faire : la vie privée », écrit Stendhal.

La « volonté de savoir », à l'œuvre dans ce siècle curieux de voir et d'entendre, toujours au « trou de la serrure », multiplie les enquêtes de toute nature sur les groupes et les individus ; elle rend plus urgente la protection de la personne. Voici, au début du siècle, à Charenton, une controverse significative ; elle oppose le directeur de l'établissement au médecin du lieu, Royer-Collard ; celui-ci voudrait établir sur chaque patient un dossier complet retraçant son histoire médicale et sociale ; celui-là s'oppose à ce qui lui semble relever d'une inquisition de type ecclésiastique (cf. Jan Goldstein). Ambiguïté d'une modernité où pouvoir de la science et souci de soi marchent d'un même pas.

C'est qu'un peu partout, à des degrés divers selon les milieux et les lieux, s'opère, dans les idées et les mœurs, une forte poussée de l'individu. Le droit retarde sur les faits. Dans les pratiques, de plus en plus de gens s'insurgent contre les disciplines des collectivités et les servitudes familiales, et disent leur besoin d'un temps ou d'un espace à soi. Dormir seul, lire tranquillement son livre ou son journal, s'habiller comme on l'entend, aller et venir à sa guise, consommer à son gré, fréquenter et aimer qui l'on veut... expriment les aspirations d'un droit au bonheur qui suppose le choix de son destin. La démocratie le légitime, le marché l'attise, les migrations le favorisent. La ville, nouvelle frontière, desserre les contraintes familiales ou locales, stimule les ambitions, atténue les convictions. Créatrice de liberté, dispensatrice de nouveaux plaisirs, la ville, si souvent marâtre cruelle, fascine, en dépit des diatribes des moralistes. Paradoxale, elle engendre à la fois *les foules et les individus solitaires. Elle est génératrice de rupture et d'événement.*

Le dandy, l'artiste, l'intellectuel, le vagabond, l'original incarnent la révolte contre les conformismes de masse. Mais, au-delà de ces figures de proue, nécessairement minoritaires, des catégories plus nombreuses revendiquent avec force leur droit à l'existence propre : adolescents, femmes, prolétaires. Les premiers mettent surtout en cause le système patriarcal ; leurs cris et leurs murmures sont, espérons-le, présents à chaque page de ce livre. Les derniers critiquent avant tout l'ordre bourgeois. Mais la force d'une conscience de classe, dont la représentation revêt alors une intensité particulière, n'exclut pas l'explosion des désirs et la variété des projets. « Nous sommes de chair et d'os comme vous », disent en 1890 à leurs patrons les ouvrières de Vienne. Un syndicalisme d'inspiration libertaire fait siennes les propositions néomalthusiennes de restriction des naissances. « Les nombreuses familles engendrent la misère et l'esclavage. Aie peu d'enfants. » « Femme, apprends à n'être mère qu'à ton gré », disent les « papillons » de la CGT. Jamais les courants anarchistes individualistes n'ont été aussi vivants qu'au tournant du siècle (M.-J. Dhavernas). Liberté du corps, goût de la nature et du sport, amour libre fondent les tentatives des « milieux libres », dont les audaces achoppent sur les comportements plus conventionnels. Il n'est pas si simple d'affranchir le désir.

Juridiquement faible, l'individu s'approfondit et se structure. À l'homme général – une catégorie grammaticale – et serein des Lumières, le romantisme oppose la singularité des visages, l'épaisseur de la nuit et des rêves, la fluidité des communications intimes, et réhabilite l'intuition comme mode de connaissance (cf. G. Gusdorf, L'Homme romantique). Non seulement l'espace intérieur devient l'objet de son autocontemplation (« Je suis à moi-même l'espace immobile dans lequel tournent mon soleil et mes étoiles », écrit Amiel), mais il est de surcroît le centre et le truchement du monde. « C'est au-dedans de soi qu'il faut regarder le dehors » (Victor Hugo). La conscience devient marginale par rapport à l'inconscient qui gouverne les hommes et livre la clé de leurs comportements. Les sociétés mêmes succombent au pouvoir des images.

L'« *individu pur* » *(Marcel Gauchet) trouve ses fondements scientifiques à la fin du XIXe siècle par les découvertes de la neurobiologie. Néopositiviste et matérialiste, la médecine française hésite devant l'organicisme germanique et maintient des frontières entre le « corps » et l'« âme », malgré tout en voie d'effacement. Faut-il voir là les racines de la résistance latine à la psychanalyse? Ou bien les rechercher dans la répugnance à faire de la sexualité familiale le fondement de l'hystérie, des névroses et de toute histoire personnelle (Élisabeth Roudinesco)? Ou encore alléguer la plus grande diversité des structures familiales dans l'Hexagone et l'affaiblissement de la figure du père (H. Le Bras)? Dans l'Occident de l'individu, voici, en tout cas, une spécificité française qui appelle les comparaisons.*

Au temps où s'amplifient les mouvements de foules, l'individu s'affirme comme une valeur politique, scientifique et surtout existentielle. C'est à cette prodigieuse découverte de soi par soi, génératrice de nouveaux liens aux autres, que nous convie Alain Corbin. Il est temps de pénétrer dans les coulisses du théâtre où se joue l'intrigue essentielle.

M. P.

Le secret de l'individu

L'individu et sa trace

L'originalité de l'appellation ou « un nom pour soi »

Le sentiment de l'identité individuelle s'accentue et se diffuse lentement tout au long du XIXe siècle. L'histoire du système d'appellation en fournit un premier indice. Le processus de dispersion des prénoms entamé au XVIIIe siècle se poursuit ; il vient contredire le mouvement de concentration délibérément encouragé par l'Église de la Réforme catholique, désireuse de valoriser l'exemplarité des plus grands saints. En ce domaine, la Révolution ne constitue pas une véritable coupure ; tout au plus a-t-elle joué le rôle d'accélérateur.

Au fil des décennies, des cycles de plus en plus courts, ordonnés par la mode, viennent rythmer le mouvement de dispersion ; cette accélération traduit tout à la fois la volonté accentuée d'individuation, le souci de souligner la découpe des générations et le désir de se conformer à la norme nouvelle, suggérée par les classes dominantes. La vogue de certains prénoms se propage en effet verticalement, de l'aristocratie vers le peuple, de la ville vers la campagne. La précision et la complication croissantes de la hiérarchie sociale favorisent la transmission de telles modes par capillarité.

Dans le même temps, les règles de transmission familiale de l'appellation perdent de leur autorité. Le choix du prénom du parrain ou de la marraine, c'est-à-dire, traditionnellement, celui d'un des grands-parents, du grand-oncle ou de la grand-tante, l'attribution du prénom du père au fils aîné ou de celui du grand-père décédé au nouveau-né constituent, notamment à la campagne, autant d'impératifs dont il convient certes de ne pas exagérer le déclin; ils ne s'en trouvent pas moins contredits par les nouvelles pratiques conquérantes. Ce dépérissement des règles de transmission familiale traduit celui des vertus héréditaires et, du même coup, auguratives du prénom. La perte de la foi en l'existence d'un patrimoine de caractère transmis par l'appellation joue à l'évidence en faveur de l'individualisme.

Lorsque persiste la famille à structure complexe et que la pauvreté de l'effectif des prénoms aggrave les risques de confusion, il arrive que le système d'appellation demeure très archaïque. Il en est ainsi dans certaines campagnes du Centre ou du Midi, notamment en Gévaudan. Ici le prénom, vite oublié par l'usage courant, laisse la place au sobriquet. Le patronyme reste étroitement lié à l'*oustal* ou à la *maysou,* et celui qui fait un mariage « en gendre » perd le sien. Toutefois, dans ces campagnes aussi, l'évolution joue en faveur de l'utilisation, nouvelle, du prénom de baptême et de la fidélité au patronyme enregistré par l'état civil. L'usage du sobriquet se replie peu à peu sur des groupes marginaux : monde des artistes et de la bohème, milieu de la prostitution et du crime, catégories qui, tel le compagnonnage, se réfèrent délibérément à des valeurs et à des comportements archaïques.

Le désir d'individuation ne constitue pas, il est vrai, le seul élément d'explication du processus de diversification en cours. Le risque d'homonymie et donc de confusion, accru par l'urbanisation, incite à l'originalité de l'appellation. Les progrès de l'alphabétisation et la fréquentation de l'école tissent un lien nouveau entre l'individu, son prénom et son patronyme. Le rond de serviette ou la timbale, la couverture du cahier, la « marquette » et le linge brodé du trousseau de la jeune fille pubère, les initiales cousues sur les vêtements du pensionnaire et bien d'autres pratiques accentuent la présence obsédante du nom et du prénom. La croissance de l'effectif des conjoints capables de signer leur acte de mariage enregistre cette familiarité nouvelle. À partir de la Restauration, note Jean-Claude Polton, s'ancre à Fontainebleau l'habitude du marquage des rochers et des arbres à des fins privées. Cette pratique est le fait des humbles ; conscients qu'à la différence des puissants ils ne laisseront pas de traces, ils comptent sur la pérennité de leurs initiales gravées dans l'écorce ou la pierre.

Durant la seconde moitié du siècle, la circulation du courrier – notamment, vers 1900, la diffusion annuelle de huit millions de cartes postales – contribue à cette accumulation des symboles du moi et des signes de la possession individuelle ; prolifération que traduisent encore, et ce ne sont que des exemples, la banalisation de la carte de visite et l'usage de l'agenda personnel. Les animaux domestiques eux-mêmes sont peu à peu dotés de prénoms ; sous la monarchie de Juillet déjà, Eugénie de Guérin raffine ceux de ses chiens affectionnés.

Le miroir et l'identité corporelle

La contemplation de sa propre image cesse peu à peu de constituer un privilège. À ce propos, il faut déplorer l'absence d'une grande étude de la diffusion et des modes d'utilisation du miroir. Bien des indices posent en effet comme essentielle l'histoire du regard sur soi. Dans les villages du XIXe siècle, seul le barbier possède une véritable glace, réservée à l'usage masculin. Les colporteurs diffusent de petits miroirs afin que les femmes et les jeunes filles puissent y contempler leur visage ; mais la campagne ignore les glaces dans lesquelles on perçoit la silhouette en entier. Chez les paysans, l'identité corporelle continue de se lire dans les yeux d'autrui, de se révéler par l'écoute d'une perception intérieure. « Comment vivre dans un corps qu'on n'a pas vu » dans ses moindres détails ? se demande Véronique Nahoum ; voilà une question qu'il convient de poser aux historiens de la société rurale. On comprend mieux dès lors les interdits qui pèsent, dans ce milieu, sur l'usage du miroir ; présenter celui-ci au petit enfant risque de freiner sa croissance ; laisser une glace découverte au lendemain d'un décès, c'est encourir le malheur.

Dans les classes aisées, le code des bonnes manières imposera longtemps à la jeune fille d'éviter de se regarder nue, ne serait-ce que dans les reflets de la baignoire. Des poudres spéciales ont pour but de troubler l'eau du bain afin de prévenir la honte. La stimulation érotique de l'image du corps, exaltée par un tel interdit, hante cette bonne société qui accumule les glaces dans ses bordels, avant d'en garnir, tardivement, la porte de l'armoire nuptiale.

À la fin du siècle, la diffusion citadine de cet ambigu mobilier permet l'organisation d'une nouvelle identité corporelle. Dans la glace indiscrète, la beauté se dessine une nouvelle silhouette. Le miroir en pied va autoriser l'émergence de l'esthétique de la minceur et guider la diététique dans des voies nouvelles.

La démocratisation du portrait

L'essentiel n'en reste pas moins la diffusion sociale du portrait, « fonction directe, note Gisèle Freund, de l'effort de la personnalité pour s'affirmer et prendre conscience d'elle-même ». Acquérir et afficher sa propre image désamorce l'angoisse ; c'est démontrer son existence, en assurer la trace. Bien mis en scène, le portrait atteste la réussite ; il manifeste la position. Pour le bourgeois, hanté par le rôle de héros fondateur, il ne s'agit plus, comme naguère pour l'aristocrate, de s'inscrire dans la continuité des générations, mais de créer une lignée, dont il se doit d'inaugurer le prestige par sa réussite personnelle. Ce siècle de la commémoration est aussi celui de la fondation des généalogies boutiquières, fièrement affichées. Bien entendu, la mode du portrait participe de ce processus d'imitation par capillarité, très tôt discerné par Gabriel Tarde ; il satisfait le désir d'égalité. N'oublions pas enfin le rôle incitateur de la technique qui démultiplie le désir de l'image de soi, devenue à la fois marchandise et instrument de pouvoir.

Demeuré longtemps l'apanage de l'aristocratie et de la riche bourgeoisie, le portrait se répand et s'intimise à la fin de l'Ancien Régime ; alors triomphe la miniature ; pendentifs, médaillons, couvercles de boîtes de poudre s'ornent de visages aimés. Barbey d'Aurevilly souligne avec quelle ferveur les élites de la Restauration renouent avec cette

Le secret de l'individu

mode du portrait-bijou. Pour une dame du boulevard Saint-Germain, faire de son corps une galerie des ancêtres, c'est alors tenter de nier de manière symbolique l'épisode révolutionnaire.

Entre 1786 et 1830, le physionotrace de Gilles-Louis Chrétien contribue, dans la capitale tout au moins, à entretenir la vogue du portrait. En une seule minute, l'artiste reproduit avec l'appareil les contours de l'ombre dessinée par le visage du modèle ; il lui suffit de reporter par la suite le profil sur une plaque de métal et de l'y graver pour obtenir une série d'images d'une exactitude rigoureuse et d'un prix modéré. Il peut, au besoin, exécuter des portraits sur bois et sur ivoire, ou réaliser des silhouettes à l'anglaise, en agrémentant le dessin d'une coiffure et d'un vêtement. Les profils obtenus, souvent d'une grande ressemblance, demeurent malheureusement figés et sans expression. Le daguerréotype va pallier cette insuffisance et répondre à une demande sociale de plus en plus pressante.

En 1839, Daguerre dépose le brevet du procédé qui lui permet de fixer sur une plaque de métal, après un quart d'heure de pose, un portrait unique, vendu de 50 à 100 francs. L'artiste, guidé davantage par le désir d'exprimer la psychologie du modèle que par le souci de dresser un constat de réussite sociale, construit le cliché en fonction du visage et de la physionomie. Net, précis, le daguerréotype ne permet malheureusement pas la vulgarisation de l'image obtenue.

C'est donc la photographie qui va autoriser la démocratisation du portrait. Pour la première fois, la fixation, la possession et la communication par séries de son image deviennent possibles à l'homme du peuple. Déposé en 1841, le brevet de ce nouveau procédé bénéficie, durant les dix années qui suivent, d'une série d'améliorations techniques. Le temps de pose se réduit peu à peu, jusqu'à la découverte, en 1851, de l'enregistrement instantané. En 1854, Disdéri lance le portrait format carte de visite (6 cm × 9 cm). Dès lors, la photographie élargit d'une manière stupéfiante le marché établi par le daguerréotype. En 1862, Disdéri vend, à lui seul, deux mille quatre cents cartes par jour. Il faut dire que quelques secondes suffisent désormais pour prendre un cliché ; aussi le lot de douze portraits ne coûte-t-il que 20 francs. Des photographes s'établissent jusque dans les plus petites villes ; des artistes forains installent leurs baraques dans la rue et proposent des clichés à 1 franc.

L'accession à la représentation et à la possession de sa propre image avive le sentiment de l'importance de soi, démocratise le désir du constat social. Les photographes le perçoivent fort bien. À l'intérieur du studio-théâtre, truffé d'accessoires, de colonnes, de rideaux, de guéridons, c'est la stature tout entière qu'ils mettent désormais en scène. Ils exagèrent l'emphase, stimulent le gonflement intérieur du sujet ; certains vont jusqu'à entretenir, après 1861, la mode du portrait équestre. Cette théâtralisation des attitudes, des gestes et des expressions du visage, bref, la pose, dont Jean-Paul Sartre a bien souligné l'importance historique, investit peu à peu la vie quotidienne. Les millions de portraits photographiques diffusés et religieusement insérés dans les albums imposent des normes gestuelles qui renouvellent la scène privée ; ils apprennent à porter un regard nouveau sur les corps, notamment sur les mains. Le portrait photographique contribue à cette propédeutique des maintiens visée par l'école, cependant qu'il diffuse un nouveau code perceptif. L'art d'être grand-père aussi bien que le geste de réflexion du penseur obéissent désormais à une banale mise en scène.

Le désir d'idéaliser les apparences, le refus de la laideur, en accord avec les canons de la peinture officielle, concourent aussi à l'ordonnance du portrait-photo. Les foules de l'Exposition de 1855 se montrent fascinées par la démonstration de la retouche. Cette technique se répand après 1860 ; les traits du visage s'adoucissent ; taches de rousseur, rides, boutons gênants disparaissent des visages lisses, nimbés de flou artistique. Jusque dans les campagnes, une nouvelle image de la beauté vient menacer les normes imposées par la culture traditionnelle.

L'album de photographies de famille précise la configuration de la parentèle et conforte la cohésion du groupe, alors menacée par l'évolution économique. L'irruption du portrait au sein de larges couches de la société modifie la vision des âges de la vie, et donc le sentiment du temps. Les photos, note Susan Sontag, constituent autant de *memento mori*. Grâce à elles, il devient plus aisé d'imaginer son propre

Le secret de l'individu

dépérissement ; ce qui incite à porter un regard nouveau sur le vieillard et à reconsidérer le sort qu'on lui réserve.

Support de la remémoration, la photo renouvelle la nostalgie. Pour la première fois, il devient possible à la majorité de la population de se représenter ancêtres disparus et parents inconnus. La jeunesse des ascendants que l'on côtoie quotidiennement devient perceptible. Un transfert s'opère du même coup dans les repères de la mémoire familiale. D'une manière générale, la possession symbolique de l'autre tend à canaliser les flux sentimentaux, valorise le rapport visuel aux dépens du rapport organique, modifie les conditions psychologiques de l'absence. La photo des défunts atténue l'angoisse de leur perte et contribue à désamorcer le remords causé par leur disparition.

Le procédé nouveau favorise enfin la vulgarisation et la contemplation de l'image de la nudité. Il tend à changer l'équilibre des modes de stimulation érotique, à diffuser un nouveau tempo du désir ; en témoigne le prestige du « nu 1900 ». Le législateur l'a bien vite perçu : dès 1850, une loi prohibe la vente des photos obscènes sur la voie publique. Après 1880, la photo amateur supprime l'intermédiaire professionnel, allège le rituel de la pose, ouvre toute grande la vie privée à l'objectif, désormais friand de l'image intime.

La pérennité du souvenir

À l'intérieur du cimetière se manifeste la même volonté de se perpétuer, d'imprimer sa trace. Philippe Ariès a relaté le triomphe de la tombe individuelle et l'émergence du nouveau culte des morts à l'aube du XIXe siècle. Seule nous intéresse ici l'épitaphe personnalisée, procédure totalement neuve, elle aussi, pour la grande majorité de la population ; appel nouveau à la permanence du souvenir. L'histoire de la vulgarisation de ce discours funéraire commence à se dessiner avec netteté. Durant la monarchie censitaire se multiplient les épitaphes qui vantent les mérites de l'époux, du père ou du citoyen. Sur la pierre tombale s'inscrit l'essor de la *privacy*. Par la suite, la complication des cimetières construits, l'industrialisation de la tombe tendent à effacer peu à peu tout discours original et à le remplacer par des stéréotypes que viennent heureusement préciser les médaillons-photos incrustés dans la pierre.

Plusieurs travaux montrent que cette évolution s'est opérée selon des rythmes différents et qu'elle ne s'est pas accomplie sans heurts. Dans le cimetière d'Asnières, obscur village de l'Ain, le premier texte funéraire n'apparaît qu'en 1847. En 1856, la veuve d'un petit notable assez mal vu de ses concitoyens fait entourer de balustrades le monument de son époux. Le geste suscite un mouvement d'hostilité ; le curé lui-même s'insurge de constater que le marbre va conserver le souvenir de ce piètre chrétien, alors qu'il lui est impossible de savoir où gît exactement son pieux marguillier. Dans les petites paroisses de campagne, la pierre tombale, l'épitaphe continueront longtemps de heurter le sentiment d'égalité. En 1840, Eugénie de Guérin se voit obligée de garder la colonne blanche qui, au cœur du cimetière d'Andillac, célèbre le souvenir de son frère Maurice.

Dans ces minuscules paroisses, l'apparition du discours funéraire s'accompagne de l'ascension de l'honorabilité *post mortem* ; le boutiquier, ici, prend la pose, après le trépas. Inversement, cette permanence nouvelle de la trace favorise le maintien, voire l'amplification, de la rumeur discréditrice.

Un fil conducteur relie, en effet, toutes ces procédures qui tendent à renforcer le sentiment du moi : la tentation de l'héroïsation, l'hypertrophie de la vanité rassurante. Ce temps en fournit bien d'autres signes, en accord avec l'ascension de la méritocratie : l'importance attachée au tableau d'honneur, au rituel des distributions de prix, au diplôme que l'on accroche au mur du salon ou de la salle commune ; ou bien encore le prestige de la décoration, le ton hagiographique de la rubrique nécrologique. Pour bien des humbles, ce sera l'émoi nouveau de lire son nom dans une colonne de journal. N'importe qui peut désormais être tenté de prendre la pose du héros ; ne serait-ce qu'au sein de la sphère familiale, dont cette nouvelle visée modifie l'ambiance. Le geste criminel lui-même traduit cette aspiration. Incité par des lectures fondatrices à la Plutarque, le jeune parricide d'Aunay-sur-Odon écrit, comme avec fierté, en tête de son stupéfiant mémoire : « Moi, Pierre Rivière, ayant égorgé ma mère, ma sœur et mon frère... »

Les limites du panoptisme

Le repérage de l'individu s'impose d'autant plus aux autorités que, au sein de l'espace public, l'anonymat se substitue peu à peu aux relations d'interconnaissance. La foule de plus en plus dense et silencieuse qui recouvre la rue perd de sa théâtralité; elle se mue en un agrégat de personnes absorbées dans la pensée de leurs intérêts privés. On comprend dès lors que s'affinent les procédures d'identification et que se précise le contrôle social.

Jusqu'au triomphe de la république (1876-1879), les techniques de repérage demeurent toutefois balbutiantes; leur précarité fixe les limites de cette visée panoptique attribuée, sans doute avec quelque excès, aux détenteurs du pouvoir. L'état civil, sécularisé en 1792, codifié le 28 pluviôse an III, les dénombrements de population et les listes nominatives établies tous les cinq ans, les listes électorales, censitaires jusqu'en 1848, étendues à l'ensemble de la population masculine en mars 1848, puis en décembre 1851, constituent les références essentielles du système. Certaines catégories font en outre l'objet de procédures particulières : les ouvriers, théoriquement astreints au livret depuis le Consulat, livret dont la loi du 22 juin 1854 les rendra détenteurs, au grand dam des patrons, les militaires, les domestiques, dont on exige la présentation des certificats délivrés par les précédents employeurs, les filles soumises enregistrées par la Préfecture de police ou par l'administration municipale, les enfants trouvés et abandonnés qui se voient attribuer un état civil et un collier, les voyageurs et, plus spécialement, les itinérants et les nomades, qui doivent se munir de passeports avant d'effectuer leurs déplacements.

L'étude des migrants limousins, comme celle des voyageurs qui traversent le département de l'Indre, montre clairement que l'extrême précision des injonctions s'accompagne, en ce domaine comme en bien d'autres, d'un grand laxisme, pour ne pas dire de la plus totale anarchie. La reconnaissance interpersonnelle et la mémoire visuelle continueront longtemps d'ordonner les relations des migrants et des autorités. Néanmoins, alliée aux progrès de l'alphabétisation, l'accentuation de toutes ces exigences administratives contribue à développer la possession, l'usage et le déchiffrement des « papiers ». Familiarité nouvelle qui, avivée par l'essor de la pratique du contrat au sein de la société rurale, rend de plus en plus rare, et bientôt invraisemblable, la rencontre d'individus qui ignorent leur âge; tel ce paysan qui se trompe de sept ans et fait dire à Eugénie de Guérin : « Heureux homme ignorant sa vie ! » Pour chacun, désormais, le comput de l'existence se trouve établi et, du même coup, le futur devient calculable, sinon prévisible. La construction d'un temps propre autorise l'élaboration d'une histoire individuelle, condition d'identification et de communication autonome.

Lorsqu'il s'impose de mieux cerner la personnalité de l'autre, la procédure la plus usuelle reste l'enquête de moralité, ou tout au moins le recours au certificat de bonne vie et mœurs. À tout propos, qu'il s'agisse de juger le prétendant à l'alliance matrimoniale, le postulant à un emploi ou, plus simplement, une candidate domestique, le maire et le curé se voient sollicités ; il leur faut donner renseignements et avis sur leurs administrés ou leurs paroissiens. Curieusement, cette pratique, qui institutionnalise en fait le recours à la rumeur et incite au dévoilement de la vie privée, semble assez bien tolérée. Quoique tardive, la correspondance entretenue par les parents de Marthe permet de saisir sur le vif ces procédures de repérage. Quand il faut choisir ou plutôt fournir un époux à la jeune fille fautive, une escouade d'indicateurs est mise à contribution : confesseurs et curés qui se muent en courtiers matrimoniaux, parents de province qui se font agents de renseignements, avoués et notaires sommés de questionner leurs confrères, cadres de l'administration interrogés sur les qualités de leurs subordonnés, domestiques chargés d'enregistrer la rumeur. Seuls les médecins semblent épargnés, comme si le secret professionnel inspirait désormais beaucoup de retenue. Un subtil dosage de renseignements, de recommandations, de pressions, voire de chantage, imprègne la trame de la vie privée de cette famille aux abois, dont le grouillement défensif nous est révélé avec une fascinante impudeur.

Le regard du policier

Restent les procédures d'identification, c'est-à-dire l'histoire du signalement ou, si l'on préfère, la quête des singularités individuelles. Les institutions policières ont joué, en cette matière, le rôle de laboratoires ; là se sont élaborées des techniques appelées à gérer, par la suite, bien d'autres champs. Au policier comme au simple citoyen, un double problème peut se poser : comment faire la preuve de son identité ? Comment découvrir celle de l'autre, serait-il réduit à l'état de cadavre ?

Jusque vers 1880, l'individu astucieux peut changer de peau à son gré ; pour se procurer un nouvel état civil, il lui suffit de connaître la date et le lieu de naissance du camarade dont il a décidé d'usurper l'identité ; la rencontre, assez improbable, d'un témoin pourra seule déjouer le subterfuge ; encore la reconnaissance, fondée sur la seule mémoire visuelle, pourra-t-elle aisément être contestée. On comprend mieux dès lors la terreur inspirée par le monstre ou le vengeur qui se dissimule sous une fausse identité. Les métamorphoses de Jacques Colin, le destin de Jean Valjean, la stratégie d'Edmond Dantès ne devaient guère paraître invraisemblables aux lecteurs de ce temps. L'identification de l'enfant trouvé ne va pas de soi ; d'où l'extrême importance des signes de reconnaissance : bracelet, collier, grain de beauté ou chausson de la Esméralda. Pour la même raison, la récidive pose aux autorités judiciaires un problème épineux ; et c'est la difficile identification des prostituées qui, plus que tout, condamne à l'échec le système réglementariste élaboré sous le Consulat.

Jusqu'au début de la Troisième République, l'administration continue d'utiliser la méthode du « signalement ». Le regard du policier détaille la couleur des cheveux et des yeux, estime la taille et, au besoin, repère les infirmités. La lecture des documents établis par les conseils de révision et par la police des mœurs, comme celle des registres d'écrou, met en lumière l'inefficacité d'une telle méthode, fondée sur des descriptions neutres et imprécises. En fait, pour déjouer le déguisement, la police ne peut guère compter que sur la perspicacité du regard de ses agents, surtout après que la loi du 31 août 1832 aura entraîné l'abolition de la marque au fer rouge. C'est toutefois en fonction de cette procédure maladroite que se constituent peu à peu, dans les locaux de la préfecture de police, le sommier prévu par le code d'instruction criminelle de 1808, puis, à partir de 1850, le casier judiciaire, tenu par le greffe des tribunaux.

Mesures osseuses et quête de la trace

À la fin du siècle, le double problème se trouve résolu ; de nouvelles techniques permettent de conférer à chaque individu une identité invariable et facilement démontrable. Le système de reconnaissance rend désormais impossible la substitution de personne, serait-ce entre jumeaux ; il déjoue la falsification de l'état civil. En bref, il interdit la métamorphose. La bigamie elle-même devient un exploit, alors que le législateur rétablit le divorce. En revanche, c'en est fini des affres de l'impossible preuve ; les difficultés rencontrées par le colonel Chabert appartiennent désormais au passé.

En 1876, la police commence d'utiliser la photographie ; à la fin de la décennie, la Préfecture possède déjà soixante mille clichés. Ceux-ci, effectués sous tous les angles, entassés en désordre, ne rendent, il est vrai, que bien peu de services ; de toute manière, ils ne permettent pas de découvrir la véritable identité d'un faussaire. Tout change à partir de 1882, avec l'utilisation du signalement anthropométrique établi par Alphonse Bertillon. Celui-ci, alors que le vote de la loi du 27 mai 1885 sur la récidive va rendre plus aiguë la nécessité de l'identification criminelle, prouve que six ou sept mesures osseuses effectuées d'une manière rigoureuse et selon une procédure fixe suffisent à cerner un individu.

Le « bertillonnage », aboutissement d'une très longue quête, jalonnée par les travaux de Barruel sur le sang et l'odeur individuelle, par les recherches d'Ambroise Tardieu, de Quételet et des membres de la Société d'anthropologie, va régner sans partage jusqu'au début du XXe siècle. Dans l'intervalle, il est amélioré par son inventeur, qui décide d'ajouter les marques particulières au signalement défini par les mesures osseuses, puis de joindre la photographie au bulletin anthropométrique.

Le secret de l'individu

À dire vrai, le bertillonnage ne constitue qu'une étape. Dès le début du XXe siècle triomphe l'identification par la trace corporelle et, plus précisément, par les empreintes digitales. Cette vieille découverte chinoise, utilisée au Bengale par l'administration anglaise, est prônée par Galton, qui saura convaincre Alphonse Bertillon d'intégrer cette nouvelle donnée à son bulletin anthropométrique.

À la veille de la Première Guerre mondiale, les procédures affinées à l'intention des délinquants et des criminels débordent du cadre pénitentiaire. La loi du 16 juillet 1912 impose ainsi aux nomades et aux itinérants, c'est-à-dire désormais aux commerçants et aux industriels forains, la possession d'un « carnet anthropométrique d'identité ». Sur celui-ci figurent le nom, le prénom, la date et le lieu de naissance, la filiation, le signalement, les empreintes et la photo de l'individu ; on aura reconnu l'ancêtre de notre carte d'identité.

La menace nouvelle que de telles procédures font peser sur le secret de la vie privée commence d'inquiéter. Tandis que l'Affaire bat son plein, l'anthropométrie suscite l'ire des dreyfusards et alimente un vif débat. Cependant, et ceci relève de la même anxiété, l'afflux des plaintes oblige le préfet Lépine à cesser d'exiger des maîtresses de maisons de rendez-vous la photographie des femmes qui fréquentent leurs établissements. On pourrait probablement discerner bien d'autres signes de cette neuve susceptibilité ; Philippe Boutry relève ainsi, dès 1860, dans plusieurs paroisses de l'Ain, une intolérance jusqu'alors inconnue à l'égard de tout dévoilement des actes personnels par les prédicateurs. Les pasteurs, attachés à l'image révolue du « pourfendeur éloquent des abus individuels », se voient peu à peu obligés de tenir compte d'un nouvel espace privé de la vie morale fondé sur l'autonomie de la personne.

On aura sans doute remarqué que, dans tous les domaines évoqués, un tournant se dessine vers 1860 et se précise aux alentours de 1880. En bref, un basculement s'opère au moment où triomphe la république. Le mouvement d'individuation qui anime le siècle culmine tandis que le néokantisme inspire les dirigeants et que Pasteur impose l'existence du microbe, perturbateur de l'organisme ; modèle biologique qui, appliqué au champ social, pose le contrôle de l'individu comme essentiel à la survie du groupe.

Dans le même temps, la crainte de la violation du moi et de son secret engendre le fantasmatique désir du déchiffrement de la personnalité qui se cache et de l'intrusion dans l'intimité d'autrui ; préoccupation muette qui fonde le snobisme de l'incognito, avive la tentation de la lettre anonyme, contribue au prestige du voyeurisme fin de siècle, explique l'émergence du personnage du détective en quête de traces. Plus encore que Conan Doyle, Gaston Leroux témoigne de la sensibilité nouvelle, lui qui fait non pas de l'identification, mais de l'identité même du coupable, et de son brouillage, le nœud de l'action policière.

Les menaces du corps

L'âme et le corps

Inutile de chercher à comprendre le sentiment d'intimité qui ordonne la vie privée au XIXᵉ siècle sans une réflexion préalable sur cette dichotomie permanente entre l'âme et le corps qui gère alors les attitudes. Les modalités de cet étonnant partage varient à l'évidence selon l'appartenance sociale, le niveau culturel et le degré de ferveur religieuse. En outre, une sédimentation de croyances au tréfonds de chaque individu ainsi qu'une incessante circulation des modes de comportement entre les couches de la population viennent semer la confusion dans les analyses les plus serrées. Aussi convient-il de ne pas perdre de vue l'intrication des systèmes de représentations que nous allons, par souci de clarté, artificiellement distinguer.

Plusieurs ethnologues, dont Françoise Loux, ont mis en évidence la cohérence et l'emprise de sagesses du corps au sein de la société traditionnelle. Assez curieusement, celle-ci semble ignorer la dichotomie à laquelle je fais allusion. Les proverbes recueillis par les folkloristes à la fin du XIXᵉ siècle reflètent une vision laïcisée de l'existence, qui privilégie l'organique. Ils dessinent une morale de la modération, constatent que le refus des excès, le respect d'un

Le secret de l'individu

juste milieu des conduites favorisent la santé et procurent un bien-être plus recherché, ici, que le plaisir. Cette éthique sourd d'une paysannerie laborieuse, soucieuse du prix de l'effort et méfiante à l'égard des pauvres, ferments de violence et de désordre. Mentalité tissée de pessimisme et de résignation qui entretient une écoute obéissante des messages du corps, fondée sur la conviction que ceux-ci sont étroitement liés à l'ordre cosmique, végétal et animal par toute une série de correspondances symboliques. L'attention portée aux phases de la lune, balancier céleste du cycle féminin, l'écoute anxieuse du discours du poulailler quand se profile le danger de mort, la mesure de la croissance de l'arbre planté le jour de la naissance du fils, les interdits qui entourent la gestion des déchets de l'organisme : placenta, rognures d'ongles ou dent tombée attestent le caractère obsédant de ces archaïques croyances. Les accompagne une norme hygiénique qui admet le bon accomplissement des fonctions naturelles, tolère le rot, le pet, l'éternuement, la sueur et les signes du désir, assume sans rechigner les stigmates du dépérissement. Système de croyances et d'attitudes qui dessine un front de résistance à la diffusion de l'hygiène savante et qui s'insinue, en de perfides contre-attaques, jusque dans l'intérieur bourgeois, grâce à la complicité des nourrices ou des servantes. Il ne faut pas s'étonner de retrouver partiellement intériorisées par l'élite certaines de ces normes montées des profondeurs sociales, en accord parfois avec l'hygiénisme quotidien de médecins bonhommes, partisans, eux aussi, du juste milieu.

À l'autre pôle des croyances anciennes s'inscrit la permanence et, dans certaines sphères, l'accentuation du message chrétien fondé sur l'antagonisme entre l'âme et le corps. Dédaigneuse des limites dogmatiques du mépris de la chair que dessinent le mystère de l'Incarnation, le sacrement de l'eucharistie et la foi en la Résurrection, une vision pessimiste, affinée par les Pères de l'Église, par Tertullien notamment, et relayée par Bossuet comme par les jansénistes, réduit la dépouille mortelle, future pâture des vers, à une provisoire prison. Le corps, que le curé d'Ars n'appelle jamais autrement que « le cadavre », compromet l'âme avec les instincts et l'empêche de s'élever vers sa patrie céleste. Ainsi se justifie la guerre perpétuelle faite aux élans, aux pulsions organiques; si l'âme ne contient pas le corps, celui-ci, tel le dragon, se redressera pour l'asservir. Il n'est pas de compromis possible. Ce dédoublement, quasi schizophrénique, fonde les comportements ascétiques.

Entretenues par la croissance des effectifs congréganistes, par la multiplication des pensionnats et la prolifération des tiers ordres, ces pratiques, issues d'un lointain passé, ne cessent d'évoluer au cours du XIXe siècle. Jusqu'à l'aube du Second Empire survit un ascétisme rude, compagnon du rigorisme persistant. Cette violence s'accorde à l'image romantique du Christ au Golgotha, dont de pieux graveurs se plaisent alors à faire jaillir le sang en de terribles jets. À partir du milieu du siècle déclinent les grandes mortifications, peu en accord avec la féminisation de la pratique. L'Église, qui mise sur la femme pour mener à bien sa reconquête, se doit de tenir compte du discours médical qui souligne à l'envi la fragilité des filles de Marie. Au sang, à la douleur se substituent mille petites mortifications, mieux en accord avec le rythme du temps féminin. Ainsi s'intériorise le renoncement à soi-même dans le quotidien et s'inaugure la comptabilité des menus sacrifices.

Plus novateurs se révèlent les discours savants. Décisive, à ce propos, à la fin du XVIIIe siècle, la diffusion en France des écrits de Georg Stahl et leur empreinte sur la pensée médicale. Qu'ils se réclament du vitalisme montpelliérain, de l'animisme ou de l'organicisme, la majorité des médecins de ce temps, notamment ceux qui, tel Roussel, ont élaboré le discours sur la spécificité du sexe féminin, se rallient au dogme de la suprématie de l'âme sur le corps. L'âme rectrice, détentrice du secret de la vocation du corps, en dirige l'accomplissement. Ainsi, ce ne sont point les formes de l'anatomie ni les traits spécifiques de la physiologie de la femme qui déterminent son caractère et qui justifient sa mission maternelle; c'est l'âme qui modèle tout à la fois le corps et l'esprit féminins; la maternité est d'abord vocation métaphysique pour celle qui se doit de collaborer à l'œuvre de la Nature.

Les messages de la cénesthésie

Tout en retenant bien des éléments d'une pensée dont il oublie délibérément l'assise métaphysique, le XIXe siècle savant va rompre avec cette primauté de l'âme. Les idéologues, Cabanis notamment, abandonnent la notion d'âme rectrice et de principe vital. Comme l'écrit Jean Starobinski, ils tentent d'« unifier le champ de la médecine et de la physiologie ». Ils en viennent, du même coup, à porter une attention accrue au rapport du physique et du moral, au lien qui se noue entre la vie organique, la vie sociale et l'activité mentale. Ainsi, à leurs yeux, la féminité ne relève plus d'une ontologie, mais d'une physiologie et d'une sociologie. On comprend dès lors l'ascension d'une vieille notion héritée d'Aristote, sinon d'Aristippe de Cyrène, relayée par Descartes et par Stahl lui-même, dénommée successivement « tact » ou « toucher intérieur » puis « cénesthésie », à la fin du XVIIIe siècle. Il faut entendre par là une certaine perception interne du corps, ou plutôt l'ensemble des sensations organiques dont, selon Cabanis, la traduction dans le comportement constitue les instincts.

Tout au long du siècle, les spécialistes demeurent convaincus de l'extrême influence d'un inconscient, perçu comme « la rumeur obscure des fonctions viscérales, d'où émergent, par intermittence, les actes de la conscience » (Jean Starobinski). De cet inconscient sort tout armée la personnalité. Le génie de Freud ne sera point de découvrir que de larges zones du sujet échappent à la conscience et contribuent à déterminer l'activité mentale, mais d'enlever à la vie organique le monopole de l'inconscient pour l'installer dans l'appareil psychique lui-même.

L'importance alors accordée à la cénesthésie valorise un certain mode d'écoute du corps, qui n'est plus le nôtre. Inspiré par la persistance d'un néohippocratisme vulgarisé qui souligne les effets de l'air, de l'eau et de la température, l'individu guette l'influence du temps et de la saison sur l'aisance et le rythme de la respiration, sur l'intensité du rhumatisme ou la stabilité de l'humeur ; ainsi se développe une sorte de météorologie interne de l'« âme ». De la même manière s'entretient une écoute attentive du déroulement des fonctions organiques et de leur répercussion sur le mental ; veille permanente qui privilégie l'analyse de la physiologie digestive et du cycle menstruel, perturbés par la fréquence des dysenteries et des maladies gynécologiques. Cette vigilance se fonde aussi sur la doctrine des tempéraments – bilieux, lymphatique, sanguin, nerveux –, dont Théodore Zeldin montre, avec raison, la persistance et l'adaptation permanente, par-delà le discrédit de la théorie des humeurs.

Ainsi se construit, au quotidien, un système fruste d'images de la santé physique et psychique, qui permet de gérer les comportements individuels, d'élaborer des stratégies à l'intention des proches. La lecture des documents intimes montre à l'évidence que de telles préoccupations forment la texture même de la vie privée. Il suffit pour s'en convaincre, et ce ne sont que des exemples choisis dans chaque quart du siècle, de lire le journal de Maine de Biran, celui d'Eugénie de Guérin, les papiers de Charles-Ferdinand Gambon, récemment publiés, ou la correspondance des Boileau de Vigné et celle de la famille de Marthe. Selon toute vraisemblance, la confrontation des expériences cénesthésiques introduit alors les conversations, accompagne les considérations météorologiques. Ce type de préoccupations détermine l'attitude à l'égard de l'eau, du soleil, dont on cherche à se protéger, ou bien encore du courant d'air, objet d'une véritable phobie.

Au XXe siècle, cette forme de vigilance privilégie les élans du corps ; elle vise désormais à fournir à celui-ci les compensations justifiées par la vie citadine, les conditions de travail, la pollution ; à lui procurer le plaisir physique, dicté par l'accentuation du narcissisme. Dans l'intervalle s'est opérée une révolution, sur laquelle il nous faudra revenir : l'identification progressive du sujet au corps ; ce qui impliquait l'atténuation du mépris pour l'organique, pour l'animalité. Peu à peu s'est installée la solitude des appétits, ressentis comme ceux de la personne elle-même, et non plus comme l'expression des exigences d'un Autre tout à la fois menaçant et fascinant. L'anachronisme psychologique guette l'historien inattentif à cette mutation du statut du désir.

Le lit et la chambre individuels

Le XIXe siècle a vu se poursuivre le processus de désentassement des corps inauguré à la fin de l'Ancien Régime dans les espaces collectifs. Le lit individuel, vieille norme conventuelle, est devenu simple précaution sanitaire, notamment dans les hôpitaux. En fait, comme l'a bien montré Olivier Faure à propos de l'exemple lyonnais, la privatisation de l'espace réservé au malade sera longue à triompher dans ces établissements, car elle contrevenait aux rites de la sociabilité populaire qui s'y recréait spontanément. L'essentiel pour notre propos n'en reste pas moins le transfert de cette préoccupation vers l'espace privé ; processus avivé par l'épidémie de choléra, en 1832, venue tardivement souligner les méfaits de l'entassement et de la promiscuité qui règnent au sein du logement populaire.

Stimulés par les découvertes de Lavoisier et par la compréhension nouvelle du mécanisme de la respiration, persuadés des bienfaits d'une réserve d'oxygène, les médecins bataillent durant tout le siècle contre le lit collectif et la promiscuité. Ils seront entendus peu à peu. On ne saurait surestimer les conséquences de leur difficile triomphe. La solitude nouvelle du lit individuel conforte le sentiment de la personne, favorise son autonomie ; elle facilite le déploiement du monologue intérieur ; les modalités de la prière, les formes de la rêverie, les conditions du sommeil et du réveil, le déroulement du rêve, voire du cauchemar, s'en trouvent bouleversés. Tandis que s'atténue la chaleur de la fratrie se développe chez le petit enfant l'exigence de la poupée ou de la main maternelle rassurante. Les médecins le déplorent : le plaisir solitaire s'en trouve favorisé.

Au sein de la petite bourgeoisie, tout au moins, progresse la chambre individuelle, objet de la sollicitude des hygiénistes qui dictent les volumes, conseillent l'élimination des domestiques et du linge sale. La chambre de la jeune fille, devenue temple de sa vie privée, se truffe de symboles ; elle se confond avec la personnalité de l'occupante, dont elle prouve l'autonomie. Le petit oratoire d'angle, la cage de l'oiseau, le vase de fleurs, le papier qui imite la toile de Jouy, le secrétaire qui renferme l'album et la collection de lettres intimes, au besoin la bibliothèque contribuent à dessiner l'image de Césarine Birotteau ou d'Henriette Gérard, et plus encore celle d'Eugénie de Guérin, dont le journal développe un hymne interminable au plaisir d'habiter sa « chambrette », que célèbre aussi Caroline Brame.

L'idyllique mansarde de la cousette, dont l'ambiance sage atteste la vertu, constitue l'avatar populaire du modèle. L'obligation du « chacun sa chambre » s'impose même dans les maisons de tolérance surveillées par la police des mœurs. À la campagne, l'intimité d'un espace conjugal se précise peu à peu par l'adjonction de rideaux, de tentures, voire par l'édification de sommaires cloisons. Quand le maître du logis a décidé de passer la main, l'usage se développe pour lui de se réserver une chambre dans le contrat de donation; il s'assure ainsi la privatisation de l'espace où doit se dérouler le reste de son existence.

Parallèlement, l'intimité croissante des lieux de la défécation favorise la poursuite du monologue intérieur. Dans les immeubles populaires, la possession de la clé des latrines de palier inaugure cette familialisation de l'excrément qui constitue un élément non négligeable de l'essor de la *privacy*. Quand, vers 1900, se diffuse le cabinet de toilette, puis la salle de bains, munie d'un solide verrou, le corps nu peut commencer d'éprouver sa mobilité à l'abri de toute intrusion. Cet espace, désensibilisé au maximum, se mue en temple *clean and decent* de l'inventaire et de la contemplation de soi.

La toilette intime

Les progrès de la toilette intime révolutionnent en effet la vie privée et les conditions de la relation. De multiples facteurs contribuent, dès l'aube du siècle, à l'accentuation des anciennes exigences de propreté, qui ont germé à l'intérieur de l'espace conventuel. La découverte des mécanismes de la perspiration comme le grand succès de la théorie infectionniste conduisent à souligner les dangers de l'obturation des pores par la crasse, porteuse de miasmes. Un peu plus tard,

Le secret de l'individu

l'ascension du concept de « dépuration » impose une vigilante toilette des « émonctoires » de l'organisme. L'influence reconnue du physique sur le moral valorise le propre et l'ordonné. De nouvelles exigences sensibles renouvellent la civilité ; la délicatesse accentuée des élites, la volonté de s'écarter du déchet organique, qui rappelle l'animalité, le péché, la mort, en bref, le souci de purification hâtent le progrès. Celui-ci se trouve, en outre, stimulé par la volonté de se distinguer du peuple nauséabond. Tout cela contribue à promouvoir un nouveau statut du désir sexuel et de la répulsion, lequel avive à son tour l'essor des pratiques hygiéniques.

En regard, toutefois, de multiples croyances incitent à la prudence. L'eau, dont on surestime les effets sur le physique comme sur le moral, réclame la précaution. Des normes fort strictes modulent la pratique du bain selon le sexe, l'âge, le tempérament et la profession. Le souci d'éviter la mollesse, la complaisance, le regard sur soi, voire la masturbation, freine l'extension des pratiques. La relation alors solidement établie entre l'eau et la stérilité rend difficile l'essor de l'hygiène intime de la femme.

Néanmoins, le progrès glisse peu à peu des classes supérieures vers la petite bourgeoisie. La domesticité contribue même à l'initiation d'une étroite fraction du peuple ; mais il ne s'agit toujours que d'une toilette fragmentée du corps. On se lave fréquemment les mains, chaque jour le visage et les dents, tout au moins les dents de devant, les pieds une ou deux fois par mois, jamais la tête. Le rythme menstruel continue d'ordonner le calendrier du bain. À ce propos, la plupart des congrégations féminines du XIXe siècle se réfèrent encore à la norme édictée par saint Augustin. À la fin du siècle, l'apparition du *tub* à l'anglaise, puis la diffusion, certes très mesurée, de la douche tendent à modifier le temps de la toilette. La seconde jouit d'un préjugé favorable, son action dynamisante exorcise la mollesse. Cette vertu ne dispense pas toujours de l'alibi thérapeutique. Le règlement de l'École normale de Sèvres, élaboré en 1881, réserve la douche aux malades accompagnées d'une infirmière. On comprend mieux dès lors le retard de l'hygiène sexuelle. Guy Thuillier constate que le bidet et les serviettes périodiques n'apparaissent, dans la bonne bourgeoisie nivernaise, qu'à l'aube du XXe siècle.

Les populations rurales, habituées il est vrai au bain juvénile de rivière en période de forte chaleur, restent à l'écart du progrès jusqu'à la Première Guerre mondiale. Certes, les municipalités s'efforcent d'apprivoiser l'eau ; un réseau de fontaines, de « doux » et de lavoirs se dessine, sous la Restauration en basse Normandie, au cours de la monarchie de Juillet dans le Nivernais, au début de la Troisième République à Minot, en Châtillonnais. Certes, l'hôpital, la prison, puis l'école et la caserne concourent à la propédeutique hygiénique inaugurée par ces infatigables médecins de campagne, dont le Dr Benassis constitue le symbole. Mais, nous l'avons vu, le code de l'hygiène savante contredit souvent les sagesses populaires du corps : trop laver le linge risque de l'user, un ménage méticuleux n'est que perte de temps, sous la crasse se forme le beau teint. L'injonction médicale dérange ; elle apparaît souvent comme une intolérable ingérence des messieurs de la ville.

En milieu ouvrier se retrouve une certaine ambivalence : à la fin du siècle, la propreté devient un besoin ; la volonté de se changer après le travail traduit une exigence de dignité ; elle constitue même l'enjeu de plusieurs grèves dans la région parisienne, à la veille de la Première Guerre mondiale. Cependant, l'application de la loi sur l'hygiène, votée en 1902, se révèle difficile. L'inspection semble un insupportable contrôle. En Nivernais, patrons et ouvriers tombent d'accord pour négliger les nouvelles prescriptions.

À dire vrai, ce que les élites entendent alors par hygiène, quand il s'agit du peuple, vise avant tout l'apparence. Être propre signifiera d'abord dégraisser (à Lyon, le teinturier est dénommé « dégraisseur »), détacher ses vêtements, éviter la grossièreté des manières, ordonner sa chevelure, se laver parfois les mains, au besoin se « débarbouiller » et, tardivement, s'asperger d'eau de Cologne. Pour la Ragotte de Jules Renard, l'hygiène consiste à être habile à ingurgiter proprement sa soupe ; cependant que chez la voisine, Fifille Mignebœuf, on ordonne à l'enfant d'essuyer le sang des règles répandu sur les dalles de la salle commune. L'école républicaine elle-même, dont on a tant exalté l'action hygiénique et le rituel des visites de propreté, n'a guère d'ambition ; il suffit pour s'en convaincre de relire attentivement *le Tour de la France par deux*

Le secret de l'individu

enfants. La bataille décisive se joue autour de l'usage du peigne et de l'apprentissage des disciplines de la défécation. Le garçon doit cesser de se coiffer avec les doigts et la petite fille apprendre à tenir propre sa culotte.

Vers le début du XXe siècle, toutefois, un tournant se dessine : les progrès, limités, de l'équipement et du mobilier sanitaires, l'influence de la douche des sociétés sportives, les efforts de la nouvelle administration de l'hygiène publique, la fréquentation accrue des hôtels de tourisme et des bordels de luxe aident à la diffusion de la cuvette et du pot à eau ; mais il faudra attendre l'entre-deux-guerres et la diffusion de la tôle émaillée, puis les années 1950 et la banalisation de la douche et de la salle de bains pour voir s'opérer en profondeur la révolution hygiénique.

La menace du désir

C'est au sein de l'espace privé que l'individu se prépare à affronter le regard d'autrui ; là se façonne la présentation de soi, en fonction des images sociales du corps. En ce domaine aussi, une révolution s'est accomplie. Au XIXe siècle s'élaborent puis s'imposent une stratégie de l'apparence, un système de convenances et des rites précis qui ne visent que la sphère privée. Depuis s'est opéré le lent dépérissement de cette spécificité, naguère fondée sur la distinction hypertrophiée entre le dedans et le dehors. Ainsi, au fil des décennies, la chemise de nuit cesse peu à peu d'être tolérée hors de la chambre. Elle s'est faite le symbole d'une intimité érotique à laquelle la moindre allusion, même implicite, serait désormais malséante ; d'autant plus que la chemise conjugale tend à se distinguer de la simplicité juvénile. Toute une gamme de déshabillés composent une toilette du matin dans laquelle la femme convenable ne saurait être vue d'un étranger, à moins qu'il ne soit son amant ; exigence de modestie avivée par le raffinement progressif de ces toilettes et par la visibilité accrue des dessous. Le *Mais n'te promène donc pas toute nue* de Feydeau ne doit pas être pris au pied de la lettre. De la même manière, la femme circule chez elle « en cheveux » ; dans l'espace public, une telle coiffure désignerait la ménagère... ou la prostituée. Ces normes entrent dans le système global d'entrave qui contribue tout à la fois à limiter l'accès de la femme à la scène publique et à solenniser son apparition. La distinction entre le dedans et le dehors n'épargne pas la population masculine ; la tenue adoptée par le Parisien chez lui ne lui permettrait pas d'affronter la rue.

Un autre fait historique renouvelle alors les conduites privées : l'essor inouï de la lingerie intime. L'extrême sophistication du vêtement invisible valorise la nudité, dont elle accroît la profondeur. Jamais, note Philippe Perrot, le corps féminin ne fut aussi caché qu'entre 1830 et 1914. Après la chemise, le pantalon se propage irrésistiblement. D'abord porté par la petite fille, il a cause gagnée chez les femmes adultes quand triomphe la crinoline, c'est-à-dire au début du Second Empire. En 1880, son port est devenu impératif, tout au moins dans la bourgeoisie. Cependant, le corset résiste aux violentes offensives menées contre lui par le corps médical. Le laçage « à la paresseuse » en autonomise l'usage ; il permet à la femme de s'en arranger seule, ce qui accroît sa marge de manœuvre amoureuse.

À la fin du siècle, la richesse, jusqu'alors inconnue, de la dentelle et des broderies accompagne l'hypertrophie de la lingerie intime. Jamais ne seront aussi évidents les effets pervers de la pudeur ; tandis que se multiplient les stations du déshabillage, les doigts masculins impatients doivent surmonter les obstacles d'une gamme sans cesse accrue de nœuds, d'agrafes et de boutons. Cette accumulation érotique, qui contribue au renouvellement de la mythologie paillarde et dont la représentation graphique demeure taboue, excepté dans la caricature, se diffuse avec une extrême rapidité – plus vite que l'hygiène – dans toutes les classes de la société. Bientôt, le jeune séducteur paysan lui-même devra savoir se jouer d'obstacles inattendus.

Il conviendrait de réfléchir à ce que signifie l'acceptation de cette complication raffinée, en accord avec l'hypertrophie ahurissante de l'imaginaire érotique que traduisent, au sein de la bourgeoisie, la hantise du recouvrement, l'obsession de la housse, de l'étui et du capiton. Le désir de conservation, le souci de protéger la trace, la peur de la castration, le rappel permanent de la menace du désir opèrent ici une névrotique rencontre.

Comment s'étonner dès lors de l'essor de ce fétichisme, décrit et codifié par Binet et Krafft-Ebing à la fin du siècle, mais dont les symptômes avaient été déjà minutieusement analysés par Zola, Huysmans et Maupassant? La mystique de la taille et de la cambrure, la fixation du désir sur les rondeurs soyeuses de la poitrine, la valeur érotique du pied et du cuir des bottines, le désir de couper la chevelure féminine pour la respirer à sa guise sont devenus des faits historiques, tout comme le fétichisme du tablier, symbole d'intimité qui semble autoriser toutes les privautés. La lingerie intime, sur laquelle viennent s'inscrire les traces de la sexualité, de la maladie, voire du crime, tient un compromettant discours; sur lui s'appuie la rumeur élaborée par les servantes et vite amplifiée, au lavoir, par les blanchisseuses. La laveuse du château possède bien des informations; au village, elle jouit du prestige de la femme qui sait les secrets du beau linge.

Les stratégies de l'apparence

Dans l'espace privé se déroule aussi la toilette qui prépare l'apparition sur la scène publique. Le rituel de ce labeur inutile, longtemps cantonné dans l'élite, se diffuse brutalement entre 1880 et 1910. Quelques traits majeurs le caractérisent; et d'abord un très net dimorphisme sexuel qui a pour effet d'accentuer la spécification des rôles. À la femme le monopole du parfum, du fard, de la couleur, de la matière soyeuse, de la dentelle et surtout d'une *body sculpture* torturante qui la place initialement au-dessus de tout soupçon de travail. Elle a pour fonction d'être l'enseigne de l'homme condamné à l'activité, c'est-à-dire au vêtement noir ou gris, en forme de tuyau, qui fait Baudelaire s'écrier que ce sexe est en deuil. Le sous-vêtement masculin lui-même manque de raffinement. L'homme du XIXe siècle n'est pas fier de son corps, si ce n'est de son poil. Tandis que les vagues ondoyantes de la chevelure féminine hantent le modern style et que fait fureur l'« ondulation Marcel », propagée par les coiffeurs pour dames qui commencent de s'installer, les professionnels ne proposent pas moins de quinze à vingt modèles de moustaches, de barbes et de favoris.

L'enjeu de toutes ces modes n'a rien de dérisoire ; leur histoire inaugure celle de la diffusion d'un nouveau style de vie privée. À ce propos s'impose à nouveau l'importance de la mutation qui s'effectue entre 1860 et 1880. Jusqu'alors, la campagne se révèle méfiante à l'égard de ce qui vient de la ville ; dans les rues citadines elles-mêmes, les tenues paysannes continuent de s'exhiber fièrement, les jours de foire et de marché. Il faut dire qu'entre 1840 et 1860, favorisé par la prospérité rurale, le costume vernaculaire a connu un foisonnant âge d'or. Ensuite s'inaugure le mimétisme qui va conduire à la dépossession symbolique, à l'élimination progressive des costumes régionaux, pieusement recueillis par les folkloristes. Tandis que disparaissent peu à peu coiffes et bourgerons, les gravures de modes se diffusent jusque dans les campagnes les moins accessibles. L'achat par correspondance, la multiplication des succursales du Printemps, l'installation de modistes et surtout la prolifération inouïe des couturières fin de siècle hâtent l'évolution. L'existence des jeunes filles pubères, astreintes à un nouvel apprentissage, s'en trouve transformée. Yvonne Verdier l'a bien montré à propos de Minot, sans trop souligner, il est vrai, qu'il s'agit d'un phénomène historique, étroitement limité dans le temps.

Le milieu des ouvriers citadins n'est pas épargné. Longtemps s'était imposée la spécification de la profession par la physionomie du costume ; jusqu'au milieu du Second Empire, il était facile de distinguer dans la rue la blouse de l'ouvrier, l'habit noir du magistrat, le col de l'employé. Or, voici que germe, après 1860, la tentation de s'endimancher. L'ouvrier prétend se mettre en bourgeois pour faire la fête et se mêler à la foule citadine. Le repos dominical revêt dès lors une portée nouvelle. S'endimancher, c'est se montrer accessible à la morale de la propreté. Pour la jeune ouvrière, c'est assumer les nouveaux raffinements de la séduction féminine, accepter le jeu de la bottine, du mouchoir parfumé et du sein moulé, adopter une nouvelle posture ; c'est aussi s'imposer l'obsédant apprentissage d'un savoir d'achat ; c'est enfin reconnaître le nouveau temps de l'usure. Nombre de contes de Maupassant, nombre de chansons 1900 enregistrent cette mutation que symbolise encore l'apparition du « trottin », lointain successeur de la grisette.

Le secret de l'individu

La pudeur et la honte

Au XIXe siècle, la pudeur et la « honte » prétendent régir les comportements. Derrière ces termes se cache un double sentiment : d'une part, la crainte de voir l'Autre – le corps – s'exprimer, la hantise de laisser l'animal passer le bout de l'oreille ; d'autre part, la crainte que le secret intime ne soit violé par l'indiscret, au désir attisé par toutes les précautions destinées à masquer ce trésor. Du premier sentiment relève la contention, c'est-à-dire le souci d'éviter toute manifestation organique susceptible de rappeler que le corps existe. Richard Sennett évoque à ce propos la « maladie verte », constipation provoquée chez les femmes par la crainte de péter en public. Les médecins dressent le tableau clinique de l'« éreuthophobie », pudeur au second degré, crainte morbide de ne pouvoir empêcher la rougeur de monter au front. Au second sentiment ressortit, par exemple, le refus du spéculum, dont l'usage reste longtemps assimilé à un « viol médical » ; à la fin du siècle, les abolitionnistes continuent d'utiliser l'argument dans leur lutte contre la prostitution réglementée. Du même type d'anxiété résulte encore, pour la femme, le mal blanc, ou refus de sortir de peur d'être épiée par des inconnus.

Ce double souci avive l'exigence de la « modestie » du maintien ; il inspire notamment la pédagogie des congrégations féminines. Celle-ci vise en premier lieu à réduire la vivacité des enfants. La brisure du rythme des élans se double ici de la volonté de tarir les sources d'émotion et de restreindre les apports de la sensualité. Puisque les sens sont autant de portes pour le démon, il faut enseigner la prudence, apprendre au jeune à occuper ses mains en permanence, à craindre son propre regard, à savoir parler à voix basse et, mieux, à se pénétrer des vertus du silence. Odile Arnold discerne à ce propos, dans les couvents, vers le milieu du siècle, un net durcissement pédagogique, qui fait suite à une assez grande liberté, voire à une réelle spontanéité des attitudes. La tentative de décorporéisation s'exaspère avec l'exaltation du modèle de l'ange ; pour maintes jeunes filles s'opère alors une véritable identification. Ce mirage, dont Jean Delumeau attribue en partie la genèse à l'influence ancienne du néoplatonisme, accentue rapidement son emprise; très perceptible dans les postures de la prière, il accompagne l'exaltation croissante de la virginité et l'ascension du lyrisme de la chasteté. Révélatrice, à ce propos, la diffusion rapide du culte de Philomène, à partir de 1834. Le modèle de cette sainte qui n'a jamais existé, mais à laquelle on consacre toutefois d'abondantes biographies, permet la diffusion de prières, d'emblèmes et même de cordons destinés aux jeunes filles désireuses de se garder intactes. Ne l'oublions pas: dans ce siècle où s'affirme le primat de la parole masculine, c'est par la rhétorique du corps, l'élévation du regard et la ferveur du geste qu'opère la prédication féminine.

Reste à poser le problème de la diffusion des conduites. Suzanne Voilquin, fille du peuple, relate le véritable noviciat que lui font subir, entre 1805 et 1809, les maîtresses de l'école du cloître Saint-Merry, puis les tristes demoiselles normandes chez lesquelles elle effectue son apprentissage, dès l'âge de neuf ans. Toutefois, l'anthropologie angélique réactivée à l'époque romantique ne se répand largement que lorsque se déploie la contre-offensive catholique, c'est-à-dire après 1850. Les techniques de contention affinées dans les couvents pénètrent alors dans les milieux populaires. Tout récemment, Marie-José Garniche-Merritt, qui a minutieusement recueilli le témoignage de la mémoire populaire, trace un tableau saisissant de la surveillance tatillonne encore exercée par les religieuses sur les jeunes filles de la petite commune de Bué-en-Sancerrois, entre 1900 et 1914. Un réseau de congrégations juvéniles se constitue, dans les paroisses rurales notamment. D'innombrables associations d'Enfants et de Servantes de Marie ou bien encore de ces rosières dont Martine Segalen relève qu'elles étaient probablement un millier, confortent la leçon de morale et de maintien dispensée par l'école républicaine, elle-même héritière de la civilité lasallienne enseignée naguère par les maîtres de la monarchie censitaire. En Touraine, le maire et le curé coopèrent pour désigner et fêter la rosière du village. Celle-ci, le matin même de la célébration de son succès, se doit de faire, devant le médecin, la preuve de son pucelage. À Nanterre, la déchristianisation n'empêchera pas le maintien de ce modèle des vertus domestiques et privées.

Le secret de l'individu

Au cœur du logis populaire, une contention corporelle nouvelle accompagne l'intrusion du souci de la distinction. Céline, dans un roman en partie autobiographique, relate la torture que font subir au jeune héros de *Mort à crédit* ses parents, petit employé et boutiquière d'un des passages du centre de Paris. Il serait trop long d'énumérer toutes ces disciplines qui conduisent à transformer en gestes intimes des pratiques naguère ostensibles. Se dévêtir en commun avant de se glisser dans le lit fraternel, accomplir devant l'autre les gestes de la toilette, faire l'amour dans la chambre familiale constituent autant de conduites devenues « honteuses ».

Arrêtons-nous un instant sur le cas de la « grande fille » pubère, qui focalise alors l'attention des moralistes. De gros manuels de physiologie et d'hygiène lui sont spécialement consacrés. Ils dessinent l'image, bien entendu fantasmatique, d'une enfant effrayée ou surprise par la radicale métamorphose qui s'opère en elle et que sanctionne l'apparition des règles. Fille étrange, aux goûts incompréhensibles, d'autant plus dangereuse qu'elle n'a pas encore appris la condition féminine et qu'elle demeure trop proche des forces naturelles qui viennent de se manifester en elle. La langueur, les soupirs, les larmes involontaires traduisent cette étrangeté et imposent la sollicitude de l'entourage. On truffe l'existence de la fille d'interdits demeurés, il est vrai, bien souvent théoriques. Les médecins conseillent d'éviter de stimuler sa curiosité pour les choses du sexe. C'est ainsi que, hâtée par l'urbanisation qui prive les jeunes du spectacle de la copulation animale, et favorisée par le cantonnement de la sexualité conjugale dans la chambre parentale, s'opère la multiplication des « oies blanches ». C'est alors que s'accrédite la naissance des bébés dans les choux. Reste à mesurer exactement la part du faux-semblant, à discerner la distorsion qui s'instaure entre l'attitude et le discours intérieur ; projet, hélas ! irréalisable. Claudine et ses grandes camarades de l'école qui se livrent à des concours de seins nous proposent en effet une tout autre image de la jeune fille.

Le plaisir solitaire

L'effroi suscité par les pratiques sexuelles solitaires constitue un précieux indice de l'ampleur de l'hypocrisie. Les historiens, de Jean-Louis Flandrin à Jean-Paul Aron, ont souligné l'hypertrophie du discours médical concernant ce fléau, depuis longtemps dénoncé par le clergé. La publication, en 1760, du célèbre *Onania* du Dr Tissot, sans cesse réédité jusqu'en 1905, constitue à ce propos une date décisive. Les spécialistes ont débattu de la croissance des pratiques, mais, à l'évidence, l'histoire sérielle se révèle ici impuissante à conférer des certitudes. L'élévation de l'âge au mariage, la constitution de véritables ghettos de célibataires au cœur des villes, le dépérissement des formes traditionnelles de sexualité d'attente en milieu rural, la prolifération de l'internat masculin, les progrès de la chambre et du lit individuels, l'accentuation de la terreur inspirée par le risque vénérien suggèrent une extension des pratiques solitaires, à moins de supposer une ascension parallèle du processus de sublimation. J'ajouterai que tout ce qui tend à exalter l'individu, à nourrir son dialogue intérieur n'a pu que jouer en faveur de cette forme de plaisir. N'oublions pas, en outre, la fascination de la transgression, les délices de la défaite et de la faute, ainsi que, chez la femme mariée insatisfaite, le désir de compensation ou de revanche combiné au risque d'« embêtements » que comporterait le choix d'un amant. Tout donne enfin à penser que, sans l'essor des pratiques, la campagne des moralistes n'aurait pas revêtu une telle intensité.

Mais revenons au terrifiant discours des savants, dont il convient, en revanche, de ne pas minimiser l'effet dissuasif. L'interminable diatribe, qui s'intègre à la visée de sexualisation de l'enfance détectée par Michel Foucault, se fonde en premier lieu sur le fantasme de la perte, sur la nécessité de gérer toute dépense et donc d'échafauder une saine économie spermatique. Dans cette perspective, le plaisir solitaire masculin conduit, répète-t-on, à un rapide dépérissement. La consomption, la sénilité précoce, puis la mort jalonnent l'itinéraire parcouru par ces individus amaigris, blêmes et presque amnésiques qui hantent les cabinets médicaux. La dramatisa-

Le secret de l'individu

tion du tableau clinique traduit la crainte que la dépense d'énergie ne nuise au dynamisme nécessaire à l'effort et ne remette en cause la puissance de travail; elle cache surtout le refus de l'apprentissage du plaisir, la négation des fonctions hédoniques.

La jouissance de la femme sans la présence masculine semble particulièrement intolérable. La « manuélisation » constitue l'essence même du vice. Pour l'homme, elle figure le secret absolu, infiniment plus mystérieux que les émois du coït. Pas question de privilégier ici les risques d'épuisement, puisque la capacité vénérienne de la femme apparaît infinie; mais d'autres sanctions, tout aussi terribles, se dessinent à l'horizon de la faute. Il n'est pas de tableau clinique, pas de biographie de nymphomane, d'hystérique ou de prostituée qui ne s'ouvre sur l'image de la petite vicieuse. On retrouve ici l'hostilité bien connue dont les médecins du XIXe siècle font preuve à l'égard du clitoris, simple instrument de plaisir, inutile à la procréation.

La surveillance de l'onaniste

La lutte contre le fléau relève des parents, du prêtre et surtout du médecin. Les livres savants incitent à la surveillance domestique. Aux yeux des éducateurs cléricaux, le sommeil doit se faire équivalent de la mort, le lit, l'image du tombeau et le réveil, celle de la résurrection. À l'intérieur du dortoir du pensionnat, une sœur est là pour veiller à la « modestie » du lever et du coucher. Durant le jour, il convient de ne pas laisser trop longtemps l'enfant dans la solitude. Le règlement des maisons dirigées par les ursulines prescrit aux filles de rester toujours en vue de plusieurs camarades. Les médecins, quant à eux, conseillent d'éviter la chaleur et la moiteur du lit; ils proscrivent l'édredon et le trop grand nombre de couvertures, et dictent la posture du sommeil. La pratique féminine du cheval suscite leur méfiance, tout comme la machine à coudre, dénoncée par l'Académie de médecine en 1866.

La structure des équipements et, au besoin, l'orthopédie concourent à la prévention. En 1878, les spécialistes conseillent l'adoption de latrines dont la porte comporte, en haut et en bas, une échancrure qui autorise le contrôle des postures. Certains médecins prônent, pour les garçons, le port de longues chemises à coulisse. Contre l'onanisme rebelle, les spécialistes proposent, juqu'en 1914, des bandages sur mesure ; certains fabriquent même des « ceintures contensives » à l'intention des filles. Dans les asiles, des menottes, des bricoles, des appareils appliqués entre les cuisses pour les empêcher de se joindre sont imposés aux aliénées nymphomanes. Quand le mal persiste, la chirurgie peut intervenir. La cautérisation de l'urètre semble assez largement pratiquée. Théodore Zeldin cite le martyre d'un employé de magasin, âgé de dix-huit ans, sept fois victime d'une telle thérapeutique destinée, en principe, à traiter les pertes séminales involontaires. Mais, plus révélatrices encore, les affres d'Amiel, minutieusement relatées par la victime elle-même. Le malheureux « succombe » régulièrement aux « pertes séminales ». « Chaque pollution est un coup de poignard pour vos yeux », a déclaré un spécialiste au jeune homme de dix-neuf ans. Celui-ci, effrayé, note dès lors avec soin chacune de ses pollutions nocturnes ; il consigne ses repentirs, inscrit ses résolutions ; le soir, il prend des bains d'eau froide, mange de la glace pilée, se lave le bas-ventre au vinaigre. Rien n'y fait ; le 12 juin 1841, il décide de ne plus dormir que quatre ou cinq heures par nuit, assis dans un fauteuil.

La cautérisation du clitoris et celle de l'orifice vulvaire demeurent en revanche des procédures assez rares, et plus encore la clitoridectomie, pratiquée par le Dr Robert dès 1837, puis, à la fin du siècle, par le Dr Demetrius Zambaco. Il convient en effet de faire preuve de prudence et, sans nier la portée significative de ces terrifiantes pratiques, de ne pas en surestimer la fréquence.

On aura compris combien le corps se fait alors obsédant au cœur de la vie privée. L'écoute des signes obscurs de la cénesthésie, le guet vigilant de la tentation, la permanente menace à laquelle se croit soumise la pudeur, la fascination exercée par la transgression toujours possible concourent à le valoriser. On en vient à fuir le spectacle du coït animal. La simple allusion fonde une grivoiserie masculine dont on s'explique mal aujourd'hui qu'elle ait pu faire sourire. Des sociétés chantantes, des cercles se forment uniquement pour entendre rire et parler du sexe. Le nu profondément caché fait fantasmer les hommes. Les invités de la comtesse Sabine, l'une des héroïnes de *Nana,* supputent longuement la forme de ses cuisses. Par comparaison, notre trop fameuse soumission aux pulsions et aux élans du corps apparaît fort inattentive, et même quelque peu désinvolte.

Déchiffrement et contrôle de soi

La banalisation de l'examen

Tandis que se réalise l'épanouissement littéraire de la personne intime, le désir de déchiffrement du moi s'approfondit, la pratique de l'introspection se banalise. Processus favorisés par l'affinement et la diffusion sociale d'exercices spirituels issus de l'effort disciplinaire post-tridentin. La procédure de l'examen de conscience s'étend paradoxalement au moment où se réduit l'effectif des pratiquants. Une compréhension nouvelle des impératifs de la théologie morale autorise l'accès de la masse des catholiques à une discipline mentale longtemps demeurée élitiste. Durant la Restauration se multiplient retraites et missions; les unes comme les autres débouchent sur une confession générale; elles sont l'occasion d'une longue exploration de soi. Claude Langlois a ainsi montré l'enracinement populaire de la pratique de la retraite dans le diocèse de Vannes. Le 24 mars 1821, rapporte Gérard Cholvy, six mille hommes participent, un cierge à la main, à la cérémonie d'amende honorable qui constitue le temps fort de la grande mission de Montpellier. Près d'un demi-siècle plus tard, en 1866, à l'occasion de la venue de prédicateurs à Chasseradès, humble commune de l'inaccessible Gévaudan, s'opère le retour sur soi et se délie la langue des frustes paysans des *oustaux.* Le maintien, durant quelques décennies, de la double confession et de l'absolution différée, la pratique de la confession générale par étapes, entrecoupée de longues périodes d'examen, telle qu'elle était prônée par le curé d'Ars, devenu missionnaire immobile sous la monarchie de

Juillet, incitent à une minutieuse fouille de la mémoire en quête de la faute.

La prolifération des « règlements de vie », la précision accrue des « résolutions » accompagnent l'approfondissement de l'examen. Prédicateurs et enseignants congréganistes invitent les âmes pieuses à cette maîtrise nouvelle. Ainsi se règlent les conduites au cœur de la vie privée. Sur le conseil des éducatrices, les parents imposent un strict règlement aux jeunes filles de retour du pensionnat, afin d'écarter d'elles les tentations d'une vie qui semble vouée au désœuvrement. L'émouvant *Cahier de résolutions* de la jeune Léopoldine Hugo témoigne de cette emprise. Certaines bonnes âmes poussent même de toutes jeunes filles à tenir un journal, simple corollaire du sacrement de pénitence. À Marseille, Isabelle Fraissinet, âgée de douze ans, se voit contrainte de remplir chaque jour son pensum. Le papier peut aussi enregistrer le progrès de la vie spirituelle des adultes, soulager le scrupule né des menues fautes quotidiennes. Après 1850, l'essor du journal féminin de conversion, dont celui de Mme Swetchine, édité par Falloux, dessine le modèle, traduit la même volonté d'adapter le besoin croissant d'écriture de soi à des fins édifiantes.

L'essentiel n'en reste pas moins la laïcisation de ces procédures de déchiffrement de la personne, élaborées dans l'ombre du confessionnal. La mise en comptabilité de l'existence, l'arithmétique des heures et des jours, qui accablent l'homme du XIXe siècle, ne ressortissent pas qu'à la hantise de la faute; elles relèvent aussi de ce même fantasme de la perte qui conduit à la tenue domestique de livres de comptes d'une extrême minutie, qui engendre l'angoisse de la déperdition spermatique ou tout simplement du rétrécissement quotidien de la durée de la vie. Cette volonté d'endiguer la perte débouche sur le journal intime.

La quête du diariste

L'extraordinaire *Essai sur l'emploi du temps ou Méthode qui a pour objet de bien régler l'emploi du temps, premier moyen d'être heureux*, rédigé en 1810 par Jullien, militaire

Le secret de l'individu

en retraite, manifeste clairement la filiation. L'auteur, qui se réclame de Locke et de Franklin, et dont le travail sera couronné par Fourcroy, recommande de découper la journée en trois tranches de huit heures. Il invite à consacrer la première au sommeil, la deuxième aux études et aux « devoirs de son emploi », la troisième aux repas, au délassement et aux exercices du corps. Surtout, il conseille la tenue de trois journaux ou « comptes ouverts » où seront enregistrées les fluctuations de la santé, les vicissitudes du moral et les pulsations de l'activité intellectuelle. Un « mémorial analytique » et un triple tableau de situation, rédigés tous les trois mois ou tous les six mois, permettront de dresser des bilans successifs qu'il conviendra de soumettre à l'ami volontaire pour se faire juge de l'évolution. Ici, le désir d'éclaircissement intérieur, combiné à la hantise de la déperdition, suscite une pratique que ne sous-tend aucun dialogue avec le Créateur. C'est en fonction du regard de soi sur soi, et du regard porté par les autres et le monde que se structure un examen permanent, obsédant. Le long monologue intérieur permet aussi de contrôler les apparences de soi et, du même coup, de se mieux rendre indéchiffrable à l'Autre; le nécessaire secret de la personne contribue à imposer l'introspection.

Cette tâche d'éclaircissement, les grands diaristes de la première moitié du siècle se sont efforcés de la mener à bien, sans l'ombre d'une ambition littéraire. Leurs œuvres, qui bien souvent enregistrent tout à la fois le labeur, l'argent, le loisir et l'activité amoureuse, jouent le rôle de compteurs du dépérissement. Le journal intime tente d'exorciser cette angoisse de la mort qu'il avive dans le même mouvement d'écriture. Détecter le gaspillage de soi, c'est se donner les moyens d'une stratégie d'épargne. « En conservant l'histoire de ce que j'éprouve, écrit Delacroix le 7 avril 1824, je vis double; le passé reviendra à moi. L'avenir est toujours là. » Ainsi se constitue une mémoire qui autorise à la fois l'anamnèse et la commémoration.

La tenue du journal est aussi discipline d'intériorité ; sur le papier se dépose l'aveu discret. L'écriture permet l'analyse de la culpabilité intime, enregistre les échecs de la sexualité comme l'étouffant sentiment de l'incapacité d'agir ; elle ressasse les résolutions secrètes.

De multiples facteurs contribuent encore à expliquer l'ascension de cette fascinante pratique. Chez un Maine de Biran, elle répond à l'ambition de fonder la science de l'homme sur l'observation et de saisir, pour ce faire, les rapports qui se nouent entre le physique et le moral. La quête de soi se trouve en outre stimulée par tous les faits historiques qui conduisent à l'approfondissement du sentiment de l'identité. Surtout, l'accélération de la mobilité sociale engendre un sentiment d'insécurité. Elle incite le diariste à s'interroger sur sa position, à supputer le jugement d'autrui. La présence muette de la société hante la vie privée et solitaire de l'auteur du journal. Le nouveau mode de relations interpersonnelles dicté par l'urbanisation multiplie les blessures narcissiques, engendre une frustration qui invite au repli sur le refuge intérieur. Maine de Biran prédit, en 1816, cette recherche d'une revanche psychologique; il pressent le temps où « les hommes fatigués de sentir se trouveront plus disposés à rentrer en eux-mêmes, et à y chercher le repos et cette espèce de calme et ces consolations qu'on ne trouve que dans l'intimité de la conscience ».

L'ascension du sentiment de propriété n'est pas étranger à la quête nouvelle; Maine de Biran, encore une fois, en a le sentiment; il se félicite de ce que l'abbé Morellet, son ami, ait, dans le mémoire qu'il consacre au sujet, fondé le droit de propriété sur celle « que chaque homme a de lui-même, de toutes ses facultés, [de] son moi ».

La pratique de l'écriture de soi

Reste à définir l'effectif concerné par l'écriture de soi. Si l'on s'en tient aux grands diaristes, reconnus par l'histoire littéraire, l'entreprise est aisée. Nombreuses sont les femmes auxquelles le code des convenances interdit de publier et qui assouvissent, grâce à leur journal, leur besoin, quand ce n'est pas leur rage d'écriture. Eugénie de Guérin avoue elle-même calmer un irrépressible désir, et tout porte à croire qu'il en va de même pour Mme de Lamartine, la mère du poète.

Souvent mal inséré dans la société au sein de laquelle il est appelé à vivre, le diariste souffre de ne pouvoir communiquer

Le secret de l'individu 425

avec autrui. En outre, la décision lui est difficile. En mai 1848, à l'âge de vingt-sept ans, Amiel pose, dans son journal, en forme d'interminable équation, les données d'un éventuel mariage. « Je me crée des fantômes et des embarras de rien », avoue Maine de Biran, écrasé par ce qu'il appelle la « préoccupation » – nous dirions l'anxiété –, qu'il attribue à la « méfiance de soi-même ».

Somme toute, le grand diariste n'est pas loin d'apparaître alors comme un malade ; à coup sûr comme un timide, voire comme un impuissant, accablé de tendances homosexuelles qu'il ne saurait assouvir. La micro-famille bourgeoise provinciale constitue le lieu d'éclosion privilégié du journal intime. Cette structure favorise l'attachement à la mère et à l'enfance ; Béatrice Didier affirme que le diariste souffre de régression et que son écriture traduit la quête du refuge matriciel. On ne saurait nier que ce pensum quotidien prolonge les impératifs de la pédagogie juvénile : il tient à la fois du livret scolaire et du devoir fait à la maison.

Le journal en effet est d'abord, et peut-être surtout, une pratique. Il impose un harassant labeur ; que l'on songe aux dix-sept mille pages rédigées par Amiel ! Pour ceux qui se complaisent au monologue intérieur, il peut aussi se faire plaisir raffiné. « Quand je suis seul, déclare Maine de Biran, j'ai assez à faire à suivre le mouvement de mes idées ou impressions, à me tâter, à surveiller mes dispositions et les variations de mes manières d'être, à tirer le meilleur parti de moi-même, à enregistrer les idées qui me viennent par hasard, ou celles que me suggèrent mes lectures. » En ce sens, le journal intime couronne les joies de la *privacy* : « J'aspire à devenir moi, en rentrant dans la vie privée et de famille, avoue le même diariste, jusque-là je serai au-dessous de moi-même, je ne serai rien. » Cependant, on l'aura deviné, le journal est l'ennemi de la conjugalité ! Aux femmes surtout s'impose d'écrire en cachette. Eugénie de Guérin dissimule, même à son père adoré, le cahier qu'elle remplit la nuit, dans sa « chambrette », tout en contemplant les étoiles. La tenue d'un journal revêt bien l'aspect masturbatoire relevé par Béatrice Didier.

Les historiens n'ont pas encore bien mesuré la diffusion sociale d'une pratique dont l'analyse demeure le monopole des spécialistes de la littérature. En outre, la grande fragilité de ces documents conduit, certainement, à en sous-estimer la quantité. Plusieurs indices donnent en effet à penser que le journal intime s'inscrit en contrepoint de bien des vies privées. La petite bourgeoisie ne l'ignore pas, comme en témoigne le texte de P. H. Azaïs, modeste autodidacte parisien ; le journal se présente ici comme le lointain héritier du livre de raison et comme le compagnon du livre de comptes. On devine que les jeunes filles qui ont trouvé en lui un moyen d'épanchement sont légion. Caroline Brame, dont on a retrouvé les papiers aux Puces, Marie Bashkirtseff ne constituent certainement pas des exemples isolés ; et moins encore Isabelle Fraissinet.

À ce propos, il convient de souligner la vogue immense de l'album. Sous la monarchie de Juillet, écrit Pierre Georgel, toute jeune fille de bonne famille a le sien, qu'elle présente aux amis de la maison. C'est Lamartine qui ouvre celui de Léopoldine Hugo. Jusqu'à l'âge de treize ans, Didine y inscrit ses jeux, ses rêves d'enfant, ses lectures ; par la suite, on y surprend les soupirs et les aveux des premiers admirateurs auxquels la jeune fille devient peu à peu attentive. Dès lors, elle se préoccupe de ses toilettes, note les bals, les spectacles auxquels elle se rend et prend soin d'inscrire ses impressions de voyage. L'album est un fourre-tout ; on y colle les bulletins de notes ; on y glisse des gravures pittoresques ; le mariage venu, il s'en ira rejoindre les cahiers dans le nouveau musée des archives familiales.

Des équivalents symboliques de l'album, sinon du journal, fonctionnent dans le peuple. Le trousseau brodé par la grande fille ne peut-il être considéré comme une écriture attentive de soi et de ses rêves d'avenir ? En tout cas, sa fonction déborde de beaucoup le simple désir de disposer d'une réserve de linge au lendemain du mariage. Agnès Fine montre avec quel souci la Pyrénéenne pubère file, brode, marque au fil rouge ce trésor qui, par la suite, ne lui servira guère. La fille désignée pour être l'héritière se plie elle aussi à ce rite, dont la nécessité pratique ne s'impose pas à elle. Ainsi s'explique l'extrême attachement de la femme à cette accumulation symbolique. En *Icarie,* on accusera Cabet de vouloir confisquer les trousseaux. En valorisant à l'extrême dans sa narration le coffre à linge dont Gilliat hérite de sa mère, l'auteur des *Travailleurs de la mer* entend bien désigner un élément majeur de la sensibilité populaire.

La sagesse des ambitions

La quête rétrospective du moi à laquelle se livre le diariste stimule les regrets, avive la nostalgie, mais, par un même mouvement, elle valorise l'aspiration et suscite l'imaginaire de la construction de soi. Elle invite à l'histoire de l'ambition, hélas ! toujours dans les limbes. Une évidence toutefois : une grande modération ordonne les représentations de l'avenir ; cette prudence vient contredire l'image par trop hâtive d'un siècle durant lequel se seraient déchaînés les appétits. Il convient en effet de ne pas oublier l'attrait de la reproduction et la force des mécanismes qui la confortent. L'ampleur du patronage, le système de la « recommandation », en bref le poids des relations et l'intrication des stratégies familiales freinent longtemps l'ascension d'une méritocratie qui, même après le triomphe de la république, demeurera mitigée. Ainsi que le souligne Théodore Zeldin, la crainte du surmenage, de l'excès, ancrée par le corps médical, contribue à la modération des ambitions. Il faudrait ajouter à cela l'influence de cette culture classique des humanistes dont un mépris condescendant conduit à minimiser l'influence. Combien d'hommes mûrs, lecteurs d'Horace, n'ont-ils pas recherché avant tout l'*otium*, et pratiqué le *carpe diem*, à l'image des préfets poètes décrits par Vincent Wright ou du président de Neuville, le magistrat mis en scène par Duranty dans *Le Malheur d'Henriette Gérard*. La quête de l'estime publique, dont témoigne l'obsession de la décoration, l'emporte alors souvent sur celle de la richesse ; et la difficile position du parvenu montre bien que la mobilité sociale n'est point simple affaire de fortune.

On comprend mieux dès lors certains résultats de l'histoire quantitative ; et tout d'abord l'attrait permanent exercé par les professions libérales et la fonction publique. Une enquête commandée par Duruy en 1864 auprès des élèves des séries classiques des lycées de province montre que le droit, la médecine et Saint-Cyr focalisent, en ce milieu, les ambitions juvéniles. De toute manière, la bourgeoisie préfère le service de l'État au monde des affaires. Christophe Charle a bien mesuré tout à la fois la solidité des mécanismes de reproduction et la permanence de l'attraction exercée par la haute fonction publique. Polytechnique et les autres grandes écoles fascinent, bien que la pratique du pantouflage ne se soit pas encore développée et que, de ce fait, ce type de carrière soit bien loin d'assurer l'acquisition d'une grande fortune.

En milieu ouvrier, la fierté du savoir-faire, le prestige du coup de main limitent le désir d'évasion sociale ; ils contribuent à expliquer tout à la fois l'ampleur de l'endogamie technique et la faiblesse de la promotion. La multiplicité des transferts professionnels qui s'opèrent d'une génération à l'autre ne doit pas masquer ici la stabilité dominante des statuts sociaux.

Jacques Rancière a toutefois mis en évidence la portée profonde de l'expérience vécue, entre 1830 et 1850, par un effectif minoritaire de travailleurs sur lesquels s'est abattu un mal-être nouveau. Sensibles à la douleur du temps volé par le travail, ces individus qui se sentent voués à tout autre chose qu'à l'exploitation souffrent en quelque sorte d'une surabondance d'être, dont ils tentent de se délivrer en s'abandonnant à de véritables « délires en chambre ». Les nuits de ces prolétaires, peuplées de rêves d'avenir, sont hantées par le paradis de l'identité. Tension minoritaire éprouvée par des travailleurs qui vivent comme des ouvriers mais s'efforcent de parler et d'écrire comme des bourgeois ; et cela au prix d'un immense labeur fait de difficiles lectures, de séances de recopiage et de leçons apprises par cœur. Le nombre, nettement plus élevé, d'ouvriers parisiens qui, durant la monarchie de Juillet, s'astreignent à suivre des cours du soir témoigne de la propagation de cette ambition prolétarienne. L'histoire des singularités vient ici tempérer les données muettes de la quantification et nous renseigner sur la genèse du désir.

Le peuple des campagnes, lui aussi, s'ouvre peu à peu au rêve d'avenir individuel ; balbutiement dont il faut chercher la trace dans le geste plus souvent que dans le discours. Ainsi, le crime atroce de Pierre Rivière a pu être interprété comme le signe de la prise de conscience personnelle d'un mal-être collectif. La formulation des ambitions individuelles désagrège lentement et très inégalement, selon les régimes, les structures familiales; elle gêne les stratégies patrimoniales et vient, très à propos, résoudre le problème posé par les cadets de la famille-souche. Selon Gregor Dallas, qui étudie la paysannerie de l'Orléanais, le progrès de l'individuation distend le lien qui unissait la mère à ses enfants, augmente le sentiment d'insécurité et conduit à l'éclatement d'une « économie paysanne » qui aurait pu résister sans cela aux bouleversements économiques. Ici, loin de se replier sur l'enfant-roi, la famille se disloque par l'effacement de la relation affective. Il serait facile de détecter bien d'autres cas de cette désinvolture croissante à l'égard des siens, de ce dépérissement du sentiment. Un exemple parmi d'autres : à partir de la Restauration, le migrant creusois commence de refuser à son père le montant de ses économies; bientôt, il passera de longues années sans revenir embrasser sa mère et ses sœurs.

Trois formes d'ambition tenaillent les jeunes ruraux, modulées selon de subtiles hiérarchies intrafamiliales, et notamment selon le rang occupé au sein de la fratrie : 1º la volonté d'acquérir le statut de propriétaire, projet traditionnel, plus facile à réaliser que par le passé, et dont témoignent la hausse de la valeur de la terre, le morcellement des patrimoines et la reprise des grands mouvements de défrichement ; 2º le désir de se hisser jusqu'à l'une de ces rares professions-relais, celle de meunier et surtout celle de cabaretier, dont Ronald Hubscher a montré, à propos des campagnes du Pas-de-Calais, qu'elles constituent des tremplins indispensables à la réussite sociale ; 3º la migration définitive vers la ville ; expérience exilaire dont les risques se trouvent tempérés par les réseaux de solidarité, d'accueil, de placement et d'alliance, presque toujours à base régionale, qui se sont, au fil des décennies, structurés à la ville. Là s'élaborent de nouvelles filières, de nouveaux itinéraires qui permettront à la génération suivante d'entamer une véritable ascension. Exemplaire à cet égard, le cas des Auvergnats, mis en lumière par Françoise Raison.

Les figures de la vocation

N'ayons garde d'oublier la vocation, sommet de l'échelle des ambitions, dont le caractère irrépressible s'en vient fort souvent perturber – ou exalter – la vie privée des familles du XIXe siècle. Le modèle de la vocation religieuse accroît en effet son emprise, ainsi qu'en témoigne, une fois encore, la poussée des effectifs ecclésiastiques jusqu'à l'aube de la Troisième République. L'aire sociale du recrutement varie à tel point selon les diocèses qu'il paraît vain de tenter ne serait-ce qu'une brève synthèse. Tout au plus peut-on souligner globalement la « ruralisation » progressive du clergé. Souvent, le premier appel se fait entendre à la veille de la communion solennelle, à l'occasion de cette crise de mysticisme si bien relatée, après coup, par George Sand et vécue avec tant d'intensité par la malheureuse Caroline Brame. Après 1850, l'exaltation de la figure de l'ange, l'essor du culte marial, la promulgation du dogme de l'Immaculée Conception, la vague dévotionnelle qui conduit à exalter la personnalité de multiples saints jusqu'alors négligés et le retrait de l'antimysticisme antérieur concourent à exacerber une sentimentalité juvénile contenue dans ses pulsions par la négation ambiante du corps. La grande geste de la mariophanie, qui se déploie de La Salette (1846) à Pontmain (1871), atteste la présence céleste et augmente la fréquence des appels.

Il conviendrait aussi de réfléchir au déploiement contemporain d'une figure laïcisée de la vocation. Certains politiciens bourgeois, apôtres populistes, témoignent par leur vie de la réalité de ce transfert. Le richissime quarante-huitard Charles-Ferdinand Gambon perd quinze années de sa vie dans les bagnes, résiste aux supplications de sa famille et de sa fiancée, endure les subtils sévices des geôliers pour ne pas avoir à solliciter une grâce impériale ; enfin libéré, il voue à la cause républicaine le reste de son existence. Nombre de militants ouvriers, qui vivent une errance quasi apostolique, plusieurs féministes, qui décident de rester vierges ou tout au moins célibataires, nombre d'enseignantes ascétiques moulent, plus ou moins consciemment, leur conduite sur le modèle ancien. Et il y a déjà beau temps que Françoise Mayeur a fait ressortir l'aspect conventuel de l'École normale de Sèvres. Il serait sans doute fructueux de réexaminer dans cette perspective de la consécration de la personne privée et de sa dissolution dans le rêve collectif les innombrables notices du *Dictionnaire du mouvement ouvrier,* publié par l'infatigable Jean Maitron.

En attendant, une certitude s'impose, qui scelle cette esquisse d'une histoire de l'ambition : la fréquence et l'ampleur de la déception. En 1864, les élèves des séries classiques se rêvent généraux, grands patrons ou maîtres du barreau ; ils se retrouvent régents, employés de l'enregistrement, clercs d'huissier. La déception du bachelier se fait symétrique de celle de la jeune fille, bourgeoise ou paysanne ; celle-ci rêve du prince charmant ou du beau compagnon mais n'ignore pas que la stratégie matrimoniale, dont elle a intériorisé les impératifs, la jettera dans les bras d'un célibataire usé ou d'un triste benêt.

Le voyage et les vagabondages de l'âme

La nouvelle expérience de l'espace

Durant la première moitié du siècle, une révolution s'accomplit dans les manières de voyager. Un nouvelle expérience s'élabore, appelée à tenir une grande place dans les rêves de la vie privée. Le modèle classique de l'itinéraire calme et serein, jalonné de séjours citadins, qui poussait le touriste à se repaître d'œuvres d'art et de visites de monuments, le cède lentement à une pratique élaborée à la fin du XVIIIe siècle et dont les excursions de Saussure dans les Alpes, les randonnées de Ramond de Carbonnières dans les Pyrénées ou celles de Cambry dans le Finistère ont dessiné les modèles. Faire vibrer le moi, l'enrichir d'une expérience nouvelle de l'espace et des autres, vécue en dehors du cadre habituel, constituent dès lors les visées essentielles. Le voyageur aime à se confronter à la scène grandiose, aux paysages de chaos. Dominant la falaise, assis à proximité des gouffres, il vient se nicher sur les flancs de la montagne, à mi-chemin des cimes solaires et de la vallée rassurante. Ses lectures l'invitent à se confronter aux bons sauvages qui peuplent ces retraites. L'image du *highlander* de *Waverley,* de l'Indien de *La Prairie* ou des bords du Messachebé suscite une ethnologie fruste et tissée de fantasmes. Les savants de l'Académie celtique et, peu après, les archéologues des sociétés savantes désignent au voyageur les traces d'un passé incrusté dans le sol et suggèrent de mystérieuses correspondances entre le minéral, le végétal et l'humain.

Les touristes entassés dans les villes d'eaux entreprennent, par groupes, l'ascension des premières pentes des montagnes voisines. Dès 1816, Maine de Biran se risque sur celles des Pyrénées, son Ramond à la main. Les guides touristiques publiés sous la monarchie censitaire indiquent les « points de vue », puis les « panoramas » ; ils mènent, ainsi que la presse pittoresque, une nouvelle propédeutique du regard, vite confortée par la découverte de l'instantané photographique. Alors se renouvellent les itinéraires : après les Alpes et l'Auvergne, la Normandie et, plus tardivement, la Bretagne commencent d'attirer, malgré la précarité du réseau des auberges. Durant la monarchie de Juillet et le Second Empire, les nouvelles conduites se vulgarisent, avec un décalage chronologique bien compréhensible. Tandis que les bons bourgeois rouennais entreprennent le voyage de Suisse, Perrichon s'en vient risquer la mort sur la mer de Glace.

La simple promenade, elle aussi, se transforme. Le désir du refuge au sein duquel on vient chercher l'émoi des vibrations intimes et la consolation du spectacle de la nature sereine, en bref, l'expérience de Rousseau à l'île Saint-Pierre conserve son prestige mais se renouvelle. La grotte, la campagne agitée par le vent, les rivages battus par la vague, le promontoire sur lequel se dresse le phare vont vite devenir les scènes privilégiées de la contemplation. La lecture de *René* ou de *Dominique* incite à l'adoption des nouvelles conduites. Jean-Pierre Chaline constate que, malgré la proximité de la plage, les longues marches et les rêveries solitaires à travers les bois et les champs constituent les meilleures vacances des bons bourgeois de Rouen.

Le secret de l'individu

À partir de la monarchie de Juillet, toutefois, une nouvelle expérience s'élabore, dont témoigne parfaitement la randonnée bretonne de Flaubert et de Du Camp. On ne retrouve plus désormais la même attente de la révélation du sol, la même quête métaphysique et ethnologique, le même souci des correspondances. En revanche, la disponibilité se fait plus grande à la sensation et aux messages de la cénesthésie ; le corps se trouve plus engagé dans cette nouvelle randonnée. La pratique de la partie de campagne des dormeuses de Courbet et des canoteurs de Maupassant, la vogue de la plage où l'on vient chercher l'air et la fraîcheur, pas encore le soleil, les audaces du bain de mer à treize degrés dont Didine, dans son album, nous rapporte les fortes sensations témoignent de cette première station du déshabillage des corps.

À cela il convient, bien sûr, d'ajouter le rôle initiatique que revêt, pour le jeune homme cultivé, le grand voyage vers l'« Orient », c'est-à-dire vers l'Espagne, la Grèce, l'Égypte ou le Bosphore ; ainsi que la diffusion, puis la dégradation sociale du voyage de noces ; temps d'une double initiation, synthèse des pratiques anciennes, qui pousse tout aussi bien les jeunes couples vers Venise et Tunis que vers les rivages de la Bretagne ou les fjords de la Norvège.

Le voyage demeure une péripétie ; il impose une collection de souvenirs dont on a peine aujourd'hui à imaginer l'importance. L'indispensable album truffé d'impressions fragmentaires et de croquis inspirés par la vogue du *Voyage pittoresque,* les nombreux carnets et récits publiés par les plus grands, de Stendhal à Flaubert, de Gautier à Nerval, témoignent de l'intensité de l'expérience. Il faudra toutefois attendre l'institution des trains de plaisir et surtout l'essor des grands pèlerinages, c'est-à-dire l'offensive menée entre 1871 et 1879 par les assomptionnistes, pour que les masses rurales puissent à leur tour éprouver les émois qui, depuis près d'un siècle, enrichissaient l'élite.

À la ville, l'émergence du personnage du « flâneur », détectée par Victor Hugo et bien analysée par Baudelaire, traduit tout à la fois la mutation de l'espace public et l'essor de la *privacy*. Nouveau promeneur dans le paysage de pierre de la ville, le flâneur inaugure les stratégies de privatisation qui vont se développer au sein de l'espace public ; en ce sens, il apparaît comme une figure de transition. Dans son exploration citadine, il apprécie en effet l'espace qui lui permettra de reconstituer les conditions de la vie privée ; la rue elle-même tend à reproduire pour lui l'image de l'appartement. Les passages que multiplie l'urbanisme de la monarchie censitaire et les cafés qui s'y nichent facilitent l'élaboration de ces nouvelles conduites ; ils proposent de fallacieux intérieurs au flâneur. Venu le temps de l'haussmannisation, la gare et surtout le grand magasin, nouveau labyrinthe de la marchandise, fourniront un dernier refuge au personnage. Devenu insolite, le flâneur abandonne peu à peu le trottoir au passant. Le piéton pressé, soucieux d'assurer sa sécurité, à l'esprit absorbé par ses préoccupations, ne peut désormais accorder attention au spectacle de la rue ; il n'est plus question pour lui d'en faire le prolongement de sa demeure.

Les sentiers de la rêverie

On sait avec quelle audace les romantiques ont renouvelé l'imaginaire, multiplié les pistes de la rêverie, enrichi les modalités du monologue intérieur et invité leurs lecteurs à la méditation, à la contemplation, voire à l'extase mystique. On ne peut ici qu'esquisser les étapes de ce prodigieux renouvellement. Durant la Restauration triomphe cette rêverie sensible au sein de la nature, proposée par Jean-Jacques, enrichie par Lamartine, qui permet à la conscience de s'abandonner aux mouvements de la vie intérieure. La pensée de la mort, le thème de la fuite du temps face aux vestiges du passé, la contemplation de l'océan ou de la nuit étoilée, l'écoute du rossignol ordonnent alors les mises en scène de la méditation.

Après 1830 s'élargissent les chemins de l'imaginaire ; la rêverie sensible perd de son prestige au profit de la rêverie fabulatrice et dépaysante qui laisse libre cours à l'imagination, avide de se projeter vers les pays exotiques ou le très lointain passé.

Reste à savoir dans quelle mesure ces thèmes littéraires ont alimenté les pratiques. À l'évidence, la multiplication des barrières qui gardent le secret de la vie privée, la diffusion de

Le secret de l'individu 435

disciplines somatiques nouvelles ainsi que la précision accrue de la gestion du temps n'ont pu qu'inciter à la fuite sur les sentiers de l'imaginaire. Les jeunes filles, particulièrement visées par cette contention, sont alors tentées par les rêves d'amour éthéré ; du moins le roman épistolaire ne cessera tout le siècle de ressasser cette image, de Balzac à Edmond de Goncourt et à Marcel Prévost. L'inaccessibilité de la vierge, l'isolement du pensionnat, tout en favorisant les pratiques de la dégradation sexuelle, incitent aussi le jeune homme à rêver de la diaphane sylphide imaginaire. La silhouette gracile entrevue à l'église, l'ovale parfait d'un visage dans la lumière d'un vitrail suffisent alors à nourrir les fantasmes.

On trouve les multiples traces de ce penchant dans les archives de la vie privée juvénile. Les promenades au cimetière d'Eugénie de Guérin semblent, jusque dans les postures, s'inspirer de l'iconographie de la jeune fille et la mort. Le « cahier de style » rédigé par Léopoldine Hugo à l'âge de seize et dix-sept ans montre que celle-ci excelle dans les « dissertations pensives » et révèle chez elle une étonnante maturité dans la pratique de la méditation. Un de ces textes, intitulé *Le Soir,* n'est qu'une longue analyse de cet état de rêverie. George Sand rapporte de quelle manière, lorsqu'elle était adolescente, elle laissait son imagination se créer un parc de Versailles qu'elle n'avait jamais vu. Par la suite, la jeune Aurore prend l'habitude de s'abandonner aux illusions d'un instant, de se livrer aux idées les plus folles ; chez elle, la rêverie dépaysante tend à devenir une manie. Elle accrédite ainsi la fameuse étrangeté virginale, soulignée par le discours médical. Ici pointe même la tentation flaubertienne de la vie rêvée et non vécue, dont il est malheureusement impossible de mesurer l'extension sociale.

Diversification des images oniriques

L'ascension de la demande onirique détectée par Jean Bousquet explique l'extrême attention portée par ce siècle aux procédures du rêve, perçu comme le centre le plus secret de la personnalité, protégé par les multiples enveloppes de la vie diurne. Afin d'éviter tout anachronisme, il convient de rappeler à ce propos quelques évidences que l'emprise des théories freudiennes a fait perdre de vue. Durant les premières décennies du XIXe siècle, les philosophes s'interrogent avant tout sur le statut nocturne de l'âme; Maine de Biran pense qu'elle sommeille elle aussi; Jouffroy estime tout au contraire qu'elle veille; Lélut, qu'elle se repose; selon les romantiques, le rêve équivaut pour elle à une véritable résurrection. Le songe n'est autre qu'une prise de parole de l'être profond.

L'importance accordée par les idéologues à la cénesthésie et à l'influence du physique sur le moral guide longtemps les explications scientifiques des mécanismes oniriques. Elle conduit à privilégier le rôle des messages organiques, viscéraux ou cérébraux, et à valoriser tout à la fois l'influence des préoccupations de la veille et celle des résidus de la sensation diurne. De là les distinctions opérées par Maine de Biran et, plus tard, par Moreau de Tours, Alfred Maury ou Macario entre les rêves sensoriaux, affectifs et intellectuels.

Entre 1845 et 1860, une pléiade de savants français renouvellent toutefois les perspectives; le rêve n'est pour eux qu'un des multiples mécanismes de régression et de dissolution des formes supérieures du psychisme; il se trouve relégué dans la pathologie, aux côtés du délire et de la folie. Les chercheurs portent dès lors une grande attention au somnambulisme ainsi qu'au processus hypnagogique, c'est-à-dire à ces imprécises sensations qui s'imposent au seuil du rêve, quand se défait la cohérence de la pensée. L'ouvrage de Moreau de Tours, *De l'identité de l'état de rêve et de la folie* (1855), comme la fascination exercée par l'*Aurélia* de Nerval traduisent cette psychiatrisation des analyses. Alors s'élabore une science du rêve qui, en France tout au moins, régnera sans partage jusqu'à l'introduction de la psychanalyse.

Plus délicat se révèle le problème de l'historicité de la phénoménologie du rêve et de la répartition sociale des pratiques oniriques. Jean Bousquet ouvre ici le débat d'une manière péremptoire. Selon lui, « les hommes ne rêvent guère que depuis 1780 ces scènes étranges, ces bizarres jeux sans signification » qui constituent la trame de l'onirisme contemporain. À l'en croire, c'est tout à la fois la forme, le contenu et la fonction du rêve qui auraient basculé à la fin du XVIIIe siècle.

Quoi qu'il en soit, tous les spécialistes s'accordent à remarquer un effacement du rêve prémonitoire. L'avenir cesse de polariser l'activité onirique. Selon George Steiner, la diffusion de la cosmologie newtonienne et, par la suite, celle de l'évolutionnisme darwinien ne permettent plus de chercher les signes de l'avenir dans l'obscurité de la nuit individuelle. Cela dit, le succès dont continuent de jouir, durant tout le siècle, les *Clés des songes* diffusées par les colporteurs dans le public populaire témoigne, à ce propos, du décalage des comportements et du maintien des croyances archaïques.

Autre évidence : le repli du rêve vers le passé individuel. Les romantiques y incitent, eux qui considèrent le songe comme un retour à ces racines mêmes de l'être dont le premier âge garderait l'empreinte. Cette évolution s'accorde à la réévaluation de l'enfance qui est en train de s'opérer au sein de la cellule familiale.

Moins assurés sont les aléas de l'onirisme érotique, tels qu'ils semblent se dessiner. Si l'on s'en tient au rêve littéraire, cette manifestation claire du désir, fréquente au XVIIIe siècle, régresse par la suite jusque vers 1840-1850, au profit des images de l'amour platonique. L'activité onirique accompagne ainsi le cheminement de la rêverie diurne. Ensuite s'opère un net retour de l'érotisme, se développe le rêve salace, bordelier, tel que Flaubert, par exemple, nous le rapporte. Si l'on en croit Chantal Briend, cette vague se déploie entre 1850 et 1870 ; les prestiges de la vénalité sexuelle et la licence de la fête impériale hantent aussi le sommeil. Alfred Maury voit dans ce retour de l'érotisme la manifestation d'un besoin de « défoulement » *(sic)*, suscité par la tentative de décorporéisation en cours. De fait, entre cette emprise onirique du sexe et l'essor de l'angélisme s'établit un total synchronisme. Les plus touchés par cette tentation de l'érotisme du rêve seraient les femmes hystériques et les jeunes hommes vierges – et nous retrouvons ici le drame des pertes séminales involontaires –, ainsi que « les personnes qui se livrent aux travaux intellectuels et à la méditation » (Macario). Certains songes nocturnes rapportés par Edmond de Goncourt et, plus encore, les scènes oniriques d'inceste relatées par Jules Renard dans son journal attestent la conscience aiguë de la relation qui se noue entre le rêve et le désir sexuel, alors que germe la psychanalyse.

À noter encore la fréquence du thème onirique du voyage, de la diligence, du train et de l'évocation du paysage; ce qui tend à confirmer la prégnance de la nouvelle expérience de l'espace. Alfred Maury lui-même rêve de sites majestueux, de tableaux contemplés en touriste; non moins de six villes hantent les rêves qu'il relate; il avoue, à propos d'une forme particulière de sensation hypnagogique : « C'est particulièrement en voyage que je suis sujet à ces hallucinations pittoresques. »

Il serait intéressant de dresser le répertoire des thèmes politiques du rêve : je note, pour ma part, que la geste révolutionnaire revient alors comme un leitmotiv dans les écrits des spécialistes; témoignage inconscient de la profondeur de l'anxiété? Le rêve de la guillotine, vécu par Maury et repris par Bergson, a conquis la célébrité, tout comme celui des pincettes, inspiré au même Maury par l'épisode des journées de juin; mais peut-être ne faut-il voir là que deux de ces rêves sadiques dont Chantal Briend discerne la prolifération à la fin du siècle dernier...

Ces quelques considérations apparaissent bien décousues en regard de la majestueuse construction échafaudée par Jacques Bousquet, fort de l'analyse de plusieurs centaines de rêves littéraires. Selon cet auteur, depuis la fin de l'Ancien Régime s'est progressivement diversifié le stock des images oniriques, jusqu'alors étroitement limité aux évocations du paradis et de l'enfer. Dans la descendance de l'éden s'inscrivent les rêves de jardin, puis les visions de paysages naturels; à l'enfer se rattachent les visions de souterrain et de ville ainsi que tous les rêves d'angoisse qui puisent dans les délires étudiés par la psychiatrie; c'est à celle-ci qu'il conviendrait d'attribuer le renouvellement des formes du cauchemar. Ainsi se seraient propagés, au cœur du rêve, les scènes d'inhibition, les actes involontaires et les épisodes de dédoublement de la personnalité. Après 1850, les deux séries confluent lentement et se brouillent, tandis que s'achève la laïcisation du rêve. Dès lors peut s'épanouir l'onirisme contemporain de l'absurde et du bizarre.

Ce fascinant parcours, comme les quelques remarques qui le précèdent, tend à accréditer l'hypothèse, antifreudienne, de l'historicité du rêve. On ne peut, en effet, manquer d'être frappé par les nombreuses concordances qui s'établissent entre l'histoire de l'imaginaire et l'évolution des contenus oniriques.

Médiateurs du colloque singulier

La prière solitaire et la méditation

L'étude quantitative de la diffusion du livre pieux réalisée par Claude Savart impose la prudence : en plein cœur du Second Empire, la réédition d'ouvrages anciens continue de l'emporter. La continuité apparaîtrait sans doute plus grande encore si l'analyse concernait la littérature de colportage destinée au public populaire. Ce qui donne à penser que le sentiment religieux et les formes de la prière individuelle n'ont évolué qu'avec lenteur. Les techniques de l'exercice spirituel s'inspirent encore étroitement des maîtres du passé. *L'Imitation,* dont Lamennais donne une nouvelle traduction, demeure longtemps le guide le plus répandu du chrétien zélé. Le « bon curé » d'Ars fournit le modèle d'un éclectisme spirituel, atemporel, qui opère la fusion de multiples modèles de sanctification, et la pieuse Eugénie de Guérin lit encore avec vénération saint Augustin, saint François de Sales, Bossuet et Fénelon. Les missionnaires de la Restauration, évocateurs infatigables des tortures de l'enfer, s'inspirent du ton dramatique des prédicateurs d'autrefois. Le romantique, fasciné par la mort, trouve à vibrer aux terribles accents de Tertullien ou de saint Bernard ; tout naturellement, la méditation sur les fins dernières entre dans les nouvelles mises en scène de la mélancolie.

Ces réserves faites, on ne saurait nier l'originalité de la piété du XIXe siècle – sujet quelque peu négligé de la sociologie religieuse, tout absorbée par le souci de mesurer la déchristianisation. L'analyse des intentions de la prière et des témoignages de la reconnaissance conduit à souligner la spécification accrue et la familialisation des préoccupations qui suscitent le recours. Les prières pour la conversion et le salut de l'époux ou du frère, la prospérité des affaires ou la réussite aux examens viennent s'ajouter au stock considérable de demandes de guérison individuelle, de réussite du voyage en mer ou de sauvegarde du soldat ; à ce propos, le témoignage des compagnons du curé d'Ars s'accorde aux résultats obtenus par Bernard Cousin. Jamais l'ex-voto n'aura été aussi répandu qu'au XIXe siècle ; en Provence, son déclin ne s'amorce qu'à partir de la décennie 1870-1880 ; ce signe matériel de la reconnaissance porte la marque des préoccupations de la petite bourgeoisie, pour laquelle il est devenu une forme privilégiée d'expression. L'attention croissante portée à la personne du bénéficiaire s'accorde en outre à l'ascension de l'individualisme, que nous avons rencontrée à chaque pas.

De la familialisation du recours témoigne encore l'essor de la prière pour les âmes du purgatoire ; c'est alors que cette dévotion devient réellement populaire. Pour soulager les souffrances des morts de sa famille dont il croit entendre les appels, le fils pieux fait célébrer des messes, communie, multiplie les oraisons, s'efforce d'acquérir des indulgences. En 1884, un curé de campagne, l'abbé Buguet, qui s'intitulera « commis voyageur des âmes du purgatoire », fonde à La Chapelle-Montligeon l'« Œuvre expiatoire », appelée à connaître un succès foudroyant ; en 1892, elle compte déjà trois millions d'associés. Cette puissante poussée révèle le besoin de la présence des défunts sur le lieu de vie ; sentiment que traduit aussi la vogue du spiritisme qui déferle sur les milieux cultivés à l'aube du Second Empire. Le désir s'accroît d'évoquer les disparus depuis que s'est codifié le culte familial des morts. On comprend dès lors que l'accent cesse d'être mis sur les flammes du purgatoire et que le théâtre du supplice provisoire se mue peu à peu en une sorte de rassurant « parloir » (Philippe Ariès).

De nouveaux épisodes de la vie spirituelle, de nouveaux rites de passage de l'âme s'imposent, tandis que croît l'agnosticisme et que se développe la libre pensée. L'expérience de la perte de la foi concerne des effectifs grandissants. En ce domaine aussi s'approfondit le dimorphisme sexuel. Le jeune

Le secret de l'individu 441

homme surtout se doit d'éprouver le corps à corps avec le doute entre seize et vingt-cinq ans, lors de l'entrée dans la sociabilité des adultes. Trace durable du passé révolutionnaire, une image tragique se tient à l'arrière-plan des consciences, qui accroît la profondeur de l'ébranlement : celle du prêtre renégat qui tourne en dérision le sacerdoce ; c'est elle qui inspire à Barbey d'Aurevilly le plus éblouissant de ses romans. En regard grandit la figure du converti. La nouvelle catégorie de chrétiens zélés qui conduit les tentatives de reconquête puise un réconfort accru dans l'évocation de cette expérience individuelle qui réoriente toute une vie. De Mme Swetchine (1815) à Ève Lavallière, la « cantharide mauve » (1917), de Huysmans à Claudel, agenouillé au pied du pilier de Notre-Dame, une cohorte de repentis célèbres, foudroyés par la foi, aideront à calmer les effrois du doute et les affres de la déréliction.

L'exaltation de la douleur

Par-delà ces généralités, il convient, une fois encore, de découper le siècle en deux périodes distinctes. La première porte la marque d'une sensibilité baroque qui culmine sous la Restauration et que domine l'exaltation de la douleur. En témoignent l'iconographie et la littérature qui servent de support à la prière. Le réalisme avec lequel sont décrites les souffrances du Christ s'exacerbe jusqu'à côtoyer le sadisme. La publication, en 1815, de *L'Intérieur de Jésus et Marie* de Grou et la traduction, en 1835, des *Visions d'Anne-Catherine Emmerich sur la vie de Jésus et sur sa douloureuse Passion* délimitent cette période. L'agonie au Jardin suscite alors de terribles pages. Dans cette littérature, qui inspire l'école néolamartinienne, le sang coule, jaillit et recouvre le corps du Crucifié. L'usage impose de ceindre le cœur de la couronne d'épines. Des images se diffusent du Christ le doigt tendu vers sa poitrine ouverte. Les romantiques font de l'Enfant Jésus lui-même une figure de souffrance ; c'est alors que s'élabore l'iconographie de l'Enfant au Sacré-Cœur bordé de la couronne sanglante. La dévotion à Marie, elle aussi, témoigne de cette fascination ; Notre-Dame des Sept-Douleurs, la figure du *Stabat mater* focalisent la piété mariale. En 1846 encore, la Vierge de La Salette porte les insignes de la Passion.

La pratique reflète cette sensibilité tragique, confortée par la croyance en la circulation du sang du Christ dans l'histoire. Nombreuses sont les femmes, et même les jeunes filles, affiliées ou non aux tiers ordres, qui, à l'exemple d'ecclésiastiques célèbres, portent une haire, un cilice, voire de terribles ceintures métalliques. Le curé d'Ars flagelle son « cadavre », tandis que Lacordaire se fait piétiner et cracher au visage. L'imitation du Christ ne suffit plus; les nouvelles prières exaltent le thème de la pénétration vers le refuge idéal. Elles ressassent le désir d'habiter le Cœur de Jésus, d'y parvenir par la contemplation des blessures. De la même sensibilité relève la pratique du chemin de croix; celle-ci, toutefois, ne se diffusera largement que durant la seconde moitié du siècle, comme le montrent les études réalisées dans les diocèses d'Arras et d'Orléans. À ce propos, Yves-Marie Hilaire fait remarquer qu'on n'a jamais tant bâti de calvaires qu'au XIXe siècle.

Vers une piété séraphique

La piété se détend au lendemain de la fraternelle révolution de février 1848. Dix ans auparavant, le trappiste-médecin Pierre Debreyne critiquait déjà la violence ascétique, accusée de favoriser l'hystérie aussi bien que la phtisie. Une religion plus affective remet en cause le règne de la crainte et de l'antimysticisme. Les thèmes de l'iconographie évoluent vers une plus grande placidité. La nouvelle mariophanie et l'évolution du dogme imposent une piété séraphique; la radieuse dame blanche de Lourdes s'écarte de la *Mater dolorosa* de La Salette; l'image suave de l'Immaculée Conception de Sées s'accorde à la figure rassurante de l'ange gardien qui, bientôt, va triompher dans le « chromo ». La Vierge du Sacré-Cœur d'Issoudun elle-même n'a plus rien de tragique.

Une scène nouvelle s'impose, qui symbolise la détente: la prière enfantine et maternelle. Les manuels d'éducation exaltent le « touchant tableau ». À la mère de prendre l'enfant sur ses genoux, de joindre ses petites mains et de lui faire balbutier les premiers mots. Ainsi s'enracine dans les cœurs pué-

Le secret de l'individu

rils les images de la Vierge et du « Petit Jésus » associées à celle de la mère. Le suave apprentissage vient renouveler cette religion domestique encore si mal connue des historiens. Il prépare le décret *Quam singulari* qui, en 1910, autorisera la communion privée.

Le culte du « très saint sacrement » et les progrès de la communion fréquente concourent à la détente. L'adoration perpétuelle, qui, à titre d'exemple, est instituée en 1852 dans le diocèse d'Orléans et réhabilitée l'année suivante dans celui d'Arras, fait jaillir une nouvelle source d'émotion individuelle. Cette garde égalitaire de son Dieu, ce face-à-face solitaire et prodigieux impressionnent les fidèles les plus frustes. Dans l'entourage du « bon curé », on aime à évoquer la figure de ce paysan inculte qui vient passer des heures dans la petite église, rien que pour voir le Bon Dieu ; à celui qui l'interroge sur les formes de sa méditation, il répond : « J'l'avise et il m'avise. » Ce sublime degré zéro de la prière invite à ne pas oublier l'importance que revêtent la récitation du chapelet et la méditation sur les mystères du Rosaire. Ces pratiques tendent tout à la fois à s'amplifier et à se populariser entre 1850 et 1880, grâce à la résurgence ou à la création de nombreuses confréries.

Après 1850 se multiplient les dévotions particulières. Cet éparpillement du recours, cette multiplication des interlocuteurs de la prière, dont témoigne d'abondance la statuaire saint-sulpicienne, constitue un habile détour pour entrer en lutte contre le culte populaire des « bons saints » et des « bonnes fontaines » dont plusieurs historiens ont montré la persistance en Charente, comme en Limousin, dans le Loir-et-Cher comme en Morbihan. De la même stratégie pourrait partiellement relever la renaissance ou la fondation de nombreux pèlerinages diocésains, voire cantonaux, avant même que ne se gonfle, au lendemain de la défaite et de la Commune, la vogue des grandes manifestations nationales, orchestrées par les assomptionnistes.

Au début des années 1860 se dessine la nouvelle image d'une religion sérieuse, moralisante et surtout calculatrice, peu soucieuse de gratuité et de spontanéité ; le discours de la piété emprunte désormais au langage du capitalisme : telle est la conclusion majeure de la recherche de Claude Savart. Cette nouvelle conception utilitaire de la prière, qui s'accorde à la vogue des ex-voto, conduit au renouvellement de l'ascétisme. Tandis que les prie-Dieu bourgeois se font plus confortables, la violence physique le cède peu à peu au comptage des mérites. La discipline quotidienne des élans, l'offrande de la fatigue du travail, les abstinences modérées incitent à un incessant calcul de l'âme qui intègre étroitement la prière au quotidien de la vie privée.

La poupée et le monologue intérieur

Le monologue intérieur a besoin d'interlocuteurs muets qui entretiennent la vibration de l'âme. Trois d'entre eux jouent un rôle non négligeable au XIXe siècle; et tout d'abord la poupée, dont on n'a pas fini d'analyser la complexe médiation.

Durant la première moitié du XIXe siècle, note Robert Capia, « la poupée française n'a jamais l'aspect d'une petite fille, mais celui d'une femme en réduction, dont l'habillement, très soigné, suit de près l'évolution de la mode ». La taille cintrée, les hanches larges correspondent aux canons de la beauté féminine de ce temps. Le corps de la poupée est en chiffon ou en peau d'agneau bourrée de sciure de bois. La tête et la collerette sont en papier mâché, les dents en paille ou en métal. La poupée accompagne la promenade de la petite fille. La gamme des modèles, la richesse des trousseaux, les dimensions de la maison reproduisent la hiérarchie des positions; de ce fait, le jouet facilite la prise de conscience de l'identité sociale. La poupée en accède d'autant plus facilement au rôle de confidente. La littérature qui l'anime et lui prête un langage ainsi que le progrès technique stimulent cette fonction psychologique. Dès 1824, on fabrique des jouets qui parlent; en 1826 apparaissent les premières poupées qui marchent.

Vers le milieu du siècle (1855), une révolution s'opère; tandis que s'impose la gutta-percha, la poupée tend à devenir une petite fille, que l'on appelle improprement un « bébé ». Au fil des années, le nouveau modèle s'impose. Ce rajeunissement facilite l'identification; il stimule la réflexion sur la relation mère/fille qui se reproduit en abîme et sollicite l'anticipation imaginaire. Cependant, la coexistence, durant le

Le secret de l'individu

Second Empire, de jouets à forme d'adultes et de « bébés » autorise une relation ambiguë d'une richesse exceptionnelle. Broder le trousseau de la poupée, organiser un bal à son intention, imaginer son mariage dessinent le destin à venir ; toute cette activité entretient en outre une sociabilité enfantine qui permet l'apprentissage des rôles féminins et des usages du monde.

Le rajeunissement constant des formes de la poupée change peu à peu les données du colloque singulier, dont il appauvrit le contenu psychologique. Quand, en 1879, apparaît le « bébé-biberon », dit « bébé-téteur », quand le vestiaire se réduit aux couches et aux langes, quand la maison de poupée s'est rétrécie aux dimensions du berceau, il n'est plus d'identification et plus guère de confidences possibles. Le nouveau jouet n'invite plus qu'à l'apprentissage du rôle maternel ; renouvellement des intentions que traduit une nouvelle gestuelle puérile, prélude à l'école ménagère.

En 1909, l'évolution s'achève. Cette année-là apparaît le « bébé-caractère », qui a la tête d'un garçon nouveau-né. Le succès du nouveau modèle est immédiat ; il prépare celui du « baigneur » en Celluloïd, qui apparaît en 1920. Mais déjà règne l'animal en peluche. Il vient reproduire – et stimuler – une relation qui n'a cessé de s'amplifier au cours du siècle.

L'animal de tendresse

L'histoire de l'animal de tendresse révèle, elle aussi, l'importance de la coupure qui se dessine vers le milieu du Second Empire. Jusqu'alors se prolongent des conduites élitistes élaborées sous l'Ancien Régime. La cour de Louis XVI déjà avait rompu avec la tradition chrétienne d'indifférence – sinon de méfiance – à l'égard de l'animal sans âme ; elle avait aussi rompu avec l'animal-machine des cartésiens. Le temps n'était plus où Malebranche donnait des coups de pied dans le ventre de sa chatte pleine, sourd à des cris qu'il attribuait aux « esprits animaux ». L'affection que Rousseau portait à son chien avait fait école dans les salons ; on avait cessé d'y considérer l'animal comme une poupée vivante pour voir en lui un individu, digne de sentiment.

À l'aube du XIXe siècle, si l'on en croit Valentin Pelosse, la relation affective est admise ; elle est même désignée comme une pratique bien installée ; mais sous deux formes privilégiées. Avant tout se trouve exalté le lien qui se noue entre la femme et le chien. Les doux sourires, les regards affectueux, les « innocentes caresses », les « jeux folâtres » attestent ce penchant à la tendresse, cette ouverture à la pitié que le discours médical reconnaît à la femme. Ces gestes féminins de compassion sont autant de messages destinés à l'homme. L'animal se voit ainsi attribuer une nouvelle fonction dans l'espace domestique : il médiatise la propédeutique du sentiment.

Le lien affectueux qui se tisse entre le vieillard et l'auxiliaire de sa décrépitude constitue la seconde figure privilégiée. Quelques textes majeurs jalonnent cette exaltation de la fidélité du chien : le sermon de Lacordaire sur le dernier ami du vieil homme, la figure du chien blanc du curé de *Jocelyn* et, plus tard, la silhouette de l'infatigable loup Homo, mis en scène par Victor Hugo dans *L'Homme qui rit*.

La tendresse des riches qui se manifeste dans l'espace privé se trouve renforcée, *a contrario,* par les images-repoussoirs de la violence animale et de la cruauté populaire qui se déploient librement dans l'espace public. Là s'opère un regrettable apprentissage du sang qu'une nécessaire prophylaxie sociale impose d'enrayer. L'administration de la monarchie de Juillet commence de cacher l'abattage, tout au moins à Paris. L'Assemblée législative vote la loi Grammont (1850) qui interdit au propriétaire la violence publique à l'égard de l'animal domestique ; mesure sans grande portée, qui a surtout pour effet de souligner la solidité des barrières qui protègent la vie privée.

L'époque romantique fournit de nombreux exemples de conduites de tendresse à l'égard de l'animal de compagnie. Eugénie de Guérin aime ses petits chiens ; elle les caresse, les soigne, prie pour eux ; elle pleure la perte de l'un d'entre eux et décide de l'enterrer dignement. Ce chapitre de sa vie affective tient une grande place dans son journal. Son amour s'adresse aussi à l'oiseau, notamment au rossignol ; sa sollicitude attentive s'étend même aux petits moucherons qui courent sur la page du livre. Déjà, l'animal se fait recours

Le secret de l'individu

contre les affres de la solitude. Isolé, en 1841, à Civitavecchia, et triste de n'avoir personne à aimer, Stendhal câline ses deux chiens. Devenu vieux, Mérimée vit seul avec un chat et une tortue. Victor Hugo se montre très attaché au bon chien qui l'accompagne dans son exil. Plus révélateurs encore de cette sensibilité, les carnets de Gambon. Le quarante-huitard se laisse émouvoir par le regard du bœuf, la vivacité du cheval, la fragilité du mouton. Dans sa prison, ainsi que le faisait Silvio Pellico, il nourrit une araignée et fait sa compagnie d'un escargot. À Doullens, à Mazas, puis à Belle-Île, il élève et soigne des fauvettes, qui deviennent ses amies les plus chères. Il apprend d'un de ses compagnons d'infortune, pauvre paysan limousin, le chant des chardonnerets; il entreprend même des dictées musicales.

Une telle scène constitue un bon indice de l'attachement des hommes du peuple à l'égard de l'animal. Il convient en effet de ne pas se laisser obnubiler par le discours dominant sur la brutalité du charretier et les pratiques sanguinaires des organisateurs de combats de coqs ou de chiens. Vers 1820, les paysans d'Aunay-sur-Odon s'étonnent de la cruauté dont Pierre Rivière fait preuve à l'égard des grenouilles et des oiseaux; ils s'indignent des sévices qu'il fait subir aux chevaux. La correspondance des Odoard de Mercurol nous apprend que les paysans de la Drôme ont pour coutume de ne pas abattre les bêtes qui les ont bien servis; et l'on sait la passion des ouvriers du Nord pour les pigeons. En 1839, J. B. Rochas Séon fait paraître *Histoire d'un cheval de troupe*. Le récit est édifiant : un jeune agriculteur n'a pas craint de s'engager pour suivre son cheval, acheté par l'armée. Il meurt de phtisie, et l'animal refuse de lui survivre.

L'apprentissage d'une névrose

Après 1860, les conduites de tendresse se diffusent et s'accentuent tout à la fois ; alors s'opère l'apprentissage d'une véritable névrose collective. En 1845 déjà, la Société protectrice des animaux s'est installée à Paris. Cette fondation témoigne certes de l'anglomanie ; mais elle reflète aussi les efforts déployés par quelques Français zoophiles, à la tête desquels se dévoue le Dr Pariset. Sous le Second Empire, le chien d'appartement devient un fait de société; le caniche, notamment, est à la mode. Dès lors s'amplifie la vogue des expositions canines; tandis que grandit l'obsession du pedigree et du poil entretenu, la photographie de la bête rejoint celle des enfants dans l'album familial. L'usage se développe d'enterrer l'animal dans son jardin; l'ouverture de cimetières publics inaugure un nouveau culte. Le chien pose même un problème aux compagnies ferroviaires, qui lui réservent un wagon. Cependant, depuis la monarchie de Juillet, la cage de l'oiseau installée dans la chambrette de la jeune bourgeoise comme dans la mansarde de la cousette révèle la sensibilité de la propriétaire et constitue un indice de sa vertu. En 1856, le livre que Michelet consacre à l'oiseau conforte cet attachement.

Durant le dernier quart du siècle, le statut de l'animal tend à se modifier. L'influence croissante des libres penseurs favorise l'essor d'une fraternité nouvelle entre l'homme et la bête. Garantir ses droits, assurer son bonheur, c'est tenter de rompre la solitude nouvelle du genre humain. Le problème ne se pose guère en termes écologiques; il s'agit d'exalter tout à la fois le sentiment d'humanité et l'utilité sociale. L'école primaire s'y emploie, qui accorde une attention accrue à l'animal. La vulgarisation des doctrines évolutionnistes, l'extension de la médecine vétérinaire, les succès de la zootechnie jouent en faveur de cette fraternité nouvelle et avivent la tentation de l'anthropomorphisme. Celui-ci atteint alors des sommets; des ouvrages paraissent qui n'indiquent que trop la soif de dialogue, notamment la *Zoologie passionnelle* d'Alphonse Toussenel.

Cependant, en ce domaine aussi, les découvertes pastoriennes invitent à une modification des conduites. Certes, il ne semble pas que le souci d'asepsie qui poussait à ne caresser l'animal qu'avec des gants ait longtemps survécu à la vogue initiale des nouvelles théories; du moins la crainte du microbe va-t-elle jouer en faveur du chat d'appartement, moins puant et réputé plus soigneux que son concurrent. Le félin, jusqu'alors cantonné dans la bonne société et le milieu des artistes, se répand dans le peuple. Les siamois de la famille impériale, les compagnons de Gautier et de Baudelaire commencent d'être appréciés des concierges, en dehors même de leur fonction raticide. À l'aube du XXe siècle, entre l'homme et l'animal s'inaugure un renversement des rapports affectifs de dépendance ; le second s'apprête déjà à devenir souverain maître de l'espace domestique.

Le piano, haschich des femmes

Edmond de Goncourt exagère à peine lorsqu'il baptise le piano le « haschich des femmes » ; tel apparaît bien l'instrument dans l'imaginaire. Danièle Pistone a relevé dans la littérature romanesque de ce temps deux mille scènes dans lesquelles il intervient. La moitié concernent des jeunes filles ; un quart, des femmes mariées. La grande mode de l'instrument débute en 1815 ; la pudibonderie joue en sa faveur, depuis que la harpe, le violoncelle et le violon commencent d'apparaître indécents. Durant la monarchie de Juillet, le piano se répand dans la petite bourgeoisie ; par la suite, il se démocratise. Il commence même de faire quelque peu vulgaire à partir de 1870 ; alors s'amorce son relatif déclin.

Le primat de la fonction sociale de l'instrument s'impose comme le résultat le plus évident du travail de Danièle Pistone. Bien jouer du piano fonde une réputation juvénile, démontre publiquement la bonne éducation. La virtuosité entre dans la stratégie matrimoniale, aux côtés de la « dot esthétique ». En revanche, le piano n'est que rarement le lieu de l'échange, du dialogue amoureux ; ce rôle est dévolu au chant, spécialement à la romance. Ces réserves faites, quatre figures privilégiées dessinent, de préférence dans le calme du soir, l'image d'un ami, d'un confident, d'un refuge qui permet l'épanchement solitaire. À noter que ces figures iront en s'effaçant au fil des décennies, tandis que le piano cessera peu à peu d'être l'ami de l'âme pour se muer en un meuble sans personnalité.

Sous les doigts innocents de la jeune fille ignorante, le clavier traduit des pulsions que ne saurait exprimer le langage. Balzac, pour cette raison, conseille à sa sœur, Laure Surville, l'acquisition d'un piano. Celui-ci apparaît comme l'exutoire privilégié de la timidité ; ce qui autorise le déploiement de la scène littéraire de la jeune fille qui se croyait seule et qui révèle à l'indiscret des élans d'autant plus insoupçonnables que l'instrument a encore pour privilège de hisser l'âme vers l'idéal.

Plus rarement, il se fait l'écho de la nostalgie des amours contrariées, le messager solitaire à l'amant absent. Il sait en outre traduire les plaintes de l'âme blessée par la rupture. Selon Edmond About, l'envoi d'un piano à l'amante délaissée entre dans la liste des cadeaux rituels. Cette pratique s'accorde au stéréotype littéraire de la femme bonne, pas très belle, compréhensive et sensible qui, le cœur navré, improvise des airs déchirants; en bref, la femme dont Jules Laforgue écrira qu'elle va « s'autopsiant avec du Chopin ».

La troisième de ces scènes littéraires demeure la plus fréquente; le piano y joue le rôle d'exutoire solitaire de la force irrépressible des passions; c'est lui qui calme les sens en délire de la duchesse de Langeais. Dans ces occasions, il se fait substitut de la course à cheval et de la promenade sous l'orage; à noter, à ce propos, la proximité des trois champs sémantiques. Edmond de Goncourt, avant les psychanalystes, l'associe pour cette raison à la pratique de la masturbation.

Le jeu du piano participe enfin de l'inutilité du temps féminin; il permet de tuer les heures dans l'attente de l'homme; selon Hippolyte Taine, il aide celle qui joue à se résigner à « la nullité de la condition féminine ». Reste que toutes ces scènes qui attestent l'importance de l'instrument dans la vie intime renseignent avant tout sur l'imaginaire masculin de la femme au piano. La chevelure déployée, le visage éclairé par les chandelles du pupitre, les yeux perdus dans le vague, celle-ci semble déjà la proie rêveuse offerte au désir de l'homme.

Loisirs solitaires et trésors secrets

L'accès au livre

Durant la première moitié du XIXe siècle, le livre coûte cher. Sous la Restauration, l'achat d'un roman de nouveautés absorberait le tiers du salaire mensuel d'un ouvrier agricole.

Le secret de l'individu 451

Ainsi s'explique le peu de densité du réseau de librairies, jusqu'au cœur du Second Empire. Du même coup s'impose la location. On connaît bien désormais, grâce à Françoise Parent-Lardeur, le rôle considérable du cabinet de lecture dans le Paris de la Restauration. Ces boutiques à lire prêtent au volume ou bien sur abonnement; le lecteur qui part pour sa campagne peut même emprunter de vingt à cent livres à la fois. Quarante mille Parisiens fréquentent ces cabinets; la majorité semblent appartenir à la bourgeoisie nouvelle, et notamment à la petite bourgeoisie qui se satisfait de ce système de location. Mais à côté du rentier et de l'étudiant, on rencontre dans ces boutiques nombre d'individus qui vivent au contact des classes dominantes : femmes de chambre, portiers, demoiselles de magasin. Les domestiques du boulevard Saint-Germain lisent à l'office les ouvrages empruntés pour les maîtres. Dans le quartier du Temple, les couturières, les grisettes, les artisans constituent le gros de la clientèle de ces officines que ne fréquentent guère les ouvriers. Le cabinet de lecture existe aussi en province; il s'y développe toutefois plus tardivement que dans la capitale. Dans plusieurs chefs-lieux de canton du Limousin, durant la monarchie de Juillet et le Second Empire, quelques mercières, souvent des veuves, louent ainsi des romans de collections à bon marché.

L'habitant des campagnes retirées doit recourir à l'envoi par correspondance. Le livre constitue un produit précieux; il peut se faire cadeau inattendu dont la réception procure beaucoup de joie; à preuve, l'émotion des habitants du pauvre Cayla albigeois à la réception des œuvres de Walter Scott ou de Victor Hugo.

Dans de telles régions opèrent ces colporteurs de grande librairie, pyrénéens le plus souvent, dont l'activité culmine sous le Second Empire. Ils viennent relayer les humbles commerçants itinérants qui avaient distribué tant de *Télémaque,* de *Simon de Nantua,* de *Geneviève de Brabant* ou de *Robinson Crusoé* durant les décennies précédentes.

À partir des années 1860, un système de diffusion plus efficace se met en place. Certes, les bibliothèques publiques continuent de sommeiller; leurs fonds d'ouvrages classiques et scientifiques, en partie hérité des anciens couvents, n'intéressent guère qu'une clientèle de spécialistes, gênés par des horaires parcimonieux. Le silence qui règne dans ces établissements, la tenue exigée des lecteurs contreviennent trop aux habitudes populaires pour que ces sévères dépôts puissent exercer un grand rôle. En revanche, les citadins disposent désormais d'un assez bon réseau de librairies, que viennent compléter les bibliothèques de gare. Cependant, l'essor de la grande presse à bon marché relègue au rang des archaïsmes le « canard » du premier XIXe siècle, sinon les almanachs, dont l'utilité continue de s'imposer aux paysans.

L'évolution des manières de lire

Un triple réseau de bibliothèques paroissiales, populaires et scolaires se met en place ; les premières, installées depuis la monarchie de Juillet jusque dans les plus petites villes, propagent des « bons livres » ; les deuxièmes, établies sous la Troisième République, diffusent des ouvrages réputés faciles, mais de bon ton ; les dernières, créées à partir de 1865, sont surtout fréquentées par les jeunes gens qui ont acquis à l'école le goût de la lecture. La bibliothèque scolaire joue le même rôle que la collection de livres de prix qui se constitue sur l'une des étagères de l'armoire paysanne. Ces maigres ressources comblent mal, pour certains ruraux affamés de lecture, l'hiatus qui se creuse entre l'étiolement du colportage et l'apparition de la presse régionale à grand tirage.

L'évolution des conduites accompagne la mutation du réseau de distribution. La lecture orale, dans la sphère domestique, se maintient mais décline, tout comme la pratique de l'écriture dictée. Durant la monarchie de Juillet, les bourgeois de Rouen continuent de lire au salon, le soir, au coin du feu, mais par la suite, le chant, la musique, la peinture concurrencent victorieusement une activité jugée passéiste, que seule impose désormais l'infirmité du vieillard. La lecture à haute voix se fait ainsi le monopole de la fille dévouée ou de la dame de compagnie. Désuète aussi, la lecture édifiante aux domestiques analphabètes telle que la pratique, plusieurs fois par jour, Mlle d'Ars, la châtelaine du curé.

En revanche, jusqu'à la Première Guerre mondiale, la lecture à haute voix reste de tradition durant la veillée paysanne.

Elle se doit ici d'être courte ; elle a pour but de lancer la conversation, de fournir un sujet de commentaires aux membres de la réunion ; en cela, elle se distingue de la lecture monotone du salon bourgeois, qui porte en elle la tentation du sommeil. À la fin du siècle, la lecture d'atelier, pratiquée à titre d'exemple par les porcelainiers de Limoges, constitue une forme tardive de cette lecture orale qui, apparue dans les réfectoires des couvents, toujours imposée dans les collèges congréganistes, le cède désormais à la lecture muette.

Celle-ci ne signifie pas, il est vrai, lecture solitaire ; elle se pratique à la bibliothèque, au cercle, au café, au salon du cabinet de lecture. Mais elle implique un recueillement, une façon de s'abstraire de l'environnement, bref, un ensemble d'attitudes privées dont le peuple se sentira longtemps exclu. En revanche, lire dans la solitude, c'est parfois consciemment prendre place parmi un groupe de lecteurs, s'entretenir déjà avec des interlocuteurs imaginaires. L'électeur de la monarchie censitaire qui lit son journal au salon participe à la vie publique ; et c'est bien ainsi que sera perçue son activité. S'abonner à *La Quotidienne* à Nancy, au temps de Lucien Leuwen, c'est s'introduire dans le cercle étroit des légitimistes. Au sein de la bourgeoisie rouennaise, n'en déplaise à Flaubert, on lit beaucoup ; le commentaire des nouveautés meuble les conversations mondaines ; il impose la lecture muette préalable. Celle-ci se pratique au salon, dans la chambre, sur le banc du jardin ou en pleine nature.

Ce passe-temps élitiste se diffuse avec les progrès de l'alphabétisation. Parent-Duchâtelet découvre, non sans étonnement, que certaines prostituées passent des heures à lire des romans d'amour. Nous avons vu quel attrait la lecture nocturne présente pour une étroite élite ouvrière, au lendemain de la révolution de 1830. En 1826 et 1827 déjà, Agricol Perdiguier, lors de son tour de France, se repaît de lectures disparates, désordonnées. Sa pratique de la littérature de colportage, son admiration pour la chanson compagnonnique se doublent d'une passion nouvelle pour les plus fades auteurs du XVIIIe siècle dont on vient de publier les œuvres complètes.

Les habitudes de lecture diffèrent profondément selon l'âge et le sexe. Plus que jamais s'affirme la volonté de cantonner les petits dans la lecture, naguère populaire, des contes et des légendes. Aux multiples rééditions de Perrault ou de Mme d'Aulnoy viennent s'ajouter d'innombrables ouvrages dont les auteurs, de la comtesse de Ségur à Jean Macé, s'efforcent de retrouver la spécificité de l'imaginaire puéril. Plus neuf, l'essor considérable d'une littérature destinée à l'enfance bourgeoise et qui a pour but de fonder la suprématie sociale sur une supériorité morale. Conduites par Mme Necker de Saussure et Mme Guizot, une pléiade de bonnes dames s'inspirent ainsi du modèle élaboré par Mme de Genlis. Toutes tombent d'accord avec les médecins pour conseiller la surveillance des lectures domestiques de la jeune fille ; toutes dénoncent les effets ravageurs du roman sur lequel se concentre le jeu du désir et de l'interdit.

Une plus grande liberté est reconnue à la femme mariée dont, à vrai dire, les bonnes dames ne parlent plus. Bien des jeunes épouses verront ainsi s'élargir l'horizon de leurs lectures à l'occasion du voyage de noces. Au temps de Paul Bourget, une littérature qui se plaît à jouer du dévoilement partiel des mystères du sexe s'adresse à ces femmes trop nouvellement averties pour ne pas garder quelque chose de la curiosité anxieuse des vierges. Les hommes, pour leur part, se réservent cette littérature de second rayon, dont nous ne pourrons jamais mesurer l'exacte diffusion. La vivacité de la lutte menée contre le livre obscène, que le sénateur Béranger et les ligues de moralité ne cessent de pourfendre à la fin du siècle, laisse deviner un assez large succès, permis par la création de canaux de distribution « très privés ».

À l'évidence, le mode de consommation du livre varie selon l'origine sociale. Une remarque sur ce point : avant l'institution des bibliothèques scolaires, le jeune paysan, affamé de savoir, reste condamné au fouillis de lectures de hasard dont il surévalue l'importance et qui, parfois, exercent sur lui une stupéfiante influence. En 1820, la conduite de Pierre Rivière ne diffère guère de celle du meunier frioulan du XVIIe siècle étudié par Carlo Guinzburg. Les deux malheureux périront victimes de l'anarchie de leurs lectures. Longtemps, les manières de lire des autodidactes porteront la marque de cette boulimie désordonnée qui suscitera la dérision de l'auteur de *La Nausée*. Un demi-siècle après Agricol Perdiguier, le mineur valenciennois, Jules Mousseron, se

Le secret de l'individu

jette, sitôt la « remontée », sur tous les livres qui lui tombent sous la main. Moins audacieuses, les ouvrières de la Belle Époque se sentent coupables de dilapider un temps normalement consacré au travail. Elles ne se vantent pas de leurs lectures et se gardent d'afficher des goûts individuels. Elles n'en dévorent pas moins avec avidité des romans populaires dont la présentation s'accorde au temps fragmenté de leur lecture et facilite le commentaire quotidien à l'intérieur de l'omnibus ou de l'atelier.

Le contenu des lectures

Mais que lit-on de préférence quand on a atteint l'âge de guider librement ses lectures ? À ce propos, il convient de ne pas se laisser aveugler par les prestiges de l'histoire littéraire. Claude Savart a montré quelle était, en 1861, l'ampleur de la diffusion de la littérature de piété, et l'analyse des inventaires après décès révèle l'importance du livre professionnel. Les ouvrages de droit remplissent la bibliothèque des magistrats de Poitiers, et les praticiens de campagne garnissent la leur de livres de médecine. En outre, les auteurs classiques continuent de s'entasser sur les rayons. Adeline Daumard relève à ce propos le dédain dont font preuve les bourgeois de Paris à l'égard du livre contemporain ; Eugène Boileau, enfermé, à partir de 1872, dans son château de Vigné, annote Sénèque et Benjamin Franklin, deux auteurs qui inspirent son règlement de vie. Tout porte à souligner, d'autre part, l'ampleur de la consommation poétique au XIXe siècle. La pratique du lutrin, la longue écoute des textes liturgiques, le goût d'un public cultivé, le plus souvent bilingue, pour les poètes latins, le succès du poème amateur lu en fin de repas, recopié sur l'album, le foisonnement des sociétés de poésie et, plus encore peut-être, la vogue de la chanson et la multiplication des poètes ouvriers assurent l'omniprésence sociale du texte poétique. Deux indices parmi bien d'autres : dans presque toutes les familles de mineurs du Valenciennois de la Belle Époque, les jeunes filles tiennent un cahier de chansons, et Marie-Dominique Amaouche-Antoine note cette même pratique chez les chapeliers de la haute vallée de l'Aude.

Pour le reste, les contemporains soulignent les progrès constants du roman aux dépens des auteurs classiques et du livre d'histoire. À partir de la monarchie de Juillet, ce goût se traduit, au sein du peuple lui-même, par le succès inouï du roman-feuilleton. La baisse des prix autorise par la suite une large diffusion de ces collections romanesques dont l'éditeur Charpentier a su dessiner le modèle. Dans le même temps, l'influence du scientisme et du patriotisme enseignés à l'école aide au succès de Jules Verne et d'Erckmann-Chatrian. Dans de petits hameaux de la Creuse, d'humbles bibliothèques se constituent à la fin du siècle. Les œuvres de Victor et de Paul Margueritte y côtoient celles de ces trois auteurs.

La constitution du musée intérieur

L'attrait grandissant pour les plaisirs solitaires du « cabinet » accompagne l'essor de la lecture muette. Au XIXe siècle, la collection demeure une pratique essentiellement masculine ; c'est l'homme qui invente et dessine le projet de l'accumulation. La femme ne sait créer que « mille riens ». En 1892 comme en 1895, les expositions d'ouvrages de dames suscitent l'ironie des critiques ; ceux-ci refusent d'accorder de la valeur à ces dérisoires produits du désœuvrement. Tout au plus la tendresse et la piété sauraient-elles autoriser l'amie ou la mère à rassembler dans les tiroirs de son secrétaire quelques souvenirs familiaux, particulièrement émouvants.

La collection a son histoire. Durant la première moitié du siècle s'élabore une pratique nouvelle. Dispersés par la tourmente révolutionnaire, les objets qui garnissaient les cabinets aristocratiques se trouvent réduits à l'état de déchets. Ils viennent échouer dans d'innombrables bric-à-brac, dont Victor Hugo trace, dans *Quatre-Vingt-Treize,* un saisissant tableau. Tandis que se constituent les grandes collections publiques, la remise en cause des hiérarchies se double d'une désorganisation du système des signes de la suprématie sociale.

Alors apparaît une nouvelle race de collectionneurs. Durant une vingtaine d'années (1815-1840), la conjoncture demeure favorable aux acheteurs. À l'image du cousin Pons, des foui-

Le secret de l'individu

neurs de bric-à-brac, bien souvent des marginaux sans grande fortune, réussissent, en assez peu de temps, à se constituer d'étonnantes collections. Vers 1840-1845 se développe un brusque effet de mode. Les bourgeois désormais se ruent chez les brocanteurs. La conduite nouvelle se codifie. La visite de la boutique d'antiquités, la patiente recherche appuyée sur un nouveau savoir d'achat s'instituent en rituel. La monarchie de Juillet constitue l'âge d'or du cabinet d'« archéologie », du musée intérieur, indifférent aux prestiges de la vénalité. Le collectionneur privilégie alors l'objet antique; il ambitionne de « sauver l'histoire » et ne songe pas encore à la revente. À sa mort, le commissaire-priseur dispersera tous ses trésors. La province n'ignore pas le personnage. À Toulouse, par exemple, opèrent alors une dizaine de ces collectionneurs.

Après 1850 se définit la valeur de l'objet, se structure le commerce de l'antiquité. Que le trésor de Pons finisse par tomber entre les mains de l'inculte Popinot préfigure l'emprise prochaine de la vénalité. Une mutation s'opère dès lors dans les conduites. Une pléiade de collectionneurs richissimes donnent le ton. Le fait est à souligner : tous les grands hommes d'affaires ont éprouvé le désir d'accumuler des objets précieux. Chez certains, il apparaît avec évidence que ce désir l'emportait sur toute autre passion. Les magnats de la banque, notamment les frères Pereire en leur hôtel du faubourg Saint-Honoré et les Rothschild à Ferrières, ont été ravagés du désir d'accumuler. Nombre d'industriels aussi. Eugène Schneider collectionne la peinture hollandaise et les dessins. Il enferme ses trésors, que personne ne peut voir, dans un cabinet dont il porte sur lui la clé, en permanence. Les directeurs des grands magasins – le plus souvent des parvenus – sont saisis, eux aussi, par la frénésie nouvelle : Boucicaut collectionne les bijoux, Ernest Cognacq et Louise Jay, fondateurs de la Samaritaine, les objets du XVIIIe siècle.

Tous sont en même temps mécènes; ils exercent une grande influence sur les modes. L'impressionnisme, comme l'Art nouveau, doit beaucoup à ces bourgeois ambitieux. Après 1870, le grand collectionneur se refuse à la dispersion posthume des objets accumulés avec un grand souci d'éclectisme. Il entend désormais être célébré par les générations futures. Afin de survivre dans la mémoire nationale, il fait don de ses trésors aux Musées nationaux, dont une des salles portera son nom.

Les plaisirs solitaires du « cabinet »

L'appétit du collectionneur semble alors relever d'une double démarche. Pour qui ambitionne de fonder un nouveau lignage, accumuler ainsi des sémiophores répond au désir de légitimer une position nouvellement acquise. La collection confère un évident prestige culturel; liée au mécénat, elle permettra au besoin d'orienter les goûts et la production artistique. Ainsi s'accomplit un brouillage des origines aristocratiques et bourgeoises suffisamment savant pour qu'un Arno Mayer s'y laisse prendre et confonde, à propos de la France tout au moins, Ancien Régime et éclectisme bourgeois.

Mais le désir de collectionner révèle surtout une structure psychologique secrète; il relève profondément de l'histoire de la vie privée. La constitution d'un musée intérieur résulte, selon les cas, de multiples désirs. La collection peut n'être que simple accumulation de souvenirs individuels. Le coffret secret où Nerval enferme les mèches et les lettres de Jenny Colon, la collection d'objets sensuels et odorants qui rappelle au Flaubert de Croisset l'ivresse des nuits avec Louise Colet autorisent une délectation solitaire, à la fois nostalgique et craintive. Le souci de contrôler, d'enfermer sa propre libido peut susciter ce type de pratique, qui semble alors se développer de préférence passé la quarantaine.

Possession à l'état pur, sans visée fonctionnelle, la collection comble la passion individuelle de la propriété privée; mais elle peut se faire aussi fuite passionnée, refuge au milieu d'objets qui sont autant d'équivalents narcissiques du moi. Par-delà les alibis du snobisme et du plaisir esthétique, on pressent que la collection compense un échec, réel ou fantasmatique. Sa carrière brisée par l'administration impériale, le petit magistrat Henri Odoard se retire à Chantemerle; là, il organise pieusement les archives familiales et collectionne coquillages et médailles. Le repli vers l'univers domestique

Le secret de l'individu

confirme l'échec de la relation que nous disent encore le clair-obscur, les meubles capitonnés et les abondantes tentures de l'intérieur bourgeois des années 1880. Faut-il voir dans ce repli le signe d'une peur inconsciente des masses ou le remords de la spoliation qui se trouve attestée, en creux, par la richesse des objets entassés ? La névrose de Des Esseintes pourrait le donner à penser.

Sans doute le jeu de la série dans l'intimité obéit-il encore au même processus de régression que la tenue du journal. À la fois plaisirs solitaires et formes d'autodestruction, les deux passe-temps s'en prennent à la mort. Quoi qu'il en soit, l'omniprésence de la collection constitue à coup sûr l'une des manifestations les plus profondes de l'histoire des classes dominantes au XIXe siècle. L'ignorer serait se condamner à une incompréhension totale des mobiles qui guident les ténors de la vie économique.

Diffusion sociale d'une pratique

L'essentiel n'en reste pas moins la diffusion de ces pratiques demeurées longtemps élitistes. Tandis que la philatélie est en plein essor, d'innombrables collections de cartes postales, de coquillages, de médailles puis de poupées se constituent entre 1890 et 1914. La petite bourgeoisie, notamment celle de la province, se laisse vite gagner par le désir de se constituer des archives familiales, puis des collections d'objets-souvenirs. Chantal Martinet étudie la descente de cette conduite jusqu'au sein des milieux populaires. Peu après qu'Henri Odoard aura pieusement regroupé les correspondances familiales, c'est dans tous les milieux que l'on commence de conserver les photos, les marquettes, les robes de fiançailles, les bouquets et les couronnes de mariées. Les trésors « faits à la main » s'en vont rejoindre les actes juridiques et les numéros de conscrits en une accumulation de souvenirs pieux que la mort rendra vaine. Volonté d'imitation, démocratisation d'une conduite ? À coup sûr. Mais aussi diffusion sociale du sentiment de la menace qui s'exerce sur les valeurs du passé et refus d'accepter la brisure des générations. Ne pas avoir su assurer la transmission engendre, en ces milieux, une culpabilité nouvelle ; c'est elle qui incite à rassembler ce qui pourra tout au moins maintenir la trace. En outre, nous retrouvons ici la volonté qui pousse à personnaliser l'inscription funéraire. « Joseph Brunet est un homme, je vous le dis, croyez-moi ! » écrit en 1864 un obscur propriétaire sur la page de garde d'un des livres de sa collection.

Il est d'autres phénomènes qui relèvent du processus d'imitation. À partir de 1880, tandis que s'exacerbe la décoration de l'intérieur bourgeois, les acheteurs populaires commencent de se montrer friands de *simili* ; un commerce de fausses antiquités se développe ; des collections de faux objets se constituent. La chambre « Louis XV », le buffet « Henri II » introduisent de nouveaux rapports entre le peuple, son mobilier et son intérieur. C'est tout le rituel de la vie privée qui s'en trouve affecté.

La réclusion du sujet au milieu de sa collection, vécue par Pierre Louÿs dans sa demeure du hameau de Boulainvilliers, marque le point ultime de ce repliement sur soi qui scelle l'ascension du sentiment de la personne. Une telle conduite permet de mesurer combien le désir de communication pouvait se faire oppressant. L'étude des plaisirs et du loisir solitaires impose celle de la quête de la relation intime, tout à la fois récit de soi à l'autre et lien du corps, du cœur ou de l'esprit qui attache à autrui.

La relation intime ou les plaisirs de l'échange

L'aveu de la faute et les chemins de la confidence

Le sentiment de vulnérabilité qui accompagne le progrès de l'individuation, l'échec de la relation qui, au sein des classes dominantes, invite au repli frileux sur les plaisirs solitaires, l'intériorisation des impératifs d'une morale sexuelle sans cesse plus exigeante, qui gonfle la culpabilité intime, accroissent les prestiges de la rencontre. Alors se creusent les chemins de la confidence et se raffinent tout à la fois les plaisirs et les affres de l'aveu.

Le siècle de la confession

Les spécialistes considèrent le XIXe siècle comme l'âge d'or du sacrement de pénitence. Le tribunal de Dieu, écrit Philippe Boutry, se situe au cœur de la « religion introspective, investigatrice et parfois culpabilisante » qui est la marque spécifique du catholicisme de ce temps. L'examen et l'aveu apparaissent alors comme les deux conditions premières du salut. En outre, le sacrement entre dans la stratégie de sauvegarde de la morale familiale : il retire les jeunes gens de l'abîme, prévient les adultères et, plus tard, évitera les divorces. Il concourt enfin à la préservation de l'ordre social. « Voilà la barrière du socialisme, voilà le salut de la France », écrit à son propos, en 1853, l'obscur abbé Debeney.

Il peut se faire que le prêtre vienne entendre l'aveu à l'intérieur de la sphère privée. À dire vrai, la procédure se révèle extrêmement rare ; on la réserve aux malades et à une étroite élite sociale qui dispose d'un oratoire, voire d'une chapelle domestique, et qui bénéficie parfois de la présence d'un chapelain. Le plus souvent, le sacrement se déroule à l'église ou à la sacristie. Le confessionnal se généralise dès le début du siècle, puis va en se compliquant. Il peut n'être, à l'image de celui qu'utilise le curé d'Ars pour entendre les hommes, qu'un rustique fauteuil encadré de deux planches ; mais ce peut être une de ces somptueuses armoires de chêne ciré dont l'intimité ombreuse suscitera les foudres de Michelet.

On a, trop à la légère, mis en parallèle le confessionnal et le divan du psychanalyste. Il est, certes, facile de relever des similitudes : au prêtre – comme au médecin – s'imposent le recueillement, l'attention, le discernement et la discrétion ; dissimulé derrière la grille, il ne doit livrer ni son visage ni son regard. Le secret de la confession sera en outre très bien gardé tout au long de ce siècle : l'honneur sacerdotal était à ce prix. Mais combien différent de celui d'un patient apparaît le comportement du pénitent ; l'attitude, le geste et le vêtement, tout en lui traduit la volonté d'humilité. À genoux, les mains jointes, sans chapeau, la voilette baissée s'il s'agit d'une dame, il se soumet par avance au jugement du prêtre. C'est *mezza voce* que le fidèle énumère la liste de ses fautes ; il s'exerce, ce faisant, à maîtriser le langage de la confession intime ; apprentissage difficile pour les populations rurales, habituées à s'exprimer à voix très forte.

Pour le catholique, l'aveu doit s'accompagner de contrition. Alors seulement l'absolution peut venir effacer la faute et garantir le salut. De là, l'immense portée du refus d'absolution, couramment pratiqué depuis la seconde moitié du XVIIIe siècle. Cette mesure rigoriste exclut publiquement le fidèle de la communion pascale ; elle installe en lui l'idée de la damnation possible. « Mon ami, vous êtes perdu », « Mon garçon vous êtes damné », ne craint pas de déclarer Jean-Marie Vianney à deux de ses pénitents.

Il serait erroné d'opposer trop strictement confession et direction de conscience. La plupart des ecclésiastiques, quelques jeunes filles et quelques femmes zélées, aristocrates ou bourgeoises pour la plupart, ainsi que certaines vieilles demoiselles installées dans le voisinage de la cure bénéficient d'une direction suivie, personnalisée. Ces privilégiés demeurent une minorité. Il n'empêche que la confession est aussi recours, et qu'elle implique toujours la soumission au magistère spirituel ; les quelques mots qui précèdent l'énoncé de la pénitence infligée au pécheur, l'appel aux bonnes résolutions constituent une forme, sans doute assez fruste, de direction de la conscience.

En théorie, le fidèle doit se confesser au curé de sa paroisse. Jusque vers 1830, le clergé rural demeure jaloux de cette prérogative ; par la suite s'instaure une certaine liberté de choix. Dans les milieux fervents, élire un confesseur constitue un véritable rite de passage ; pour la jeune fille de retour du pensionnat et qui se trouve à la veille d'entrer dans le monde, la décision est d'importance. À lire la correspondance de la jeune Fanny Odoard, on perçoit combien se révèle décisive l'influence de son directeur, l'abbé Sibour, futur archevêque de Paris. Les qualités respectives des confesseurs alimentent au besoin la conversation de ces dames. Dans les paroisses citadines, certains prêtres se sont spécialisés : les uns entendent de préférence les enfants et les jeunes, d'autres les domestiques. Quelques-uns de ces pasteurs jouissent d'une grande réputation ; quand se pose un difficile cas de conscience, ils constituent un recours extraordinaire. Le curé d'Ars demeure le modèle suprême de ces apôtres de l'aveu. Durant près de trente ans, il se tient dix-sept heures par jour prisonnier de la file des fidèles qui se pressent devant son confessionnal, sous la houlette d'un véritable service d'ordre. Que la personne du « bon curé » ait suscité le pèlerinage le plus important du pays atteste clairement l'importance du sacrement. Mais Jean-Marie Vianney n'est pas seul. Le père P. A. Mercier, retiré à Fourvière à l'âge de soixante-six ans, entendra vingt mille pénitents en moins de quatre ans.

Insatisfait de la routine des aveux ordinaires, le fidèle peut entreprendre une confession générale de ses fautes. Ainsi procèdent les convertis ; tel ce professeur fasciné par le curé d'Ars et qui ne s'était pas confié à un prêtre depuis quarante-quatre ans. La confession générale peut couronner une retraite, une mission, un pèlerinage ; elle s'impose aux agonisants qui ont conservé leur lucidité.

La pratique du sacrement

Claude Langlois note que, dans le diocèse de Vannes, entre 1800 et 1830, la fréquence du sacrement de pénitence diffère beaucoup selon les individus. La confession mensuelle est, dès cette époque, obligatoire dans les établissements secondaires. Déjà, certaines âmes pieuses, généralement des familles en bloc, communient et se confessent fréquemment ; à tel point que l'évêque se déclare inquiet du surcroît de fatigue que ces fidèles trop zélés imposent à son clergé. Il serait toutefois imprudent de surestimer cette nouvelle demande populaire. Durant tout le siècle, les ruraux du diocèse de Belley resteront hostiles à la confession fréquente. Dans le diocèse d'Arras, la permanence d'un certain rigorisme rend les pasteurs méfiants à l'égard de cette pratique. En haute Bretagne, celle-ci ne se développera pas avant le XXe siècle. Jusqu'alors, la masse des fidèles se contente de se rendre trois à quatre fois par an au confessionnal.

Le sacrement de pénitence n'échappe pas au dimorphisme sexuel qui caractérise la pratique religieuse au XIXe siècle. Les statistiques établies dans le diocèse d'Orléans à la demande de Mgr Dupanloup, l'analyse quantitative des pénitents du curé d'Ars, les doléances exprimées par les pasteurs lors des visites pastorales, en bref, toutes les sources conduisent à souligner la féminisation du sacrement. Cette tendance se trouve accentuée par la « confession dans la dépendance » (Ph. Boutry) : le prêtre reçoit tout à la fois mission de veiller à la pureté de la jeune fille, à la fidélité de l'épouse et à l'honnêteté de la domestique.

Durant la première moitié du siècle, la confession des enfants n'intéresse guère le clergé français. En Bretagne, note Michel Lagrée, elle ne se pratique pas avant la première communion, c'est-à-dire avant l'âge de douze ans. En 1855, Rome commence de critiquer cette rétention. Le clergé français va se plier peu à peu aux nouvelles injonctions ; en 1861, le synode des évêques bretons demande que les prêtres acceptent d'entendre les petits autrement que pour la forme. Très vite, le rythme de la confession enfantine s'accélère ; à la fin du XIXe siècle, il se calque sur celui de la pratique des adultes. En 1910, dès la réception du décret *Quam singulari,* la communion privée est instituée dans les diocèses. Dans celui de Saint-Brieuc toutefois, et ce n'est qu'un exemple, les fidèles font alors preuve de beaucoup de réticence à l'égard de la nouvelle pratique.

Les garçons cessent, pour la très grande majorité, de fréquenter le confessionnal après la première communion. Le détachement des hommes varie toutefois selon les régions ; dans la plaine de la Lys, à la fin du siècle, 60 % d'entre eux communient durant le temps pascal ; ils ne sont que 20 % dans l'Artois méridional, quelques kilomètres plus loin. Pour certains jeunes ouvriers notamment, l'expérience de la confession se révèle décevante. Norbert Truquin raconte avec humour comment, lors de son unique tentative, il laissa en plan le bon prêtre qui s'empressait de lui demander s'il « voyait des femmes ». Pour ramener les hommes à une pratique que la très grande majorité a délaissée, le clergé ne ménage pas ses efforts, infructueux le plus souvent ; il sait au besoin faire preuve de laxisme. En 1877, les statuts synodaux de Montpellier conseillent aux confesseurs de ne pas faire attendre les messieurs, d'éviter de trop les interroger sur le chapitre de la luxure et d'user de la plus grande indulgence à leur égard.

L'évolution de la théologie morale

Ces conseils rappellent que la théologie morale et l'attitude des confesseurs n'ont cessé d'évoluer au cours du siècle. Au lendemain du Concordat, et cela jusque vers 1830, triomphe un rigorisme qui s'inscrit dans la tradition du gallicanisme, davantage semble-t-il que dans celle du jansénisme. Les pasteurs sont hantés par l'idée de la damnation et par la crainte de la confession sacrilège. L'attitude rigoriste s'accorde au ton de la prédication sur les fins dernières. Les refus et les délais d'absolution sont alors pratiques fréquentes. Ils frappent de préférence les pécheurs publics et habitudinaires, non ceux que les théologiens considèrent comme « occasionnels » ou « récidifs ». Comment s'étonner dès lors de retrouver dans les asiles un grand nombre de ces femmes, atteintes de monomanie religieuse, qui se torturent en d'inépuisables autopunitions et sombrent dans l'anorexie pour que Dieu épargne au reste de l'humanité le châtiment mérité par leurs péchés ?

Ce rigorisme du tribunal des consciences repose sur la condamnation de tout ce qui relève de cette sociabilité festive ou ludique qui échappe au clergé. Le bal, les « assemblées », les « pardons » bretons, le cabaret, la veillée paysanne, le repas de noce, les rites de la fréquentation juvénile et même la simple coquetterie qui révèle l'orgueil du corps suscitent les foudres de ces sombres curés. Le vieux thème du « décolletage » indécent se trouve revivifié par l'évocation de la guillotine, terrible vengeresse des vices de l'Ancien Régime. Tandis que Jean-Marie Vianney vitupère jeunes gens et parents, le curé de Véretz empêche ses paysans de danser. Sous le Second Empire encore, celui de Massac, dans le Tarn, arpente avant la messe les travées de son église pour inspecter la tenue des femmes ; à l'une d'elles, il ne craint pas de couper une mèche jugée par trop exubérante.

À partir de 1830, toutefois, s'opère la détente. Durant les vingt années qui suivent, grâce aux efforts de pasteurs résolus, dont Mgr Devie, évêque de Belley, constitue le modèle, les doctrines d'Alphonse de Liguori, traduit par Thomas Gousset, s'imposent peu à peu dans les séminaires et les réunions cléricales. Cette nouvelle théologie morale invite le confesseur à la prudence et à l'indulgence ; elle conseille d'éviter de désespérer le pécheur. Tranquilliser les âmes semble dès lors plus utile au salut que de les effrayer. L'influence des jésuites, celle de Lamennais puis, d'une manière plus générale, les progrès de la piété ultramontaine jouent en faveur de cette humanisation du sacrement de pénitence. La masse des fidèles commence d'assimiler les plus simples injonctions de la théologie morale ; de ce fait, la parole cléricale n'a plus à se faire aussi lourde ; et voici que le terrible curé d'Ars, désormais adouci, ne va plus cesser de mêler ses larmes à celles de ses pénitents.

Un retour partiel du rigorisme s'effectue sous le Second Empire ; la sexualité au sein du mariage concentre les nouvelles foudres cléricales. Tandis que le Dr Bergeret traque, de son cabinet, les « fraudes conjugales », le clergé décide de

La relation intime ou les plaisirs de l'échange

s'en prendre à l'« onanisme des époux ». De 1815 à 1850, remarque Jean-Louis Flandrin, l'Église avait fait preuve d'une certaine passivité en ce domaine. Alors s'opère la « diffusion discrète » de la contraception. Le contrôle des naissances se répand dans la paroisse d'Ars, aussi bien que dans le diocèse du Mans, comme le reconnaît son évêque, Mgr Bouvier. Néanmoins, les théologiens romains continuent d'estimer qu'une épouse peut accepter les rapports sexuels, bien qu'elle sache d'expérience que son mari pratique le coït interrompu. L'Église voit dans ce laxisme le moyen d'éviter que la femme ne soit victime de sévices et que l'homme ne se réfugie dans la fornication.

À partir de 1851, l'attitude de Rome se fait plus sévère ; la rivalité qui s'instaure entre l'homme et Dieu pour la maîtrise des sources de la vie inspire l'inquiétude. Désormais, les théologiens du Saint-Siège condamnent fermement toute forme de coopération, même passive, de la part de la femme dont l'époux pratique l'onanisme. L'Église de France accompagne cette évolution plus vite, semble-t-il, que ne le pensait naguère Jean-Louis Flandrin. Dès le début du Second Empire, Mgr Parisis invite le clergé du diocèse d'Arras à plus de fermeté. À partir de 1860, le nouvel évêque de Belley adopte la même attitude. La défaite et la Commune accentuent ce nouveau rigorisme. Les confesseurs, jusqu'alors très discrets sur le chapitre de la chair, vont désormais pousser plus avant l'interrogatoire ; le temps n'est plus où il s'imposait, sur un tel sujet, d'attendre le questionnement du pénitent.

Le pouvoir insidieux du confesseur

L'approfondissement de l'investigation se produit au moment où se déploie l'offensive anticléricale. Le livre de Michelet, *Du prêtre, de la femme, de la famille*, avait ouvert le débat en 1845. On sait de quelle manière les romanciers s'emparent du thème. Zola *(La Conquête de Plassans)*, Edmond de Goncourt *(Madame Gervaisais)*, George Sand *(Mademoiselle de la Quintinie)*, le sâr Péladan *(Le Vice suprême)* posent la confession comme l'un des problèmes majeurs de ce temps.

La campagne se développe chez les publicistes. En 1885, Léo Taxil et Karl Milo lancent *Les Débauches d'un confesseur*. La littérature militante et la presse anticléricale triturent le sujet ; Jean Faury l'a montré d'abondance à propos du Tarn. L'hostilité au confesseur suscite même quelques réactions populaires : en 1839 déjà, les paysans de Dompierre-en-Dombes avaient pétitionné contre leur curé, dont les questions en « apprenaient trop ». Jusque dans l'obscurité de son confessionnal, le prêtre reste soumis à la rumeur villageoise. Il y a d'autre part beau temps que, dans les milieux ouvriers, l'espionnage du curé était ressenti comme un problème quotidien.

L'offensive anticléricale s'ordonne autour de quatre thèmes majeurs. Le pouvoir insidieux dont dispose le confesseur gêne le libre épanouissement de l'individu ; le besoin permanent de recours s'oppose à l'autonomie de la personne, sur laquelle les néokantiens fondent la vie morale. L'indiscrète volonté de savoir, que traduit encore l'enquête latérale auprès des familiers et des voisins, conduit à un contrôle absolu des rythmes les plus intimes du sujet ; elle risque d'aboutir à un véritable effacement de l'être, à ce que Michelet qualifie de « transhumanisation ».

La mise en cause de la sexualité cléricale s'opère de multiples façons, parfois contradictoires. Fort de sa grande science du péché de chair, le confesseur, par ses questions excessives, éveille l'âme innocente aux premiers émois du vice. Effrayée et dégoûtée par les propos de son directeur de conscience, Suzanne Voilquin décide ainsi, à l'âge de quatorze ans, de cesser de recourir au sacrement de pénitence.

Obsédé par la femme, dont la robe qu'il porte et la sensibilité qu'il manifeste attestent qu'il est proche, frustré, toutefois, par son vœu de chasteté, le prêtre risque à tout moment d'être troublé, voire enivré, par l'impudeur de l'aveu féminin. Ce thème nourrit l'image du prêtre séducteur qui court tout au long des pages de cette littérature. Surtout, le confesseur, par son questionnement, exige de se faire le confident des ébats conjugaux ; il perce les secrets les plus intimes et, par ses injonctions, prétend guider ce qui se déroule dans le lit. Il risque donc de gêner l'épanouissement hédonique du couple. La surveillance trop étroite qu'il exerce sur la pureté de la jeune fille vient parfois contrecarrer les projets matrimoniaux ; la parole du confesseur peut même conduire au couvent la fille du libre penseur.

Pour l'époux jaloux de son autorité, le prêtre est devenu un concurrent. Ce n'est pas la liberté de la femme que défendent les anticléricaux, eux aussi assoiffés de vertu féminine. L'ingérence du prêtre choque leur sentiment de propriété. Cette jalousie à l'égard de l'intrus qui veut régenter la vie privée, qui abuse au besoin des visites à domicile, qui se tient à l'affût du moment où lui sera livrée l'âme fragile de l'épouse, prend la forme d'un véritable « machisme anticlérical » (Jean Faury).

La menace que le clergé exerce sur les fortunes constitue le dernier des grands axes de ce combat. L'article 909 du Code civil prévoit en effet que le confesseur ne saurait hériter de son pénitent. Tout legs pieux sera désormais considéré comme une spoliation par les anticléricaux.

La vivacité de ces querelles laisse deviner l'importance de l'enjeu. La confession, aux yeux de ses adversaires, menace tout à la fois le secret renforcé de la vie privée, les impératifs de la nouvelle éthique individualiste et l'épanouissement de ce couple fraternel dont rêve Michelet. Si le chercheur possédait toutes les sources de ce dialogue de la transgression et de la culpabilisation, il irait au plus profond de l'histoire de la vie privée.

Il arrive que la découverte d'une correspondance aide à lever le voile et révèle la réalité des drames de la confession. En 1872 et 1873, Eugène Boileau, jeune et riche anticlérical qui collectionne les coupures de presse sur les prêtres scandaleux, explique à sa fiancée, en une série de lettres émouvantes, comment il conçoit leur future union. Indigné d'apprendre que la jeune fille est terrorisée par un confesseur à l'attitude ambiguë, qui tente tout à la fois de la spolier et de la séduire, il lui ordonne de rompre avec ce triste personnage. Les enfants qui naîtront du couple ne seront pas baptisés.

L'aveu sexuel et le secret médical

Il faut bien mesurer combien l'aveu de la tare ou de la maladie sexuelle pouvait alors se révéler difficile. À preuve, la peur des mots. Dans la bonne société, on n'appelle pas les choses du sexe par leur nom. Lorsque les romanciers traitent de l'impuissance, ils se contentent de suggérer l'échec. La syphilis impose le détour linguistique : le malade « fréquente sainte Véronique » ; à partir de 1902, il devient un « avarié ». L'expression, assez douce, empruntée au théâtre de Brieux, permet enfin aux conversations de salon d'aborder timidement le torturant sujet. Dans les onze mille quatre cents lettres de la famille Boileau, il n'est jamais question de tare ou de faute sexuelle ; on n'y trouve aucune allusion aux maladies de poitrine, sur lesquelles pèse le même tabou.

La littérature médicale confirme cette difficulté de l'aveu. Le Pr Alfred Fournier, auteur de *La Syphilis des innocents,* cite le cas d'une jeune vierge contaminée par un baiser et qui, le corps couvert de lésions, avait gardé pour elle le terrible secret. Tel officier se brûle la cervelle, au sortir du cabinet du médecin, pour ne pas avoir à écrire à sa chaste fiancée qu'il souffre de la syphilis. Un jeune homme ne saurait révéler à sa mère qu'il est contaminé ; il lui est même difficile de le dire à son père. « Ne crains pas de me l'avouer », écrit à ce propos Marie-Laurent Odoard à son fils Henri, étudiant à Paris.

En ce domaine, le confident privilégié, souvent unique, c'est le médecin. Or, même dans le secret du cabinet, l'aveu est difficile. Les praticiens se plaignent à l'envi de ne pouvoir obtenir celui du jeune onaniste. Bergeret doit faire preuve de beaucoup de patience avant que ses clients n'en viennent à reconnaître leurs « fraudes conjugales ». Les femmes, nous l'avons vu, hésitent avant de se livrer au spéculum. À partir de 1880, la maladie génitale se fait plus obsédante. Le dogme ascendant de l'hérédosyphilis entretient l'idée de l'impossible guérison ; il impose dans l'esprit du malade l'image d'une descendance d'avortons, voués à une mort précoce. L'Occident subit la tentation de l'eugénisme. Le secret médical vacille.

À dire vrai, bien peu d'individus en bénéficient pleinement. Le conseil de révision constitue l'occasion d'un examen public. À l'hôpital, lors de la visite, les phtisiques sont présentés au groupe des carabins ; Charcot exhibe les hystériques de la Salpêtrière à la bonne société. Les vénériens parisiens entassés à Lourcine ou à Saint-Lazare, les syphilitiques regroupés dans des salles spéciales des hôpitaux ou des prisons de province n'ont guère la possibilité de dissimuler leur état. Les proxénètes averties racolent jusqu'au pied des lits ; les connaissances du quartier savent à quoi s'en tenir. À la campagne, la rumeur désigne celui qui a le « sang pourri ». Il faut attendre l'extrême fin du siècle et les consultations de dermatologie de l'hôpital Saint-Louis pour que s'opère le brouillage et que soit offert au peuple le privilège nouveau d'un relatif secret.

Dans la bourgeoisie qui forme la clientèle privée des spécialistes, il en va autrement. Ici, la tare génétique risque de gêner la stratégie matrimoniale. La guérison ne suffit pas à rendre toutes ses chances d'établissement à un jeune que l'on sait poitrinaire. La crainte d'une rechute ou d'une descendance compromise continue de le faire considérer comme un infirme ; d'où l'importance du secret. La famille de Marthe craint que l'hystérie supposée de la jeune Normande ne gêne le mariage des cousins de Bourgogne. Par bonheur, l'article 378 du Code pénal impose le silence au médecin.

De 1862 à 1902, l'héréditarisme régnant conduit cependant certains patrons à remettre le dogme en question. À leurs yeux, il conviendrait avant tout d'empêcher la procréation d'êtres dégénérés. Les Prs Brouardel, Lacassagne et Gilbert-Ballet proposent, pour leur part, de s'en tenir à des subterfuges. Ils suggèrent aux parents de la jeune fille de prier le fiancé de contracter une assurance-vie ; ce qui l'obligera à subir une sévère visite médicale. Brouardel conseille encore de ménager une entrevue entre les deux médecins de famille ; chacun donnera son avis à ses clients sans trahir de secret. Duclaux propose d'obliger le fiancé à donner sa parole d'honneur... Une petite minorité de médecins, conduite par Louis-Adolphe Bertillon, prône le « casier médical » ou « dossier sanitaire » individuel, sur lequel seraient retracées l'histoire pathologique du sujet et celle de ses ascendants. Certains disciples de Galton penchent pour l'examen et le certificat attestant que le célibataire est « bon pour le mariage ». Ils ne réussiront pas à imposer la mesure avant la Première Guerre mondiale. En 1903, une enquête menée par *La Chronique médicale* montre que les praticiens sont hostiles à la « loi matrimoniale ». Les grandes heures de la terreur héréditariste sont passées ; les disciples de Pasteur n'éprouvent plus, nous le verrons, les mêmes angoisses que ceux de Benedict Morel ou de Prosper Lucas. Cet échec montre en outre avec quelle vigilance les classes dominantes entendent alors protéger le secret de leur vie privée.

La confidence juvénile

L'isolement imposé aux garçons et aux filles de la bourgeoisie, soigneusement coupés de la sociabilité populaire et cantonnés dans des relations mondaines, codifiées à l'extrême, incite à l'amitié particulière et passionnée ; la difficulté de l'aveu avive le désir de se raconter à un compagnon d'élection. La confidence juvénile, respectueuse du clivage sexuel, joue ici un rôle primordial dans l'élaboration de la personnalité.

Le choix d'une amie de cœur constitue un épisode important de la vie de l'adolescente. Les mères favorisent le développement de ces liaisons durables entre filles sérieuses et totalement franches. Elles espèrent que la solidité d'un tel attachement, antithèse de la frivolité des amitiés mondaines, sera l'un de ces points fixes qui permettront à leur fille de s'orienter dans l'existence. Tandis que se défont les rites de la sociabilité juvénile, on verra bientôt se gonfler dans les campagnes ce même souci de l'amitié privilégiée. Dans les familles catholiques, c'est le plus souvent la camarade de communion qui cristallise ce besoin d'attachement inaltérable. Interrogées en 1976, les vieilles de Bué-en-Sancerrois s'accordaient à exalter le rôle de cette compagne.

L'arrachement à la chaleur de l'ambiance familiale, la plongée brutale dans l'atmosphère cruelle du pensionnat imposent l'urgence de l'amie de cœur. Le règlement y incite qui, depuis Mme de Maintenon, pousse les grandes à prendre sous leur protection l'une des jeunes nouvelles. George Sand a minutieusement relaté les douceurs de ces amitiés privilégiées. Dans ce monde clos, la ségrégation des sexes entretient la gestuelle ambiguë des inséparables. C'est ici entre filles que l'on échange portraits et serments. Souvent, ces amitiés se révèlent durables. Sorties du pensionnat et figées dans l'attente du mariage, les « grandes filles » échangent une abondante correspondance ; elles se rendent de réciproques visites.

Les exemples sont légion de la solidité de tels attachements. Eugénie de Guérin s'étonne elle-même d'avoir ainsi tissé un véritable réseau de filles sages, tendres et précocement mûries par l'apprentissage de la mort familiale. Bien entendu, les cousines jouent souvent le rôle d'interlocutrices privilégiées. Dans la famille Boileau, elles utilisent l'anglais pour déjouer la curiosité des parents. Entre Nîmes et Mercurol, Fanny et Sabine Odoard échangent mille petits secrets. Cette fois encore frappe le sérieux de la correspondance ; dans cet échange, il n'est pas question de prince charmant, mais de scrupules de conscience, de règlement de vie. À l'annonce du choléra, la jeune Fanny prend ses précautions, met en sûreté ses papiers intimes et se prépare au passage dans l'au-delà. Habituée à jouer le rôle d'infirmière au sein de sa famille et d'ange bienfaiteur auprès des indigents du voisinage, la jeune fille de ce milieu aussi est familière de la douleur.

De telles correspondances amèneraient à douter de la validité du topos, essentiellement masculin, qui présente des jeunes filles impatientes du récit voilé de la nuit de noces de leur meilleure amie. On sait l'usage qui sera fait de ce thème entre la publication des *Mémoires de deux jeunes mariées* (1842) et celle de *Chérie* d'Edmond de Goncourt (1889).

Très différente, mais tout aussi intense, apparaît l'amicalité masculine née dans les pensions, les collèges ou sur les bancs de la faculté. Ces jeunes gens ont l'expérience de l'amour, souvent sous une forme dégradante. Il leur est impossible de la dire en famille ; ils n'ont plus guère recours au confesseur, et leurs partenaires sexuels ne sauraient alors entendre de telles confidences ; de toute manière, ceux-ci représentent l'Autre, la proie à laquelle on évite de se raconter. Ces jeunes bourgeois, tout en se sachant, au fond d'eux-mêmes, appelés à devenir avoués ou clercs de notaire, nourrissent le rêve superbe d'ambitions démesurées ; ils abhorrent la platitude ; ils croient subir l'appel de la grandeur. Leur culture les remplit d'orgueil. Tout cela contribue à faire de l'amicalité masculine l'un des versants de l'éducation sentimentale et sexuelle, celui du commentaire de l'expérience vécue. Cela conduit aussi à magnifier la dérision, à exalter les vertus du rire et de la blague. Ainsi fonctionne, autour du jeune Flaubert, la « franc-maçonnerie garçonnière » du collège de Rouen (J.-P. Sartre).

Les pratiques de ces amitiés privilégiées ne sont pas celles du cercle ou du cénacle de jeunes gens. C'est au cours de visites privées, de réunions vespérales ou nocturnes au coin du feu que l'on se raconte. Flaubert conservera longtemps la nostalgie des soirées de Croisset passées à fumer avec l'un de ses amis, Alfred Le Poittevin, Ernest Chevalier ou Maxime Du Camp. Les promenades et les conversations à travers prés et, plus encore, les parties à deux au bordel scellent ces amitiés profondes. « Les filles, note à ce propos Jean-Paul Sartre, sont propriété collective, on partage, on se raconte grossièrement les parties de jambes en l'air » ; ainsi se manifeste la « volonté de sacrifier l'autre sexe à la camaraderie virile et, sur les bords, homosexuelle, comme toutes les virilités affichées ».

Une abondante correspondance, tissée cette fois de confidences sexuelles, entretient ces amitiés que seule la mort vient dénouer. L'étalage des scores bordeliers, les grossières invectives à l'égard du bourgeois, le récit des blagues d'autrefois ont ici pour fonction d'atténuer les blessures provoquées par la découverte de la réalité adulte.

Venu le temps de la conscription (1872), cette connivence juvénile dessinera le modèle populaire du camarade de régiment. En attendant, la mobilité imposée aux jeunes prolétaires des grandes villes par les hasards de l'embauche et la précarité du logement gêne le développement de ces solides amitiés qui semblent réservées aux paysans soudés par la vicinité durable et aux bourgeois qui bénéficient de l'expérience de la *privacy*. Les rares ouvriers qui ont rédigé leurs Mémoires parlent de camaraderie de rencontre, de sympathie d'occasion qui attachent quelques mois à un compagnon de gîte ou d'atelier ; la fluidité et l'éparpillement de l'amicalité se retrouvent jusqu'au sein des chambrées de migrants temporaires. Il est vrai qu'il s'agit là d'un sujet obscur qui mériterait une étude attentive.

Connivence du frère et de la sœur

Revenons à la bourgeoisie. Il est ici une exception à la barrière qui sépare les sexes : la relation privilégiée qui peut unir le frère et la sœur, et dont l'importance me paraît trop

La relation intime ou les plaisirs de l'échange 475

rarement soulignée. Le lien qui se noue entre la mère et la fille, que la stricte différenciation des rôles sexuels conduit alors à resserrer, a sans doute contribué à occulter les formes juvéniles de l'attachement. Le frère est bien le seul garçon avec lequel une jeune fille puisse alors se montrer familière ; la sœur représente la seule fille sage dont le garçon ait connaissance dans l'intimité. La sévérité de la morale et la rigueur du code de fréquentation conduisent tout à la fois à magnifier l'importance de la fraternité et à en réduire l'expansion sentimentale. Les fantasmes réciproques entretiennent une confidence sur le mode mineur où viennent se perdre le désir et la crainte de se livrer. Flaubert abandonne la liberté de ton, il évite la crudité des récits lorsqu'il s'adresse à sa cadette Caroline, à laquelle il s'avoue lié par un sentiment profond.

La sœur, le plus souvent subjuguée par la culture et par l'expérience du monde viril, porte à son frère une admiration doublée d'une affection attentive et quasi maternelle. Elle craint pour lui la maladie, la perte de la foi, l'échec. Les parents comptent d'ailleurs sur elle pour moraliser leur fils. Le dévouement d'Eugénie de Guérin à l'égard de Maurice constitue un cas extrême ; mais on relève, bien que moins vif, un sentiment de même nature chez Sabine Odoard, plus attachée semble-t-il à son frère Henri, étudiant à Paris, qu'au pâle mari que lui a choisi sa famille. Dans les deux cas se retrouvent la même dissymétrie sentimentale, les mêmes plaintes incessantes devant la rareté du courrier et de la confidence.

La sœur représente, elle, la cire molle et ductile qui autorise le pygmalionisme du frère, le façonnage tranquille du double. En cette relation, le « garçon » se fait les dents ; l'occasion lui est tôt donnée de dessiner une jeune fille de ses rêves et de se préparer ainsi à une conjugalité que les impératifs de sa position l'obligent à retarder. On n'en finirait pas de citer les modèles de ces couples qui, depuis le trouble attachement de René et de Lucile, hantent la sphère domestique. Balzac et Laure, Stendhal et Pauline, Marie de Flavigny et Maurice en constituent, avec les Guérin, les exemples les plus évidents. Il semble que l'exaltation de cette relation, qui participe du miracle de deux êtres faits l'un pour l'autre et du mythe de l'androgyne, ait été plus vive tant que le romantisme exerça son emprise. À la fin du siècle, cette proximité s'atténue ; sa sœur aînée, douce et bonne, agace Jules Renard.

La circulation des secrets familiaux

La correspondance familiale, on l'a vu, atteint alors une exceptionnelle densité. Les membres dispersés de la parentèle ne perdent pas le contact. Les réseaux qui nous sont révélés par les hasards de la conservation d'archives sont aussi serrés chez les Odoard de Mercurol et les Dalzon de Chandolas que chez les Boileau de Vigné.

Ce rituel impérieux prépare les visites ; il accompagne les échanges de cadeaux et de services fondés sur la complémentarité géographique ou fonctionnelle. Par lettres se transmettent les renseignements sur les personnes, les recommandations, les tuyaux boursiers, les conseils. Au fil de l'échange se dessine une hiérarchie familiale. Celle-ci résulte du rang de naissance ou bien se fonde sur le succès personnel. Aimé Dalzon, ingénieur à Saint-Étienne, a réussi une assez brillante carrière. Frère admirable, il ressent un pressant besoin d'affection pour Arsène, demeuré au pays. Il aide de loin sa famille ; il se charge de nombreuses formalités administratives ; il décrit à son frère le nouveau matériel de sériciculture ; il lui indique les oscillations prévisibles des cours de la soie ; il le fait profiter des relations dont dispose son beau-père. C'est lui qui choisit les pensionnats de ses neveux et nièces.

Ces correspondances de la maturité sont avares de confidences, d'aveux individuels. On n'y raconte pas sa vie sexuelle. Le lecteur y trouve plus de retenue et moins d'illusions. Sans doute les « bêtises » sont-elles devenues plus rares dans ces existences rassises. En revanche, mis à part le cas des Boileau, fort avares de confidences et dont les lettres sont lues à haute voix devant le cercle des intimes, les secrets familiaux y circulent sans cesse. Le placard où l'on enferme les tares hante tout au moins les responsables de la sphère domestique. Chez les Odoard, ce sont la maladie mentale de l'aîné, Auguste, et les méfaits de l'oncle ecclésiastique qui – on ne saura jamais pourquoi – s'est vu obligé de chercher refuge à la

La relation intime ou les plaisirs de l'échange 477

Trappe. Dans la correspondance de la famille de Marthe, le cheminement des secrets revêt un aspect caricatural. La « faute » de la fille, maîtresse d'un cocher, se trouve exposée clairement, d'entrée de jeu, en 1892 ; mais ce n'est que peu à peu que le lecteur entend lever l'aveu de la vérole du père décédé. Les allusions faites à demi-mot au « malheur » de la mère, l'hystérie de la fille engendrent le soupçon, avant que le gendre ne mange carrément le morceau. On comprend dès lors les craintes que suscite le mariage des cousins ; on découvre le triste sort de la sœur, Éléonore, condamnée au célibat et dont on osera dire, après sa mort, qu'elle était légèrement hydrocéphale. En regard de cette chape tragique, l'image de la tante Dide des Rougon-Macquart semble quelque peu édulcorée.

Face à la faute et à la tare, la famille fait bloc. Elle manifeste une totale solidarité du secret. Le rabâchage du malheur au sein de la parentèle conforte et compense tout à la fois le refus de la fuite ; il désamorce la tentation de l'aveu public. Assez curieusement, on retrouve au sein de cette bourgeoisie des comportements détectés par les ethnologues au cœur de la paysannerie. Pour ces familles de notables, comme pour les *oustaux* du Gévaudan, le secret de la vie privée conditionne le capital d'honneur et, de ce fait, la réussite des stratégies. Dans les deux cas s'impose du même coup de percer les secrets de l'autre. Tandis que les Lozériens envoient les cadets au café écouter la rumeur qui permettra d'affiner les tactiques, les familles bourgeoises, quand il s'agit de dépister les tares de tout candidat à l'alliance, déploient un réseau de renseignements dont nous connaissons la complexité.

L'éducation sentimentale et la fréquentation traditionnelle

L'amour romantique

La configuration du sentiment amoureux, les conduites qu'il inspire révèlent tout à la fois les rêves érotiques et les tensions qui traversent la société. En ce domaine aussi, modèles imaginaires et pratiques sociales subissent une permanente évolution. L'histoire contemporaine a toutefois délaissé cet aspect des mentalités. Friande de séries, elle a préféré l'étude quantitative des grossesses prénuptiales à celle des correspondances intimes.

Les prisons de longue durée se montrent ici particulièrement solides ; aussi convient-il de ne jamais perdre de vue les codes anciens qui, souterrainement, continuent d'ordonner les sentiments. L'amour courtois et ses procédures de délibération, le néoplatonisme de la Renaissance et son anthropologie angélique, le discours classique sur l'ouragan des passions, la condamnation du « fol amour » par les clercs de la Réforme catholique pèsent sur les comportements des amants du XIXe siècle, qu'ils le sachent ou non. À l'évidence, plus contraignants encore se révèlent les systèmes hérités du siècle des Lumières. La réflexion des métaphysiciens sur l'essence de l'âme, celle des médecins et des psychiatres sur le statut de la passion, l'existence de deux natures sexuelles et les dangers de l'excès physiologique, celle des théologiens sur la gravité relative de la faute sexuelle façonnent les conduites amoureuses.

L'essentiel n'en reste pas moins l'élaboration puis le déclin de l'amour romantique. Les théories multiformes et mouvantes qui définissent les modalités de la liaison entre l'âme et le corps forment l'arrière-plan de cette organisation nouvelle du sentiment amoureux ; nous n'y reviendrons pas. Mieux vaut s'attarder sur la bipolarité de la nature féminine, tout aussi indispensable à la compréhension des mentalités de ce temps. Marquée du sceau de l'antique alliance avec le démon, la fille d'Ève risque à tout instant de se précipiter dans le péché ; sa nature même impose l'exorcisme. La femme, proche du monde organique, bénéficie d'une connaissance intime des mécanismes de la vie et de la mort. Elle qui tend à s'identifier à la nature vit en permanence sous la menace de ces forces telluriques dont les excès de la nymphomane et de l'hystérique manifestent l'existence. Quand ces laves bouillonnantes viennent à s'échapper sans retenue, le sexe faible se déchaîne, insatiable dans ses amours, fanatique dans ses croyances, effrayant comme le fou dans sa gestuelle. Inspirés par ce système de représentations réorganisé à la fin de

La relation intime ou les plaisirs de l'échange 479

l'Ancien Régime, les artistes du second XIXe siècle mettront l'accent sur l'énigme de la féminité. Tout à la fois marmoréenne et bestiale, la femme sphinge, ceinte du serpent, les yeux allumés d'une lueur fauve, répond au code hiératique du modern style, tel que l'a brillamment analysé Claude Quiguer. Les romanciers, Zola notamment, feront glisser cet inquiétant modèle de dévoreuse jusqu'au sein du peuple des faubourgs. Pour les hommes de ce temps, hantés par la peur de la femme, s'impose plus que jamais d'apaiser la sexualité de leur compagne et de la soumettre à l'ordre masculin.

Alors intervient le code religieux. La descendante d'Ève est aussi fille spirituelle de Marie. Ainsi se dessine le pôle blanc de la féminité. Déjà, le méthodisme avait exalté la rédemptrice. Le XIXe siècle va chercher en elle le bon ange de l'homme. Accessible à la pitié, née pour la charité, la femme se doit d'être messagère de l'idéal. Le martinisme manifeste ici son influence. L'existence, incontestable, d'êtres immatériels – les anges – implique celle de créatures intermédiaires sans lesquelles l'échelle divine serait discontinue. La femme a pour vocation de s'élever pour tenir cette place de médiatrice, puis de se pencher vers l'homme et de se révéler à lui en de célestes apparitions.

Avant même la promulgation du dogme de l'Immaculée Conception (1854) et l'essor de la mariophanie (1846-1871), la littérature pieuse et la peinture mystique expriment cette fuite loin des pesanteurs du corps, cet élan de l'angélisme diaphane. Conçue au sein de l'illuminisme lyonnais, la peinture de Louis Janmot, notamment la belle série *Virginitas,* traduit cette aspiration. La jeune femme lève les yeux vers l'azur, assure la communication entre son compagnon et le monde invisible. Dans cette perspective, l'amour sera le second ciel, l'affinité vécue dans la commune aventure spirituelle.

Un lien étroit se tisse entre les procédures de la confession et la dialectique amoureuse, comme si, note Lucienne Frappier-Mazur, le refoulé suivait, pour son retour, les voies associatives utilisées lors du refoulement. L'expérience romantique de l'amour emprunte au sacrement le langage religieux de l'aveu, la fonction rédemptrice de la souffrance, l'attente de la récompense. C'est ici la femme qui détient le magistère spirituel ; c'est elle qui justifie les choix.

Mais l'amour romantique relève d'une plus grande complexité ; le langage religieux se combine au nouveau statut de la passion. Les désordres du cœur, le cataclysme de l'être, l'égarement, bref, le code élaboré pour le moins au XVIIe siècle et ressassé entre 1720 et 1760 se trouve relégué dans un arrière-plan. En France notamment, de 1820 à 1860, s'opère une véritable réinvention du sentiment. La passion n'est plus désormais qu'une énergie ; elle provoque ce choc électrique de l'être, qui prélude à l'amour. Celui-là, tout à la fois lien entre deux individus et pénétration commune au sein d'une sphère magique, assure le passage de l'ordre naturel à l'ordre poétique. Ce sentiment implique une telle affinité spirituelle que chacun des deux partenaires acquiert la certitude de l'éternité de l'accord. « L'amour dans sa plénitude, écrit Paul Hoffmann, échappe au réel et vit aux frontières de la vie où se confondent la présence et l'absence, le visage de l'aimé et les images du souvenir et du rêve. »

C'est à la femme de provoquer chez l'homme cet éveil, cette « turbulence de l'âme », d'entretenir l'inextinguible nostalgie d'un monde idéal. Rousseau a proposé au siècle romantique cette parfaite complétude. Il a redessiné le mythe d'un androgyne spirituel ; et il serait très réducteur de ne voir en Sophie que l'image machiste d'une compagne asservie. Cette réactualisation de l'antique nostalgie de l'indivision primitive, de la totalité originelle et mythique engendre l'indécision sexuelle des partenaires, si perceptible dans la peinture d'un Janmot. C'est ce brouillage qui autorise l'élan fraternel vers l'idéal.

Alors se ferme la boucle et se retrouve, inattendu, le pôle noir de la féminité. La vierge éthérée, diaphane, nie à ce point la sexualité de son compagnon qu'elle se fait inquiétante, insidieusement castratrice. L'homme se retrouve victime de celle qu'il a hissée sur l'échelle des anges afin de mieux exorciser son animalité.

Le choc de la rencontre

La littérature la plus largement diffusée propose dès lors des modèles de conduite, dessine des itinéraires spirituels, illustre le nouveau système de l'amour. Certains clichés prolifèrent : le choc de la rencontre, l'« apparition » de la femme, l'irruption de la silhouette fugitive. Du même coup, la scène amoureuse se renouvelle : le bosquet le cède à l'allée du jardin, au sentier que suit la promenade dans la nature. La parole est ici médiatisée ; prime désormais le message à distance. Le premier regard des yeux qui se croisent et s'attardent, la musique lointaine de la voix, la douceur du parfum naturel qui filtre au travers de la toilette légère assurent la sauvegarde de la pudeur féminine et forgent les chaînes indestructibles.

L'amour romantique modifie le statut de l'aveu, exacerbe les réactions de la honte, institue de nouvelles procédures de délibération. La manifestation du désir masculin contrevient totalement au code angélique ; de là naît l'érotisme raffiné du système. À la parole qui serait trop scandaleuse, suppléent longtemps le regard, le sourire, à l'extrême le frôlement ; le trouble, la rougeur, le silence appuyé sont autant de réponses.

Tout cela entre dans le procès de l'éducation sentimentale, topos de cette littérature. Cette expérience manifeste les difficultés de la croissance. La femme vient combler la perte d'un amour maternel contrarié. Le réconfort qu'elle apporte, la totale confiance qu'elle suscite autorisent le miracle d'une seconde naissance, le retour au paradis, mérité par la souffrance initiatique qui a précédé la rencontre. Mme de Warens, Mme de Rênal, Mme de Couaën, Mme de Mortsauf et bien d'autres encore forment une cohorte de secondes mères qui doivent délibérer du désir d'initiation amoureuse. L'impossible plaisir maternel, la redoutable image castratrice qui se cache derrière le personnage clé de cette éducation sentimentale grèvent d'un lourd tribut l'épanouissement de la sexualité romantique.

Après 1850, tandis que les bons dictionnaires, tel celui de Pierre Larousse, manifestent une longue fidélité au primat idéaliste, le modèle de l'amour romantique se désagrège. Le champ sémantique de ce sentiment se compose des mêmes éléments mais se désorganise. L'échec de la génération de 1848 débouche sur l'ironie flaubertienne qui, en ce domaine, sonne le glas des croyances angéliques. Les chemins de l'éducation sentimentale se bouchent. La perte de la foi en l'amour romantique accompagne sa diffusion, nous pourrions dire sa démocratisation ; il est devenu objet de consommation, presque une marchandise. Dans la rêverie d'Emma Bovary et de Rodolphe, son amant, quand s'achève l'aventure, les éléments constitutifs du sentiment gisent épars et semblent glisser au fil de l'eau, toute proche. Il en sera de même durant tout le demi-siècle qui suit. Tandis que l'ange le cède au sphinx, un assemblage indécis et mouvant de sensations, de rêveries, de souvenirs et de peurs se substitue à l'irrésistible élan vers l'idéal.

La réalité des conduites

L'étude des expériences vécues s'impose comme la tâche la plus urgente pour les historiens, désormais bien informés sur les chemins de l'imaginaire. Les premiers travaux, beaucoup trop rares, suffisent à montrer tout à la fois l'emprise des modèles et le décalage qui se creuse entre leur élaboration et leur incarnation dans les conduites.

Nicole Castan note qu'à l'extrême fin du XVIIIe siècle, au sein même du peuple, se diffuse le langage de l'amour-passion ; on en appelle déjà à la force des sentiments et aux élans du cœur. Une nouvelle rhétorique s'impose, que l'on attribue aux plus déshérités. À l'audience, même les pires analphabètes parlent de « serments les plus tendres » et de « pleurs abondants », et l'on perçoit déjà dans ces milieux l'écho de *La Nouvelle Héloïse*.

L'analyse d'un corpus de correspondances intimes du premier XIXe siècle révèle à Jean-Marie Gautier la violence du langage de la passion, au lendemain de la Révolution. L'« amour éperdu » hoquette ; la jalousie prend les formes de la démence ; la puissance du sentiment engendre la tentation de la mort. Bref, tandis que s'opère la privatisation des larmes, s'exacerbe dans les comportements le code classique de l'égarement. Mais, dans le même temps, prolifère le langage de l'angélisme ; la métaphore religieuse envahit le discours : l'amant est une créature céleste ; le culte qu'on lui voue, une adoration.

Un demi-siècle plus tard (1850-1853), le même langage se retrouve aux franges de la petite bourgeoisie. Le jeune Jules

La relation intime ou les plaisirs de l'échange 483

Odoard se découvre éperdu d'amour pour une institutrice de campagne, fille de paysans. La passion est houleuse. La correspondance, très nourrie, en traduit les ravages. L'amoureux adresse à son amante de « longs baisers de feu ». Le cœur saignant des deux jeunes gens se veut à l'image de celui du Christ romantique : « Mon Dieu... que votre volonté soit faite », écrit Jules, privé du « baume divin » que constitue pour lui le corps de sa maîtresse.

Ce n'est pas le lieu de tenter une recension des comportements. L'analyse systématique serait toutefois possible. Les promenades au jardin, les regards, l'aveu, les serrements de mains balisent les amours naissantes de Victor Hugo et d'Adèle ; et les gestes de la passion de Stendhal pour Métilde ne vont pas au-delà. Le strict Guizot vit dans sa jeunesse une éducation sentimentale calquée sur le modèle romantique. Hippolyte Pouthas a retracé la passion du jeune protestant pour une amie de sa mère ; il s'en faut de bien peu que le futur ministre ne se suicide de dépit.

« Faire l'amour » au village

Évoquer le sentiment de l'amour dans la société traditionnelle, c'est, à première vue, pénétrer dans un tout autre monde. Chez les paysans du XIXe siècle, on ne décrit pas ses émois. Les quelques lettres envoyées à leurs femmes par les migrants temporaires du Limousin ne parlent pas le langage du cœur ; il n'y est guère question que de stratégie d'exploitation.

Cela dit, une grande prudence s'impose : les témoins portent sur ces milieux un regard ethnologique, obscurci par les préjugés. Inspirés par l'anthropologie des Lumières, ils voient dans le paysan un sauvage que les nécessités de l'adaptation au « climat » retardent sur les chemins de la civilisation. Les observateurs, vagues disciples de Condillac et des idéologues, sont aussi persuadés qu'une concurrence s'exerce entre les organes ; la force, la violence même, imposées par le travail manuel, les mauvaises conditions hygiéniques dans lesquelles se déroule l'existence gênent la délicatesse des sens et donc celle des sentiments. La fibre moins sensible empêche le raffinement de l'âme. Du même coup, ces témoins décrètent que le paysan ne peut se révéler accessible à la passion autrement que sous une forme monstrueuse. Il leur apparaît totalement fermé à cet amour romantique qui présuppose la délicatesse des messages. Pour les vitalistes, l'apparence noueuse de l'enveloppe corporelle suffit à prouver la pauvreté de l'âme. Au sein du peuple, l'amour se réduit à la rudesse de l'instinct et à l'aveuglement de l'abnégation.

Il y a déjà quelque temps que les ethnologues comme les historiens ont déjoué ce système de représentations. Ils ont su détecter que l'amour était reconnu dans la société rurale ; « on le dit, on le fait », écrit à ce propos Martine Segalen. Mais il fonctionne selon un autre code ; et c'est ce qui a égaré les témoins. En outre, les manifestations en varient grandement selon les régions.

Le sentiment s'exprime peu par le langage ; il se produit par le geste. À l'occasion d'une fête, d'une foire ou d'une louée, d'une veillée ou d'une sortie de messe, on se remarque, on se plaît. L'amoureux est avare de paroles ; il ne sait guère avouer son penchant que par antiphrase : il le signifie par de souriantes injures ou par de grossières plaisanteries. Une série de gestes balisent l'itinéraire amoureux. On se serre la main à craquer, on se tord les poignets, on se frotte les joues ou les cuisses ; de lourdes claques sur l'épaule, des bourrades, voire des jets de pierres manifestent clairement le penchant réciproque. Chacun connaît la signification de tels comportements et même la gradation des réponses.

Si les jeunes gens sont agréés par les familles, ils pourront « faire l'amour », c'est-à-dire se courtiser. Dès lors, la « fréquentation », très strictement ritualisée, devient l'objet de la surveillance du groupe social. Cette cour se déroule souvent en silence. Elle participe au besoin des techniques de sexualité d'attente, elles aussi codifiées et surveillées, par le groupe juvénile cette fois. Le « maraîchinage », le « fouillage » et le « mignotage » vendéens en constituent, nous le verrons, les plus célèbres modèles. Sans aller jusqu'à cette masturbation réciproque, la fille peut se laisser « bouchonner » ; elle abandonne au garçon le « haut du sac », c'est-à-dire la caresse des seins.

Les difficultés de l'interprétation

Un tel comportement est désormais bien connu ; il n'en pose pas moins de multiples problèmes. Il conviendrait, en premier lieu, de bien distinguer fréquentation du groupe sexuel, qui peut conduire à « mignoter » sans goût une partenaire de hasard, et fréquentation personnelle qui traduit l'inclination et qui se déroule selon un autre tempo. Il faut aussi se garder de confondre mise en scène publique de la déclaration, souvent très ritualisée, et séduction antérieure, qui peut se faire plus discrète que ne le donnent à entendre les ethnologues. Le gardiennage ou le « modage » des vaches, le cheminement vers le marché ou l'église, tout un tissu de rencontres quotidiennes autorise une connivence antérieure au théâtre social. L'essentiel du sentiment s'exprime sans doute dans ces interstices du contrôle.

Edward Shorter a perçu le problème. Selon lui, à partir du XVIIIe siècle, s'est opérée une première révolution sexuelle. Peu à peu, les jeunes gens ont désiré s'émanciper tout à la fois des rituels, des contrôles exercés par les groupes d'âge et des stratégies familiales. Favorisés par l'exode rural et par la déstructuration des systèmes villageois, le progrès de la spontanéité dans les relations de tendresse et celui de l'empathie entre les partenaires ont dessiné un nouveau modèle populaire, plus individualiste, de comportement amoureux. La diffusion de ce *romantic love* s'accorde trop à tout ce que nous avons vu pour qu'il soit pertinent de la critiquer.

Gardons-nous toutefois de penser qu'accepter de se plier au code imposé par la société traditionnelle atteste l'absence de sentiment individuel. Les stratégies familiales ne contrarient pas toujours l'empathie. Ainsi que le remarque Pierre Bourdieu à propos du Béarn, elles laissent subsister un certain jeu qui permet au penchant individuel de s'affirmer. Il ne faut pas considérer comme des injonctions de simples recommandations suggérées par la réussite ou l'échec antérieurs des procédures. Ces normes familiales étaient en outre intériorisées par les partenaires dès la petite enfance ; elles ordonnaient du même coup la vulnérabilité sentimentale.

Et ce fut heureux pour les jeunes ruraux du XIXe siècle, car, nous le savons, loin de s'effacer, les stratégies matrimoniales, attisées par la prospérité, se sont faites plus impératives, tout au moins pour les héritiers. Le fossé s'approfondit en effet qui sépare les membres de la fratrie ; la libération des cadets compense la plus grande rigueur des ambitions imposées aux aînés. De la même manière, les filles des journaliers ont davantage les coudées franches que les « héritières ». Dans les campagnes du Pas-de-Calais, note Ronald Hubscher, l'amour qu'elles inspirent permet à certaines de ces filles de réussir une belle ascension.

Il convient encore de ne pas minimiser la tardive accentuation de la ségrégation des sexes, résultat de l'offensive cléricale qui culmine entre 1870 et 1880. La sévérité du contrôle qui, dans certaines régions rurales, s'exerce alors sur le groupe juvénile montre bien que le processus d'émancipation ne fut pas linéaire. Il n'y eut sans doute jamais plus stricte surveillance de la vertu que celle qui s'exerce sur les jeunes filles de Bué-en-Sancerrois, à la veille de la Première Guerre mondiale.

Inversement, la conduite amoureuse se coule toujours dans un modèle préétabli ; elle se doit de tenir compte d'impératifs socio-économiques. Le trop fameux désir d'être libre équivaut, le plus souvent, à l'adoption d'un comportement préfabriqué. Edward Shorter a très certainement raison de penser que l'« amour romanesque » est plus individualiste que les amours paysannes traditionnelles ; il ne faudrait pas pour autant en surestimer la spontanéité. Gardons-nous d'exagérer la liberté du paysan installé à la ville. Il s'agit là d'un vieux stéréotype, élaboré par des bourgeois anxieux de voir se développer des classes dangereuses et vicieuses. Poncif accrédité par l'ignorance dans laquelle se trouvaient les historiens des réseaux d'accueil et de vicinité qui encadrent l'immigrant. Dans les quartiers urbains, au sein des colonies régionales, fonctionnent aussi des procédures de contrôle, circulent des rumeurs qui contiennent la liberté des conduites.

L'essentiel serait d'analyser le processus de descente de l'amour romantique vers le bas de la pyramide sociale. L'Église suggère aux communiantes des rêves angéliques. L'influence de la romance et de ces bluettes dont un observateur nous dit qu'elles s'imposent dans les campagnes du

Limousin dès la monarchie de Juillet, le succès du mélodrame où Margot vient pleurer, les romans empruntés qui sont lus à l'office, puis les feuilletons constituent autant de canaux par lesquels circule le nouvel imaginaire sentimental. Marie-Dominique Amaouche-Antoine montre qu'après 1870 le répertoire des « caf'conc' » et des beuglants contribue à modeler la sensibilité des habitants de la haute vallée de l'Aude. Aux amoureux en quête de modèle, la carte postale proposera, après 1890, un système préfabriqué d'attitudes, une mise en scène du sentiment, et des emblèmes de la Saint-Valentin. Par elle se démocratisera la déclaration d'amour.

Le concubinage dissymétrique qui, dans l'attente du mariage, lie la cousette à l'étudiant façonne la sexualité adulte. Mais ces unions dysharmoniques ont aussi hâté la diffusion des figures romantiques de l'amour et de la volupté. Le jeune bourgeois, sans parfois y prendre garde, enseigne des mimiques et des postures qui renouvellent le théâtre amoureux des grisettes. Même empreintes de désinvolture, la séance sur le sofa, la soirée en cabinet particulier et la partie de campagne sont aussi apprentissage du code romantique.

Les amours charnelles à l'époque romantique

Au risque de schématiser quelque peu, il convient de tenter une découpe chronologique en ce domaine difficile, continent noir protégé par une lourde chape de silence, encore obscurci par le tenace préjugé selon lequel le sexe échappe à l'histoire. Une fois encore, un tournant se dessine au cours des années 1860. Commençons donc par cette longue première partie du siècle, qui s'étend du Consulat aux plus belles heures de la fête impériale.

Les figures de la volupté

Le langage de la sexualité dessine les rêves, ordonne les conduites. Ne pas en tenir compte, c'est, à coup sûr, sombrer dans l'anachronisme. Selon Bronislaw Baczko, le mot « sexualité » n'apparaît qu'en 1859 – peut-être en 1845. Il ne désigne alors que le(s) caractère(s) de ce qui est sexué. Avant l'élaboration de la *scientia sexualis,* on parle d'« amour » et de « passions amoureuses », de « désirs » et d'« instinct génésique », d'« actes charnels » et d'« actes vénériens » ; les médecins, de copulation et de coït. Évoquer les gestes de l'amour physique demeure le quasi-monopole de l'homme. Encore le discours masculin doit-il, pour ce faire, emprunter un détour. Seul le médecin peut ouvertement parler de sexe ; le concept d'« instinct génésique » l'y autorise. Dissociée de la passion, la sexualité, ainsi assimilée à une force nécessaire à la reproduction de l'espèce, acquiert un statut inférieur qui autorise la désinvolture à l'égard de toutes les formes dégradantes de la relation amoureuse. Les médecins s'efforcent de codifier les ébats conjugaux – ce qui leur fournit l'alibi pour s'attarder avec quelque complaisance sur les figures de l'orgasme. Déjà, leurs foudres commencent de s'abattre sur les conduites déviantes, perçues comme des « aberrations » de l'instinct génésique. Pour l'heure, cette volonté d'étendre le champ de la pathologie s'exerce principalement aux dépens de l'onaniste.

L'amour physique hante le roman et la poésie. L'obscénité, tout à la fois omniprésente et cachée dans les détours du texte, impose au lecteur un permanent décodage qui avive le plaisir de la transgression. L'ellipse, la litote, la périphrase ou bien la métaphore invitent au travail de l'imagination. Ainsi fonctionnent les évocations du paroxysme de la jouissance. Dans cette littérature, on « prend une femme » qui « se donne » ; alors, le « bonheur » – tantôt le coït, tantôt l'orgasme – est fait d'« indicibles jouissances », de « délices inouïes », d'« un plaisir fou, presque convulsif ». Le roman aborde, ou du moins frôle des aspects secrets de la vie sexuelle, délaissés par le discours libertin ; il suggère la frigidité, l'impuissance ; il se complaît dans les scandales de l'inversion.

Le rire propose un autre détour. La « franche », la « saine » gaieté sert de prétexte à la « gaudriole », à la « gauloiserie ». Une vigoureuse littérature chansonnière, qui s'inspire du siècle galant, s'épanouit au sein de la petite bourgeoisie et aux franges des milieux populaires ; elle prétend désamorcer la mélancolie des esprits chagrins. Le rébus permet de « gazer » le propos ; ainsi fonctionne la contrepèterie qui, elle aussi, valorise l'allusion obscène par le travail qu'elle impose à l'imagination. Ce discours ressasse l'amour narcissique du sexe masculin. « Le chansonnier, écrit Marie-Véronique Gautier, rêve d'une femme perpétuellement gloutonne, les yeux rivés sur l'instrument de son plaisir. » Ici prolifère la métaphore érotico-guerrière. La fille ne cesse de « rendre les armes » ; le plaisir masculin se réduit au « tir à la cible ».

La bipolarité féminine modèle les figures de la volupté qui hantent l'imaginaire. Elle impose un incessant va-et-vient de l'idéalisation à la dégradation ; rythme cardiaque de cette sexualité qui, note Jean Borie, ramène inexorablement des postulations séraphiques et passionnées aux exploits borde-liers. Le code de l'amour romantique dicte à la femme un angélisme du lit qui pourrait aujourd'hui faire sourire. Le tabou qui pèse sur la manifestation du désir féminin oblige l'amante à simuler la proie qui ne saurait « se donner » sans que la vigueur de l'assaut ne vienne au moins justifier la « défaite ». Un corps trop bavard dans la volupté impose, après l'« extase », les postures rédemptrices de la pureté. Louise Colet n'est pas bégueule ; c'est elle qui assaille le jeune Flaubert dans un fiacre. Cependant, à l'issue de leur première scène d'amour, dans un hôtel de fortune, elle reste étendue sur le lit, « les cheveux répandus sur l'oreiller, les yeux levés au ciel, les mains jointes, [lui] envoyant des paroles folles ». « En 1846, note Jean-Paul Sartre qui commente la scène, une femme de la société bourgeoise, quand elle vient de faire la bête, doit faire l'ange. »

Le sentiment de l'infériorité sexuelle masculine suscite alors chez l'homme une anxiété croissante. Le récit des voluptés d'un personnage de Musset s'écarte résolument du triomphalisme d'un Restif. Le texte accentue désormais les attitudes paroxystiques : les médecins, comme les roman-ciers, soulignent l'élan total de l'être, l'extase, ou plutôt l'anéantissement, même – ou surtout – dans la dégradation. La jouissance dévaste Namouna, comme l'indiquent « un léger tremblement, une pâleur extrême,/une convulsion de la gorge, un blasphème,/quelques mots sans raison balbutiés tout bas [...] ».

Cette figure romantique de la volupté, qui dérive loin de la hargne du plaisir sadien dont elle est issue, s'accompagne toutefois d'une obsédante arithmétique coïtale, suggérée par la peur de l'épuisement et du dépérissement. Le bourgeois de ce temps a besoin de rassurantes prouesses ou, tout au moins, de la preuve mathématique d'une constante régularité. Que Vigny, Hugo comptent leurs orgasmes, que Flaubert cacule ses exploits, que Michelet dresse un bilan annuel de son activité génitale, cela donne à penser que cette mise en compte de l'amour devait être répandue dans leurs milieux.

Ce théâtre de la volupté, où se mêlent l'extase et la dégradation, se déroule dans les marges. C'est à l'intérieur du bordel, au hasard des rencontres de la rue, au milieu des fastes de la courtisanerie, à l'occasion des plaisirs de l'adultère que se façonnent alors les modalités de la jouissance; c'est cet itinéraire que nous allons nous efforcer de suivre, en nous laissant guider par les multiples configurations du couple.

La demande préconjugale

Il convient, au préalable, de rappeler quelques faits historiques qui conditionnent la rencontre. Au XIXe siècle, l'intervalle qui sépare la puberté du mariage reste démesuré; et cela d'autant plus que l'âge des premières règles s'abaisse en moyenne de près de deux ans. L'allongement de l'espérance de vie impose d'attendre plus longtemps l'héritage qui permettra de convoler. De là, l'ampleur du célibat, et surtout la constitution de ghettos urbains qui suscitent une intense demande sexuelle préconjugale. Les migrants temporaires installés dans les chambrées du centre de la capitale, les militaires en garnison, les étudiants, les employés et les commis de boutique aux revenus insuffisants pour établir le ménage petit-bourgeois dont ils rêvent entretiennent une pression constante sur la vertu féminine; sans oublier les migrants définitifs qui s'entassent dans les villes de la monarchie de Juillet; dans certains quartiers, leur présence entraîne un très profond déséquilibre des sexes (Jeanne Gaillard). À la campagne, quand règne la famille-souche, parmi les cadets, plus nombreux que par le passé à atteindre l'âge adulte, certains se savent condamnés à ne point trouver d'épouse. Le prolétariat de domestiques qui se constitue dans certaines régions de grande culture, telle la Champagne berrichonne, connaît, lui aussi, les affres d'une réelle misère sexuelle.

L'« instinct génésique », dont les médecins reconnaissent la violence et définissent la fréquence, fonde la conviction qu'il existe deux éthiques différentes selon le sexe. Le réalisme moral hérité des Pères de l'Église, notamment de saint Augustin, pousse à minimiser la gravité de l'acte vénérien dans sa bestialité et à tolérer un complexe système de satisfaction sexuelle masculine ; véritable enfer, que l'on s'efforce de circonscrire et qui constitue le lieu symétrique du ciel amoureux auquel aspirent les angéliques amants d'un Louis Janmot. Une sexualité dégradée fonctionne à plein, qui compense l'idéalisation des élans.

Les premiers cercles du plaisir illégitime

La masturbation constitue le premier cercle de cet archipel du plaisir illégitime ; nous n'y reviendrons pas. Mais il est d'autres formes de sexualité d'attente. Ici intervient la démographie historique. De 1750 à 1860 croissent tout à la fois le nombre des naissances illégitimes et celui des conceptions prénuptiales. Les faits sont d'importance ; malheureusement, l'histoire sérielle est impuissante à les interpréter. Pour certains, ce double phénomène prouve l'ascension du choix sexuel, les progrès de l'individualisme amoureux et, du même coup, la désagrégation des mécanismes traditionnels de l'alliance. La poussée de ces deux indicateurs peut aussi résulter du dépérissement des rituels codés de fréquentation ; élaborés au XVIIe et au début du XVIIIe siècle, ceux-ci reposaient sur le *self-control* des partenaires. L'Église n'a cessé, rappelons-le, de combattre cette sociabilité juvénile dans laquelle elle ne voyait que manifestation précoce du vice. Or, la désorganisation de la surveillance exercée par le groupe laisse la jeune fille désarmée face aux assauts du séducteur.

L'ascension du nombre des conceptions prénuptiales pourrait, dira-t-on, signifier que le jeune homme se doit, plus impérativement que par le passé, d'épouser sa conquête ; l'essor parallèle des naissances illégitimes invalide cette explication. En revanche, rien n'empêche de penser que la croissance de l'illégitimité traduit non pas l'atténuation, mais l'accentuation des stratégies familiales; les amours contrariées, sans espoir d'assouvissement légal, n'ayant d'autre recours que le foin de la grange ou le pré de la partie de campagne.

Au XIXe siècle fonctionnent, dans certaines régions rurales, des formes élaborées de sexualité d'attente qui débordent la simple manifestation du sentiment amoureux. Parfois, le code de fréquentation permet la cohabitation nocturne; ce qui n'implique pas toujours le coït complet. En Corse, les jeunes gens pratiquent le concubinage prénuptial; dans le Pays basque, le mariage à l'essai. Les nourrices du Morvan doivent, avant de convoler, apporter la preuve de leur fécondité rémunératrice. 40 % des mariées du diocèse d'Arras sont enceintes; là aussi, note Yves-Marie Hilaire, la fiancée doit montrer qu'elle sait faire les enfants. L'opinion se révèle très tolérante. Entre 1838 et 1880, les jeunes, à partir de quinze et dix-sept ans, s'ébattent par couples, le dimanche, dans des « cabinets », « tribunes » ou « lieux secrets ». L'institution succombe par la suite sous la hargne du clergé.

Mais il est des formes d'union moins ritualisées : les jeunes garçons des *oustaux* du Gévaudan couchent dans l'écurie, avec les domestiques; c'est l'occasion pour eux d'observer et de se déniaiser, dans le foin, au hasard des promiscuités. Au sortir des bras du domestique adulte, la servante délurée enseigne les rudiments au jeune garçon avide d'apprentissage. Dans cette société lozérienne, les mœurs sont rudes. On tolère que les cadets qui ont perdu toutes chances de trouver une épouse violent les petites bergères de l'assistance; quand l'excès de leur brutalité crée le drame, au village les langues se nouent et la police demeure impuissante à découvrir le coupable. La sexualité célibataire impose ici la soumission implicite d'un prolétariat féminin. Les *oustaux,* en effet, veillent avec le plus grand soin sur la virginité des « héritières ». Dans ce milieu fervent, les regards traquent la fille enceinte. Pour déjouer un temps la rumeur, celle-ci se serre dans ses vêtements, évite de trop s'attarder « à confesse », communie ostensiblement et s'efforce de nier son état par une exceptionnelle ardeur au travail.

Les multiples modèles de concubinage

Une thèse ancienne, naguère suggérée par Louis Chevalier, réactualisée par Edward Shorter, tend à faire du concubinage ouvrier tel qu'il se déploie dans les villes du premier XIXe siècle un modèle nouveau de sexualité illégitime. Las des rapports manipulés, les jeunes immigrants qui viennent d'échapper à la tutelle de la communauté villageoise, peu sensibles à un contrôle social devenu plus distant, entendent nouer des unions sauvages qui autorisent l'épanouissement de rapports expressifs. Ils dessineraient ainsi une figure proprement populaire d'union extraconjugale, tandis qu'au sein des classes moyennes se renforce la structure de la cellule familiale restreinte.

Malheureusement, les faits ne s'accordent pas totalement à cette exaltation de l'illégitimité populaire. Michel Frey a analysé la structure de 8 588 couples irréguliers dans le Paris de la monarchie de Juillet. Les ouvriers ne composent que les deux tiers de l'effectif masculin, très largement ouvert, tandis que les ouvrières fournissent les neuf dixièmes des concubines. En outre, le groupe qualifié ici d'ouvrier se compose en majorité d'artisans, de petits boutiquiers, ainsi que d'un menu peuple de domestiques, de journaliers et de colporteurs ; les travailleurs des manufactures ne forment que 10,4 % de l'ensemble. Les concubines, en revanche, appartiennent presque toutes à un prolétariat de servantes et d'ouvrières de la fabrique ou de l'industrie. Cette dissymétrie laisse augurer la grande complexité de la pratique concubinaire. Michel Frey montre ailleurs qu'à Paris, en 1847, il n'existe pas de corrélation entre la densité ouvrière et l'ampleur du concubinage ; bien mieux, il semble qu'à cette date, déjà, les catégories laborieuses fassent preuve d'une exceptionnelle propension au mariage.

Si limitées que soient ces recherches, elles incitent à la prudence. En fait, derrière le terme de concubinage, se cache une pratique multiforme. Il n'est pas question de nier l'ampleur de l'illégitimité populaire ; nombreuses sont les unions précoces, souvent calquées sur le modèle conjugal, dont la régularisation se trouve retardée par les frais qu'imposerait le mariage. Pierre Pierrard note qu'à Lille l'achat de la toilette, la constitution du trousseau, les honoraires de messe, la dépense entraînée par la publication des bans et le repas de noce font reculer nombre de candidats à l'union légitime. Les papiers exigés par l'administration se révèlent difficiles à réunir ; pour des individus déracinés, ils supposent une inhabituelle correspondance et de coûteuses démarches ; avant 1850, les indigents ne bénéficient pas de la gratuité des actes. 20 % des canuts lyonnais qui se sont mariés en 1844 vivaient déjà en concubinage, et la grande majorité d'entre eux (80 %) légitimaient ainsi des enfants nés durant la période de relations prénuptiales. « Il est clair, note Laura Strumingher, que, selon le modèle culturel adopté par ces artisans, l'union sexuelle et le fait d'avoir une progéniture ne constituaient pas des raisons suffisantes pour se marier. »

Le peuple citadin se montre plus tolérant que la communauté villageoise ; à la ville, le contrôle familial pèse avec moins de force. On admet d'autant plus aisément qu'une fille « profite de sa jeunesse » que concubinage et mariage ont, ici, presque le même contenu et qu'aucun patrimoine ne se trouve mis en jeu. La fille qui dispose d'un salaire peut en outre formuler ses exigences avec autorité. Les enquêteurs sociaux répètent à l'envi qu'il est difficile à la femme de subsister sans homme au cœur de la grande ville. La concubine se trouve, de ce fait, en position d'infériorité par rapport à son compagnon. Il lui est d'autant plus malaisé d'imposer la régularisation de leur union ; sans compter que la rumeur désapprobatrice qui pèse alors sur le jeune homme ne se fait pas aussi impérieuse qu'au sein de la communauté paysanne.

La nature de ce concubinage varie selon la durée de la cohabitation. À Paris, en 1847, 43 % des « faux ménages » sont formés depuis moins de trois ans ; il n'est donc pas interdit de les considérer comme des mariages à l'essai. En revanche, 34 % des couples cohabitent depuis plus de six ans ; cette longévité révèle chez les partenaires un indéniable dédain des normes.

À l'illégitimité que Michel Frey qualifie d'ouvrière, et qui se révèle dissymétrique au détriment de la femme, vient s'ajouter un concubinage dans la dépendance, qui unit un bon tiers de bourgeois, grands et petits, à des cousettes, des repasseuses ou des demoiselles de boutique. Dans certains cas, ces unions relèvent de la sexualité d'attente. Ainsi, le ménage temporaire de l'étudiant et de la grisette. Le roman a dessiné le modèle de la jeune fille facile, ingénue, spirituelle, friande de guinguettes, qui porte en elle le dynamisme, la fraîcheur et la sincérité des faubourgs ; cette simplicité et cette légèreté appuyées ont sans doute pour fonction de désamorcer le cynisme de la rupture qui sanctionne la fin des études. Selon Jean Estèbe, qui analyse le comportement juvénile des futurs ministres de la Troisième République, tous les élèves des Écoles font appel au dévouement primesautier de celle qu'on appelle l'« étudiante ». Tout polytechnicien a sa grisette, qui l'accompagne aux réunions de la promotion ; au fil des années, le jeune homme donne un tour plus conjugal à ses habitudes. S'il en a les moyens, il abandonne la fille pour s'offrir le luxe d'une liaison élégante ou, plus simplement, pour recourir aux charmes d'une lorette ; figure plus inquiétante, engagée dans le cycle de la vénalité, et dont l'essor compensera bientôt le déclin de la grisette.

Le règlement draconien, les changements de garnison, l'obligation de la dot gênent le mariage de l'officier. Celui-ci attend souvent la retraite pour convoler. S'il entend échapper à la fréquentation assidue des bordels, il lui est loisible de vivre en concubinage, pour autant que la liaison demeure discrète et que sa compagne fasse preuve d'une certaine distinction. Selon William Serman, nombre d'officiers du Second Empire se résignent à cette solution temporaire. Les amours de l'artiste et de son modèle constituent un poncif romanesque ; aucune étude ne permet toutefois d'en mesurer la validité.

Certaines de ces unions dans la dépendance se révèlent plus durables. Pour le célibataire rassis, se mettre « en ménage » constitue un besoin dont il convient de mesurer le caractère impératif. Il est alors difficile et fort ridicule à l'homme seul d'exécuter des tâches ménagères qui réclament beaucoup de temps et une présence continuelle. Allumer et entretenir le feu, monter l'eau fraîche, évacuer les eaux usées, faire la cuisine, entretenir le linge constituent un ensemble de tâches qui font reculer plus d'un employé célibataire, las des restaurants à bas prix. À la campagne, la rumeur tolérerait mal cette inversion des rôles. S'offre alors la tentation du concubinage ancillaire ou de l'union avec une femme bonne, placide et confortable, dont on ne sait plus trop si l'on doit considérer son dévouement comme celui d'une épouse ou celui d'une domestique. Dans les campagnes du Gévaudan, le couple du maître et de la servante contourne le problème de la dot; dans l'attente d'une meilleure situation financière, il constitue la seule forme d'union possible.

Ne confondons pas ces confortables ménages avec les amours ancillaires de l'époux friand de chair juvénile. À la campagne, cette pratique subsiste longtemps, dans ses formes anciennes. Nombre d'affaires d'infanticide mettent en scène un « maître » qui, avec l'accord de son épouse, voire de sa belle-mère, n'hésite pas à renvoyer la servante enceinte de ses œuvres. À Nantes, à la fin du XVIIIe siècle déjà, ce type d'union dans la dépendance, tissée de vénalité, semble toutefois le céder peu à peu à une nouvelle relation teintée de respectabilité, pimentée de sentiment. L'époux préfère désormais entretenir la fille hors du domicile conjugal et l'installer dans ses meubles. Mais, là encore, s'impose la prudence: un autre corpus conduit Marie-Claude Phan à discerner, tout au contraire, un essor des liaisons ancillaires à cette même époque.

Quoi qu'il en soit, et les injonctions du Code civil ne seront peut-être pas étrangères à cette évolution, la fille entretenue devient vite une figure familière de la grande ville de la monarchie censitaire. Balzac consacre l'un de ses romans, *Une double famille,* à disséquer les plaisirs et les affres de ce délicat partage. L'essor de la *privacy* affecte aussi ces conduites vénales; le bourgeois aime retrouver chez sa maîtresse le confort de son intérieur, un zeste d'érotisme en plus. Le modèle de la fille sagement entretenue, fidèle à son amant, se dessine en regard de celui de l'épouse rassurante et douillette. L'une et l'autre vivent figées dans l'attente impatiente de l'homme.

L'archipel du plaisir vénal

Bien différentes en cela, putains et courtisanes. Les autorités de l'empire et de la monarchie censitaire ont fondé le rêve du bordel réglementariste; elles ont aussi dessiné le *French system* qui allait s'imposer comme modèle à l'Europe. La maison de tolérance de quartier vit alors son âge d'or. Elle remplit une triple fonction : officieusement, car les règlements l'interdisent, elle opère l'initiation des mineurs, des collégiens surtout ; elle satisfait l'« instinct génésique » des célibataires enfermés dans les ghettos sexuels, ce qui lui confère une clientèle en grande majorité populaire ; mais elle apaise aussi, discrètement, les époux frustrés. La réserve des anciennes oies blanches, condamnées bien souvent à des unions mal assorties, l'influence réfrigérante du confesseur, l'image castratrice de la mère, la fréquente interruption des rapports due à la menstruation, aux grossesses, à l'allaitement, l'arrêt des relations sexuelles à la ménopause, l'ampleur des maladies gynécologiques, les impératifs de la contraception constituent autant d'incitations à prendre le chemin du bordel. Sans compter que là s'épanouit parfois une amicalité bon enfant, règne un laisser-aller inconnu du chef de famille engoncé dans sa pose. La fascination exercée par l'« animalité » populaire et le langage salace exacerbe le désir du « salon » où s'étalent les nudités offertes dans les parfums offusquants.

Depuis les premières décisions du chancelier Pasquier, les réglementaristes rêvent d'un exutoire sain et discret où puissent se déverser les désirs irrépressibles. Hantés par le souci d'exclure le raffinement érotique, ils prônent un coït sans complaisance, trop rapide pour autoriser l'épanchement sentimental. La maison de tolérance, antithèse du bouge clandestin, se veut le temple d'une sexualité utilitaire. Les filles soumises, examinées par les médecins des mœurs, objet d'un constant dressage somatique, étroitement surveillées par la maîtresse de maison, se doivent de rendre leur partenaire apaisé, mais intact, à sa famille et à la société.

En fait, le système, dont l'apogée se situe en 1830, lorsque le préfet Mangin réussit pour quelques semaines à enfermer les prostituées parisiennes dans des maisons de tolérance, ne fonctionnera jamais parfaitement. Filet aux mailles trop lâches, il ne peut empêcher le déploiement d'une prostitution clandestine. Le subtil réalisme d'un Parent-Duchâtelet n'y pourra rien : des bouges incontrôlés fonctionnent ; de lamentables « pierreuses » se donnent pour quelques sous dans les chantiers ou les fossés des barrières; des jeunes filles à soldats hantent les abords des garnisons, tenaillées par la crainte des autorités. Une circulation incessante s'opère entre la lumière de la maison tolérée par l'administration et l'opacité louche du bordel clandestin.

Cependant s'enracine et se codifie une série d'images sexuelles de la femme du peuple, associée à la puanteur de l'ordure, au déchet organique, à la maladie, au cadavre; images dont l'histoire universitaire ne s'est pas encore totalement dégagée. Il conviendrait désormais de se pencher aussi sur les fonctions dionysiaques de ce réseau de plaisirs vulgaires que les autorités entendent constituer en enfer.

D'humbles filles entretenues, qui ont su s'émanciper et utiliser habilement leurs charmes, réussissent, on le sait, d'étonnantes carrières. D'obscures marchandes à la toilette, devenues proxénètes, savent ménager et mettre en scène les rencontres de leurs protégées. Dans l'ombre de la monarchie censitaire s'élabore le triomphe des « cocottes » et des grandes « horizontales » de la génération suivante; mais nous ne savons que bien peu de chose de cette préhistoire de la fête impériale.

La gestion du lit conjugal

Reste la sexualité conjugale, aboutissement des rêves et des craintes de la grande fille, en ce siècle de la virginité, point final d'une vie de garçon pour celui qui a su effectuer le parcours initiatique que l'on vient de suivre en imagination. Qu'ils demeurent interdits au seuil de ce sanctuaire ou qu'ils jugent trop peu croustillant ce qui s'y déroule, les contemporains parlent peu du lit conjugal. La démographie historique calcule les rythmes de la fécondité, ce qui ne renseigne guère sur les pratiques hédoniques. Restent les diatribes du clergé, alors fort imprécises, et le discours normatif des médecins, plus bavard. Une lecture attentive de l'ensemble des sources suggère quelques faits majeurs. Tout d'abord, l'importance de l'initiation féminine lors de la nuit de noces; et cela vaut pour tout le siècle. Ce soir-là s'impose une mise en scène collective de la pudeur, de l'effroi et de l'ignorance que tous les médecins s'accordent à décrire. C'est le souci d'éloigner de l'entourage familial cet épisode par trop gênant qui suscitera, en partie, la vogue du voyage de noces. L'initiation peut être brutale, du moins les témoins le répètent ; c'est que les époux ont attendu cette nuit-là pour se découvrir. En 1905, le Dr Forel note encore que, dans sa clientèle, les bonnes mœurs interdisent aux fiancés de s'entretenir de leurs besoins sexuels.

Dès ce moment, l'époux a pour tâche de régler le plaisir de sa compagne. Comme toute femme, et bien qu'elle l'ignore, celle-ci pourrait devenir une terrible jouisseuse ; seule une sexualité bien tempérée lui évitera les affres de la nymphomanie ou, plus simplement, les troubles de l'« énervation ». Par bonheur, pense-t-on, le désir féminin a besoin d'être provoqué. Le mari se voit ainsi chargé par le corps médical d'une lourde responsabilité. On comprend mieux l'inquiétude du jeune homme qui découvre alors une épouse par trop savante. Nous connaissons quelques-uns des drames de la première nuit. Pour la jeune Mme Lafarge, mariée en 1839, l'épisode, incomplet, se déroule dans la violence, à l'intérieur d'un banal hôtel de province. Un demi-siècle plus tard, Zélie Guérin, la mère de sainte Thérèse, subit un véritable choc lors de cette initiation.

Les médecins ressassent les dangers de l'épuisement masculin. Ils prônent une sévère gestion spermatique en accord avec la mentalité de la classe dominante. Le coït conjugal lui aussi peut conduire l'homme au délabrement. De là une série de conseils prudents, modulés selon l'âge des époux. Cette littérature, qui puise abondamment dans les vieux livres de Lignac et de Nicolas Venette, dicte la fréquence des rapports, sans que l'on sache dans quelle mesure ses injonctions ont été respectées. Le corps médical se montre hostile à la copulation sénile : pour la femme ménopausée – comme pour la femme stérile –, le coït est devenu inutile. L'homme doit se méfier de ces deux figures ravageuses, insatiables, que ne vient plus apaiser aucun espoir de grossesse. Plusieurs de ces médecins considèrent la cinquantaine comme étant la limite ultime de l'activité masculine ; au-delà, user de son sexe précipite le trépas.

Le souci de la réussite de l'acte reproducteur incite à valoriser la vigueur du coït. Le discours médical, loin d'exalter le raffinement et la lenteur des caresses, associe la qualité du rapport à l'emportement et à la rapidité masculine ; les médecins ignorent donc le problème posé par l'éjaculation précoce. Cependant, la fréquence des pertes séminales involontaires, dont ils ne cessent de parler, conduit à penser que cette pratique, frustrante pour le sexe féminin, était alors très répandue. De toute manière, la brièveté des rapports conjugaux demeure évidente durant tout le siècle ; ce qui donne à penser que l'orgasme simultané constitue une exception. En 1905, Forel en souligne encore l'extrême rareté parmi sa clientèle bourgeoise.

Mais il convient d'éviter tout anachronisme ; le problème ne se pose pas en ces termes ; on porte peu d'attention au plaisir de l'autre. À la fin de la monarchie de Juillet, la découverte des mécanismes de l'ovulation prouve certes que la femme n'est pas simple « vase », ainsi que le pensait Aristote. Comme le pressentait Galien, elle participe activement à la conception. Mais, contrairement aux dires du médecin grec, cette participation n'exige pas le plaisir. L'automaticité de l'ovulation autorise la désinvolture à l'égard de la jouissance. La découverte scientifique justifie l'égoïsme masculin, ouvre une période défavorable à l'orgasme féminin, fonde l'hostilité contre l'inutile clitoris. Notons toutefois que cette même découverte a pu libérer certaines femmes qui, jusqu'alors persuadées de la nécessité de la jouissance dans la conception, s'efforçaient de ne pas accéder au plaisir, de peur d'une grossesse. À la fin du siècle encore, des femmes éberluées, qui n'auront jamais éprouvé l'orgasme, refuseront pour cette raison de se croire enceintes. Ce qui prouverait, s'il en était besoin, le décalage qui se creuse entre les découvertes scientifiques et les pratiques quotidiennes.

Le culte de la virginité, l'angélisme romantique et l'exaltation de la pudeur imposent au bourgeois fervent de se représenter la chambre et le lit conjugal comme un sanctuaire et un autel où se déroule l'acte sacré de la reproduction. Le jeune Auguste Vacquerie a placé un prie-Dieu dans la chambre de sa Léopoldine ; le voisinage du lit, du crucifix et du meuble de la prière accentue souvent la religiosité du lieu. La pudeur impose de faire l'amour dans l'ombre, loin de toute glace ; les médecins recommandent alors de s'en tenir à la position dite du missionnaire ; bien qu'à l'image des praticiens du siècle précédent ils considèrent comme licite – ainsi que les théologiens – tout ce qui facilite la conception ; aussi donnent-ils leur accord au coït *retro*.

Dans quelle mesure les figures de la volupté apprises par l'époux dans la marginalité sexuelle envahissent-elles alors le lit conjugal ? Jusqu'où l'audace masculine, l'aveu féminin du plaisir pouvaient-ils aller sans choquer la pudeur et provoquer le mépris ou le dégoût du partenaire ? Même emplis de désir, quelles voluptés les époux s'autorisaient-ils sans être obsédés par le risque de la maladie ou de la damnation ? Les sources restent muettes sur tous ces points : les procès en séparation de corps n'évoquent pas la mésentente sexuelle, à moins que celle-ci ne se camoufle sous les rubriques « sévices » et « injures ». Il faut attendre la fin du siècle pour que des femmes osent dire publiquement qu'elles se refusent à pratiquer la fellation.

Le danger de l'anachronisme

La sexualité, aujourd'hui au centre des unions, ne constitue alors qu'un arrière-plan de la vie conjugale. Adeline Daumard a montré combien grande était alors à Paris la solidité des ménages bourgeois, dictés le plus souvent par les stratégies patrimoniales. Le grand nombre des donations entre vifs et des dispositions testamentaires assurant à l'époux survivant, une fois établis les garçons et les filles, l'essentiel de la fortune du couple prouve l'existence d'une réelle tendresse. Dans ce milieu, celui qui n'a pas d'enfant dépouille rarement son conjoint au profit de sa famille d'origine. Le discours des testaments met lui aussi en évidence cette affection que tend encore à démontrer l'extrême rareté des séparations.

On sait peu de chose de la sexualité des couples de paysans. Gardons-nous toutefois de nous attarder avec trop de complaisance sur le manque d'intimité et la promiscuité familiale des ébats. Ici, la chambre et le lieu de l'amour se trouvent largement dissociés. La grange, le grenier, les bosquets autorisent, à tout moment, la satisfaction discrète du désir. Dans ce milieu, pour l'heure, pas de sous-vêtement, pas de laçages compliqués, pas d'hygiène intime ; l'union ne connaît pas le raffinement des entraves et des dégoûts bourgeois. Cela dit, il convient, comme le demande Martine Segalen, d'éviter là aussi de sous-estimer la tendresse des époux. Le dur labeur effectué en commun, la solidarité de la répartition des tâches, l'éducation des enfants semblent avoir tissé entre les conjoints des liens étroits et durables. James Lehning note que parmi les paysans de Marlhes, petite commune de la Loire, se multiplient alors les contrats de mariage en communauté d'acquêts ainsi que les donations entre époux.

L'avènement de la sexualité

Vers 1860 s'ouvre l'histoire contemporaine de la sexualité. De sourds grondements ébranlent la culture traditionnelle ; l'imaginaire érotique se transforme. Enfermé dans la sphère privée, le bourgeois commence de souffrir de sa morale. Le mirage d'une sexualité populaire, bestiale et libre, avive la tentation de la fugue sociale ; le pli d'ombre de la prostitution se pare d'attraits nouveaux. Zola s'est fait l'interprète de cette souffrance ; le poignant monologue du patron Hennebeau, spectateur avide des ébats des mineurs, révèle la profondeur du douloureux désir. « Volontiers il aurait crevé de faim comme eux, s'il avait pu recommencer l'existence avec une femme qui se serait donnée à lui sur des cailloux, de tous ses reins et de tout son cœur. »

La mutation de l'imaginaire érotique

Le code romantique de l'amour s'éparpille. Avec lui s'effacent chez la femme les émois de la transgression ; la séduction se banalise. Le mythe de Don Juan se dégrade ; le personnage se colore d'une étrange passivité. Il n'est plus nécessaire à Bel-Ami de feindre les élans. La passion le cède plus souvent à la crainte des « embêtements ». Cependant grandit la peur de la femme. Au lendemain de la défaite et de la Commune, hantés par le sentiment que les barrières dressées contre la sexualité féminine sont en train de se défaire, les notables tentent d'édifier un ordre moral qui se révèle inopérant. La terreur de voir le peuple et son animalité pénétrer, contaminer la bourgeoisie nourrit l'anxiété sexuelle. Le thème prostitutionnel envahit la littérature. Maxime Du Camp dénonce la nouvelle circulation sociale du vice, que Zola s'efforce d'illustrer en rédigeant *Nana*. Une nouvelle mise en scène de la séduction féminine s'élabore, qui finit d'inquiéter. Abandonnant l'éclat et l'élévation du regard, les toilettes diaphanes, les larmes, les soupirs et l'aveu timide des émois passionnés, la femme entend ouvertement provoquer le désir ; elle se pare à nouveau des lourdes senteurs du musc. Le « demi-monde » propose un fascinant modèle ; bientôt, la séductrice, entourée de lianes et de plantes exotiques, tentera de se muer en une hiératique princesse d'ivoire.

Parallèlement s'édifie la *scientia sexualis* qui renouvelle les tactiques de la contention. De Moll à Hirschfeld, de Féré à Binet, de Krafft-Ebing à Forel, une première vague de sexologues fragmente le champ érotique, codifie les perversions, jette l'interdit de la pathologie sur des conduites que seule jusqu'alors la morale condamnait. Ainsi se prépare le règne du sexe. La sphère domestique, investie à son tour par l'érotisme, devient tout à la fois l'épicentre et l'enjeu du séisme qui gronde.

Les raffinements du flirt juvénile

Au sein des familles bourgeoises de la fin du siècle, le flirt des jeunes gens modifie les procédures de la sexualité d'attente, prépare de futurs bouleversements. Cet ensemble de conduites, qui dessinera durant un siècle les amours juvéniles de l'Occident, n'a fait l'objet d'aucune recherche. Plutôt que de ressasser l'image littéraire de Maud de Rouvre, la « demi-vierge » de Marcel Prévost, laissons à un spécialiste, Auguste Forel, le soin de décrire cette pratique nouvelle. Le flirt emprunte au code des amours romantiques l'impératif de la *distance* initiale. Notre sexologue souligne le grand rôle du regard qui prélude à la rencontre. La caresse des yeux ouvre un itinéraire savamment balisé. Les « frôlements insensibles » du vêtement, puis de la peau, les pressions de mains esquissent les préliminaires. Genoux et jambes se rapprochent, se serrent, à table, à l'intérieur du coupé ou du wagon de chemin de fer. Alors commencent les « jeux d'amour » : baisers, caresses, attouchements. Selon Forel, cette savante gestion du désir mène souvent à l'« orgasme sans coït ». Nombre de ces jeunes gens « se gardent de se trahir par la parole » ; le flirt déroule une étonnante « conversation muette de l'appétit sexuel ».

Le nouveau jeu amoureux possède déjà ses lieux privilégiés : les villes d'eaux, les stations balnéaires, les casinos, les hôtels de « grand genre », certains sanatoriums. Le flirt concilie la virginité, la pudeur et les impératifs du désir. Voilà que les épouses elles-mêmes en raffolent. La femme ne fait qu'y laisser deviner sa sensualité ; elle évite par là de se compromettre pleinement. En outre, le nouvel érotisme impose la délicatesse ; il autorise tous les raffinements, toutes les complications des sens. Gracieux et charmant, le flirt permet de faire jouer les qualités intellectuelles et artistiques. C'est lui qui dicte désormais le rituel des fiançailles. Il possède déjà ses « détraqués », hommes ou femmes pour lesquels, note Forel, il remplace tout à la fois l'amour et la copulation. Le flirt apparaît aujourd'hui comme une conduite de transition : à mi-chemin entre l'oie blanche et la jeune fille libérée, la flirteuse pouvait satisfaire un désir, éprouver un plaisir qu'il était encore difficile d'avouer ouvertement.

On débattra longtemps du statut du flirt au sein des systèmes de sexualité d'attente. Une thèse classique, exprimée par Jean-Louis Flandrin, contestée par Edward Shorter persuadé qu'il s'agit là d'un comportement nouveau, veut ainsi que le maraîchinage de Vendée, interminable caresse muette, masturbation réciproque de deux jeunes gens affalés dans un fossé, à l'abri d'un large parapluie, ne soit que la relique démodée des vieux rituels de fréquentation juvénile. Sans doute est-ce la vérité. Notons toutefois que le maraîchinage, présenté comme traditionnel par le Dr Baudoin vers 1900, ainsi que par un prêtre vendéen dès 1880, a pu subir l'influence de comportements issus des classes supérieures. J.-L. Flandrin affirme un peu vite que rien de similaire n'existait alors dans la bourgeoisie. Il convient de ne pas sous-estimer les emprunts réciproques et la circulation des modèles culturels. En 1905, Forel note ainsi que les procédures du flirt bourgeois ont déferlé comme un raz de marée au plus profond du peuple. Selon lui, il s'agit là d'une imitation lourde et maladroite de la délicatesse de l'élite. Rien n'empêche donc de penser que le maraîchinage s'est trouvé revivifié et pénétré d'une subtilité nouvelle, inspirée du modèle dominant.

L'érotisation du couple conjugal

La technique du flirt éclaire d'un jour nouveau la sexualité conjugale. Il va de soi que les « demi-vierges » ne peuvent aborder le lit nuptial dans les mêmes dispositions que les « oies blanches » de la monarchie censitaire. Sur l'aveu du plaisir féminin ne pèse plus désormais le même interdit. Durant le dernier quart du siècle émerge la revendication d'un nouveau couple plus fraternel et plus uni, que ne séparent plus les barrières du savoir, que ne gênent plus les injonctions du confesseur. Nouveau couple à l'image de la société républicaine dessinée par les prophètes du nouveau régime ; par ceux-là mêmes qui, avec Camille Sée, ouvrent aux jeunes filles l'accès à l'enseignement secondaire. Entre époux, on prend l'habitude de s'appeler « chéri », et la jeune femme n'hésite plus à se délecter de l'érotisme voilé des romans à la mode.

Entre une fille mieux avertie et un garçon plus soucieux du plaisir de sa partenaire, une entente nouvelle peut se nouer, une jouissance commune succéder à l'assaut égoïste. Certains moralistes, certains éducateurs y incitent. En 1903, l'ascension du péril vénérien pousse le Dr Burlureaux à rédiger une brochure d'éducation sexuelle à l'intention des jeunes filles. La Société de prophylaxie sanitaire et morale va reprendre l'idée, appuyée par des éducatrices, bonnes mères de famille. Des pressions sont exercées sur Louis Liard, recteur de Paris ; celui-ci, toutefois, n'ose introduire officiellement l'éducation sexuelle dans l'enseignement public féminin, de peur de fournir des armes à ses adversaires.

En 1878 déjà, le Dr Dartigues avait publié *De l'amour expérimental ou des causes de l'adultère chez la femme au XIXe siècle ;* le livre contient un plaidoyer en faveur de l'orgasme féminin. L'auteur y voit le meilleur rempart contre la propagation de l'adultère. Cependant, le Dr Montalban et plusieurs de ses confrères recommandent à l'époux davantage de douceur et de patience dans la caresse ; eux aussi portent une attention nouvelle au plaisir féminin. Certes, il s'agit là, probablement, de conduites minoritaires ; mais elles sont en accord avec les progrès de la contraception. Ceux-ci prouvent l'essor d'une sexualité érotique orientée vers la volupté, aux dépens d'une sexualité génitale toute dévouée à la procréation.

Techniques du plaisir sans risque

C'est à la fin des années 1850 que les médecins commencent de dénoncer avec vigueur l'« onanisme conjugal ». Le Dr Bergeret dresse, en 1857, la liste des procédures utilisées dans sa clientèle d'Arbois. Le coït interrompu constitue la plus répandue des techniques. Le *self-control* qu'il implique s'accorde à l'autonomie morale qui sera bientôt exaltée par les néokantiens, inspirateurs de l'école républicaine. Mais Bergeret dénonce aussi la masturbation réciproque, qu'il qualifie d'« ignoble service », la fellation ou « coït buccal », et même le « coït anal », plus fréquent que le précédent, si l'on en croit le Dr Fiaux. Les plus riches utilisent le condom, tandis que les ouvriers continuent de croire que faire l'amour debout préserve du risque de grossesse.

À la fin du siècle se développe la propagande néomalthusienne. Sous l'impulsion de Paul Robin et d'Eugène Humbert, la Ligue de la régénération humaine (1896), puis le groupe qui publie *Génération consciente* (1908) prônent la grève des ventres. L'effort des néomalthusiens se déploie jusqu'au sein de la classe ouvrière. La propagande touche les travailleurs du Nord ; Gérard Jacquemet note qu'elle se développe aussi dans le XXe arrondissement de Paris ; plusieurs préfets constatent que les ouvriers sont désormais submergés d'informations sur les techniques contraceptives. Tracts et brochures conseillent des méthodes mécaniques, moins contraignantes et plus sûres que le coït interrompu. Les clientes du Dr Forel les connaissent bien. Certaines procèdent à des injections d'eau tiède acidulée de vinaigre ; d'autres utilisent des éponges imbibées d'un désinfectant et placées au fond du vagin. Plus élaborés, les « pessaires occlusifs » en membrane de caoutchouc, fermés par un anneau d'os. C'est ce procédé que Marthe décide d'utiliser, sur les conseils de son médecin. La capote anglaise en caoutchouc mince se répand ; elle est moins coûteuse que le condom de baudruche – intestin d'animal – qui nécessite, en outre, un minutieux entretien. En bref, la contraception se développe en même temps que l'hygiène intime. La « canule anglaise » se fait la compagne du bidet.

À partir de 1882, l'antisepsie permet la multiplication des ovariectomies. À l'hôpital Saint-Louis, le Pr Péan en pratique 777 entre le mois de janvier 1888 et le mois de juillet 1891. Les clientes qu'il opère appartiennent au peuple. En 1897, le Dr Étienne Cam, scandalisé, estime que de 30 000 à 40 000 femmes ont été ainsi « châtrées » dans la seule ville de Paris. Zola dénonce dans *Fécondité* ce qu'il considère comme la « grande fraude » conjugale. Mais il est une plus terrible chirurgie, dont il reste impossible de mesurer les ravages. Certaines femmes acceptent de subir l'opération dite de Baldwin Mari, qui consiste à créer un vagin artificiel.

En cette fin de siècle, pratiquer résolument la contraception, se livrer à ce que Guy de Téramond appelle, en 1902, l'« adoration perpétuelle » implique toutefois de contrevenir aux injonctions des confesseurs et à celles de la plupart des médecins. La majorité du corps médical reste en effet persuadée que la « fraude conjugale » entretient une pathologie féminine polymorphe : « hémorragies effrayantes » (Bergeret), gastralgies, consomption, « énervation », dérèglement psychique guettent la femme que ne vient pas apaiser la liqueur séminale et, surtout, plusieurs grossesses successives.

Ces convictions sont partagées par de larges fractions de la clientèle. La famille de Marthe s'inquiète de voir son mari la surmener de plaisir ; quand elle s'aperçoit qu'aucune grossesse ne vient satisfaire au tempérament féminin, la mère craint pour le cervelet et pour la longévité de sa fille. Les proches de l'époux pensent, de leur côté, que la jeune femme épuise son mari.

Un point reste obscur : les modalités de diffusion des pratiques contraceptives ; en effet, la propagande néomalthusienne ne touche pas tous les milieux ; or, la « fraude conjugale » s'étend massivement, comme le prouve une enquête menée en 1911 par le Dr Jacques Bertillon. Notons à ce propos que la fréquentation des prostituées, traditionnelles utilisatrices des injections, a sans doute hâté l'apprentissage des conduites strictement érotiques.

Alors que le retrait était, depuis longtemps, pratique courante pour le paysan petit propriétaire, la fierté virile de l'ouvrier continue d'être associée à la fécondité de l'épouse. Ce sentiment, lié à la désinvolture masculine, freine l'essor de la contraception. À partir des années 1880, tandis que diminuent les risques d'infection, se développe toutefois dans ce milieu ce qu'Angus MacLaren appelle un « féminisme domestique ». Une solidarité des femmes se déploie, entre mère et fille, entre matrone et cliente, qui permet de régler la taille des familles. Moins habiles que les bourgeoises à manier les moyens mécaniques de contraception, moins armées pour exiger de leur mari le « coït à sec », les ouvrières commencent de recourir massivement à l'avortement. Quand les exercices violents, les tisanes, les injections n'ont pas suffi, elles sollicitent les services d'une de ces « faiseuses d'anges » qui pullulent dans les villes. Nombreuses sont même les femmes qui pratiquent sur elles l'intervention, avant de se faire transporter à l'hôpital.

Dans l'opinion, une permissivité nouvelle se fait jour ; elle explique qu'à la veille de la guerre le nombre des avortements croisse fortement ; selon le mode de calcul, les experts estiment que, chaque année, de 100 000 à 400 000 grossesses sont ainsi interrompues. Au début du XIXe siècle, la fille qui avait recours à ce procédé était, le plus souvent, une célibataire séduite ou une veuve guettée par le déshonneur. Désormais, ce sont les femmes mariées qui composent l'essentiel de la clientèle des avorteuses. Une pratique de désespoir, imposée par l'urgence, tend à devenir banale, tandis que progresse la maîtrise des femmes sur leur propre corps.

La tentation ancillaire

Le foyer bourgeois, tenté par un timide hédonisme, semble aussi subir, à ce moment, les assauts renouvelés de l'amour ancillaire. La bonne devient critère social ; toute petite-bourgeoise se doit d'avoir la sienne. Au sein d'appartements souvent exigus s'instaure une promiscuité nouvelle. La jeune paysanne introduit dans l'espace privé, jusqu'alors paisible, la tentation permanente de la chair juvénile et populaire. Lorsque l'haussmannisation, qui se prolonge lentement sous la Troisième République, aura relégué la domesticité dans les petites chambres du sixième étage, rien ne sera plus facile aux hommes de la maison qu'une courte escapade par l'escalier de service. Consoler Monsieur, l'entendre s'épancher sur son sein, ce peut être pour la bonne une plaisante revanche sur une maîtresse trop autoritaire. Les bourgeois de la nouvelle génération, élevés par une nourrice « sur lieu », éduqués par une bonne d'enfants, sont habitués à recourir à des femmes du peuple pour tout ce qui relève de la culture somatique ; venu l'âge de l'initiation, puis de la maturité sexuelle, on comprend qu'ils aient la tentation de s'adresser à la petite bonne. Celle-ci s'inscrit dans la chaîne des corps abdiqués, au service de la libido bourgeoise. Les psychanalystes auraient probablement beaucoup à dire sur le fétichisme du tablier. Ce vêtement accessible symbolise tout à la fois l'intimité de la sphère privée et la disponibilité du corps féminin. Au besoin, la maîtresse de maison peut se faire complice d'un ménage à trois ; malade, frigide ou délaissée, elle cantonne ainsi les ébats de son mari, voire ceux de son fils. L'amour avec la bonne évite de dilapider sa fortune ou de compromettre sa santé ; il déjoue les « embêtements ».

La littérature romanesque se complaît dans ces frasques ancillaires. Zola, Maupassant, Mirbeau les célèbrent à l'envi. Reste qu'il s'agit d'une pratique non mesurable. La faconde des écrivains reflète trop visiblement le fantasme d'hommes fascinés par le corps du peuple, accessible et domestiqué, pour ne pas imposer la prudence.

À ce retour – probable – de la sexualité dans la dépendance serait à rattacher la conduite de nombre de patrons et surtout de contremaîtres qui utilisent leur autorité pour séduire les jeunes ouvrières. Les militants, les anarcho-syndicalistes notamment, n'ont cessé de manifester leur indignation contre le nouveau « droit de cuissage ». Cette utilisation abusive de la chair populaire contribue, selon eux, à saper la moralité des travailleurs. Nous savons qu'il ne s'agit pas d'un simple fantasme. À Limoges, en 1905, de tels agissements déclenchent de véritables chasses au satyre dans les rues de la ville. Ainsi naissent les graves troubles qui, cette année-là, ensanglantent la cité de la porcelaine.

Les magistrats et l'infidélité

L'érotisation de l'épouse avive la crainte de l'adultère. Au regard de la loi, la situation des deux conjoints apparaît, à ce propos, fort dissemblable. L'adultère du mari ne peut être poursuivi devant le tribunal correctionnel, sauf si l'époux infidèle entretient une concubine au domicile conjugal; sa conduite s'apparente alors à la bigamie; elle met en péril la famille. Dans ce cas seulement, l'épouse peut porter plainte, et son mari risque alors de devoir payer une assez forte amende. La femme peut en outre intenter un procès en séparation de corps, surtout si l'adultère s'accompagne d'excès, de sévices ou d'injures graves. À partir de 1884, il lui sera loisible de réclamer le divorce. En quelque lieu qu'il se déroule, l'adultère de la femme, en revanche, constitue toujours un délit. L'épouse infidèle encourt jusqu'à deux ans de prison. Après avoir obtenu la condamnation de sa femme, le mari reste libre d'arrêter l'exécution de la peine et de permettre à la coupable de réintégrer le domicile conjugal. L'époux dispose ainsi d'un véritable droit de grâce. Le complice de la femme adultère risque lui aussi d'être condamné; ce qui prouve bien que le législateur n'a pas eu pour seule intention de favoriser systématiquement le sexe masculin, mais qu'il entendait avant tout protéger la famille. Quoi qu'il en soit, ces dispositions constituent, comme le dira Naquet, « un demi-encouragement à l'adultère masculin ». De la même manière, en cas de séparation de corps, le devoir de fidélité continue d'incomber à l'épouse, alors que le mari se

La relation intime ou les plaisirs de l'échange　　　511

voit autoriser toutes les fredaines, puisqu'il n'existe plus de domicile conjugal.

Pour justifier une telle dissymétrie, les juristes utilisent deux arguments majeurs : il n'appartient pas à la femme, inférieure, d'avoir inspection sur la conduite d'un mari qu'elle doit présumer fidèle ; en outre, seul l'adultère féminin risque de faire tomber les biens patrimoniaux entre les mains d'enfants étrangers.

En fait, la jurisprudence tempère de beaucoup cette dissymétrie. La femme se voit successivement accorder la possibilité de poursuivre le mari lorsque l'adultère est assorti de publicité ou de conduite injurieuse (1828), lorsqu'il s'accompagne d'abandon de famille (1843), de refus de cohabiter (1848) et même de refus de rapports sexuels (1869). Anne-Marie Sohn note qu'entre 1890 et 1914 l'adultère féminin n'est pas plus sévèrement puni que l'infidélité masculine ; à ce point de vue, l'infériorité juridique de la femme est devenue toute théorique. En outre, les magistrats n'accordent plus grande importance à ce qu'ils considèrent désormais comme un délit mineur.

Notons qu'entre 1816 et 1844 la tromperie ne constitue qu'une cause secondaire dans les affaires de séparation de corps ; cette procédure offre surtout à la femme la possibilité de vivre à l'abri de coups qui, au fil des décennies, sont de moins en moins bien tolérés. Après 1884, les mauvais traitements, le manque d'argent l'emportent de beaucoup dans l'effectif des motifs qui justifient les demandes féminines de divorce.

Nombre de facteurs concourent à la multiplication des adultères, notamment au sein de la petite bourgeoisie. L'atténuation, tardive, de la surveillance qui pesait sur la grande fille, l'essor, modéré, de l'hygiène intime, la pratique du bain, du tennis, puis de la bicyclette, l'habitude de se laisser caresser libèrent peu à peu des interdits qui pesaient sur la contemplation, l'exhibition et l'apprentissage érotique du corps. Les nouvelles voluptés conjugales, l'essor des pratiques contraceptives, voire la revendication du droit de la femme au plaisir, telle que la présente une Madeleine Pelletier, dégradent le modèle de l'épouse vertueuse. La banalisation des conduites masculines de séduction, l'indulgence des magistrats, la crainte inspirée par le péril vénérien, la plus grande discrétion de la rupture prévisible incitent au transfert du désir viril vers la femme mariée, mieux avertie et plus accessible que par le passé.

Le désir de la femme mariée

L'urbanisme haussmannien permet à la dame convenable de sortir et de prendre possession du centre de la grande ville ; à partir des années 1880, il lui devient possible de s'exhiber aux terrasses des cafés, écrasées des lumières du gaz, puis de l'électricité. Les prétextes de rencontre, les lieux de rendez-vous se multiplient. Le grand magasin autorise de discrètes éclipses ; la philanthropie elle-même peut rendre d'utiles services. En 1897, plusieurs maris étonnés et ravis verront réapparaître une épouse qu'ils croyaient carbonisée dans l'incendie du Bazar de la Charité. Que le fait soit exact ou non, il est significatif que la rumeur le colporte. Les fiacres et tout un réseau de cabinets particuliers ou de maisons de rendez-vous permettent de fugitives étreintes. Les temps de rupture de la vie conjugale s'allongent et se diversifient : les voyages en chemin de fer, les vacances de la femme seule, les pèlerinages de masse, les séjours dans les villes d'eaux, les « bains de mer », voire les trains de plaisir à la journée favorisent les aventures.

L'adultère alimente les conversations de l'après-midi. Dans les milieux de la haute politique, note Jean Estèbe, il est normal d'avoir une maîtresse ; « une liaison mondaine peut même susciter quelques échos appréciateurs ». Le roman, le vaudeville incitent à la tromperie. Alexandre Dumas fils, Feydeau, Becque et Bataille ressassent les amours adultérines. Le ménage à trois fonctionne ici avec une efficacité bourgeoise. Il permet de calmer les sens, de jouir dans le confort d'une volupté que vient pimenter le secret. Il évite de compromettre sa santé et sa réputation. Notons toutefois que la scène du vaudeville n'est pas simple suggestion ; elle a aussi pour fonction de désamorcer par la dérision l'anxiété vague qui se gonfle avec le brouillage des modèles. Venir rire à Feydeau, au bras de son épouse, exorcise la menace du vice confortable, dont l'effet dissolvant menace la famille.

D'étroits milieux émancipés se livrent même à une critique réfléchie de l'institution matrimoniale. Certains militants commencent de prôner l'union libre; en 1907, Léon Blum se déclare en faveur de l'expérience prénuptiale; quinze ans plus tard, Georges Anquetil consacre de gros livres, très convaincants, à la maîtresse et à l'amant légitimes.

Il importe toutefois de se garder de surestimer l'ampleur des conduites adultérines. De larges fractions de la population se tiennent à l'abri de la novation. L'image de la femme vertueuse demeure globalement dominante au sein de la bourgeoisie. La mise à l'ordre du jour du devoir de maternité, stimulé par la menace allemande, révèle, certes, les inquiétudes nouvelles; elle n'en contribue pas moins à conforter la morale. Une patiente recherche sur les femmes du patronat du Nord conduit Bonnie Smith à exalter la vertu de ces épouses sages qui se comportent en véritables dames d'œuvres. Entre 1890 et 1914, les ligues de moralité, prônées par le sénateur Béranger et par les ténors des Églises protestantes, mènent de farouches campagnes contre l'écrit obscène, la licence des rues et la démoralisation du troupier. Leur efficacité semble croître dans l'immédiat avant-guerre, quand déferle la vague nationaliste. Certains milieux admettent mal la désinvolture conjugale. Une épouse légère constitue un handicap pour la carrière d'un magistrat ou d'un sous-préfet. La rumeur, voire la dénonciation anonyme guettent en outre ces fonctionnaires desquels on entend qu'ils fassent preuve d'une certaine retenue.

La maîtresse au double visage

À la Belle Époque, la liaison diffère profondément des amours illégitimes de la femme libre et émancipée; telle est la conclusion provisoire des travaux d'Anne-Marie Sohn. La seconde de ces unions reproduit le modèle ancien du concubinage dissymétrique : dans plus de la moitié des cas, un amant bourgeois, le plus souvent veuf ou célibataire, prend pour maîtresse une descendante des anciennes grisettes. Le sous-préfet de Forcalquier a pour amante une jeune couturière. La femme adultère, en revanche, trompe son mari avec un homme de son milieu. Le plus souvent, elle accorde ses faveurs à un monsieur de son âge. L'analyse des archives judiciaires donne à entendre que la femme qui trompe ainsi sagement son mari avec un amant unique n'éprouve guère de remords. Sa liaison lui semble la conséquence toute simple du mauvais fonctionnement du couple conjugal. Au besoin, elle y voit une réplique à la tromperie ou à la vérole du mari. Bref, il semble qu'une critique implicite de l'union légitime s'opère au-dedans des cœurs. Le débat qui s'instaure sur les méfaits du régime dotal traduit aussi cette remise en cause du mercantilisme matrimonial. De toute manière, la littérature romanesque suggère qu'en ces occasions c'est la mère et non l'épouse que guette le repentir.

La découverte de l'adultère de la femme est vécue différemment selon les milieux sociaux. Dans la bourgeoisie, ce sont le plus souvent d'indiscrètes correspondances qui permettent de découvrir le pot aux roses. Ici, l'homme vit la douloureuse aventure dans la légalité et la chicane. Pour protéger sa vanité et justifier la conduite de son épouse, il en appelle au besoin à la pathologie mentale. Les hommes du peuple, en revanche, surmontent mal le ridicule. Ils succombent plus souvent à la tentation de la violence, surtout dans le Midi. C'est en majorité dans ce milieu que des maris trompés se laissent aller au crime ou à la tentation du meurtre. À Belleville, de très nombreuses affaires correctionnelles ont pour origine des injures ou des allusions qui mettent en cause la moralité des femmes. Le soir, venue l'heure de l'ivresse, les insultes fusent. On s'interpelle d'une maison à l'autre, par-dessus les rues étroites. Des pugilats sanctionnent les cris de « putain » ou de « gouine ». Ici, tout le voisinage se trouve concerné.

Chez la femme mariée, quel que soit le milieu, la découverte de la tromperie est en revanche vécue sur le mode sentimental. Il en est de même quand s'impose le divorce. Cette expérience est plus facilement surmontée par les épouses que par les maris. Ceux-ci tolèrent mal que leur femme puisse retrouver sa liberté sexuelle ; c'est alors que se produisent les brutalités. Seules les filles libres et émancipées réagissent quelquefois par la violence, venu le jour de la rupture. La femme qui a longtemps vécu en concubinage avec un veuf ou un célibataire supporte mal l'abandon qui la laisse seule face à une opinion désapprobatrice. La passion constitue l'alibi de ces maîtresses qui n'ont pas hésité à braver la rumeur. La rupture pose ici un problème à l'amant, tant la réaction de la partenaire risque d'être vive. Certaines femmes abandonnées font du scandale public ; d'autres écrivent des lettres vengeresses ; quelques-unes vont jusqu'à vitrioler leur ancien partenaire.

Celui-ci peut tenter de se débarrasser d'une encombrante maîtresse par un cadeau de rupture. Le sévère Jules Ferry envoie son frère Charles arranger les choses avec une jolie cousette blonde de la rue Saint-Georges. Sinon, le monsieur excédé déprécie son ancienne relation ; il la dénonce aux autorités. Il arrive qu'il croie devoir la tuer. Il a pour lui la complicité de l'opinion, qui voit d'un mauvais œil l'acharnement de ces femmes. On comprend qu'une fois marié l'ancien amant de ces filles émancipées préfère s'adonner à l'adultère bien tempéré.

L'illusion de l'adultère vénal

La mutation des formes du désir que révèle, encore timide, la nouvelle sexualité conjugale redessine les conduites de la vénalité. La soif de raffinement désagrège peu à peu le réglementarisme. L'égout séminal rebute. Nombre de clients trouvent humiliants, voire dégoûtants, l'étalage vulgaire de la chair nue et la docilité animale des filles. La maison de quartier est en crise, excepté dans quelques régions de la province profonde où l'évolution se trouve retardée par la rigidité des mentalités traditionnelles. La prostitution réglementée subit en outre, de plein fouet, la violente campagne des abolitionnistes, appuyés par la gauche radicale. Pour survivre, le bordel réglementé doit satisfaire aux nouvelles exigences de la clientèle. En 1872, les vieilles pensionnaires de Château-Gontier constatent avec indignation que les filles acceptent désormais la fellation, naguère prohibée à l'intérieur des maisons.

Les grands bordels parisiens de la fin du siècle traduisent cette évolution. De savantes mises en scène olfactives, des décors somptueux, le miroitement des glaces, la profusion des tapis, la débauche d'électricité renouvellent les tactiques de la volupté. À l'intérieur de grottes de Calypso ou de couvents sadiens, des nymphes ou des « religieuses » expertes raffinent leurs caresses. Les tableaux vivants font le bonheur des voyeurs. Ceux-ci disposent désormais de discrets cabinets, lointains ancêtres des cabines de *life-show*. Certaines maisons se spécialisent. La découpe opérée par la sexologie naissante ordonne les nouvelles configurations de la vénalité. À chaque « perversion », désormais, ses spécialistes et ses refuges privilégiés.

Parallèlement se déploient des formes de prostitution mieux en accord avec les désirs nouveaux. Déjà, sous la monarchie censitaire, les danseuses de l'Opéra accordaient rituellement leurs faveurs aux messieurs respectables qui acceptaient de les entretenir. Infiniment plus provocantes, les grandes « cocottes » de la fête impériale avaient imposé le prestige de la galanterie. Par la suite, ces conduites se démocratisent. Le petit-bourgeois rêve de se débaucher comme un aristocrate. Les « caf'conc' », les « beuglants », voire les « bouis-bouis », lui en proposent l'illusion. Ces nouveaux établissements entretiennent un prolétariat de pauvres artistes, obligées de se vendre au monsieur en goguette, dans l'intimité douillette de cabinets particuliers. Les « verseuses » des brasseries à femmes du quartier Latin proposent aux étudiants l'illusion amoureuse et pallient le déclin de la grisette.

C'est toutefois la maison de rendez-vous, clandestine ou du moins discrète, qui répond le mieux à la mutation des formes du désir ; à tel point que le préfet Lépine décide de la tolérer, afin de mieux pouvoir la surveiller. Tenue par une dame d'allure respectable, la maison de rendez-vous occupe l'étage noble d'un immeuble de belle apparence. Elle ne fonctionne que le jour. Les présentations s'effectuent à l'intérieur du salon, décoré de meubles rassurants. La femme est venue en chapeau, habillée comme une bonne bourgeoise. Elle accepte, sans vulgarité aucune, de s'ébattre longuement dans une chambre d'ambiance conjugale. Bien entendu, le cadeau sera en conséquence. Les messieurs convenables qui fréquentent la maison recherchent l'adultère vénal ; ils sont friands de l'épouse de l'autre, qu'ils seraient sans doute incapables d'émouvoir en d'autres circonstances. La maison de rendez-vous leur offre l'illusion de la séduction mondaine. La maîtresse prétend, le plus souvent à tort, que les femmes qui fréquentent le salon sont de respectables épouses, des « lionnes » pauvres ou des sensuelles frustrées. À l'occasion d'un voyage à la grande ville, il peut être tentant pour le rentier de province de venir jouer sur ce théâtre d'ombres. De toute manière, la fuite après la faute – cette terrible fuite qui hante Huysmans et Maupassant – sera moins humiliante que dans les lumières du bordel.

Le besoin de se réserver tout au moins le simulacre de sentiment et de se ménager la possibilité d'une entente voluptueuse glisse du haut en bas de la pyramide sociale. À partir de 1880, la libération des débits de boissons permet l'essor d'une vénalité de cabaret moins humiliante pour le client – et pour la fille – que les nudités du bordel. À partir de cette même date, la prostitution dite clandestine prolifère. La fille des rues se banalise, elle se fond dans la foule des boulevards; elle aussi désormais autorise le faux-semblant, surtout lorsqu'elle impose adroitement au benêt l'audace d'une fictive conquête.

L'importance du demi-siècle qui s'étend des plus belles années du Second Empire à la Première Guerre mondiale s'impose avec évidence. Un lent glissement s'opère en profondeur, qui remodèle la physionomie du couple et prépare l'explosion de la nouvelle éthique sexuelle. Il faut donc éviter de se laisser obnubiler par l'image d'une morale victorienne, intransigeante et monolithique. Ce demi-siècle, qu'Edward Shorter considère comme une simple phase transitoire entre deux révolutions sexuelles, me paraît, somme toute, plus novateur que la longue période qui s'étend du Consulat au milieu du Second Empire.

Les secousses qui, à partir de cette date, commencent d'ébranler, ou tout au moins de redessiner l'image de la vie privée doivent beaucoup au processus d'imitation. La descente sociale de comportements élaborés au sein de l'aristocratie, puis de la bourgeoisie, l'emporte sur l'influence exercée par les conduites populaires. Certes, le sexe du peuple fascine; certes, une certaine liberté érotique s'est épanouie à l'abri des classes laborieuses, notamment sous la monarchie censitaire, avant que ne se déploie la familialisation ouvrière. Mais ce ne sont pas ces conduites qui ont fait école. En France, les formes actuelles de la libéralisation des mœurs, en bref, ce qu'Edward Shorter considère comme la seconde révolution sexuelle, se sont élaborées au sein des classes dominantes. Les auteurs de vaudeville, les politiciens de la gauche radicale, certaines bourgeoises féministes, les propagandistes néomalthusiens, les militants qui ont théorisé l'union libre et, surtout, les savants qui ont édifié la sexologie ont davantage contribué à dessiner les sensibilités modernes que ne l'ont fait les confuses unions erratiques des immigrants du Paris de Louis-Philippe. Comme le remarque Bronislaw Baczko, le concubinage populaire de la monarchie censitaire se situait en deçà du mariage; le concubinage contemporain entend le plus souvent se placer délibérément au-delà de l'institution.

Cris et chuchotements

Symptômes de la souffrance individuelle

Nouvelles sources d'anxiété

Les progrès de l'individuation engendrent de nouvelles souffrances intimes. Ils imposent de façonner des images de soi, sources d'insatisfaction. Tandis que la naissance cesse, peu à peu, de constituer un critère clair et décisif d'appartenance, chacun se doit de définir et de signifier sa position. Or, la croissance de la mobilité sociale, dont il convient, certes, de ne pas surestimer le rythme, l'inachèvement, l'indécision, la précarité des hiérarchies comme la complication des signes qui indiquent le rang ne font pas que brouiller les ambitions ; ils provoquent l'irrésolution, le désarroi, l'inquiétude. L'effort de chacun pour construire sa propre personnalité, l'emprise du regard de l'autre incitent au mécontentement, voire au dénigrement de soi ; ils débouchent sur le sentiment d'insuffisance. Nous avons vu combien les diaristes souffrent de cette torturante dépréciation intime. La mêlée sociale, plus anarchique que sous l'Ancien Régime, avive la peur de la défaite. Le caractère compétitif de l'existence conduit au surmenage, amplifie le souci professionnel. Chez l'individu façonné dès l'enfance par la hantise des examens grandit la crainte de l'échec ; la nécessité d'une perpétuelle adaptation, l'angoisse de l'abandon peuvent engendrer une peur de vivre. De tels sentiments déterminent la paralysie de la volonté et, d'une façon plus générale, le mal du siècle décrit par Musset.

Au dépérissement des certitudes vient s'ajouter la conscience nouvelle d'un devoir de bonheur qui modifie le rapport entre le désir et la souffrance. Le vide de l'âme et du cœur, lorsqu'il se manifeste, est désormais ressenti comme un malheur. L'ennui qui pèse sur les esprits les plus raffinés de ce temps, le *spleen* baudelairien traduisent cette culpabilité nouvelle à l'égard de soi-même.

Ces sources confluentes de mal-être, que révèle d'abondance la lecture des documents intimes, se trouvent encore gonflées par l'ascension de la clinique psychiatrique. En ce domaine, la nosologie bourgeonnante, la prolixité de l'exposé des cas médicaux stimulent l'anxiété. La « manie raisonnante », la « folie lucide » permettent à certains spécialistes de débusquer l'aliénation jusque dans le calme et le secret d'une paisible vie privée. D'une manière plus générale, le triomphe de la médecine clinique tend à modifier le regard que chacun porte sur son propre corps ; combien de conscrits qui se pensaient normaux découvrent avec effroi leur état pathologique à l'occasion du conseil de révision ?

L'évolution des figures du monstre

Mais il y a plus angoissant encore : deux images du sauvage se dressent qui, au sein des classes dominantes, provoquent la panique. Durant la première moitié du siècle, Louis Chevalier a été le premier à le détecter, grandissent la répulsion, la crainte – et la fascination – suscitées par les classes laborieuses qui prolifèrent au cœur des grandes villes. Le roman ressasse la menace ; l'enquête sociale, que ce projet stimule, entend l'analyser ; la philanthropie tente de l'exorciser. À ce propos, l'optimisme initial de la Restauration se mue en un pessimisme noir sous la monarchie de Juillet. Dans le même temps, les élites partent à la découverte de la France profonde, elles y rencontrent des sauvages. Pâtres imbéciles des montagnes, rudes pêcheurs du littoral du Léon, huttiers des marais poitevins, sombres habitants des marécages de la Dombe ou de la Brenne leur semblent nouer des liens mystérieux avec la rudesse et le passé du sol, avec la consistance des minéraux et la nature de la végétation ; tous paraissent tenir encore de l'animal.

L'anxiété vague née de la proximité de ces multiples tribus s'exacerbe à constater la présence de véritables monstres au sein de la société. D'effroyables affaires criminelles, le parricide Pierre Rivière, l'ogresse de Sélestat qui, en 1817, dévore la cuisse de son enfant qu'elle a fait cuire avec des choux blancs, tout en prenant soin d'en garder un morceau pour son mari, le vigneron Antoine Léger qui, en 1823, suce le cœur de la fillette qu'il vient d'éventrer viennent attester la proximité de l'homme et de la bête. Les « canards » se repaissent de ces histoires cruelles qui jettent un jour tragique sur les affres de la vie privée. Depuis l'accomplissement du régicide, le 21 janvier 1793, le monstre rôde ; les ogres, écrit Jean-Pierre Peter, échappent « au paisible conservatoire des contes » ; en 1831, la figure de Quasimodo vient sceller cette proximité tératologique du peuple et de l'animal.

Après le traumatisme de la Commune, tandis que s'efface peu à peu la violence prolétarienne, la présence du sauvage s'approfondit : le vrai danger sourd désormais du tréfonds de la personne. Le monstre se tapit au cœur de l'organisme ; il peut faire irruption jusque dans le délire de l'imagination. C'est le retour de l'ancêtre, toujours perçu comme morbide, qui désormais constitue la plus angoissante menace.

La famille pathologique

La notion de famille pathologique marque à tel point ce temps qu'elle mérite que l'on s'y arrête. C'est elle qui tresse le fil qui relie le savant, l'idéologue et l'artiste. La vieille notion d'hérédité disposait, certes, d'un grand crédit au XVIIIe siècle ; les médecins de ce temps répètent que les rejetons de vieux se révèlent maladifs, que les enfants de l'amour sont d'une grande beauté et que l'ivrogne risque d'engendrer des monstres. Un néohippocratisme raisonnable, rappelle Jacques Léonard, prône alors le croisement des tempéraments, la neutralisation des idiosyncrasies extrêmes. Par la suite, l'étude de la pathologie industrielle et citadine, l'effroi suscité par les « hystéries insurrectionnelles », le spectacle de la névropathie des artistes stimulent le pessimisme ; ils suggèrent qu'un lien s'est tissé entre la civilisation et la dégénérescence.

Le vieux mythe tératologique, issu de la Genèse, proposait l'image d'un type parfait d'humanité soumis, par la faute originelle, au risque d'une dégradation progressive. En 1857, Benedict Morel, inspiré par Buchez, réactive cette croyance. L'homme s'écarte de sa nature initiale; il dégénère. Cette dérive tend à l'éloigner du primat de la loi morale et à l'asservir à la domination des désirs physiques; bref, à le ravaler au rang de la bête. Durant une trentaine d'années (1857-1890), la théorie de l'hérédité morbide s'impose aux esprits cultivés, sous une forme laïcisée. On ignore alors les lois de Mendel et l'on croit à la transmission des caractères acquis; rien n'empêche donc d'imaginer une déchéance progressive de l'espèce. L'étiologie scientifique des monstruosités débouche bien vite sur l'élaboration d'une tératologie sociale, sur la constitution d'un fabuleux musée de tarés, d'avortons, de dégénérés. L'hérédité se réduit en effet à un processus morbide. Le «cachet», le «sceau» imprimés sur le faciès ou dans la morphologie font disparaître l'individu, le rattachent à une famille tératologique. La notion de «prédisposition héréditaire malheureuse» (Moreau de Tours), doublée de la croyance ascendante dans toutes les formes de latences possibles, rend vaine l'espérance de la rédemption. «Chaque famille, écrit Jean Borie, vit retranchée dans un donjon féodal avec au fond des oubliettes tout un peuple affreux, accroupi, qui attend.»

Les théories darwiniennes, qui se répandent dans le milieu médical à partir des années 1870, imposent, écrit Jacques Léonard, une «relecture évolutionniste du dossier de l'hérédité». Les savants se penchent sur les tares fondatrices du processus morbide; vite s'impose à eux la culpabilité populaire. La misère, l'insalubrité des conditions de vie, le manque d'hygiène, l'immoralité, l'intoxication déclenchent, révèlent ou accélèrent le processus héréditaire. De la rue, de l'usine, du sixième étage sourd, selon ces médecins, la menace qui risque de saccager le patrimoine génétique des élites. La peur d'être infecté par l'entassement du peuple s'est muée en crainte d'une dégénérescence qui, compte tenu du primat de la neurologie, se moule dans les formes de la pathologie nerveuse.

La naturalisation de la faute, voire de la simple négligence, confère à chacun des responsabilités nouvelles. Le mythe de l'hérédosyphilis transforme le désir en « machine infernale » (Jean Borie). La figure symbolique de la vérole se fait obsédante dans le roman, envahit l'iconographie. Les rêves des héros de Huysmans, les figures hideuses de Félicien Rops expriment une angoisse collective que vient étayer la tragédie des grands syphilitiques. La débauche comporte des risques aggravés ; l'impossible rédemption biologique vient remplacer ou doubler la crainte du péché et de l'enfer ; la croyance en l'hérédité morbide invite à l'assomption hors de l'animalité.

Il convient toutefois de ne pas exagérer l'effroi nouveau. D'apaisantes résistances n'ont pas manqué de se manifester. Les savants fidèles à la tradition catholique, les idéologues républicains portés par l'optimisme, de vieux médecins inspirés par un mélange de néohippocratisme et de vitalisme, et surtout les contagionnistes pastoriens, rebelles au darwinisme, considèrent que l'hérédité morbide n'a rien d'inéluctable. Tandis que Weismann sape la croyance en l'hérédité des caractères acquis, « l'assomption des étiologies microbiennes, écrit encore Jacques Léonard, bat en brèche les explications héréditaires ». Pour transformer le milieu, nombre de savants font confiance aux réformes sanitaires ou sociales et aux bienfaits du solidarisme ; certains d'entre eux prônent une génération consciente, inspirée par la science. De telles visées nourrissent la critique de la dot et du mariage d'argent ; elles incitent à l'éducation sexuelle et à l'exaltation du *self-control* ; elles encouragent l'ascension de ce nouveau couple mieux informé, plus uni et plus équilibré dont nous avons déjà noté l'émergence.

Impuissance et neurasthénie

L'évocation rapide des causes de la souffrance aide à percevoir l'importance historique que revêt alors tout symptôme du mal-être individuel. Adopter une attitude compréhensive impose d'épouser le dolorisme de ce temps, à l'affût des manifestations morbides, hanté par l'imprécision de la frontière qui sépare le normal et le pathologique. Or, c'est au sein de la sphère domestique, au cœur de la vie privée que se déploie le symptôme, que suinte le malheur né de l'anxiété biologique ou sociale, de la déception, de l'échec. En ce domaine, les figures de la souffrance diffèrent selon le sexe. La dichotomie de la distribution des rôles et des attitudes, alors très stricte, la dissymétrie des modalités de l'usure au travail suggèrent de modeler partiellement cette évocation du malheur selon ce simple clivage.

Il s'impose de commencer par le sexe masculin, tant il apparaît avec évidence que c'est lui qui conduit le jeu douloureux, qui provoque puis dessine le mal-être des femmes. Cependant, en ce siècle de la contention, la manifestation de la souffrance de l'homme reste discrète, du moins sur la scène publique. Selon Moreau de Tours, la lésion héréditaire est toujours une gesticulation et, pour le spectateur, un théâtre. Cet aphorisme invite à la discrétion. L'homme abandonne à la femme la mise en scène d'une douleur dont il s'efforce, en lui-même, d'occulter les signes.

Parmi les multiples symptômes du mal-être masculin, je ne ferai que choisir quelques exemples; et, tout d'abord, ce rapport défectueux au désir que trahit la peur de la femme. L'image de l'Ève tentatrice, la crainte permanente du pôle noir de la féminité, du débordement de la sexualité dévoratrice, puis la figure énigmatique de la sphinge fin de siècle entravent, nous l'avons vu, l'épanouissement hédonique du couple. Les anathèmes médicaux qui soulignent les risques de la masturbation et de la débauche stimulent le sentiment de culpabilité et favorisent, de ce fait, les manifestations d'impuissance.

Tout au long de ce siècle, la crainte du fiasco reste tapie à l'arrière-plan des images masculines de la sexualité. Les échecs temporaires de Stendhal chez la prostituée Alexandrine, de Flaubert avec Louise Colet sont célèbres. Edmond de Goncourt fait de la crainte de ne pas voir à temps se dresser le membre viril la nouvelle préoccupation du séducteur mondain. Le Dr Roubaud consacre un gros ouvrage au fléau et détecte l'existence d'une impuissance idiopathique née de la honte. Dans le chapitre qu'il consacre au fiasco, Stendhal rapporte une conversation avec cinq très beaux jeunes gens de vingt-cinq à trente ans. « Il s'est trouvé, écrit-il, qu'à l'exception d'un fat, qui probablement n'a pas dit vrai, nous avions tous fait fiasco la première fois avec nos maîtresses les plus célèbres. » L'impuissance suscite d'autant plus d'anxiété que l'on comprend mal le mécanisme de l'érection. Une thérapeutique multiforme permet à des charlatans de s'enrichir. Dans la presse à grand tirage de la fin du siècle, surtout quand vient le printemps, s'étale la publicité pour les flagellations mécaniques, les douches, les massages, les traitements électriques, l'urtication du pénis, l'acupuncture ou les passes magnétiques.

Il serait trop long de décrire l'ascension de tous les troubles de l'individualité qui accompagnent la difficulté croissante d'être, contemporaine de l'allongement de la durée moyenne de vie. Ces troubles multiformes sollicitent le regard clinique de l'aliéniste et stimulent le raffinement d'une psychiatrie fidèle, jusque vers 1860, au primat de l'étiologie morale de la folie. Durant les premières décennies du siècle se propage l'hypocondrie : elle touche principalement les hommes, notamment les membres des professions libérales. À la fin du siècle se répandent la neurasthénie et la psychasthénie. Les maux de tête suscités par l'accentuation du caractère compétitif de l'existence, par la prolifération des « tracas », commencent d'exercer massivement leurs ravages.

C'est alors que la littérature française propose les premiers délires masculins vécus, décrits de l'intérieur. En 1887, quarante ans après les rêves d'opium de Théophile Gautier et la rédaction d'*Aurélia*, *Le Horla* de Maupassant présente au lecteur l'effrayante image de la fracture interne, du dédoublement de l'individualité. Alors naît le vertige d'une angoisse nouvelle, qui hante notre XXe siècle. Le monstre ne fait pas que se révéler par la bestialité du désir ; il a cessé d'être l'Autre ; il brouille par sa présence le sentiment même de l'identité.

La chlorose des jeunes filles

Bien différents apparaissent, au XIXe siècle, les symptômes spécifiques de la souffrance féminine. La physiologie fascinante de la femme, sa fragilité, la conviction que son sexe régit les maux qui l'assaillent expliquent l'ampleur des troubles que l'on regroupe alors commodément sous le vocable de « maladies de femmes ». Cette morbidité polymorphe fait le tracas quotidien des familles; elle dévore le temps des médecins de la bourgeoisie. La plus précoce de ces maladies, la chlorose, étend son empire. Des cohortes de jeunes filles d'une blancheur verdâtre envahissent l'iconographie, peuplent les romans et les collections de cas médicaux. La tentation de l'angélisme, l'exaltation de la virginité, la crainte du soleil, en attendant le culte des symbolistes pour la blancheur de neige entretiennent, dans les élites, l'image de la jeune fille de lis dont la qualité même du teint semble témoigner tout à la fois de la délicatesse et du dépérissement.

La prolixité du discours médical, la multiplicité des théories scientifiques témoignent de l'inquiétude que fait peser ce mal étrange. Jusque vers 1860, les explications s'imbriquent en effet. Pour les uns, fidèles aux antiques convictions hippocratiques, la chlorose résulte d'un dysfonctionnement du cycle menstruel et de la manifestation involontaire du désir amoureux qui s'éveille. Aussi s'impose-t-il, à leur avis, de pratiquer une thérapeutique préservatrice, fondée sur l'interdiction de tout ce qui favorise la passion; cela dans l'attente du véritable remède, c'est-à-dire du mariage. Pour d'autres praticiens, plus prudes, la chlorose résulte d'un mauvais fonctionnement de l'estomac, équivalent symbolique de la matrice. Pour d'autres encore, elle traduit l'insuffisance vitale; il ne s'agit plus tant, aux yeux de ces derniers, de pléthore ou de rétention que d'un « échec du devenir femme » (Jean Starobinski), lié le plus souvent à l'hérédité. Théorie qui tend à valoriser la puberté féminine, dont nous savons par ailleurs combien elle fascine les médecins et les romanciers. La difficulté éprouvée par les héroïnes zoliennes à franchir ce cap difficile en témoigne clairement. Liée à l'apparition des règles, la chlorose, qui s'en prend aux nerfs, semble ici proche de l'hystérie; elle s'apparente à la « folie pubertaire ».

Durant le dernier tiers du siècle, toutefois, une vérité nouvelle s'impose; on considère désormais que le mal résulte d'une carence. La meilleure connaissance de l'anémie, la pratique de la numération globulaire justifient l'antique médication par le fer.

Toutes ces péripéties du savoir ont incité les adultes à veiller avec une attention de tous les instants sur l'éveil du désir féminin et à mettre en œuvre une hygiène morale capable de le retarder ; elles ont incité aussi au mariage de filles, dont les règles, au fil des décennies, se font de plus en plus précoces. Les fantasmes inspirés par le sang des femmes ont contribué à dessiner leur condition.

La matrice et le cerveau de l'hystérique

Une figure s'impose toutefois avec plus de prégnance encore : celle de la femme hystérique ; elle hante l'imaginaire domestique, régit les relations sexuelles, ordonne sourdement les rapports quotidiens. L'omniprésence nouvelle de l'hystérie pèse sur la vie privée depuis que s'est effacée la figure publique de la sorcière grimaçante. Durant presque tout le siècle, en effet, le mal apparaît comme spécifique du sexe féminin. Les médecins qui prétendent le contraire ne sont pas entendus. Il faut attendre les dernières décennies pour que l'image de l'hystérie masculine gagne du terrain. Dans l'iconographie de la Salpêtrière, la première photo de l'homme atteint de ce mal curieux date de 1888. L'hystérie se déploie sans laisser de traces organiques ; c'est bien ce qui, depuis Hippocrate, crée le désarroi des médecins. Ceux de l'Antiquité attribuent le mal aux manifestations indépendantes d'un utérus qui agirait comme un animal, tapi à l'intérieur de l'organisme. Ainsi se trouvent affirmées l'indépendance du désir dont la puissance submerge la volonté et l'extériorité du corps par rapport à la personne. Durant la crise, la femme est traversée par des forces obscures qui la dépassent et l'innocentent du même coup.

À la fin du XVIIIe siècle, l'hystérie fait l'objet de nouvelles interrogations. Les savants s'enferment alors dans un discours circulaire, tautologique, qui explique le mal par la nature féminine. Dans leur pratique quotidienne, les médecins du XIXe siècle demeurent longtemps fidèles à ces conceptions qui valorisent le rôle de la matrice et les manifestations du désir vénérien. Ils orientent l'hystérique vers les services de gynécologie. Obéissant aux mêmes schèmes mentaux, bien avant que Michelet n'avoue sa fascination pour le mécanisme de l'ovulation, nombre de maris pardonnent à leurs femmes les troubles qui marquent l'apparition des règles. Certains veillent avec sollicitude sur le bon fonctionnement du cycle.

Toutefois, les médecins discutaient depuis longtemps de la part respective du système génital et du système nerveux dans l'étiologie du mal. Au milieu du XIXe siècle, un glissement s'opère qui tend à valoriser l'action du cerveau. En 1859, Briquet fait de l'hystérie une névrose de l'encéphale. Le retournement est d'importance. Cette fois, la maladie se trouve liée aux qualités mêmes qui font la femme ; celle-ci succombe à l'hystérie parce qu'elle est dotée d'une fine sensibilité, parce qu'elle est accessible aux émotions et aux sentiments nobles. La femme tient à ce mal spécifique par son être tout entier ; elle paie un lourd tribut à la maladie pour ses mêmes qualités qui la font bonne épouse et bonne mère. La maladie, écrit Gérard Wajeman, semble dès lors sortir de la pathologie. On notera que le livre de Briquet paraît cinq ans après la promulgation du dogme de l'Immaculée Conception, au lendemain des apparitions de Lourdes, alors que l'anthropologie angélique renforce son emprise dans les pensionnats de jeunes filles.

Entre 1863 et 1893, Charcot reste fidèle au primat de la névrose. Il attribue celle-ci à l'hérédité morbide, réveillée par le « choc nerveux », agent provocateur qui déclenche les manifestations du délire. Si le mal ne laisse pas de traces organiques, c'est qu'il affecte seulement l'écorce cérébrale.

Trouble de la matrice ou trouble du cerveau, l'hystérie demeure conçue comme la manifestation d'un corps extérieur au sujet. Le mal, note Gladys Swain, est toujours « ressenti par celui qu'il habite comme autre chose que lui ». Il traduit une force anonyme que la femme se doit parfois de subir comme il lui faut endurer la violence désirante de l'homme. La même épouse que l'on sait chaste, voire indifférente et froide, risque, comme naguère la possédée, d'être traversée par des forces naturelles qui pourront la transformer en une nymphomane.

Toutes ces convictions conduisent à prôner l'assouvissement raisonnable du désir et du besoin de tendresse qui ordonnent la sensibilité féminine. La hantise de ce mal irrésistible conforte une hygiène sexuelle toute de modération qui se fait hymne à la vie conjugale apaisée. Celle-ci permet à la femme de déployer, sans risque, ses qualités d'épouse dévouée et de mère attendrissante. Au mari de lui donner à exercer sa sensibilité, sans l'entraîner par une sensualité excessive sur les chemins de l'hystérie, toujours menaçante.

Mais un autre débat court, au fil des décennies, qui vient compliquer les données du problème. Les animistes du XVIIIe siècle voyaient en l'hystérie non pas le résultat d'une tension, d'une distorsion entre le sujet et son corps, mais la conséquence d'un désordre de l'âme. Pour Stahl, la maladie scelle l'irruption de la passion ; elle est le signe d'un conflit vécu par l'âme partagée. Cette dernière, écrit Paul Hoffmann, « s'empêche de mettre ouvertement en œuvre des conduites de satisfaction, incapable, cependant, de ne pas dire au moins son désir ».

On voit combien une telle théorie prélude à cette subjectivisation du corps dont Gladys Swain détecte le lent accomplissement théorique entre 1880 et 1914, et qui débouche sur l'analyse psychologique de Janet, puis sur la psychanalyse. L'hystérie traduit dès lors la division de la conscience, la dissociation du moi ; elle est fracture interne du sujet. Pour la première fois dans l'histoire va s'effacer l'attitude convulsionnaire qui traduisait l'ancien sentiment d'extériorité du corps ; le destin féminin aura du même coup cessé de trouver son symbole dans le théâtre de l'hystérie.

Pour qui étudie la vie privée, l'essentiel n'en reste pas moins l'omniprésence de cette maladie sur la scène domestique. La femme de ce temps, quand elle n'est pas acculée au délire et au cri pour se faire entendre, utilise toutes sortes de malaises et de troubles afin d'attirer l'attention de l'entourage sur sa souffrance intime. Les historiens commencent de prêter attention à ce détour de la prise de parole.

Quête de l'identité féminine

Certaines de ces manifestations hystériques revêtent une forme spectaculaire ; souvent collectives, elle se déploient à la fois dans l'espace privé et dans l'espace public. Les unes se rattachent à l'archaïque possession ; d'autres se situent dans le prolongement des rites convulsionnaires. Entre 1783 et 1792, deux ecclésiastiques, les frères Bonjour, installés dans la petite commune de Fareins, à trois kilomètres d'Ars, réussissent à exercer une totale emprise sur un groupe de jeunes paroissiennes. Celles-ci cessent d'obéir à l'autorité paternelle, s'abandonnent aux flagellations infligées par leur curé, se livrent à toutes sortes d'excès ; l'une d'entre elles se laisse crucifier dans la petite église du lieu ; la plus exaltée, devenue la maîtresse de François Bonjour, donne naissance à un nouveau Messie. Ainsi s'enracine une étrange hérésie villageoise, encore vivace sous la Troisième République. Les « aboyeuses » de Josselin, en 1855, comme les « possédées » de Plédran, en 1881, témoignent de la persistance de ces délires collectifs qui subvertissent la vie privée.

Mieux connu désormais, le cas des hystériques de Morzine. Dans ce petit village isolé au cœur de la montagne alpine, les femmes célibataires sont nombreuses ; une sociabilité féminine spécifique s'est élaborée. Le clergé, qui exerce une forte emprise, bloque le déploiement de toute activité festive ou ludique. Cette contention, ajoutée au désarroi né de l'irruption d'une modernité considérée comme menaçante, pousse les femmes du village à se livrer durant seize ans (1857-1873) à des manifestations hystériques. Elles nous proposent ainsi une série de symptômes éclairants sur le mal-être féminin au XIXe siècle.

Au printemps de 1857, deux jeunes filles qui préparent leur communion inaugurent les troubles. Bientôt imitées par le groupe des adolescentes, elles hurlent, se contorsionnent, blasphèment, injurient les adultes qui tentent de les calmer. Les femmes, garantes des valeurs d'une communauté qui ne réussit pas à intégrer l'apport extérieur et qui désire continuer de vivre sur elle-même, se déchaînent à leur tour.

L'hystérie traduit aussi – et peut-être surtout – le mal-être individuel de jeunes filles en quête d'identité, qui ne peuvent danser, que hante la peur du célibat et qui trouvent enfin plaisir à s'entr'imiter sur la scène du délire collectif. Les jeunes proclament leur indifférence à l'égard des parents ; les mères, à l'égard des enfants. Les filles injurient leur père, auquel elles refusent d'obéir. Les épouses se mettent à battre leur mari ; la pratique religieuse est tournée en dérision par ces femmes qui jouent à inverser les rites. Le 30 avril 1864, les hystériques déchaînées tentent de faire un mauvais sort à l'évêque qui interdit qu'on les exorcise. Plus révélateur encore, le refus du travail de la part de femmes qui se mettent à jouer aux cartes, boivent les liqueurs réservées aux hommes, dédaignent les pommes de terre, exigent désormais de ne manger que du pain blanc.

En privé, le curé, nonobstant les recommandations de ses supérieurs, tente sans succès de recourir à l'exorcisme. Les autorités françaises, concernées depuis 1860, entreprennent une véritable croisade civilisatrice dans l'espoir de calmer les femmes. Elles ouvrent des routes, installent une garnison, organisent des bals. Surtout, l'aliéniste Constans, doté d'un grand pouvoir, s'efforce de cantonner le délire dans la sphère privée ; il compte sur la séparation, l'isolement, l'individualisation des cas. Il finira par réussir, à l'aube de la Troisième République.

Il faut savoir qu'il est d'autres traces, négligées, de cette souffrance et de cette révolte des femmes. En voici, en vrac, quelques exemples. En 1848, une épidémie de même type se déclenche en plein Paris, dans un atelier où travaillent quatre cents ouvrières. En 1860, ce sont des jeunes filles de l'école normale de Strasbourg qui se déchaînent ; en 1861, des communiantes de la paroisse Montmartre ; en 1880, des pensionnaires d'une école de Bordeaux. Des manifestations hystériques éclatent en 1883 dans l'une de ces usines-internats de l'Ardèche à l'intérieur desquelles les jeunes filles, enfermées, se livrent au travail de la soie.

L'emprise de l'hystérie sur les esprits débouche sur la fascinante théâtralisation du mal qui se déploie à la Salpêtrière entre 1863 et 1893. Théâtre inouï, atterrant, sur lequel la femme hystérique pousse ce cri d'angoisse pure qui en apprend plus que tout sur la souffrance intime de ce siècle.

Le théâtre de la Salpêtrière

Ce théâtre a été voulu, dicté par Charcot, qui a décrit le tableau, codifié les phases de la grande attaque hystérique. Le professeur y fait jouer des femmes obéissantes, désireuses de capter son attention et celle de l'entourage. Tout en maintenant un écart entre leur désir et l'injonction du maître, elles semblent jouir de la mise en scène de leur douleur narcissique. Charcot exhibe ses patientes à un public d'artistes, d'écrivains, de publicistes, d'hommes politiques; à certaines de ses leçons du mardi, on peut voir Lavigerie, Maupassant ou Lépine. La mise en scène de l'hystérie, fixée sur la pellicule par les photographes Régnard et Londe, accentue le signe, souligne le faciès, incite à l'imitation, révèle l'érotisme des postures. Ainsi se trouve diffusé dans l'opinion l'attrait des maladies nerveuses. Une gestuelle s'impose, que l'on retrouve sur la scène des théâtres parisiens. Sarah Bernhardt mime les malades, devenues actrices, du grand patron. Des remords déchirants de la Kundry wagnérienne (1882) à l'interminable cri vindicatif de l'*Elektra* (1905) de Richard Strauss, les héroïnes d'opéra semblent rivaliser avec les vedettes de la Salpêtrière, désormais connues dans tout l'Occident.

Entre la littérature et la psychiatrie, de subtils rapports se nouent; en une trilogie fort documentée, Edmond de Goncourt brosse le portrait de l'hystérie misandrine *(La Fille Élisa)*, de l'hystérie religieuse *(Madame Gervaisais)* et de la névrose de la jeune fille *(Chérie)*. Les troubles de Marthe Mouret décrits par Zola dans *La Conquête de Plassans* (1874), ceux de Hyacinthe Chantelouve du *Là-bas* de Huysmans ancrent l'image du délire codifié à la Salpêtrière. Cependant, sidérés par Charcot, emportés par la mode, les écrivains eux-mêmes prennent la pose ou s'avouent hystériques.

Un théâtre au quotidien se monte sur lequel la femme, simulatrice, se croit en représentation. Le « clin d'œil », le sourire équivoque de l'hystérique proposent une image pathologique de la séduction féminine. Pour les hommes, la tentation sera grande, désormais, de confondre les manifestations de la maladie et les délires de l'orgasme ou les provocations de la fille des rues. Toute femme qui fait des avances à un homme en vient, qu'elle le sache ou non, à évoquer Augustine, la jeune et jolie vedette de la Salpêtrière. Charcot et ses disciples ne se lassent pas de ses œillades, de ses « attitudes passionnelles », de ses « extases »; ils lui font sans relâche mimer le viol, répéter son malheur jusqu'à ce qu'un jour elle se décide à faire la belle.

Pourquoi ce théâtre ? Pourquoi cette insatiable délectation de médecins qui semblent prendre plaisir aux transferts orduriers dont ils bénéficient ? Pourquoi ce magistère inouï du grand patron que l'on prend – et qui semble parfois se prendre – tantôt pour Bonaparte et tantôt pour Jésus ? La visée thérapeutique, incontestable, la nécessité d'affiner le regard clinique ne suffisent pas à expliquer cette complaisance à susciter l'expression d'un érotisme féminin mêlé de souffrance, à justifier ce jeu d'esquive qui consiste à se repaître d'un plaisir mimé. Le théâtre de l'hystérie est peut-être simple tactique d'une subtile économie du désir masculin ; il est surtout le symptôme, et peut-être l'inconsciente thérapeutique, du mal-être de l'homme. Sur la scène de la Salpêtrière, en ce complexe jeu de l'exhibitionnisme et du voyeurisme, c'est, de part et d'autre, le rapport défectueux au désir qui tente de se jouer.

La clientèle privée de Charcot est immense, constituée en partie d'étrangers. Chaque année, le maître reçoit cinq mille personnes dans son service de consultation externe. Comment s'étonner de retrouver tant d'hystériques à la maison, ou plutôt de constater que la simple fille désirante qu'est Marthe est considérée comme une incurable malade par les membres de sa famille ?

Toute cette activité bourdonnante débouche sur de cruelles – et inutiles – thérapeutiques. Il ne s'agit pas ici du théâtre lui-même, qui permet aux actrices de jouir d'un statut privilégié dans l'enfer de la Salpêtrière, mais de la multiplication – malgré Charcot – des hystérectomies, de la cautérisation des cols utérins – par Charcot lui-même –, de l'hystérie expérimentale par hypnose ; et pour terminer, de la tentation de la drogue pour ces femmes torturées qui finissent par se faire alcooliques, éthéromanes, morphinomanes.

La permanence nouvelle du désir alcoolique

S'enivrer peut constituer un plaisir ; ce geste révèle plus souvent une difficulté à vivre. Il est significatif que le XIXe siècle ait vu naître l'alcoolisme et s'imposer la figure du buveur solitaire. Une double diatribe s'en prend au nouveau fléau. Un abondant discours tenu par les membres des classes dominantes et conforté par la médecine lie le penchant pour l'alcool à l'immoralité ouvrière. Pour venir à bout de cette peste nouvelle qui désorganise la famille, contrevient à l'impératif de l'épargne, favorise la dépopulation, accélère la dégénérescence de la race, attise la discorde sociale, attente à la grandeur de la patrie, il convient avant tout de moraliser le prolétaire. Une campagne antialcoolique s'organise ; des ligues se créent à partir de 1873, qui comptent sur l'école, la caserne, la cité-jardin, l'encadrement des loisirs ouvriers et, plus encore, sur l'action moralisatrice de la femme. Plus sourdement, cette campagne vise l'alcoolisme mondain. L'absinthe, notamment, inquiète. Nocive pour les cellules cérébrales, facteur d'épilepsie, elle risque de saccager, comme son alliée la syphilis, le patrimoine génétique des classes dominantes. L'homme convenable qui s'alcoolise dans les lumières du café propose en outre un spectacle obscène qui se doit de conserver son caractère insolite.

Le mouvement ouvrier va relayer, à partir de 1890, la campagne orchestrée par les notables ; mais il opère une tout autre analyse du mal, qu'il attribue à la misère du prolétaire. L'ardeur antialcoolique n'en est pas moins vive. Dans ces milieux, la drogue conquérante est accusée de freiner l'organisation des travailleurs ; on voit en elle un nouveau narcotique du peuple. Au moment où s'estompe l'emprise de la religion, l'alcool vient brouiller les consciences, gêner le déploiement de la lutte des classes. Là aussi, la femme se voit assigner le rôle moralisateur. L'ouvrière se doit de convertir le mari à la tempérance, comme la bourgeoise rédemptrice a pour mission de ramener l'époux incrédule sur le chemin de l'orthodoxie.

Pour différents que soient les ressorts de cette double diatribe, dont les *a priori* risquent d'égarer l'historien, tous les témoins s'accordent à souligner la mutation de l'image du buveur. « À l'ivrogne rougeaud, bon enfant, bavard, expansif et gai, note Chantal Plonevez, succède l'alcoolique blême, morne, quelquefois violent, agressif et parfois criminel. » Cette substitution correspond à une évolution des manières de boire, que l'exemple de l'Ouest normand et breton permettra de bien saisir. Durant la première moitié du siècle, ici triomphe encore l'« ébriété sauvage », l'« ivresse bruyante et désordonnée » (Thierry Fillaut). Quand se produit une rupture dans le rythme de la vie quotidienne, le paysan s'enivre. Les pardons et les fêtes patronales, la foire, les cérémonies familiales sont l'occasion de débordements qui s'opèrent dans une atmosphère festive et conduisent à une ivresse ostentatoire, mal comprise des observateurs bourgeois. Les Parisiens qui visitent la Bretagne, ahuris de rencontrer ces jours-là tant d'individus ivres morts dans les fossés, sont prêts à surestimer les signes d'une débauche qui conforte leur vision de l'animalité paysanne.

À partir des années 1870, l'alcoolisation raisonnée mais chronique refoule les manifestations de l'ivresse provocante. Défini et dénoncé en 1849 par le Suédois Magnus Huss, l'alcoolisme occupe désormais une place privilégiée dans l'étiologie des dégénérescences. De 1850 à 1870 environ se déroule une phase intermédiaire durant laquelle, note encore Thierry Fillaut, « ébriété et consommation quotidienne font bon ménage ». Alors s'opère le glissement de la scène publique vers la scène privée. Partage reconnu par le pouvoir; la loi de 1873 pourchasse l'ivrogne public; elle ignore l'alcoolisme caché. Mal appliquée, sans grande portée, elle ne frappera guère que des marginaux, souvent sans domicile, incapables de privatiser leur pratique alcoolique.

L'alcool et l'usure des corps

Tout donne à croire que le processus relevé dans le grand Ouest revêt une portée exemplaire; il n'en reste pas moins que les épisodes de cette histoire diffèrent selon les milieux sociaux. L'alcoolisation secrète, cachée, qui s'opère dans la sphère privée paraît être d'origine bourgeoise, bien que le phénomène n'ait pas encore fait l'objet d'études spécifiques. La pratique de l'apéritif, le café au cognac, l'absinthe elle-même conserveront longtemps leur origine élitiste, sans réussir à se démocratiser vraiment. La lente dégustation de la « fée verte » s'accompagne d'un rituel élaboré qui atteste le raffinement et qui laisse supposer le consentement à l'autodestruction.

Au sein du peuple des villes, l'alcoolisme se déploie précocement. Les maçons migrants venus du Limousin consomment une plus grande quantité d'alcool que les paysans demeurés au pays; cela, dès la monarchie de Juillet. Cette alcoolisation, dira-t-on, ne nous concerne guère, tant il est vrai qu'elle relève de la sociabilité et qu'elle se manifeste sur la scène publique. À moins que l'on ne considère le cabaret populaire et l'officine du marchand de vins comme des lieux où se brouillent les frontières, où s'entremêlent conduites publiques et privées. Le cabaretier, perçu comme un ami, prend part aux conversations. Il joue le rôle de confident, de prêteur; au besoin, il se fait agent de placement. Ici, l'alcool n'est pas seulement un besoin physiologique, il est prétexte à la relation privée. On pourrait, sans trop forcer le trait, le ranger parmi les adjuvants des procédures d'aveu.

Mais, dans le même temps, il scelle la sociabilité du travail. L'ouvrier qui ne boit pas risque l'exclusion. Il fait figure d'*aristo* « qui se croit plus que les autres » (C. Plonevez). La consommation d'alcool, reconnue comme signe de virilité, contribue à dessiner l'image de l'individu. La lecture du *Sublime* de Denis Poulot permet de mesurer le discrédit qui s'attache ici à la sobriété. La tournée accompagne tout événement heureux : un anniversaire, la rencontre d'un ami, l'arrivée d'un bleu, une nouvelle embauche et, surtout, le versement de la paie.

En outre, la prégnance du modèle de la thermodynamique incite à considérer le corps comme une chaudière, puis comme un moteur qu'il convient d'alimenter en carburant; elle conforte la croyance dans les vertus de l'alcool. C'est l'illusion du « coup de fouet » qui règle le rythme très précis de la consommation du maçon parisien, du débardeur rouennais ou du puddleur valenciennois. La « consolante » avalée d'un trait, dès cinq heures du matin, fait oublier un temps la fatigue, le risque d'accident et les affres de la condition. L'alcool entre comme une composante majeure dans l'économie d'usure du corps ouvrier; cela contribue à expliquer la dissymétrie sexuelle du volume de la consommation. L'ouvrière, en effet, utilise des tactiques spécifiques, interdites à l'homme, qui lui permettent de mieux résister à ce délabrement prématuré.

Les historiens ont proposé bien d'autres explications à la croissance de la consommation alcoolique solitaire, sans que l'on puisse aisément démontrer la validité de leurs thèses. Le dépérissement d'antiques organisations festives, la dépossession de savoir-faire qui avaient entretenu la fierté de l'ouvrier, la monotonie ascendante du travail, la hausse des salaires et l'allongement du loisir qui stimulent le besoin d'évasion et accroissent la difficulté de « tuer le temps » ont pu exacerber un mal-être psychologique que le travailleur s'efforce de noyer dans l'alcool. Les plus tentés par les plaisirs du cabaret sont en effet les ouvriers qui découvrent une certaine aisance, sans avoir bénéficié au préalable d'un apprentissage du loisir.

La fabrication industrielle, la baisse du prix des alcools ainsi que la libéralisation des débits, inaugurée par la loi de 1880, ont à l'évidence favorisé la croissance de la consommation urbaine. Une enquête réalisée à Paris permet de mieux cerner les goûts populaires. L'ouvrier apprécie le vin, les amers, le quinquina et aussi l'absinthe, même s'il s'efforce de le cacher; il préfère l'eau-de-vie au rhum. En revanche, le cidre et la bière ne semblent guère le tenter. Les femmes, quand elles boivent, manifestent un penchant pour les apéritifs, les liqueurs et les fruits macérés.

La drogue des campagnes

Gérard Jacquemet constate l'omniprésence de l'alcool dans la vie privée du peuple bellevillois. L'ivresse attise les discordes domestiques, exacerbe la jalousie du mari trompé, stimule la violence née du simple soupçon, suscite les brutalités de l'époux auquel sa femme reproche son ébriété. Ici, les rixes après boire sont choses banales, ainsi que le *delirium tremens,* figure tragique qui rend manifeste le péril de la dégénérescence.

Plus tardive, la conquête des campagnes par l'alcool. Longtemps, les paysans se contentent de l'eau, du lait, de la piquette ou du liquide à peine fermenté que ceux du Centre-Ouest appellent « la boisson ». Sous le Second Empire encore, la grande majorité des ruraux du Limousin s'en vont, à la fin du repas, boire l'eau de la « couade ». La chronologie de l'invasion alcoolique diffère selon les régions. Dans l'Ouest, l'offensive se déclenche entre 1870 et 1880, et l'invasion s'opère au cours des années suivantes. Le triomphe de l'alcool au village est ici contemporain de la grande crise agricole, de la victoire de la république et de l'école laïque, bien que celle-ci tente d'en limiter les effets. Dans certains secteurs de la basse Normandie, la conquête s'amorce dès le milieu du siècle; elle est nettement plus tardive sur les marges, en Vendée par exemple, ou bien encore dans le Finistère; dans ces régions écartées résistent longtemps les antiques manières de boire. Il convient à ce propos de se garder de sous-estimer l'alcoolisation en pays de vignoble. Une efficace propagande, savamment orchestrée, a longtemps entretenu l'image erronée de l'exceptionnelle sobriété du viticulteur.

Outre la baisse du prix des alcools et la hausse du niveau de vie, le progrès des moyens de communication, le développement de l'influence urbaine dans les campagnes et la conscription établie en 1872 ont stimulé la croissance de la consommation rurale. À cela est venu s'ajouter, comme le suggère Hervé Le Bras, le désarroi né du dépérissement des structures anthropologiques anciennes et de l'affaissement des croyances religieuses. L'isolement de l'individu ou du ménage s'approfondit avec l'exode rural. Au sein de la famille-souche, le célibat revêt une physionomie plus dramatique quand décline la « maison ». Dans les campagnes de la Creuse, et ce n'est là qu'un exemple, le groupe domestique vieillit, le logis devient triste; la bicyclette facilite la désertion des jeunes, attirés par les cafés du bourg. Seules des analyses anthropologiques, appuyées au besoin sur des enquêtes d'ethnopsychiatrie, permettront de détecter les racines du mal-être nouveau qui accompagne alors les progrès de l'alcool dans les régions rurales.

Elles contribueraient à expliquer le caractère privé d'une pratique qui touche presque également les hommes et les femmes. Dans le secret du logis de basse Normandie, la « goutte » ne suscite guère de résistance féminine. L'écho des campagnes moralisatrices s'entend mal au plus profond du bocage; bien souvent, l'accord se fait pour s'alcooliser à deux. L'eau-de-vie n'entretient pas la même violence privée, mais elle imprègne, encore plus profondément qu'à la ville, la totalité de la vie domestique. Dans cette région, la consommation quotidienne du cidre, de la « goutte » et, surtout, du café arrosé de calvados mine lentement la santé des paysans. Les cultivateurs du Mortanais qui boivent alors un demi-litre d'eau-de-vie chaque jour ont cessé de constituer des exceptions. La majorité des « feux » consomment de 50 à 75 litres d'alcool par an. Au fil des décennies, la gamme des boissons domestiques se diversifie dans les campagnes. Dans le pays de Porzay, le vermouth apparaît en 1879, le rhum en 1880, le kirsch et le curaçao en 1889, l'absinthe en 1901. Ce raffinement n'en demeure pas moins secondaire, tant l'eau-de-vie demeure ici prestigieuse.

Une histoire récente lutte pour détacher l'homosexualité de la pathologie à laquelle le XIXe siècle a voulu la river. Elle montre combien était difficile l'existence du « pédéraste » dans la société de ce temps, péremptoire et cruel. C'est la même perspective qui impose d'aborder ici l'histoire de ce comportement, alors qualifié d'« antiphysique ». En ce domaine, l'analyse des représentations et des discours revêt une importance particulière. L'étude de l'imaginaire permet en effet de comprendre tout à la fois les mentalités des hétérosexuels, la répression qui pèse sur les homosexuels et les conduites que ceux-ci sont contraints d'adopter pour échapper au regard qui les traque.

L'émergence d'une espèce nouvelle

Simple conduite, parfois guidée par le hasard des rencontres, le plus souvent accompagnée d'une pratique hétérosexuelle concurrente : telle apparaît encore l'homosexualité à la fin du XVIIIe siècle. Or, voilà que, sous le regard clinique, émerge une espèce nouvelle. Du monde confus de la débauche se détache un type humain, curieux produit d'une détermination biologique. Ainsi s'inaugure la « dispersion des sexualités » repérée par Michel Foucault.

La croyance dans les rapports étroits qui se nouent entre le physique et le moral incite à dessiner une image féminine de l'espèce nouvelle. L'amour des bijoux, des fards et des parfums, le balancement des hanches, la frisure du cheveu apparentent le « pédéraste » à la femme. De celle-ci il partage les défauts : le bavardage, l'indiscrétion, la vanité, l'inconstance, la duplicité. La médecine légale, qui entend démasquer le personnage, en brosse un portrait halluciné. Elle appose sur lui toutes les marques d'infamie du XIXe siècle. Pour le Dr Ambroise Tardieu, qui écrit en 1857, le « pédéraste » contrevient à l'hygiène, à la netteté ; il ignore la lustration qui purifie. Sa morphologie même permet de le reconnaître. L'état des fesses, le relâchement du sphincter, l'anus en entonnoir ou bien la forme et la dimension du pénis signent l'appartenance à l'espèce nouvelle ; ainsi que « la bouche de travers », « les dents très courtes, les lèvres épaisses, renversées, déformées », qui attestent la pratique de la fellation. Monstre dans la nouvelle galerie des monstres, le pédéraste a partie liée avec l'animal ; dans ses coïts, il évoque le chien. Sa nature l'associe à l'excrément ; il recherche la puanteur des latrines.

Aux yeux des policiers, l'homosexuel dédaigne les barrières sociales. La pratique « antiphysique » a cessé d'être l'apanage de l'aristocratie. La grande bourgeoisie et le monde des artistes se sont laissé contaminer ; les statistiques de la répression révèlent la présence en ce milieu d'une forte proportion de prolétaires. Le « pédéraste », plus encore que l'amateur de filles publiques, subit la fascination de la fugue sociale ; il n'hésite pas, au besoin, à mépriser les frontières de la classe et de la race. Autant de conduites abominables aux yeux de bourgeois soucieux de préserver les corps de toute contamination, attachés à la pureté du sexe, comme les aristocrates à la noblesse du sang.

Durant le dernier tiers du siècle, l'image composite de l'« inverti » traduit l'accentuation de l'anxiété biologique. La protosexologie qui se déploie sérialise la menace ; elle solidifie les conduites, dessine les multiples figures de la perversion. L'« inverti » n'est plus désormais qu'un type parmi bien d'autres, aux côtés des fétichistes de tout poil, de l'exhibitionniste ou du zoophile. Tous ont en commun de porter le sceau de la pathologie, victimes successivement de la « folie morale », de la « névrose génitale », puis de l'implacable dégénérescence. Magnan et Charcot font une place de choix à l'« inverti » au sein de leur tableau des victimes de l'hérédité morbide.

Dès lors, l'homosexuel – le mot était apparu en 1809 – n'est plus seulement une silhouette, une morphologie, un tempérament ; il est aussi une histoire individuelle, une façon d'être et de sentir. Le déroulement de son enfance, voire de sa vie intra-utérine, contribue à justifier son destin. À lui s'offre le plaisir d'être interprété. Cessant de n'être qu'un pécheur, l'homosexuel est devenu un malade, sinon un taré. Il s'impose de le soigner. Une thérapeutique s'élabore, multiforme, fondée selon les cas sur l'hypnose, la gymnastique, la vie au plein air, la chasteté ou le recours à la prostituée.

La stigmatisation sociale

On a beaucoup discuté de l'intensité de la répression qui frappait les « sodomites » au XVIIIe siècle. Il semble clair toutefois que, toléré chez les grands, ce crime, alors très difficile à déceler dans la pratique quotidienne, continue d'être pourchassé dans le peuple. Le plus souvent, on se contente de le sanctionner quand il accompagne une autre faute. Les historiens hésitent sur l'ampleur de la libéralisation qui s'opère, en ce domaine, durant l'époque révolutionnaire. Quoi qu'il en soit, par la suite, la répression se dessine, puis s'intensifie.

Discours policier et discours médical s'épaulent pour justifier la traque ; le médecin Tardieu conforte le policier Carlier. Le Code pénal de 1810 ignore la spécificité du délit de pédérastie ; c'est la loi du 28 avril 1832 qui institue le crime de pédophilie, commis à l'encontre du mineur de moins de onze ans ; elle sanctionne aussi la tentative de séduction et même la simple caresse. Le 13 mars 1863, l'âge du mineur sera porté à treize ans. En fait, la jurisprudence et la pratique policière se révèlent plus terribles que le texte de loi, somme toute anodin. Depuis 1834, la police recourt aux rafles ; celle du 20 juillet 1845, opérée en plein jardin des Tuileries, demeure célèbre. Ce jour-là, les « pédérastes » sont même bastonnés par la foule. Entre 1850 et 1880, la répression se modèle sur celle qui frappe les filles publiques ; elle se révèle parfois plus sévère : en 1852, les juges décident d'interdire de séjour dans le département de la Seine ceux des pédérastes professionnels qui n'ont pas de domicile fixe ni de profession avouable. En 1872, Alfred dit la Saqui, qui racole trop ouvertement les hommes, écope de deux ans de prison ; l'arrêt fera jurisprudence.

La vie privée de l'homosexuel s'éclaire de cette répression. Force lui est de se cacher. Au cœur de la grande ville, des formes de sociabilité spécifiques s'élaborent, seul recours pour ces individus marginalisés qui en viennent à ressembler au portrait qui pèse sur eux. Une anthropologie homosexuelle masculine se constitue sous le Second Empire, qui accompagne le discours médical et l'action policière. La nécessaire signalisation du désir, que la répression force à être très subtile, impose la spécificité de lieux de rencontre écartés, choisis pour leur tranquillité. La crainte du mouchard engendre un vocabulaire argotique d'exclusion ; elle impose la complication des signes de reconnaissance.

La stigmatisation sociale, note Philippe Ariès, incite parfois la victime douloureuse à la confession pathétique et pitoyable ; certains vaincus ne se sont pas relevés de la condamnation de l'entourage. Villemain, le ministre de l'Instruction publique de Louis-Philippe, est mort fou, de n'avoir pas réussi à assumer son désir des hommes. Il convient toutefois de ne pas trop noircir le tableau. Durant la première moitié du siècle tout au moins, certains homosexuels, tels Cambacérès et Junot, ont réussi de brillantes carrières. L'opinion se montre même tolérante pour les amants du même sexe, pourvu que les manifestations de leur penchant ne débordent pas de la sphère privée. La bonne société parisienne admet le ménage de Destutt de Tracy et d'un autre idéologue ; elle tolère le couple formé par le marquis de Custine et l'Anglais Saint-Barbe. Joseph Fiévée vit avec Théodore Leclercq, auteur de proverbes dramatiques ; les deux amants seront enterrés dans le même tombeau, au Père-Lachaise.

Quoi qu'il en soit, les « pédérastes » du XIXe siècle ont dessiné le modèle d'une sexualité strictement hédonique, coupée de la procréation. Image riche d'avenir. Quand, abandonnant la clandestinité, ils en viendront à proclamer leur normalité, les homosexuels proposeront à la jeunesse, selon Philippe Ariès, une nouvelle image conquérante de la virilité.

La lesbienne, symptôme de l'homme

Il est pour l'heure impossible de faire l'histoire de l'homosexualité féminine. En dehors d'une pratique mondaine qui court des « anandrines » de la fin du XVIIIe siècle aux riches Américaines installées dans le Paris de la Belle Époque, nous ne connaissons guère que les interminables propos des médecins et des magistrats sur la prolifération des tribades dans les bordels et dans les prisons. Ce que nous savons bien, en revanche, c'est la fascination que la lesbienne exerce sur les imaginations masculines de ce temps, autre symptôme de ce rapport défectueux au désir qui mine les hommes du XIXe siècle. Le discours sur les pratiques saphiques ne se structure pas de la même manière que celui qui constitue l'image du pédéraste. Les fantasmes masculins qui conduisent à médicaliser le second incitent à poétiser le premier. C'est le XIXe siècle qui a inventé la « lesbienne », douce figure empreinte de délicatesse et de propreté, dont le nom seul, fait remarquer Jean-Pierre Jacques, est caresse pour la langue.

Certes, les médecins s'inquiètent de ce plaisir féminin qu'aucun homme n'est là pour régler; ils affirment péremptoirement que, dans tous les cas, une des deux partenaires s'empare des attitudes masculines et joue le rôle viril; cette croyance suscite des propos délirants sur la dimension monstrueuse des clitoris et sur les déformations vulvaires des tribades. La Préfecture de police entend surveiller les femmes désireuses de s'habiller en homme; elle exige que celles-ci sollicitent une autorisation; injonction à laquelle se plie le peintre Rosa Bonheur. Toutefois, cette image masculine n'entraîne pas toujours la conviction. Avant 1836, déjà, Parent-Duchâtelet avait prouvé qu'aucun signe clinique ne distingue la tribade de la femme hétérosexuelle.

L'image de Sapho, élaborée par les hommes de ce temps, demeure ambiguë; elle traduit le va-et-vient de la fascination qu'exerce la profusion féminine à la crainte qu'inspire le plaisir de la femme, lorsqu'il se manifeste en l'absence de l'homme.

Le saphisme constitue un sujet privilégié des conversations masculines, hantées par l'image du harem. Convaincus de leur infériorité sexuelle, les hommes rêvent avec complaisance de la boulimie érotique de femmes laissées libres de régler leurs ébats. Ainsi se diffuse l'image de plaisirs effrénés. Dans ses débordements, la lesbienne, convulsive, insatiable, utilise toute la lyre. C'est ce fantasme, très perceptible dans *La Fille aux yeux d'or*, qui pousse Fourier, comme plus tard les voyeurs des bordels fin de siècle, à prendre du plaisir aux tableaux vivants que dessinent les femmes entre elles. La mise en scène des corps féminins joue ici, comme dans le théâtre de l'hystérie, le rôle de thérapeutique masculine.

Paradoxalement, cette boulimie saphique rassure l'homme; elle révèle l'insatisfaction, atteste le manque né de son absence. N'en déplaise à Maupassant, l'amant ne semble pas alors se sentir véritablement trompé quand sa partenaire se donne à une autre femme; le duc de Morny, vieux jouisseur s'il en fut, estimait, nous disent les Goncourt, que le saphisme affine la femme; il l'initie, sans risque, à un érotisme de grande gamine dont l'homme sera finalement le bénéficiaire. Ainsi s'explique la relative indulgence qu'à l'image du mari de Claudine ce temps manifeste à l'égard d'une pratique dont on ne pourra probablement jamais mesurer l'exacte diffusion.

Notons toutefois que ce que nous savons des couples d'homosexuelles, de celui que forment par exemple Renée Vivien et Nathalie Clifford-Barney, confirme l'image apaisée d'une relation tendre et douce. La profondeur du sentiment suggère les premiers écrits d'amantes. Le salon de Nathalie encourage les lesbiennes à sortir de la clandestinité; il devient « creuset de passion et [de] liberté » (Marie-Jo Bonnet). En bref, l'image de l'homosexuelle s'émancipe du regard masculin; une nouvelle possibilité de bonheur se dessine, qu'il est mal venu d'évoquer dans un chapitre consacré aux manifestations du mal-être individuel.

Croissance du suicide

L'excès de la souffrance individuelle, masculine ou féminine, peut déboucher sur la décision de l'autodestruction; geste privé, qui est lui aussi cri, appel désespéré contre l'échec de la communication. Dans l'Europe entière, le suicide croît au cours du XIXe siècle; il en est de même en France, jusqu'en 1894. Il se peut toutefois que cette ascension résulte, totalement ou en partie, d'un affinement des procédures d'enregistrement mises en œuvre à partir de 1826. Quoi qu'il en soit, le suicide fascine: de Guerry et Quételet à Durkheim en passant par Falret et Brierre de Boismont, médecins aliénistes et sociologues de premier plan s'efforcent de disséquer le phénomène. La visite à la morgue, suscitée par le désir de se repaître du spectacle des corps refroidis sur les tables de marbre, entre dans le rituel dominical des familles parisiennes.

L'affaissement du vouloir-vivre accompagne la croissance du sentiment d'insécurité. L'individu, qui perçoit n'être pas en lui-même un but suffisant, subit le désenchantement; celui-ci peut mener au « suicide égoïste », défini par Durkheim en 1897. Le déchaînement des désirs, l'engagement trop net dans la mêlée sociale multiplient les risques de déception; lorsqu'elle se révèle par trop intense, cette épreuve pousse l'individu, incapable de la surmonter, à ce que Durkheim encore qualifie de « suicide anomique ». L'analyse des statistiques conduit à souligner le poids de l'isolement individuel et, du même coup, de tous les processus de nature anthropologique qui le favorisent. Très nette apparaît ainsi, au XIXe siècle, la sursuicidité des célibataires, des veufs et des divorcés. En revanche, le mariage, ou du moins la présence d'enfants, protège de la tentation de l'autodestruction. Cela dit, il n'est pas question de trancher ici l'interminable débat qui, depuis un siècle et demi, oppose les tenants du primat du social à ceux qui pensent que le suicide relève avant tout de facteurs individuels, d'ordre psychiatrique ou génétique.

Les causes alléguées par les victimes elles-mêmes et par les témoins ne sont guère convaincantes. Les familles ou les autorités tentent d'édulcorer les faits, manipulent les témoignages, élaguent les sources. Notons, à titre d'indication vague, qu'après la maladie mentale, les causes groupées sous les rubriques « amour, jalousie, inconduite » précèdent la misère et les chagrins de famille dans la hiérarchie des motifs auxquels on attribue la mort des individus qui se sont suicidés entre 1860 et 1865.

Ils se pendent, elles se noient

Grâce à la précision des enquêtes officielles, nous savons qui se tue, en France, au XIXe siècle. La sursuicidité masculine est évidente ; selon les décennies, les hommes sont trois ou quatre fois plus nombreux que les femmes à se donner la mort. Comme le remarquait déjà Quételet, la vulnérabilité à l'autodestruction croît avec l'âge. La répartition selon les catégories socioprofessionnelles suscite davantage de controverses. Très schématiquement, deux pôles d'hypersuicidité se dessinent aux deux extrémités de la pyramide sociale. Les rentiers, les intellectuels et, d'une manière plus générale, les membres des professions libérales ainsi que les cadres de l'armée, notamment ceux de la coloniale, succombent plus facilement que la moyenne des individus à la tentation de l'autodestruction. Ce qui pourrait donner à penser que la pulsion de mort s'intensifie quand s'élève le niveau de culture et le degré de conscience individuelle.

Mais tout aussi nette apparaît la sursuicidité des domestiques, surtout à la fin du siècle, quand s'aggrave la prise de conscience des servitudes de leur condition. De la même manière, les individus sans profession ou de profession inconnue ont une extrême propension au suicide, ainsi que les détenus incarcérés dans les prisons centrales.

Dans le Paris de la monarchie de Juillet, les « misérables » se suicident par cohortes, comme s'ils étaient incapables de surmonter les nouvelles conditions de vie imposées par la grande ville. En revanche, à l'inverse de ce que l'on constate de nos jours, le taux de mortalité par suicide se situe à un niveau extrêmement bas chez les agriculteurs du XIXe siècle.

Plus de la moitié des suicidés masculins se sont pendus, un

quart ont choisi de se noyer, de 15 à 20 % d'entre eux ont préféré se tirer une balle dans la tête ou dans la poitrine ; solution noble qui a la préférence des élites. La moitié des femmes qui ont réussi à se tuer ont choisi la noyade ; de 20 à 30 % selon les époques, la pendaison. Dans la population féminine désespérée croît avec le temps le recours à l'asphyxie et au poison.

Les suicides au XIXe siècle ont lieu le plus souvent le matin ou l'après-midi, parfois le soir, rarement la nuit ; leur nombre décroît du vendredi au dimanche ; il croît de janvier à juin, puis s'affaisse de juillet à décembre. En bref, il semble que la longueur du jour, la présence du soleil, le spectacle de l'activité, la beauté de la nature incitent davantage à se tuer que l'intimité vespérale, les affres de la nuit ou la froidure de l'hiver.

Le renouvellement des recours

Les femmes et le médecin

Dès le début du siècle, la présence médicale s'accentue au sein de l'aristocratie et de la bourgeoisie. Le médecin de famille est ici un semblable, voire un intime. Ses patients et leur entourage entendent son diagnostic, comprennent ses conseils ; ils savent exécuter ses ordonnances ; ils ont les moyens de respecter l'hygiène qu'il prescrit. « Leur vouloir-vivre, écrit Jacques Léonard, les met de plain-pied avec la rationalité médicale. » Les relations qui se nouent autorisent la fréquence des visites, dont on ne sait plus trop parfois si elles relèvent de l'amitié, de la politesse ou de l'activité professionnelle. Le médecin s'en va prendre le thé ou passer la soirée chez ses clientes ; sa fonction l'amène à se lier avec les magistrats ; homme de cheval, il fait bonne figure aux chasses du châtelain. Le « bon docteur » Herbeau, de Jules Sandeau, le Dr Sansfin, décrit par Stendhal, et le cynique Torty du *Bonheur dans le crime* de Barbey d'Aurevilly illustrent cette proximité.

À la fin du siècle, le médecin de campagne n'hésite pas à nouer d'ostensibles relations avec l'instituteur ou le secrétaire de mairie. Une catégorie proliférante de nouveaux riches et de tout petits notables, marchands de bois ou de bétail, cabaretiers, meuniers, hongreurs, recherchent désormais la fréquentation de ces praticiens diplômés ; autant de médiateurs qui préparent la descente des pratiques savantes jusqu'au cœur des masses rurales.

La fortune de ces clients leur permet de payer le médecin, souvent par abonnement, comme en témoignent les livres de comptes des familles bourgeoises. On manifeste en outre, dans ce milieu, beaucoup de gratitude à ces hommes compétents, respectables, dont le dévouement apparaît intarifable.

La médecine privée, dite de famille, se définit d'abord par le rythme de la relation. Le praticien dispose de son temps. Il reste au besoin des heures chez ses clients et compense son impuissance thérapeutique par la patience de son écoute et le raffinement attentif de sa politesse. Le médecin connaît la famille et ses secrets. Le cas échéant, il se comporte en allié. Il aide à cacher la tare héréditaire, à se débarrasser du membre compromettant ; il favorise les mariages difficiles. Dans son combat, il dispose de l'alliance des femmes. Tout médecin doit impérativement plaire à ces dames ; ce sont elles qui font et défont les réputations ; ce sont elles qui, au sein de la famille, gèrent les choses de la santé. La place grandissante des « maladies de femmes » dans la pathologie justifie cette attention privilégiée. Soigner de telles patientes émotives et d'une chatouilleuse pudeur exige tact et doigté. Devenu, à l'abri de l'alibi thérapeutique, le confident des élans et des désirs du corps, le médecin doit comprendre à demi-mot, guider sans effaroucher ni brutaliser. Au fil des décennies, celui dont l'image se modèle sur celle du père et de l'époux réussit à accroître son autorité. Le médecin fait peu à peu de la femme sa messagère ; « on va ensemble, écrit Jean-Pierre Peter, redresser, sauver, marier, assainir ».

On a souvent déploré que cette autorité nouvelle se soit imposée aux dépens des gestes féminins traditionnels. L'obéissance aux injonctions médicales aurait entraîné une véritable dépossession des savoir-faire transmis de mère en fille. Bien des signes attestent en effet l'ascension de la visée puéricultrice du médecin. Celui-ci s'impose de plus en plus dans le choix de la nourrice « sur lieu » ; il lutte victorieusement contre le maillot, milite en faveur de l'alimentation progressive, déconseille le sevrage brutal. Les mères ont recours à lui pour informer leurs filles des signes de la puberté. Il convient toutefois de ne pas surestimer la rapidité du rythme de cette médicalisation de l'enfance, qui ne s'est opérée que fort lentement.

Le médecin chez les pauvres

Tout autre apparaît l'irruption du médecin – souvent le même homme – dans la vie privée des familles pauvres. Le fossé culturel qui sépare le praticien de son client engendre l'incompréhension : il impose la simplicité des explications et des prescriptions. Pas question de donner dans la médecine de l'âme. L'intervention médicale est ici ponctuelle, discontinue ; elle s'inscrit dans une perspective d'urgence, que la maladie soit épidémique ou que sa gravité impose l'autorité thérapeutique indiscutée. Une telle médecine se déploie dans une ambiance caritative. Le praticien est parfois envoyé par le bureau de bienfaisance ; ses visites sont alors presque gratuites. Sinon, le médecin se doit de faire crédit à ses clients. Tout cela autorise un ton et des rapports paternalistes.

L'étude des proverbes permet d'éclairer l'attitude de la clientèle rurale. Dans ce milieu, les croyances s'écartent radicalement de la rationalité et de l'optimisme des Lumières. La maladie semble inéluctable et, bien souvent, incurable. Le paysan ne cherche guère d'explication physiologique au mal ; comme nous l'avons vu, il croit en la médecine des signatures, fondée sur l'analogie qui règne entre les ordres cosmique, végétal et animal. Aux yeux des ruraux, le malade joue un rôle déterminant. La perturbation venue de l'intérieur de son corps résulte d'une négligence, d'une faute ou d'une prédisposition. Pour la vaincre, il lui faut décrire son mal et lutter avec une discrétion stoïque. Il semble par conséquent inutile de faire intervenir la médecine savante lorsqu'il s'agit de soigner un enfant, incapable de décrire sa douleur. Celui qui souffre mérite la compassion, mais celle-ci ne répond guère à une visée thérapeutique. Dans ce milieu, l'appel au médecin ne constitue qu'un recours parmi d'autres. On attend de lui une attitude résolue et beaucoup d'énergie. Il doit remettre les fractures, sonder les plaies, au plus profond, sans hésiter. Le médecin opère ici en milieu hostile ou, du moins, plein de méfiance. On lui reproche vite sa jeunesse, sa coquetterie, sa cupidité ; on ne lui pardonne aucun retard. Le railler, c'est, pour les paysans, prendre une revanche sur le savoir des classes dominantes.

Plus mal connue, l'attitude des populations ouvrières à l'égard de la maladie, avant que ne triomphent les doctrines pastoriennes. On commence toutefois de détecter en ce milieu d'assez frustes techniques de prévention. Des procédures spontanées de résistance à l'usure des corps s'élaborent parfois, qui déjouent les rythmes de travail. Ainsi, quand la phtisie menace, l'ouvrier tente d'économiser ses forces, d'infuser du repos dans un horaire poreux ; faible lueur sur un système de comportements qui reste à étudier.

Les faux-semblants de la tradition

Selon les ethnologues qui se sont penchés sur les comportements traditionnels à l'égard de la maladie, une médecine populaire très vivace fonctionne au XIXe siècle, faite de recettes magiques et de pratiques ancestrales. Cette médecine qui résiste au temps sait habilement emprunter à la modernité sans remettre en cause sa cohérence. Nous savons en effet que le recours aux sorciers et aux « persigneux », que les pèlerinages aux « bons saints » et aux « bonnes fontaines » ont persisté durant tout le siècle. Immense aussi la clientèle de ceux qui possèdent certains savoir-faire, « rhabilleurs », mages et « rebouteux » de tout poil. Ceux-là ont l'art de redresser les corps, souvent par des pratiques cruelles qui suscitent le drame.

Toutefois, de telles procédures ne sont pas aussi éloignées qu'on pourrait le croire de la thérapeutique savante. Bien que l'emprunt s'intègre à un autre système de représentations de la santé et de la maladie, la médecine populaire prend souvent la forme d'une pratique décalée, qui reflète un état antérieur de la science. Une circulation permanente s'opère entre les divers niveaux de culture. Le médecin ne dédaigne pas, au besoin, d'emprunter à d'autres savoirs; il encourage parfois les pèlerinages; le charlatanisme diplômé demeure prospère tout au long du siècle.

Un complexe réseau de médecine parallèle fonctionne au sein des classes dominantes. Le curé et sa bonne, les religieuses-institutrices distribuent des remèdes, dispensent leurs conseils. Une pharmacie, évidemment très simple, existe dans les châteaux; les femmes de l'aristocratie l'utilisent. Ce sont elles qui soignent les pauvres du hameau. Les mères de bonne famille n'hésitent pas, tout au moins pour les maux de faible gravité, à recourir aux bons vieux remèdes de grand-mère. Chez les Boileau, à Vigné-en-Saumurois, on n'appelle que très rarement le praticien diplômé. Dans cette famille de notables, on s'en tient à une médecine domestique.

À l'inverse, les colporteurs et les bonimenteurs de foire diffusent des produits de la pharmacopée officielle; ils proposent aux badauds des prothèses orthopédiques. Leurs emprunts sont tels qu'on peut les considérer comme des pionniers de la médicalisation. Leurs prolixes discours ont contribué à saper le fatalisme des ruraux. Les « rebouteux » eux-mêmes, de plus en plus étroitement contenus par la répression de l'exercice illégal de la médecine, s'inspirent plus ou moins confusément des progrès de la chirurgie et de l'orthopédie.

Hygiène des familles et contagion

Le poids de l'autorité médicale sur la vie privée varie selon la nature du rapport qui se noue entre le praticien et ses clients; il varie aussi selon les époques. Au sein des familles bourgeoises, jusque vers 1880, le prestige du médecin précède son efficacité. Purgation, sangsues, ventouses et quelques autres pratiques très simples constituent l'essentiel des remèdes, quelle que soit la théorie qui inspire le praticien. En revanche, un projet hygiénique précis, raffiné, se développe dans les lacunes de la thérapeutique. On n'insistera jamais assez sur les incidences de cette « hygiène des familles ». Modulée selon le sexe, l'âge, la position, la profession, le tempérament et le climat du lieu, elle recouvre tous les aspects de la vie du groupe ; hygiène corporelle, bien sûr, qui encourage prudemment la toilette de propreté ; hygiène alimentaire aussi, qui impose une complexe diététique ; mais encore, ensemble de prescriptions qui visent à ordonner la conduite de vie. L'hygiéniste – et tout médecin l'est alors plus ou moins – tend à régler les exercices du corps, la pratique du cheval, la fréquentation des bals, la lecture des romans aussi bien que les rapports conjugaux. La science médicale étend ses injonctions au discours des passions, aux divagations de l'âme et, méticuleusement, à l'usage des sens. Le contenu des rêves ne lui est pas indifférent. En tout, il convient d'encourager la modération, le juste milieu, de refréner les excès, d'abattre l'exaltation.

Parallèlement se déploie une médecine naturelle suscitée par un projet écologique encore mal explicité. Le développement de la pathologie urbaine, la croissance anarchique de l'industrie amènent à se demander si les conditions du bien-vivre ne sont pas radicalement compromises. L'interrogation taraude les classes dominantes. Le médecin recommande les « cures d'air », encourage le renouveau, très puissant, du thermalisme, puis, à partir de la monarchie de Juillet, l'essor du tourisme marin. Un art du repos que l'on pourrait qualifier de bourgeois s'élabore, sous l'aiguillon de la phtisie. Cependant s'affinent les techniques d'isolement, moins destinées à éviter une contagion, à laquelle on ne croit guère, qu'à cacher le poitrinaire ou l'aliéné qui porte atteinte au capital génétique de la maison.

Le triomphe du contagionnisme et des théories pastoriennes au cours des années 1880 transforme les images, modifie les attitudes, bouscule les habitudes ; c'est la nature des relations entre le praticien et sa clientèle qui s'en trouve changée. La médecine entend désormais affirmer sa capacité à soigner efficacement les corps ; il ne s'agit plus tant de soutenir le moral du malade et de lui éviter les méfaits de l'excès que de le guérir. La lutte est devenue plus simple, le chemin de la thérapeutique mieux tracé. En matière d'hygiène, le combat contre le microbe constitue désormais l'essentiel. L'eau, le savon, l'antiseptique relèguent au rang des archaïsmes les complexes prescriptions d'antan. Le médecin qui se lave soigneusement les mains quand il arrive au chevet de son client prêche lui-même d'exemple. Sa présence n'a plus à se faire aussi insistante que par le passé. Il se veut désormais plus expéditif. En revanche, on lui pardonnera moins facilement ses erreurs et ses défaites.

Les nouvelles théories soulignent le risque de la contagion au sein de la sphère domestique. D'où l'hésitation des grands patrons à reconnaître la contagiosité de la phtisie. Démontrée dès 1865 par Villemin, cette vérité scientifique ne peut encore s'imposer à l'Académie de médecine en 1867; quand bien même le risque serait réel, déclare Pidoux, il conviendrait de le cacher de peur que les familles ne soient tentées de se débarrasser de leurs malades. En 1882, Koch isole le bacille; il devient dès lors impossible de taire la vérité.

Le nécessaire repérage du microbe

À la ville, jusque vers 1880, le médecin des pauvres s'efforce de désamorcer le danger d'infection né de l'entassement du logis populaire; l'essentiel est ici de parer aux épidémies. À la campagne, le praticien entend jouer le rôle de mentor qui assainit la demeure paysanne et ses abords; le message ne s'étend guère au-delà. Après 1880, l'intervention, là aussi, se fait plus méthodique. Une nouvelle thérapeutique pénètre dans les campagnes en même temps que l'antisepsie; à titre d'exemple, c'est entre 1870 et 1890 que s'opère en Nivernais la diffusion du médicament.

Certes, les pastoriens continuent d'analyser la menace morbifique en termes d'environnement et non de rapports sociaux; les nouvelles théories n'en sont pas moins lourdes de conséquences. Elles suscitent une action sanitaire et sociale qui implique de nouvelles tactiques de surveillance des familles. Luc Boltanski a montré par quelles procédures détournées et avec quelles hésitations progresse la nouvelle puériculture en milieu populaire. La nécessité de la prévention et du dépistage, l'obligation d'arracher le contagieux à sa famille, de surveiller l'application des mesures prophylactiques incitent à une intervention qui tend à brouiller les frontières du public et du privé; d'autant plus que le microbe, non perceptible aux sens, impose des procédures de repérage plus larges et plus systématiques que celles qui relevaient naguère de la détection des foyers d'infection.

Du même coup apparaissent, encore très timides, les personnages de l'infirmière et de l'assistante sociale. La traditionnelle visite du pauvre par la dame patronnesse le cède peu à peu à une pratique plus méthodique. Des jeunes filles de la grande bourgeoisie, impatientes de s'émanciper, désireuses pour certaines d'échapper au mariage, vont affirmer leur personnalité dans l'exercice de responsabilités nouvelles. La lutte contre la tuberculose favorise grandement cette éclosion. Le Dr Calmette, le premier, a l'idée d'envoyer des « moniteurs d'hygiène » dans les ménages lillois ; bien vite, des « visiteuses d'hygiène sociale » leur succèdent. Des écoles ont pour mission de former ce nouveau personnel ; la plus célèbre s'ouvre en 1903 à Paris, rue Amyot.

Cette émergence de rôles nouveaux confirme le lien qui s'est noué entre le pouvoir médical et la victoire du contagionnisme pastorien ; c'est cette dernière qui a permis le « coup d'État sanitaire » dont Jacques Léonard a su retracer les péripéties.

L'aliéniste et la vie privée

Gardons-nous de croire que l'attention aux phénomènes psychiques s'est accrue démesurément entre 1800 et 1914 ; c'est plutôt d'une évolution des modalités de la sollicitude qu'il s'agit. Durant les deux premiers tiers du siècle pour le moins, l'inefficacité thérapeutique, le syncrétisme dont font preuve des médecins désorientés, qui puisent à toutes les théories, la prolixité du discours savant sur la chlorose, l'hystérie, l'hypocondrie et le danger des passions, la conviction qu'il existe un lien étroit entre le physique et le moral de l'homme stimulent la médecine de l'âme.

Au sein de la clientèle bourgeoise, tout au moins, se déploie une psychothérapie fruste, empirique, mise en œuvre par des praticiens bonhommes et rassis. Le médecin de campagne lui-même, bien loin du raffinement théorique des grands aliénistes, se garde de négliger les vertiges, les cauchemars, les peurs, le paroxysme des passions.

Quand s'accentue le trouble mental, parents et praticiens se trouvent confrontés à un problème d'une tout autre dimension. La proximité du fou entretient l'anxiété du groupe. Le terrible secret compromet l'honneur de la famille, menace les stratégies matrimoniales les mieux élaborées. Lorsque l'aliéné est un enfant, le garder paraît naturel. Auguste Odoard, accablé par ses responsabilités d'aîné, donne des signes de maladie mentale. On le confine dans sa chambre, puis dans un cabinet proche du bureau paternel, avant de le reléguer auprès du pigeonnier, dans une sorte de cabanon. Ses jeunes sœurs, Sabine et Julienne, le font manger, lui coupent les cheveux. Il arrive que le médecin de famille, qui a la tâche difficile de soigner de tels malades, fasse appel à un aliéniste, qui joue le rôle de consultant; ainsi s'ébauche une pratique psychiatrique encore très mal connue. En 1866, 58 687 malades mentaux sont ainsi soignés à l'intérieur du cadre familial, tandis que 323 972 sont traités dans des asiles.

La présence du fou devenu adulte se fait intolérable; le plus souvent, l'entourage décide de s'en séparer, surtout s'il s'agit d'une femme célibataire, moins utile que l'homme à l'entretien du groupe. Jusqu'à l'application de la loi de 1838, qui définit le statut de l'aliéné, règne en ce domaine l'anarchie la plus grande. À l'initiative de la famille, le placement peut être décidé sur simple certificat du maire, du curé, d'une religieuse ou d'un quelconque notable du lieu. Assez souvent, l'internement suit une décision juridique d'interdiction. Dans le Maine-et-Loire, à partir de 1835, l'expert qui délivre le papier est toujours un médecin. La loi de 1838, qui s'efforce de mettre de l'ordre dans les procédures de placement psychiatrique, rend obligatoire ce recours au praticien diplômé. Lorsqu'elle aura réussi à se débarrasser du fardeau, la famille oubliera vite l'aliéné. Selon Yanick Ripa, 29 % des femmes internées dans la capitale entre 1844 et 1858 ont réussi, guéries ou non, à échapper à la promiscuité asilaire. Mais, durant la même période, 3 % seulement des Parisiennes placées dans des établissements de province ont réussi à se faire libérer.

Dans les asiles publics, des secteurs spéciaux sont parfois réservés à des pensionnaires, répartis en plusieurs classes. À titre d'exemples, il en est ainsi à Charenton, à Limoges, à Mareville, près de Nancy, à Yon dans la Seine-Inférieure. Les aliénés de familles aisées jouissent ici d'un régime personnalisé ; ils disposent d'un logement plus spacieux que celui des autres malades ; ils peuvent choisir leur menu ; parfois, ils gardent un domestique dont la présence atteste la relative privatisation de leur statut. Lorsque sera venu le temps de l'ergothérapie, ils pourront se soustraire à l'obligation du travail. En 1874, sur les 40 804 malades enfermés dans des établissements spéciaux, 5 067 échappent ainsi au régime commun.

En outre, un complexe réseau de maisons de santé se tisse, obscur embryon de secteur privé. Ces établissements sont réservés à des privilégiés, plus raffinés que la masse des internés. En 1874, 1 632 pensionnaires sont ainsi répartis dans 25 de ces maisons. Celle d'Esquirol, située à proximité du jardin des Plantes, puis à Ivry, le château Saint-James à Neuilly, où opère Casimir Pinel, et la clinique de Passy constituent les plus célèbres exemples de ces établissements privés. En 1853, Gérard de Nerval, deux fois hospitalisé dans la maison Dubois, asile municipal, entre chez le Dr Blanche ; il y installe ses meubles, y apporte ses collections ; il reviendra l'année suivante dans cette maison qui accueillera aussi Guy de Maupassant. En province fonctionnent de plus obscures cliniques, à l'image de celle du Dr Guérin, ouverte en 1829 à Grand-Launay, dans le Maine-et-Loire ; de riches aliénées y sont traitées en chambre particulière.

Enfin, de nombreux établissements privés accueillent les riches qui souffrent de légers troubles névrotiques. Dans toutes ces maisons, note Robert Castel, une relation duelle s'instaure entre le médecin et le client, qui bénéficie d'une intervention personnalisée ; rapport très différent de celui qu'impose la promiscuité des grands établissements psychiatriques. Dans cet archipel de maisons privées couve longuement la pratique de classe qui sera celle de la psychanalyse.

La nouvelle demande « psy »

Durant le dernier quart du siècle, en effet, la vie privée se trouve à la fois révélée et affectée par l'essor d'une demande psychologique qui cesse de se référer ouvertement à l'aliénation. Alors s'inaugure le recours contemporain au psychologue ; l'ampleur de la clientèle privée de Charcot le laissait déjà pressentir. Nous ne reviendrons pas sur les causes du mal-être qui assaille les esprits de ce temps. La montée, entre 1857 et les années 1890, de l'angoisse suscitée par l'hérédité morbide, le prestige, alors considérable, de la neurologie, la croyance ascendante dans l'efficacité du soutien psychologique incitent à la croissance de la demande nouvelle. Sans oublier l'attitude des généralistes pastoriens ; pressés par les victoires qu'ils commencent de remporter sur les maladies contagieuses, ils ne sont plus disposés à supporter l'interminable récit des malaises de leurs clients. L'écoute devient une spécialité.

Cette mutation coïncide avec les progrès de la connaissance scientifique. Stimulée par le prestige d'Hippolyte Taine, une psychologie expérimentale se constitue, asservie au culte de l'intelligence. Vite dominée par la personnalité de Pierre Janet, illustrée par les travaux d'Alfred Binet et de Théodule Ribot, confortée par les procédures de l'introspection bergsonienne, cette science nouvelle se déploie dans deux directions principales. L'analyse psychologique, définie par Pierre Janet dès 1889, constitue l'innovation majeure. Cette méthode, fondée sur l'examen en tête-à-tête, sur la notation précise des paroles prononcées et sur la détection des antécédents, se présente avant tout comme une quête de la trace. La croyance en un subconscient non totalement détaché de la conscience, dont il apparaît n'être qu'un lambeau, sous-tend cette procédure d'investigation.

La mesure de l'intelligence constitue l'autre apport décisif. Elle se fonde sur la conviction que, de l'idiot au génie, il existe un continuum. L'échelle métrique de l'intelligence, définie entre 1903 et 1905 par Binet et Simon, et le test qui permet de situer chaque individu sur cette même échelle vont entrer dans le nouveau credo de la psychologie française.

Ces découvertes sont riches d'implications. L'analyse psychologique impose un nouvel idéal thérapeutique ; elle incite à l'abandon des procédures autoritaires et au refus de l'hypnose. La méthode de Pierre Janet conduit à substituer l'écoute au regard ; le silence ouaté du cabinet privé l'emporte sur la théâtralité de l'hôpital psychiatrique. Un nouvel espace psychique se dessine, avant même l'introduction de la psychanalyse.

Notons, à ce propos, que le pansexualisme freudien rebute, pour l'heure, les tenants de l'inconscient à la française. Ceux-ci opposeront jusqu'à la guerre un efficace barrage à la diffusion des théories viennoises. Les efforts de vulgarisation effectués dès 1903 par Théodore Flournoy et, plus massivement, par un obscur professeur de Poitiers, Moricheau-Beauchant, ne sont guère couronnés de succès. Quoi qu'il en soit, l'analyse psychologique et quelques autres conquêtes de la science expérimentale, telles que la définition du fétichisme par Alfred Binet ou l'étude de la pathologie des émotions par Charles Féré, ont préparé, en profondeur, l'impérialisme « psy » de notre XXe siècle.

Associées à l'instauration, encore toute récente, de la scolarisation obligatoire, les procédures de mesure de l'intelligence vont intervenir dans la vie personnelle de nombreux enfants; grâce à la découverte de Binet, l'école, « sorte de grand tribunal démocratique » (Robert Castel et Jean-François Le Cerf), va permettre le repérage d'une anormalité qu'il eût été auparavant impossible de détecter. On connaissait les idiots et les imbéciles, on va découvrir les victimes des déficiences mentales. Les nouvelles figures de l'arriéré, de l'instable, du débile, émergent d'une masse juvénile jusqu'alors indifférenciée. La loi de 1909, qui prévoit la création de classes de perfectionnement, sanctionne cette nouvelle découpe de l'enfance anormale. Elle restera toutefois en sommeil jusqu'en 1950.

Gestes traditionnels et modelage du corps

Les images et les usages du corps, étroitement subordonnés aux besoins socio-économiques, dépendant des rapports de domination, ordonnent la pédagogie; celle-ci tente de modeler à son tour les comportements et d'imposer gestes et postures; mais un sourd mouvement de libération suit en contrepoint l'histoire des dressages; il accompagne l'ascension de cette subjectivisation du corps repérée par les historiens de la psychologie. Ainsi, le XIXe siècle voit s'élaborer ou s'accentuer, tout à la fois, une gamme de disciplines somatiques et des procédures de résistance dont les historiens sont encore bien loin de dresser le répertoire exhaustif. Ils n'en sont guère, pour l'heure, en ce domaine comme en bien d'autres, qu'à l'étude des discours. Le code gestuel des bonnes manières, héritier de la civilité lassallienne, les attitudes imposées à l'écolier, au pensionnaire, au soldat, au prisonnier, les gestes du travail industriel, les postures du repos ou de la simple détente, la volonté de libérer le mouvement, telle qu'elle se manifeste à la Belle Époque, dessinent un vaste champ d'étude presque inexploré. La vie privée subit le contrecoup de cette histoire des dressages et de l'émancipation des corps. Mais une fois encore s'impose de distinguer selon les milieux.

En ce domaine, les rigidités sont particulièrement évidentes à la campagne. Les postures et les gestes des paysans de Millet semblent – mais peut-être n'est-ce que le résultat de notre ignorance – prolonger un lointain passé. Guy Thuillier, le seul des historiens à poser le problème, a pour sa part dressé, à propos du Nivernais, l'inventaire de ces gestes anciens qui, jusque vers le milieu du siècle, semblent témoigner d'une histoire immobile. Les ethnologues de l'équipe du musée des Arts et Traditions populaires qui se consacrent à ce difficile sujet estiment, à titre d'hypothèse de travail, que les gestes déterminés par l'usage des instruments culinaires n'ont guère évolué entre le XIVe siècle et 1850. De cette date jusque vers 1920, l'évolution des techniques et des matériels aurait lentement modifié les traditions. Par la suite, s'opère le profond bouleversement qui conduit au total renouvellement de ces gestes quotidiens qui imprègnent la vie privée. Il serait essentiel de préciser cette chronologie. C'est avec raison que Philippe Joutard fait remarquer que le répertoire des gestes traduit une évidente cohérence; savoir comment le paysan saisit la botte de paille laisse ainsi augurer des gestes de l'étreinte amoureuse.

En milieu rural, les techniques correctrices fondées sur la croyance en un corps façonnable perdurent. Les matrones du XIXe siècle continuent de modeler le crâne du bébé à la naissance; le port du maillot, tout au moins sous une forme allégée qui laisse les bras libres, se prolonge dans certaines campagnes jusqu'à l'aube de la Troisième République. L'histoire de la prothèse savante elle-même traduit ce maintien de la croyance dans le modelage des corps ; les mères de la bourgeoisie imposent à leurs filles quelque peu tordues de terribles appareils ; par le port de croix de fer qui maintiennent les dos rigides, on entend augmenter la « dot esthétique » des demoiselles à marier.

Redresser les postures et traquer l'indolence

Mais tout cela n'est qu'archaïsme ; grâce en particulier aux travaux de Georges Vigarello, il est aujourd'hui possible de discerner les étapes du redressement. Durant la première moitié du siècle, la mécanique, puis, après 1851, le modèle énergétique proposé par la thermodynamique font évoluer les images du corps. Celui-ci apparaît comme un réseau de forces, puis comme un moteur ; l'important n'est plus de le mouler, mais de l'entraîner. La notion d'exercice quitte la sphère militaire ; une gymnastique qui a pour but de conférer au corps une puissance maximale pénètre peu à peu tous les ordres collectifs.

Cet art renouvelé prône la rectitude posturale. Pour l'homme, il s'agit de sangler la ceinture, d'avancer la poitrine, d'effacer le ventre. Une même visée, qui vient conforter l'érotisme des formes, renouvelle la signification du corset féminin. Ainsi se justifie la lordose collective des femmes de la Troisième République. Dans la sphère privée gonfle l'obsession du « Tiens-toi droit ! » et du « Rentre ton ventre ! » La crainte de la phtisie s'ajoute à ces images pour inciter à l'exercice respiratoire, qui a pour but d'utiliser à plein, voire d'augmenter la capacité pulmonaire. Parallèlement, l'orthopédie se renouvelle ; aux appareils rigides destinés à remodeler le corps tendent à se substituer des machines qui canalisent l'exercice et facilitent l'entraînement. C'est alors que naît une gymnastique éducative ou corrective, fondée sur une gamme de mouvements fragmentés.

La pédagogie scolaire et familiale s'inspire de ces nouveaux modèles. Maîtres et parents s'efforcent de traquer l'indolence, de proscrire la posture alanguie qui révèle le désœuvrement. L'heure est à la vivacité dynamique. À l'usine comme à l'école, le temps poreux et la diversité posturale s'effacent peu à peu, sous l'effet d'une savante régularisation des disciplines somatiques. L'accent est mis sur les conséquences bénéfiques des « fatigues renforçatoires » (Georges Vigarello). Autant de visées que viennent conforter, à partir des années 1860, la crainte de la dégénérescence, puis les progrès de la zootechnie.

À la fin du siècle, comme l'ont bien montré Eugen Weber et Marcel Spivak, la nécessaire préparation à la revanche vient couronner cette histoire du corps redressé. La gymnastique se fait devoir national ; les bataillons scolaires, la multiplication des randonnées pédestres traduisent, un temps, cet impératif nouveau. C'est alors que se produit la confluence entre cette gymnastique ambitieuse et les activités ludiques, plus désinvoltes, d'origine aristocratique, qui, à l'imitation des *games* anglais, dessinent ce que l'on appelle déjà le « sport ». L'équitation, les exercices de la chasse, puis les jeux de ballon ont dessiné un modèle d'activités qui, comme bien d'autres, coule du sommet de la pyramide sociale. Stimulé lui aussi par les théories darwiniennes et la menace germanique, le sport agit sur les comportements : il favorise et atteste tout à la fois le *self-government* de l'individu ; il est hanté par la quête du score, qui exalte le champion.

Vers l'épanouissement du corps en liberté

Un troisième courant, inexploré, vient renforcer l'attention que la fin du siècle porte à l'épanouissement du corps. La médecine naturelle évoquée précédemment a prôné la promenade dans la campagne, l'excursion en montagne, puis le bain de mer et la bicyclette. Or, au fil des années, toutes ces pratiques s'émancipent ; elles quittent peu à peu la sphère médicale. Cette fois, la visée n'est plus tant de redresser, d'exercer ni même de soigner que d'éprouver le bien-être, l'épanouissement d'un corps en liberté. Sur la scène parisienne, la gestuelle d'Isadora Duncan, malgré la référence antique, symbolise cette recherche d'une gamme de gestes et de postures qui permettent de mieux éprouver un corps que l'on cesse de percevoir comme extérieur à soi. Révélateur à ce propos de constater que cette quête est contemporaine de la nouvelle demande psychologique et de l'érotisation du couple. La cénesthésie n'est plus dominée par l'écoute des dysfonctionnements ; elle se fait attentive à la perception du bien-être et des jouissances. Bientôt, le sévère Paul Valéry lui-même analysera les plaisirs du corps nu dans la fluidité du bain de mer.

Cette révolution − il ne faut pas craindre le mot − que Marcel Proust, fasciné par les ébats des jolies cyclistes sur la plage, souligne d'autant plus qu'elle lui est impossible à vivre, s'en va totalement remodeler les comportements qui constituent la scène privée.

Conclusion
par Michelle Perrot

Entre le public et le privé, l'équilibre est précaire et sans cesse reformulé par la théorie politique. Rousseau rêvait d'une absolue transparence : « Si j'avais eu à choisir le lieu de ma naissance, j'aurais choisi un État où, tous les particuliers se connaissant entre eux, les manœuvres obscures du vice, ni la modestie de la vertu, n'eussent pu se dérober aux regards et au jugement du public. » Tocqueville, au contraire, soulignait les avantages de l'individualisme, « expression récente », écrit-il en 1850, qu'il définit plutôt comme un équivalent des sociabilités : « L'individualisme est un sentiment paisible qui dispose chaque citoyen à s'isoler de la masse de ses semblables et à se retirer à l'écart avec sa famille et ses amis ; de telle sorte que, après s'être ainsi créé une petite société à son usage, il abandonne volontiers la grande société à elle-même. » Au début du XXᵉ siècle, Léon Bourgeois voit dans le « solidarisme » le moyen de concilier les droits de l'individu conquérant et ses obligations – sa « dette » – envers une société qui lui est antérieure et dont il fait organiquement partie. Ce lien fonde un « droit social » qui exclut les solutions totalitaires autant que le laisser-faire libéral et justifie l'intervention croissante de l'État.

Le XIXᵉ siècle avait fait un effort désespéré pour stabiliser cette frontière en l'amarrant à la famille, souveraine en la maison du père. Mais à peine est-elle apparemment fixée qu'elle bouge et se déplace sous l'effet de multiples influences et d'imperceptibles grignotements.

L'aube du XXᵉ siècle esquisse, sous cet angle, une autre modernité. L'expansion du marché, l'essor de la production, l'explosion des techniques impulsent une intensité accrue de la consommation et des échanges. Les affiches publicitaires excitent le désir. Les communications attisent la mobilité. Train, bicyclette, automobile stimulent la circulation des personnes et des choses. Cartes postales et téléphone personnalisent l'information. La capillarité des modes diversifie les apparences. La photo démultiplie l'image de soi. Feu d'artifice de signes qui, parfois, dissimule l'immobilité du décor.

Plus affranchis des contraintes du temps et de l'espace, les individus aspirent au libre choix de leur destin sur le chemin illusoirement ouvert de l'ambition. Le souci de soi, d'un corps plus soigné et mieux connu dans sa complexité nerveuse, d'un psychisme dont on commence à entrevoir les abysses, d'une sexualité affranchie de la génération, voire du mariage et du credo hétérosexuel, est au cœur de la nouvelle esthétique comme des interrogations philosophiques.

Cette poussée de l'individualisme atteint, plus ou moins, toutes les couches de la société, urbaines surtout. Le monde ouvrier, par exemple, au moment même où la discipline usinière se renforce, valorise le hors-travail et revendique un espace à soi. Et l'affirmation de la conscience de classe n'est pas contradictoire avec le désir d'en sortir. Même les ruraux, longtemps rivés à la fatalité ancestrale, contaminés par les migrants, ces médiateurs culturels, n'acceptent plus nécessairement les anciennes manières de vivre, d'aimer et de mourir.

Mais trois catégories surtout secouent le vieux joug : les jeunes, les femmes, les avant-gardes intellectuelles et artistiques. « Vouloir, réaliser, vivre » sont les aspirations que Martin du Gard, à vingt-sept ans, prête à son double dans *Devenir* (1908). Accédant à de nouvelles professions et libertés, les femmes revendiquent plus fortement le droit de travailler, de voyager, d'aimer. Expression collective d'aspirations beaucoup plus diffuses, le féminisme intermittent du XIXe siècle, souvent infiltré dans les brèches du pouvoir, devient alors un mouvement constant ; à travers journaux (telle *La Fronde*), groupes et congrès, il demande l'égalité des droits civils et politiques, s'appuyant sur une double argumentation : celle du rôle social et maternel des femmes, mais aussi celle de la logique des droits naturels ; si les femmes sont des individus, pourquoi les traiter en mineures ? La « femme nouvelle », que célèbrent de façon parfois ambiguë nombre d'hommes désireux de vivre autrement la relation du couple, est une figure largement européenne.

Mais ces changements, au vrai amorcés plus qu'effectués, rencontrent partout de formidables résistances, religieuses, morales et politiques, arc-boutées aux ruines d'un Ancien Régime qui n'en finit pas de mourir (Arno Mayer), mais renouvelées dans leurs justifications et leurs stratégies. Les mouvements de jeunesse (scoutisme) tentent d'encadrer une adolescence qui s'émancipe. Un antiféminisme virulent, manifestation d'une crise d'identité masculine affrontée à la subversion des rôles millénaires, désigne les femmes comme les responsables d'une décadence des mœurs qui prélude à celle des nations. Les ligues morales de tout genre entendent moraliser la rue, couples enlacés et baisers interdits, et pourfendent les mauvaises lectures, clé d'un imaginaire où triomphe l'enfer d'Éros.

Symptomatique, la mutation de la pensée d'un Barrès. Jadis, il célébrait le culte du moi ; désormais, il l'enracine dans celui de la terre et des morts.

Dans toute l'Europe, les États, considérablement renforcés au tournant du siècle, prétendent agir sur et par la psychologie des foules, réquisitionnent les opinions publiques au nom de la défense des nations et affirment la supériorité des valeurs collectives.

Le *Manifeste futuriste* de 1909 proclame : « Nous voulons démolir les musées, les bibliothèques, combattre le moralisme, le féminisme [...]. Nous voulons glorifier la guerre – seule hygiène du monde. »

La guerre, justement. Sa « déclaration » rappelle à tous et à chacun la primauté du public, les limites de la vie privée, son caractère subordonné et relatif. Elle siffle la fin de la récréation. Avec le support d'un État conforté, avec l'appui de techniques efficaces, elle mobilise les énergies d'une jeunesse rappelée à ses devoirs, remet chaque sexe à sa place, chaque individu à son rang de citoyen. Même si, en fait, rien n'interrompt jamais la vie privée, dont les chemins se trouvent à certains égards démultipliés, elle doit se dissimuler, se cacher, se faire plus secrète encore, surtout si elle ne s'inscrit pas dans le droit fil du devoir national.

Ce que la guerre a bloqué, interdit, infléchi, suscité, la suite de l'histoire le dira. N'oublions pas, cependant, le nouveau système de relations qui, avant elle, s'ébauchait.

À quoi pensent-ils, ces jeunes gens qui s'embarquent, apparemment joyeux, pour une guerre que tout le monde dit devoir être courte ? Ces enfants jetés à des jeux dont ils ne savent pas encore la cruauté ? Ces femmes, jeunes, moins jeunes, qui agitent leur mouchoir, tous pris par l'expression nécessaire d'un patriotisme qui les dépasse ? Quels liens, quels amours rompus ? Quel espoir brisé ou offert ? Quel passé ? et quel avenir ? Vies menues, pareilles et différentes, pour l'instant confluentes et confondues en un seul corps qu'emporte le mouvement de l'histoire.

Une gare, un train : figures modernes du destin.

Bibliographie
Index
Table

Bibliographie

Le manuscrit du présent volume ayant été remis à l'éditeur en mars 1986, l'actualisation de la bibliographie s'arrête à cette date.

I. OUVRAGES GÉNÉRAUX

Ariès Ph., *Histoire des populations françaises et de leurs attitudes devant la vie depuis le XVIIIe siècle,* Paris, Self, 1948.
– *L'Enfant et la Vie familiale sous l'Ancien Régime,* Paris, Plon, 1960; nouv. éd., Paris, Éd. du Seuil, coll. « L'univers historique », 1973, coll. « Points Histoire », 1975.
– *L'Homme devant la mort,* Paris, Éd. du Seuil, coll. « L'univers historique », 1977.
– *Images de l'homme devant la mort,* Paris, Éd. du Seuil, 1983.
Certeau M. de, *L'Invention du quotidien,* t. I, *Arts de faire,* Paris, UGE, « coll. 10/18 », 1980.
Dumont L., *Essai sur l'individualisme. Une perspective anthropologique sur l'idéologie moderne,* Paris, Éd. du Seuil, coll. « Esprit », 1983.
Elias N., *Uber den Progress der Zivilisation,* Bâle, 1939; trad. fr., *La Civilisation des mœurs* et *La Dynamique de l'Occident,* Paris, Calmann-Lévy, 1973 et 1975.
Elshtain J. B., *Public Man, Private Woman. Women in Social and Political thought,* Princeton University Press, 1981.
Foucault M., *Histoire de la sexualité,* t. I, *La Volonté de savoir,* t. II, *L'Usage des plaisirs,* t. III, *Le Souci de soi,* Paris, Gallimard, 1976 et 1984 (et l'ensemble de son œuvre).
Goffman E., *La Mise en scène de la vie quotidienne,* t. I, *La Présentation de soi,* t. II, *Les Relations en public,* Paris, Éd. de Minuit, 1973.

Habermas J., *L'Espace public. Archéologie de la publicité comme dimension constitutive de la société bourgeoise* (1962), Paris, Payot, 1978.

Hirschman A., *Bonheur privé, Action publique*, Paris, Fayard, 1983.

Mayer A., *La persistance de l'Ancien Régime. L'Europe de 1848 à la Grande Guerre*, trad. fr. Paris, Flammarion, 1983.

Moore B., *Privacy*, Princeton University Press, 1984.

Sennett R., *Les Tyrannies de l'intimité*, Paris, Éd. du Seuil, coll. « Sociologie », 1979 (trad. fr. de *The Fall of Public Man*, 1974, 1976).

– *La Famille contre la ville. Les classes moyennes de Chicago à l'ère industrielle (1872-1890)*, postface de Ph. Ariès, Paris, Encres, 1980 (Cambridge, Mass., Harvard University Press, 1970).

II. RÉVOLUTION FRANÇAISE ET VIE PRIVÉE

DES MÉMOIRES : La Révellière-Lépeaux, Paris, Plon, 1895, 3 vol.; Mme Roland, Paris, Baudouin, 1820, 2 vol.

Baczko B., « Le calendrier républicain. Décréter l'éternité », *Les Lieux de mémoire* (sous la dir. de P. Nora), t. I, *La République*, Paris, Gallimard, 1984.

Cobb R., *Death in Paris*, Oxford University Press, 1978 ; trad. fr., *La mort est dans Paris*, Paris, Chemin vert, 1985.

Dessertine D., *Divorcer à Lyon sous la Révolution et l'Empire*, Lyon, PUL, 1981.

Garaud M. et Szramkiewicz R., *La Révolution française et la Famille*, Paris, PUF, 1978.

Ozouf M., *La Fête révolutionnaire (1789-1799)*, Paris, Gallimard, 1976.

Roderick Ph., *Family Breakdown in Late Eighteenth Century France : Divorce in Rouen, 1792-1803*, Oxford, Clarendon Press, 1980.

Staum M. S., *Cabanis : Enlightenment and Medical Philosophy in the French Revolution*, Princeton University Press, 1980.

SUR SADE : Blanchot M., *Lautréamont et Sade*, Paris, Éd. de Minuit, 1949. Barthes R., *Sade, Fourier, Loyola*, Paris, Éd. du Seuil, coll. « Tel Quel », 1971, coll. « Points », 1980. Lynch L. W., *The Marquis de Sade*, Boston, Twayne Publishers, 1984.

III. Sur la vie privée en Angleterre

Basch Fr., *Les Femmes victoriennes. Roman et société, 1837-1867*, Paris, Payot, 1979.
Blunden K., *Le Travail et la Vertu. Femmes au foyer : une mystification de la révolution industrielle*, Paris, Payot, 1982.
Davidoff L., *The Best Circles. Society. Etiquettes and the Season*, Londres, 1973.
Davidoff L. et Hall C., *The Firm of Wife, Children and Friends : Men and Women in the English Provincial Middle Class, 1780-1850*, Londres.
Fraser D. et Sutcliffe A. ed., *The Pursuit of Urban History*, Londres, 1983.
Gilbert A. D., *Religion and Society in Industrial England : Church, Chapel and Social Change*, Londres, 1976.
Girouard M., *Life in the English Country House*, Harmondsworth, 1980.
Hobsbawm E. J. et Ranger T. ed., *The Invention of Tradition*, Cambridge University Press, 1983.
Mitchell J. et Oakley A. ed., *The Rights and Wrongs of Women*, Harmondsworth, 1976.
Navaille J.-P., *La Famille ouvrière dans l'Angleterre victorienne. Des regards aux mentalités*, Seyssel, Champ Vallon, 1983 (excellente bibliographie).
Pinchbeck I., *Women Workers and the Industrial Revolution, 1750-1850*, Londres, Frank Cass, 1969, 2ᵉ éd.
Quinlan M., *Victorian Prelude. A History of English Manners, 1700-1830*, Londres, 1965.
Steedman C., Urwin C. et Walkerdine V. ed., *Language, Gender and Childhood*, Londres, 1985.
Taylor B., *Eve and the New Jerusalem. Socialism and Feminism in the Nineteenth Century*, Londres, 1983.
Vicinus M., *Independent Women. Work and Community for Single Women, 1850-1920*, Londres, 1985.
Vincent D., *Bread, Knowledge and Freedom. A Study of Nineteenth Century Working Class Autobiographies*, Londres et New York, Methuen, 1981.

IV. LA VIE PRIVÉE EN FRANCE (ESSENTIELLEMENT)

SOURCES

On ne fait pas mention ici des sources purement littéraires. Les œuvres et romans cités dans le texte figurent à l'Index.

1. CORRESPONDANCES

Outre les correspondances privées d'artistes, écrivains, hommes politiques (Baudelaire, Flaubert, George Sand, dont les seize volumes actuellement publiés par Georges Lubin sont une mine inépuisable, Nerval, Stendhal, Mme Swetchine, Tocqueville – notamment les trois volumes de la correspondance avec Gustave de Beaumont, t. VIII des *Œuvres complètes*, Gallimard, et avec Mme Swetchine, t. XV –, Van Gogh à son frère Théo, etc.), un certain nombre de correspondances familiales ont été utilisées : *Les Filles de Karl Marx. Lettres inédites,* présentées par M. Perrot, Paris, Albin Michel, 1979. *Marthe* (1892-1902) et *Émilie* (1802-1872), présentées par Bernard de Fréminville, Paris, Éd. du Seuil, coll. « Libre à elles », 1982 (coll. « Points Actuels », 1983) et 1985.

Chotard-Lioret C., *La Socialité familiale en province : une correspondance privée entre 1868 et 1920*, thèse de 3e cycle, Paris-V, 1983.

Écrire, Publier, Lire. Les correspondances (problématique et économie d'un « genre littéraire »), actes du colloque international « Les correspondances », Nantes (octobre 1982), université de Nantes, publication offset, 1982.

Frère C. et Ripert C., *La Carte postale. Son histoire, sa fonction sociale*, Lyon, PUL, et Paris, CNRS, 1983.

Georges R., *Chronique intime d'une famille de notables au XIXe siècle. Les Odoard de Mercurol*, Lyon, PUL, 1981.

Isambert-Jamati V. et Sirota R., « La barrière, oui, mais le niveau ? » (sur la correspondance familiale des Goblot), *Cahiers internationaux de sociologie*, t. LXX, 1981, p. 5-33.

2. JOURNAUX INTIMES

a) Textes

Amiel H. F., *Journal intime*, Lausanne, L'Age d'homme, 1976, 1978, 1979.

Bibliographie

Bashkirtseff M., *Journal* (1887), Paris, Mazarine, 1985.
Baude M., *P. H. Azaïs, témoin de son temps, d'après son journal inédit (1811-1844)*, thèse, Lille-III, 1980.
Brame C., *Journal intime. Enquête de M. Perrot et G. Ribeill*, Paris, Montalba, 1985.
Bréton G., *Journal*, Paris, Ramsay, 1985.
Constant B., *Journaux intimes (1803-1816)*, Paris, Gallimard, coll. « Bibliothèque de la Pléiade », *Œuvres complètes*, 1957.
Delacroix E., *Journal, 1822-1863*, Paris, Plon, 1980.
Guérin E. de, *Journal et Fragments*, Paris, V. Lecoffre, 1884.
Maine de Biran, *Journal*, Paris, Vrin, 1954, 3 vol.
Renard J., *Journal, 1887-1910*, Paris, Gallimard, coll. « Bibliothèque de la Pléiade », 1960.
Stendhal, *Journal, 1801-1823*, Paris, Gallimard, coll. « Bibliothèque de la Pléiade », 1955.
Swetchine Mme, *Lettres de Mme Swetchine. Journal*, comte Falloux ed., Paris, Didier, 1862.

b) Manuscrits

Journal de Gabrielle Laguin, 1890-1891. *Journal* de Renée Berruel, 1905-1916. *Recueil Victor Hugo*, annoté par Claire P. de Chateaufort, 1893-1919, etc.

c) Sur le journal intime

Didier B., *Le Journal intime*, Paris, PUF, 1976.
Georgel P., *Léopoldine Hugo, une jeune fille romantique*, Paris, catalogue du musée Victor-Hugo, 1967.
Girard A., *Le Journal intime*, Paris, PUF, 1963.
Leleu M., *Les Journaux intimes*, Paris, PUF, 1952.

3. Autobiographies, Mémoires

a) Textes

Bouvier J., *Mes Mémoires ou Cinquante-Neuf Années d'activité industrielle, sociale et intellectuelle d'une ouvrière (1876-1935)* (1936), nouv. éd. par D. Armogathe et M. Albistur, Paris, Maspero, 1983.
Canetti E., *La Langue sauvée. Histoire d'une jeunesse (1905-1921)* (1977), Paris, Albin Michel, 1980.
Chateaubriand F. R. de, *René*, Paris, 1802.
– *Mémoires d'outre-tombe*, Paris, 1848-1850.
Daudet Mme A., *L'Enfance d'une Parisienne. Enfants et mères*, Paris, 1892.

Dumay J.-B., *Mémoires d'un militant ouvrier du Creusot* (1841-1926), P. Ponsot ed., Paris, Maspero, 1976.
Feuillet Mme O., *Quelques Années de ma vie*, Paris, 1894.
Foucault M. et al., *Moi, Pierre Rivière, ayant égorgé ma mère, ma sœur et mon frère…*, Paris, Gallimard, 1973.
Gambon C. F., *Dans les bagnes de Napoléon III, Mémoires*, présenté par J.-Y. Mollier, Paris, PUF, 1983.
Gauny G., *Le Philosophe plébéien*, J. Rancière ed., Paris, Maspero, 1983.
Grafteaux S., *Mémé Santerre. Une vie*, Paris, Marabout, 1975.
Lafarge M., *Mémoires de Marie Capelle veuve Lafarge écrits par elle-même.*
Lamartine A. de, *Le Manuscrit de ma mère*, Paris, Hachette, 1924.
Lejeune X. E., *Calicot. Enquête de Michel et Philippe Lejeune*, Paris, Montalba, 1984.
Martin du Gard R., *Souvenirs autobiographiques et littéraires*, Paris, Gallimard, coll. « Bibliothèque de la Pléiade », *Œuvres complètes*, t. I, 1955.
Nadaud M., *Mémoires de Léonard, ancien garçon maçon* (1895), présenté par M. Agulhon, Paris, Hachette, 1976.
Ozouf J., *Nous les maîtres d'école*, Paris, Gallimard/Julliard, « Archives », 1967.
Ozouf J. et M., *La Classe ininterrompue. Cahiers de la famille Sandre, enseignants, 1780-1860*, Paris, Hachette, 1979.
Pange comtesse de, *Comment j'ai vu 1900*, t. I, *À l'ombre de la tour Eiffel*, t. II, *Confidences d'une jeune fille*, t. III, *Derniers Bals avant l'orage*, Paris, 1962, 1965 et 1968.
Perdiguier A., *Mémoires d'un compagnon*, introd. d'A. Faure, Paris, Maspero, 1977.
Proudhon P. J., *Mémoires de ma vie*, B. Voyenne ed., Paris, Maspero, 1983.
Sand G., *Histoire de ma vie* (1re éd., 1854-1855), Georges Lubin ed., Paris, Gallimard, coll. « Bibliothèque de la Pléiade », 1970-1971, 2 vol.
Sartre J.-P., *Les Mots*, Paris, Gallimard, 1964.
Simonin A., *Confessions d'un enfant de La Chapelle. Le faubourg*, Paris, Gallimard, 1977.
Stendhal, *Œuvres intimes*, Henri Martineau ed., notamment *Vie de Henry Brulard*, Paris, Gallimard, coll. « Bibliothèque de la Pléiade », 1955.
Truquin N., *Mémoires et Aventures d'un prolétaire à travers la Révolution* (1888), Paris, Maspero, 1977.
Vallès J., *L'Enfant* (1881), *Le Bachelier* (1881), *L'Insurgé* (1882),

dans *Œuvres complètes,* L. Scheler et M.-C. Bancquart ed., Paris, Livre-Club Diderot, 1969-1970, 4 vol.

Vanderwielen L., *Lise du plat pays* (roman autobiographique), postface de F. Cribier, Lille, Presses universitaires, 1983.

Voilquin S., *Souvenirs d'une fille du peuple,* Paris, Maspero, 1978.

Weiss L., *Mémoires d'une Européenne,* t. I, *1893-1919,* Paris, 1968.

b) Études

Colloque de Cerisy (1979), *Individualisme et Autobiographie en Occident,* C. Delhez-Sarlet et M. Catani ed., Bruxelles, Éd. universitaires, 1983.

Lejeune Ph., *L'Autobiographie en France,* Paris, A. Colin, 1971.

– *Le Pacte autobiographique,* Paris, Éd. du Seuil, coll. « Poétique », 1975.

– *Je est un autre,* Paris, Éd. du Seuil, coll. « Poétique », 1980.

– *Moi aussi,* Paris, Éd. du Seuil, coll. « Poétique », 1986.

ACTEURS DE LA VIE PRIVÉE

1. Théories et politiques du privé et de la famille

Armogathe D. et Albistur M., *Histoire du féminisme français. Du Moyen Age à nos jours,* Paris, Éd. des Femmes, 1977.

Arnault Fr., *Histoire de Frédéric Le Play. De la métallurgie à la science sociale,* doctorat d'État, université de Nantes (sociologie), 1986.

Deniel R., *Une image de la famille et de la société sous la Restauration (1815-1830), Étude de la presse catholique,* Paris, Éd. ouvrières, 1965.

Devance L., *La Pensée socialiste et la Famille de Fourier à Proudhon,* thèse de 3e cycle, Dijon, 1976 (fondamental).

Donzelot J., *La Police des familles,* Paris, Éd. de Minuit, 1977.

Edelman B., *La Maison de Kant,* Paris, Payot, 1984.

Ewald F., *L'État-providence,* Paris, Grasset, 1986.

Meyer Ph., *L'Enfant et la Raison d'État,* Paris, Éd. du Seuil, coll. « Points Politique », 1977.

Picq Fr., *Sur la théorie du droit maternel. Discours anthropologiques et discours socialistes,* doctorat d'État, Paris-IX, 1979.

Prigent R. (sous la dir. de), *Renouveau des idées sur la famille,* cahier de l'INED, n° 18, 1954.

Rosanvallon P., *Le Moment Guizot,* Paris, Gallimard, 1985.

2. Études d'ensemble

Goody J., *The Development of the Family and Marriage in Europe*, Cambridge University Press, 1983 ; trad. fr., *L'Évolution de la famille et du mariage en Europe*, Paris, A. Colin, 1985.

Guillaume P., *Individus, Familles, Nations. Essai d'histoire démographique*, XIXe-XXe siècle, Paris, SEDES, 1985.

Le Bras H. et Todd E., *L'Invention de la France*, Paris, Pluriel, 1981.

Lequin Y., *Histoire des Français*, t. I, *Un peuple et son pays*, t. II, *La Société*, t. III, *Les Citoyens et la Démocratie*, Paris, A. Colin, 1983-1985.

Segalen M., *Sociologie de la famille*, Paris, A. Colin, 1981.

Shorter E., *Naissance de la famille moderne*, Paris, Éd. du Seuil, coll. « Points Histoire », 1981 (trad. fr. de *The Making of the Modern Family*, 1975).

3. Droit

Arnaud-Duc N., *Droit, Mentalités et Changement social en Provence occidentale. Une étude sur les stratégies et la pratique notariale en matière de régime matrimonial, de 1785 à 1855*, Aix-en-Provence, Édisud, 1985.

Bordeaux M., « Droit et femmes seules. Les pièges de la discrimination », *in* Farge A. et Klapisch Ch., *Madame ou Mademoiselle ?* Paris, Montalba, 1984.

Dhavernas O., *Droit des femmes, Pouvoir des hommes*, Paris, Éd. du Seuil, coll. « Libre à elles », 1978.

Ourliac P. et Gazzaniga L., *Histoire du droit civil français de l'an mil au Code civil*, Paris, Albin Michel, 1985.

4. Fonctions de la famille

Borie J., *Mythologies de l'hérédité*, Paris, Galilée, 1981.

Capdevielle J., *Le Fétichisme du patrimoine. Essai sur un fondement de la classe moyenne*, Paris, Fondation nationale des sciences politiques, 1986.

Métral M.-O., *Mariage : les hésitations de l'Occident*, Paris, Aubier, 1977.

Zeldin Th., *Histoire des passions françaises, 1848-1945*, t. I, *Ambition et Amour*, t. II, *Orgueil et Intelligence*, t. III, *Goût et Corruption*, t. IV, *Colère et Politique*, t. V, *Anxiété et Hypocrisie*, Paris,

Encres, 1978-1979 (trad. fr. de *Ambition, Love and Politics*, 1973, et *Intellect, Taste and Anxiety*, 1977, Oxford University Press).

5. FAMILLE ET MILIEUX SOCIAUX

a) Monde rural

Claverie E. et Lamaison P., *L'Impossible Mariage. Violence et parenté en Gévaudan*, XVIIe, XVIIIe et XIXe siècle, Paris, Hachette, 1982.

Garniche-Merritt M.-J., *Vivre à Bué-en-Sancerrois*, thèse de 3e cycle, Paris-VII, 1982.

Halévy D., *Visites aux paysans du Centre (1907-1934)* (1934), Paris, 1978.

Hubscher R., *L'Agriculture et la Société rurale dans le Pas-de-Calais du milieu du XIXe siècle à 1914*, Arras, 1979, 2 vol.

Lehning J., *Peasants of Marlhes, Economic Development and Family Organization in 19th Century France*, University of North Carolina Press, 1980.

Segalen M., *Mari et Femme dans la société paysanne*, Paris, Flammarion, 1980.

– *Nuptialité et Alliance. Le choix du conjoint dans une commune de l'Eure*, Paris, Maisonneuve et Larose, 1972.

Weber E., *Peasants into Frenchmen. The Modernization of Rural France, 1870-1914*, Stanford University Press, 1976 ; trad. fr., *La Fin des terroirs. La modernisation de la France rurale, 1870-1914*, Paris, Fayard, 1983.

b) Bourgeoisie

Actes de la recherche en sciences sociales, « Le patronat », 1978 (21-22).

Chaline J.-P., *Les Bourgeois de Rouen. Une élite urbaine du XIXe siècle*, Paris, Fondation nationale des sciences politiques, 1982.

Charle Ch., *Les Hauts Fonctionnaires en France au XIXe siècle*, Paris, Gallimard/Julliard, « Archives », 1980.

Daumard A., *La Bourgeoisie parisienne de 1815 à 1848*, Paris, SEVPEN, 1963.

– (sous la dir. de) *Les Fortunes françaises au XIXe siècle*, Paris, Mouton, 1973.

Estèbe J., *Les Ministres de la République, 1871-1914*, Paris, Fondation nationale des sciences politiques, 1982.

Miller M. B., *The Bon Marché ; Bourgeois Culture and the Department Store, 1869-1920*, Princeton University Press, 1981.

Perrot M., *Le Mode de vie des familles bourgeoises, 1873-1953*, Paris, A. Colin, 1961.

Royer J.-P., Martinage R., Lecoq P., *Juges et Notables au XIXᵉ siècle*, Paris, PUF, 1982.

Serman W., *Les Officiers français dans la nation, 1848-1914*, Paris, Aubier, 1982.

c) Monde ouvrier, milieux populaires

BIBLIOGRAPHIES : 1º des sources : Perrot M., *Enquêtes sur la condition ouvrière en France au XIXᵉ siècle*, Paris, Microéditions Hachette, 1972 (au premier rang, les monographies de famille de Le Play et son école); 2º des travaux : Noiriel G., *Les Ouvriers dans la société française, XIXᵉ-XXᵉ siècle*, Paris, Éd. du Seuil, coll. « Points Histoire », 1986.

Accampo E., *Industrialization and the Working Class Family : Saint-Chamond, 1815-1880*, University Microfilms International, Ann Arbor, Michigan, 1984.

Burdy J.-P., *Le Soleil noir. Formation sociale et mémoire ouvrière dans un quartier de Saint-Étienne (1840-1940)*, thèse, – Lyon II, 1986.

Chevalier L., *Classes laborieuses et Classes dangereuses à Paris pendant la première moitié du XIXᵉ siècle*, Paris, Plon, 1958.

Frey M., « Du mariage et du concubinage dans les classes populaires à Paris en 1846-1847 », *Annales ESC*, 1978 (juillet-août).

Gribaudi M., *Procès de mobilité et d'intégration. Le monde ouvrier turinois dans le premier demi-siècle*, thèse, EHESS, 1985.

Jacquemet G., *Belleville au XIXᵉ siècle*, Paris, EHESS, 1984.

Lequin Y., *Les Ouvriers de la région lyonnaise, 1848-1914*, Lyon, PUL, 1977, 2 vol.

Noiriel G., *Longwy. Immigrés et prolétaires (1880-1980)*, Paris, PUF, 1984.

Pierrard P., *La Vie ouvrière à Lille sous le Second Empire*, Paris, Bloud et Gay, 1965.

Rancière J., « En allant à l'expo : l'ouvrier, sa femme et les machines », *Les Révoltes logiques*, 1975 (1).

– *La Nuit des prolétaires. Archives du rêve ouvrier*, Paris, Fayard, 1981.

Reddy W., « Family and Factory : French Linen Weavers in the Belle Epoque », *Journal of Social History*, 1975 (102-112).

– *The Rise of Market Culture. The Textile Trade and French Society, 1750-1900*, Cambridge University Press et Paris, Maison des sciences de l'homme, 1984.

6. Figures et rôles sexuels

Aron J.-P. (présenté par), *Misérable et Glorieuse : la Femme du XIXe siècle,* Paris, Fayard, 1981.
Colloque Jules Ferry (présenté par F. Furet), Paris, EHESS, 1985.
Guillemin H., *L'Engloutie. Adèle, fille de Victor Hugo (1830-1915),* Paris, Éd. du Seuil, 1985.
Knibiehler Y. et Fouquet C., *Histoire des mères du Moyen Age à nos jours,* Paris, Montalba, 1977.
Mac Millan, *Housewife or Harlot : the Place of Women in French Society,* 1981.
Martin-Fugier A., *La Bourgeoise. Femme au temps de Paul Bourget,* Paris, Grasset, 1983.
Perrot M. (sous la dir. de), *Une histoire des femmes est-elle possible ?* Marseille, Rivages, 1984 (notamment A. Fine, « Le trousseau »).
Sarrazin H., *Élisée Reclus ou la Passion du monde,* Paris, La Découverte, 1985.
Smith B., *Ladies of the Leisure Class. The Bourgeoises of Northern France in the Nineteenth Century,* Princeton University Press, 1981.
Sohn A. M., « Les rôles féminins dans la vie privée : approche méthodologique et bilan de recherches », *Revue d'histoire moderne et contemporaine,* 1981 (octobre-décembre).
Tilly L. A. et Scott J. W., *Women, Work and Family,* New York, Holt, Rinehart and Winston, 1978.
Verdier Y., *Façons de dire, Façons de faire. La laveuse, la couturière, la cuisinière,* Paris, Gallimard, 1979.

7. Enfance, adolescence, éducation

Annales de démographie historique, 1973 : « Enfance et société » (importante bibliographie).
Berlanstein L. R., « Growing up as Workers in Nineteenth Century Paris : the Case of the Orphans of the Prince Imperial », *French Historical Studies,* t. XI, n° 4, fin 1980.
Boltanski L., *Prime Éducation et Morale de classe,* Paris-La Haye, 1969.
Bouillé M., *Les Pédagogies du corps. Lieux et corps pédagogiques du XVIIIe au XIXe siècle,* doctorat d'État, Paris-VIII, 1984.
Compère M.-M., *Du collège au lycée (1500-1850). Généalogie de l'enseignement secondaire français,* Paris, Gallimard/Julliard, « Archives », 1985.

Cottereau A., « Travail, école, famille. Aspects de la vie des enfants d'ouvriers à Paris au XIXe siècle », *Autrement*, IX, 1977.

Crubellier M., *L'Enfance et la Jeunesse dans la société française (1800-1950)*, Paris, A. Colin, 1970.

Faye-Sallois F., *Les Nourrices à Paris au XIXe siècle*, Paris, Payot, 1980.

Gélis J., Laget M. et Morel M.-F., *Entrer dans la vie. Naissances et enfances dans la France traditionnelle*, Paris, Gallimard/Julliard, « Archives », 1981.

Gillis J. R., *Youth and History. Tradition and Change in European Age Relations, 1770-Present*, New York/Londres, Academic Press, 1974.

Knibiehler Y., Bernos M., Ravoux-Rallo E., Richard E., *De la pucelle à la minette. Les jeunes filles de l'âge classique à nos jours*, Paris, Temps actuels, 1983.

Laplaige D., *Paris et ses sans-famille au XIXe siècle*, thèse de 3e cycle, Paris-VII, 1981.

Lévy M.-F., *De mères en filles. L'éducation des Françaises, 1850-1880*, Paris, Calmann-Lévy, 1984.

Mayeur F., *L'Enseignement secondaire des jeunes filles sous la Troisième République*, Paris, Fondation nationale des sciences politiques, 1977.

Mayeur F. et Gadille J. (colloque sous la dir. de), *Éducation et Images de la femme chrétienne en France au début du XXe siècle*, Lyon, L'Hermès, 1980.

Perrot M., « Sur la ségrégation de l'enfance au XIXe siècle », *La Psychiatrie de l'enfant*, 1982/1, t. XXV, p. 179-207.

– « Quand la société prend peur de sa jeunesse au XIXe siècle », colloque *Les Jeunes et les Autres*, présenté par A. Percheron et M. Perrot, Paris, Centre de Vaucresson, 1986, 2 vol.

Pouthas H., *La Jeunesse de Guizot*, Paris, Alcan, 1936.

Sartre J.-P., *L'Idiot de la famille : Gustave Flaubert de 1821 à 1857*, Paris, Gallimard, 1971-1972, 3 vol.

Schnapper B., « La correction paternelle et le mouvement des idées au XIXe siècle », *Revue historique*, avril-juin 1980.

8. VOISINS ET DOMESTIQUES

Ethnologie française, 1980 (avril-juin), « Provinciaux et province à Paris ».

Fraisse G., *Femmes toutes mains. Essai sur le service domestique*, Paris, Éd. du Seuil, 1979.

Green N., *Les Travailleurs immigrés juifs à la Belle Époque. Le « Pletzl » de Paris*, Paris, Fayard, 1985.

Mac Bride Th., *The Domestic Revolution, The Modernization of Household in England and France (1820-1920)*, Londres, 1976.

Martin-Fugier A., *La Place des bonnes. La domesticité féminine à Paris en 1900*, Paris, Grasset, 1979.

Raison-Jourde F., *La Colonie auvergnate de Paris au XIXe siècle*, Paris, Bibl. historique de la Ville de Paris, 1976.

9. VIE DE FAMILLE ET RITES PRIVÉS

Boiraud H., *Contribution à l'étude historique des congés et des vacances scolaires*, Paris, 1971.

Bonnet S. et Cottin A., *La Communion solennelle*, Paris, 1969.

Burnand R., *La Vie quotidienne en France, 1870-1900*, Paris, Hachette, 1947.

– *La Vie quotidienne en 1830*, Paris, Hachette, 1957.

Daumard A. (présenté par), *Oisiveté et Loisirs dans les sociétés occidentales au XIXe siècle*, Colloque pluridisciplinaire, Amiens (novembre 1982), Abbeville, Paillart, 1983.

Désert G., *La Vie quotidienne sur les plages normandes du Second Empire aux années folles*, Paris, Hachette, 1983.

Gerbod P., *La Condition universitaire en France au XIXe siècle*, Paris, 1965.

Guillaume P., *La Population de Bordeaux au XIXe siècle*, Paris, 1972.

Thuillier G., *Pour une histoire du quotidien en Nivernais au XIXe siècle*, Paris, Mouton, 1977.

– *L'Imaginaire quotidien au XIXe siècle*, préface d'Yves Pélicier, Paris, Economica, 1985.

Tulard J., *La Vie quotidienne des Français sous Napoléon*, Paris, Hachette, 1978.

10. DRAMES ET CONFLITS

Adler L., *L'Amour à l'arsenic. Histoire de Marie Lafarge*, Paris, Denoël, 1985.

Charuty G., *Le Couvent des fous. L'internement et ses usages en Languedoc aux XIXe et XXe siècles*, Paris, Flammarion, 1985.

Guillais J., *La Chair de l'autre. Le crime passionnel au XIXe siècle*, Paris, Olivier Orban, 1986.

Lévy F.-P., *L'Amour nomade. La mère et l'enfant hors mariage (XVIe-XXe siècle)*, Paris, Éd. du Seuil, coll. « Libre à elles », 1981.

Ripa Y., *La Ronde des folles. Femme, folie et enfermement au XIXe siècle*, Paris, Aubier, 1986.

Rouy H., *Mémoires d'une aliénée*, Paris, P. Ollendorff, 1883.
Schnapper B., « La séparation de corps de 1837 à 1914. Essai de sociologie juridique », *Revue historique*, avril-juin 1978.
Tricaud F., *L'Accusation. Recherches sur les figures de l'agression éthique*, Paris, Dalloz, 1977.

11. Célibataires et solitaires

Arnold O., *Le Corps et l'Ame. La vie des religieuses au XIXe siècle*, Paris, Éd. du Seuil, coll. « L'univers historique », 1984.
Beaune J.-C., *Le Vagabond et la Machine. Essai sur l'automatisme ambulatoire. Médecine, technique et société, 1880-1910*, Seyssel, Champ Vallon, 1983.
Borie J., *Le Célibataire français*, Paris, Sagittaire, 1976.
Delbourg-Delphis M., *Masculin singulier. Le dandysme et son histoire*, Paris, Hachette, 1985.
Farge A. et Klapisch Ch., *Madame ou Mademoiselle ? Itinéraires de la solitude féminine au XIXe siècle*, Paris, Montalba, 1984.
Goffman E., *Asiles. Études sur la condition sociale des malades mentaux et autres reclus*, Paris, Éd. de Minuit, 1972 (trad. fr. de *Asylums*, New York, Anchor Books, 1961).
Kempf R., *Dandies. Baudelaire et Cie*, Paris, Éd. du Seuil, coll. « Points », 1984.
O' Brien P., *The Promise of Punishment. Prisons in Nineteenth Century France*, Princeton University Press, 1982.
Seigel J., *Bohemian Paris. Culture, Politics and the Boundaries of Bourgeois Life, 1830-1930*, New York, Elizabeth Sifton Books, Viking, 1986.

ESPACES PRIVÉS (outre les ouvrages donnés en notes)

1. Études d'ensemble

Bertillon Dr J., *Essai de statistique comparée du surpeuplement des habitations à Paris et dans les grandes capitales européennes*, 1894.
Burnet L., *Villégiature et Tourisme sur les côtes de France*, Paris, Hachette, 1963.
Daumard A., *Maisons de Paris et Propriétaires parisiens au XIXe siècle, 1809-1880*, Paris, Éd. Cujas, 1965.

Devillers Ch. et Huet B., *Le Creusot, naissance et développement d'une ville industrielle, 1872-1914*, Seyssel, Champ Vallon, 1981.
Eleb-Vidal M. et Debarre-Blanchard A., *Architecture domestique et Mentalités. Les traités et les pratiques, XVIe-XIXe siècle*, in extenso, n°s 2 (1984) et 5 (1984-1985).
– *La Maison. Espaces et intimités*, n° 9 (1986), École d'architecture, Paris-Villemin.
Fernandez M., *La Ceinture noire de Paris, histoire de la Zone*, thèse de 3e cycle, Paris-VII, 1983.
Gaillard, *Paris, la ville, 1852-1870*, Paris, Champion, 1976.
Guerrand R.-H., *Les Lieux, histoire des commodités*, Paris, La Découverte, 1985.
Le Parisien chez lui au XIXe siècle, 1814-1914, Archives nationales, novembre 1976-février 1977.
Le Siècle de l'éclectisme, Lille 1830-1930, Bruxelles, Archives d'architecture moderne, 1979, t. I.
Thornton P., *Authentic Decor. The Domestic Interior, 1620-1920*, Londres, Weidenfeld, 1984.
Veillard J.-Y., *Rennes au XIXe siècle, architectes, urbanisme et architecture*, Rennes, Éd. du Thabor, 1978.

2. Résidences bourgeoises

Aron J.-P., *Le Mangeur du XIXe siècle*, Paris, Laffont, 1973.
Bedon M., *Le Château au XIXe siècle en Vendée*, Fontenay-le-Comte, Lussaud, 1971.
Cardon E., *L'Art au foyer domestique*, 1884.
Chabot P., *Jean et Yvonne, domestiques en 1900*, Paris, Tema-Éditions, 1977.
Derouet Ch., *Grandes Demeures angevines au XIXe siècle. L'œuvre de René Hodé entre 1840 et 1870*, Paris, Caisse nationale des monuments historiques, 1976.
Marrey B. et Monnet J.-P., *La Grande Histoire des serres et des jardins d'hiver, 1780-1900*, Paris, Graphite, 1984.
Petitpas M., *Maisons de campagne, Villas et Cottages*, 1913.
La Ville d'hiver d'Arcachon, Paris, Institut français d'architecture, 1983.

3. Le logement ouvrier

Bourniquel M., *Pour construire sa maison*, 1919.
Dumont M.-J., *Le Logement social à Paris, 1850-1950*, Paris, Mardaga, 1991.

Fijalkow Y., *La Construction des îlots insalubres, Paris 1850-1945*, Paris, L'Harmattan, 1998.

Flamand J.-P., *Loger le peuple*, Paris, La Découverte, 1990.

Flamand J.-P., (sous la dir. de), *La Question du logement et le Mouvement ouvrier français*, Paris, Éd. de la Villette, 1981.

Godin J.-B. A., *Solutions sociales* (1871), Quimperlé, La Digitale, 1979.

Guerrand R.-H. (sous la dir. de), *Cent ans d'habitat social, une utopie réaliste*, Paris, Albin Michel, 1989.

Guerrand R.-H., *Le Logement populaire en France : sources documentaires et bibliographie, 1800-1960*, Paris, Centre d'Études et de recherches architecturales, 1979 (2ᵉ éd. 1984).

– *Les Origines du logement social en France*, Paris, Éd. ouvrières, 1966.

– *Propriétaires et Locataires au XIXᵉ siècle*, Paris, Éd. Quintette, 1987.

Guillot É., *La Maison salubre*, 1914.

Jean-Baptiste Godin et le Familistère de Guise, Bruxelles, Archives d'architecture moderne, 1976.

Jonas S., *La Cité de Mulhouse (1853-1870) : un modèle d'habitation économique et sociale au XIXᵉ siècle*, Paris, ministère de l'Urbanisme et du Logement, secrétariat de la Recherche architecturale, 1981, 2 vol.

Lucas Ch., *Étude sur les habitations à bon marché en France et à l'étranger*, 1899.

Marrey B., *Un capitalisme idéal (Menier à Noisiel)*, Paris, Clancier-Guénaud, 1984.

Mesnil Dʳ O. du, *L'Habitation du pauvre*, 1890.

Taricat J. et Villars M., *Le Logement à bon marché. Chronique, Paris, 1850-1930*, Paris, Éd. Apogée, 1982.

Trempé R., *Les Mineurs de Carmaux, 1848-1914*, Paris, Éd. ouvrières, 1971, 2 vol.

4. L'HABITATION RURALE

Baudrillart H., *Les Populations agricoles de la France*, 1885-1893, 3 vol.

Bouchard-Huzard L., *Traité des constructions rurales et de leurs dispositions*, 1858-1860, 2 vol.

Foville A. de, *Les Maisons types*, 1894 (51 monographies de maisons rurales).

Layet A., *Hygiène et Maladies des paysans. Étude sur la vie matérielle des campagnards en Europe*, 1882.

Perthuis de Laillevaut, *Traité d'architecture rurale*, 1810.
Roux A., *Recueil de constructions rurales et communales*, 1843.
Vitry U., *Le Propriétaire architecte*, 1827.

INDIVIDUS ET INTIMITÉS

1. IDENTITÉ

Bernard D., *Itinérants et Ambulants dans l'Indre au XIXe siècle*, thèse de 3e cycle, EHESS, 1982.
Besançon A., *Histoire et Expérience du moi*, Paris, Flammarion, 1971.
Freund G., *Photographie et Société*, Paris, Éd. du Seuil, coll. « Points Histoire », 1974.
Ginzburg C., « Signes, traces, pistes. Racines d'un paradigme de l'indice », *Le Débat*, novembre 1980.
L'Homme, 1980/4, n° spécial sur la dénomination; articles d'A. Burguière, M. Segalen, F. Zonabend, etc.
Identités, catalogue de l'exposition du Centre national de la photographie, palais de Tokyo, 1986.
Kaluszynski M., *Alphonse Bertillon, savant et policier. L'anthropométrie ou le début du fichage*, maîtrise, Paris-VII, 1981.
Nahoum V., « La belle femme ou le stade du miroir en histoire », *Communications*, n° 31, 1979.
Perouas L., Tricard J., Barrière B., Boutier J., Peyronnet J.-C., *Léonard, Marie, Jean... Étude de l'évolution des prénoms depuis un millénaire*, Paris, CNRS, 1984.
Rouillé A., *L'Empire de la photographie, 1839-1980*, Paris, 1982.
Sontag S., *La Photographie*, Paris, Éd. du Seuil, coll. « Fiction et Cie », 1979.

2. LE CORPS

Corbin A., *Le Miasme et la Jonquille. L'odorat et l'imaginaire social, XVIIIe-XXe siècle*, Paris, Aubier-Montaigne, 1982.
Delumeau J., *Le Péché et la Peur*, Paris, Fayard, 1983.
Desaive J.-P., « Le nu hurluberlu », *Ethnologie française*, 1976, 3-4.
Gerbod P., « Les métiers de la coiffure dans la première moitié du XXe siècle », *Ethnologie française*, janvier-mars 1983.
Goubert J.-P., *La Conquête de l'eau. L'avènement de la santé à l'âge industriel*, introd. d'Emmanuel Le Roy Ladurie, Paris, Laffont, 1986.

Guermont M.-F., *La « Grande fille ». L'hygiène de la jeune fille d'après les ouvrages médicaux (fin XIXe-début XXe siècle)*, maîtrise, université de Tours, 1981.

Heller G., *Propre en ordre, habitation et vie domestique, 1850-1930 : l'exemple vaudois*, Lausanne, Éd. d'En bas, 1979.

Joutard Ph., « L'homme et son corps », *L'Histoire*, n° 22.

Loux Fr., *Le Jeune Enfant et son corps dans la médecine traditionnelle*, Paris, Flammarion, 1978.

Loux Fr. et Richard Ph., *Sagesses du corps : la santé et la maladie dans les proverbes français*, Paris, Maisonneuve et Larose, 1978.

Murard L. et Zylbermann P., *Sanitas sanitatum et omnia sanitas*, CERFI, 1980.

Perrot Ph., *Les Dessus et les Dessous de la bourgeoisie. Une histoire du vêtement au XIXe siècle*, Paris, Fayard, 1981.

– *Le Travail des apparences ou les Transformations du corps féminin (XVIIIe-XIXe siècle)*, Paris, Éd. du Seuil, 1984.

Shorter E., *A History of Women's Bodies*, New York, Basic Books, 1982 ; trad. fr., *Le Corps des femmes*, Paris, Éd. du Seuil, 1984.

Spivak M., « L'éducation physique et le sport français, 1852-1914 », *Revue d'histoire moderne et contemporaine*, janvier-mars 1977.

Starobinski J., « Brève histoire de la conscience du corps », *Revue française de psychanalyse*, 1981, 2.

Vigarello G., *Le Corps redressé. Histoire d'un pouvoir pédagogique*, Paris, Delarge, 1978.

– *Le Propre et le Sale. L'hygiène du corps depuis le Moyen Age*, Paris, Éd. du Seuil, coll. « L'univers historique », 1985.

Weber E., « Gymnastic and Sports in Fin de Siècle France : Opium of the classes », *American Historical Review*, 1971, vol. 76 (70-98).

3. L'ÂME : LE RÊVE, LA PRIÈRE ET L'AVEU

a) Le rêve

Beguin A., *L'Ame romantique et le Rêve*, Paris, José Corti, 1937.

Benjamin W., *Charles Baudelaire. Un poète lyrique à l'apogée du capitalisme*, Paris, Payot, 1982.

Benjamin W. et Paris, colloque international sur les *« Passagen-Werk »*, 1983, présenté par Wismann H., Paris, Cerf, 1986.

Bousquet J., *Les Thèmes du rêve dans la littérature romantique*, Paris, Didier, 1964.

Gusdorf G., *L'Homme romantique*, Paris, Payot, 1984.

Jeanneret M., « La folie est un rêve : Nerval et le Dr Moreau de Tours », *Romantisme*, n° 27, 1980.

Raymond M., *Romantisme et Rêverie*, Paris, José Corti, 1978.
Steiner G., « Les rêves participent-ils de l'histoire ? Deux questions adressées à Freud », *Le Débat* (25), mai 1983.

b) Piété et confession

Bernos M., « De l'influence salutaire ou pernicieuse de la femme dans la famille et la société », *Revue d'histoire moderne et contemporaine*, juillet-septembre 1982.
Boutry Ph., *Les Vénérés Pasteurs du diocèse de Belley. Cheminement des mentalités et des opinions religieuses dans les paroisses du diocèse de l'Ain de 1815 à 1880*, thèse de 3e cycle, Paris-I, 1983.
– « Réflexions sur la confession au XIXe siècle », *Pratiques de la confession des Pères du désert à Vatican II*, Paris, Cerf, 1983.
– « L'anticlérical, la femme et le confessionnal », *L'Histoire*, n° 16.
Cabanis J., *Michelet, le Prêtre et la Femme*, Paris, Gallimard, 1978.
Cholvy G., *Religion et Société. Le diocèse de Montpellier au XIXe siècle*, thèse, Paris, 1972.
Cousin B., *Le Miracle et le Quotidien. Les ex-voto provençaux, images d'une société*, Aix université, 1983.
Hilaire Y.-M., *Une chrétienté au XIXe siècle. La vie religieuse des populations du diocèse d'Arras, 1840-1914*, Lille, Presses universitaires, 1977.
Lagree M., « Confession et pénitence dans les visites pastorales et les statuts synodaux bretons, XIXe-XXe siècle », *Pratiques de la confession [...], op. cit.*
Langlois C., *Le Diocèse de Vannes au XIXe siècle (1800-1830)*, Paris.
Marcilhacy Ch., *Le Diocèse d'Orléans sous l'épiscopat de Mgr Dupanloup*, Paris, Plon, 1962.
Michaud S., *Muse et Madone. Visages de la femme de la Révolution française aux apparitions de Lourdes*, Paris, Éd. du Seuil, 1985.
Pelckmans P., « Le prêtre, la femme et la famille : notes sur l'anticléricalisme de Michelet », *Romantisme*, n° 28, 1980.
Pierrard P., *L'Église et les Ouvriers en France (1840-1940)*, Paris, Hachette, 1984.
Savart C., *Le Livre catholique témoin de la conscience religieuse en France au XIXe siècle*, thèse, Paris-Sorbonne, 1981.

4. LOISIRS SOLITAIRES ET PLAISIRS SECRETS

a) Lecture et musique

Amaouche-Antoine M.-D., « Espéraza, 1870-1940 : une ville ouvrière chante », *Ethnologie française*, 1986.

Bailbe J.-M., *Le Roman et la Musique en France sous la monarchie de Juillet,* Paris, Minard, 1969.

Borreil J. (présenté par), *Les Sauvages dans la cité. Auto-émancipation du peuple et instruction des prolétaires au XIXe siècle,* Seyssel, Champ Vallon, 1985.

Fabre D., « Le livre et sa magie. Les liseurs dans les sociétés pyrénéennes aux XIXe et XXe siècles », *Pratiques de la lecture* (R. Chartier ed.), Marseille, Rivages, 1985.

Lamarre A., *L'Enfer de la IIIe République. Entrepreneurs moraux et pornographes,* thèse, Paris-VII, 1986.

Lenoir R., « Note pour une histoire sociale du piano », *Actes de la recherche en sciences sociales,* n° 28, juin 1979.

Ozouf J. et Furet F., *Lire et Écrire. L'alphabétisation des Français de Calvin à Jules Ferry,* Paris, Éd. de Minuit, 1977.

Parent-Lardeur F., *Lire à Paris au temps de Balzac. Les cabinets de lecture à Paris, 1815-1830,* Paris, EHESS, 1981.

Pich E., « Pour une définition de la poésie comme phénomène social au XIXe siècle », *Romantisme,* n° 39, 1983.

Pistone D., *Le Piano dans la littérature française des origines jusque vers 1900,* Paris, Champion, 1975.

Thiesse A.-M., *Le Roman du quotidien. Lecteurs et lectures populaires à la Belle Époque,* Paris, Chemin vert, 1984.

Voir *Histoire de l'édition française,* t. III, *Le Temps des éditeurs. Du romantisme à la Belle Époque,* Martin H. J. et Chartier R. ed., Paris, Promodis, 1985.

b) Objets et collections

Baudrillard J., *Le Système des objets,* Paris, PUF, 1968.

Biasi J.-M. de, « Système et déviance de la collection de l'époque romantique », *Romantisme,* n° 27, 1980.

Boime A. « Les hommes d'affaires et les arts en France au XIXe siècle », *Actes de la recherche en sciences sociales,* n° 28, juin 1979.

Martinet Ch., « Objets de famille, objets de musée, ethnologie ou muséologie », *Ethnologie française,* 1980, 1.

Martin-Fugier A., « La douceur du nid. Les arts de la femme à la Belle Époque », *Urbi,* V.

Pomian K., « Entre l'invisible et le visible : la collection », *Libre,* 1978, n° 2-3.

c) Animaux et poupées

Agulhon M., « Le sang des bêtes. Le problème de la protection des animaux en France au XIXe siècle », *Romantisme, « Sangs »,* n° 31, 1981.

Capia R., *Les Poupées françaises*, Paris, 1979.
- « L'âge d'or de la poupée au XIXe siècle », *Histoire de la poupée*, Exposition de Courbevoie, 1973-1974.
Manson M., « La poupée, objet de recherches pluridisciplinaires », *Histoire de l'éducation*, avril 1983, n° 18.
Pelosse V., « Imaginaire social et protection de l'animal. Des amis des bêtes de l'an X au législateur de 1850 », *L'Homme*, XXI et XXII, octobre-décembre 1981 et janvier-mars 1982.
Pierre E., *Histoire de la protection des animaux en France au XIXe siècle*, DEA, Paris-VII, 1982.

5. AMOUR ET SEXUALITÉ

Aimer en France (1760-1860), actes du colloque international de Clermont-Ferrand, recueillis et présentés par P. Viallaneix et J. Ehrard, Clermont-Ferrand, 1980, 2 vol.
Communications, n° 35, « Sexualités occidentales », articles de Ph. Ariès, A. Bejin, M. Pollak (notamment sur l'homosexualité), etc.
L'Histoire, janvier 1984, « Amour et Sexualité ».
Romantisme, n° 4, 1976, « Mythe et représentation de la femme au XIXe siècle ».
Adler L., *Secrets d'alcôve. Histoire du couple de 1830 à 1930*, Paris, Hachette, 1983.
Armengaud A., *Les Français et Malthus*, Paris, PUF, 1975.
Aron J.-P. et Kempf R., *Le Pénis et la Démoralisation de l'Occident*, Paris, Grasset, 1978.
Bonello Ch., *Le Discours médical sur l'homosexualité au XIXe siècle*, thèse de 3e cycle, Paris-VII, 1984.
Bonnet M.-J., *Un choix sans équivoque. Recherches historiques sur les relations amoureuses entre les femmes, XVIe-XXe siècle*, Paris, Denoël-Gonthier, 1981.
Corbin A., *Les Filles de noce. Misère sexuelle et prostitution aux XIXe-XXe siècles*, Paris, Aubier, 1978.
Danet J., *Discours juridique et Perversions sexuelles (XIXe et XXe siècle)*, Centre de recherche politique de l'université de Nantes, 1977.
Flandrin J.-L., *L'Église et le Contrôle des naissances*, Paris, Flammarion, 1970.
- *Les Amours paysannes, XVIe-XIXe siècle*, Paris, Gallimard/Julliard, « Archives », 1975.
- *Le Sexe et l'Occident. Évolution des attitudes et des comportements*, Paris, Éd. du Seuil, coll. « L'univers historique », 1981.

Foucault M. (présenté par), *Herculine Barbin dite Alexina B.*, Paris, Gallimard, coll. « Les vies parallèles », 1978.
Gay P., *The Bourgeois Experience. Victoria to Freud. I, Education of the Senses*, New York, Oxford University Press, 1984.
Gillet M., *L'Homme, la Vie et la Mort dans le Nord au XIXe siècle*, Lille, Presses universitaires, 1972.
Guerrand R.-H., *Libre Maternité*, Paris, Casterman, 1971.
Haan P., *Nos ancêtres les pervers*, Paris, Olivier Orban, 1979.
Jacques J.-P., *Les Malheurs de Sapho*, Paris, Grasset, 1981.
MacLaren A., *Sexuality and Social Order*, New York, Holmes and Meier, 1983.
Noonan J.-T., *Contraception et Mariage*, Paris, Cerf, 1972.
Quiguer C., *Femmes et Machines 1900. Lectures d'une obsession modern style*, Paris, Klincksieck, 1979.
Reytier D., *L'Adultère sous le Second Empire*, DEA, Paris-VII, 1981.
Ronsin F., *La Grève des ventres*, Paris, Aubier, 1979.
Termeau J., *Maisons closes de province (Maine-et-Loire, Sarthe, Mayenne)*, Le Mans, Éd. Cenomane, 1986.

6. Souffrances, refuges, recours

a) Nouveaux symptômes

Bercherie P., « Les fondements de la clinique », *Ornicar,* 1980.
Boltanski L., « Pouvoir et impuissance : projet intellectuel et impuissance dans le *Journal* d'Amiel », *Actes de la recherche en sciences sociales*, n° 5-6, novembre 1975.
Borie J., *Le Tyran timide : le naturalisme de la femme au XIXe siècle*, Paris, Klincksieck, 1973.
Carroy-Thirard J., « Figures de femmes hystériques dans la psychiatrie française au XIXe siècle », *Psychanalyse à l'université*, mars 1979.
– « Possession, extase, hystérie au XIXe siècle », *ibid.*, juin 1980.
– « Hystérie et littérature au XIXe siècle », *ibid.*, mars 1982.
Darmon P., *Le Tribunal de l'impuissance. Virilité et défaillances conjugales dans l'ancienne France*, Paris, Éd. du Seuil, coll. « L'univers historique », 1979.
Didi-Huberman G., *Invention de l'hystérie. Charcot et l'iconographie de la Salpêtrière*, Paris, Macula, 1982.
Hau C., *Le Messie de l'an XIII*, Paris, Denoël, 1955.
Maire C.-L., *Les Possédées de Morzine, 1857-1873*, Lyon, PUL, 1981.
Moreau Th., *Le Sang de l'histoire. Michelet, l'histoire et l'idée de la femme au XIXe siècle*, Paris, Flammarion, 1982.

Peter J.-P., « Le corps du délit », *Nouvelle Revue de psychanalyse*, 1971, 3.
– « Ogres d'archives », *ibid.*, automne 1972.
Starobinski J., « Sur la chlorose », *Romantisme*, n° 31, *Sangs*, 1981.
Swain G., « L'âme, la femme, le sexe et le corps. Les métamorphoses de l'hystérie à la fin du XIXe siècle », *Le Débat*, mars 1983.
Vincent A., *Histoire des larmes, XVIIIe-XIXe siècle*, Marseille, Rivages, 1986.
Wajeman G., *Le Maître et l'Hystérique*, Paris, 1982.

b) Refuges : alcools et drogues

Fillaut Th., *L'Alcoolisme dans l'ouest de la France pendant la seconde moitié du XIXe siècle*, Paris, La Documentation française, 1982.
Hervier D., *Cafés et Cabarets en Berry de 1851 à 1914*, maîtrise, université de Tours, 1979.
Jacquemet G., « Médecins et maladies populaires dans le Paris de la fin du XIXe siècle », *Recherches*, n° 29, décembre 1977, *L'Haleine des faubourgs*.
Lalouette J., « Le discours bourgeois sur les débits de boisson aux alentours de 1900 », *ibid.*
Liedekerke A. de, *La Belle Époque de l'opium*, Paris, La Différence-Le Sphinx, 1984.
Marrus M.-R., « L'alcoolisme social à la Belle Époque », *Recherches*, n° 29, *op. cit.*
Plonévez C., *L'Alcoolisme dans les milieux ouvriers à Paris, 1880-1914*, maîtrise, Paris-VII, 1975.

c) Suicides

Baechler J., *Les Suicides*, Paris, Calmann-Lévy, 1975.
Chesnais J.-C., *Les Morts violentes en France depuis 1826*, Paris, PUF, 1976.
– *Histoire de la violence*, Paris, Hachette, coll. « Pluriel », 1982.
Durkheim E., *Le Suicide*, Paris, PUF, 1930, nouv. éd.

d) Recours : médecine et vie privée

Cottereau A. (sous la dir. de), « L'usure au travail », *Le Mouvement social*, juillet-septembre 1983, n° 124.
– « La tuberculose : maladie urbaine ou maladie de l'usure du travail ? Critique d'une épidémiologie officielle : le cas de Paris », *Sociologie du travail*, n° 78.
Guillaume P., *Du désespoir au salut : les tuberculeux aux XIXe et XXe siècles*, Paris, Aubier, 1986.

Kniebiehler Y., *Nous, les assistantes sociales*, Paris, Aubier, 1980.
Kniebiehler Y. et Fouquet C., *La Femme et les Médecins*, Paris, Hachette, 1983.
Léonard J., *La Médecine entre les pouvoirs et les savoirs*, Paris, Aubier, 1979.
– *La France médicale. Médecins et malades au XIXe siècle*, Paris, Gallimard, 1978.
– *La Vie quotidienne du médecin de province au XIXe siècle*, Paris, Hachette, 1977.
Peter J.-P., « Les médecins et les femmes », *Misérable et Glorieuse : la Femme du XIXe siècle*, présenté par J.-P. Aron, Paris, Fayard, 1981.

e) L'aliéniste, le psychologue et la vie privée

Baumfelder-Bloch E., *Médecine et Société face à l'enfance anormale de 1800 à 1940*, thèse de 3e cycle, Paris, EHESS, 1983.
Castel R., *L'Ordre psychiatrique*, t. I, *L'Age d'or de l'aliénisme*, Paris, Éd. de Minuit, 1976.
Foucault M., *Naissance de la clinique. Une archéologie du regard médical*, Paris, PUF, 1963.
Gauchet M. et Swain G., *La Pratique de l'esprit humain. L'institution asilaire et la révolution démocratique*, Paris, Gallimard, 1981.
Petit J., « Folie, langage, pouvoirs en Maine-et-Loire (1800-1841) », *Revue d'histoire moderne et contemporaine*, octobre-décembre 1980.
Pinell P. et Zafiropoulos M., « La médicalisation de l'échec scolaire. De la pédopsychiatrie à la psychanalyse infantile », *Actes de la recherche en sciences sociales*, n° 24, novembre 1978.
Postel J. et Quetel Cl. (sous la dir. de), *Nouvelle Histoire de la psychiatrie*, Toulouse, Privat, 1983.
Roudinesco E., *La Bataille de cent ans. Histoire de la psychanalyse en France*, t. I, *1885-1939*, t. II, *1925-1985*, Paris, Éd. du Seuil, 1986.

Index des personnes et des personnages

Abbéma, Louise : 317.
About, Edmond : 143, 450.
Abrantès, duchesse d' : 192.
Accampo, E. : 123.
Adam, Juliette : 114.
Adanson, Aglaé : 207.
Albaret, Céleste : 165.
Albenque : 375.
Albert, prince : 195.
Alfred (dit la Saqui) : 542.
Allemane, Jean : 160, 289.
Alq, Mme d' : 219.
Amaouche-Antoine, Marie-Dominique : 455, 486.
Amiel, Henri Frédéric : 387, 420, 425.
Antonelli, cardinal : 230.
Arconati-Visconti, comtesse : 112.
Ariès, Philippe : 9, 204, 236, 395, 440, 542.
Aristippe de Cyrène : 405.
Aristote : 405, 500.
Armand : 105.
Arnaud, André : 94.
Arnold, Odile : 266, 415.
Aron, Jean-Paul : 418.
Arrighi, Antoine : 206 ;
–, Élisabeth : 201, 229.
Atget : 292.
Aubry, Octave : 171.
Auclert, Hubertine : 262, 263.
Audiganne, A. : 291.
Audouard, Olympe : 262.
Augustine : 532.
Aupick, Mme : 126, 146, 252.

Aveling : 116.
Aynard, Édouard : 339.
Azaïs, P. H. : 426.

Babelon, J.-P. : 337.
Bachofen : 91.
Baczko, Bronislaw : 487, 518.
Bakounine : 152.
Balzac, Honoré de : 86, 137, 185, 274, 300, 302, 305, 323, 435, 449, 475, 496.
Bapterosses, F. : 351.
Barbey d'Aurevilly, Jules : 272, 273, 392, 441, 547.
Barère : 27.
Barrès, Maurice : 565.
Barruel : 400.
Barthes, Roland : 42.
Bashkirtseff, Marie : 426.
Bassanville, comtesse de : 224.
Bataille, Henry : 512.
Baudelaire, Charles : 126, 144, 146, 149, 252, 268, 269, 272, 413, 433, 448, 449, 520.
Baudoin, D^r : 504.
Baudot, Anatole de : 372.
Baudrillart : 329.
Bazin, René : 329.
Beaumont, Achille de : 269.
Beaumont, Gustave de : 137, 139, 269, 284.
Beaumont, M. de (grand-oncle de G. Sand) : 186.
Beaune, J.-C. : 278.
Beauvoir, Simone de : 216.

Bécassine : 162.
Beccaria : 145.
Bécour, Julia : 130.
Becque, Henry : 512.
Belgrand : 311.
Benassis, D^r : 410.
Benjamin, Walter : 290.
Bentham, Jeremy : 49, 64, 66, 67, 82, 163.
Bentham, Samuel : 163.
Béranger (sénateur) : 454, 513.
Béraud, Jean : 306.
Bergeret, D^r : 470, 506, 507.
Bergeron, Louis : 100, 102.
Bergson, Henri : 438, 557.
Bernhardt, Sarah : 317, 532.
Bernier : 381.
Berruel, Gabrielle : 178.
Berruel, Louis : 178.
Berruel, Renée : 178, 194, 233.
Berry, duchesse de : 208.
Bertillon, Alphonse : 400, 401.
Bertillon, Dr Jacques : 333, 334, 380, 381, 508.
Bertillon, Louis-Adolphe : 471.
Besnard : 378.
Beyle, Henri : *voir* Stendhal.
Binet, Alfred : 413, 503, 557, 558.
Birotteau, César : 226, 247, 252.
Birotteau, Césarine : 408.
Blanc, Louis : 89.
Blanche, D^r : 556.
Blanchot, Maurice : 41.
Blanqui, Adolphe : 327, 335.
Bliaut : 369.
Boileau, famille : 126, 177-179, 212, 216, 227, 236, 237, 406, 455, 469, 470, 473, 476, 551.
Boiraud, Henri : 210.
Boltanski, Luc : 553.
Bonald, Louis de : 86, 262.
Bonheur, Rosa : 543.
Bonjean : 259.
Bonjour, frères : 530.
Bonnet, Marie-Jo : 544.
Bonnot, bande à : 378.
Borie, Jean : 103, 269, 489, 522, 523.

Bossis, Mireille : 168.
Bossuet, Jacques Bénigne : 403.
Bossut, famille : 101.
Bouchard-Huzard, Louis : 323.
Boucicaut, Mme : 114.
Bouilhet, Louis : 265.
Bouillé, Michel : 144.
Bourbons : 192.
Bourcart : 356.
Bourdieu, Pierre : 102, 122, 485.
Bourdon, Mathilde : 130.
Bourgeois, Félix : 193.
Bourgeois, Léon : 563.
Bourget, Paul : 187, 262, 454.
Bourgoing, A. de : 326.
Bourniquel : 366.
Bousquet, Jean : 435, 436.
Bousquet, Jacques : 438.
Boutry, Philippe : 401, 461, 464.
Bouvier, Mgr : 467.
Bovary, Charles : 124.
Bovary, Emma : 124, 125, 482.
Brame, Caroline : 112, 118, 121, 137, 139, 143, 157, 161, 253, 295, 408, 426, 430.
Brame, famille : 118, 245.
Brancas, comte de : 208.
Braud, Aimée : 250.
Brédart, famille : 101.
Breton, André : 142.
Bréton, Geneviève : 17, 141, 161.
Briand, Aristide : 381.
Briend, Chantal : 437, 438.
Brierre de Boismont : 545.
Brieux : 470.
Briquet, Paul : 528.
Brouardel, P^r : 312, 471.
Brougham, Henry : 49.
Brulard, Henry : *voir* Stendhal.
Brummell, George : 272.
Brunet, Joseph : 460.
Brunetière, Ferdinand : 258.
Brunswick, Caroline de : 47 *sq.*, 74.
Buchez, Philippe : 90, 522.
Bucquoy, D^r : 333.
Buffard, Simone : 268.
Buguet, abbé : 440.

Index des personnes et des personnages

Bull, John : 48.
Burdett, Sir Francis : 49.
Burdy, J.-P. : 275.
Burlureaux, D^r : 505.

Cabanis, D^r : 44, 405.
Cabet, Étienne : 89, 426.
Cadbury, famille : 56 *sq*.
Calland, Victor : 344-346.
Calmette, D^r : 554.
Calthorpe, Lord : 60, 74.
Cam, Dr Étienne : 507.
Cambacérès, Jean-Jacques de : 542.
Cambry, Jean-Jacques de : 326, 431.
Campana, Madeleine : 276.
Canetti, Elias : 287.
Cantagrel : 346.
Capdevielle, Jacques : 91, 96, 284.
Capelle, Marie : *voir* Mme Lafarge.
Capia, Robert : 444.
Caradec, Dr Louis : 328.
Cardon, Émile : 306.
Carlier : 541.
Carlyle : 272.
Caron, J. : 270.
Carrel, Armand : 386.
Castan, Yves et Nicole : 258, 482.
Castel, Robert : 259, 556, 558.
Castellane, Boni de : 314.
Cazeaux, Bernard : 190.
Célestine : 163.
Céline, Louis-Ferdinand : 417.
Celnart, Mme : 181, 185, 188, 238.
Cerilley, Clémence de : 112, 260.
Cerilley, famille de : 168.
Certeau, Michel de : 159.
Chabert, colonel : 400.
Chabot, Mgr : 196.
Chabot, Roland : 20.
Chabrol : 338.
Chaline, Jean-Pierre : 94, 218, 432.
Chambord, comte de : 314, 319.
Chantepie, Mlle de : 250.
Charcot, Jean Martin : 470, 528, 531 *sq*., 540, 557.
Charle, Christophe : 428.
Charlotte, princesse : 47.

Charpentier : 456.
Chastenet, Jacques : 216.
Chateaubriand : 233, 475.
Châteaufort, Claire P. de : 180, 228.
Châtelet, Mme du : 163.
Chatiron, Hippolyte : 155, 249.
Chaumette : 23.
Chaumont, abbé : 235.
Chayanov : 96.
Chéron, Henri : 376.
Chevalier, Ernest : 474.
Chevalier, Louis : 159, 257, 493, 520.
Cheysson, Émile : 88, 362, 372, 380.
Choiseul-Praslin, duc de : 162.
Cholvy, Gérard : 421.
Chotard-Lioret, Caroline : 126, 168, 177, 179, 212, 250.
Chrétien, Gilles-Louis : 393.
Christie, Georges : 377.
Claudel, Camille : 260.
Claudel, Paul : 441.
Claverie, Élisabeth : 94, 106, 125, 128, 257, 288.
Clifford-Barney, Nathalie : 165, 277, 544.
Cobbett, William : 66 *sq*.
Cochon, Georges : 379-381.
Codaccioni, F. : 95.
Codaccioni, F.-P. : 300.
Cognacq, Ernest : 101, 457.
Coing, Henri : 154.
Cointeraux, François : 323.
Coissac, Victor : 105.
Colet, Louise : 273, 458, 489, 524.
Colin, Jacques : 399.
Colon, Jenny : 458.
Comte, Auguste : 113.
Conan Doyle, Arthur : 402.
Condillac : 483.
Condorcet : 19, 170.
Condorcet, Mme : 44.
Considérant, Victor : 89, 324, 326, 327, 342 *sq*.
Constans, D^r : 531.
Constant, Benjamin : 81, 84, 378.
Constantin : 314.

Corbin, Alain : 120, 152, 160, 254, 269, 388.
Cordonnier, Louis : 319.
Cornevin, D^r : 255.
Cossé-Brissac, famille : 102.
Couaën, Mme de : 481.
Courbet, Gustave : 433.
Cousin, Bernard : 440.
Cowper, William : 55.
Crécy, Odette de : 277.
Cruikshank, George : 17, 65, 66.
Custine, marquis de : 542.

Dabit, Eugène : 367.
Daguerre : 393.
Dallas, Grégor : 429.
Daly, César : 302.
Dalzon, Aimé : 476.
Dalzon, famille : 476.
Dantès, Edmond : 399.
Danton, Georges Jacques : 31.
Darien, Georges : 142.
Dartigues, D^r : 506.
Darwin, Charles : 522, 561.
Daudet, Edmée : 189.
Daudet, Mme Alphonse : 177.
Daumard, Adeline : 95, 218, 299, 308, 337, 455, 501.
Daumier, Honoré : 131, 227, 304, 316.
Dauphin, C. : 275.
David, Louis : 23, 24.
Davidoff, L. : 72.
Debout, Simone : 89.
Debreyne, Pierre : 442.
Delacroix : 423.
Delarue-Mardrus, Lucie : 223.
Delbourg-Delphis, Marylène : 272.
Delumeau, Jean : 415.
Démar, Claire : 88, 90, 125, 262.
Demuth, Helen : 164.
Deniel, R. : 86.
Deraisme, Maria : 262.
Descartes, René : 405.
Destutt de Tracy : 542.
Dévallée, frères : 315.
Devance, Louis : 88.
Devéria, Achille : 130.

Devie, Mgr : 466.
Dewawrin, famille : 101.
Dézamy, Théodore : 88, 89.
Dhavernas, M.-J. : 387.
Didier, Béatrice : 425.
Dietz-Monin (sénateur) : 361.
Disdéri, André-Adolphe-Eugène : 393.
Dollfus, Jean : 355-357.
Dosne : 314.
Dreyfus, Ferdinand : 155.
Droz, Gustave : 197.
Du Camp, Maxime : 433, 474, 503.
Duban, Félix : 314.
Dubourg, Mme : 260.
Duclaux, D^r : 471.
Ducray-Duminil : 41.
Ducrest, Georgette : 193.
Dudevant, Aurore : *voir* George Sand.
Dudevant, Casimir : 126.
Dudevant, Maurice : 149.
Dumas fils, Alexandre : 110, 114, 512.
Dumay, Jean-Baptiste : 145.
Dumont, Louis : 8, 83, 385.
Duncan, Isadora : 561.
Dupanloup, Mgr : 464.
Dupin de Francueil : 121.
Dupin, Aurore : *voir* George Sand.
Dupin, baron : 85.
Dupin, Maurice : 142, 155, 249.
Dupin, Mme : 81, 161, 249.
Dupire : 315.
Duprat, G. L. : 148.
Durand, Marguerite : 263.
Duranty, Louis Edmond : 427.
Duras, Mme de : 193.
Durkheim, Émile : 88, 91, 148, 278, 545.
Duruy, Victor : 211, 427.
Duval, Fernand : 349.
Duval, Jeanne : 126.
Duvernet : 222.

Edelman, Bernard : 83, 282.
Édoux, Léon : 305.
Elias, Norbert : 8, 170.

Index des personnes et des personnages

Émilie : 112, 168.
Enfantin, Prosper : 88, 90.
Engels, Friedrich : 91.
Érasme : 8, 170.
Erckmann-Chatrian : 456.
Esméralda (la) : 399.
Estèbe, Jean : 495, 512.
Eugénie, impératrice : 171, 195, 208.
Ewald, F. : 134.

Fabre d'Églantine : 23.
Falloux, comte de : 318, 422.
Falret : 545.
Fatela : 251.
Faure, Olivier : 407.
Faury, Jean : 468, 469.
Féré, Charles : 503, 558.
Ferry, Jules : 92, 109, 115, 126, 144, 515.
Feydeau, Georges : 411, 512.
Fiaux, D^r : 506.
Fiévée, Joseph : 542.
Fillaut, Thierry : 535.
Fine, Agnès : 127, 128, 143, 426.
Flandrin, Jean-Louis : 418, 467, 504, 505.
Flaubert, Achille : 102.
Flaubert, Achille-Cléophas : 118.
Flaubert, Gustave : 102, 118, 139, 142, 150, 162, 198, 229, 250, 256, 265, 270, 273, 282, 296, 433, 437, 453, 458, 473, 474, 481, 489, 490, 524.
Flavigny, Marie de : 475.
Flournoy, Théodore : 558.
Focillon : 133.
Forel, Dr Auguste : 499, 503-505, 507.
Forestier : 308.
Foucault, Michel : 7, 79, 102, 103, 120, 148, 258, 418, 539.
Fouché : 320.
Fourcroy : 423.
Fourier, Charles : 88-90, 156, 253, 324, 341 *sq.*, 544.
Fournier, Pr Alfred : 470.
Foville, A. de : 329.

Fraissinet, Isabelle : 422, 426.
Franklin, Benjamin : 103, 423, 455.
Frappié, Léon : 274.
Frappier-Mazur, Lucienne : 479.
Freud : 18, 104, 142, 405, 558.
Freund, Gisèle : 392.
Frey, Michel : 493, 494.
Fromentin, Eugène : 272.

Gacon-Dufour, Mme : 182.
Gagnon (grand-père de Stendhal) : 155.
Gaillard, Émile : 314.
Gaillard, Jeanne : 490.
Galien, Claude : 500.
Galton, Sir Francis : 401, 471.
Gambetta, Léon : 96, 112.
Gambon, Charles-Ferdinand : 406, 430, 447.
Garniche-Merritt, Marie-José : 416.
Garnier (éditeur) : 366.
Garnier, Charles : 319.
Garnier, Tony : 372.
Garrick, David : 52.
Gatti de Gamond, Zoé : 89.
Gauchet, Marcel : 266, 388.
Gaulle, Joséphine de : 130.
Gautier, Jean-Marie : 482.
Gautier, Marie-Véronique : 489.
Gautier, Théophile : 433, 448, 525.
Gencé, comtesse de : 231.
Genevoix, Maurice : 186.
Genlis, Mme de : 237, 454.
George III : 47.
George IV : 47-49, 72.
Georgel, Pierre : 426.
Gérard, François : 193.
Gérard, Henriette : 408.
Germain, André : 189.
Géry, Blanche de : 237.
Gétaz, David : 295.
Gide, André : 256, 286.
Gilbert-Ballet, P^r : 471.
Gilland : 145.
Gillet, J. : 339.
Girard, Louis : 331.
Girardin, Émile de : 327, 386.
Girouard, Mark : 72, 73.

Glais-Bizouin : 294.
Goblot, famille : 168.
Godin, Jean-Baptiste André : 89, 345 *sq.*
Gody, Jacques : 96.
Goethe : 195.
Goffman, Erving : 11, 268.
Goldoni : 205.
Goldstein, Jan : 386.
Goncourt, Edmond de : 273, 285, 435, 437, 449, 450, 467, 473, 524, 532.
Goncourt, frères : 115, 192, 227, 272, 544.
Gonnot : 375.
Goubert, J.-P. : 136.
Gousset, Thomas : 466.
Grafteaux, Serge : 97.
Graindorge, Frédéric-Thomas : 185.
Grandmaison, Mme de : 199.
Green, Nancy : 160.
Greffulhe, comte et comtesse : 220.
Grégoire, abbé : 29.
Grévy, Jules : 92.
Grey : 65.
Gribaudi, Maurizio : 99, 290.
Grou : 441.
Guérin, D^r : 556.
Guérin, famille de : 273, 391, 396, 398, 406, 408, 424, 425, 435, 439, 446, 473, 475.
Guermantes, duc de : 277.
Guermantes, famille : 162.
Guerry : 545.
Guesde, Jules : 337.
Guiche, duc de : 220.
Guillais-Maury, Joëlle : 256.
Guillaume IV : 49.
Guillaumin, Émile : 119, 296.
Guillemin, Henri : 113, 116.
Guinzburg, Carlo : 454.
Guizot, François : 84, 85, 112, 141, 483.
Guizot, Mme : 454.
Gusdorf, G. : 387.
Guyon, Charles : 368, 369.

Habermas, Jürgen : 8.

Halbwachs, Maurice : 290.
Hall, Catherine : 16, 82.
Hanska, Mme : 323.
Harcourt, famille d' : 321.
Hatton : 374.
Hatzfeld, H. : 235.
Haussmann, baron : 236, 300 *sq.*, 332, 337.
Hébert, Jacques : 26.
Hegel : 82, 83, 85, 91, 109, 125.
Hellyer, Stevens : 310.
Hennebique : 364, 378.
Hespel, comte d' : 319.
Hilaire, Yves-Marie : 442, 492.
Hirsch, baronne : 369.
Hirschfeld : 503.
Hirschman, Albert : 8.
Hodé, René : 318, 319.
Hoffmann, Paul : 480, 529.
Hubscher, Ronald : 429, 486.
Hugo, Abel : 128.
Hugo, Adèle : 113, 116, 152, 251, 260, 483.
Hugo, Léopoldine : 152, 422, 426, 433, 435, 500.
Hugo, Mme : 113.
Hugo, Victor : 112, 113, 115, 116, 152, 179, 239, 240, 387, 427, 433, 446, 447, 451, 456, 483, 490.
Humbert, Eugène : 506.
Huss, Magnus : 535.
Huysmans, Joris-Karl : 236, 413, 441, 517, 523, 532.

Ibsen, Henrik : 224.
Ingres, Dominique : 169, 370.

Jacquemet, Gérard : 123, 506, 537.
Jacques, Jean-Pierre : 543.
Janet, Pierre : 529, 557.
Janmot, Louis : 479, 480, 491.
Japy, famille : 356, 361.
Jay, Louise : 101, 457.
Jean-Marie Vianney (saint) : 403, 421, 439, 440, 442, 462, 463, 466.
John : 71.

Index des personnes et des personnages

Johnson, D^r : 52.
Jonas, S. : 357.
Jordan, Martial : 153.
Jouffroy : 436.
Jourdain, Francis : 313.
Jourdain, Frantz : 371.
Joutard, Philippe : 170, 559.
Juillerat, D^r : 312.
Jullien : 422.
Junot : 542.
Juranville, Clarisse : 233.

Kant : 83, 84, 109, 113, 115, 127, 139, 282.
Kempf, Roger : 272, 273.
Kergomard, Jules : 115.
Koch, Robert : 553.
Kock, Paul de : 304.
Krafft-Ebing, Richard von : 413, 503.
Kropotkine, Pierre : 97, 285.

L'Estoril, Renée de : 139.
La Révellière-Lépeaux : 36, 37.
La Rochefoucauld, comte Antoine de : 318, 380.
Labussière : 368, 378.
Lacassagne, D^r : 471.
Laclos, Pierre Choderlos de : 40.
Lacordaire : 446.
Lafarge, Mme : 157, 255, 499.
Lafargue, Paul : 337.
Laffitte, Pierre : 205.
Laforgue, Jules : 450.
Lagache, famille : 101.
Lagrée, Michel : 464.
Laguin, Gabrielle : *voir* Berruel.
Lamaison, Pierre : 94, 106, 125, 128, 257, 288.
Lamartine, Alphonse de : 176, 179, 247, 426, 434.
Lamartine, Mme de : 191, 424.
Lamennais : 90, 439, 466.
Langeais, duchesse de : 450.
Langlois, Claude : 421, 464.
Larousse, Pierre : 195, 196, 481.
Lasteyrie du Saillant : 323.
Lavallière, Ève : 441.

Lavigerie : 532.
Lavoisier, Antoine Laurent de : 407.
Layet, D^r : 330.
Lazare, Louis : 332.
Le Bras, Hervé : 91, 105, 122, 135, 136, 138, 388, 538.
Le Cerf, Jean-François : 558.
Le Chevallier, D^r : 330.
Le Corbusier : 377.
Le Play, Frédéric : 86-88, 105, 111, 119, 132, 133, 154, 269, 276, 282, 292, 359, 362, 366, 369.
Le Poittevin, Alfred : 474.
Lebaudy (sucriers) : 368, 374.
Leclercq, Théodore : 542.
Lecœur, Édouard : 339.
Léger, Antoine : 521.
Legouvé, Ernest : 144, 147, 150.
Lehning, James : 502.
Lejeune, Philippe : 170, 252.
Lejeune, Xavier-Édouard : 155, 157, 249.
Lélut : 436.
Lenoir : 346.
Léonard, Jacques : 521, 523, 547, 554.
Lépine (préfet) : 401, 516, 532.
Lequin, Yves : 97, 123.
Leroux, Gaston : 402.
Leroux, Pierre : 89.
Leroy, Zoé : 141.
Leroy-Beaulieu, Paul : 361, 362.
Lesage : 300.
Lestrade, Renée de : 86.
Leuwen, Lucien : 453.
Levesque : 337.
Lévy, M.-F. : 142.
Leyret, Henri : 246, 247.
Liard, Louis : 505.
Libaudière, Joseph : 319.
Liguori, Alphonse de : 466.
Lissagaray : 116.
Littré, Émile : 195, 197, 281.
Locke, John : 423.
Londe : 532.
Longchamp (valet de Mme du Châtelet) : 163.
Loudon, J. C. : 62, 73.

Louis-Philippe : 171, 226, 299, 312, 317, 518, 542.
Loux, Françoise : 402.
Louÿs, Pierre : 460.
Lucas, Prosper : 472.
Luckcock, James : 74, 75.
Lytton Strachey : 297.

Macario : 436, 437.
Macé, Jean : 454.
MacLaren, Angus : 137, 508.
Magnan, Valentin : 540.
Maine de Biran : 406, 424, 425, 432, 436.
Maire, capitaine : 381.
Maistrasse : 378.
Maitron, Jean : 431.
Majorelle : 371.
Malebranche, Nicolas de : 445.
Mallarmé, Stéphane : 221.
Malot, Hector : 353.
Mangin (préfet) : 497.
Mangini, Félix : 339.
Marat, Jean-Paul : 20.
Marbo, Camille : 225.
Margueritte, Victor et Paul : 456.
Marianne : 27, 109.
Marie-Amélie, reine : 226.
Marie-Antoinette, reine : 26, 28.
Mariette : 309.
Marinetti : 273.
Marthe : 125, 168, 249, 262, 398, 471, 477, 533.
Martin, Maria : 262.
Martin du Gard, Roger : 149, 297, 564.
Martin-Fugier, Anne : 120, 164, 169, 171.
Martinet, Chantal : 459.
Marx, famille : 116, 133, 164.
Marx, Karl : 91, 116, 133, 164.
Mathilde, princesse : 317.
Matisse, Henri : 297.
Maulny, Germaine de : 202, 236.
Maupassant, Guy de : 225, 308, 413, 414, 433, 517, 525, 532, 544, 556.

Mauriac, François : 142, 158.
Maury, Alfred : 436-438.
Mauzi, Robert : 210.
Mayer, Arno : 458, 565.
Mayeur, Françoise : 109, 431.
Mecklembourg, princesse de : 196.
Melun, Armand de : 336, 337, 345, 358, 359.
Mendel, Johann : 522.
Ménétra, Jacques-Louis (compagnon vitrier parisien) : 39.
Menier, Émile Justin : 314, 352, 353.
Mercier, père P. A. : 463.
Mercier, Sébastien : 271.
Mérimée, Prosper : 447.
Mesnil, D^r du : 335.
Michelet, Jules : 22, 104, 126, 163, 186, 274, 448, 462, 467-469, 490, 528.
Mill, James : 49, 67.
Millet, Jean-François : 559.
Milo, Karl : 468.
Mirbeau, Octave : 163.
Moheau : 135.
Moignon, Pierre : 152.
Moll : 503.
Monet, Claude : 297.
Monod, famille : 169.
Montebello, marquise de : 322.
Montéhus : 379, 380.
Moore, John : 22.
More, Hannah : 50-55, 62.
Moreau, Jacques-Louis : 44.
Moreau de Tours : 436, 522, 524.
Morel, Benedict : 472, 522.
Moret, Marie : 346.
Morgan : 91.
Moricheau-Beauchant : 558.
Morisot, Berthe : 139.
Morny, duc de : 544.
Mortsauf, Mme de : 481.
Motte, famille : 101.
Moureau, Jules : 349.
Mousseron, Jules : 454.
Muller : 355.
Murger, Henri : 270-272.

Index des personnes et des personnages 601

Musset, Alfred de : 489, 519.

Nadaud, Martin : 113, 122.
Naeff, G. : 169.
Nahoum, Véronique : 391.
Nana : 277.
Napoléon, prince : 314.
Napoléon Ier : 19, 28, 29, 192, 213.
Napoléon III : 206, 301, 355, 370.
Naquet, Alfred : 262.
Navel, Georges : 147.
Necker de Saussure, Mme : 454.
Nénot : 381.
Nerval, Gérard de : 433, 436, 458, 556.
Normand : 314.
Nougaret : 35.

O'Brien, P. : 267.
Odoard, famille : 447, 458, 459, 463, 470, 473, 475, 476, 482, 483, 555.
Ollendorff, Paul : 179.
Orléans, famille d' : 314.
Orville, Caroline : *voir* Brame.
Orville, Marie : 139.
Ourliac, P. : 94.
Oyon, A. : 349.
Ozouf, Mona : 86.

Pange, comtesse de : 202, 219.
Parent-Duchâtelet, Alexandre : 453, 497, 543.
Parent-Lardeur, Françoise : 451.
Pariset, D^r : 448.
Pariset, Mme : 181, 185, 226.
Parisis, Mgr : 467.
Parvery, Simon : 99.
Pascal (architecte) : 319.
Pasquier (chancelier) : 497.
Pasteur, Louis : 236, 309, 311, 401, 471.
Pataud, E. : 294.
Paturot, Jérôme : 302.
Paxton, Joseph : 320.
Paxton, Robert : 86.
Payret-Dortail : 375.
Péan, P^r : 507.

Pecqueur, Constantin : 89.
Péguy, Charles : 269.
Péladan, Joseph (dit le sâr) : 467.
Pelletan, D^r : 260.
Pelletier, Madeleine : 511.
Pellico, Silvio : 447.
Pelosse, Valentin : 446.
Penot, D^r : 354-356.
Perdiguier, Agricol : 145, 293, 453, 454.
Perec, Georges : 297.
Pereire, frères : 314, 322, 457.
Perret, Auguste : 371.
Perrot, Philippe : 412.
Peter, Jean-Pierre : 521, 548.
Petitpas : 366.
Peyrebrune, Mme de : 114.
Pézerat, P. : 275.
Phan, Marie-Claude : 496.
Philomène (sainte) : 416.
Picot, Georges : 340, 368, 369, 372.
Pidoux : 553.
Pie IX : 230.
Pie X : 230.
Pierrard, Pierre : 493.
Pinel, Casimir : 556.
Pipelet : 290, 304.
Pisani-Ferry, Fresnette : 115.
Pistone, Danièle : 449.
Pitt, William : 52.
Place, Francis : 66-70.
Plonevez, Chantal : 534, 536.
Pollet, famille : 101.
Pollet, Mélanie : 113.
Polton, Jean-Claude : 390.
Pons, cousin : 456, 457.
Popinot : 457.
Portalis, Jean : 110.
Pouget, E. : 294.
Poulot, Denis : 536.
Poupard : 310.
Pourtalès, comte de : 314.
Pouthas, Hippolyte : 483.
Pradier, Louise : 256.
Pressensé : 114.
Prévost, Marcel : 187, 225, 435, 503.
Proudhon, Pierre Joseph : 90, 109, 110, 113, 116, 117, 121.

Proust, Marcel : 156, 297, 562.
Provensal, Henry : 372, 378.
Prudhomme : 273.

Quatrebarbes, comte de : 318.
Quéffelec, Lise : 119.
Quételet, Adolphe : 400, 545.
Quiguer, Claude : 479.
Quinet, Edgar : 81.

Radcliffe, Ann : 41.
Raison-Jourde, Françoise : 100, 429.
Raisson, Horace : 191.
Ramey, Claudine : 36.
Ramond de Carbonnières, Louis : 431, 432.
Ranc, Arthur : 328.
Rancière, Jacques : 100, 428.
Raspail, François : 100, 133.
Reclus, Élisée : 116, 151, 155, 157.
Reclus, famille : 141, 151, 169.
Reclus, Paul : 157.
Reclus-Kergomard, Pauline : 115.
Régnard : 532.
Regnault, Émile : 222.
Rênal, Mme de : 481.
Renan, Ernest : 116, 153, 154.
Renan, Henriette : 153, 154.
Renan, Mme : 154.
Renard, Jules : 410, 438, 476.
Renaudin, Edmée : 216.
Restif de La Bretonne : 489.
Rey, Adolphe-Augustin : 372-374.
Reybaud, Louis : 292.
Ribot, Théodule : 557.
Richard (inspecteur) : 283.
Richer, Léon : 262.
Rigolette : 271.
Rimbaud, Arthur : 142.
Ripa, Yanick : 112, 260, 555.
Risler, Eugénie : 115, 126.
Rivière, Georges-H. : 292.
Rivière, Pierre : 94, 142, 396, 428, 447, 454, 521.
Robert, D^r : 420.
Robespierre : 21, 38, 111.
Robin, Paul : 506.
Rochas Séon, J. B. : 447.

Roederer, comte : 163.
Roland, Manon : 37-39.
Rops, Félicien : 523.
Rosanvallon, Pierre : 84.
Rostand, Eugène : 363.
Rothschild, famille : 320, 321, 372, 373, 457.
Roubaud, D^r : 524.
Roudinesco, Élisabeth : 388.
Rousseau : 17, 21, 53, 90, 147, 186, 210, 432, 434, 445, 480, 563.
Roussel, Dr Pierre : 44, 404.
Rouvre, Maud de : 503.
Rouy, Hersilie : 260.
Royer-Collard : 85, 281, 386.
Ruault (libraire parisien) : 38, 39.

Sade, marquis de : 40-43.
Sagan, princesse de : 322.
Saint-Barbe : 542.
Saint-Martin, Monique de : 102.
Sainte-Beuve : 115.
Saladin, H. : 370.
Sand, George : 81, 90, 121, 126, 140, 142, 144, 149, 150, 155, 161, 167, 168, 170, 186, 192, 193, 199, 222, 249, 262, 323, 430, 435, 467, 472.
Sandeau, Jules : 547.
Sansot, Pierre : 18, 159.
Sapho : 543.
Sarcey, Francisque : 200.
Sarrazin, Berthe : 165.
Sarrazin, Hélène : 115, 151, 169.
Sartre, Jean-Paul : 102, 118, 394, 473, 474, 489.
Saussure, Horace Bénédict de : 431.
Sauvage, Henri : 371-373.
Savart, Claude : 443, 455.
Savignac, Alida de : 182, 188.
Saxe, Aurore de : 142, 249.
Say, Jean-Baptiste : 284.
Say, Léon : 341.
Schaunard : 271.
Schnapper, Bernard : 259, 261.
Schneider, Eugène : 457.
Schneider, famille : 101, 351.
Schneider (de la Fondation Roth-

Index des personnes et des personnages

schild) : 374, 378.
Scott, Walter : 451.
Scribe, Eugène : 193.
Sée, Camille : 214, 505.
Sée, Henri : 331.
Segalen, Martine : 123, 127, 416, 484, 502.
Ségur, comtesse de : 175, 454.
Seigel, J. : 270.
Sellier, Henri : 375.
Sennett, Richard : 8, 9, 415.
Serman, William : 495.
Shakespeare : 179.
Shorter, Edward : 135, 485, 486, 493, 504, 517, 518.
Sibour, abbé : 463.
Siegfried, Jules : 340, 372.
Simon, Dr Théodore : 557.
Simon, Jules : 92, 93, 109, 126, 139, 274, 312, 335.
Simon, Jules et Gustave : 223.
Simonin, Albert : 145, 157.
Smith, Bonnie : 113, 129, 513.
Smith, John : 66.
Sohn, Anne-Marie : 257, 513.
Sontag, Susan : 394.
Sorel, Julien : 267.
Spitzner, D^r : 250.
Spivak, Marcel : 561.
Stackler, famille : 222.
Staël, Germaine de : 44, 84, 141.
Stahl, Georg : 404, 405, 529.
Stanley, famille : 53.
Starobinski, Jean : 405, 526.
Stein, Gertrude : 277.
Steiner, George : 437.
Steinlen, Théophile Alexandre : 380.
Stendhal : 17, 95, 105, 134, 146, 149, 155, 157, 185, 206, 207, 265, 267, 281, 297, 386, 433, 447, 475, 483, 524, 547.
Stirner, Max : 148.
Stone : 72.
Strauss, Richard : 532.
Struminger, Laura : 494.
Sue, Eugène : 271, 304, 344, 353.
Surville, Laure : 449.
Swain, Gladys : 266, 528, 529.

Swetchine, Mme : 422, 441.

Taine, Hippolyte : 121, 185, 450, 557.
Tarde, Gabriel : 392.
Tardieu, Dr Ambroise : 400, 540, 541.
Taxil, D^r : 299.
Taxil, Léo : 468.
Téramond, Guy de : 507.
Ternaux, Céline : 157.
Thérèse de Lisieux (sainte) : 266.
Thibaudeau : 19.
Thiers, Adolphe : 314, 333.
Thiriez, famille : 101.
Thompson, E. P. : 68.
Thuillier, Guy : 409, 559.
Tinayre, Marcelle : 277.
Tissot, D^r : 418.
Tissot, James : 306.
Tocqueville, Alexis de : 84, 85, 120, 137, 171, 269, 563.
Todd, Emmanuel : 91, 105, 122, 135, 138.
Toinou : 145.
Toulouse-Lautrec, Henri de : 165.
Toussenel, Alphonse : 448.
Trélat, Émile : 310, 361, 374.
Tremenheere : 71.
Tricaud, F. : 243.
Tristan, Flora : 89.
Trollope, Mme : 192.
Trouillot, Georges : 371.
Trumbach : 72.
Truquin, Norbert : 124, 145, 284, 296, 465.

Vacquerie, Auguste : 500.
Vaissier : 315.
Valéry, Paul : 562.
Valjean, Jean : 399.
Vallès, Jules : 140, 142, 146, 157, 267, 268, 270.
Van Gogh, Théo : 146.
Van Gogh, Vincent : 146.
Vanderbilt : 322.
Vanier, Georges : 188, 193.
Vautour, M. : 290.

Verdier, Yvonne : 127, 128, 414.
Verne, Jules : 456.
Verret, Michel : 294.
Victoria, reine : 49, 195.
Vigarello, Georges : 163, 220, 560, 561.
Vigny, Alfred de : 490.
Villemain, Abel François : 542.
Villemin, Dr Jean Antoine : 553.
Villemot, Auguste : 206, 207.
Villermé, Dr Louis-René : 276, 289, 325, 326, 335.
Villetard de Prunières, Mme : 206.
Vincent, D. : 65.
Vincent, Paul : 226.
Vingtras, Jacques : *voir* Jules Vallès.
Viollet-le-Duc, Eugène : 140, 163, 283, 284, 302, 318-320.
Vivien, Renée : 277, 544.
Voilquin, Suzanne : 416, 468.
Vuillard, Édouard : 297.

Wajeman, Gérard : 528.
Wallaert, famille : 101.
Walter, Jean : 376.
Warens, Mme de : 481.
Wattine, famille : 101.
Wazon (ingénieur) : 311.
Weber, Eugen : 107, 561.
Weininger, Otto : 273.
Weiss, Louise : 214.
Weismann, August : 523.
Wicar : 24.
Wilberforce, William : 50, 52.
Willot, famille : 101.
Wollstonecraft, Mary : 54, 55.
Worth : 219.
Wright, Vincent : 427.

Young, Arthur : 331.
Yver, Colette : 277.

Zambaco, Dr Demetrius : 420.
Zeldin, Théodore : 406, 420, 427.
Zola, Émile : 103, 153, 251, 285, 289, 305, 317, 332, 349, 365, 413, 467, 479, 502, 507, 526, 532.
Zuber fils, Jean : 354, 355.

Index des œuvres

À la recherche du temps perdu : 156.
Accusation (L') : 243.
Actes des apôtres (Les) : 26.
Aline et Valcour : 40.
Architecte (L') : 370.
Architecture (L') : 370.
Architecture privée au XIXe siècle (L') : 303.
Argent (L') : 332.
Art d'être grand-père (L') : 240.
Assiette au beurre (L') : 304.
Atelier (L') : 90.
Aurélia : 436, 525.

Bel-Ami : 308, 502.
Bonheur dans le crime (Le) : 547.
Bottin mondain : 189.
Bulletin du mouvement sociétaire en Europe et en Amérique : 346.
Bulletin paroissial de Saint-Sulpice : 232.

Calicot : 249.
Cent Vingt Journées de Sodome (Les) : 40, 42, 43.
César Birotteau : 185, 247, 252.
Charivari (Le) : 304.
Cheap Repository Tracts : 52.
Chérie : 473, 532.
Claudine à l'école : 417, 544.
Clés des songes : 437.
Code conjugal (Le) : 223.
Code de la Communauté : 89.
Coelebs en quête d'une épouse : 52.

Colombine héritière : 194.
Compte général de l'administration de la justice criminelle : 261.
Conquête de Plassans (La) : 467, 532.
Contes drolatiques : 302.
Contes philosophiques : 41.
Corbeille (La) : 217.
Corinne : 193.
Cottage Economy : 68 sq.
Cousine Bette (La) : 274.
Criminalité dans l'adolescence (La). Causes et remèdes d'un mal social actuel : 148.

Dalloz : 261.
De l'amour expérimental ou des causes de l'adultère chez la femme au XIXe siècle : 506.
De l'identité de l'état de rêve et de la folie : 436.
De la démocratie en Amérique : 85.
De mères en filles : 142.
Débauches d'un confesseur (Les) : 468.
Décade philosophique (La) : 44, 284.
Déjeuner dans la serre (Le) : 317.
Démocratie pacifique : 346.
Demoiselle du téléphone (La) : 276.
Dernière mode (La) : 221.
Désespoir de Louison (Le) : 194.

Devenir : 564.
Devoir (Le) : 93.
Diable boiteux (Le) : 300.
Dictionnaire de Littré : 281.
Dictionnaire d'économie politique : 296.
Dictionnaire de conversation à l'usage des dames et des jeunes personnes : 229.
Dictionnaire des idées reçues : 169, 229, 269.
Dictionnaire du mouvement ouvrier : 431.
Dictionnaire universel de la vie pratique à la ville et à la campagne : 193, 228.
Divorce (Le) : 262.
Docteur Pascal (Le) : 103.
Dominique : 272, 432.
Du prêtre, de la femme, de la famille : 467.
Du système physique et moral de la femme : 44.

Économiste français (L') : 362.
Edinburgh Review : 49.
Elektra : 532.
Élisée Reclus ou la Passion du monde : 115.
Émile ou De l'éducation : 147.
En dehors (L') : 105.
En famille : 353.
En plein faubourg : 246.
Enfant (L') : 146.
Enfants révoltés et Parents coupables : 259.
Engloutie (L') : 113.
Essai sur l'emploi du temps ou Méthode qui a pour objet de bien régler l'emploi du temps, premier moyen d'être heureux : 422.

Fécondité : 103, 507.
Fémina : 198.
Femme au XXe siècle (La) : 223.
Femme et la Famille (La), journal des jeunes personnes : 201.
Figaro (Le) : 202, 206, 207.
Fille aux yeux d'or (La) : 544.
Fille Élisa (La) : 532.
Folie lucide (La) : 260.
France sensible (La) : 18, 159.
Fronde (La) : 263, 564.

Gazette des ménages (La) : 196, 207.
Gazette des salons (La) : 192, 221.
Gazette des touristes et des étrangers (La) : 208.
Gazette des tribunaux (La) : 254.
Génération consciente : 506.
Génitrix : 142.
Guetteur de Saint-Quentin (Le) : 346.
Guide Michelin (1900) : 210.

Harmonie : 105.
High-Life : 189.
Histoire d'un cheval de troupe : 447.
Histoire d'une jeunesse : 287.
Histoire d'une maison : 163, 283.
Histoire de ma vie : 144, 149, 170, 199.
Histoire des Français : 96, 100.
Histoire naturelle de la femme : 44.
Homme qui rit (L') : 446.
Homme romantique (L') : 387.
Horla (Le) : 525.
Humanité (L') : 155.

Idéologie allemande (L') : 91.
Idiot de la famille (L') : 102, 118.
Illustration (L') : 285, 308.
Imitation (L') : 439.
Immeuble et la Construction dans l'Est (L') : 376.
Indiana : 262.
Insurgé (L') : 267.
Intérieur de Jésus et Marie (L') : 441.
Invention de la France (L') : 105.
Invention du quotidien (L') : 159.

Index des œuvres

Je sais tout : 285.
Jeune Maîtresse de maison (La) : 182.
Jeune Propriétaire (La) : 182.
Jocelyn : 446.
Journal de Geneviève Bréton : 141.
Journal de Stendhal : 185.
Journal des Goncourt : 227, 273.
Journal d'une femme de chambre : 163.
Journal de la mode et du goût : 22.
Journal des dames (Le) : 208.
Journal des débats (Le) : 124.
Journal des économistes : 327.
Journal des jeunes filles (Le) : 194, 196.
Juif errant (Le) : 344, 347.
Juliette : 40-42.
Justine : 40-42.

Là-bas : 532.
Larousse du XIXe siècle : 184, 201, 205, 207, 269.
Lectures pour tous : 285.
Lélia : 262.
Lettres à Françoise : 225.
Libérateur (Le) : 262.
Lieutenant-Colonel de Maumort (Le) : 149, 297.
Lolotte et Fanfan : 41.

Ma loi d'avenir : 90, 125.
Ma petite maison : 366.
Ma sœur Henriette : 153.
Ma tante Flora : 194.
Madame Gervaisais : 467, 532.
Mademoiselle de la Quintinie : 467.
Maison d'un artiste (La) : 285.
Maison de campagne (La) : 207.
Maisons types (Les) : 329.
Malheur d'Henriette Gérard (Le) : 427.
Manifeste futuriste : 273, 565.
Manuel complet de la maîtresse de maison ou la Parfaite Ménagère : 181.
Manuel de la maîtresse de maison : 181.
Manuel des dames : 185.
Marthe : 125, 262.
Matin (Le) : 381.
Manuscrit de ma mère (Le) : 179.
Médecin de campagne (Le) : 323.
Mémé Santerre : 97.
Mémoires de La Révellière-Lépeaux : 36.
Mémoires de Longchamp : 163.
Mémoires de Mme Roland : 37, 39.
Mémoires de Mme Lafarge : 157.
Mémoires d'outre-tombe : 233.
Mémoires d'un touriste : 207.
Mémoires de deux jeunes mariées : 86, 137, 139, 473.
Mère de famille (La) : 201.
Mille et Une nuits (Les) : 223.
Miner's Advocate : 71.
Monsieur, Madame et Bébé : 197.
Mort à crédit : 417.

Naissance d'une passion : 156.
Nana : 421, 503.
Nature (La) : 250.
Nausée (La) : 454.
Not' cabane : 367.
Notices historiques sur la Révolution : 37.
Nouveau Manuel complet de la maîtresse de maison : 181, 238.
Nouveau Monde amoureux (Le) : 89, 253.
Nouvelle Héloïse (La) : 482.
Nouvelle Justine (La) : 40, 41.

Onania : 418.
Ouvrier de huit ans (L') : 139.
Ouvrière (L') : 274, 312, 335.
Ouvriers des deux mondes : 154.
Ouvriers européens : 87.

Panoptique : 163.
Paris ou le Rideau levé : 35.
Père Duchesne (Le) : 26.
Pères et les Enfants au XIXe siècle (Les) : 144.

Philosophie dans le boudoir (La) : 40.
Pornocratie ou les Temps modernes (La) : 111.
Pot-Bouille : 142.
Presse (La) : 327, 386.
Principes de la philosophie du droit : 82.
Propre et le Sale (Le) : 163.
Province (La) : 158.

Quatre-Vingt-Treize : 456.
Quotidienne (La) : 453.

Rebelle (La) : 277.
Réforme sociale (La) : 88, 292, 359, 369.
René : 432.
Revue des Deux Mondes (La) : 258.
Revue générale d'architecture : 303.
Revue hebdomadaire (La) : 210.
Revue pénitentiaire (La) : 259.
Ronde des folles (La) : 260.
Rougon-Macquart (Les) : 251, 477.

Sabats jacobites : 26.
Science du bonhomme Richard (La) : 103.
Semaine de Suzette (La) : 162.
Sexe et Caractère : 273.
Solutions sociales : 347.
Souci de soi (Le) : 102.
Spectator (The) : 72.
Sublime (Le) : 536.

Suppression des loyers par l'élévation de tous les locataires au droit de propriété : 346.
Syphilis des innocents (La) : 470.

Temps (Le) : 114.
Terre (La) : 328.
Tour de la France par deux enfants (Le) : 410, 411.
Travail : 153, 285, 349, 365.
Travailleurs de la mer (Les) : 427.

Une double famille : 496.
Une vie : 225.
Unique et sa propriété (L') : 148.
Usages du monde : 186.
Usages du siècle : 198, 238.

Vice suprême (Le) : 467.
Vie de Henry Brulard : 105, 134.
Vie privée de Blondinet Lafayette, général des bluets (La) : 26.
Vie réelle (La) : 130.
Vigne et la Maison (La) : 176.
Villa Oasis ou les Faux Bourgeois : 367.
Villegiatura (La) : 205.
Virginitas : 479.
Visions d'Anne-Catherine Emmerich sur la vie de Jésus et sur sa douloureuse Passion : 441.
Volonté de savoir (La) : 148.
Voyage dans le Finistère : 326.
Voyage en Icarie : 89.

Zoologie passionnelle : 428.

Index thématique

Adolescence, adolescents : 139 *sq.*, 211-213, 232, 233, 244 *sq.*, 472-474, 565.
Adultère, liaison : 33, 89, 91, 110, 253 *sq.*, 276, 411, 418, 461, 466, 470, 471, 495 *sq.*
Aînés, cadets : 95, 118, 151 *sq.*, 247, 257, 274, 429, 486, 492.
Alcoolisme : 65 *sq.*, 103, 289, 533 *sq.*
Allemagne, coutume : 195, 199.
Alphabétisation : 133, 390, 397, 453.
Amazones : 80, 277.
Ame : 142, 266 ;
– et corps (rapports) : 403 *sq.*, 423, 424, 435, 436, 539, 540 ; soins : 133.
Amérique, conjugalité américaine : 269.
Amitié, camaraderie : 150, 267, 472 *sq.*
Amour : 43, 477 *sq.* ;
– et mariage : 125 *sq.* ;
– fraternel : 152-154 ; manières : 295, 481 *sq.* ;
– maternel : 138, 140, 481 ;
– paternel : 138, 141, 149.
Anarchie, anarchistes : 105, 109, 145, 294, 331, 337, 338.
Angleterre : 47 *sq.*, 287 ; influence anglaise : 11, 16, 17, 139, 148, 149, 179, 187, 192, 198, 224, 272, 273, 310, 354, 409, 447, 506, 561.
Angoisse : 519 *sq.*, 557.

Animaux : 148, 160, 161, 283, 289, 292, 391, 445 *sq.* ; SPA : 161, 447.
Anthropométrie : 397 *sq.*
Anticléricalisme : 223, 467-469.
Apaches : 80, 257 *sq.*, 273, 290.
Apparences : 127, 158, 272, 394, 410 *sq.*
Apprentissage, apprentis : 57 *sq.*, 66-68, 99, 100, 140, 141, 145, 152, 248, 414, 487.
Architectes : 313 *sq.*, 368 *sq.*
Archives
– familiales : 9, 10, 170, 171, 222, 426, 458 *sq.*, 476 ;
– judiciaires : 9, 10, 106, 129, 152, 257 *sq.*, 514.
Argent : 59, 125, 130, 168 *sq.*, 218, 244 *sq.*, 429.
Aristocratie : 65, 86, 130, 146, 148, 149, 170, 171, 191, 192, 194, 205, 206, 237, 239, 272, 286, 287, 313, 392, 445, 456.
Art nouveau : 302, 316, 369, 457.
Artisans : 67, 131, 170.
Artistes : 141, 243, 244, 285, 270.
Ascétisme : 404, 415, 416, 430, 443, 444.
Autobiographie : 10, 65 *sq.*, 144, 147, 149, 155, 156, 170, 252.
Auvergnats de Paris : 100, 159, 171, 172.
Avortement : 89, 137, 247, 508.

Baccalauréat : 149, 213.
Bal, soirée dansante : 142, 172, 194, 215, 239, 253, 289.
Baptême : 227 *sq*.
Baptistes : 55.
Belges : 17, 18.
Bible : 50 *sq*.
Bohème : 80, 244, 270-273.
Bonheur : 74, 85, 87, 175, 182, 186, 232, 284, 305, 306, 448.
Bourgeoisie : 60, 113, 170, 183 *sq*., 214-216, 218, 235, 246, 494, 495; petite bourgeoisie : 145, 251.
Brevet élémentaire : 213.
Budget : 60, 99, 112, 113, 132, 246, 290, 335.

Cabarets : 30, 246, 257 *sq*., 536.
Cadeaux : 199, 200, 233, 234, 450, 451 ;
– de baptême : 228 ;
– de communion : 231, 232 ;
– de fiançailles : 216 ;
– de mariage : 220 ;
– de rupture : 515.
Cafés : 30, 271, 434.
Camisards : 170.
Campagne, milieu rural : 97, 207, 410, 428, 429 ; alcoolisme : 537 *sq*. ; amour : 483 *sq*. ; exode : 94, 564 ; intimité : 287, 288 ; maison : 57, 58, 60 ; mal-être : 538 ; médecine : 549, 550 ; sexualité conjugale : 501, 502.
Caresses : 143, 146, 227, 541.
Catholicisme, catholiques : 105, 130, 205.
Célibat : 79, 80, 89, 120 *sq*., 151, 157, 219, 260, 266 *sq*., 289, 295, 353, 356, 418, 430, 431, 490 *sq*., 538, 545.
Cénesthésie : 405 *sq*., 433, 436.
Certificat d'études : 150.
Chambre : 61, 153, 163, 287 *sq*., 352, 407 *sq*., 418 ;
– commune : 288, 417 ;
– conjugale : 138, 226, 307, 417, 500 ;
– d'enfant : 140.
Chartisme : 65.
Château : 42, 129, 205, 206, 313 *sq*., 318, 319.
Chez-soi : 134, 190, 282 *sq*.
Chirurgie des femmes : 507, 533.
Cité
– caserne : 358-361 ;
– jardin : 353, 378 ;
– ouvrière : 332 *sq*., 356, 357, 361 ;
– patronale : 341 *sq*.
Code : 114, 119 ;
– civil : 32, 33, 87, 94, 110, 111, 191, 221, 262, 263, 275, 496 ;
– pénal : 471, 541.
Collection, collectionneurs : 115, 177, 245, 285, 433, 456 *sq*.
Colporteurs : 277, 451, 551.
Communauté : 110, 142, 218.
Communion : 147, 150, 202, 213, 229 *sq*., 443.
Concierge : 159, 290, 304 *sq*., 336, 379, 449.
Conciles de Latran, de Trente : 230.
Concubinage : 89, 105, 151, 276, 487, 492 *sq*., 513-515.
Confession : 158, 202, 421, 461 *sq*., 479, 536 ; confesseur : 103, 142, 398, 467 *sq*.
Confort : 62, 284-286, 321, 338, 339, 346, 354, 369 *sq*. ; chauffage : 132, 342, 343 ; eau : 132, 136, 159, 308-310, 336, 352, 409 ; éclairage : 306 ; électricité : 190, 285, 365, 512 ; gaz : 190.
Congrégations, couvents : 80, 266, 403, 404, 415, 416.
Conscription, armée : 80, 150, 214, 249, 266, 474, 490, 495.
Contraception, pratiques anticonceptionnelles : 89, 121, 136, 137, 467, 506 *sq*.
Contrôle : 7, 29, 146, 268, 289, 397 *sq*., 493, 553, 554 ;
– de soi : 421 *sq*. ;
– des jeunes : 486 ;

Index thématique 611

– des prêtres : 468 ;
– familial : 349, 419, 420, 494.
Convenances : 216, 252, 411, 424.
Corps : 82, 142, 145, 168, 402 *sq.*, 411, 415 *sq.*, 564 ; attitudes : 143 ; conscience : 120, 145, 220 ; contention : 417 ; contrôle : 143, 294 ; déjections : 308 *sq.*, 408 ; déshabillage : 433 ; individualisation : 125 ; modelage : 558 *sq.* ; négation : 164, 165 ; orgueil : 466 ; pédagogie : 144 ; principe du mal : 266 ; secret : 152 ; signalement : 399 ; usure : 535 *sq.*, 550.
Correction, châtiments corporels : 109-111, 140, 144 *sq.*, 258 *sq.*, 268.
Correspondance : 10, 96, 142, 146, 156, 167 *sq.*, 202, 237 *sq.*, 459, 469, 472 *sq.*, 514 ;
– bourgeoise : 139 ; carte postale : 168, 169, 391, 487, 564 ;
– entre fiancés : 126 ; secret : 114, 385.
Couple : 96, 101, 120, 164, 180, 503 *sq.*, 523, 565.
Cousins : 156, 177, 238.
Couture : 132, 133, 182, 183, 188, 275.
Crèche : 351, 373.
Crime : 42, 148, 254, 255, 257, 258, 282, 396, 521 ; criminologue : 258 ;
– passionnel : 121, 124, 133, 162, 251, 256 *sq.*

Dandysme : 80, 244, 265, 269, 272 *sq.* ;
– féminin : 276 *sq.*
Décor, ameublement : 24, 25, 62, 103, 129, 283 *sq.*, 307, 407, 408, 427, 460 ;
– bourgeois : 307, 308.
Décret pontifical, 8 août 1910 (*Quam singulari Christus amore*) : 230, 443, 465.
Délinquance : 249, 251.
Désir : 12, 120, 121, 124, 245, 406, 411 *sq.*, 438, 526, 564 ;
– d'enfant : 137 ;
– féminin : 489, 527.
Dignité : 65, 366, 410.
Dimanche : 30, 154, 186, 207, 272.
Discipline : 97, 98, 144, 146, 266, 268.
Divorce : 31, 46-48, 86, 119, 226, 249, 261 *sq.*, 400, 461, 545 ; abolition : 86 ; liberté : 89 ; motifs : 34, 35, 510, 511.
Domestiques : 73, 129-131, 143, 157 *sq.*, 171, 183, 239, 274, 287, 303, 397 *sq.*, 491 *sq.*, 509, 546 ; épargne : 165 ; espace : 311, 312 ; négation : 164, 165 ; servantes : 64, 67, 124, 137, 162.
Domicile, inviolabilité : 15, 110, 159, 160.
Dot : 214 *sq.* ; régime dotal : 94, 110, 218, 244.
Drogue : 533, 534.
Droit : 82-84, 134 ;
– au plaisir : 41 ;
– conjugal : 84, 112 ;
– d'aînesse : 83, 94 ;
– de correction : 111 ;
– de l'enfant : 31, 161 ;
– de l'homme : 385 ;
– de tester : 94, 111, 119 ;
– des animaux : 161 ;
– domestique : 83 ;
– libéral : 134 ;
– naturel : 564 ;
– romain : 83 ;
– social : 134, 563.

École, écoles : 40, 64, 79, 80, 144 *sq.*, 211 *sq.*, 268, 404, 410, 417, 418, 435, 448, 472, 473, 528, 538.
Éducation
– à domicile (précepteurs, institutrices, *Miss*) : 148, 149, 162 ;
– charnelle : 270 ;
– sentimentale : 156, 270, 477 *sq.*

Égalité civile : 90 ; désir : 392 ; sentiment : 396.
Église : 29, 35, 39, 114, 127, 142, 200, 253, 269, 403, 404, 464, 467, 486 ;
– et femmes : 133 ; Réforme catholique : 389.
Enfant : 38, 83, 133 *sq.*, 167-169, 238-241, 407, 464, 549 ;
– abandonné : 119, 137, 139, 164, 248 *sq.*, 397 ;
– adopté : 31, 138 ;
– anormal : 558 ; attentats à la pudeur : 253 ; bébé : 139, 178, 180, 227, 228, 559 ;
– coupable : 146 ;
– d'ouvriers : 145 ;
– de Marie : 416 ; désir : 178, 180 ; deuil : 146 ; espace : 307 ;
– et parents : 227 ; garçon : 149 *sq.*, 231 ; garde : 35 ;
– gâté : 146 ;
– illégitime : 46, 138, 155, 247 *sq.* ; intérêts : 104, 134, 147, 259 ; lectures : 453, 454 ;
– maltraité : 250, 258, 259 ; mémoire : 176 ;
– objet d'amour : 146 ; petite enfance : 140 *sq.* ; petite fille : 444 ; petits noms : 139 ; prise de conscience : 136 ; travail : 71, 98.
Enquête, 1884 (sur les conditions d'habitat) : 293 ; 1891 (sur les habitations de Paris) : 333, 334.
Érotisme : 41, 411-413, 437, 481, 496, 497 ;
– nouveau : 503.
Espace privé, ségrégation : 58 *sq.*
État : 9, 12, 23 *sq.*, 79 *sq.*, 142, 144, 155, 227, 249, 252, 259, 301, 344, 377, 563, 565 ; intervention croissante : 88, 563 ;
– laïque : 150 ;
– monarchique : 87 ;
– totalitaire : 7.
État civil : 227, 397 *sq.*
Études, étudiants : 270, 427, 428, 495.

Eugénisme : 103, 470.
Évangéliques : 49 *sq.*, 72.
Exposition
– internationale de l'habitation : 363, 364 ;
– universelle de 1889 (« La maison à travers les âges ») : 283, 365.

Faits divers : 124, 152, 162, 243, 256 *sq.*
Famille : 51-53, 82, 83, 134, 169 *sq.*, 243 *sq.*, 348, 475 *sq.* ; « palais familial » : 344, 345 ;
– souche : 87, 94 ;
– à structure complexe : 105, 390 ; autoconsommation : 99 ;
– bourgeoise : 169 *sq.* ; capital génétique : 250 ; conflits : 106, 151, 243 *sq.* ; conseil : 156 ; dislocation : 429 ; drame : 160 ; économie : 96 *sq.* ;
– élargie : 154 ;
– et socialistes : 88 *sq.* ; fêtes : 69, 191, 195, 197, 233 *sq.* ; haine : 265, 273 ;
– industrielle : 98 ; intimité : 227 ; législation : 31 ;
– nombreuse : 129, 130, 334, 376, 380, 381 ;
– nucléaire : 79, 100 *sq.* ;
– ouvrière : 65, 66, 71, 141 ;
– patriarcale : 87 ;
– pauvre : 93, 100, 134, 149 ; police : 259 ; politique : 92, 249 ; religiosité : 240 ; secrets : 100 *sq.* ; tribunal : 31, 32, 34, 35 ; vacances : 211, 212.
Fantasmes, imaginaire : 434, 435.
Faute : 164, 247 *sq.*, 419, 422, 461 *sq.*
Féminisme : 11, 127, 136, 140, 564 ;
– anglo-saxon : 131 ; antiféminisme : 142, 153, 565 ;
– bourgeois : 91 ;
– chrétien : 130 ;
– et maternité : 131 ; féministes : 88, 161, 262, 430 ;

Index thématique

– individualiste : 114 ;
– populaire : 137.
Femme : 43, 62, 63, 86, 87, 179, 243, 260, 261, 424, 450, 478 *sq.*, 525 *sq.*, 564, 565 ; « ministre des Finances » de la famille : 113, 132, 246 ;
– objet : 42 ;
– adultère : 110 ; alphabétisation : 133 ;
– au foyer : 63, 275 ;
– auxiliaire : 67 ;
– battue : 34, 128, 256, 261 ; beauté : 124, 125 ; cadeaux : 200 ; clubs : 22, 23 ; comptable de l'entreprise : 129 ; consentement : 126, 127 ; corps : 404 ; correspondance : 113, 114, 168 ;
– criminelle : 255 ;
– d'ouvrier : 146 ;
– dépendante : 246 ; dignité : 90 ; droit au plaisir : 511 ; éducation : 449 ; émancipation : 89 ; épargne : 124 ; épouse : 72 ; espace domestique : 291 ;
– et conception : 136, 137 ;
– et animaux : 446 ;
– et Église : 30, 133, 464 ; exclusion : 56, 59, 73, 112 ; féminité : 405 ; honte : 247 ; incapacité : 110 ; lectures : 454, 455 ;
– libre : 276, 277 ; maîtresse de maison : 66-70, 98, 99, 129 *sq.*, 175, 182-185, 246 ;
– mariée et avortement : 137 ;
– mariée : 58, 59, 110 ;
– mariée, salaire : 110 ; mémoire : 170 ; mépris : 273 ;
– mère : 68, 72, 564 ; métiers : 70, 71, 275 ;
– nouvelle : 273, 277, 286, 564 ; passion, folie : 112, 113 ; pathologie : 507 ;
– paysanne : 127 *sq.* ; physiologie : 44, 404-406, 500, 526 *sq.* ; pouvoir : 9, 142 ; rôle social : 564 ; salaire d'appoint : 98, 99 ; savoir-faire traditionnel : 548 ; servante : 64, 67 ; sexualité : 55, 253, 419 ; solitude : 124 ; statut juridique : 84 ; symbole du privé : 45 ; travail : 55, 57, 70, 71, 98, 132 ; victime : 256 ;
– vieille : 64, 275.
Fêtes : 171, 172, 466 ; anniversaire : 169 ;
– annuelles : 194 *sq.* ;
– de famille : 233 *sq.*
Feu, coin du : 65 *sq.*, 179, 182 *sq.*
Fiançailles : 180, 216 *sq.*, 504.
Fille : 64, 83, 247 ; correction : 258 ; éducation : 141 ;
– et parents : 141 *sq.* ; mariage : 69 ; scolarisation : 142 ; *voir* Jeune fille.
Fille mère : 119, 125, 138, 164, 248.
Fille/garçon : 58 *sq.*, 140.
Fils : 83, 139 *sq.* ;
– célibataire : 95 ;
– domestique : 95 ;
– et mère : 142 ;
– unique : 149.
Fleurs, plantes : 62, 175, 216, 217, 283.
Foi : 50, 51, 130.
Folie, maladies mentales : 66, 251 *sq.*, 436, 546, 554 ;
– des femmes : 112, 113, 260 ;
– des hommes : 260, 524, 525 ;
– et religion : 465, 466 ; hystérie : 43, 148, 260, 526 *sq.* ; malades à domicile : 555, 556 ; névrose : 528.
Fondation
– Lebaudy : 374, 378 ;
– Rothschild : 372, 374, 378, 381.
Frères et sœurs : 28, 151 *sq.*, 238, 245, 474 *sq.*

Généalogie : 156, 170.
Grands magasins : 140, 434, 512 ; Bon Marché : 101 ; la Redoute : 101, 113 ; Samaritaine : 101.
Grands-parents : 119, 120, 154-156, 228, 229, 234, 238, 248.

Grisette, lorette : 271, 276, 495.
Grossesse : 128, 136, 137, 226, 259 ; accouchement : 138, 247 ;
– prénuptiale : 249.
Guerre : 565, 566.
Guerre de 1914 : 169, 249.

Habitat : 129 ; appartement : 303-305, 336, 362 ; habitations à bon marché : 368 *sq.* ; manières d'habiter : 281, 288 *sq.* ;
– ouvrier : 331, 332, 350-352, 361 ;
– social : 367 *sq.* ; taudis : 331 *sq.*
Hérédité : 103, 471, 521 *sq.*, 541.
Héritage : 102, 151, 156, 245, 260 ; héritier : 94, 100, 134, 146, 252 ; partage : 94, 95 ; testament : 244, 501.
Homosexualité : 120, 148, 260, 267, 273, 385, 425, 474, 539 *sq.*
Honneur : 117, 243, 247, 256, 258, 555.
Honte : 137, 138, 158, 243, 247, 248, 392, 415 *sq.*, 481.
Hôpital : 138, 164, 235, 236, 270, 294, 295, 407, 470, 471 ; sanatorium : 266, 353.
Hospice : 154, 296.
Hygiène : 145, 211, 236, 252, 364, 379, 403 *sq.*, 417 ; hygiénistes : 361, 371, 374, 375, 407 *sq.* ; insalubrité : 331 ;
– intime : 163, 268, 507, 511 ; normes : 330, 403 ;
– nouvelle : 133 ; propreté : 146, 220, 272, 273, 293, 294, 309, 328, 357, 408 *sq.*, 552 *sq.* ;
– publique : 289, 308-310 ; toilette, soins : 133, 163, 409.

Identité
– carnet, carte : 401 ;
– masculine, crise : 273, 565 ;
– sexuelle : 139.
Idéologues : 44, 483.
Immaculée Conception (dogme) : 479, 528.

Immeuble : 95 ;
– bourgeois : 299 *sq.* ;
– mixte : 300 ;
– populaire : 159.
Inceste : 152, 253, 260.
Infanticide : 164, 247, 248, 496 ;
– chez les domestiques : 137.
Instituteur : 211, 283.
Intelligence
– mesure de l' : 557.
Internement, asiles : 155, 156, 244, 258 *sq.*, 295, 555 *sq.*
Introspection : 421 *sq.*, 557 ; examen de conscience : 461-463, 473.

Jacobinisme : 42, 85.
Jansénisme : 231, 465.
Jardin : 62, 74, 285, 290, 355 ;
– à l'anglaise : 316 ;
– d'hiver : 317 ;
– maraîcher : 99.
Jésuites : 21, 466.
Jeune fille : 141, 149 *sq.*, 178, 180, 214, 230 *sq.*, 253, 276, 390, 391, 407, 414 *sq.*, 435, 462, 463, 468, 505, 526.
Jeunesse : 8, 55, 150, 472 *sq.* ;
– efféminée : 149 ; mouvements : 565 ;
– provinciale : 272 ; sociabilité : 491 *sq.*
Jeux : 61, 67, 271, 273 ;
– de l'enfant : 147 ;
– en famille : 191 ; jouets : 140, 201.
Jour de l'an : 167, 197, 201 *sq.*
Journal intime : 10, 51, 143, 150, 178-180, 201, 233, 422 *sq.*, 459, 520.
Journaux à grand tirage : 133.
Juifs : 17, 105, 117, 160, 171, 273.
Justice : 160, 257, 258, 510 *sq.*, 541, 542 ; procès : 246, 252, 288 ; répression : 253.

Laïcité : 262.
Langage : 130, 226 ;
– de l'enfant : 147 ; mots quoti-

Index thématique

diens : 143 ; mots tendres : 146, 482.
Larmes : 143, 146, 147, 153, 246, 417, 466, 482, 503.
Lavoir : 128, 132, 158, 219, 220, 281, 336, 356, 410, 413.
Lecture : 245, 284, 285, 450 *sq.* ;
– à haute voix : 191 ; cabinet : 271 ; mauvaises lectures : 565 ; méthode Jacotot : 100, 133, 140.
Libéralisme : 9, 353 ; libéraux : 79, 84, 340.
Libertaires : 79.
Libre pensée : 105, 126, 172, 440, 448.
Ligues morales : 565.
Linge : 24, 132, 183, 219, 220, 245 ; blanchissage : 132 ; lingerie : 411 *sq.*
Lit : 24, 159, 163, 171, 197, 287, 327, 417 ; berceau : 23, 139 ;
– conjugal : 103, 136, 197, 226, 227, 250, 293, 295, 307, 468, 498 *sq.* ;
– de mort : 117, 118 ;
– individuel : 407 *sq.*
Loi
– 1832 (crime de pédophilie) : 541 ;
– 1838 (sur l'internement) : 112, 156, 555 ;
– 1841 (limitation de durée du travail usinier) : 134 ;
– 1850 (Grammont) : 446 ;
– 1850 (logements insalubres) : 337 ;
– 1853 (retraites) : 235 ;
– 1873 (alcoolisme) : 535 ;
– 1885 (relégation des multirécidivistes) : 277, 278 ;
– 1889 (déchéance paternelle) : 119, 259 ;
– 1889 (naturalisations d'office) : 18 ;
– 1894 (assainissement de Paris et de la Seine) : 311 ;
– 1894 (habitations à bon marché) : 340 ;
– 1898 (mauvais traitements) : 119, 259 ;
– 1907 (libre disposition de leur salaire pour les femmes mariées) : 110 ;
– 1909 (classes de perfectionnement) : 558 ;
– 1910 (retraites) : 155, 235 ;
– 1912 (obligation du carnet anthropométrique pour nomades) : 401 ;
– 1912 (recherche en paternité) : 119.
Loisirs : 212, 235, 273 ; arts d'agrément : 149.
Luxe : 86, 127, 130, 161, 231-233, 273.

Maison : 176 ;
– « brique et plâtre » : 292 ; « chalet normand » : 322 ; « maison totale » : 285 ; cottage : 61, 353 ;
– de campagne : 73 ;
– de famille : 115 ;
– des grands bourgeois : 313 *sq.* ; espace de travail : 97 ; lieu de mémoire : 297 ; *melouga* : 87 ; nettoyage de printemps : 203 ; nid : 183, 191, 224 ; *oustal* : 87, 94, 97, 123, 128, 288, 390, 477, 492 ; pavillon : 316, 350 *sq.* ;
– rurale : 57, 60, 207, 287 *sq.*, 323 *sq.* ; vie de famille : 284 ; villa : 74, 208, 366, 366, 367 ; *voir* Parties de la maison.
Maladies : 167, 413, 552, 553 ; chlorose : 526 ; choléra : 473 ;
– des femmes : 525 *sq.* ;
– des hommes : 525 ; épidémies : 331, 332 ;
– gynécologiques : 405 ; lèpre : 330 ; malades : 407, 462, 541 ;
– mentales : *voir* Folie ; syphilis : 103, 165, 250 ; tuberculose : 103, 209, 235, 270, 278, 289, 309, 312, 328, 371, 470, 471, 550 *sq.* ;
– vénériennes : 418, 470 *sq*, 511, 523.

Malthusianisme : 89, 98, 100, 122, 135, 247, 248, 467 ; néomalthusianisme : 103, 136, 368, 506.
Marginaux : 390.
Mari : 69, 75, 499 ;
– âgé : 121 ; confident : 127 ; droit sur la femme : 112 ; puissance maritale : 244.
Mariage : 31, 45, 68, 69, 86, 106, 120 *sq.*, 137, 142, 143, 178, 212, 213, 229, 230, 240, 241, 263, 493-495, 526 ;
– à l'essai : 492 ; âge : 89, 121, 122, 136, 268, 418 ;
– arrangé : 82, 113, 121, 124, 125, 215, 216 ; bague : 222 ; cadeaux : 220 ; cérémonie bourgeoise : 221 *sq.* ; choix du conjoint : 122, 216 ;
– civil : 172, 221 ; contrat : 94, 100, 218, 502 ; critique : 125, 514, 523 ;
– des domestiques : 165 ; endogamie : 97, 99, 122, 428 ; nuit de noces : 473, 498 ;
– ouvrier : 123 ;
– religieux : 221, 222 ; remariage : 156 ; secret : 157 ;
– sécularisé : 32 ; stratégies : 99, 125, 274, 449, 486 ; taux de nuptialité : 121 ; voyage de noces : 223 *sq.*, 433, 499.
Marxisme : 88, 91.
Masturbation, onanisme : 148, 149, 409, 418 *sq.*, 467, 470, 491, 506, 524.
Maternité : 63, 227, 513 ;
– et féminisme : 131 ;
– sociale : 127.
Matriarcat : 91.
Médecine, médecins : 44, 104, 133-135, 147, 227, 228, 252, 260, 261, 398, 403, 404, 470 *sq.*, 526-528, 532 *sq.* ; auxiliaires médicaux : 554 ;
– de campagne : 410 ;
– et sexualité : 498 *sq.* ;
– parallèle : 551.

Méditation : 434, 439 *sq.*
Mémoire : 10, 167, 176, 233, 288, 423 ;
– familiale : 156, 169-170, 395 ;
– féminine : 156 ;
– mythique : 170 ;
– visuelle : 397, 399.
Mémoires : 10, 36, 37 ;
– d'ouvriers : 474.
Mendicité : 251.
Mer, établissement de bains : 336, 356 ; villégiature : 205 *sq.*, 321, 322, 432, 433, 561, 562.
Mère : 53, 143, 222-224, 238 ; bonne mère : 139 *sq.* ; chargée de la prime éducation : 140 ;
– et fille : 142 *sq.*, 248, 475 ;
– et fils : 142 ;
– et son bébé : 180, 181.
Méthodisme : 50, 53 ; méthodistes : 55.
Microsociété (clubs, cercles, cafés, cabarets, loges) : 281.
Migrations, migrants : 18, 99, 156, 159, 160, 165, 171, 172, 207, 208, 278, 289, 290, 397, 429, 483, 490, 536 ;
– auvergnats : 122 ; exode féminin : 289 ;
– italiens : 170 ;
– limousins : 122 ;
– maçons : 168.
Miroir : 148, 391 *sq.*
Mode : 130, 564.
Modern style : 285, 413, 479.
Mœurs : 145 ; décadence : 565 ; publicité : 90.
Moi : 8 ; culte : 565.
Mondanités, vie mondaine : 231, 239, 306, 307 ; réception : 182, 187 *sq.*
Monstre : 250 *sq.*, 520 *sq.*, 525.
Morale : 142, 534 ;
– domestique : 130 ; ligue : 513 ;
– socialiste : 105 ; théologie : 466.
Mort : 168, 234 *sq.*, 249, 254, 284, 423, 435, 459, 545 ;
– à domicile : 296 ;

Index thématique

– de la grand-mère : 156 ;
– de la mère : 105, 118, 143, 152 ;
– des enfants : 146 ;
– du père : 82, 83, 117, 118, 245 ;
  mourir jeune : 266 ; rites : 170-172, 204, 205, 235 *sq.*, 395 *sq.*, 440, 446, 448, 459.
Mortalité (taux) : 39, 234, 235.
Moyens de transport, bicyclette : 289, 511, 538 ; train : 167, 208, 209, 289, 566.
Musique : 192, 193.
Mutuelle : 235.

Naissance : 180, 181, 227 ;
– à domicile : 138 ; décision : 136 ;
– illégitime : 106, 128, 135, 137, 247, 248, 491, 492 ;
– légitime : 110 ;
– mauvaise : 249 ;
– prénuptiale : 491 ; rang : 152.
Narcissisme : 148, 424, 489.
Natalité
– affaire d'État : 135 ; basse : 135 ;
– ouvrière : 98 ; taux : 121.
Nature : 45, 54 ; bienfaits : 209.
Noël : 197, 198 ; crèche : 196 ; Père Noël : 199 *sq.* ; Petit Jésus : 200 ; sapin : 195.
Nom : 109, 138, 139, 246, 389 *sq.* ; sobriquet : 390.
Norme : 120, 156, 159, 252, 265, 353, 411, 412 ; anormalité : 558 ;
– corporelle : 394 ;
– familiale : 485 ;
– gestuelle : 394.
Notaire : 217, 218, 245, 398.
Nourrice : 131, 139, 249, 307, 549.
Nudité : 163, 395, 408 *sq.*, 562.

Oncles et tantes : 156, 157, 238.
Opinion publique : 565.
Ordre moral : 86, 262.
Orphelinat, orphelins : 155-157, 248.
Ouvriers : 7, 64, 65, 69, 70, 123, 131 *sq.*, 145, 150, 154, 155, 235, 247, 256, 257, 289, 334, 335, 351, 352, 358, 359, 414, 428, 430, 493, 506, 510, 534 *sq.* ; cités ouvrières : 282, 291 ;
– et fécondité : 508 ;
– et virilité : 133 ; habitat : 293, 294, 331, 332 ; hiérarchie : 123, 124 ; hygiène : 410 ; intimité : 254 ; livret : 397 ; maisons : 355, 356 ; médecine : 549, 550.

Paie : 132, 133, 151, 246.
Panoptisme : 82, 104, 158, 294, 397.
Pâques : 202 *sq.*, 232.
Parenté, parentèle : 99, 105, 154.
Parents : 134 *sq.* ;
– d'élèves : 145 ;
– et enfants : 226 ;
– vieux : 274.
Parrain et marraine : 171, 228, 229.
Parricide : 118, 119.
Parties de la maison : 175, 220, 286, 287, 354 ; balcon : 301 ; bibliothèque : 115 ; billard : 115, 316 ; bow-window : 301 ; bureau : 115 ; cabinet de toilette : 163, 309 ; chambre à coucher : 103 ; cuisine : 309 ; entrée : 74 ; étage des domestiques : 73 ; fumoir : 73, 115 ; lieux d'aisances : 95, 267, 309, 336, 354, 355, 375, 419 ; *nursery* : 61, 73, 287 ; petit salon : 73, 157, 306, 308 ; salle à manger : 179 ; salon : 69, 73, 171, 187 *sq.*, 193, 236 ; vestibule, couloir, escalier : 159, 163, 303.
Passion : 82, 86, 125, 152, 260, 267, 478, 480, 515, 526, 529, 552.
Paternalisme : 52, 88, 98, 129, 350, 356, 549.
Paternité : 227, 248 ; désir : 117 ; recherche : 110 ;
– sociale : 248.
Patrimoine : 7, 82, 93 *sq.*, 246, 284, 300, 494, 511.
Patronage : 427.
Pauvres : 52 *sq.*, 119, 138, 234,

251, 258, 290, 291, 549, 553 ; moralisation : 64.
Péché : 50, 51, 231, 250.
Père : 53, 58, 94, 109 *sq.*, 138 *sq.*, 238 ; arbitraire : 246 ;
– de famille : 82, 83, 85, 96, 171, 269 ; maison : 563 ; pouvoir : 31, 87, 111-113, 250 ; prestige : 157 ; remplacement : 28 ; salaire : 98.
Perversion : 42, 86, 540.
Peur de la femme : 503, 524.
Phalanstère : 89, 341 *sq.*, 356.
Philanthropie : 64, 104, 134, 289, 338, 339, 368, 520.
Photographie : 164, 233, 255, 285, 293, 393 *sq.*, 448, 459, 532, 564 ; album : 169, 177, 178, 393 *sq.* ;
– d'identité : 400 *sq.*
Piano : 69, 126, 142, 449 *sq.*
Placements mobiliers : 95, 96.
Plaisir : 267 ;
– esthétique : 458 ;
– illégitime : 491 *sq.* ; – physique : 406.
Poésie : 150, 455.
Police : 104, 159, 258, 260, 290, 399 *sq.*, 540-542.
Politesse : 184, 187 *sq.*
Portrait : 178, 392 *sq.* ;
– de famille : 169.
Positivistes : 204.
Poste : 167, 275.
Poupée : 140, 201, 223, 444, 445.
Prénom : 45, 228, 389 *sq.*
Prière : 230, 407, 416 ; chapelet : 30 ;
– en commun : 51, 73, 191 ;
– enfantine : 442 ;
– intime : 51 ;
– solitaire : 439 *sq.* ;
– utilitaire : 443, 444.
Prison : 40, 41, 42, 80, 111, 163, 252, 258, 266-268, 312, 543, 546 ; bagne : 430 ; Bastille : 259 ; colonie pénitentiaire : 265 ; correctionnelle : 111, 249.
Promiscuité : 288, 289, 311, 326-328, 329, 330, 366, 407, 509.

Propriété : 246, 284, 285, 290, 291, 358, 359, 429, 458 ;
– du logement : 358 *sq.* ; état d'esprit : 96.
Prostitution, prostituées : 43, 125, 369, 397 *sq.*, 453, 496 *sq.*, 508 ; bordel : 136, 474, 490 *sq.*, 543, 544 ; mutation : 515 *sq.*
Protestantisme, protestants : 105, 117, 123, 141, 169, 171, 513 ; calvinistes : 105 ; luthériens : 171.
Proverbes : 129.
Province : 158, 184, 187, 192, 222, 238.
Psychanalyse : 12, 436-438, 462, 509, 529, 556, 558.
Psychiatrie : 525, 555 ; aliénistes : 554 *sq.* ; clinique : 520 ;
– et littérature : 532 ; *voir* Internement, asiles.
Psychologie : 135, 529, 558 ;
– des foules : 565.
Publicité : 133.
Pudeur : 8, 138, 148, 163, 164, 168, 217, 220, 237, 253, 398, 412, 415 *sq.*, 481, 500, 501, 548.
Puériculture : 139, 171, 553.
Puritanisme, puritains : 51, 52, 103.

Quakers : 55, 56.

Radicalisme, radicaux : 49, 51, 66, 68, 376.
Religion : 202, 203, 227 *sq.*, 402-404 ; culte : 430 ; culte de la Vierge : 441 *sq.*, 479 *sq.* ; piété : 439 *sq.* ; pratique : 461 *sq.* ; rites familiaux : 170, 172.
Reliques : 177.
Rentiers : 235.
Repas : 132, 182 *sq.*, 287, 305, 306 ;
– de communion : 231 ;
– de fiançailles : 216 ;
– de mariage : 223 ;
– dominical : 154 ;

Index thématique

– familial bourgeois : 305, 306 ; table : 177.
Reproduction : 93, 102, 103, 130, 427 *sq*.
Respectabilité : 64, 65, 68, 90, 251, 254.
Retraite : 154, 155, 234, 235, 275.
Rêve : 12, 150, 407, 431, 434 *sq*., 552.
Révolte
– contre la famille : 243 ;
– individuelle : 150.
Révolution française : 50-52, 81, 85, 111, 262, 282, 283, 311 ; divorce : 31-33 ; enfants illégitimes ou abandonnés : 38 ; langage : 38 ; mariage : 36 ; religion privée : 29 ; vêtement : 22.
Rire, dérision : 488, 512.
Rites : 130, 167 *sq*., 179 ;
– de la journée : 181 ;
– de passage : 233 ;
– des fiançailles : 216 ;
– familiaux : 240.
Roman : 10, 150, 454 ;
– feuilleton : 119, 133, 276, 456, 486 ;
– d'amour : 453 ;
– domestique : 130 ;
– épistolaire : 435 ;
– familial : 243 ;
– populaire : 455.
Rumeur : 267, 430, 447, 509, 512, 527, 534, 555, 556.

Saint-simoniens : 89, 293, 294.
Salaire
– d'appoint : 132, 275 ;
– de la femme : 98, 110 ;
– du père : 98 ;
– familial : 70.
Salons : 85, 112, 271, 544.
Sang : 38, 156, 167, 250 *sq*. ;
– avarié : 103 ; bon : 103 ; filiation : 138.
Savoir-vivre, manuels : 170, 181, 182.
Scoutisme : 211.

Secret : 9, 42, 150, 164, 167, 249, 267, 281, 295, 401, 402, 415, 425, 555 ;
– de famille : 243, 246, 476 *sq*. ;
– de l'amour : 271 ;
– de la correspondance : 114, 262, 268 ;
– de la sexualité : 136, 488 ;
– des maisons : 158 ; droit : 385 ;
– du corps : 152, 162, 551 ;
– du mariage : 157 ;
– médical : 398, 469 *sq*.
Séduction : 122, 125, 162, 276, 414, 502, 532, 541.
Séparation
– de corps : 119, 244, 256, 261 *sq*., 501, 511 ;
– de biens : 110, 218.
Sexes
– dimorphisme : 9, 62 *sq*., 83, 152, 413, 440, 464 ; division du travail : 60 ; égalité : 55, 89, 130, 136 ; gestion familiale : 253 ; inégalité : 88, 262, 263 ; lutte : 91 ; rôles sexuels : 83, 84 ; ségrégation : 472, 486.
Sexualité : 40, 53, 54, 67, 79, 102, 103, 148, 149, 152, 168, 250, 256, 391, 392, 395, 408, 409, 412 *sq*., 435, 437, 438, 465, 469 *sq*., 486 *sq*., 503 *sq*. ;
– à la campagne : 289 ;
– affranchie : 564 ; androgyne : 149 ; appétit sexuel : 148 ; chasteté : 270 ;
– cléricale : 468 ;
– d'attente : 418, 484, 491 *sq*. ;
– d'attente, flirt : 503 *sq*. ;
– de l'enfant : 147 ; dépendance : 509, 510 ;
– des classes populaires : 289 ;
– des domestiques : 163 ;
– des femmes : 55, 128 ;
– des hommes : 524 ; déséquilibre : 491 ;
– et danse : 194 ;
– et mariage : 102, 103, 120, 466, 467, 498 *sq*. ; expériences : 473 ;

faute : 247, 248 ; honte : 252, 253 ;
- hors mariage : 276 ; hygiène : 409, 410 ; identité : 139, 147, 153, 252 ; impuissance : 91 ; initiation : 156 ; jouissance : 43 ; mutation : 502, 517 ; normalité : 128, 129 ; permissivité : 508 ; puberté : 147, 148, 253 ; révolution : 40, 41, 277 ; rôles sexuels : 83, 128 ; secret : 136 ; sexologie : 518 ; tolérance : 253.

Sociabilité : 271, 307, 563 ;
- enfantine : 445 ;
- féminine : 281, 530 ;
- masculine : 270, 281.

Socialisme : 367 ;
- d'inspiration chrétienne : 89 ;
- et famille : 88 *sq.* ; morale : 105.

Société : 148 ;
- anonyme : 101, 246, 252 ;
- civile : 81 *sq.*, 87, 281 ;
- démocratique : 162 ;
- en commandite : 100, 246 ;
- libérale : 359.

Soi
- conscience : 145, 165, 396 ; contemplation : 408 ; contrôle : 421 *sq.* ; écriture : 424 *sq.* ; espace : 267, 291, 564 ; image : 564 ; importance : 394 ; présentation : 143 ; repli : 268, 296 ; représentation : 391 *sq.* ; souci : 564.

Solidarisme : 563.
Solitude : 42, 138, 143, 265 *sq.*, 272 *sq.*, 458, 538 ;
- des femmes : 124, 274 *sq.*

Spiritisme : 440.
Sport : 561, 562.
Suicide : 39, 82, 106, 148, 252, 545 *sq.* ;
- des célibataires : 278.

Syndicat, syndicalisme : 17, 65 *sq.*, 165, 281, 289, 330, 363 ; CGT : 17, 134, 155 ;
- de locataires : 379 *sq.*

Tares : 469 *sq.*, 520 *sq.* ;
- de famille : 249.

Téléphone : 285, 564.
Temps, emploi : 182 *sq.*
Tendresse : 143, 150, 248, 485, 501, 502, 528, 529.
Théâtre : 9, 189, 190, 192, 239 ;
- amateur : 193.
Tour de France des compagnons : 270.
Tourisme : 207 *sq.* ; Touring Club de France : 210.
Toussaint : 204.
Traditionalistes : 86, 109.
Travail
- à domicile : 97, 132, 275, 284, 291, 292 ;
- des enfants : 98 ;
- des femmes : 57, 132, 275 ; division : 60, 97.
Travaux domestiques : 55, 132, 152, 182, 183, 347, 348, 495.
Tribunal de famille : 31, 32, 34.
Trousseau : 128, 143, 219, 220, 426, 494.
Tutelle, tuteur : 141, 142, 156, 157, 252.
Tutoiement : 25, 26, 81, 143.

Unitariens : 49, 55.
Université : 214.
Usine
- à domicile : 97, 98 ; discipline : 7, 564.
Utilitaristes : 49, 63, 64.
Utopistes : 371, 374.

Vacances : 156, 175, 203, 204, 205, 206 *sq.*, 433.
Vagabonds : 80, 277 *sq.*, 288.
Vengeance : 10, 129, 246, 256 *sq.*
Vertu : 53, 62, 140, 448, 563 ;
- de la femme : 513 ;
- domestique : 48, 49.
Vertus
- de l'époux : 75 ;
- de la ménagère : 88.
Vêtement : 45, 65, 89, 132, 146, 203, 245, 272, 275, 276, 290, 413, 414 ; corset : 412 ;

Index thématique

– de communion : 231, 232 ;
– de deuil : 237-239 ;
– masculin : 24.
Veuvage : 238, 274, 545 ; incapacité de la mère veuve : 156 ; sexualité : 128 ; veuve : 57, 87, 142, 158, 237, 238, 268, 274, 275.
Vice : 149.
Victime : 43, 48.
Vie
– de famille : 170 ;
– de ménage : 127 *sq.* ;
– spirituelle : 50.
Vieillesse : 66, 121, 154, 155, 234 *sq.*, 269, 274, 275, 296, 446 ; asiles : 351.

Village : 158 *sq.*
Ville d'eaux : 206, 208.
Villégiature, lieux : 205 *sq.*
Viol : 91, 128, 148, 492.
Violence : 106, 133, 148, 160, 255 *sq.*, 446, 514.
Virginité : 103, 248, 253, 259, 416, 431, 435, 492, 498, 500, 526.
Virilité : 103, 145.
Visites : 182, 187 *sq.*
Vocation : 275, 430 *sq.*
Voisinage, voisins : 157 *sq.*, 248, 367, 514.
Vol : 251.
Voyages : 431 *sq.*

Table

Introduction, *par Michelle Perrot* 7

1. Lever de rideau 13
   Avant et ailleurs............................ 15
   par Michelle Perrot
   Révolution française et vie privée 19
   par Lynn Hunt
   Sweet Home 47
   par Catherine Hall

2. Les acteurs 77
   La famille triomphante 81
   par Michelle Perrot
   Fonctions de la famille 93
   par Michelle Perrot
   Figures et rôles 109
   par Michelle Perrot
   La vie de famille 167
   par Michelle Perrot
   Les rites de la vie privée bourgeoise 175
   par Anne Martin-Fugier
   Drames et conflits familiaux 243
   par Michelle Perrot
   En marge : célibataires et solitaires 265
   par Michelle Perrot

3. Scènes et lieux 279
   Manières d'habiter........................... 281
   par Michelle Perrot

Espaces privés 299
par Roger-Henri Guerrand

4. Coulisses 383
par Alain Corbin

Le secret de l'individu 389
La relation intime ou les plaisirs de l'échange 461
Cris et chuchotements 519

Conclusion, *par Michelle Perrot* 563

Bibliographie 569

Index 593

Histoire de la vie privée
Sous la direction de Philippe Ariès et Georges Duby

1. De l'Empire romain à l'an mil
Sous la direction de Paul Veyne.
Avec la collaboration de Peter Brown, Évelyne Patlagean,
Michel Rouche, Yvon Thébert, Paul Veyne.

2. De l'Europe féodale à la Renaissance
Sous la direction de Georges Duby.
Avec la collaboration de Dominique Barthélemy,
Philippe Braunstein, Philippe Contamine,
Charles de La Roncière, Danielle Régnier-Bohler.

3. De la Renaissance aux Lumières
Sous la direction de Philippe Ariès et Roger Chartier.
Avec la collaboration Philippe Ariès, Maurice Aymard,
Nicole Castan, Yves Castan, Roger Chartier, Alain Collomp,
Daniel Fabre, Arlette Farge, Jean-Louis Flandrin,
Madeleine Foisil, Jacques Gélis, Jean Marie Goulemot,
François Lebrun, Orest Ranum, Jacques Revel.

4. De la Révolution à la Grande Guerre
Sous la direction de Michelle Perrot.
Avec la collaboration de Alain Corbin,
Roger-Henri Guerrand, Catherine Hall, Lynn Hunt,
Anne Martin-Fugier, Michelle Perrot.

5. De la Première Guerre mondiale à nos jours
Sous la direction de Antoine Prost et Gérard Vincent
Avec la collaboration de Sophie Body-Gendrot, Rémi Leveau,
Kristina Orfali, Antoine Prost, Dominique Schnapper,
Perrine Simon-Nahum, Gérard Vincent.

RÉALISATION : PAO ÉDITIONS DU SEUIL
IMPRESSION : MAURY-EUROLIVRES – 45300 MANCHECOURT
DÉPÔT LÉGAL : OCTOBRE 1999 – N° 37644-2 (04/09/109830)

Collection Points

SÉRIE HISTOIRE

H1. Histoire d'une démocratie : Athènes
Des origines à la conquête macédonienne
par Claude Mossé
H2. Histoire de la pensée européenne
1. L'éveil intellectuel de l'Europe du IXe au XIIe siècle
par Philippe Wolff
H3. Histoire des populations françaises et de leurs attitudes devant la vie depuis le XVIIIe siècle
par Philippe Ariès
H4. Venise, portrait historique d'une cité
par Philippe Braunstein et Robert Delort
H5. Les Troubadours, *par Henri-Irénée Marrou*
H6. La Révolution industrielle (1770-1880)
par Jean-Pierre Rioux
H7. Histoire de la pensée européenne
4. Le siècle des Lumières
par Norman Hampson
H8. Histoire de la pensée européenne
3. Des humanistes aux hommes de science
par Robert Mandrou
H9. Histoire du Japon et des Japonais
1. Des origines à 1945, *par Edwin O. Reischauer*
H10. Histoire du Japon et des Japonais
2. De 1945 à 1970, *par Edwin O. Reischauer*
H11. Les Causes de la Première Guerre mondiale
par Jacques Droz
H12. Introduction à l'histoire de notre temps
L'Ancien Régime et la Révolution
par René Rémond
H13. Introduction à l'histoire de notre temps
Le XIXe siècle, *par René Rémond*
H14. Introduction à l'histoire de notre temps
Le XXe siècle, *par René Rémond*
H15. Photographie et Société, *par Gisèle Freund*
H16. La France de Vichy (1940-1944)
par Robert O. Paxton
H17. Société et Civilisation russes au XIXe siècle
par Constantin de Grunwald
H18. La Tragédie de Cronstadt (1921), *par Paul Avrich*
H19. La Révolution industrielle du Moyen Age
par Jean Gimpel
H20. L'Enfant et la Vie familiale sous l'Ancien Régime
par Philippe Ariès

- H21. De la connaissance historique
  par Henri-Irénée Marrou
- H22. André Malraux, une vie dans le siècle
  par Jean Lacouture
- H23. Le Rapport Khrouchtchev et son histoire
  par Branko Lazitch
- H24. Le Mouvement paysan chinois (1840-1949)
  par Jean Chesneaux
- H25. Les Misérables dans l'Occident médiéval
  par Jean-Louis Goglin
- H26. La Gauche en France depuis 1900
  par Jean Touchard
- H27. Histoire de l'Italie du Risorgimento à nos jours
  par Sergio Romano
- H28. Genèse médiévale de la France moderne, XIVe-XVe siècle
  par Michel Mollat
- H29. Décadence romaine ou Antiquité tardive, IIIe-VIe siècle
  par Henri-Irénée Marrou
- H30. Carthage ou l'Empire de la mer, *par François Decret*
- H31. Essais sur l'histoire de la mort en Occident
  du Moyen Age à nos jours, *par Philippe Ariès*
- H32. Le Gaullisme (1940-1969), *par Jean Touchard*
- H33. Grenadou, paysan français
  par Ephraïm Grenadou et Alain Prévost
- H34. Piété baroque et Déchristianisation en Provence
  au XVIIIe siècle, *par Michel Vovelle*
- H35. Histoire générale de l'Empire romain
  1. Le Haut-Empire, *par Paul Petit*
- H36. Histoire générale de l'Empire romain
  2. La crise de l'Empire, *par Paul Petit*
- H37. Histoire générale de l'Empire romain
  3. Le Bas-Empire, *par Paul Petit*
- H38. Pour en finir avec le Moyen Age
  par Régine Pernoud
- H39. La Question nazie, *par Pierre Ayçoberry*
- H40. Comment on écrit l'histoire, *par Paul Veyne*
- H41. Les Sans-culottes, *par Albert Soboul*
- H42. Léon Blum, *par Jean Lacouture*
- H43. Les Collaborateurs (1940-1945)
  par Pascal Ory
- H44. Le Fascisme italien (1919-1945)
  par Pierre Milza et Serge Berstein
- H45. Comprendre la révolution russe
  par Martin Malia
- H46. Histoire de la pensée européenne
  6. L'ère des masses, *par Michaël D. Biddiss*
- H47. Naissance de la famille moderne
  par Edward Shorter

- H48. Le Mythe de la procréation à l'âge baroque
  par Pierre Darmon
- H49. Histoire de la bourgeoisie en France
  1. Des origines aux Temps modernes
  par Régine Pernoud
- H50. Histoire de la bourgeoisie en France
  2. Les Temps modernes, *par Régine Pernoud*
- H51. Histoire des passions françaises (1848-1945)
  1. Ambition et amour, *par Theodore Zeldin*
- H52. Histoire des passions françaises (1848-1945)
  2. Orgueil et intelligence, *par Theodore Zeldin* (épuisé)
- H53. Histoire des passions françaises (1848-1945)
  3. Goût et corruption, *par Theodore Zeldin*
- H54 Histoire des passions françaises (1848-1945)
  4. Colère et politique, *par Theodore Zeldin*
- H55. Histoire des passions françaises (1848-1945)
  5. Anxiété et hypocrisie, *par Theodore Zeldin*
- H56. Histoire de l'éducation dans l'Antiquité
  1. Le monde grec, *par Henri-Irénée Marrou*
- H57. Histoire de l'éducation dans l'Antiquité
  2. Le monde romain, *par Henri-Irénée Marrou*
- H58. La Faillite du Cartel, 1924-1926
  (Leçon d'histoire pour une gauche au pouvoir)
  par Jean-Noël Jeanneney
- H59. Les Porteurs de valises
  par Hervé Hamon et Patrick Rotman
- H60. Histoire de la guerre d'Algérie, 1954-1962
  par Bernard Droz et Évelyne Lever
- H61. Les Occidentaux, *par Alfred Grosser*
- H62. La Vie au Moyen Age, *par Robert Delort*
- H63. Politique étrangère de la France
  (La Décadence, 1932-1939)
  par Jean-Baptiste Duroselle
- H64. Histoire de la guerre froide
  1. De la révolution d'Octobre à la guerre de Corée, 1917-1950
  par André Fontaine
- H65. Histoire de la guerre froide
  2. De la guerre de Corée à la crise des alliances, 1950-1963
  par André Fontaine
- H66. Les Incas, *par Alfred Métraux*
- H67. Les Écoles historiques, *par Guy Bourdé et Hervé Martin*
- H68. Le Nationalisme français, 1871-1914, *par Raoul Girardet*
- H69. La Droite révolutionnaire, 1885-1914
  par Zeev Sternhell
- H70. L'Argent caché, *par Jean-Noël Jeanneney*
- H71. Histoire économique de la France du XVIIIe siècle à nos jours
  1. De l'Ancien Régime à la Première Guerre mondiale
  par Jean-Charles Asselain

H72. Histoire économique de la France du XVIIIe siècle à nos jours
2. De 1919 à la fin des années 1970
par Jean-Charles Asselain
H73. La Vie politique sous la IIIe République
par Jean-Marie Mayeur
H74. La Grèce archaïque d'Homère à Eschyle
par Claude Mossé
H75. Histoire de la « détente », 1962-1981, *par André Fontaine*
H76. Études sur la France de 1939 à nos jours
par la revue « L'Histoire »
H77. L'Afrique au XXe siècle, *par Elikia M'Bokolo*
H78. Les Intellectuels au Moyen Age, *par Jacques Le Goff*
H79. Fernand Pelloutier, *par Jacques Julliard*
H80. L'Église des premiers temps, *par Jean Daniélou*
H81. L'Église de l'Antiquité tardive, *par Henri-Irénée Marrou*
H82. L'Homme devant la mort
1. Le temps des gisants, *par Philippe Ariès*
H83. L'Homme devant la mort
2. La mort ensauvagée, *par Philippe Ariès*
H84. Le Tribunal de l'impuissance, *par Pierre Darmon*
H85. Histoire générale du XXe siècle
1. Jusqu'en 1949. Déclins européens
par Bernard Droz et Anthony Rowley
H86. Histoire générale du XXe siècle
2. Jusqu'en 1949. La naissance du monde contemporain
par Bernard Droz et Anthony Rowley
H87. La Grèce ancienne, *par la revue « L'Histoire »*
H88. Les Ouvriers dans la société française
par Gérard Noiriel
H89. Les Américains de 1607 à nos jours
1. Naissance et essor des États-Unis, 1607 à 1945
par André Kaspi
H90. Les Américains de 1607 à nos jours
2. Les États-Unis de 1945 à nos jours, *par André Kaspi*
H91. Le Sexe et l'Occident, *par Jean-Louis Flandrin*
H92. Le Propre et le Sale, *par Georges Vigarello*
H93. La Guerre d'Indochine, 1945-1954
par Jacques Dalloz
H94. L'Édit de Nantes et sa révocation
par Janine Garrisson
H95. Les Chambres à gaz, secret d'État
par Eugen Kogon, Hermann Langbein et Adalbert Rückerl
H96. Histoire générale du XXe siècle
3. Depuis 1950. Expansion et indépendance (1950-1973)
par Bernard Droz et Anthony Rowley
H97. La Fièvre hexagonale, 1871-1968, *par Michel Winock*
H98. La Révolution en questions, *par Jacques Solé*
H99. Les Byzantins, *par Alain Ducellier*

H100.	Les Croisades, *par la revue « L'Histoire »*
H101.	La Chute de la monarchie (1787-1792) *par Michel Vovelle*
H102.	La République jacobine (10 août 1792 - 9 Thermidor an II) *par Marc Bouloiseau*
H103.	La République bourgeoise (de Thermidor à Brumaire, 1794-1799) *par Denis Woronoff*
H104.	La France napoléonienne (1799-1815) 1. Aspects intérieurs, *par Louis Bergeron*
H105.	La France napoléonienne (1799-1815) 2. Aspects extérieurs *par Roger Dufraisse et Michel Kérautret* (à paraître)
H106.	La France des notables (1815-1848) 1. L'évolution générale *par André Jardin et André-Jean Tudesq*
H107.	La France des notables (1815-1848) 2. La vie de la nation *par André Jardin et André-Jean Tudesq*
H108.	1848 ou l'Apprentissage de la République (1848-1852) *par Maurice Agulhon*
H109.	De la fête impériale au mur des fédérés (1852-1871) *par Alain Plessis*
H110.	Les Débuts de la Troisième République (1871-1898) *par Jean-Marie Mayeur*
H111.	La République radicale ? (1898-1914) *par Madeleine Rebérioux*
H112.	Victoire et Frustrations (1914-1929) *par Jean-Jacques Becker et Serge Berstein*
H113.	La Crise des années 30 (1929-1938) *par Dominique Borne et Henri Dubief*
H114.	De Munich à la Libération (1938-1944) *par Jean-Pierre Azéma*
H115.	La France de la Quatrième République (1944-1958) 1. L'ardeur et la nécessité (1944-1952) *par Jean-Pierre Rioux*
H116.	La France de la Quatrième République (1944-1958) 2. L'expansion et l'impuissance (1952-1958) *par Jean-Pierre Rioux*
H117.	La France de l'expansion (1958-1974) 1. La République gaullienne (1958-1969) *par Serge Berstein*
H118.	La France de l'expansion (1958-1974) 2. L'apogée Pompidou (1969-1974) *par Serge Berstein et Jean-Pierre Rioux*
H119.	Crises et Alternances (1974-1995) *par Jean-Jacques Becker* *avec la collaboration de Pascal Ory*

H120.	La France du XXe siècle (Documents d'histoire) *présentés par Olivier Wieviorka et Christophe Prochasson*
H121.	Les Paysans dans la société française *par Annie Moulin*
H122.	Portrait historique de Christophe Colomb *par Marianne Mahn-Lot*
H123.	Vie et Mort de l'ordre du Temple *par Alain Demurger*
H124.	La Guerre d'Espagne, *par Guy Hermet*
H125.	Histoire de France, *sous la direction de Jean Carpentier et François Lebrun*
H126.	Empire colonial et Capitalisme français *par Jacques Marseille*
H127.	Genèse culturelle de l'Europe (Ve-VIIIe siècle) *par Michel Banniard*
H128.	Les Années trente, *par la revue « L'Histoire »*
H129.	Mythes et Mythologies politiques, *par Raoul Girardet*
H130.	La France de l'an Mil, *collectif*
H131.	Nationalisme, Antisémitisme et Fascisme en France *par Michel Winock*
H132.	De Gaulle 1. Le rebelle (1890-1944) *par Jean Lacouture*
H133.	De Gaulle 2. Le politique (1944-1959) *par Jean Lacouture*
H134.	De Gaulle 3. Le souverain (1959-1970) *par Jean Lacouture*
H135.	Le Syndrome de Vichy, *par Henry Rousso*
H136.	Chronique des années soixante, *par Michel Winock*
H137.	La Société anglaise, *par François Bédarida*
H138.	L'Abîme 1939-1944. La politique étrangère de la France *par Jean-Baptiste Duroselle*
H139.	La Culture des apparences, *par Daniel Roche*
H140.	Amour et Sexualité en Occident, *par la revue « L'Histoire »*
H141.	Le Corps féminin, *par Philippe Perrot*
H142.	Les Galériens, *par André Zysberg*
H143.	Histoire de l'antisémitisme 1. L'âge de la foi *par Léon Poliakov*
H144.	Histoire de l'antisémitisme 2. L'âge de la science *par Léon Poliakov*
H145.	L'Épuration française (1944-1949), *par Peter Novick*
H146.	L'Amérique latine au XXe siècle (1889-1929) *par Leslie Manigat*
H147.	Les Fascismes, *par Pierre Milza*
H148.	Histoire sociale de la France au XIXe siècle *par Christophe Charle*
H149.	L'Allemagne de Hitler, *par la revue « L'Histoire »*
H150.	Les Révolutions d'Amérique latine *par Pierre Vayssière*

H151.	Le Capitalisme « sauvage » aux États-Unis (1860-1900) *par Marianne Debouzy*
H152.	Concordances des temps, *par Jean-Noël Jeanneney*
H153.	Diplomatie et Outil militaire *par Jean Doise et Maurice Vaïsse*
H154.	Histoire des démocraties populaires 1. L'ère de Staline, *par François Fejtö*
H155.	Histoire des démocraties populaires 2. Après Staline, *par François Fejtö*
H156.	La Vie fragile, *par Arlette Farge*
H157.	Histoire de l'Europe, *sous la direction de Jean Carpentier et François Lebrun*
H158.	L'État SS, *par Eugen Kogon*
H159.	L'Aventure de l'Encyclopédie, *par Robert Darnton*
H160.	Histoire générale du XXe siècle 4. Crises et mutations de 1973 à nos jours *par Bernard Droz et Anthony Rowley*
H161.	Le Creuset français, *par Gérard Noiriel*
H162.	Le Socialisme en France et en Europe, XIXe-XXe siècle *par Michel Winock*
H163.	14-18 : Mourir pour la patrie, *par la revue « L'Histoire »*
H164.	La Guerre de Cent Ans vue par ceux qui l'ont vécue *par Michel Mollat du Jourdin*
H165.	L'École, l'Église et la République, *par Mona Ozouf*
H166.	Histoire de la France rurale 1. La formation des campagnes françaises (des origines à 1340) *sous la direction de Georges Duby et Armand Wallon*
H167.	Histoire de la France rurale 2. L'âge classique des paysans (de 1340 à 1789) *sous la direction de Georges Duby et Armand Wallon*
H168.	Histoire de la France rurale 3. Apogée et crise de la civilisation paysanne (de 1789 à 1914) *sous la direction de Georges Duby et Armand Wallon*
H169.	Histoire de la France rurale 4. La fin de la France paysanne (depuis 1914) *sous la direction de Georges Duby et Armand Wallon*
H170.	Initiation à l'Orient ancien, *par la revue « L'Histoire »*
H171.	La Vie élégante, *par Anne Martin-Fugier*
H172.	L'État en France de 1789 à nos jours *par Pierre Rosanvallon*
H173.	Requiem pour un empire défunt, *par François Fejtö*
H174.	Les animaux ont une histoire, *par Robert Delort*
H175.	Histoire des peuples arabes, *par Albert Hourani*
H176.	Paris, histoire d'une ville, *par Bernard Marchand*
H177.	Le Japon au XXe siècle, *par Jacques Gravereau*
H178.	L'Algérie des Français, *par la revue « L'Histoire »*

H179.	L'URSS de la Révolution à la mort de Staline, 1917-1953 *par Hélène Carrère d'Encausse*
H180.	Histoire médiévale de la Péninsule ibérique *par Adeline Rucquoi*
H181.	Les Fous de la République, *par Pierre Birnbaum*
H182.	Introduction à la préhistoire, *par Gabriel Camps*
H183.	L'Homme médiéval *collectif sous la direction de Jacques Le Goff*
H184.	La Spiritualité du Moyen Age occidental (VIIIe-XIIIe siècle) *par André Vauchez*
H185.	Moines et Religieux au Moyen Age *par la revue « L'Histoire »*
H186.	Histoire de l'extrême droite en France, *ouvrage collectif*
H187.	Le Temps de la guerre froide, *par la revue « L'Histoire »*
H188.	La Chine, tome 1 (1949-1971) *par Jean-Luc Domenach et Philippe Richer*
H189.	La Chine, tome 2 (1971-1994) *par Jean-Luc Domenach et Philippe Richer*
H190.	Hitler et les Juifs, *par Philippe Burrin*
H192.	La Mésopotamie, *par Georges Roux*
H193.	Se soigner autrefois, *par François Lebrun*
H194.	Familles, *par Jean-Louis Flandrin*
H195.	Éducation et Culture dans l'Occident barbare (VIe-VIIIe siècle) *par Pierre Riché*
H196.	Le Pain et le Cirque, *par Paul Veyne*
H197.	La Droite depuis 1789, *par la revue « L'Histoire »*
H198.	Histoire des nations et du nationalisme en Europe *par Guy Hermet*
H199.	Pour une histoire politique, *collectif sous la direction de René Rémond*
H200.	« Esprit ». Des intellectuels dans la cité (1930-1950) *par Michel Winock*
H201.	Les Origines franques (V^e-IXe siècle), *par Stéphane Lebecq*
H202.	L'Héritage des Charles (de la mort de Charlemagne aux environs de l'an mil), *par Laurent Theis*
H203.	L'Ordre seigneurial (XIe-XIIe siècle) *par Dominique Barthélemy*
H204.	Temps d'équilibres, Temps de ruptures *par Monique Bourin-Derruau*
H205.	Temps de crises, Temps d'espoirs, *par Alain Demurger*
H206.	La France et l'Occident médiéval de Charlemagne à Charles VIII *par Robert Delort* (à paraître)
H207.	Royauté, Renaissance et Réforme (1483-1559) *par Janine Garrisson*
H208.	Guerre civile et Compromis (1559-1598) *par Janine Garrisson*

H209.	La Naissance dramatique de l'absolutisme (1598-1661) *par Yves-Marie Bercé*
H210.	La Puissance et la Guerre (1661-1715) *par François Lebrun*
H211.	L'État et les Lumières (1715-1783) *par André Zysberg* (à paraître)
H212.	La Grèce préclassique, *par Jean-Claude Poursat*
H213.	La Grèce au Ve siècle, *par Edmond Lévy*
H214.	Le IVe Siècle grec, *par Pierre Carlier*
H215.	Le Monde hellénistique (323-188), *par Pierre Cabanes*
H216.	Les Grecs (188-31), *par Claude Vial*
H219.	Le Haut-Empire romain en Occident d'Auguste aux Sévères, *par Patrick Le Roux*
H220.	Le Haut-Empire romain. Les provinces de Méditerranée orientale, d'Auguste aux Sévères, *par Maurice Sartre*
H221.	L'Empire romain en mutation *par Jean-Michel Carrié et Aline Rousselle*
H225.	Douze Leçons sur l'histoire, *par Antoine Prost*
H226.	Comment on écrit l'histoire, *par Paul Veyne*
H227.	Les Crises du catholicisme en France, *par René Rémond*
H228.	Les Arméniens, *par Yves Ternon*
H229.	Histoire des colonisations, *par Marc Ferro*
H230.	Les Catholiques français sous l'Occupation *par Jacques Duquesne*
H231.	L'Égypte ancienne, *présentation par Pierre Grandet*
H232.	Histoire des Juifs de France, *par Esther Benbassa*
H233.	Le Goût de l'archive, *par Arlette Farge*
H234.	Économie et Société en Grèce ancienne *par Moses I. Finley*
H235.	La France de la monarchie absolue 1610-1675 *par la revue « L'Histoire »*
H236.	Ravensbrück, *par Germaine Tillion*
H237.	La Fin des démocraties populaires, *par François Fejtö et Ewa Kulesza-Mietkowski*
H238.	Les Juifs pendant l'Occupation, *par André Kaspi*
H239.	La France à l'heure allemande (1940-1944) *par Philippe Burrin*
H240.	La Société industrielle en France (1814-1914) *par Jean-Pierre Daviet*
H241.	La France industrielle, *par la revue « L'Histoire »*
H242.	Éducation, société et politiques. Une histoire de l'enseignement en France de 1945 à nos jours. *par Antoine Prost*
H243.	Art et Société au Moyen Age, *par Georges Duby*
H244.	L'Expédition d'Égypte 1798-1801, *par Henry Laurens*
H245.	L'Affaire Dreyfus, *collectif Histoire*

H246. La Société allemande sous le Troisième Reich
par Pierre Ayçoberry
H247. La Ville en France au Moyen Age
par André Chédeville, Jacques Le Goff et Jacques Rossiaud
H248. Histoire de l'industrie en France
du XVIe siècle à nos jours, *par Denis Woronoff*
H249. La Ville des temps modernes
sous la direction d'Emmanuel Le Roy Ladurie
H250. Contre-Révolution. Révolution et Nation
par Jean-Clément Martin
H251. Israël. De Moïse aux accords d'Oslo
par la revue « L'Histoire »
H252. Une histoire des médias des origines à nos jours
par Jean-Noël Jeanneney
H253. Les Prêtres de l'ancienne Égypte, *par Serge Sauneron*
H254. Histoire de l'Allemagne, des origines à nos jours
par Joseph Rovan
H255. La Ville de l'âge industriel
sous la direction de Maurice Agulhon
H256. La France politique, XIXe-XXe siècle
par Michel Winock
H257. La Tragédie soviétique, *par Martin Malia*
H258. Histoire des pratiques de santé
par Georges Vigarello